KB180676

이화여자대학교 국어문화원 연구총서 6

전후 비평 담론과 여성 작가의 재조명

전후 비평 담론과 여성 작가의 재조명

이화여자대학교 국어문화원 연구총서 6

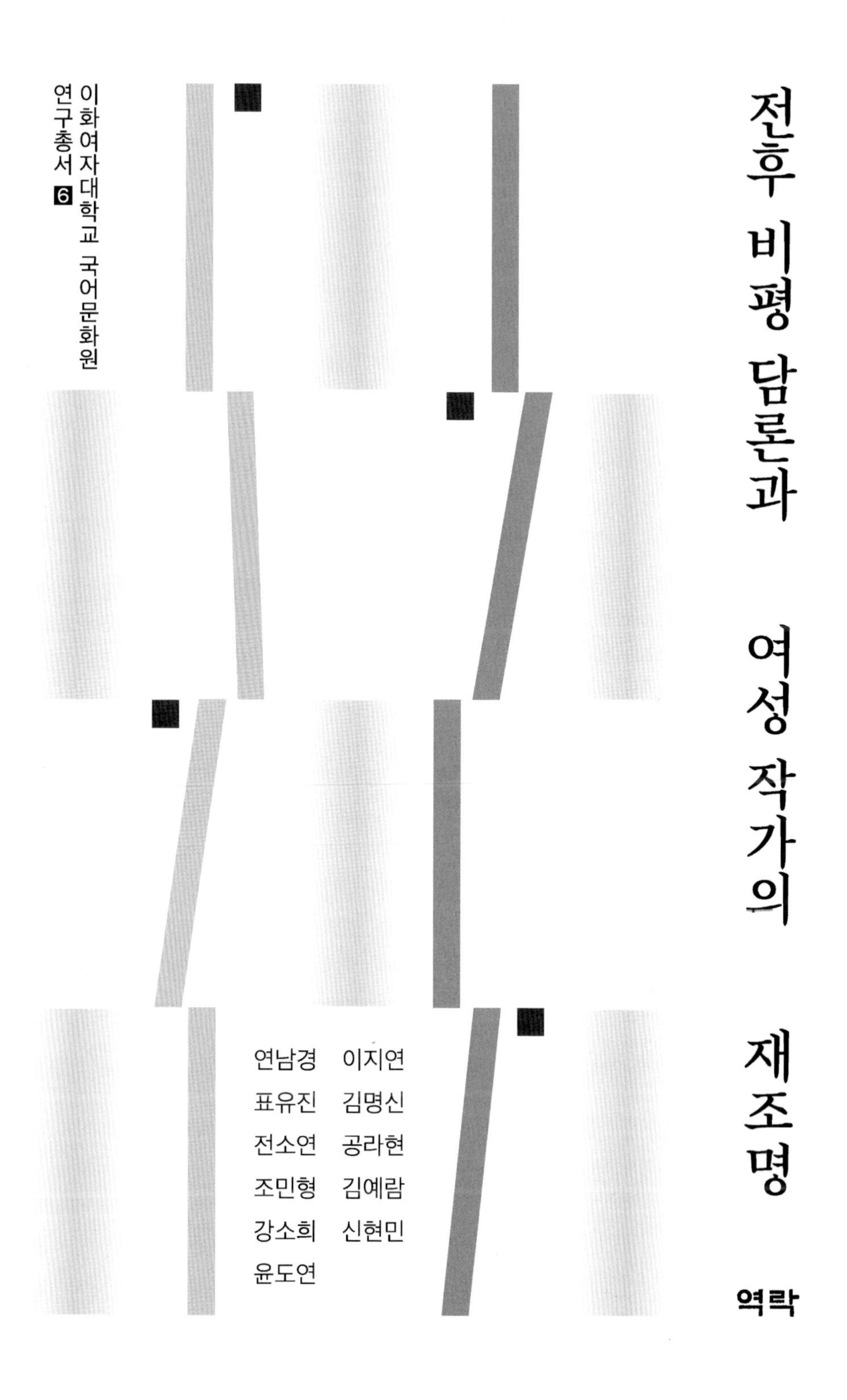

연남경 이지연
표유진 김명신
전소연 공라현
조민형 김예람
강소희 신현민
윤도연

역락

창간사

이화여자대학교 '국어문화원'은 1972년 11월 25일 인문과학대학 부설 연구소로 설립된 '한국어문학연구소'를 전신으로 하여 국어문화의 실용화를 아우르고자 2008년 5월 국어상담소를 흡수하면서 탄생하였다. 따라서 그 기반은 이화여자대학교 국어국문학전공의 전임교수와 대학원 이상 출신 연구원을 중심으로 한 국어학 · 고전문학 · 현대문학 분야의 축적된 연구 성과에 있다고 할 수 있다.

그런데 '한국어문학연구소'가 '국어문화원'으로 개칭되면서부터는, 안팎으로 연구 성과보다는 실용화에 무게가 옮겨진 것이 사실이다. 그러나 이론적 토대가 없는 실용화는 다만 시의(時宜)를 쫓는 데 급급할 뿐 시대를 선도할 수 없는 사상누각(沙上樓閣)에 다름 아니다.

이러한 점에서 '이화여자대학교 국어문화원 연구총서' 창간은 매우 중요한 의미를 갖는다고 할 수 있다. '국어문화원'이 그 전신인 '한국어문학연구소'가 지향하던 국어학 · 고전문학 · 현대문학의 심도 있는 연구 성과를 양분으로 삼아 시대적 요구에 부응하고 있다는 사실을 노정(露呈)하는 구체적인 결실이 바로 연구총서 창간이라고 할 수 있기 때문이다.

오늘은 연구총서의 창간을 선포하였지만 이 연구총서의 지속적인 발간이 '한국어문학연구소'의 전통을 발전적으로 계승한다는 것을 의미함과 동시에 머지않아 자료총서 창간, 학위논문총서 창간 등으로 확대될 수 있기를 기원하는 바이다.

2015년 7월 31일

이화여자대학교 국어문화원 원장 최형용 삼가 적음.

책머리에

1950년대는 전쟁 직후의 혼란한 시절이었다. 기성 규범이 작동을 멈추고 공백 상태였던 전후는 한편으로는 열린 가능성의 시절이기도 했다. 다양한 목소리가 흘러넘치는 공론장이 활성화되었고, 집안의 지정석에 갇혀 지내야 했던 여성들도 공적인 영역으로 나와 여느 때보다 활발히 활동했다. 문단의 공백을 메우기 위해 신인들이 대거 등장했으며 그중 여성 작가들의 수가 압도적으로 많았다. 그러나 문단의 활력은 오래가지 않았다. 절망을 노래하며 희망을 암시했던 젊은 작가들의 낯선 작품은 혼란의 표지나 구상 이전의 날 것으로 여겨졌다. 오랫동안 한국문학사는 전후 문학을 '휴지기', '단절기'로 치부하며 진지한 문학적 성취로 포함시키지 않았었다.

전후는 국가 재건, 사회 재건을 기치로 내걸고 새로운 질서를 수립하려는 세력이 근대화의 주체를 자임하며 세력 간 인정투쟁의 목소리가 드높았던 때였다. 또한 전후는 현대 비평이 수립되고 바람직한 현대 문학의 방향성을 제시하던 때였다. 이때 비평 담론은 문단 재건을 외치고 있었다. 전후 비평 장에서는 신인대망론이 요청되고, 신세대를 호명하는 가운데 세대 간 갈등 양상이 첨예하게 이어졌지만, 구세대, 신세대, 4.19세대로 주체의 자리가 이양된다. 이 과정에서 비평의 주체이자 담론의 주체를 자임한 '젊은-남성-지식인'들은 여성 작가를 '여류'로 호명하며 현대 문학의 주체로 인정하지 않고, 연재소설을 통속소설로 치부하고 대중문학을 타자화하며 현대 문학의 표준을 수립한다.

이 책은 전후 현대 비평이 창작을 견인하며 현대 문학의 표준을 만들어가던 시절에, 대중문학의 주체이자 '여류'라는 호명 아래 작품 활동을 했던 여성 작가들을 재조명한다. 가부장적 규범의 해체로 숨통이 트이고 자유를 맛본 여성 작가들은 기존의 질서에 의문을 제기하고 재건 담론이 초래한 재규범화를 불안하게 응시하며 작품으로 응답했다. 필자들은 비평의 공론장에 초대받지 못했기에 복화술로 개입하고자 했던 이들의 목소리를 듣고자 하였고, 궁극적으로 전후 비평과 전후에 창작된 문제작들을 함께 살핌으로써 비평 담론과 문학 작품 사이의 동역학을 추적하고자 하였다.

책은 3부로 구성되어 있다. 1부에서는 신문과 잡지에 실린 비평과 산문들을 두루 읽어가며 전후 담론이 형성되고 배치되는 과정을 조망하였다. 1장 <전후 현대 비평과 젠더 규범>은 1959년의 평론가 백철과 소설가 강신재의 논쟁을 통해 현대 문학의 방향성이 모색되던 전후 문단 상황을 젠더적인 관점에서 살펴보았다. 이 글은 보편과 표준 지식으로 정립된 전후 현대 비평이 강력한 젠더 규범이 동시에 작동된 결과였음을 입증하고, 비평의 주체로서 젊은-남성-지식인에 의해 견인된 현대 문학 수립 과정에서 가치 절하되었던 여성 작가의 작품에 대한 전면적인 재평가를 요청한다.

2장 <'연재소설의 시대', 1950년대 대중문학론의 형성과 전개>는 1950년대 신문 · 잡지 저널리즘의 재편으로 나타난 문학 장의 변화를 탐구하였다. 전후 한국의 문학 장은 저널리즘 시장이 폭발적으로 성장하고 대중-독자의 위상이 높아지면서 바야흐로 신문 · 잡지 '연재소설'의 시대를 맞이하고 있었다. '대중문학'의 영역을 설정하려 했던 전후 문단의 다양한 담론적 시도는 결과적으로 신문 · 잡지 연재소설을 일종의 균열이자 잉여로 남겨두게 되었는데, 이는 이후 1960년대에 신문 · 잡지 소설들이 적극적인 검열의 대상이 되며 소위 '비문학'으로 간주되었다는 점에서 대중 · 독자 · 매체 등을 가로지르며 '문학이란 무엇인가'라는 질문을 오늘날 새로이 제기하도록 한다.

전후는 여성에 대한 부정적인 호명을 중심으로 한 젠더 정치와 함께 잡지의 유행, (대중)문학 장의 확대, '대중 독자'의 탄생 등 문화적 역동성을 특징으로 한다. 3장 <경계에 선 여성성, 호명의 젠더 정치와 (대중)문학의 주체>는 이 시기의 여성 작가들이 여성표상을 전유하고 주류 문학·비평 담론에 포섭되지 않는 탈경계적인 문학과 문학론을 모색하는 (대중)문학의 주체였음을 입증한다. 이러한 여성 작가와 문학에 대한 탐구는 당대 담론의 체제 내적인 전복성을 확인하고 한국사와 한국문학사에 성찰적 가능성을 제시한다.

4장 <젠더화된 전후문학과 담론 재편의 모순적 실제>는 전후의 대중문학을 둘러싼 국가와 문학 장, 그리고 독자대중의 권력 작용이 젠더화되어 있었다는 문제의식에 착안하여, 당시 연재소설에서 작가의 젠더에 따른 여성 인물의 재현 방식을 고찰하였다. 이를 위해 1950년대 당시 『자유부인』으로 유명했으며 다양한 대중소설을 창작한 정비석과 1960년대 들어 순수문학에서 대중문학으로 '전향'했다고 평가받아온 손창섭, 그리고 한국전쟁 이후 등단하여 활발히 장편소설을 창작해온 박경리의 전후 연재소설을 살펴보았다. 이러한 작업을 통해 당대의 지배 담론과 대중적 욕망의 영합과 불화의 길항 관계를 포착하고, 궁극적으로 여성 문학 연구의 맥락에서 전후 대중문학을 조망하는 것의 의미를 찾아보고자 하였다.

2부에서는 재건의 시대를 맞아 여성 작가들의 복화술이 다양한 글쓰기로 발현되는 양상을 살펴보았다. 1930년대에 등장한 제2기 여성 작가들은 시인이나 소설가로 활동하면서 동시에 활발한 수필 창작을 통해 자신의 문학 세계를 구성해왔다. 이들이 여성성을 강조하는 방식으로 여성 작가로서 자신의 입지를 다져나갔다고 할 때, 수필이라는 장르가 이들로 하여금 여성으로서의 작가 자신에 대해 고백하라는 문단의 요구에 부응하면서도 그것을 전유할 수 있도록 하는 하나의 장으로 기능했음을 밝히고자 했다. 이에 5장 <제2기 '여류'의 전후 수필집 속 제도화된 여성성 연

구>는 한국전쟁 이후 남한 사회의 젠더 규범과 그 균열이 최정희, 모윤숙, 그리고 노천명 세 작가의 전후 출간 수필집에서 어떻게 드러나고 있는지에 주목하였다. 그럼으로써 이들이 당시 저명한 여성 문사로서 여성 대중에게 전달하던 여성 교양의 내용과 그 내부의 모순을 살펴보았다.

6장 <(불)가능한 증언과 재현의 젠더>는 손소희 소설이 '수동적인' 여성상을 그리고 있어 페미니즘적 의미를 발견하기 어렵다는 종래의 평가에 반박하며, 손소희 문학에서 여성의 목소리가 재현되는 양상을 스피박의 서발턴 개념과 주네트의 초점화 이론을 통해 적극적으로 고찰한 결과이다. 「창포 필 무렵」의 은폐된 여성의 목소리는 재현 불가능성과 남성-주체의 분열성을 암시하며, 「靜・動<對決Ⅱ>」의 여성 목격자는 여성 욕망의 잔여를 포착하여 증언의 (불)가능성을 열어젖힌다.

7장 <여성 주체의 욕망과 비분열적 근대의 모색>은 『하얀 도정』을 한말숙의 문학 세계가 가부장적인 질서와 근대화론에서 탈주하는 아프레적 여성성에서 질서 내부적 균열과 여성의 주체성으로 전환되는 기점으로서 분석한다. 『하얀 도정』은 전통과 근대, 여성과 남성, 정신(사랑)과 물질(욕망) 등 이분법적으로 분열된 전후의 근대화론을 가로질러, 새로운 미래를 만들어가는 독립적이고 창조적이며 현실적인 여성 청년의 가능성을 일깨운다.

8장 <사회적 어머니의 환상과 딸의 주체화>는 시대와의 연관성 아래 손소희의 「그날의 햇빛은」과 강신재의 「점액질」을 어머니와의 관계를 바탕으로 주체화되고 있는 딸에 주목하여 살펴보았다. 이 글은 어머니와 딸의 관계를 가부장제에 대한 저항으로 바라보는 기왕의 독해에서 벗어나 여류 문학이 갖는 차별성의 측면만이 아니라, 1950・60년대 비평 담론의 자장 아래에서 담보하고자 했던 보편성의 측면까지 규명하고자 하였다.

9장 <여성 주체의 언술 전략 연구>는 함혜련 시의 여성 주체가 역설의 수사를 통해 가부장제가 정당화하는 공적 담론의 의미작용을 거부하고,

사회가 여성에게 가하는 침묵을 의미화하여 교묘하게 위장된 사회적 · 언어적 억압과 유폐를 고발하고 있음을 추적하였다. 여성의 현존을 생생하게 표현하는 독백의 장치를 통한 언술 전략은 정체성의 복원을 위해 여성 주체가 행하는 적극적인 발화법이자, 가부장적 상징 질서를 파열하는 여성의 대항 언어임을 밝혀내고 있다.

3부는 대중문학 장에서 창작을 주도했던 여성 작가의 성취에 주목하고, 특히 대중문학과 여성문학이 교차하고 교섭하는 장면에 집중하였다. 10장 <냉전기 이분화된 '모럴'과 국민 탄생의 (불)가능성>은 김말봉의『별들의 고향』을 피터 브룩스가 명명하였던 멜로드라마의 문법을 차용함과 동시에 이를 전유하는 작품으로서 분석하였다.『별들의 고향』은 도덕적 이분화를 강화함으로써 자유 민주주의 국가로서 사회질서의 수립을 지향하는 한편, 여성 인물 송난의 존재를 통해 균열의 지점들을 설정한다. 송난의 존재가 새로운 남한 사회에 여전히 건재한 가부장적 봉건 질서를 드러내며, 남한 사회가 지향하는 친미 이데올로기가 지닌 아이러니를 폭로한다는 점에서 이 글은 궁극적으로 남북/좌우/선악 등을 관통하는 여성 억압을 포착하고 있는 작품의 의의를 발견하고 있다.

1950년대는 신문과 잡지 저널리즘의 상업화가 급속히 이루어졌으며, 이에 따라 문학 장 내에서 순수와 통속이라는 규범화가 활발히 이루어진 시기였다. 이때 그러한 규범화는 작가의 젠더와 무관하지 않았다. 11장 <1950년대 신문소설에 드러난 여성적 복화술의 언어>는《평화신문》에 연재된 최정희의『떼스마스크의 비극』을 통해 당대의 문학과 젠더, 그리고 국가 재건 담론이 작동한 방식을 살피고 작품에서 현시하고 있는 균열 지점을 짚어보았다. 특히 그것이 최정희라는 여성 작가 특유의 복화술을 통해 어떻게 이루어지는지 밝혀내고 있다.

12장 <전후 청년여성의 일과 사랑>은《조선일보》에 연재된 임옥인의『젊은 설계도』의 작품론으로 서울 환도 이후 한국 사회에서 새롭게 부상한 청년 여성이라는 사회적 주체의 일과 사랑이라는 주제에 주목함으로써 1950년대 여성 작가에 의해 창작된 대중문학의 민주주의적 상상력을 규명하고자 하였다.

13장 <여성 주체의 내면성과 비동일성의 정치성>은 《한국일보》에 연재된 강신재의 『신설』이 탈신성화된 세계가 복원될 것이라는 '낭만적 사랑'의 이데올로기적 환상을 깨뜨림으로써 주체들을 동일성의 영역으로 포섭하는 근대성의 담론을 미완의 영역으로 만든다고 본다. 이는 여성 주체들이 내면성을 갖춰가는 과정을 통해 구체화되는데, 여성 주체의 비동일적 내면성은 현세대와 후세대인 소연-나미의 더블 관계를 통해 세대 간 연속성을 확보함으로써 정치성을 갖는다.

14장 <여성 수난서사의 전복: 사랑 · 전쟁 · 혁명의 다시 쓰기>는 《조선일보》에 연재된 정연희의 『불타는 신전』을 1950년대 단편소설의 실존주의적 성격과 1960년대 이후 장편소설의 여성주의적 성격이 교차하는 텍스트로 본다. 『불타는 신전』은 민족주의적이고 멜로드라마적인 차원에서의 여성 수난서사의 전형성을 각각 탈피하여 나선형의 플롯을 통해 실존적 주체로 거듭나는 청년 여성의 투지를 담고 있다. 이와 같이 1960년대 중반에 사랑, 전쟁, 혁명을 여성이라는 타자의 시선에서 재사유하는 정연희의 시도는 문학사적 의의를 새롭게 획득한다.

15장 <'창부'의 사랑과 불온한 욕망의 정치학>은 1950년대 말 '여대생 작가'로 등단하여 대중의 폭발적인 관심을 받았던 최희숙의 세 번째 장편소설 『창부의 이력서』를 양가적인 서사로서 독해하였다. 신문연재소설로 기획되었으나 독자들의 반대에 부딪혀 무산되었다는 독특한 이력을 가진 『창부의 이력서』에서 '창부'가 된 여대생과 성(性)에 탐닉하는 자유부인은 당대의 '아프레걸' 표상을 초과하거나 전복시키며 1960년대 한국 남성동성사회의 호명의 논리를 뒤흔든다. 또한 이 여성 인물들의 죽음은 피터 브룩스가 말한 멜로드라마적 선악 구도를 보여주면서도 그 이면에서 가부장적 상징질서를 거부하고 죽음충동으로 치닫는 '여성적 주체'의 탄생을 통해 어머니와 딸들의 연대 가능성을 제시한다.

이 책은 2020-2021년의 두 해 동안 이화여자대학교 국어국문학과 대학원 비평 수업에 참여했던 사람들이 함께 공부한 결과물을 선별하여 묶은 것이다. 전후 사회의 역동성과 담론의 움직임 가운데 무엇보다 활발했으나 문학사에 등재되지 않았던 여성 작가들의 성취를 기억해야 했다. 그를 위해 '한국 근현대 여성 문학사', '전후 문학의 정신분석학적 내러티브', '전후 대중문학론과 연재소설'을 주제로 한 연이은 수업에서 길어 올린 성과가 흩어지지 않도록 모아서 책의 형태로 갈무리해 보았다. 책을 기획하고 엮는 과정에서 주제와 범위의 제약으로 인해 수업에 함께 참여하여 소중한 의견을 보태준 모든 사람들의 글을 싣지 못한 점이 못내 아쉽다. 다음을 기약해본다.

이와 같이 이화여대가 주축이 되고 서강대가 참여하여 열한 명의 필자가 집필한 이 책은 소중한 공동 작업의 소산이다. 그중 이지연과 표유진은 비평 전공 박사 과정생이라는 이유로 구상부터 마무리 작업까지를 주도하며 책을 엮어내는 데 각별한 애정과 노력을 기울여주었다. 조민형은 연구 조교라는 이유로 여러 궂은일을 도맡아주었다. 이들에게 특별히 감사의 마음을 전한다.

책이 나오기까지 편집과 출판의 세심한 과정을 살펴주신 역락 출판사의 박태훈 이사님, 이태곤 이사님, 강윤경 대리님께 감사드린다. 끝으로 학위 과정 중에 있는 대학원생들의 연구 성과를 세상에 알릴 기회를 마련해준 이화여자대학교 국어문화원에 감사드린다.

2021년 11월 30일

필자들을 대표하여 연남경 삼가 적음.

차례

2부 — 재건의 시대와 여성 작가의 글쓰기

3부 — 대중문학장과 여성 문학의 교차

1부 — 전후 담론의 형성과 배치

1장

전후 현대 비평과 젠더 규범*

—1959년 백철과 강신재의 논쟁에 주목하며

연남경

1. 문제의 제기: 문단 내 작은 트러블을 상기하는 이유

1959년에는 한국 비평사의 맥락에서 거의 기억되지 않는 작은 사건이 하나 있었다. 비평가 백철의 월평에 반박하는 신인 여성 작가 강신재의 글이 제출되었던 것이다. 동아일보에 발표된 「4 · 5월 작품 Best의 순위」(『동아일보』, 1959.5.22~24.)에서 평론가 백철이 강신재의 <절벽>(『현대문학』 5월)에 대해 평가한 내용에 대해 같은 신문에 「평론가의 예술적 감각—백철씨의 평을 박(駁)한다」(『동아일보』, 1959.5.26~27.)라는 소설가 강신재의 반박이 실리고, 이어서 「문장과 이메지의 간격(間隔)—강신재씨에게 답함」(『동아일보』, 1959.5.30~31.)이라는 백철의 답이 이어지는 것으로 매듭지어진 매우 짧은 논쟁이었다. 그러나 이 짧은 논쟁이 함의하는 바는 크다. 현대 비평이 수립되고 현대문학의 밑그림을 그리는 과정에서 핵심적인 문제제기가 잠시 이루어진 순간이었으며, 그것은 '기성' '남성' '비평가'의 위력

---

* 이 글은 2018년 10월 26일에 "한국 근현대 학문의 성립과 '통설'의 탄생"이라는 주제로 열린 한국문화연구원 개원 60주년 기념 학술대회의 발표문을 수정, 보완하여 『한국문화연구』 36(2019)에 실은 글을 재수록한 것이다.

에 항변하며 현대문학 수립 방향에 이견을 제출한 '신인' '여성' '작가'의 목소리였다.

그러면 우선 문제의 글을 발췌해가며 논쟁의 흐름을 대략 살펴보자.

(가) (전략) 姜信哉氏의 「絶壁」(『現代文學』 五月)에서도 그 分量과 比하여 作品的인 質은 빈약한 것을 느꼈다. 먼저 作品의 '시튜에이슌' 내지 '모티브'에 대한 처리인데 「絶壁」이란 題目을 놓고 胃病에 의한 죽음의 선고를 받은 女人의 위기를 설정했을진대 이 作品은 단순히 한 女人의 신변이야기에 그 意味가 끝날 것이 아니라 훨씬 더 넓게 높게 한 時代性 또는 人間的인 운명 같은 것에 대한 상징의 意味가 와져야 할 것이 아니든가.(중략)

둘째는 修辭인데 意外로 이 作品엔 상당한 혼란이 있는 것 같다.(중략) 나는 이 作品을 읽으면서 처음의 "정결한 손을 가진 그 여자는…"에서부터 같은 첫 페이지의 "그녀의 약간 히스테리칼 한음성과는 너무나 관련없이 경아의 일은 끝이 난것이었다" 같은 대목들은 '언더라인'을 긋기 시작하여 전후 二十六개소에 라인을 치는데 이르렀다. 이것은 내가 특히 康氏의 文章에서 험을 집어내려고 意識的인 일을 한 印象을 作者에 줄는지모르지만 勿論 그런것이 아니며 내가 지적하고 싶은것은 作品의 成果는 결국의 部分의 총산, 더 구체적으론 한어구한귀절의총산으로이루어질진대 a)이와같이수사학 문장학에선 作品의 리앨티가 구해질수 없겠기 때문이다. 내 苦言이 作者에게 조그만 참고가 되기를바란다.(후략)[1]

(나) (전략) b)"이와 같이 수사학문장학에선 作品의 리알리티가 구해질 수 없겠기 때문이다."라고 白鐵氏는 結論지으셨는데 리알리티란 설마 不動産이란 뜻은 아니겠고 리알리티의 잘못이 었으리라고 추측하고라도 나는 이 文

1 白鐵, 「四 · 五月作品Best의 順位」, 『東亞日報』, 1959.5.23.

章의 뜻을 이해할수가 없다. 내글이 즉 수사학 문장학이라는 말씀인가? 아니면 내 글이 수사학문장학을 대단히 잘마스타하고 있지만 리알리티는 그런곳에서 구해질수 없다는 말인가? 혼란을 느끼게하고 이메지의 착란을 일으켰다는 나의 글들을 그렇게 칭찬할수는 없을 것이고 그렇다면 이런 것이야말로 정확하지못한 文章이 아닌가.(중략)

"어깨를 흔들어버리고 걸어간다"는 말은 자연스럽지 못하다고 하셨다 딴은 "어깨를 흔들어, 그 어깨를 잡고 있는 손을떨구어버리고, 연후에걸어갔다"고 하는편이 더 리알할까? 나는 그렇게는 생각하지 않는다. 글에는 리듬이라는 것이있다. 더나아가서 한 가지 小說에는 그 小說自體의 분위기와 흐름이있다. 이분위기나 흐름에대해서 전연무감각한 사람이 아닌게아니라 있긴 하지만 이것은 小說이지닌理念 혹은社會性이라든가 하는것과 同等하게 重要한것이다. 이것을無視한다면 白鐵氏가 創作理論가운데에서 展開시키는 公式 그것이 그대로제일훌륭한 小說일 것이다.(중략)

나 개인의 所見을말한다면 결코 白鐵氏가 意識的으로 흠을 집어내려는 일을 하였다는 印象을 받고 있지는않다. 다만 나는 氏의 頭腦 構造나 쎈스에대해서 생각해볼 뿐이고, 또 이러한 類의 論評이라는 것이 우리나라의 文學에 과연 어느 정도로 有用할 것인가 하는 생각을 가져볼따름이다.[2]

(다) (전략) 作者 康氏에게反問하노니 그 "정결한 손…"이란 어떤 손을 가리키는가. 이것은 "아름다운 얼굴" "아름다운 손"과 같이 讀者에겐 아무런 具體的인 손의 이메지를 주지않는 것이다.(중략) 결국 二行二十八字의 句節은 讀者에게 아무意味도 傳達해주지못하는 '넌센스'인것이다. 以上과같이作者의 文章이讀者에게 아무런이메지도 미닝도 傳達을못할 때에 그文章들은 創作的인 修辭로서 失敗인 것이다.(중략) c)리앨리티가 不動産…이란 말은 무슨

2 康信哉, 「評論家의藝術的感覺－白鐵氏의評을駁한다」, 『東亞日報』, 1959.5, 26-27쪽.

> 말인가? 우리가 쓰고있는 '리앨리티'의 用語는 구체적인 이메지, 현실적인 감명성을 갖는것과 바로 連結되는 用語가 아니든가. 여기서 다시 異議가 있는가? 더나아가서 作者가 反證하려고 한모든 귀절들을 계속해서 대답을해야할까?(중략)
>
> 더구나 이 作品 이 文章을 놓고 作者가 批評家의 感覺, 知性을 나무랜다면 이것은 조금 지나친 妄想이 아닐는지. 대체 康信哉氏의 作品이 얼마나 高度한 知性, 얼마나 深奧한思想, 그리고얼마나 微妙하고 暗示的인 用語를 썼기에 나의感覺, 나의 知性 으로선 "넌센스"로밖에 느껴지지 않는것일까 퍽으나 罪송한일이다. 이런 이야기는 現代作家로선 '포크너'나 'T.S.엘리옽' 정도의 사람들이 하는것이지 딴나라같으면 아직 習作期도 넘어서지못한 젊은 作家들이 함부로 할수있는 妄言이 아닐 것같다.(후략)[3] (강조 필자)[4]

비평가 백철은 월평을 통해 1959년 4-5월에 발표된 여러 소설들의 순위를 매기기도 하고, 작품을 비평하기도 한다. 월평의 방식이 제한된 지면에 다수의 작품을 다루다 보니 작품에 대한 충실한 비평이 이루어지지 못하는 것은 논외로 하더라도 강신재의 <절벽>에 대한 판단은 비판에 대한 충분한 근거가 제시되지 못했음은 물론이고 "내가 특히 강씨의 문장에서 험을 집어내려고 의도적인 일을 한 인상을 작가에 줄는지 모르지만 물론 그런 것이 아니며"라는 변명이 무색하게 의도적으로 흠을 집어내려는 시도로 보일 정도이다.

백철은 크게 두 가지 측면에서 강신재의 작품을 비판한다. 하나는 작품의 질, 즉 내용에 대한 것이고, 다른 하나는 수사, 즉 문장에 대한 것이다.

---

3 白鐵, 「文章과이메지의間隔－康信哉氏에게答함」, 『東亞日報』, 1959.5, 30-31쪽.

4 백철과 강신재의 글을 부분 발췌하되 논쟁의 여지가 있는 구절을 명확히 제시하기 위하여 원문 표기법을 살려 그대로 인용하였다. 또한 분석을 위해 필요한 부분은 필자가 강조하였음을 밝혀둔다.

우선 백철은 <절벽>의 작품의 질이 빈약하며 그 이유를 여인의 신변이야기이기 때문이라 말한다. 작품의 수준이 "시대성 또는 인간적인 운명"을 직접적으로 다루는가 여부에 달려 있다는 점에서 죽음을 앞둔 여인의 절망감과 사랑의 불가능을 말하는 소설의 질은 담보되지 못한다. 다음으로는 수사의 혼란이라는 차원에서 소설의 첫 페이지에서만 26개의 문장을 발견했으며, a)에서 "이와같이 수사학 문장학에선 작품의 리앨티가 구해질 수 없겠"다 비판한다. 여기에서 문장의 수사가 어떤 차원에서 문제인지 명확한 설명이 부재하며, 문장의 수사가 어떻게 곧바로 작품의 리얼리티로 연결되는지에 대한 설명도 없으며, 특히 인용한 문장은 그 자체로 어법에 어긋나거나 오기에 해당한다는 점이 문제이다. 소설작품의 문장을 비판하는 비평가의 문장이 오류투성이인 것이다. 강신재는 이를 지적하며 자신의 주장을 시작한다. b)에서 강신재는 백철의 글을 직접인용하며 "리알리티란 설마 부동산이란 뜻은 아니겠고 리알리티의 잘못이었으리라고 추측하고라도 나는 이 문장의 뜻을 이해할 수가 없다"라 단언한다. 그런데 강신재의 글에서는 의도적으로 인용한 '리앨티(realty)'라는 백철의 잘못이 '리알리티(reality)'로 바로잡혀 인쇄되어 나옴으로써 혼선을 야기하는데, a)의 오류가 명백하므로 백철의 글인 c)에서 "리앨리티가 부동산...이란 말은 무슨 말인가"라는 것은 변명으로밖에 여겨지지 않는다. 강신재 스스로가 "말꼬리를 잡아서" 소용없다고 말하면서도, 소설가의 문장을 지적하고 있는 비평가의 문장이 정확하지 않음을 문제 삼으려 한 것이다.[5]

5 이와 관련하여 이무영은 백철의 문장을 공격하며 평론가의 문장력을 문제 삼았고(이무영, 「평론 · 비평의 문장」, 『서울신문』, 1959.7.3), 윤병로는 백철이 보이는 기성의 재단비평 태도를 지적하고 있다(윤병로, 「비평의 디렘마」, 『현대문학』, 1959.12). 이처럼 기성 비평가들의 인상비평과 재단비평, 정실비평 등의 한계가 이 당시 신인들로부터 잦은 비판의 대상이 되었고, 신세대 비평가가 문단의 주류로 자리잡는 것과 관련된다. 그러나 비평가 백철의 행보는 복잡한 양상을 보였으며, 이에 대해서는 2절에서 다루어진다.

오히려 강신재의 반박은 그 다음이 중요해 보인다. 하나의 소설이 갖는 '분위기'와 '흐름'은 소설이 지닌 '이념' 혹은 '사회성'과 동등하게 중요한 것이라는 지적 말이다. 백철의 비평은 <절벽>의 분위기와 흐름을 전혀 알아채거나 이해하지 못한 채(이해하려 하지 않은 채), 그 작품과 무관한 이념 혹은 사회성을 엉뚱하게 요구하고 있는 셈이다. 강신재는 작품을 제대로 이해하지 못하는 비평가의 "두뇌구조나 쎈스"를 역으로 문제 삼으며, "이러한 류의 논평이라는 것이 우리나라의 문학에 어느 정도로 유용할 것인가"하는 질문을 던짐으로써 당대의 비평에 대해 숙고할 계기를 마련해준다. 물론 강신재의 글은 <절벽>에 대한 백철의 몰이해와 폄하에 대한 직접적인 반박에서 비롯되었지만, 당대 비평계의 화두였던 비평의 이념과 방법에 관한 근본적인 문제를 제기하고 있다는 점에서 의미가 있다.

그러나 젊은 여성이자 신인 작가의 문제 제기는 기성 남성 비평가의 심기를 제대로 건드린 듯하다. 백철의 답글은 강신재의 질문에 구체적인 답이 되지 못하며 논리를 찾아보기 힘들다. "비평가의 감각, 지성을 나무랜" 작가에 대한 노여움이 직접 표출된다. "대체 강신재씨의 작품이 얼마나 고도한 지성, 심오한 사상, 미묘하고 암시적인 용어를 썼기에", "아직 습작기도 넘어서지 못한 젊은 작가들이 함부로(…) 망언"을 한 것이 된다. 백철이 분노한 포인트는 아마도 '포크너나 T.S.엘리읕'과 같은 '현대작가'도 아닌 '젊은' (여성) '작가'의 반발이라는 데에서 기인한 듯하다.

비교를 위하여 「4 · 5월 작품 Best의 순위」로 되돌아가 다른 작가들에 대한 백철의 평가는 어떠했었는지 잠시 살펴보기로 하자. 우선 백철은 안수길의 <북간도>를 1959년 4 · 5월의 발표작 중 베스트 1위로 꼽고 있다. 당시 심리묘사라는 이름으로 관념화되고 주관화되는 새로운 소설 경향과 달리 기성적인 작품에 해당하지만 체험의 깊이와 현실 인식의 깊이에서 비롯된 신선함이 찾아지는 기성작가의 항변적인 작품이라 고평한다. 또한 기성작가로서 유주현의 <장씨일가>에 대해서는 카메라 앵글을 돌린

듯 기법적으로 새로운 실험을 보여주면서도 근간의 세태에 대한 풍자소설로서 효력을 획득한다는 긍정적 평가를 내렸다. 한편 신인 작가들에 대한 평가는 전반적으로 부정적이다. 신인들에게 유행하는 주지적인 문장과 난해한 수사에서 '소설적인 이메지'를 찾기가 어렵다고 평가하며 수정을 요구하고 있다. 그가 신인의 작품 중 유일하게 칭찬하는 작품은 박용숙의 <附錄(부록)>이다. <부록>은 이국의 옛날이야기에 취재해서 '리앨리티'를 확보했으며, 묘사력과 문장력이 뛰어나 주요 장면들을 극화하는 데 성공을 거두고 있다고 평가한다.

이상의 검토 결과, 백철은 신인보다 기성작가에 보다 우호적이며 현실인식의 깊이와 리얼리티를 담보하는 문장력에 작품 평가의 근거를 두고 있다. 또한 신인이라 하더라도 강신재의 <절벽>에 쏟아진 비판과 달리 박용숙의 <부록>을 향한 가치 부여는 비교될 만하다. 전자가 "한 여성의 신변이야기"라서 "작품의 질이 빈약"하며 작품의 '리앨티'가 구해질 수 없는 수사법의 연속이라면, 후자는 "크리스트가 십자가를 지고 형장으로 가는" 웅장한 역사 이야기에서 비롯된 '리앨리티'가 확보되며 특수한 상황들에 대한 "적실한 묘사"가 눈에 띈다는 것이다. 물론 해당 월평이 백철의 비평 행위 전체를 대표할 수는 없으므로 본론에서 검토가 뒤따라야 하겠지만, 여성 작가의 얕은 현실인식과 문장력의 결여, 남성 작가의 절실한 리얼리티와 문장력의 확보라는 대조 지점을 하나의 사례로서 확인할 수는 있다.

이러한 차원에서 1959년에 있었던 백철과 강신재의 충돌은 세대론적 갈등을 내포하고 있으며, 문단에서의 비평의 역할과 위상을 가늠하게 한다. 그리고 그들의 글에서 직접 발화되고 있지는 않은 또 다른 중요한 문제, 젠더적 관점에서의 불편함이 포착되는 장면이었다. 백철의 지적이 문학의 '이념(사회성)'과 수사학적으로 접근한 '문장'에 대한 평가로 수렴되었던 것을 기억하며, 지금부터 당대적 맥락에서 이 두 가지 차원과 관련한 논쟁의 행간을 살펴보려 한다.

덧붙여 두건대 본고는 전후 현대 비평의 수립 과정에서의 여성 비평가 부재 현상에 대한 궁금증과도 맞닿아 있다. 한국현대문학이 모색되고 수립되던 시기에 작품 창작의 방식을 제외한 여성의 비평적 발화는 들리지 않았기에 단 한 편의 글이지만 직접적으로 당시 비평에 개입하고자 했던 강신재의 발화는 상당히 중요하다. 또한 짧은 논쟁이라 하더라도 그간 비평사에서 조명되지도 연구에서 다루어지지도 않았다는 점에 의구심을 품으며, 본고에서는 이 논쟁이 놓인 당대 현대 비평, 다른 말로 현대의 '지(知)'가 형성된 기원의 시기를 조망하고, 비평 담론에서 배제된 지식인 여성을 둘러싼 '지(知)'가 만들어지고 왜곡되어 가는 과정을 추적하고자 한다.

2. 한국 현대 비평의 표준 '知': 『사상계』와 뉴크리티시즘

잠시 전후 평단의 상황을 간추려 보자. 조연현에 의하면 1950년대 초반 평단을 구성하는 평론가는 서너 명에 불과했다.[6] 조연현, 곽종원, 정태용, 백철이 당시 평단의 실질적인 구성원이었다.[7] 김동리에 의하면 1959년은 우리 신문학사를 통해 가장 많은 소설가들이 문단에 등재되어 있는 해이다. 여기서의 특이점은 90여 명 가량의 활동 작가 중 해방 이전에 등단한 작가는 불과 7~8명에 불과하며 나머지는 모두 해방 이후에 등단한 작가들이라는 점이다.[8] 이처럼 발표지면이 확대되면서 신인 작가의 진출이 급증했지만 기성 평단은 이에 제대로 대처할 수가 없었다.[9] 이런 상황에서

6 조연현, 「비평의 신세대」, 『문학예술』, 1956.3, 159-160쪽.

7 김세령, 『1950년대 한국 문학비평의 재조명』, 혜안, 2009, 49쪽 참고.

8 김동리, 「1959년의 소설」, 『사상계』, 1960.1, 308쪽.

9 『문학예술』(1954), 『현대문학』(1955), 『자유문학』(1956) 등의 문예지가 잇달아 창간되

기성 비평가들은 문예지 추천과 신춘문예 당선이라는 제도적 장치를 통해 적극적으로 신인 비평가들을 등단시킨다.[10] 결국 변화된 문학 제도로 인해 대두된 신인들의 존재와, 평단을 담당하는 기성 비평가들 자신의 양적, 질적인 한계에 대한 자각과 그 한계를 극복하기 위한 새 세대에 대한 요청이 1950년대 문단의 '신세대론'을 이루었다 볼 수 있다. 이처럼 구세대의 문학 이념이 현실을 담아낼 수 없었던 바로 그 지점에서 새로운 세대의 출현이 요구되었다.[11]

여기에서 비평가 백철의 독특한 위상에 대해 언급할 필요가 있겠다. 전후 평단의 공백 현상으로 인해 백철이 점하는 위상이 중요해졌지만, 사실 백철은 해방공간에서의 중간파적 입장과 한국전쟁 중 부역문인에 가담한 전적으로 '회색주의자'로 공격받거나 사상을 의심 받기도 하는 등 문단에서의 입지가 불안정했다.[12] 따라서 전후 백철 비평은 공백지에다 혼란스러운 문단에서의 입지를 확보하기 위한 활발한 행보를 보인다. 그중 하나가 문단의 신인이나 다른 분야 지식인으로 구성된 새로운 비평 세력과 결탁하는 것이었고, 전후 대표적인 지식인 잡지 『사상계』에서의 활약이 이를 뒷받침해준다.

문화적 후진성을 극복함으로써 국가 발전에 기여하려는 지식인들의

었고 신문의 문예면이 증설되면서, 기존의 『신천지』(1946), 『사상계』(1953) 등과 함께 발표지면이 크게 확대되었다. 또 문예지를 중심으로 시, 소설, 비평 세 분야에서 추천 제도를 실시하면서, 이전의 어느 시기보다도 많은 신인들이 등장하게 된다. 김세령, 앞의 글, 2009, 58쪽.

10 "문예, 현대문학지의 추천을 통해 천상병, 김양수, 김종후, 정창범, 홍사중, 윤병로, 김우종, 김상일, 김운학, 원형갑, 천이두 등이 나오고, 문학예술지와 신문의 신춘문예와 종합지 등을 통해, 최일수, 이어령, 유종호, 이철범 등이 나왔다."(곽종원, 「비평」, 『해방문학 20년』, 정음사, 1966, 51쪽, 58-59쪽에서 재인용).

11 박헌호, 「50년대 비평의 성격과 민족문학론으로의 도정」, 『한국전후문학연구』, 삼화원, 1995, 226-227쪽.

12 전기철, 『한국 전후 문예비평 연구』, 서울, 1994, 188쪽 참고.

행보는 문학을 통한 대중의 계몽이라는 방향성을 갖게 되고, 문학의 이념이 중요해지면서 비평의 시대가 열린다. 이를 대표적으로 구현하고 있는 집단이 『사상계』[13] 지식인들이었다.[14] 『사상계』는 창간 당시부터 교양과 현실참여의 계기로서의 문학 개념 정립에 매진했다. 1955년 2월 문학특집호의 권두언 「文學의 바른 位置를 爲하여」에서는 문학작품에서 논리의 기반이 되는 작가의 '사상'을 중시하고, 민족의 생생한 경험을 토대로 한 진실한 작품을 요구한다. 1955년 7월 권두언 「文學과 文學人의 權威를 爲하여」에서는 근래 문학이 문학 본연의 사명을 다하지 못하고 있음을 비판하고, "문학인이 사회와 민족과 인류에 대한 절실한 책임"을 가져 권위를 회복하고, 이러한 "진정한 문학과 문학인"의 출현을 절실히 바란다고 호소한다.[15] 1961년 11월 100호 기념 문예특별증간호의 권두언에서 "민족문학 수립을 위한 슬기롭고 양심적인 문학에의 헌신자"로서 자신의 위상을 정립하고, "순수문학지를 지향하는 여타의 잡지"와 달리 "한국문단의 번영과 발전을 위해 이바지"하기 위해 "'동인문학상' 및 '신인문학상'의 창설로서 우리 문학계에 활기와 신풍(新風)을 불어넣으려 한 노력"을 강조

13 1950년대 중반부터 1960년대 중반까지의 10여 년은 지식과 교양의 획득이 주로 '잡지'를 통해 이루어졌던 시기였으며, 1953년 4월 장준하에 의해 창간된 『사상계』는 한국사회를 대표하는 지식인 매체였다. 지식층의 꾸준한 관심 덕분에 『사상계』는 1960년대 중반까지 줄곧 잡지 부문 베스트셀러에 올라 있었다. 학생 도서의 불모 시대에 『사상계』는 학생들에게 유일한 교과서 겸 교양도서가 되었다. 『사상계』가 상정한 주된 독자층 역시 "대학생과 30대 이하의 젊은 지성인"(장준하)이었다. 임유경, 「지식인과 잡지 문화」, 오제연 외, 『한국현대생활문화사—1960년대』, 창비, 2016, 89-90쪽 참고.

14 장준하를 중심으로 한 『사상계』 지식인들의 특징은 다음과 같이 정리해볼 수 있다. 이들은 서북지역에서 월남한 지식인들이며, 철저한 반공주의를 표방한 친미 엘리트 집단이며, 서북지역의 기독교 사상을 배후로 문화적 민족주의를 계승하여 문화와 교육을 통한 계몽에 관심을 두고 있는 집단이었다.

15 1955년은 『현대문학』이 창간된 해이며, 『사상계』가 지속적으로 문학특집호를 기획하며 편집에 있어 소설의 비중이 갑자기 커진 해이다. 또한 급격한 발행 부수의 확대와 더불어 '지식인 담론'을 대변하는 매체로 성장한 해이다. 김건우, 『『사상계』와 1950년대 문학』, 소명출판, 2003, 166-167쪽 참고.

하고 있다. 즉 『사상계』가 『현대문학』과는 다른 이념적 지평에서 현대문학 형성에 지대한 영향을 미치고 있음을 강조하여 기존 문학 장과의 차별성을 명확히 하고 있는 것이다.[16]

사상계사는 1955년 10월호에 동인문학상 제정을 공지하고 이듬해부터 당선작을 결정하여 시상하기 시작했다.[17] 첫 회 수상작은 당시 『사상계』 주간이던 김성한의 <바비도>(1956), 제2회 수상작은 선우휘의 <불꽃>(1957), 제3회 수상작은 오상원의 <모반>(1958)이었다. 서북 출신 월남 지식인이 한국 지성사에 끼친 영향을 중심으로 『사상계』와 한국문학의 상관관계에 주목하고 있는 김건우는 동인문학상 수상작들의 면면을 다음과 같이 분석한다. 수상자들의 공통점은 모두 서북 출신의 작가들이며, 심사위원과 심사후보작의 작가들도 대부분 이북 출신 '월남 문인'이라는 점이다. 또한 공통되는 심사평이 심사기준으로 '이념'을 우선시한다는 점이다. <바비도>에 대해서는 "시대를 투시하는 지적인 면에서 대표적인 위치를 확보"하고 있음을 강조하고, <불꽃>의 경우 "우리가 탐구하던 인간형을 발견한 작품"이며 "새로운 문학"의 전형으로 일컫는다. <모반>의 경우 "휴머니티를 빈틈없이 구성에 조져 놓은 작품"으로 평한다.[18] 이상 작품 평가에 있어 형식보다는 사상이나 이념에 압도적 우위를 부여한다는 사실을 알 수 있다. 발견되는 유사한 심사기준은 "어두운 세계에서 벗어나"야 하며, "인간성 회복"과 같은 긍정적 요소가 나타나야 한다는 것이다.[19] 제4회 수상작인 손창섭의 <잉여인간>(1959)은 꽤 흥미롭다. 우선 손창섭은 제3회 때 오상원과 경합을 벌였으나 "그의 장기였던 인생의 부정면"

---

16 김양선, 「195 · 60년대 여성－문학의 배치」, 『여성문학연구』 29, 2013, 132쪽 참고.

17 박경수에 의하면 『사상계』의 동인문학상은 "단연 국내 문학상 중 최고의 영예"였으며, 『사상계』의 신인문학상은 "국내 일간지의 신춘문예현상을 압도하는 권위가 있었다"고 한다. 김건우, 앞의 책, 2003, 89-90쪽.

18 김건우, 위의 책, 90-93쪽.

19 김건우, 위의 책, 95쪽.

을 완전히 탈피하지 못했다는 이유로 선정되지 못한다. <잉여인간>이 제 4회 수상작이 될 수 있었던 이유는 초기작과 달리 '밝고 긍정적인' 인간형을 주인공으로 내세운 작품이라 평가되었기 때문이다. 이 수상과정에서도 다른 심사위원들은 서기원의 <음모가족>을 추천했으나 동인상 단골 심사위원이었던 백철이 심사과정에서 무리하게 손창섭의 작품을 내세운 인상이 강하다.[20] 이때에도 백철이 중요하게 내세운 심사의 기준은 '지성적 감각'이었다. 『사상계』 지식인들은 자신들의 이념에 부합하는 작품에 권위를 실어주는 방식으로 비평 담론을 주도했으나, 한편 손창섭처럼 전후 실존주의와 모더니즘 계열 작품이 갖는 허무적 분위기에 해당하는 경우라 하더라도 수상작으로 선정했으며, 여기에 강력한 지연이 작동하고 있었다는 것은 의심의 여지가 없다. 그들은 실존주의를 휴머니즘으로, 나아가 '참여(앙가주망)'로, 참여는 '근대화'와 '계몽'으로 전환시켜온 잡지의 전략[21]처럼 영향력 있는 신세대 작가를 포섭하는 전략으로 새로운 문학의 대표성을 선취하려 했던 것이다.

이상 『사상계』의 문학 이념이란 어두운 세계에서 벗어나 인간성을 회복하는 건설적 문학, 엘리트 지식인들이 자기의식의 각성을 바탕으로 무언가 새롭게 시작하는 서사이다. 이들에게 소설은 근대화로 나아가기 위한 발판이자 계몽을 위한 도구였으며, 작가의 인식은 지식인에 의한 올바른 계몽을 강조하는 것으로 연결된다. 가령, 동인문학상 수상작인 <불꽃>에 대해 이념이 서사를 압도했다는 비판도 있었으나, 이어령은 선우휘의 소설이 보이는 전형적인 계몽 담론의 특성에 대해 긍정적 평가를 내린다.

---

20 김건우는 평북 의주가 고향인 백철이 평남 평양을 고향으로 둔 같은 서북 출신의 손창섭을 무리하게 지지했다고 보고 있다. 김건우, 위의 책, 94쪽.

21 김건우는 실존주의의 한국적 굴절과 관련하여 상세히 분석되어야 할 텍스트로 『사상계』 1957년 6월호의 「문학자, 철학자가 오늘과 내일을 말하는 좌담회—휴머니즘을 중심으로」를 삼고, 그 추이를 분석하고 있다. 김건우, 위의 책, 114-119쪽 참고.

이어령은 <불꽃>이 '이 시대'에 새롭게 필요한 '참여'하고 '행동'하는 건설적 지식인을 창조해냈다고 평한다.[22]

백철은 『사상계』를 매개로 새로운 시대의 비평을 정립해나간다. 동인문학상 단골 심사위원, 각종 좌담회 참여, 시평과 월평 담당 등의 활발한 활동과 더불어 문단의 신인 문제를 신세대론으로 해명해 나간 것도 백철이었다. 1955년 2월 문학특집호에 실린 평론 「신세대적인 것과 문학」에서 백철은 신세대의 변별되는 문학적 특질로 이론과 작품 태도에 있어서의 자존감과 패기, 광범위하고 본질적인 교양 조건, 이데아를 바탕으로 한 방법적인 기술 체득의 새로움을 들고 있다.[23] 이처럼 신세대 문학의 이념적 지향성을 제시하는 백철의 신세대론은 『사상계』를 기반으로 당대 비평의 주요 담론으로 기능한다.

다른 한편 백철은 '뉴크리티시즘'을 소개하는 데 앞장섬으로써 현대 비평의 방법을 수립하고자 한다. "비평가가 작품을 감정하는 전문가라면" "전문적인 수법을 활용해야 할 것"이며, "한국문학비평은 일차 종래의 것에 그 분석과정을 추가해서 개편할 필요"가 있다는 점을 강조하고 있다.[24] 그는 전문가로서의 비평가의 입지를 확고히 하기 위해 전문적인 방법론이 필요하며, 그것을 뉴크리티시즘에서 찾고 있는 것이다. 뉴크리티시즘에서 비평은 일종의 '지식'이자 전문적 학문이었다. 이처럼 백철은 뉴크리티시즘을 소개하면서 비평의 전문성을 강조하고 지식과 연결시킨다.[25] 뉴크리티틱들은 질서와 회복으로서의 문화의 지반 위에 비평적 분석

---

22 이어령, 「역사, 행동, 관조」, 『현대한국문학전집』 12, 신구문화사, 1981, 475-477쪽; 김건우, 위의 책, 217-218쪽 참고.

23 백철, 「신세대적인 것과 문학」, 『사상계』, 1955.2, 38-39쪽 참고.

24 백철, 「분석비평의 의의-우리 비평에 추가할 부분」(1958), 『문학의 개조』, 신구문화사, 1959.1, 303-304쪽.

25 김세령은 기성세대 비평가의 비평 인식의 차이를 전 시대와 연결지어 다음과 같이 설명한다. 1930년대 비평가 중 최재서, 김기림이 주지주의 문학론을 전개하며 비평의 과

의 과학성(학적 지위)과 지성(지식)으로서의 문학연구를 추가했다.[26] 확실히 "문학을 지식으로 이해하는 입장"은 "문학을 지식으로 독립시킨" 것을 의미하며,[27] 기실 백철의 역사주의적 갈망을 감안한다면[28] 뉴크리티시즘은 역사와 정치로부터 문학을 구출하여 참된 학문의 자리에 서는 것이라는 점에서 불일치하는 것이었다. 따라서 백철은 비평 방법으로서의 수용이라는 점을 굳이 강조하며, '분석 비평'이라는 용어를 자주 사용하기도 한다. 과학적 방법이란 재건, 개발, 부흥의 방법으로서, 비합리성, 감성이 아닌 지성, 이성의 방법이었고, 감성으로부터 이성의 독립을 의미하는 것이었다.[29] 『사상계』를 중심으로 전개되던 근대성으로서 과학적 방법을 참조하건대, 백철이 비평의 과학적 방법을 담보하기 위한 방편으로 수용한 뉴크리티즘은 신세대 문학의 이념과 직접적으로 조우하여 '지식'으로서의 비평을 탄생시키는 데 결정적인 역할을 한다.

그러나 실질적으로 백철은 뉴크리티시즘의 방법을 숙지하지는 못했기에 소개에 그칠 뿐이며, 실제로 분석비평과 언어비평을 수행했던 비평의 주체는 신세대 비평가들이었다.[30] 1955년을 기점으로 대학 지식을 기반

학화를 주장했다면, 김환태, 김문집은 인상비평, 창조비평을 주장하며 비평을 예술로 인식한다. 비평을 과학으로 여긴 전자의 인식은 백철로, 비평을 예술로 보는 후자의 인식은 조연현, 곽종원으로 연결된다. 김세령, 앞의 책, 2009, 66쪽 참고.

26 황호덕은 신비평의 한국 수용이 반공의 틀 내에서 문학(연구)의 생존에 관련하여 이론 원조의 전형적인 사례로 보고 있다. 황호덕, 「백철의 '신비평'전후, 한국 현대문학 비평이론의 냉전적 양상」, 『상허학보』 46, 2016, 402쪽.

27 백철, 「클린드 브룩스-비평정신의 모색」(1957.11), 『백철문학전집3-생활과 서정』, 신구문화사, 1968, 362쪽.

28 1950년대 비평 연구자 전기철은 백철을 '리얼리스트'라 판단하고 있다.

29 김기석, 「신세대의 도덕」, 『사상』 4호, 1952.12, 13면(김복순, 「학술교양의 사상형식과 '반공 로컬 · 냉전지(知)'의 젠더」, 『여성문학연구』 29, 2013, 92-93쪽에서 재인용.)

30 백철의 뉴크리티즘 소개는 수용의 당위성만을 강조하고 있을 뿐이다. 휴머니즘의 과정에서 소외되고, 문협의 중심부로부터도 소외된 입장에서 그는 객관적 비평으로 나아가 자신의 위상을 정립해 보려고 하나 깊이 있는 수용을 하지 못하고 있다. 전기철, 앞의 책, 1994, 192쪽.

으로 한 신인 비평가들을 중심으로 작품 내적인 분석 비평의 경향이 두드러진다. 특히 '이상론(李箱論)'이 유행했던 점은 기존의 인상 비평으로는 파악할 수 없었던 이상의 난해한 작품들을 분석함으로써, 기성의 현장비평보다 신인의 강단비평이 갖는 탁월함을 입증하려는 시도의 일환이었다.[31] 비록 백철은 뉴크리티시즘을 소개하는 차원에서 그쳤고, 그에 상응하는 분석비평은 대학 교육의 지식을 기반으로 한 신세대 비평가들의 손에서 이루어졌다 하더라도 1960년대 대학 강단에서 뉴크리티즘의 텍스트가 중요하게 읽힌 점에서 백철의 역할을 간과할 수 없다.[32]

백철은 조연현, 김동리와 같은 구세대에 속하는 문인에 틀림없으나 『사상계』를 중심으로 신세대와 이념을 공유하고 『현대문학』 계열의 순수문학에 반발하며 지식으로서의 비평을 수립하고자 한다. 또한 뉴크리티시즘을 소개함으로써 과학적 비평 방법을 강조하고, 대학에서 현대문학의 아카데미즘을 견인한다. 구세대이자, 분석비평을 실천하지 못한다는 한계에 시달렸지만 비평의 이념과 방법, 양자 모두에서 현대 비평 수립의 시대에 독보적인 활동을 보인 대표적인 비평가임에 틀림없다.[33] 그에 의해 주조

31 이어령, 「이상론(-)」, 『서울대 문리대학보』, 1955.9; 임종국, 「이상론-근대적 자아의 절망과 합리」, 『고려대 고대문화』, 1955.12; 이어령, 「나르시스의 학살-시의 난해성」, 『신세계』, 1956.10; 김우종, 「TABU이상론」, 『조선일보』, 1958.4.29. 등. 김세령, 앞의 책, 2009, 158-159쪽 참고.

32 김윤식은 1957-58년의 방미 기간 동안 백철이 르네 웰렉, 클리언스 브룩스, I.A.리처즈 등의 '뉴크리틱'과의 대화를 국내로 송고한 일을 일찍이 근대한국문학에는 없었던 일종의 비평사적 사건으로 평가한다. "손에 닿을 수 없는 성좌이며 천상적 존재"였던 서양의 Literature가 판독과 번역의 대상에서 대화 혹은 인간적 사귐이 가능한 대상으로 바뀐 사건이라는 것이고, 이로써 "미국비평=대학비평=뉴크리티시즘"의 도식이 성립되었다는 것이다. 김윤식, 『백철 연구-한없이 지루한 글쓰기, 참을 수 없이 조급한 글쓰기』, 소명출판, 2008, 576-577쪽 참고.

33 *평론가로서의 씨의 이름은 너무나 유명하다. 현재 씨는 서울문리대, 동국대학 등에서 문학강의를 담당하고 있다.*(백철, 「신세대적인 것과 문학」, 34쪽)라는 저자 소개 문구가 이를 증명한다.

된 현대 비평은 전문적 지식이자 과학적 학문이었다. 현대 비평은 지성을 기반으로 하는 분석적 방법에 의한 것이었으며, 문학의 근대성을 위해 창작을 견인하는 위치를 점한다. 『사상계』를 기반으로 신세대 비평가와 공유하는 지식으로서의 비평은 문학을 통해 참여하고 행동하는 지식인을 창조하고, 민족의 근대화를 견인하는 문학의 역할을 강조한다. 이들의 문학에 대해 이념이 서사를 압도했다는 비판적 시선이 없었던 것이 아니었지만 현대 비평(현대문학)을 수립하는 데 있어 가장 강력한 영향을 행사했던 것만큼은 분명하다. 동시에 이들의 지향점이 냉전이라는 지정학적 상황에서 친미 반공주의 엘리트로서의 제한된 행보였던 것도 확실하다.

그랬을 때, 백철의 강신재 비평은 새롭게 수립된 현대 비평의 지식으로 여성 신인을 바라보는 표준적 시선에 해당한다. 그는 "작자가 비평가의 감각, 지성을 나무랜다면 이것은 조금 지나친 망상"이며, 그런 일은 "현대작가로선 포크너나 T.S.엘리옽 정도의 사람들이 하는 것"이라 일갈한다. 그리고 "내 고언이 작가에게 조그만 참고가 되기를 바란다"는 다짐으로 늘 글을 맺는다. 강신재를 향한 백철의 말에서는 감성을 압도하는 지성(지식)의 우위, 창작을 지도하는 비평의 역할이 감지된다. 강신재의 작품에는 '이념'이 전경화되어 있지 않기에 "작품의 질이 빈약"한 것이며, 창작 '방법'의 차원에서 문장 및 수사의 리얼리티가 담보되지 못한다. 이러한 차원에서 비평가 백철은 지식을 다루는 전문가로서 지성과 사상, 문장의 모든 면에서 미달하는 소설가 강신재의 작품을 지도하고 있는 것이다. 무지한 작가를 계몽해야 하는 비평가의 사명이 감지된다. 특히 여기에서 비평가의 지향이 T.S.엘리엇이라는 점에 주목한다면, 문학의 표준을 미국문학으로 삼고 한국문학을 수립하려는 의도와 서구(세계문학)를 갈망하는 문화후진국 지식인의 콤플렉스가 작동하는 지점이 잘 드러난다. 그렇기에 여러 모로 미달하는 젠더화된 지방문학으로 여겨진 강신재의 작품에 대한 평가가 제대로 이루어졌을 리는 만무하다.

3. 비평의 세대교체: 오이디푸스적 계보의 형성

현재까지 현대 비평은 끊임없는 논쟁을 거치며 성립된 세대별 인정투쟁의 결과물이며, 소위 4 · 19세대 비평가들에 의해 1960년대에 비로소 정립되었다고 여겨졌다. 『산문시대』 동인들로 상징되는 4 · 19세대 비평가들이 1950년대 비평가를 상대로 펼친 인정투쟁이 실효를 거둔 결과이다. 4 · 19세대 비평가들은 집단적으로 움직였고, 그랬기에 1955년을 기점으로 대거 등장한 신세대 비평가들의 개별적인 행보를 무력화할 수 있었다. 바로 1960년대 문학을 견인했던 4 · 19세대 비평가들에 의해 1950년대 비평은 문학적 방법이나 모랄을 찾지 못한 미달태로 여겨지거나[34] '단절기', '과도기' 정도의 호명이 부여되며[35] 평가절하된다.

1962년 서울대 문리대 소속 『산문시대』 동인들은 "태초와 같은 어둠속에 우리는 서 있다" 선언한다. 그러므로 투박한 대지에 새로운 거름을 주는 농부의 정신으로 "앞으로!" 나아갈 것을 다짐한다.[36] 이들이 공격하는 앞 세대는 동인 중 한 명이었던 김현의 글에서 구체적으로 확인해볼 수 있다. 김현은 '55년대 비평가'의 성과를 축소하며 "역사상 가장 진보적인 세대"이자 현대 비평을 수립할 주체로 '65년대 비평가', "소위 '4 · 19' 세대"를 거론한다.[37] 신세대 비평가로 호명된 지 얼마 지나지 않아 1955년을 전후로 등장한 그들의 문학은 '도저한 절망'과 '논리의 테러리즘'으로 극복의 대상이 된 것이다.[38] 그러나 앞 세대로부터 받은 유산이 전무하다

34 김윤식, 『한국현대문학비평사』, 서울대출판부, 1982, 274쪽 참고.

35 정현기, 「문학비평의 충격적 휴지기」, 현대문학사 편, 『한국현대문학사』, 현대문학사, 1989.

36 김승옥, 김현, 최하림, 「선언」, 『산문시대』, 1962, 3쪽 참고.

37 김현, 「한국 비평의 가능성」(1968), 『김현 문학전집2 – 현대한국문학의 이론/사회와 윤리』, 문학과지성사, 1991, 94–109쪽 참고.

38 김현, 「테러리즘의 문학」(1971), 앞의 책, 240–257쪽.

는 불모의 수사는 기시감이 느껴질 정도로 '55년대 비평가'의 선언과 유사하다. 그로부터 불과 십여 년 전 신세대 비평가에게 문학의 조건은 "엉겅퀴와 가시나무 그리고 돌무더기가 있는 황료한 지평 위에" 서는 일이며, "신개지를 개간하는" '화전민' 의식으로 새 세대 문학을 시작하겠노라 선언했던 것이다.[39] 이때 제거해야 하는 잡초와 불순물은 바로 구세대의 문학임은 자명하다.

그렇기에 1950년대 비평의 의의를 회복하고 1960년대 비평과의 관련성을 모색하며 맥을 이으려는 일련의 연구 성과에 힘이 실리는 게 사실이다. 전기철의 단절적 문학사 회복을 위한 1950년대와 60년대 잇기,[40] 김건우의 대한민국의 설계자로서의 『사상계』 지식인 연구,[41] 박헌호와 한수영의 민족문학론의 기원으로서 최일수의 발견,[42] 김세령의 현대 비평의 출발점으로서의 1950년대 비평 연구[43]와 같은 성과가 제출되었다. 요컨대 1950년대 비평은 신인 대망론을 통해 등장한 다수의 신세대 비평가들이 소수의 구세대 비평가들이 감당할 수 없었던 새로운 시대적 흐름을 이론적으로 대변하며 비평 장르의 독립과 현대문학의 방향을 견인하는 현대문학의 밑그림을 그린 시기였다는 평가이다.

그런데 이처럼 단절적 비평사를 극복하면서 발견되는 것은 어떤 익숙한 계보이다. 거시적으로 조망하자면 현대 비평 수립 당시 비평계 내부의 세대론적 갈등과 인정투쟁의 양상은 익숙한 오이디푸스적 계보를 상기시킨다. 아들이 아버지의 권력을 찬탈함으로써 구세대의 권력이 신세대로

---

39 이어령, 「화전민 지역－오늘의 문학적 조건A」(1957), 『저항의 문학』, 경지사, 1959, 9-11쪽 참고.

40 전기철, 앞의 책, 1994.

41 김건우, 앞의 책, 2003; 김건우, 『대한민국의 설계자들』, 느티나무책방, 2017.

42 박헌호, 「50년대 비평의 성격과 민족문학론으로의 도정」, 『한국전후문학연구』, 삼화원, 1995; 한수영, 「1950년대 한국 문예비평론 연구」, 연세대학교 박사논문, 1995.

43 김세령, 앞의 책, 2009.

내림하는 부계서사 말이다. 전후 구세대 비평가들은 1950년대 신세대 비평가들에 의해 지양되었고, 1955년대 비평가들은 1965년대 비평가 그룹에 의해 지양되었다. 헤게모니 쟁투의 상황에서 기성과 신인 사이에 불협화음이 끊임없이 발생했지만, 1950년대 문단에서 기성이 요청한 신인 대망론과 1960년대 중반에 1950년대 신세대 비평가가 4 · 19세대로의 이행을 서둘러 수락하는 담론 등을 환기한다면,[44] 결국 현대문학의 장에서 비평의 권위를 수립하고 이양한 것은 이러한 부계서사의 계보에 해당한다는 것을 확인할 수 있다. 그렇다면 이러한 비평과 현대문학의 형성 과정에서 소외된 영역은 어디인가에 대해 생각해보아야 한다. 1955년 전후로 대거 등장했다는 신세대 비평가와 4 · 19세대 비평가의 공통점은 모두 '젊은' '남성' '엘리트'라는 데에서 찾아진다. 그리고 빠른 속도록 젊은 후세대의 비평가들이 문단을 장악할 수 있었던 중대한 요소는 바로 이들이 부르짖은 현실 참여의 문학이었다. 바로 이렇게 문학의 이념과 사회 참여가 중요해지는 시대가 도래한다.

이러한 세대론적 맥락에서 강신재에 대한 비평들을 잠시 살펴보자. 우선 구세대 비평가들은 전반적으로 강신재와 여성 문학에 호의적인 편이나, '여류'라는 호명으로 여성 작가와 신인을 분리하는 방식으로 문학장에서의 젠더 영역을 강조한다. 손우성은 전반적으로 여성 작가들에 호의적인 평가를 하고 있음에도 기본적으로 여성 문학을 감수성의 문학으로 보고 여류를 신인과 구별하고 있다.[45] 정태용은 강신재의 <옛날의 금잔

44 "제2세대에 머물러 있던 관심을 이제 제3의 세대로 돌려야 할 때가 온 것 같다"는 이어령의 발언을 참고할 수 있다. 이때 '제2세대'혹은 '전후파'는 1950년대 신세대비평가(55년대 비평가), '제3세대'는 4 · 19세대(65년대 비평가)를 의미한다. 이어령, 「새 차원의 음악을 듣자」, 『중앙일보』, 1966.1.5.

45 손우성은 강신재의 「포말」을 포함한 구혜영, 손소희, 임옥인, 한무숙 등의 작품에 대해 "여성들의 예민하고도 섬미한 감수성"으로 해석한다. 아울러 여류작가와 신인군의 등장을 문학계의 특성으로 강조하고 있다. 손우성, 「여류와 신인작품의 비중–7, 8월

디>에 대해 권 노파를 자살하게 만든 포장문제는 지나치게 주관적 모티브라 비판하고, 산문정신에 대한 재인식을 요청한다.[46] 산문정신, 즉 작가의 현실인식 부족을 문제 삼는 정태용의 시각은, 여성 문학에 대한 이어령의 평가를 떠올리게 한다. 이어령은 박경리의 <불신시대>를 "미완성 풍경화"로, 한무숙의 <감정이 있는 심연>은 "사회적 측면을 그리지 못한" 작품으로 지적하면서 "산문정신은 대하처럼 흐르는 것"이라야 하는데, "도랑물처럼 흘러가는 여성적이며 장난감 같은 모형예술"이라 진단한다.[47] 이는 당시 비평 담론이 여성 작가의 작품을 산문정신의 실패, 현실인식의 부족으로 규정짓고 있음을 발견할 수 있는 지점이다. 조연현은 <절벽>에 대해 호의적인 평가를 내리지만, 그것은 작품의 오독에서 비롯된 것이었으며[48] 또한 강신재가 "가장 여류작가적인 여류작가임을" 여러 차례 강조하고 있다.

1950년대 신세대 비평가인 이어령과 같은 세대인 고은은 강신재론에서 비유와 화려한 수사를 동원하여 강신재를 적극 비판한다.[49] 고은은 우

창작평」, 『사상계』, 1955.9.

46 정태용, 「6월의 소설」, 『현대문학』, 1959.7.

47 이어령, 「1957년의 작가들」, 『사상계』, 1958.1.

48 "「절벽」의 두 남녀주인공이 서로 불행하게 된 것도 두 사람의 각각 다른 사랑의 윤리적 감정 때문이다. 남자는 그 여자 밖에는 사랑하지 못한, 여자는 자기를 버린 다른 남성을 아직도 사랑하고 있다는 사랑에 대한 서로 다른 윤리적 감정 때문에 이 두 사람은 불행 속에 빠져있다."(조연현, 「강신재 단상」, 『현대문학』, 1960.2, 96쪽)는 해석과는 달리 여자는 헤어진 전남편을 염오하고 있으며 두 사람을 불행에 빠뜨린 것은 바로 도래할 여인의 죽음이다.

49 고은은 강신재 소설의 특징을 네 가지로 제시한다. (1) 지식계급 여자의 자기인식을 애정불임증이라 판단하며, (2) 강신재의 미의식을 사치감각을 조장하는 주범으로 지목하며 바람직한 교양과 분리시킨다. (3) 강신재 소설은 남성기피형 여성을 옹립함으로써 여성의 불행을 조장한다. (4) 여성이 생활과 풍속을 버릴 때 정신적인 불모현상을 초래한다는 것을 암시한다. 이것과 관련하여 「절벽」을 분석하고 있으므로, 직접 인용해 보면 다음과 같다. "이 단편은 강신재에게 가장 부합되는 것으로서 그의 사치스러운 감각, 조류와 같은 젖은 윤색, 지적관능, 끌로 파내는 듯한 심리풍경의 균제감,

선 강신재를 '여성의 작가'로 규정짓고 나서, 그럼에도 불구하고 강신재의 여성 인물들이 대부분 주부로서의 기능이 결핍되어 있음을 지적한다. 강신재가 설정한 소설적 현실은 사회성을 흡수하지 못하며, 그들이 의식하는 현실이란 매우 주관적이고 "타이트스커트 안에서만 두 다리를 자유롭게 움직일 수 있는 현실"에 불과하다고 말한다. 한편 <절벽>을 생활과 관계없는 강신재의 대표작으로 꼽으면서, 생활(가정)과 유리된 강신재의 여성을 '서울의 여인상'이자 '근대여성'이라 칭하며 '한국의 여인상'과 구별하고 있다. 강신재를 여류작가 중에 유일하게 지성('이지적')과 감성('감수성')을 가진 작가라 칭찬하면서도, 생활의 냄새가 맡아지지 않는 소설을 씀으로써 현실을 사는 여성들(한국의 여인상)을 담아내지 못하고, 도시적 근대여성의 비극을 형상화하는데 그것은 그저 '문명적인 여성의 의상'에 그치는 허상일 뿐이라는 해석이다. 결국 남성 지식인이 보는 강신재는 지성과 감성을 겸비한 작품 세계를 가졌지만, 강신재의 지식인 여성 인물들은 가정에 발 딛고 있는 여성의 생활과 유리되어 있기에 불행할 수밖에 없고, 나아가 허영과 사치감각을 조장하는 사회적 역기능을 수행한다. 여성의 현실을 가정 내부의 영역으로 규정하고, 외부에서 활동하는 여성을 부정적으로 파악하고 그로부터 모든 불행이 초래된다는 남성 지식인의 시각은 철저하게 가부장적 시선에서 작동한다. 여기에서 여류 중에서 유

내면화하는 사상의 미세함, 결코 넘치지 않는 액체의 감정, 빛나는 우수의 절제와 운율감들이 조심스럽게 들어있다.(중략) 이러한 구도는 강신재의 여성은 한국의 여자라기보다 서울의 여인상이라고 할 수 있고 그것의 바탕은 근대여성의 자아의식으로부터 발단한다는 것을 밝혀준다. 강신재 소설문법. 그러나 그것은 문학에 있어서 근원적인 의문을 불러일으키지 않기 때문에 그의 소설은 그의 문명적인 여성의 의상에 그치는 것이다.(중략) 그것은 여성의 가설적인 의식으로부터 스스로 해방되기를 포기하는 오늘날의 여성의 내면에 대한 만가인지 모른다. 죽음이 아니라 삶의 만가, 그것을 매우 이지적이고 감수성을 가진 여성을 통해서 들을 수 있는 것은 아직 우리들의 둘레에서는 강신재밖에 없다."(강조 필자). 고은, 「실내작가론8-강신재」, 『월간문학』, 1969.11, 162-163쪽.

일하게 이지적이라는 강신재의 지성은 서구 여성과 달리 사치와 허영으로 왜곡된 '여성적 지성'으로 젠더화되며, 부정적인 평가 아래 단속되어야 할 그 무엇이 된다.

1960년대 후반 4 · 19세대에 해당하는 비평가들에 의해 이루어진 강신재 비평은 작품별 특징을 잘 포착한 실천비평이 이루어졌다는 공통점을 갖는다. 염무웅은 "대상에 대한 일정한 거리에서의 감각적 인식, 묘사문을 주로 하는 조형적 표현, 그리고 피해입는 여성의 불행한 운명에 대한 관심 등을" 강신재 작품 세계의 특징으로 파악하면서 "역사나 사회에 대한 포괄적인 파악이나 인간 존재의 근원적 의미에 대한 인식적 노력을 기대한다는 것은 아직 무리한 일"[50]이라 평가한다. 또한 서구적 문체와 번역체가 강신재의 작품을 광범위하게 지배하고 있으며, 그것이 작가의 발상법과 긴밀하게 연결된다고 지적하는데, 이는 강신재의 작품을 역사나 사회, 인간의 근원적 의미에 대한 인식이 미달한 것으로 판단하고, 부정적인 서구화의 영향의 표본으로 삼는 방식이다. 김현은 전반적으로 강신재를 대부분의 여류작가들과 달리 감정의 과잉이 없고 정갈하고 깨끗한 수채화와 같은 세계를 그리는 작가로, "비교적 절제 있는 감정의 드라마를 내보이고, 아주 비속하게 떨어져 버릴 센티멘털한 예감을 높은 예술적 차원으로 이끌어올리는"[51] 수준이라 고평하고 있다. 그러나 근본적으로 여자작가라는 것을 "약점"으로 전제하고 있는데, 이는 "사르트르의 말 그대로 이 불안한 시대에 그녀가 어떻게 해서 그 아리스토텔레스적인 조화의 세계를 얻게 되었는가는 묻지 말기로 하자"라는 결론으로 귀결된다. 전후의 실존적 불안을 공유하는 시대정신을 강신재의 작품은 간과하였다는 김현의 결론은, 다시 말해 작가가 처해 있는 사회현실과 유리된 작품

50 염무웅, 「팬터마임의 미학－강신재론」, 『현대한국문학전집』, 신구문화사, 1967, 495쪽.
51 김현, 「감정의 점묘화가－강신재론」, 『한국단편문학대계』, 삼성출판사, 1969, 421쪽.

을 썼다는 점에서 기존 남성 비평가가 지적하는 현실의식, 사회와 인간에 대한 심오한 인식의 결여라는 차원에서 반복되는 비판이다.

이처럼 신세대(55년대) 비평가, 4·19세대(65년대) 비평가들이 비평문단의 주도권을 쥐기 위해 인정투쟁의 방식으로 보여주었던 세대론적 갈등 관계는 강신재라는 여성 작가에 대해서는 지나치게 균질적인 평가를 공유하며 봉합된다. 궁극적으로 세대론은 근대화의 주체를 문제 삼는 논의라는 점에서 남성 비평가들 사이에서 주고받았던 헤게모니의 이동은 여성에게는 닫힌 오이디푸스적 계보로 설명 가능하게 만든다. 문단의 구세대들은 신인 대망론을 요청했지만, 여성 작가를 신인에서 배제함으로써 '여류'라는 비주류의 자리만을 할당했고, 신세대들과 4·19세대들은 문단에서의 젠더 정치를 고착화시킨다. 이처럼 현대 비평(문학)의 수립 과정에서 문단의 성별 이분법은 강화되어 갔으며, 이것은 여성을 근대화의 주체로 여기지 않았던 문단의 가부장적 질서를 표상한다.

한편 1959년은 등단한지 10년이 된 강신재의 단편들을 갈무리한 작품집 두 권(『희화』, 『여정』)이 연달아 간행된 때이자, 문제의 작품 <절벽>이 한국문학가협회상을 수상한 해이기도 하다. 이 점은 당시 가장 큰 문학단체였던 한국문학가협회(이하 '문협')가 강신재 작품의 문학성을 인정했다는 방증이 된다.[52] 강신재를 가장 우호적으로 평가한 조연현과 강신재의 등단을 추천한 김동리는 함께 문협 정통파에 속하는 구세대 문인들로서 특별한 이념을 추구하지 않았기에 결과적으로 『현대문학』에 여성 작가들을 위한 지면을 마련하고 문학 활동을 지원한 셈이다. 그런데 이 문협

52 한국문학가협회는 1949년 문인 전원을 회원으로 하여 창립된다. 전후 일부가 자유문학자협회로 분리되어 나가기는 하지만, 『현대문학』을 기관지로 둔 해방 후 가장 큰 문학단체에 해당한다. 어떤 사상이나 이념과도 자유로운 순수한 문학만을 표방한 단체이나, 1950년대 후반 순수참여논쟁을 통과하며, 문학의 현실 참여를 부르짖는 신세대 문인들의 집중 공격의 대상이 된다. 한국문학가협회상은 1955년부터 1960년까지 운영되었으며, 강신재의 「절벽」이 1959년 수상작이다.

의 문학은 신세대 비평가들이 "황료한 지평"이라 일컬으며 극복하고자 했던 바로 그 문학에 해당했다. 이때 1950년대 후반에서 1960년대 초반에 이루어진 순수참여논쟁은 김동리, 조연현 등 남한토착세력(순수진영)과 서북출신 지식인 및 신세대 지식인(참여진영)들이 벌인 것이며, 쟁점의 핵심에는 근대화의 문제가 있었다[53]는 해석을 참고할 수 있다. 순수론을 대표하던 김동리는 소설의 이념 압도적 경향이 한국문학의 발전을 저해한다고 보았다. 김동리는 이념이나 사상보다 표현과 형상성을 중요시하는 『현대문학』 계열의 문학관을 가지고 있었는데, 이러한 관점은 '참여', 즉 근대화를 통해 민족의 후진성을 극복하고자 했던 신세대 비평가들과 『사상계』 지식인 집단의 이념과 반대되는 것이었기에 현대문학 수립을 놓고 순수참여논쟁은 필연적일 수밖에 없었다. 이러한 맥락에서 작품의 이념과 사상성을 중시하며 <절벽>을 폄하했던 비평가 백철의 평가와 "소설의 '이념' 혹은 '사회성'"과 "동등하게 중요한 것"으로서 "소설의 분위기와 흐름"을 들어 그에 맞섰던 강신재의 논쟁은 참여진영과 순수진영의 충돌과 맞물린다. 근대화의 과제와 관련한 문학의 현실 참여를 주장했던 신세대 비평가들은 문협 계열의 순수론자들을 극복의 대상으로 여긴다. 문협은 당시 문학장의 주류임에 분명했지만, 비평계의 세대론적 인정투쟁의 장에서 순수문학을 표방한 문협 계열은 참여문학을 주창하며 헤게모니를 장악한 신세대 비평가들에 의해 비평 담론 차원에서는 비주류로 밀려난다. 이 과정에서 신인 여성 작가들은 신세대에 속하지 못한 채 문학의 이념과 사회성 부족을 이유로 함께 비주류가 되고, 여성을 배제한 신세대

53 그와 달리 1960년대 후반의 순수참여논쟁은 김수영, 백낙청 등 1960년대 '근대화론'에 반기를 드는 지식인 집단(새로운 참여론)이 새롭게 대두하면서, 김붕구, 선우휘, 이어령 등 전자의 논쟁에서 주로 '참여'를 주장하던 세력의 일부와 대립한 것이다. '근대화' 자체를 어떻게 이해하느냐와 그것의 현실화 양상을 어떻게 평가하느냐가 1960년대 중반 이후 지식인 담론을 분열시켰다면, 1950년대 후반은 그 분열 '이전'의 담론 형태였던 것이다. 김건우, 앞의 책, 2003, 124-125쪽 참고.

비평가가 근대화와 담론의 주체로 등극한다. 이러한 상황에서 여성 작가는 계몽의 주체(지식인)가 아닌 계몽의 대상(여성)에 속하게 된다.

문학의 지향점에 대해 다른 입장을 갖고 발생한 순수참여논쟁은 세대론과 맞물리며 첨예하게 충돌했지만, 이 시점에서 순수문학의 수장격이었던 김동리마저도 소설 장르를 남성적인 것으로 정립하는 데 기여했다는 점을 상기할 필요가 있다. 대표적인 여성 종합지 『여원』에서는 1956년 새해를 맞아 예술을 지망하는 젊은 여성들에게 도움이 되고자 예술계 각 부문의 지도층을 초청하여 '여류예술계의 전망'이라는 좌담회를 갖는다.[54] 우선 좌담회에 초청된 성악가, 화가, 무용가, 작가, 시인, 영화평론가, 배우를 대표하는 지도층 중 유독 소설가와 영화평론가만 남성이라는 점이 눈에 띈다.[55] 그리고 문단의 신인들에 관한 전망을 요청하는 사회자의 질문에, 노천명은 (신인 시인들의 행보가) 활발하며, 신인 중 김남조를 유망한 자로 꼽고 있다면, 김동리는 "소설은 그야말로 어려워서 그런지 잘 안 나와요. 사변전에 강신재 씨가 나온 후 6, 7년간 여류소설가가 안 나왔다가 금년에 박경리라는 이가 나왔에요."라 답하는데,[56] 여기에서 시와 소설의 장르 경계를 명확히 하고자 하며 시와 달리 소설을 지성적인 장르로 보려는 의도가 엿보인다. 순수문학을 지향하던 김동리는 소설의 이념과 사회성에 대해서는 반박했지만, 정작 비평 행위를 통해서는 문단의 신인과 여성을 지도하는 위치를 점하고 창작에 직접적인 영향력을 행사한다. 본인의 예술관을 피력하는 다른 글을 잠시 살펴보면, 그는 동서고금을 들어 철학자 중 여성이 거의 없다는 점을 들어 여성은 육체적인 면뿐

54 좌담회, 「전망」, 『여원』, 1956.1, 210-221쪽.

55 좌담회에 출연한 예술가의 성별을 밝혀 소개하면 다음과 같다. 성악가 김천애(여), 화가 천경자(여), 무용가 진수방(여), 작가 김동리(남), 시인 노천명(여), 영화평론가 오영진(남), 배우 백성희(여). 위의 글, 210쪽 참고.

56 위의 글, 217쪽.

아니라 정신적인 생산에 있어서도 남성에 비해 약하며, 종교, 과학, 정치에서도 여성 주체는 찾기 힘들지만, 예술 분야에 있어서만은 여성의 활약이 돋보인다고 강조한다.[57] 그의 예술관은 예술과 감성의 주체로서 여성을 호명하며 여성성을 예찬하지만, 유약/강건, 감성/지성, 여성성/남성성의 성별 이분법을 재생산하면서, 결국 사유와 지식의 주체로서 여성을 배제하며 문단의 젠더 정치를 고착화하는 데 기여한다. 이처럼 김동리로 대표되는 문협 측은 강신재와 여성 신인들의 작품 활동에 우호적이었지만 궁극적으로는 여성을 비평 담론과 사유의 주체에서 배제하는 식으로 여성 작가의 역할을 제한적으로 허용했던 셈이다. 그리고 이러한 관점은 '대하처럼 흘러야 하는 산문정신', '사회와 인간에 대한 심오한 인식'을 담보하는 '어려운 장르'로서 소설 장르를 규정했다는 점에서 사유의 주체로서 여성을 인정하지 않는 닫힌 오이디푸스적 계보를 강화하는 데 공모한다.

4. 문단의 젠더 정치와 '여류'로서의 공존

주지하듯 1950년대 한국사회는 예외적으로 여성의 약진이 두드러졌던 시기였다. 전후의 혼란과 실질적으로 부재했던 가부장의 자리와 남성성의 약화가 그 원인이었다. 이에 여성이 공적 영역에서 활발하게 활동하고 생계를 책임지는 가장의 역할을 수행하기도 했다. 그 당시 공적 영역에 등장한 새로운 여성상을 향한 아프레걸, 양공주, 자유부인과 같은 호명은 사회의 호기심과 공포를 엿보게 한다.[58] 그리고 이때 전후 남성 지식인에

57 김동리, 「예술과 인생—특히 여성과 관련하여」, 『현대문학』, 1955.10, 162-167쪽 참고.

58 허윤은 냉전 체제하에서 탈식민과 국가재건을 도모하는 한국이 사회를 통치하는 '손쉬운' 방법으로 여성 혐오를 선택했음을 양공주, 자유부인, 일본군 위안부의 표상을

의해 주도되었던 국가 재건의 과제는 가부장적 질서 회복을 포함한 것이었다.

1950년대는 여성 잡지와 대중잡지를 통하여 여성을 향한 교양담론이 활발히 전개되는데, 여성 작가를 향한 남성 작가의 비평담론이 그와 흡사하다. 『사상계』에 상응하는 여성 종합지 『여원』은 "여성들의 지적 향상"을 위해 창간되었고,[59] 여성 잡지는 공통적으로 "여성 계몽의 필요성을 절실히" 느끼며 계몽의 담론을 실어날랐다.[60] 『여원』을 포함한 여성 잡지들은 남성 편집진과 남성 필자를 중심으로 여성 독자들을 계몽했다는 점에서 남성을 발신자로 여성을 수신자로 위치지우고 있었기에 잡지의 구도와 체계 자체로 가부장적인 배치를 갖고 있었다.[61] 특히 성과 연애의 문제가 가장 적극적으로 공론화되는데, 1950년대 말에 이르면 다원적인 목소리들은 사라지고 연애와 결혼을 결합하고 순결과 희생, 모성을 강조하는 논조에 힘이 실린다.[62] 진정한 연애의 최종 목표를 행복한 결혼 생활로 설정함으로써, 성, 사랑, 결혼의 문제를 하나의 관계로 묶어버리는 낭만적 사랑의 이념을 공고히 한다.[63] 당대에 가장 대표적인 현모양처 표상이었던 신사임당의 잦은 등장이나 본받을 만한 서구의 지식인 여성에 관한 기사의 여성지와 대중지 섭렵은 모두 여성 계몽 담론의 일환이었다. 특히 당시 다수의 여성지와 대중지에서 발견되는 노벨 문학상 수상자 펄

통해 증명하고 있다. 허윤, 「냉전 아시아적 질서와 1950년대 한국의 여성 혐오」, 『역사문제연구』 35, 2016.

59 『여원』, 「창간사」, 1955.10, 25쪽.

60 임영신, 「창간 5주년을 맞이하여」, 『여성계』, 1956.11, 27쪽.

61 김은하, 「전후 국가 근대화와 "아프레걸(전후 여성)" 표상의 의미」, 『여성문학연구』 16, 2006, 189-190쪽 참고.

62 김지영, 「1950년대 여성 잡지 여원의 연재소설 연구」, 『여성문학연구』 30, 2013, 355쪽 참고.

63 김지영, 「가부정적 개발 내셔널리즘과 낭만적 위선의 균열」, 『여성문학연구』 40, 2017, 66쪽.

벅 여사에 대한 기사는 작품이 아닌 헌신적인 어머니로서의 역할에 치중된 내용을 전달함으로써 '가정의 천사'로서의 여성의 역할을 명확히 지정하고자 한다.

여성 작가도 예외가 아니었다. 앞 장에서 살펴본바, 강신재를 향한 남성 비평가들의 세대를 초월한 집요한 비판의 지점을 상기해보자. 강신재의 작품이 갖는 특징은 '현실의식 결여', '서구식 문체', '사치스런 인물', '가정을 벗어난 여성', '차가운 감성'으로 요약된다. 현실의식의 결여는 현실 참여라는 주류 지식인 남성들의 이념을 공유하지 않는 것으로서 지성적인 것의 결여로 연결된다. 차가운 감성은 대상과의 거리감에서 발생하는 것이므로 지성적인 면모로서의 해석이 있어왔으나 궁극적으로는 감성이 강조되는 방식으로 여류의 속성을 공유한다. 이렇게 강신재의 작품은 지성(이성적)이 아닌 감성(감정적)의 문학으로, 현실 참여가 결여된 내면적인 문학으로 특징지어진다. 한편 강신재의 주인공이 한결같이 가정을 벗어난 여성들이자 사치스러운 상류층 여성들이며, 근원적인 불행을 내포한 인물이라는 지적은 소비, 자유, 쾌락 등과 결부되어 있던 여성적 근대의 이미지들과 연결 지어 내린 부정적 평가에 해당한다.[64] 여성 작가의 작품을 비판하면서 『사상계』가 표방하는 긍정적이고 건설적인 지식인으로서 남성적 근대의 표상을 대체하려는 의도이다. 여기에 서구식 문체에 대한 비판이 추가되면 당대의 아메리카니즘의 부정적인 면모를 여성 작가에게 투사하고 있음이 확인된다. 사치와 성적 방종의 표상이었던 아프레걸의 면모가 여성 작가(지식인 여성)에게 고스란히 덧씌워지며 부정적인

64 권보드래는 1950년대 소비, 자유, 쾌락 등과 결부되어 있던 여성적 근대의 이미지를 생산과 발전이라는 남성적 근대의 표상이 대신했다는 중요한 연구결과를 제시하였다. 그리고 4 · 19혁명을 결정적인 기점으로 보고 있지만, 1950년대 공론장과 비평의 담론들을 살펴보면 이미 그 이전에도 이미 여성들을 가정으로 돌려보내려는 가부장적 질서화를 위한 움직임이 활발했던 것으로 보인다. 권보드래, 「아프레걸 변신담 혹은 신사임당 탄생설화」, 『1960년을 묻다』, 천년의상상, 2012, 481쪽 참고.

서구화의 표본으로 남는다. 정비석의 <자유부인>의 인기에 힘입어 당시 '자유'라는 기표는 여성과 결합하였을 때 사치와 허영, 성적 방종으로 해석되었고,[65] 가정을 벗어난 여자는 단속의 대상이었고 훈육의 대상이었다. 이처럼 여성 작가의 작품과 지식인 여성 인물에 아메리카니즘(서구식)의 부정적인 면모를 투사함으로써 긍정적이고 건설적인 지식인 (남성) 문학과 대립되는 부정적이고 퇴폐적인 여성 문학으로 규정된다. 즉 강신재의 문학은 이성과 대립되는 감성의 문학으로 유표화되며, 특히 현실 결여, 지성의 결핍으로 특징화된다. 그럼으로써 지식인 남성 문학의 대타항으로서의 위상이 부여된다. 남성 문학/여성 문학, 지성(이성적)/감성(감정적), 공적 영역/사적 영역, 긍정적/부정적의 이분법의 도식화가 지속되며 위계화된다.[66] 이로써 여성 문학은 표준이 되는 남성 작가의 작품에 비해 미달태로 여겨지며 한국문학사에 오랫동안 '여류'라는 비주류로서 자리한다.

이러한 현상은 작가들의 비평 참여와도 관련된다. 비평가들은 비평의 전문성을 강조했으나 비평가의 수가 충분히 확보된 이후에도 작가들의 비평행위가 여전히 이어졌다. 강신재를 가장 신랄하게 비판했던 고은도 시인으로 등단했음을 환기할 필요가 있다.[67] 지식인 남성 작가들은 비평 활동에 활발히 동참했다. 그러나 당시에 활동했던 비평가 중에 여성이 없었음은 물론이고 지식인 여성 작가들에게 주어진 지면은 대개 젠더적 역

---

65 1950년대의 '자유' 개념을 정비석의 『자유부인』과 연관지어 해석하고 있는 연구를 참고할 수 있다. 정보람, 「1950년대 '자유' 개념의 번역과 『자유부인』」, 『이화어문논집』 38, 2016.

66 『사상계』의 문학비평담론을 주도한 남성 필자들은 여성 작가들의 작품에 대해서 감수성, 섬세함, 내성적 같은 어휘들로 유표화하였다. 이와 같은 어휘들이 여성 작가들의 작품을 남성과는 '다른' 어떤 것으로 인식하고 지칭하는 것임은 물론이다. 또한 남성/여성, 이성/감성의 이분법에 기반한 전형적인 이분법적 사고이기도 하다. 김양선, 앞의 논문, 2013, 139쪽.

67 1958년 조지훈의 추천으로 『현대시』에 시 「폐결핵」을 발표하며 등단한다.

할을 요구하는 것들이었다.[68] "단 한 번도 내가 여자니까 여자다운 글을 써야겠다고 생각한" 적이 없는데, "여인작가로써 여인만이 가질 수 있는 어떤 정신의 위치, 여인의 독특한 세계가 있는가 하는 질문"[69]에 대한 청탁에 응답해야 하는 곤혹과 그에 대해 문제를 제기하는 김말봉의 언급이 이러한 정황을 대변한다 하겠다. 참고로 『사상계』의 여성 담론은 거의 찾기 힘들며,[70] 『사상계』에 수록된 여성 작가들의 작품도 매우 적다.[71] 또한 동인문학상 수상작가에 여성은 한 명도 없다는 점이 비평 담론에서의 여성 배제를 방증한다.

이렇게 한국전쟁 이후라는 특수한 시기에 반짝 등장한 많은 여성 작가들은 문단의 비주류로 밀려나는 과정을 거치며 다수가 장편 연재소설 창작으로 선회한다. 1960년대에 접어들면서는 본격문학과 대중문학의 이분화가 진척되는데, 다수의 여성 작가들이 소위 본격문학의 장에서 세력을 잃어가고 대중작가 혹은 통속작가로 호명된다. 아울러 1960년대에는 여성 작가들의 등장과 활동이 모두 위축되었다는 점도 기억해둘 만하다.[72] 한편 1960년대 한국현대문학이 자리 잡아 가는 가운데, 여류문학도 단체

---

68 전후 문단에서 살펴볼 수 있는 여성 작가의 산문은 다음과 같이 모두 '여성'이나 '여류'가 강조된 것들이다. 박경리 · 한무숙, 「두 여류수상자의 대담」, 『여원』, 1958.4; 김말봉, 「여류작가와 여인」, 『동아일보』, 1958.4.24; 전숙희, 「백환짜리 화제－여류문인의 다방진출기」, 『동아일보』, 1958.4.19; 한말숙, 「여인다운 박경리 선생」, 『현대문학』, 1958.7. 등

69 김말봉, 「여류작가와 여인」, 『동아일보』, 1958.4.24.

70 『사상계』의 여성 담론은 거의 찾기 힘들다. 약 18년간의 수천 건의 논문, 기사 중 '여성'이란 문구가 제목에 포함된 경우는 7편밖에 없으며, 매호 마련하는 특집이나 좌담회도 여성 문제를 초점화한 경우가 단 한 번도 없었다. 김복순은 '여성 소거'는 『사상계』의 근대화 전략 중 하나였다고 평가한다. 김복순, 앞의 논문, 2013, 118쪽.

71 『사상계』에 수록된 여성 작가들의 소설은 단편 37편, 장편 1편으로 총 수록편수 431편에 비해서 턱없이 적다. 김양선, 앞의 논문, 2013, 129쪽.

72 1950년대 여성 작가들의 약진과 비교해 1960년대에는 '한글세대' 남성 작가들이 대거 출현한 반면 신인 여성 작가들의 두드러진 진출은 약화된다. 강지윤, 「원한과 내면－탈식민 주체와 젠더 역학의 불안들」, 『상허학보』 50, 2017, 38쪽.

를 구성하고 여성 문학 정전화 작업에 착수하는 등의 행보를 보여준다.[73] 『한국여류문학 33인집』(1964)의 선집 발간,[74] '한국여류문학인회'의 결성(1965), 『한국여류문학전집』(1967)의 간행[75] 등 여성 문학 정전 만들기의 작업이 이루어진다.[76] 이러한 전후 여성 문학 선집/전집은 여성 작가들이 편집자로 참여하여 자발적으로 만든 것이며, 근대 여성 문학의 기원을 설정하고 정전을 형성하고자 하는 욕망을 강하게 드러낸다는 점에서 주목할 만하다. 그러나 『한국여류문학 33인집』 자체가 박화성의 회갑 기념으로 만들어졌고, 김명순, 나혜석, 김일엽 같은 1세대 여성 작가가 고의로 배제되어 있으며,[77] '한국여류문학인회'라는 최초의 여성 작가모임의 초대 회장이 박화성이었다는 점으로 미루어볼 때 1960년대에 이루어진 여성 문학의 정전화 작업이나 여성 작가의 활동이라는 것은 남성 지식인들이 허락하는 가부장적 규범 내에서 가능한 것이었음을 짐작할 수 있다. 1930년대 문단이 가장 선호했던 최정희, 모윤숙, 노천명 등이 1950년대에는 종

73 여성 종합지 여원을 중심으로 이루어진 전후 여성 문단의 형성과 제도화 과정은 김양선의 연구를 참고할 수 있다. 김양선, 「전후 여성문학 장의 형성과 『여원』」, 『여성문학연구』 18, 2009.

74 편집위원 강신재, 김남조, 손소희, 전숙희, 조경희, 홍윤숙, 신구문화사, 1964.

75 전집에 수록된 작가명만 나열하면 다음과 같다. 1권: 박화성, 강경애, 백신애, 최정희, 장덕조, 김말봉, 2권: 임옥인, 손소희, 한무숙, 윤금숙, 3권: 강신재, 박경리, 정연희, 한말숙, 손장순, 4권: 구혜영, 박기원, 송원희, 최미나, 김의정, 전병순, 박순녀, 김녕희, 이정호, 이규희, 이석봉, 안영, 오지영, 5권: 아동문학-신지식, 이영희, 남미영, 희곡-김자림, 박현숙, 송숙영, 수필-이명은, 조경희, 전숙희, 정충량, 김일순, 천경자, 전혜린, 6권: 시(생략) 김양선, 앞의 논문, 2009, 82-83쪽 참고.

76 김양선, 위의 논문, 76-84쪽 참조.

77 고은은 강신재론의 서두를 다음과 같이 시작하고 있다. "이광수가 박화성을 발견함으로써 비로소 한국의 여류작가가 등장했다고 생각하는 것은 그 이전의 여류작가의 출몰을 인정할 수 없는 고충이 포함되어 있다." 1950년대 문단은 흔히 개화기와 유비 관계로 이해되는데, 아프레걸의 호명을 통해 흔들렸던 가부장적 질서를 회복하려던 전후 사회에서 노라처럼 가정을 탈출한 1세대 여성 작가를 애써 망각하려는 의도가 노골적으로 표면화된 구절이다. 고은, 앞의 글, 1969, 151쪽.)

군작가 활동과 반공주의적 국가주의에 협력하고 여성성을 이러한 국가주의에 맞게 전유함으로써 여성 문학의 장을 지배했던[78] 것은 대표적인 사례에 해당한다. 문단의 젠더 정치가 작동되며 현대문학이 수립되어 가는 과정에서 전후 신인 여성 작가들은 신세대 대신 여류에 속할 수밖에 없었고, 가부장적 규범 아래 '여류'라는 비주류의 자리에서 창작으로 에둘러 말할 수밖에 없었다. 한국현대문학이 하나의 통설로 자리 잡아 나가는 가운데 '여류'들은 타협과 배반을 통해 조용한 존립을 택했다. 비평의 공론장에 초대받지 못한다면 작품에서 복화술로 말하는 수밖에 없었다. 그리고 이러한 상황은 여성 비평가의 활동이 본격화된 1990년대가 도래할 때까지 이어졌다.[79] 그러니 1959년에 찰나적으로 들렸던 여성 신인 작가 강신재의 직설화법은 이질적이었고 그래서 주목에 값한다.

강신재의 <안개>에서는 소설가로 막 등단해 주목을 받기 시작한 아내의 재능을 질투하고 아내의 소설을 제멋대로 고치고 지도하려는 이류작가 남편이 나온다. 사실 정확한 시기도 맞지 않고, 역할도 다르지만 <절벽>을 향해 비판을 가하고 줄곧 여류로 타자화해온 문단의 비평가들이 겹쳐 보이는 것을 왜일까. 소설의 말미에 남편을 향해 마음속으로 절규하는 성혜의 목소리가 인상 깊다. '싫어! 소설도, 공부도, 남편도, 사는 것도 다 싫어! 싫어!'[80]라는 성혜의 히스테릭한 외침이야말로 강신재가 문단을 향해 발화하고 싶었던 진심이었을지 모른다.

78 김양선, 앞의 논문, 2009, 63-64쪽 참고.

79 "현실을 보다 현실답게 느끼기" 위한 "강신재 소설의 서정성은" "남성 작가들의 비현실적 서정성과 변별"되는 ""서사적 서정성""이며, "현실에 대해 보다 민감하게 반응하기 위한" 것이라는 여성 비평가의 평가로부터 1990년대 이후 강신재와 여성 작가들의 작품들이 갖는 대사회적 의미가 재평가되기 시작한다. 김미현, 「강신재론-서정성 · 감각성 · 여성성」, 『현대문학의 연구』 8, 1997, 149쪽 참고.

80 강신재, 「안개」(1950), 김미현 편, 『한국문학전집 31: 강신재 소설선-젊은 느티나무』, 문학과지성사, 2017, 31쪽.

5. 나가며

이 글은 현대 비평 수립 과정에서의 여성 비평가 부재 현상에 대한 궁금증과도 맞닿아 있다. 1950년대가 현대 비평 기원의 시기이고, 이후 현대문학을 견인하는 역할을 수행했다는 차원에서 1990년대, 소위 '여성 문학의 시대'가 도래할 때까지 문단에 여성 비평가가 부재했다는 것은 매우 기이한 현상이다. 가령, 많은 지식인 남성 문인은 비평가의 역할을 공유했지만 여성 문인의 비문학(산문)은 젠더화된 매체(여성 잡지)에 실리거나 대개 젠더적 표지가 붙은 것들이 대부분이었다.

이에 이 글에서는 현대문학의 방향성이 모색되던 전후 문단 상황을 젠더적인 관점에서 조망하였다. 이 글은 1959년에 있었던 짧지만 인상적인 논쟁에 주목하며 시작하였는데, 이는 평론가 백철이 폄하한 작품 <절벽>의 평가에 대해 작가 강신재가 반론을 제기한 경우였다. 백철은 <절벽>이 여인의 신변이야기이기 때문에 시대성을 갖지 못한다는 차원에서 작품의 질이 낮으며, 수사학적 차원에서 작가의 문장에 문제가 많기에 작품의 리얼리티를 찾기 힘들다고 평가한다. 이에 강신재는 자신의 작품에 대한 비평가의 몰이해와 폄하를 반박하는데, 이는 당대 비평계의 화두였던 비평의 이념과 방법에 관한 근본적인 문제 제기였다는 점에서 중요하며, 또한 현대 비평 수립과정에서 부재했던 여성의 비평적 논평을 찰나적으로 포착할 수 있는 순간이라는 점에서도 유의미하다.

한국 현대 비평은 끊임없는 논쟁의 산물이며 세대별 인정투쟁의 결과물로 여겨진다. 소위 4 · 19세대 비평가들에 의해 1960년대에 정립되었다는 그간의 정리에 더하여, 1950년대 비평의 연관성과 의의를 회복하려는 일련의 연구 성과도 힘을 얻고 있다. 그런데 1955년 전후로 대거 등장한 '신세대 비평가(55년대 비평가)'와 '4 · 19세대 비평가(65년대 비평가)'들 사이의 세대론적 갈등과 인정투쟁의 과정은 그들이 모두 '젊은' '남성' '엘리트'라는 공통점에서 부계서사의 계보로 봉합된다는 점이 주목을 요한다. 가령, 강신재를 향한 당대의 비평 담론은 조연현, 정태용, 손우성과 같은 구세대 비평가, 고은, 이어령과 같은 신세대 비평가, 염무웅, 김현과 같은 4·19세대 비평가들의 평가가 분명한 세대론적 차이를 가짐에도 불구하고 젠더적 차원에서는 현실과 유리된 감성적 여류 문학이라는 지나치게 균질적인 공통된 평가를 보인다. 이 과정에서 신인 여성 작가들에게는 '신세대'가 아닌 '여류'라는 비주류의 자리만이 할당된다. 궁극적으로 세대론은 근대화의 주체를 문제 삼는 논의라는 점에서 남성 비평가들 사이에서 주고받았던 헤게모니의 이동은 여성들에게는 닫힌 오이디푸스적 계보에 해당했다.

당대 비평가 백철의 독특한 위상을 검토하는 것은 강력한 신세대 비평 담론의 방향성을 파악하는 데 도움이 된다. 백철은 문단의 구세대에 속했지만, 전후 대표적인 지식인 잡지 『사상계』를 거점으로 새로운 비평을 견인하는 데 앞장선다. 그것은 문학의 이념과 방법이라는 두 가지 차원에서 이루어졌다. 먼저 사상계 지식인들은 문학의 이념을 중시하며 '시대를 투시하는 지성'을 갖고 '참여'하고 '행동'하는 지식인을 창조하는 문학을 추구한다. 다음으로 백철은 '뉴크리티시즘'을 전문적이고 과학적인 현대 비평의 방법으로 소개한다. 이를 통해 수립된 새로운 문학(현대문학)은 감성을 압도하는 지성(이념)의 우위, 창작을 지도하는 비평의 우위를 특징으로 하는 것이었다.

실상 1950년대 한국사회는 전후의 혼란과 실질적으로 부재했던 가부장의 자리로 인해 예외적으로 여성의 약진이 두드러졌던 시기였다. 이때 전후 남성 지식인에 의해 주도되었던 국가재건의 과제는 가부장적 질서 회복을 포함한 것이었고, 문단의 담론도 그에 상응하는 것이었다. 강신재의 작품은 지성이 아닌 감성의 문학으로, 현실 참여가 결여된 내면적인 문학으로 특징지어질 뿐만 아니라, 강신재의 주인공들은 가정을 벗어난 사치스러운 지식인 여성들이며, 근원적인 불행을 내포한 인물이라 지적된다. 이러한 방식으로 여성 작가의 작품과 지식인 여성 인물에 아메리카니즘의 부정적인 면모를 투사함으로써 긍정적이고 건설적인 (남성) 문학의 대타항으로 설정한다. 이로써 여성 문학은 당대에 표준이 되는 남성 작가의 작품에 미달하는 '여류'의 범주로 고착된다. 당대 비평 담론은 남성 비평가(작가)에 의해 선취되었기에 문학 비평의 주체로서 여성의 역할은 부재하였다. 그렇기에 여성 지식인(작가)은 작품을 통해 복화술로 말하기를 수행할 수밖에 없었으며, 이에 현대 비평에 의해 견인되었던 한국현대문학의 수립 과정에서의 여성 작가의 작품 평가에 대해 전면적으로 재고할 필요성이 제기된다.

한국의 현대문학은 냉전의 자장에서 형성된 전후 문학장의 독특한 지형과 후진국 테제에서 비롯된 지식인 주체와 비평 장르가 견인하는 계몽의 방식에 기원을 두고 있다. 한국현대문학의 수립 과정은 간단하지 않았다. 세대론, 순수참여론, 전통론, 모더니즘론, 민족문학론, 실존주의론, 휴머니즘론과 같은 담론들과 함께 각축하는 가운데 이루어져 왔다. 그 과정에서 강신재와 같은 전후 신인 여성 작가들은 세대론적 차원에서 신세대에 속하지 못하고, 순수참여논쟁에서 현실 참여의 문학을 강하게 표방하는 참여론자들에게 밀린다. 그리고 전후 국가 재건 과제와 맞물려 빠른 속도로 가부장적 질서를 확립해가려는 비평의 공론장에서 '여류'라는 비주류로서의 불편한 공존을 택할 수밖에 없었다. 이와 같이 보편과 표준 지식으로서 정립된 전후 현대 비평은 그와 동시에 강력한 젠더 규범이 작동된 결과였다.

● 참고문헌

1. 기본 자료

강신재, 「절벽」, 『현대문학』, 5, 1959.

강신재, 「평론가의 예술적 감각—백철씨의 평을 박(駁)한다」, 『동아일보』, 1959.5, 26-27.

강신재, 「안개」, 김미현 편, 『한국문학전집 31—강신재 소설선-젊은 느티나무』, 문학과지성사, 2017.

백철, 「4 · 5월 작품 Best의 순위」, 『동아일보』, 1959.5.23.

백철, 「문장과 이메지의 간격—강신재씨에게 답함」, 『동아일보』, 1959.5, 30-31.

『여원』, 1955.10; 『여성계』, 1956.1; 1956.11; 『사상계』, 1955.2; 1955.7; 1961.11.

2. 논문 및 단행본

강지윤, 「원한과 내면—탈식민 주체와 젠더 역학의 불안들」, 『상허학보』 50, 2017.

권보드래, 「아프레걸 변신담 혹은 신사임당 탄생설화」, 『1960년을 묻다』, 천년의상상, 2012.

김건우, 『『사상계』와 1950년대 문학』, 소명출판, 2003.

김건우, 『대한민국의 설계자들』, 느티나무책방, 2017.

김미현, 「강신재론—서정성 · 감각성 · 여성성」, 『현대문학의 연구』 8, 1997.

김미현, 「이브, 잔치는 끝났다」, 『여성문학을 넘어서』, 민음사, 2002.

김복순, 「학술교양의 사상형식과 '반공 로컬 · 냉전지(知)'의 젠더」, 『여성문학연구』 29, 2013.

김승옥 · 김현 · 최하림, 「선언」, 『산문시대』, 1962.

김세령, 『1950년대 한국 문학비평의 재조명』, 혜안, 2009.

김양선, 「전후 여성문학 장의 형성과 『여원』」, 『여성문학연구』 18, 2009.

김양선, 「195 · 60년대 여성-문학의 배치」, 『여성문학연구』 29, 2013.

김은하, 「전후 국가 근대화와 "아프레걸(전후 여성)" 표상의 의미」, 『여성문학연구』 16, 2006.

김윤식, 『한국현대문학비평사』, 서울대출판부, 1982.

김윤식, 『백철 연구—한없이 지루한 글쓰기, 참을 수 없이 조급한 글쓰기』, 소명출판, 2008.
김지영, 「1950년대 여성잡지 여원의 연재소설 연구」, 『여성문학연구』 30, 2013.
김지영, 「가부장적 개발 내셔널리즘과 낭만적 위선의 균열」, 『여성문학연구』 40, 2017.
김현, 『김현 문학전집2—현대한국문학의 이론/사회와 윤리』, 문학과지성사, 1991.
박헌호, 「50년대 비평의 성격과 민족문학론으로의 도정」, 『한국전후문학연구』, 삼화원, 1995.
이어령, 「화전민 지역—오늘의 문학적 조건A」, 『저항의 문학』, 경지사, 1959.
임유경, 「지식인과 잡지 문화」, 오제연 외, 『한국현대생활문화사—1960년대』, 창비, 2016.
전기철, 『한국 전후 문예비평 연구』, 서울, 1994.
정보람, 「1950년대 '자유' 개념의 번역과 『자유부인』」, 『이화어문논집』 38, 2016.
한수영, 「1950년대 한국 문예비평론 연구」, 연세대학교 박사논문, 1995.
황호덕, 「백철의 '신비평'전후, 한국 현대문학비평이론의 냉전적 양상」, 『상허학보』 46, 2016.
현대문학사 편, 『한국현대문학사』, 현대문학사, 1989.
허윤, 「냉전 아시아적 질서와 1950년대 한국의 여성혐오」, 『역사문제연구』 35, 2016.

3. 기타 자료
고은, 「실내작가론8—강신재」, 『월간문학』 1969.11.
김동리, 「예술과 인생—특히 여성과 관련하여」, 『현대문학』, 1955.10.
김동리, 「1959년의 소설」, 『사상계』, 1960.1.
김말봉, 「여류작가와 여인」, 『동아일보』, 1958.4.24.
김현, 「감정의 점묘화가—강신재론」, 『한국단편문학대계』, 삼성출판사, 1969.
박경리, 한무숙, 「두 여류수상자의 대담」, 『여원』, 1958.4.
백철, 「신세대적인 것과 문학」, 『사상계』, 1955.2.
백철, 「분석비평의 의의—우리 비평에 추가할 부분」, 『문학의 개조』, 신구문화사, 1959.1.
백철, 「클린드 브룩스—비평정신의 모색」, 『백철문학전집3—생활과 서정』, 신구문화사, 1968.
손우성, 「여류와 신인작품의 비중—7, 8월 창작평」, 『사상계』, 1955.9.
염무웅, 「팬터마임의 미학—강신재론」, 『현대한국문학전집』, 신구문화사, 1967.
윤병로, 「비평의 디렘마」, 『현대문학』, 1959.12.

이무영, 「평론·비평의 문장」, 『서울신문』, 1959.7.3.
이어령, 「1957년의 작가들」, 『사상계』, 1958.1.
이어령, 「새 차원의 음악을 듣자」, 『중앙일보』, 1966.1.5.
전숙희, 「백환짜리 화제—여류문인의 다방진출기」, 『동아일보』, 1958.4.19.
정태용, 「6월의 소설」, 『현대문학』, 1959.7.
조연현, 「강신재 단상」, 『현대문학』, 1960.2.
조연현, 「비평의 신세대」, 『문학예술』, 1956.3.
좌담회, 「전망」, 『여원』, 1956.1.
한말숙, 「여인다운 박경리 선생」, 『현대문학』, 1958.7.

2장

'연재소설의 시대', 1950년대 대중문학론의 형성과 전개

이지연 · 김명신

1. 들어가며: 매체의 범람과 '대중'의 재발견

익히 알려진 바대로, 한국의 1950년대는 전쟁으로 무너진 사회 · 문화적 토대의 '재건'이라는 기치 아래 각종 헤게모니 투쟁이 활발히 전개된 시기였다. 문화 제반 분야에서도 각종 문화 주체들이 출현하여 영역 확보 경쟁을 벌였는데, 신문사들이 일간지를 통해 치열하게 경합을 벌이는 한편 종합지, 여성지, 학생지, 오락지 등 다종다양한 잡지들이 경쟁적으로 출판되면서 소위 '잡지 전성시대'가 시작된 것을 그 예로 들 수 있겠다.[1] 이렇듯 신문과 잡지 등 저널리즘의 폭발적인 범람과 성장은 출판매체의

1 1950~60년대 지식인 담론장에 큰 영향력을 끼쳤던 종합지 『사상계』 외에도 수다한 대중잡지들이 출현했다. 이 대중잡지들이 잡지 시장을 주도하면서 분야별 잡지 매체 간의 경쟁이 심화되었다. 대부분은 잡지연쇄 전략을 통해 시장에서 살아남고자 했으며, 그 결과 잡지의 전문화 · 세분화가 가속화된다. 이봉범(2010)은 1950년대 대중잡지가 갖는 영향력이 『사상계』를 압도하는 수준이었음을 지적하면서, 이 시기 매체 환경은 『사상계』만을 중심으로 연구할 수 없다고 주장한다. 그에 따르면 "1955년 기준으로 2천부의 『사상계』와 9만부의 『아리랑』이 마주하고 있"는 실정이었다. (이봉범, 「1950년대 잡지저널리즘과 문학」, 『상허학보』 30, 상허학회, 2010a, 403-409쪽 참조.)

지면을 주요 거점으로 삼았던 문학의 지형에도 변화를 가져올 정도였다. 신문 및 잡지의 연재소설이 저널리즘의 '상품'으로 급부상하게 되면서 매체와 문학이 맺는 관계가 상업주의 기조 아래 재조정되기 시작한 것이다. 연재소설에 대한 신문사의 막강한 권력이 "한국의 장편소설을 기형적인 방향으로 이끌어왔"[2]다는 작가들의 개탄은 1950년대 중반부터 이미 그러한 관계의 재편이 문단의 현실적 문제가 되었음을 보여준다. 이 시기 신문연재소설은 이미 신문의 독자 확보를 위한 생존전략의 일환이었으며, 대중잡지들 또한 시장 우위를 점하고자 앞다투어 '소설'을 주력 상품으로 끌어들이고 있었기 때문이다.[3]

따라서 이 시기 문학의 존재 방식은 상업 저널리즘 시장의 확대, 그리고 상품화된 문학의 소비 주체로서 나타난 '대중' 독자와의 역학 관계 속에서 되물어질 수 있는 것이었다. 주지하듯 소규모의 문예지와 전문지를 압도할 만큼의 사회적 영향력을 신문·잡지 연재소설은 가지고 있었고, 그 저변에는 즉각적인 반응과 구매력을 통해 자신들의 취향과 욕망을 투사하는 '대중' 독자가 존재했다. 대중잡지 소설의 장르가 세분화됨에 따라 전문적·직업적으로 소설을 연재하는 작가들이 탄생했으며[4] 그들은 독자로서의 '대중'의 욕망을 더욱 민감하게 받아들일 수밖에 없었다. 신문소설의 경우에도 독자의 요구, 신문사의 요구, 작가로서의 입장 가운데서 "작품을 어느 정도 독자에게 영합시키느냐"[5]가 작가들에게 중요한 문

2 「집필거부를 성명-작가권익옹호위, 서울신문에」, 『동아일보』, 1956.9.22.

3 신문의 경우만 보더라도 연재소설은 독자 확보 전략에서 무시할 수 없는 존재였다. 『경향신문』의 독자여론조사를 보면, 1950년대에서 1960년대 말까지 신문소설에 대한 독자들의 관심은 상당히 높았으며 그 정도가 꾸준히 유지된다. 데이터로서 여러 문제점을 감안하더라도 당시 신문소설 선호도가 꽤 높았고 그 증감의 폭 또한 크지 않았다는 사실을 확인할 수 있는 대목이다. (이봉범, 「8·15 해방 후 신문의 문화적 기능과 신문소설-식민유산의 해체와 전환을 중심으로」, 『한국문학연구』 42, 동국대학교 한국문학연구소, 2012, 324-326쪽.)

4 이봉범(2010a), 앞의 글, 432-435쪽.

제가 되었음은 물론이다. 이러한 현상은 문단의 비평가들에게도 '대중'과 '문학'의 관계를 다시금 고찰하도록 만들었다. '대중문학' 또는 '통속소설'을 둘러싸고 작가들이 고민을 토로하는 한편 비평가들에게서 강력한 비판적 논조가 흘러나온 것도 그러한 결과라고 할 수 있다. 급부상한 신문 · 잡지 연재소설에 대한 기존 문학 장의 부담과 위기감, 또는 그 가운데 '대중문학'의 영역을 다지려는 이들의 움직임이 전후 한국의 담론장에서 발견되고 있었던 것이다.

비평가 백철은 1955년 『현대문학』에 「저널리즘과 문화성」이라는 글을 싣는데, 그는 "넌센스와 에로틱한 것"을 선호하는 독자들이 거대하게 출현하고 있음을 거부할 수 없는 "시대성"으로 인식한다. "이만치 퇴폐해버린 시대도 더 있을 수 없지만 이만치 시대적으로 문화적인 의미가 요청되면서 있는 때도 없"다는 그의 진단은 문학을 '퇴폐'적인 것으로 만드는 독자들의 존재를 우려하고 있다. 백철의 우려는 1966년에 발표된 조연현의 글에서도 나타나는바, 조연현은 문화영역의 '상품화'가 1960년대 가장 기본적인 전제임을 인정한다. 그러나 "대중사회에 진출"하는 것이 문학의 사명임을 인식하면서도 "순문예적 저널리즘을 통한 자신의 영토"를 지켜야 한다는 주장은, 이 시기 대표적인 순수문학론자였던 그가 '신문 · 잡지가 아닌' 문예지 문학의 영역을 확보하려 했던 전략적인 움직임을 보여주는 것이기도 하다. 즉 대중, 통속, 퇴폐, 외설 등의 용어와 함께 '문학'의 범주가 다시금 문제시되면서 문단 내 주류/비주류의 구획 짓기가 시도되고 있었던 셈이다. 그리고 그 한가운데에는 신문 · 잡지에 연재되던 장편 소설들이 있었다.

이에 본고는 1950년대 한국의 문학 장에 주요한 변곡점을 이뤘던 매체 환경의 변화와 더불어 '대중(문학)' 혹은 '통속(문학)'을 둘러싸고 제출되었

5 박영준, 「힘드는 신문소설 <형관>을 쓰고나서」, 『동아일보』, 1956.4.1.

던 비평적 담론을 점검해 보고자 한다. 신문연재소설의 가치를 전면 부정하며 순문학의 예술성을 드높여야 한다는 극단론, 신문소설의 통속성을 '건전성'으로 발전시켜야 한다는 주문, 혹은 기존의 상아탑적 순문학 담론을 거부하며 신문소설의 가치를 적극적으로 옹호하는 글 등 문단의 반응은 복잡하게 나타난다. 그러나 이들의 저변에는 상술하였듯 '대중' 독자와 신문 · 잡지 연재소설의 사회적 영향력에 따른 문학 장의 인식변화 및 나름의 고민이 공통적으로 깔려 있다. 이후 본론의 2절에서는 1950년대 저널리즘 시장의 폭발적인 성장과 그에 따라 변화한 문학과 매체의 역학관계를 살피고, 3절에서는 '대중성'과 '통속성'을 정의함으로써 '대중문학'의 영역을 새로이 규정하고자 했던 논자들의 견해를 따라가 보고자 한다. 이러한 작업을 통해 1950년대 신문 · 잡지 저널리즘과의 관계 속에서 문학이 규명되고 도출되는 방식을 자문해볼 수 있으리라 생각한다.

2. 연재소설의 시대: 1950년대 저널리즘 문학의 형성

주지하다시피 한국의 문학은 신문 · 잡지 저널리즘과 긴밀한 관계를 맺으며 성장해왔다. 근대문학의 효시라 할 수 있는 이광수의 『무정』은 1917년 매일신보에 연재된 신문 연재소설이었으며, 근대문학 초기의 다양한 동인지 활동은 잡지 저널리즘과 문학의 공진화를 이끌었다. 특히 일제강점기와 해방기에 활동한 신문기자 출신 작가들의 존재나 한국전쟁기의 종군기자단에 참여한 문인들의 목록을 고려할 때, 한국문학과 신문 저널리즘의 친연성은 결코 부정될 수 없는 것이었다. 그러나 전쟁을 거치며 문인과 언론인 간의 구별은 빠르게 이루어지기 시작하며, 신문의 문예면 대부분을 차지하던 문학의 비중도 점차 줄어드는 것을 확인할 수 있다.[6] 그런가하면 대부분의 잡지들이 문예지가 아님에도 문학에 일정 지면을

할애하는 것이 관행화되는 등 전후 잡지 저널리즘에서는 문학 편중 현상이 두드러지게 나타난다.[7]

이러한 현상을 규명하기 위해서는 당시 신문과 잡지 저널리즘의 매체 환경을 자세히 살펴볼 필요가 있다. 해방기와 한국전쟁기 신문 저널리즘은 국가보안법과 신문지법, 군정명령 제88호 등의 언론 탄압적 법과 정책에 포획되어 있었다.[8] 1951년의 동아일보 필화사건과 정부의 억압적 정책에 대한 비판적 시민여론의 형성으로 신문지법이 폐지되기는 하나, 여전히 국가보안법과 군정명령 제88호가 버티고 있었고 신문지법의 대안으로 정부가 입법 추진한 출판물법에 대해 신문 저널리즘은 민권수호투쟁을 전개하며 언론의 권리를 주장하였다.[9]

즉, 한국전쟁을 거치며 신문 저널리즘이 표방한 것은 민권주의에 기반한 정권성이었다.[10] 그것은 이승만 정부의 권위주의적 관권에 대적한 것으로, 당시 대중들의 요구에 부응하려는 신문 저널리즘의 시도이기도 했다. 이러한 시도를 통해 신문은 당대의 대표적 공론장으로 자리 잡았다. 이때 주목할 것은 이 시기 대중과 신문의 관계가 소비자와 판매자 관계의 연장선에 있었다는 점이다. 전쟁을 거치며 사회의 경제적 기반이 흔들렸듯 인쇄 자본의 토대 또한 붕괴되었는데, 10만 부 이상의 발행부수가 유지되어야만 안정적으로 경영이 가능한 상황에서, 중앙 일간지 중 어느 하나도 그 조건을 충족하지 못한 것이 전후 한국 신문 저널리즘의 현실이었

6 이봉범, 「1950년대 신문저널리즘과 문학」, 『반교어문연구』 29, 반교어문학회, 2010b, 275쪽.

7 이봉범(2010a), 앞의 글, 416쪽.

8 이봉범, 「8·15해방~1950년대 문화기구와 문학 – 문화관련 법제를 중심으로」, 『현대문학의 연구』 44, 한국문학연구학회, 2011, 266–267쪽.

9 위의 글, 267–278쪽.

10 최미진, 「매체 지형의 변화와 신문소설의 위상 (2)」, 『현대문학이론연구』 50, 현대문학이론학회, 2012, 204–207쪽.

다.[11] 따라서 신문 자본은 운영을 위해서라도 필연적으로 이윤 확보를 위한 전략을 펼쳐나갈 수밖에 없었다. 당시 대중들이 요구하던 정론성은 그 점에서 신문 자본이 채택한 이윤 확보 전략의 하나였다.

그러나 대부분의 신문이 대중들의 요구에 맞춰 자신을 민권지로 자칭하는 상황에서, 단순히 정론성을 추구하는 것만으로는 차별성을 지닐 수 없었다. 이에 신문 자본은 상업주의를 공식적으로 천명하며 증면을 비롯한 다양한 매체전략을 구사해나갔다. 그 일환으로 선택된 것이 바로 문학이었다. 1950년대 신문의 문학 포섭은 크게 두 가지 형태로 나타나는데, 하나는 독자문예현상모집과 신춘문예 제도의 본격화, 독자 문예란의 창설 등을 통해 신문 독자들의 문학적 참여를 독려하는 것이었다.[12] 이는 문맹률이 급감과 교육 수준이 급증이 동시에 이루어졌던 1950년대의 현실을 반영하는 것이다.[13]

리터러시 인구의 향상은 신문 자본으로 하여금 독자 창출을 위해 연재소설이라는 문학의 형식을 채택할 수 있게 하였다.[14] 1950년대를 거치며 신문에 게재되는 단편 소설은 신춘문예 당선작을 제외하곤 거의 전무한

---

11 이봉범(2010b), 앞의 글, 271쪽.

12 위의 글, 278-279쪽.

13 자기 문학은 민족정신을 고취하기 위한 하나의 방법론이었을 뿐이며 여전히 자기는 자기 자신을 문사로 지칭하지 않는다는 이광수의 선언을 고려할 때(이광수, 「여의 작가적 태도」, 『동광』, 1931.4), 1950년대 일어난 문화계 전반의 분화와 직업 작가의 성립은 문인이 더 이상 직업을 초월한 민족의 선각자이자 계몽가가 될 수 없게 되었음을 반증하는 것이기도 하다. 실제로 전후 문화부장에 임명된 인사들의 명단을 확인할 때 문인의 수가 언론인의 수에 비해 현저히 적은 것을 확인할 수 있다. (이봉범(2011), 앞의 글, 305쪽.) 또한 1950년대부터 활발히 출판 · 유통되기 시작한 전집들과 함께 문학은 점차 문학 교양의 지위를 점하게 되는데, 이는 독서를 취미로 하는 일반 대중의 유입을 의미하는 것으로, 문학의 저변이 소수의 식자층에서 대중에게로 완전히 확대되었음을 암시하는 것이다. 그러나 동시대 문학 장에서 이루어진 문학의 규범화는 문학을 순수문학과 비문학(통속 · 대중문학)으로 이원화하며 '진정한' 문학의 범위를 구획화하고자 했던 당시 문단 권력의 욕망을 현시한다.

14 각주 7과 동일.

수준에 이르게 되는데,[15] 이는 ‘신문소설 = 장편 연재소설’이라는 공식이 성립된 것과도 마찬가지이다. 『자유부인』이 서울신문의 판매 부수를 약간의 과장을 보태 거의 두 배 가까이 증가시켰다는 정비석의 술회[16]에서 알 수 있듯, 이 시기 연재소설은 신문자본의 경영에 있어 핵심적인 요소였으며 그 신문의 수준을 가늠하는 지표로 취급받았다.[17] 따라서 연재소설의 작가들은 대부분 그 인기를 검증받은 소수의 기성작가들이었다.[18][19] 그러나 신문 연재에 있어 그들의 문학적 권위는 크게 보장되지 못했는데, 1957년 11월, 서울신문에 연재되던 김팔봉의 『군웅』이 독자들의 흥미를 더 이상 끌지 못한다는 이유로 신문사로부터 연재 중지 통보를 받은 것이 대표적인 사건이다.[20] 이는 연재소설과 그것의 작가를 철저히 상업적인 상품으로 간주하던 전후 신문 저널리즘의 태도를 보여주는 예이다.

문인들은 이에 거세게 반발하였다. 이듬해인 1956년 9월, 당사자라 할 수 있는 김팔봉을 비롯해 61명의 문인이 서울신문에는 자기 소설을 집필하지 않겠다는 성명을 발표하였으며,[21] 성명을 발표하는 것 외에도 문학의 상업화를 촉진하는 신문 연재소설에 대한 경멸은 문학 장 내에서 공공연히 이루어졌다. 물론 신문소설의 통속화를 우려하고 지적하는 의견은 1930년대부터 꾸준히 있어왔다. 그러나 그것이 매체의 문제로 고정된 것

15 이봉범(2012), 앞의 글, 308-309쪽.

16 정비석, 「작가의 말」, 『자유부인 1』, 고려원, 1996, 8쪽.

17 이덕근, 「연재소설 ‘자유부인’과 그 논쟁」, 『언론비화 50편』, 한국신문연구소, 1978, 639쪽.

18 이봉범(2010b), 앞의 글, 283쪽.

19 전후 들어 신문 연재소설로 인기를 끌며 다양한 신문사로부터 러브콜을 받은 대표적인 작가들에는 정비석, 김내성, 김말봉, 박화성 등이 있다. 그러나 1950년대 후반을 거쳐 1960년대에 이르면 신인 작가들이 신문 연재소설의 새로운 인기 작가로 등장하는데, 개중에는 신문사의 장편 현상 공모를 통해 등단하며 신문 · 잡지 연재소설만을 주로 창작하는 소위 전문 대중 작가들이 존재했다. (이봉범(2010a), 앞의 글, 433-434쪽.)

20 이봉범(2012), 앞의 글, 305쪽.

21 「「서울신문」에 작가 61명 도전, 일체 집필을 거부」, 『경향신문』, 1956.9.21.

은 전후의 일이다.[22] 작가의 자율성을 보장하지 못하고 독자의 통속적인 취미에 영합한다는 이유 아래 신문소설은 점차 비문학의 지위로 격하되었으며, 신문소설에 관한 주요한 논의는 작가가 그것을 통해 어떻게 최대한의 문학성을 달성하며 독자 대중들의 수준을 고취시킬 것인가 하는 것이었다.[23] [24]

전후 신문 저널리즘과 문인들 사이의 이와 같은 대립은 문인들로 하여금 문학의 자율성이 보장되는 지대를 추구하게 하였다. 이는 수많은 문예지와 종합지의 탄생으로 이어졌다. 문인신문기자라는 계층이 사라지고, "문인잡지기자"[25]라는 새로운 문인 계층이 등장하게 된 것이다.[26] 신문 저널리즘뿐 아니라, 잡지 저널리즘의 변화에 있어서도 1950년대는 핵심적인 시기였다. 전쟁을 거치며 잡지 저널리즘은 신문 저널리즘 이상의 문화적 영향력을 담보하게 되었고, 대중지와 종합지, 여성지 등 다양한 성격의 잡지가 등장하기 시작하였다. 당시 활발히 출판된 잡지들이 신문사가

22 1930년대 신문소설의 통속화에 대한 비판은 수준 낮은 독자에게 영합하여 대중 작가가 되겠다는 야심을 품는 작가와 수준 높은 작품을 감당하지 못하는 대중 독자층에게 오롯이 향하는 양상을 보인다. (한식, 「신문소설의 재검토」 1-4, 『조선일보』, 1937.10.28.~1937.10.31.) 또한 문학과 저널리즘은 아직 "교섭"관계에 있는 것으로, '신문 소설=통속 소설'이라는 명제가 아직 완전히 정착되지 않았다. (김남천, 「조선적 장편소설의 일고찰」, 『동아일보』, 1937.10.19.~1937.10.21.) 그런가 하면 전후 들어 다시 본격적으로 제기되는 신문소설의 통속화에 대한 우려에서 일차적인 비판의 대상이 되는 것은 신문 자본의 상업화이고, 그에 굴복한 작가, 그리고 통속적인 작품을 원하는 대중 독자가 함께 비판되며 비판의 대상에 신문 자본이 추가되는 것을 확인할 수 있다. (김내성, 「신문소설에 바라는 것」 1-4, 『경향신문』, 1956.5.3.~1956.5.12.)

23 김동윤, 「1950년대 신문소설의 위상」, 『대중서사연구』 17, 대중서사학회, 2007, 31쪽.

24 문인들은 생활에 필요한 자본과 작품을 발표할 지면을 필요로 하였기에, 전후 활동하던 문인들 중 적지 않은 수가 신문에 자기 소설을 연재한 이력을 가지고 있었다. 이들의 과제는 통속적이지 않으면서도 재미있는 신문소설을 창작하는 것이었다. (위의 글, 28-30쪽.)

25 최미진, 앞의 글, 207쪽.

26 위의 글, 208쪽.

아니라 독자적인 출판 자본에 의해 발간되었다는 점을 짚을 필요가 있다. 수많은 잡지 자본들의 출범은 잡지들 간의 무한 경쟁을 초래하였고, 잡지 자본으로 하여금 한 경영사 내에서 다양한 잡지를 발간하는 잡지연쇄 전략을 채택하게 하였던 것이다. 이를 통해 잡지의 분업화와 전문화가 촉진되었고, 이는 잡지연쇄 전략의 활성화로 이어지며 일종의 순환구조를 형성하였다.[27] 사실상 1950년대 잡지의 연쇄 전략은 잡지 저널리즘과 신문 저널리즘이 같은 상업화의 길을 걸으면서도 서로 다른 방식으로 문학과 관계할 수 있었던 핵심 요인이라고 할 수 있는 것이다.[28] 한 회사가 다양한 잡지를 운영하였기에, 잡지 저널리즘은 신문과 마찬가지로 독자를 유입하기 위한 상업적 목적에서 문학을 배치하면서도 신문보다는 관용적인 태도를 유지할 수 있었다.

잡지마다 그 성격과 편집 전략이 달랐던 것도 문학과 잡지의 우호적인 관계를 정립하는 데에 큰 몫을 했다. 그 예로 종합지와 문예지, 대중지의 문학 배치를 비교해볼 수 있다. 1950년대 '대중교양지'를 자처하며 나선 종합지 『신태양』의 경우 신문이나 여타 다른 잡지들과 마찬가지로 문학을 적극 도입하였음이 확인된다.[29] 현상모집 및 추천제도를 통해 독자의 문학적 참여를 독려한 것 또한 당시 신문이 취했던 매체전략과 비슷하지만, 특기할 만한 것은 1954년 이후 『신태양』이 문예면을 대폭 증대한 것이나 순수문학을 주로 실음으로써 백철을 비롯한 당대 비평가들에게 호평 받았다는 점이다.[30] [31]

27 이봉범(2010a), 앞의 글, 401쪽.

28 위의 글, 400쪽.

29 김윤경, 「1950년대 종합지의 매체전략과 독자인식－종합교양지 『新太陽』을 중심으로」, 『리터러시 연구』 11(4), 한국리터러시학회, 2020, 398쪽.

30 위의 글, 398-401쪽.

31 사실상 이는 대중지와 종합지를 한 회사가 동시에 경영할 수 있게 했던 잡지 연쇄 전략의 여파라고 보아야 한다. 신태양사는 『신태양』을 종합교양지로 위치시키며 반대로

전시에 창간된 대표적인 종합지이자 지식인들의 산실이었던 『사상계』 또한 창간호 이후 잡지에 문예면을 고정하였고, 종합지임에도 불구하고 문학지의 성격이 너무 강하다는 비판을 들을 정도로 문학 중심의 편집 노선을 채택하였다.[32] 이 시기 『사상계』에 실린 문학의 양태를 살펴보면 소설의 비중이 압도적인 것을 확인할 수 있는데, 이는 순수문학의 장 내에서 전작중편 연재와 장편연재의 활성화를 추동한 요인이었다.[33] 물론 1950년대 『사상계』의 기치는 계몽과 이념이었고,[34] 문학 배치에서 가장 중심이 되는 것은 단편소설이었다. 그럼에도 『사상계』에서 시도된 소위 '순수'장편소설은 신문이나 대중지에 연재된 통속적인 장편소설의 반대항에서 '장편=통속'이라는 고정관념을 타파하고 장편소설을 순수문학의 영역으로 끌어들이고자 한 당시 문단권력의 욕망을 보여주는 것이라 할 수 있다.[35]

『사상계』의 이러한 시도를 당대 문예지들 또한 적극적으로 받아들였다.[36] 전후 창간된 문예지들은 순수문학의 거점으로 자기 자신을 정체화하였고, 문예지의 편집자이자 주 필자로 활동하던 문인들은 순수문학이라는 기치 아래 문단 내 권력을 점거해나갔다.[37] 그 예로 1955년 창간된 문예지인 『현대문학』의 경우 "본지는 본지를 일개인의 적은 기업이나 취미로부터 해방하여 명실공히 한국문단의 한 공기(公器)로서"[38] "건전한 한국 현대문학을 건설할"[39] 것이며 "무정견한 백만인의 박수보다 문학에

대중적이거나 통속적인 요소들은 대중지 『명랑』에 배치하였다.

32 이봉범(2010a), 앞의 글, 425쪽.

33 위의 글, 같은 쪽.

34 김경숙, 「『사상계』의 문예 전략 연구」, 부산대학교 박사학위논문, 2019, 44쪽.

35 위의 글, 426쪽.

36 위의 글, 443쪽.

37 위의 글, 446쪽.

38 「창간사」, 『현대문학』 창간호, 현대문학편집부, 1955.1, 13쪽.

대한 깊은 애정과 식별력을 가진 한 사람의 애정"[40]을 추구할 것임을 창간사에서 밝히고 있다. 이는 대중성을 배척하고 소수 문인을 중심으로 한 순수문학을 추구하겠다는 선언에 다름 아니다. 또한 『현대문학』은 첫 호부터 염상섭의 장편소설 『지평선』을 연재하고 있는데, 이는 대중적인 장편연재소설을 배척하고 순수장편소설의 길을 모색하려는 예의 노력이라고 볼 수 있다. 실제로 『현대문학』을 비롯하여 당대 창간된 문예지들은 이후 신문 및 일반 잡지 저널리즘으로부터 벗어나 순수문학의 독자적 장을 형성하기에 이른다.[41]

그런가 하면 1950년대 대중지의 경우 순수문학과 통속 · 대중문학이 접경하는 독특한 완충지대가 되어주었다.[42] 물론 대중지가 신문과 마찬가지로 특히 장편 소설 연재에 주력한 것은 사실이다. 나아가 대중지의 모회사는 이후 연재 완료된 작품을 같은 계열사의 출판사에서 단행본으로 출간해 이윤을 추구하는 면모까지 보였다.[43] 이때 출간된 연재소설의 대부분은 신문소설과 함께 영화의 원작이 되는 통속 · 대중문학들이었다. 문예지와 종합지에서 장편 연재를 도모하기는 하였으나, 여전히 연재소설이라는 단어는 대중지나 신문에 연재되며 독자 대중에 의해 광범위하게 소비되는 통속적인 문학을 지칭하는 데에 주로 사용되었다.

또한 대중지가 순수문학과 통속 · 대중문학에 지면을 적절히 할애했다고는 하나 특정 목표층을 겨냥한 대중지와 일반 대중을 겨냥한 대중지의 문학 편집 전략이 상이하였는데, 『명랑』, 『아리랑』 등 일반 대중을 목표 독자층으로 한 대중지의 경우 『여원』, 『주부생활』 등 특정 독자층을 상정

39 위의 책, 같은 쪽.
40 위의 책, 같은 쪽.
41 이봉범(2010a), 앞의 글, 444쪽.
42 위의 글, 429쪽.
43 위의 글, 437-439쪽.

한 대중지에 비해 대중·통속문학을 싣는 비중이 비교할 수 없을 정도로 높았다.[44] 그러나 당대 담론을 살펴보면 대중지 내에서 여성지가 따로 분리되는 식의 간단한 구분을 제외하고 이들은 '대중지'라는 기표 아래 모두 하나의 집단으로 지칭되는 면모를 보이며, 문인들은 문예지가 아닌 상업주의 대중지에 통속적인 소설을 연재하거나 대중지의 특설문예란에 소설을 투고하기 위하여 기웃거려야 하는 자신들의 처지를 한탄한다.[45] 나아가 1960년대가 되면 대중지가 "반라"[46]의 연재소설을 싣는 불건전한 매체라는 것이 지배적인 담론이 된다.

전후 당시 대중지는 종합지나 문예지를 훨씬 웃도는 판매부수를 자랑하였으며, 1957년 이후 하락세를 걷기는 하였어도 여전히 대중적인 영향력을 과시하였고 1960년대 들어서면 보다 본격적인 대중오락잡지로서 주간지들이 대거 등장하기도 한다.[47] 또한 대중지에 연재된 소설은 본격적인 문학 비평의 대상으로 고려되지는 않았으나 탐정소설, 명랑소설 등의 소설 장르를 개척하며 독자 대중의 저변을 넓혀나갔다.[48] 이는 국한문을 혼용하던 신문이나 종합지, 문예지와 다르게 순국문 표기를 이용해 다수의 대중을 포괄하고자 하였던 대중지의 전략과 연결되는 부분이다.[49] 많은 대중지들이 독자문예란을 관심 갖고 운영하던 것 또한 소수의 지식인이 아닌 독자 대중 일반을 겨냥한 움직임이었다. 문예지와 종합지를 주요 거점으로 삼아 자신을 구성해가던 순수문학은 사실상 그 테두리에 포

44 각주 36과 동일.

45 박연희, 「작가와 생활」, 『동아일보』, 1958.10.23; 이무영, 「제야방담: 공백의 갑오문단을 회고함」, 『동아일보』, 1954.12.30.

46 「반라의 대중잡지」, 『조선일보』, 1964.6.17.

47 이봉범, 「잡지미디어, 불온, 대중교양: 1960년대 복간 『신동아』론」, 『한국근대문학연구』 27, 한국근대문학회, 2013, 415-416쪽 참조.

48 위의 글, 434-435쪽.

49 이봉범(2013), 앞의 글, 420쪽.

섭되지 않는 "백만인"[50]의 대중과 그들에 의해 향유되던 대중·통속적 장편 소설에 둘러싸여 있던 형국이었던 것이다.

3. '대중문학'이라는 타자: 1950년대 문단의 연재소설 인식

1955년 경향신문의 '가십' 란에는 "통속과 저속"[51]이라는 표제로 글이 한 편 실린다. 대중지와 신문의 연재소설에 대한 세간의 평가를 거론하고 있는 이 글에서 논자는 '통속'과 '통속소설'의 개념을 각각 "모든 사람이 알기 쉬운 것", "일반의 흥미를 중심으로 재미있게 쓴 소설"로 정의한다. 즉 신문연재소설의 통속성은 광범한 "대중의 기반"을 가진 데에 기인하며 이를 '저속'으로 폄하하는 비평가들은 비평의 권위를 실추시킬 뿐이라는 논의다. 비록 '가십'의 형태이지만 이 글은 당대 신문/잡지 연재소설에 쉽게 따라붙는 '통속'이라는 꼬리표가 담론장에 떠오른 하나의 풍경을 보여준다. 그런데 통속과 통속소설, 소설의 대중성과 '대중문학'에 대한 논의는 1950년대 처음 등장한 것은 아니었다. '통속'은 1910년대부터 '공통적인 것(common)'과 '저급한 것(to be vulgar)'의 이중적인 의미 사이에서 공명하는 단어였으며, 강용훈의 연구에 따르면 1920년대부터 통속은 '대중'이라는 용어와 맞물려 사용되기 시작했다.[52] 1950년대에 이르면 '통속'은

50 각주 33과 동일.

51 「통속과 저속」, 『경향신문』, 1955.7.4.

52 1927년 김기진이 '대중독자'의 문제를 제기한 무렵부터 '대중문학'과 '대중소설'이라는 용어가 담론장에 드러난다. '통속소설'과 '대중소설'은 이즈음부터 병용되기 시작해 1934년 청년조선사의 『신어사전』에는 '대중문학'이라는 용어가 "통속문학"의 의미로 등재되어 있음을 확인할 수 있다. 1930년대 임화와 안함광은 '통속'을 일반 '상식'의 개념과 연결지어 저널리즘의 '대중성'에 대한 논의를 펼쳤는데, 해방 이후에는 '통속'이 서서히 '저급' 또는 '저속'이라는 의미 영역으로 이동하면서 기존의 '공통적인 것(common)'을 의미하던 '통속'의 역할을 상당 부분 '대중' 개념이 차지하게 된다. 이

그 의미 저변이 축소되어 많은 경우 '저속'이나 '저급함'의 속성을 띠게 되는데, 소위 순수문학과 대중문학의 영역을 구분하는 가운데 문학이 지양해야 할 상태를 가리키는 기표로 등장하였다.

대중문학의 '통속성'에 대한 이러한 경계는 소위 '순수문학'을 옹호했던 논자들에게서 강하게 나타났다. 1950년 서울신문에 실은 백철의 글[53]에 대한 조연현의 반박[54]은 대중문학을 둘러싼 두 사람의 입장 차이를 확연히 보여주는데, 우선 백철은 '대중소설'의 대중성과 '순소설'의 예술성을 아우르는 '정통문학'을 지향해야 한다고 주장한다. 이에 대해 조연현은 '대중소설'과 '순수소설'을 접목할 수 있다는 가정이 근본적인 "착란"에 불과하다며 강하게 비판한다. 그는 '대중소설(통속소설)'의 대척점에 '본격소설(순수소설)'을 놓으며 후자를 문학이 지향해야 할 유일한 예술적 영역으로 규정하고 있다. 따라서 조연현이 보기에 신문연재소설은 "장편소설이 가지는 진정한 성격"[55]을 갖지 못한 비(非)문학에 가까운 것이었다. 유사한 논의가 1954년 곽종원의 글에서도 발견되는바,[56] 흥미 본위의 '대중문학'을 곧 '통속문학'과 연결지으며 문학으로서의 질적 가치가 전혀 없는 것으로 폄하하고 있다는 점에서 그러하다. 곽종원에게도 당시 대중문학의 유행은 문단의 정체 또는 후퇴를 보여주는 "파행적인 현상"에 불과

�고 '대중'이 정치적인 국민 또는 인민의 개념으로 전유되면서 '통속'은 별다른 위상을 부여받지 못하게 되었다. 단정 수립 이후에는 '순수문학' 대 '대중문학'이라는 대립 구도 아래 '통속'은 '비속함', '저속함'의 속성으로 한정되는 경향을 보인다. 관련 논의는 강용훈, 「'통속' 개념의 변천 양상에 대한 역사적 고찰」, 『대동문학연구』 85, 성균관대학교 대동문화연구원, 2014 참고.

53 백철, 「순소설과 정통소설－대중소설과는 삼각관계인가」, 『서울신문』, 1950.5.4.~5.7. (강용훈, 앞의 글, 41쪽에서 재인용.) 백철은 '정통소설'을 "대다수의 대중적인 기초 위에 생성된 거대한 공감의 문학"으로 정의하는데, 이는 기존의 '본격소설'과 (통속성과는 다른) '대중성'의 절충 지점을 찾고자 했던 시도로 읽을 수 있다.

54 조연현, 「본격소설에의 길(上~下)」, 『경향신문』, 1950.6.6.~6.7.

55 조연현, 「신문연재 소설의 위기(上~下)」, 『동아일보』, 1953.6.4.~6.5.

56 곽종원, 「문예통속성의 경계와 기술의 숙련」, 『새벽』 2, 1954.12.

했다. 두 사람의 글은 대중문학이 범람하는 문단의 '위기' 상황을 극복하기 위해 작가들 스스로 통속성을 배제하고 예술적 역량을 끌어올려야 한다는 주문으로 수렴된다. 오로지 독자를 확보하기에 급급한 작가들의 안일한 창작 태도야말로 장편 소설을 문학적 "불구자"[57]로 만드는 주범이라고 보았기 때문이다.

그런데 조연현의 글에서 또 한 가지 주목할 점은 그가 작가들을 향한 독자들의 "비난"과 "경멸"을 언급하며, 자연스럽게 "작자보다 총명한 독자들"을 상정하고 있다는 점이다. 이 독자들의 범주에 조연현 본인과 같이 신문연재소설의 현 상황을 '위기'라고 보는 문단 비평가들의 존재가 고려되어 있음은 충분히 짐작 가능하다. 즉 비평가들이 비판과 질타를 통해 작가들의 자성(自省)을 이끌어내고 "진정한 창작성"을 "승인"할 때, 문학은 통속성을 극복하고 비로소 본래의 예술성을 지향할 수 있다는 주장이다. 그렇다면 이렇게 '총명한' 독자들에 속하지 않는 독자층의 정체는 무엇인가? '신문소설'의 성격을 규정하고자 한 김내성의 글[58]은 여기에 일정한 답을 제공하는 측면이 있다. 김내성은 상업적 저널리즘과 문학의 친연성을 "역사적 사실"로 인식하면서도, 예술성을 요구하는 "교양 있는 독자"와 통속성을 좇는 "유치한 독자"를 구분한다. 저널리즘의 상업수단이 된 신문소설은 이전 시대와 달리 전자가 아닌 후자의 흥미를 끄는 데 급급한 나머지 '통속소설'로 전락하고 말았다는 것이다.

여기에서 그가 신문소설의 '통속성'을 언급하며 그 대척점에 '대중성'을 놓고 있다는 점이 눈에 띈다. 김내성에게 당대 신문소설의 통속화는 작가들이 "건전한 대중성"과 통속성을 혼동하면서 벌어진 일이었다. 이러한 논리는 '대중성=건전한 것=예술성', '통속성=불건전한 것=(삼면기사

57 조연현(1953), 앞의 글.

58 김내성, 「신문소설의 성격－신문소설에 바라는 것(2)」, 『경향신문』, 1956.5.4.

적)비예술성'이라는 등식을 완성한다. 따라서 "문학적 교양"이란 고급 예술로서의 문학의 보편화를 의미하는 "건전한 대중성"을 판별하는 조건이 되며, 그것은 통속성에 흥미를 갖는 "유치한 독자"가 결여하고 있는 자질이기도 하다. 김내성의 이러한 시각은 까마득한 절벽 "밑에 있는 어린 애"[59]로 표현되는, '교양 없는' 대중의 수준을 끌어올려 주는 것이 '대중문학'과 작가의 역할이라고 인식하는 데서 기인한다. 즉 건전한 대중성이란 어디까지나 "문학적 교양"을 가진 작가와 독자가 "유치한 독자"를 계몽하고 구제하는 데서 발견되는 개념인 것이다.

이러한 독자층의 구분은 이듬해 『문학예술』에 실린 이봉래의 「대중문학론」[60]에서도 발견되는데, 이봉래는 이 글에서 당대 문단에서 대중소설 · 통속소설의 장르 구분이 모호함을 지적하면서 '대중문학'이라는 영역의 성격을 규명하고자 한다. 신문이나 잡지에 게재되는 '대중소설'이 "몇만의 독자를 점유하고 또한 단행본으로 몇 만부 팔린다는 현상"이 이미 그것의 엄청난 사회적 영향력을 입증하고 있기 때문이다. 이 글의 특징적인 부분은 '통속성'을 문학의 기본적인 조건으로 인식하고 있다는 점이다. '본격문학(소설)'과 '대중문학(소설)'은 양쪽 다 통속성을 그 근간으로 하고 있으나, 후자의 문제점은 "모랄이 없"는 작가의 무사상성이 문학의 통속성을 오락성에 한정한 데서 발생한다. 즉 '예술'과 '오락' 사이에서 대중소설은 통속성을 문학적으로 형상화하는 데 실패한 결과라고 할 수 있다. 이러한 관점에서 이봉래는 대중소설의 성격을 "교양있는 사람 눈에는 '넌센스'에 불과한 값싼 감상성"으로 정의한다. 이때 "교양있는 사람"은 소설을 "하나의 오락으로 읽는" "대중소설의 독자"와 구별된다.[61] 즉 저속한 오락성을 즐기는 독자층과 문학적 "휴매니즘"을 요구하

59 김내성, 「대중문학과 순수문학－행복한 소수자와 불행한 다수자」, 『경향신문』, 1948.11.9.

60 이봉래, 「대중문학론」, 『문학예술』 23~24, 1957.3.~4.

는 독자층은 별개이며, 대중소설의 독자들은 전자에 속한다는 것이다.

이봉래의 글에서 대중문학의 '저속함'이 통속성이 아니라 "오락성"이나 "값싼 감상성"으로 일컬어지고 있기는 하지만, 그것을 '교양 없는' 대중소설 독자의 전유물로 인식하는 태도는 대부분의 논자들과 다르지 않았다. 즉 "유치한 독자"가 즐기는 저속한 통속성과 "건전한 대중성"[62]을 구별함으로써 '문학적인 것'을 정의하려는 노력은 1950년대 다른 문인들에 의해서도 드물지 않게 시도되고 있었던 것이다. 이를테면 작가 이무영은 '독자대중'을 통속화한 다수와 그렇지 않은 소수로 변별하며, 다수의 통속적 독자를 독자의 전부로 착각해서는 안 된다고 주장한다. 그의 논의에서 통속성과 구별되어야 하는 문학의 "대중성"이란 통속화된 대중소설의 독자가 아니라 소수의 '순수문학' 독자들에게서 발견될 수 있는 것이었다.[63] 안수길 역시 순수문학만이 "진실한 뜻에서의 문학이며, 문학예술의 이름하에 논의될 수 있는 소설"이라고 주장하면서 순수문학의 대척점에 "독자의 요구를 만족시키기 위해"[64] 쓰는 '통속소설'을 놓는다. 다만

61 이러한 구분은 김기진의 「대중소설론」(1929)에서 이미 나타났던 바 있다. 김기진은 이 글에서 대중을 교양 차이에 따라 상층과 하층으로 분할하여 인식한다. 이때 '교양'이란 지식의 습득 여부와 '취미의 진보' 문제로 수렴되는 것이었다. 또한 백철의 1930년대 비평(「1933년도 조선문단의 전망」, 『동광』 40, 1933.1.) 역시 '문화수준이 낮은 대중'을 상정하며 그들의 취향에 '통속작품'을 연결짓고 있다. (강용훈, 앞의 글, 26-27쪽 참조.) 백철의 인식은 본문에서 살펴볼 1950년대 비평에서도 변주되어 관찰된다.

62 김내성(1956), 앞의 글.

63 "순수문학은 순수성을 가진 인간만이 쓸 수 있는 것이지 통속적인 인간이 문학만은 순수문학을 쓸 수는 없다. (…) 고뇌도 폭도 없는 생활이 바로 통속성인 것이다. 문학은 자기가 체험한 바를 가장 사랑하는 사람에게 들려주는 이야기다. 이 상대란 진실하게 살려고 몸부림치는 사람이다. 통속소설은 많이 읽히니까 좋은 소설일 수 있다든가 읽히지 않으니까 소설값에 가지 않는다든가 하는 사고방식은 문학이전의 이야기이거니와 이 '많은 독자'가 대중인 듯이 착각하는 데서 문학의 통속성과 대중성을 협잡하려고 드는 것이다." (이무영, 「문학의 순수성과 통속성(上~下)」, 『동아일보』, 1956.7.5.~7.6.)

64 안수길, 「통속과 순수의 차이점」, 『자유문학』 23, 1959.2.

대중에게 선보이는 신문연재소설의 경우 '통속소설이면서도 예술소설'을 견지해야 한다고 덧붙이기도 한다. 이는 신문소설 작가로서 독자의 "흥미"와 "문학적인 감흥" 모두를 고려해야 했던 안수길의 딜레마가 엿보이는 대목이라 하겠다.[65]

유사한 맥락에서 신문소설에 대한 유동준과 김우종의 논평을 살펴볼 수 있다. 먼저 유동준은 「신문소설의 생태」[66]를 통해 "오늘날의 신문소설"을 "대중소설도 아니고 그 외 어떠한 이름의 소설도 아닌" 것으로 진단함으로써 조연현과 같이 신문소설의 현 상태를 '위기'로 간주한다. 유동준은 "소설의 첫 조건이요, 최종의 목적"으로서 문학의 '대중성'을 소설의 '예술적' 가치가 다수의 독자들에게 받아들여지는 것으로 정의하며 그 결과물로서의 '대중소설'을 주장한다. 따라서 '대중소설'도 아니고 겨우 '통속소설'에 불과한 신문소설은 "문학예술의 내용 · 조건 · 가치가 구비되지 못하였으면서 소설형식으로 행세하는" 사이비로 폄하된다. 그리고 그 책임은 소설의 예술성을 구현하는 "작가의 윤리", 즉 "모랄"을 보여주지 못한 신문소설 작가들에게 있다. 김우종이 보기에도 "비슷비슷한 사건의 반복으로 구성된 것"[67]에 지나지 않는 신문소설은 진정한 '문학'이라고 할 수 없다. 그리하여 김우종은 한국의 문학계가 단편에 비해 "장편 구성에는 매우 무능"하며, 심지어 기회가 없어 진정한 장편 소설은 발표되지 못했다고 말한다. 즉 이들의 논리에서 신문소설은 작가의 '모랄'을 결여한 것으로, 그것을 회복한 후에야 비로소 문학의 영역에 편입될 수 있거나(유동준) 혹은 결코 '본격소설은 될 수 없는' 무가치한 것(김우종)으로 규정됨을 알 수 있다.[68]

65 안수길, 「창작 여담—'제이의 청춘'을 쓰고 나서」, 『신문예』, 1958.8. (김동윤, 앞의 책, 23쪽에서 재인용.)

66 유동준, 「신문소설의 생태」, 『동아일보』, 1957.11.5.

67 김우종, 「현대문학의 특질과 한국소설」, 『동아일보』, 1959.11.13.

지금까지 살펴본 논자들의 견해는 신문소설, 또는 대중잡지에 연재되었던 장편 소설들을 결국 비문학·비예술적인-비(非)본격문학의-영역으로 위치시킨다는 점에서 유사한 결론에 이르고 있다. 순수문학과 변별되는 지점에서 대중문학의 위상은 '통속성'과 '대중성'을 넘나들며, 신문·잡지의 소비자인 다수의 대중 독자가 아니라 소수의 '교양 있는' 독자들의 인정 또는 구제를 받아야 할 계몽의 대상으로 자연스럽게 배치되었다. 그러나 통속성의 정의를 통해 '대중문학'의 장르적 성격을 규명하고자 했던 이봉래와 같이, 대중문학에 대한 비평가 및 작가들의 문제의식은 이미 이 시기 신문·잡지 연재소설의 인기를 더 이상 무시할 수 없다는 현실적 상황에 기인한 것이었다. 이러한 인식은 당대 문단에서 시급하게 공유되고 있었던 듯하다. 신문·잡지 연재소설의 사회적 영향력이 증대되고 '대중'의 위상이 제반 문화영역에서 무시할 수 없을 정도로 높아지면서, 종래의 '본격문학'의 영역을 되물어보아야 할 과제가 눈앞에 주어져 있었던 것이다.

그런 관점에서 비평가 백철의 글은 여타 논자들과 기본적인 궤를 같이 하면서도 '대중문학'의 성립 조건을 탐색하고 있다는 점에서 주목할 필요가 있다. 백철은 당대 저널리즘의 번성과 문화 소비집단으로서 '독자대중'의 출현은 문학의 숙명적 환경이자 조건이라고 인식했다. 대중소설이 통속성을 극복하여야 한다는 그의 주문은 따라서 "순문학이면서 동시에

68 김우종의 이러한 인식은 1980년대까지 일관되게 이어진다. 1982년에 발표한 「신문소설-무엇이 문제인가?」를 통해 그는 신문은 문예지가 아니기에 신문소설 또한 문학일 수 없고, 신문소설의 대중성과 문학의 예술성은 결코 합치될 수 없다는 완강한 입장을 고수한다. 즉 '순문예지'에 실리는 작품만이 문학이며 신문소설은 "문학의 배반"에 다름 아니라는 것이다. 또한 김우종은 작가가 생계를 해결하기 우해 신문소설을 쓰는 경우에도 한국문학의 장래를 위해 스스로 "부정적 조건을 완전히 극복한 다음에 쓰겠다는 각오"가 필요하다고까지 주장한다. (김우종, 「신문소설-무엇이 문제인가?」, 『광장』 108, 1982 참고.)

대중문학'"[69]인 새로운 본격문학, 즉 '대중' 독자까지도 포괄할 수 있는 순수문학의 확장된 영역을 요구하는 것이었다. 물론 백철 역시 통속성을 좇는 "하등의 독자"와 "정말로 진실한 독자"를 구분하며 후자의 요구를 명심해야 대중문학이 "커다란 '휴만이즘'의 대문학"[70]으로 나아갈 수 있다고 본다는 점에서는 다른 논자들과 같이 독자층의 이분화를 통해 문학과 비문학의 구획 짓기를 시도하고 있다고 할 수 있다. 그러나 그가 말하는 "진실한 독자"란 "다만 유식한 독자만이 아니"라는 점에서, 백철의 논의는 소수의 '교양 있는' 독자가 그렇지 않은 다수의 대중을 계몽하고 교화하여야 한다는 여타 순수문학론자들의 위계적 발언과 결을 달리하게 된다. 따라서 백철은 현재 신문연재소설이 '진정한' 장편 소설에 이르지 못하고 있다는 종래의 비판에는 공감하면서도, 흥미성 또는 시사성 등의 일간지 메커니즘을 적절히 활용한다면 신문소설도 얼마든지 "문학적인 '리알리티'"[71]를 달성할 수 있다고 본다. 이는 다수의 대중 독자를 그 대상으로 하는 신문이야말로 근대문학의 성립 조건이자 환경이며, 때로는 필수불가결한 요소라는 그의 인식이 뚜렷이 드러나는 대목이라고 하겠다.[72]

---

69 백철, 「삼천만의 문학-민중은 어떤 문학을 요망하는가」, 『문학』 22, 1950.5.

70 "현재와 같은 개인 중심의 입장을 반성하고 새로운 독자대중을 확보 확대해 가는 데서 악화문학과 경쟁해야 한다. (…) 통속소설의 비속한 성욕 묘사에 자극을 느끼는 독자 수와 비하여 훨씬 그보다 많은 독자대중이 전언한바 진실로 자기네 심정과 의원을 반영한 문학을 기다리고 있는 것이 사실이다. 그 방면을 개척해서 진실한 '대중문학'의 큰길이 열릴 것이며 여기서 동시에 커다란 '휴만이즘'의 대문학이 나올 수도 있을 것이다." (백철, 「세계문학과 우리문학-비판적 위치에서 본 작가회의(6)」, 『조선일보』, 1956.9.20.)

71 백철, 「신문소설공죄론」, 『동아일보』, 1954.11.28.

72 『현대문학』에 실린 김성래의 글 또한 "신문소설을 단지 과소평가함으로써 능사로 삼는 것"에 이의를 표하며, 신문소설에 "모처럼 제공되어 있는 광대한 지면을 문학의 한 개 도장으로서 활용"하라고 작가들에게 주문하고 있다. (김성래, 「신문소설의 형식과 그 본질」, 『현대문학』, 1957.2.2.) 이는 당시 신문소설의 영향력 및 작품 발표 과정에서 신문의 문화면이 차지하는 비중이 크다는 것을 인정하고 받아들인 결과로서 백철과 유사한 입장을 보인다.

신문소설 창작에 활발히 참여하였던 작가들의 경우 백철보다도 적극적인 대중문학 옹호의 입장을 취하는 경우가 많았다. 김광주의 경우가 그러한데, 그는 1950년대 현재 저널리즘 환경과 문학의 관계가 이전과는 다르다는 점을 밝히면서 신문소설을 비(非)문학 취급하는 비판론자들의 견해를 반박한다. 김광주의 주문은 오히려 "소위 본격이니 순수니 하는 시대에 뒤떨어진 고고주의와 상아탑 속에 있는"[73] 기존의 순문학 작가들이 신문소설 분야에 활발히 진출하여 장르의 질적 향상을 도모하라는 것이었다. 그는 문학이 소수의 '교양있는' 독자만을 위한 것이 아니라고 생각했고, 따라서 대다수의 "현실의 독자"[74] 즉 대중의 시선과 반응이 문학의 주요한 요소로 인식되어야 한다고 보았다. 이러한 김광주의 태도는 신문소설이라는 대중문학 장르를 문학의 한 영역으로 받아들이고 그 구성 조건으로서 신문 매체와 작가, 독자의 역할을 고려하는 것으로 나아간다. 한편 당대 최고의 인기 작가였던 정비석 역시 신문소설 장르의 특이성을 인정한다.[75] 다만 신문 등에서 연재되는 '통속소설'이 '본격소설'과 대립하는 것으로서 "문학적 교양이 낮은 일반 독자"[76]를 대상으로 하는 "저급한 흥미소설"이라고 보았던 점은 여타 순수문학론자들과 같은 이분법적 인식을 보여주지만, 그에게 신문소설은 엄연히 사회적 역할을 담당하는

73 김광주, 「신문소설에 관하여－한개 작가의 입장에서」, 『경향신문』, 1955.3.8.

74 김광주는 소수의 지식인 독자만을 위한 순수문학의 경향을 비판한다. "독자란 작가에게 있어서 가장 큰 희열이다. (…) '나같이 어려웁고 고상하고 지성적이고 우월한 예술작품을 똑바루 이해할 독자는 현실에는 그다지 많지 못하다. 자동차 운전수나, 「캬바레」 여급 가운데는 나의 독자가 없어두, 대학생, 대학교수, 「인테리」들 가운데는 나의 위대한 독자가 있는 것이다. 다만 하나의 독자를 위해서라도 나는 내 작품을 쓰면 된다!' 이런 소위 순수하다는 문학정신으로 창작의 붓을 들고 있는 거룩한 작가들도 우리 주위에는 얼마든지 있다. (…) 극소수의 대학교수만이 지구위의 가장 위대한 독자라는 논리도 성립될 수는 없는 것이다." (김광주, 「작가와 독자와의 거리(下)」, 『동아일보』, 1957.1.26.)

75 정비석, 「신문소설고심담」, 『혜성』 4, 1950.5.

76 정비석, 「통속소설 소고」, 『소설작법』, 정음사, 1975, 158쪽.

장르로서의 현재적 위상을 갖는 것이었다. 따라서 그는 통속소설을 무조건 경멸하는 자세를 버리고, 본격소설과의 융합을 통해 새로운 소설의 경지로 나아가야 한다고 말한다.

당대 신문 · 잡지 연재소설의 주된 창작층이었던 여성 작가들 역시 기존 문단의 편견과는 달리, 작품에 대한 진지한 문학적 태도를 드러내곤 했다. 연재소설을 통해 "인생의 불변하는 한 개 진리"를 탐구하는 것이 "작자의 의도"라는 장덕조의 발화나[77] "문학정신을 떨어뜨리지 않고 대중과 함께 호흡할 수 있는 것을 창작"하는 일이 당면한 과제라는 임옥인의 말,[78] "여성 심리의 심층"을 파헤침으로써 소설의 서정성보다는 "도회의 고독감"에 집중하려 한다는 정연희의 포부는[79] 여성 작가들이 자신이 몸담은 대중문학의 의의를 규명하고 그로부터 나름의 문학성을 구현하고자 했다는 점을 보여준다. 이는 신문 · 잡지의 장편 소설이 인간성에 대한 진지한 탐구가 부재하며 그저 감상적인 오락에만 머무른다는 종래의 비판에 반(反)하는 것이기도 했다. 1930년대부터 꾸준히 인기 작가였으며 스스로를 '신문소설가'라고 규정했던 김말봉 역시 대중문학(신문소설)을 저속한 것으로 타자화하는 평론가들의 비난을 문제 삼은 바 있다. 비평가 김영수와의 논쟁에서 신문소설을 "문단의 사생아"[80] 취급하는 경향을 비

77 장덕조, 「작자의 말－다음의 장편소설 낙화암」, 『동아일보』, 1956.6.17.

78 임옥인, 「「힘의 서정」을 끝내고」, 『동아일보』, 1962.7.2.

79 정연희, 「여성 심리의 심층을 파헤치고 싶어요…」, 『조선일보』, 1964.12.22.

80 "나날이 퇴폐의 길을 걷고 있는 문단의 사생아를 구출해야 한다. 방향을 상실하고 가두에서 방황하는 정신문화를 바른길로 인도하는 것이야말로 양식 있는 논객의 또 하나의 책무라는 것을 잊어서는 안 된다." (김영수, 잡초는 무성한다－무관할 수 없는 작가 주변(上)」, 『경향신문』, 1959.4.28.) 김영수가 신문소설을 "치정문학"과 "간통문학"이라고 일컬으며 집필의 자유를 문제 삼자, 김말봉은 바로 다음 달인 5월 「독단은 곤란하다(上~下)」(『조선일보』, 1959.5.9.~5.10.)를 발표하여 김영수의 비난을 반박하였다. 그에 따르면 연재물인 장편 신문소설은 창작월평의 대상조차 될 수 없으며, 제대로 읽지도 않고 비난을 가하는 평론가들의 기준이 문학의 가치평가에 절대적인 것은 아니다.

판했던 그는 「대중문학」[81]이라는 글에서도 장편 소설의 의의를 '대중'과의 친연성 속에서 도출한다. 소설은 소설일 뿐 교과서가 아니기에, 대중이 재미있게 읽을 수 있다면 대중문학은 그 자체로 의미가 있다는 것이다.

대중소설 독자의 취향을 저속한 것으로 간주하는 행위가 "모욕"이라는 김말봉의 글은 당대 신문·잡지 연재소설을 문학의 미달태로 인식하지 않는다는 점에서 주목을 요한다. 이렇듯 '대중문학'의 현재적 가치를 긍정하는, 혹은 긍정해야 했던 작가의 입장에서 쓰인 글들은 앞서 살펴본 주류 비평가들의 위계적 이분법에 의문을 제기하는 자료들이기도 하다. 전술하였듯이 1950년대 문학 장에서 '본격문학'과 '대중문학'의 배타적 분리, 그리고 대중문학의 타자화 및 주변화는 많은 논자들에 의해서 활발히 진행되고 있었기 때문이다. 문학이 지향해야 하는 보편화된 예술성, 즉 '건전한' 대중성과 저급한 통속성을 구별하며 신문연재소설을 비판하는 일견 공통적인 논조는 이러한 점을 방증한다. '교양있는' 독자와 '저속한' 독자를 구분했던 주류 비평가들은 소위 본격문학의 영역에서 '대중성'을 전유하는 방식으로 '순수문학'과 '대중문학'의 밑그림을 그리고자 했던 것이다. 그들에게 대중문학이란 어디까지나, '저속'하고 '불건전'한 독자의 취향과 창작 경향에 대한 계몽과 교화를 통해 극복해야 하는 비문학적 속성의 집합체였다. 그리고 한편에서는 그러한 비난을 거부하며 신문·잡지의 장편 연재소설을 하나의 문학적 영역으로 받아들이는 이들의 반박이 제출되기도 했다. 1950년대 문단에서 '대중문학'을 둘러싼 담론들의 다기한 스펙트럼은 이러한 방식으로 1960년 이후 찾아온 '주간지의 시대'로 달려가고 있었다.[82]

81 김말봉, 「대중문학」, 『경향신문』, 1958.3.5.

82 저널리즘의 번성은 1960년대 중반을 기점으로 또 한 번 대대적인 변화를 맞이하게 된다. 정부가 언론기업의 경영에 직·간접적으로 손을 대면서 '대형 신문사' 중심의 저널리즘 시장이 출현하게 된 것이다. 1964년 『주간한국』 발간에 뒤이어 중앙 일간지가

4. 나가며

본고에서는 1950년대 당시 신문 · 잡지 저널리즘이 재편되며 형성된 전후 문학 관련 담론장의 형성을 그린 뒤, 전후 들어 급부상한 독자 대중의 지위와 그간 연구에서 도외시되어왔던 대중문학이라는 양식을 당시 담론장에서 직접 유통되던 담론들을 살펴봄으로써 주목하고자 하였다. 1950년대는 모든 면에 있어 격변의 시기였다. 문학과 저널리즘의 상관관계에 있어서도 예외는 아니었는데, 신문기자작가들이 사라지고 잡지문인기자들이 부상하는 등 신문 저널리즘, 잡지 저널리즘, 그리고 문학 간의 관계가 대폭 변화하였던 것이다. 독자 문예란 및 현상 모집이라는 제도의 활발화와 연재소설의 부상은 그러한 변화의 과정이자 결과였다.

이는 교육을 통한 리터러시 인구의 폭발적인 증가가 1950년대 발생한 것과 관련된다. 신문과 잡지 저널리즘의 소비자는 독자 대중이었고, 그들을 유입하기 위한 전략으로 연재소설이 이용되었던 것이다. 전후 당시 신문과 잡지 자본이 펼친 공격적인 독자 확보 전략의 일환으로서 신문과 잡지의 연재소설은 수많은 독자들을 보유하며 연재소설의 시대를 열었다. 신문소설에 관한 당시 대중들의 관심이나 『명랑』 등의 대중지에서 활발히 연재되던 탐정소설, 명랑소설 등 장르소설의 존재는 문학을 향유하는 독자 대중의 저변이 1950년대 당시 빠르게 확장되고 있었음을 증명한다.

월간 · 주간지 시장을 과점 지배하면서 전후 담론장에 영향력을 과시하던 『사상계』와 『여원』 등의 종합지가 종간되고, 신문사가 출판하는 신문잡지들이 주류 매체로 부상하는 등 1970년대까지 이어지는 이른바 '주간지의 시대'가 시작된다. 주간지는 종래부터 발행해 온 것이었지만, 1960년대 말 한 논자에 의해 "소비사회"로 규정될 만큼 소비 주체로서의 '대중'이 욕망과 기대감을 분출하는 곳이었던 한국 사회에서 주간지는 소비적 인간들의 욕망을 견인하는 대표적인 미디어였다. (김경연, 「통속의 정치학-1960년대 후반 김승옥 주간지 소설 재독」, 『어문론집』 62, 중앙어문학회, 2015, 381-385쪽 참조.)

그러나 이러한 연재소설의 대중 독자들은 신문이나 대중지의 상업주의와 결부하여 작가들의 자율성을 위협하는 존재가 되기도 하였는데, 이는 문학 장에서 신문과 대중지의 연재소설이 비문학으로 격하되며 그 대자적 존재로서 순수문학이 출범하는 계기가 되었다. 당시의 순수문학 진영은 그들이 비문학이라 이름붙인 통속·대중문학을 끊임없이 의식하였는데, 그것을 배척하면서도 동시에 적극적으로 포섭하고자 하였다. 그 예로 순수문학 진영이 장편 연재 방식을 차용하여 순수장편소설의 길을 모색하고자 한 것이나 문인들이 신문이나 대중지의 연재소설을 독자 계몽의 기회로 삼고자 한 것 등을 확인할 수 있다.

당시 신문과 잡지의 공론장에서 순수문학과 대중·통속문학에 관한 담론은 무척 활발히 생성되고 있었는데, 주목할 점은 그러한 담론들에서 발견되는 불균일성이다. 대중소설을 주로 창작한 이력이 있는 작가와 그렇지 않은 작가 혹은 비평가들이 규정하는 문학성과 통속성이 서로 달랐으며, 연재소설이라는 통속·대중문학의 특징은 단편과 장편이라는 형식이 순수문학과 통속·대중문학을 가르는 주요한 요소가 되게끔 하였으나, 순수장편소설을 모색하던 당시 문학 장에 의해 그 구별은 다소 모호한 것이 되었다. 매체를 통해 순수문학과 통속·대중문학을 가르는 것에 대해서도 의견이 분분하였는데, 대부분의 논자들이 기본적으로 순수문학과 대중문학, 교양 있는 독자와 그렇지 않은 대중 등의 위계적 질서를 상정하고 있었으나, 진실한 독자와 교양 있는 독자를 구별하는 백철(1954)이나 대중의 취향을 통속으로 치환하는 것에 반대하는 김말봉(1958) 등 그러한 위계 자체에 이의를 제기하는 주장도 분명 존재했던 것이다.

무엇보다도 1950년대 당시 '대중'이란 아직 고정되지 않고 부유하던 기표였다. 그것은 진정한 문학을 감별할 수 있는 소수의 양식 있는 독자와 대조되는 의미로 쓰이면서도, 동시에 언젠가 바로 그 진정한 독자가 될 잠재력을 지녔거나 이미 그러한 존재들로 호명되곤 하였다. 따라서 대중문학이라는 단어가 통속문학의 유의어인지 아닌지에 관하여서도 다양한 의견이 제시되었는데, 독자 대중이라는 이들의 존재가 문제의 핵심에 있음에도 불구하고, 관련된 논의에서 공통적으로 강조되는 것은 작가의 '모랄'이었다. 윤병로에 의해 "작가사상"[83]으로, 이봉래에 의해 "휴매니즘"[84]으로 불리며 순수문학과 통속·대중문학을 판가름하는 핵심으로 간주된 '모랄'은 진정한 문인이 지녀야 할 문학성의 정수로써 요청되었다. 이는 그러한 자격을 알아볼 눈을 가진, 즉 건전한 대중성 혹은 교양을 지닌 진정한 대중 독자에 대한 필요로 이어진다.

이처럼 전후 문단은 바람직한 대중과 문학 그리고 교양에 관한 담론을 끊임없이 생성함으로써 전후 사회를 계몽할 "정신계의 왕자"[85]로 문학을 정체화하고자 하였으나, 통속적이고 대중적인 연재소설들은 그러한 욕망에 배반하는 전후의 현실이자 균열로서 일종의 잉여를 남겼다. 사실상 1960년대가 되어 제5공화국이 출범하면 신문의 연재소설은 "교양 위주의 지면 제작(기본방침 제1항)"[86]이라는 정부의 요구를 충족하기 위한 신문 저널리즘의 '문화 교양'이 되고, 동시에 정부가 가장 먼저 모랄을 문제 삼으며 불온과 외설에 대한 검열을 시작하는 검열의 장이 된다.[87] 이러한 역사는 비문학으로 간주되어 본격적인 논의의 대상이 되지 못했던 연재소설, 즉 통속·대중문학에 주목할 필요성을 제시한다. 그것은 결국 순수문학만이 문학이라는, 결코 단일하지만은 않았던 주장 아래 규범화되어온 전후 문학 전반을 재고하는 것이며, 당시의 담론장을 뜨겁게 달구었던 '문학이란 무엇인가'라는 질문을 오늘날 새로이 던지는 것과도 다르지 않다.

---

83 윤병로, 「작가의 문제의식－우리 문학의 정황」, 『조선일보』, 1957.12.1.

84 이봉래, 앞의 글.

85 이항녕, 「文學(문학)의 淨化(정화)」, 『경향신문』, 1958.9.12.

86 김남석, 「1960년대 초반의 정치변동과 신문 산업의 성격변화」, 『한국언론학보』 54, 한국언론학회, 2010, 181-182쪽.

87 이봉범(2014), 앞의 글, 446-448쪽.

그것은 또한 너무나도 쉽게 작가 개인의 것으로 간주되었던 문학에 독자라는 새로운 항을 기입하는 것이기도 하다. 전후 신문과 대중지가 유도한 다양한 독자 참여는 전문 비평가나 문인에 의해 작성된 평론과 같고도 또 다른 방식으로 시대와 문학을 독해할 지표가 되어주며, 그들이 창작 과정에서 비중 있게 고려된 연재소설 또한 마찬가지이다. 전후라는 시대에 하나의 증상으로서 당시 역동하던 수많은 담론이 교차되던 지점이 바로 통속 혹은 대중이라는 이름표를 달고 있던 연재소설이었던 것이다.

● 참고문헌

1. 기본 자료

「통속과 저속」, 『경향신문』, 1955.7.4.

「집필거부를 성명—작가권익옹호위, 서울신문에」, 『동아일보』, 1956.9.22.

「「서울신문」에 작가 61명 도전, 일체 집필을 거부」, 『경향신문』, 1956.9.21.

곽종원, 「문예통속성의 경계와 기술의 숙련」, 『새벽』 2, 1954.12.

김광주, 「신문소설에 관하여—한개 작가의 입장에서」, 『경향신문』, 1955.3.8.

______, 작가와 독자와의 거리(上~下), 동아일보, 1957.1.25.~1.26.

김내성, 「대중문학과 순수문학—행복한 소수자와 불행한 다수자」, 『경향신문』, 1948.11.9.

______, 「신문소설에 바라는 것(1~4)」, 『경향신문』, 1956.5.3.~1956.5.12.

김말봉, 「대중문학」, 『경향신문』, 1958.3.5.

______, 「독단은 곤란하다(上~下)」, 『조선일보』, 1959.5.9.~5.10.

김성래, 「신문소설의 형식과 그 본질」, 『현대문학』, 1957.2.2.

김영수, 「잡초는 무성한다—무관할 수 없는 작가 주변 (上~下)」, 『경향신문』, 1959.4.28.~4.29.

김우종, 「현대문학의 특질과 한국소설」, 『동아일보』, 1959.11.13.

______, 「신문소설—무엇이 문제인가?」, 『광장』 108, 1982.

박연희, 「작가와 생활」, 『동아일보』, 1958.10.23.

박영준, 「힘드는 신문소설 <형관>을 쓰고나서」, 『동아일보』, 1956.4.1.

백 철, 「삼천만의 문학—민중은 어떤 문학을 요망하는가」, 『문학』 22, 1950.5.

______, 「신문소설공죄론」, 『동아일보』, 1954.11.28.

______, 「세계문학과 우리문학—비판적 위치에서 본 작가회의(6)」, 『조선일보』, 1956.9.20.

안수길, 「통속과 순수의 차이점」, 『자유문학』 23, 1959.2.

______, 「창작 여담—'제이의 청춘'을 쓰고 나서」, 『신문예』, 1958.8.

유동준, 「신문소설의 생태」, 『동아일보』, 1957.11.5.

윤병로, 「작가의 문제의식—우리 문학의 정황」, 『조선일보』, 1957.12.01.
이광수, 「여의 작가적 태도」, 『동광』, 1931.4.
이무영, 「제야방담: 공백의 갑오문단을 회고함」, 『동아일보』, 1954.12.30.
______, 「문학의 순수성과 통속성(上~下)」, 『동아일보』, 1956.7.5.~7.6.
이봉래, 「대중문학론」, 『문학예술』 23~24, 1957.3.~4.
임옥인, 「「힘의 서정」을 끝내고」, 『동아일보』, 1962.07.02.
이항녕, 「文學(문학)의 淨化(정화)」, 『경향신문』, 1958.09.12.
장덕조, 「작자의 말—다음의 장편소설 낙화암」, 『동아일보』, 1956.06.17.
정비석, 「신문소설고심담」, 『혜성』 4, 1950.5.
______, 「통속소설 소고」, 『소설작법』, 정음사, 1975.
정연희, 「여성 심리의 심층을 파헤치고 싶어요…」, 『조선일보』, 1964.12.22.
조연현, 「본격소설에의 길(上~下)」, 『경향신문』, 1950.6.6.~6.7.
______, 「신문연재 소설의 위기(上~下)」, 『동아일보』, 1953.6.4.~6.5.

2. 논문 및 단행본

강용훈, 「'통속' 개념의 변천 양상에 대한 역사적 고찰」, 『대동문학연구』 85, 성균관대학교 대동문화연구원, 2014, 9-48쪽.
김경숙, 「『사상계』의 문예 전략 연구」, 부산대학교 박사학위논문, 2019.
김경연, 「통속의 정치학—1960년대 후반 김승옥 주간지 소설 재독」, 『어문론집』 62, 중앙어문학회, 2015, 373-420쪽.
김남석, 「1960년대 초반의 정치변동과 신문 산업의 성격변화」, 『한국언론학보』 54, 한국언론학회, 2010, 168-188쪽.
김동윤, 「1950년대 신문소설의 위상」, 『대중서사연구』 17, 대중서사학회, 2007, 7-41쪽.
김윤경, 「1950년대 종합지의 매체전략과 독자인식—종합교양지 『新太陽』을 중심으로」, 『리터러시 연구』 11(4), 한국리터러시학회, 2020, 393-409쪽.
이덕근, 「연재소설 '자유부인'과 그 논쟁」, 『언론비화 50편』, 한국신문연구소, 1978.
이봉범, 「1950년대 잡지저널리즘과 문학」, 『상허학보』 30, 상허학회, 2010, 397-454쪽.
______, 「1950년대 신문저널리즘과 문학」, 『반교어문연구』 29, 반교어문학회, 2010, 261-305쪽.
______, 「8·15해방~1950년대 문화기구와 문학—문화관련 법제를 중심으로」, 『현대문학의 연구』 44, 한국문학연구학회, 2011, 253-311쪽.

______, 「8 · 15 해방 후 신문의 문화적 기능과 신문소설—식민유산의 해체와 전환을 중심으로」, 『한국문학연구』 42, 동국대학교 한국문학연구소, 2012, 283-339쪽.
______, 「잡지미디어, 불온, 대중교양: 1960년대 복간 『신동아』론」, 『한국근대문학연구』 27, 한국근대문학회, 2013.
______, 「불온과 외설—1960년대 문학예술의 존재방식」, 『반교어문연구』 36, 반교어문학회, 2014, 437-483쪽.
정비석, 「작가의 말」, 『자유부인 1』, 고려원, 1996.
최미진, 「매체 지형의 변화와 신문소설의 위상 (2)」, 『현대문학이론연구』 50, 현대문학이론학회, 2012, 199-225쪽.
편집부, 「창간사」, 『현대문학』 창간호, 현대문학, 1955.1.

3장

경계에 선 여성성, 호명의 젠더 정치와 (대중)문학의 주체

—전후 여성 담론과 여성 문학의 전복성을 중심으로

표유진

1. 들어가며

전후는 전쟁의 여파 속에서 민족국가 재건 및 근대화라는 중대한 시대적 과제를 해결해야 하는 혼란스러운 시기로 여겨져 왔다. 동시에 '잡지의 시대'로 불릴 만큼 잡지가 담론 장과 대중문화를 주도하는 중요한 역할을 하고, 신인 작가와 비평가들이 대거 등장하였으며, 취향과 영향력을 지닌 '대중독자'가 탄생하는 문화적 역동성 역시 부정할 수 없는 전후사회의 특징이다. '젊은 남성 엘리트'를 민족국가 재건과 근대화의 주체로 지목하고, 가부장적 질서의 재수립과 근대성이 교차하는 전후의 이데올로기가 수반하는 젠더 정치와 문화적인 변동은 뚜렷하게 교차되고 있다. 특히 전후 공론 장을 이끌었던 중요한 지식인 부류였던 남성 문인들은 "남성-민족 주체의 강인함을 회복하고 재건하려는 욕망"[1]을 잡지와 신문

1 정재림, 「1950-60년대 소설의 '양공주-누이' 표상과 오염의 상상력」, 『비평문학』 46, 한국비평문학회, 2012, 475쪽.

의 사설과 문학작품, 그리고 비평을 통해 드러냈다. 순수하고 강인한 남성성을 수립하려는 시도는 전후의 혼란과 근대화를 위해 극복되어야 하는 부정적인 요소들을 여성성에 투사하여 이분법적인 젠더 위계를 강화하고 가부장적 질서를 정립하는 방식으로 이루어졌다. 이를 위한 가장 두드러진 전략은 호명을 통해 남성성이 아닌 여성성을, 즉 여성의 몸, 욕망, 섹슈얼리티를 부정적으로 기호화함으로써 남성성의 단일하고 순수한 경계를 세우는 것이었다. 그러한 호명의 정치는 전후사회의 혼란과 역동성 속에서 남성들과 마찬가지로 근대화와 새로운 질서를 모색하는 여성들을 배제하거나 은폐하였다. 다양한 여성들의 욕망과 삶의 모습들이 왜곡된 방식으로 호명되고 부정적인 여성 표상들이 양산되는 가운데 여성 담론조차도 남성 지식인들에 의해 계몽적으로 주도되었으므로 여성들은 억압과 침묵의 대상으로, 공론 장 바깥으로 재배치되었다.

그러나 중심담론에서 침묵당한 여성들의 목소리는 완전히 침묵되지 않은 채 복화술적으로 발화되었다. 여성의 글쓰기, 특히 문학은 전후사회가 은폐하려고 한 여성들의 존재와 욕망을 발견할 수 있는 중요한 기록이다. 물론 여성 문학 역시 남성 중심적인 문단에 의해 '여류'라는 차별화된 호명의 대상이 되었으며, 남성 문단과 여류의 이분법적 위계는 전후 여성문학의 의의와 가치를 평가절하하고 기존의 한국문학사 속에서 배제해왔다. 또한 그러한 젠더적 위계는 소위 '여류'가 1960년대의 문학 장에서 장편연재소설의 주체로 전환되는 과정과 함께 대중문학을 둘러싼 순수/통속에 대한 문학적 담론과도 긴밀히 연결되면서 그 문학적 가치에 대한 의문부호를 더하기도 했다. 그러나 오히려 그 과도한 호명들과 명백한 배제와 억압, 그리고 명료하게 경계 지어지지 않는 이분법에 의존한 민족국가의 정체성은 타자로서의 여성성에 부여된 부정성을 부정하는 방식으로만 정의되었기 때문에 결과적으로 여성성 없이는 규정될 수 없다는 체제 내적인 불안정성을 내재하고 있었다. 그러한 불안정성으로 남아있는 여성들은 전후의 젠더 정치와 완전히 분리되지도, 그에 완전히 영합되지도 않는 잉여들을 남겨왔으며 그 잉여들은 여성 작가의 문학 속에서 균열과 저항, 전복적 힘으로 나타난다.

따라서 본고는 전후의 젠더 정치를 문화적 차원에서 개괄하고, 전후 여성 문학의 경계 교란적 가치가 이분법을 넘어서는 탈경계적인 동력을 내재하고 있음을 분석하고자 한다. 우선 호명의 정치를 중심으로 배제와 은폐를 위한 여성 표상을 정리하고 그러한 여성 표상을 새롭게 전유하는 여성 문학의 가능성을 확인할 것이다. 아울러 여성 문학과 긴밀하게 연결될 수 있는 대중문학과 관련된 여성 담론에서 드러나는 남성 중심적 문단의 무의식을 살펴보고 순수/통속, 남성/여성의 이분법적 경계들을 가로지르는 문학론을 펼쳤던 여성 작가들의 목소리를 분석함으로써 전후 여성 문학, 그리고 대중문학 연구의 새로운 과제를 모색하고자 한다.

2. 배제와 은폐 사이: 여성 담론의 모순과 균열

2.1. 교육 · 교양의 불합치와 상상된 '아프레걸'

모든 방면에서 복구와 재정립이 필요한 상태였던 1950년대 중 · 후반, 교육 분야 역시 마찬가지로 탈식민과 근대화라는 시대적 과제 아래 변화를 맞이했다. 지적이고 물적인 기반의 부족에도 불구하고 입신과 서구화, 그리고 군 면제 등 다양한 욕망을 바탕으로 고등교육에 대한 열망이 높았던 것[2]도 교육과 관련된 변화의 큰 동력이 되었다. 교육제도의 정비와 더

2 서은주, 「제도로서의 독자: 1950년대 대학과 "교양" 독자」, 『현대문학의 연구』 40, 한국문학연구학회, 2010, 9-10쪽.

불어 불완전한 교육의 장을 이끌어나간 '교양담론'은 『사상계』와 같은 지식인 잡지를 중심으로 논의되었다. 이 일련의 흐름은 서구중심적인 보편적 지(知)의 추구, 지식인과 대중 사이의 긴장, 순수문학과 대중문학의 분리 등 다양한 논의를 포괄하면서 대학생을 중심으로 하는 '교양을 갖춘 현대적 지식인' 계층을 만들어낸 것으로 보인다. 그러나 지식인을 정의하는 교양담론은 젠더적으로 배타적이었다. 『사상계』가 호명했던 민족국가 재건과 근대화의 주체가 될 지식인은 '배운 여성'들을 포괄하지 않았다. 그러한 젠더적 배타성은 '여성 교양'으로 명명된 교양담론이 여학교 교육제도와 여성 잡지들을 통해 시민들의 교양담론과 차별화되고 분리된 방식으로 양산되었던 것에서 잘 드러난다. 그러한 차별화된 여성 교양의 근간에는 여성을 남성 중심적 민족국가의 보조자로 제한하는 '현모양처 이데올로기'가 당대 근대화 담론과 영합하여 재구성된 형태로 작동하고 있었다.

해방 이후 교육기회의 평등이 형식적으로나마 보장되었지만, 교육 내용은 전통적인 성차 이론에 입각하여 구성되었다. 당대 여학생 교육의 바탕이 된 중고등학교 가사교과서는 강인하고 주체적인 남성성과 차별화된 '여성성'에 따른 여성에게 알맞은 직업을 소개함으로써 가정을 지키는 주부인 동시에 경제적 보조자의 역할도 겸하는 재구성된 '현모양처'를 이상화하였다.[3] 여학교의 생활관 교육은 서구적이고 근대적인 생활양식을 영위할 줄 아는 근대적인 '주부'의 이상을 내면화시키면서 근대국가의 주체가 된 남성을 따라 가정 내의 근대화를 여성의 근대화로 제시했다. 그러나 결국 이러한 여학교 교육은 여성을 타자화하는 정치적 전략만을 수행했을 뿐 교육받은 여성들을 현모양처로서조차 사회에 안정되게 편입시켜 줄 수 없었다. 가사교과서와 학교에서 행해진 여성 교육이 근대적인 주부

3 김은경, 「1950년대 여학교 교육을 통해 본 '현모양처'론의 특징」, 『한국가정과교육학회지』 19(4), 한국가정과교육학회, 2007, 144쪽.

의 형상으로 내면화시킨 자본주의적 소비욕망과 서구적 생활양식에 대한 동경은 당대 사회의 물적 · 문화적 조건상 대다수의 가정에서 실현될 수 없었으며, 결국 내면화된 근대적 주부의 형상은 사회에서 비판되는 '아프레적' 주부로서의 '자유부인'의 형상으로 그대로 이어졌기 때문이다. 또한 여성에게 가정과 경제활동의 이중의 부담감을 부여하여 가정과 국가의 동력으로 동원하고자 하는 1950년대 여학교 교육의 이상 역시, 일관되게 여성을 '지식인'이라는 범주에서 배제하고 어디까지나 남성을 보조하는 부차적 존재로 몰아가면서 그들의 사회활동과 경제활동을 폄하하고 왜곡하는 여성 담론과 충돌한다.

결국 교육문화적인 측면에서 드러나는 근대적인 여성상으로서의 '주부'는 결국 이상화된 형태가 아니라 소위 '아프레걸'이라고 호명된 부정적인 여성상과 합치되었다. 이러한 사실은 가부장제와 결합한 근대화론의 현모양처 이데올로기가 이상적인 여성성을 생산하는 데 실패했음을 의미한다. 그러나 이는 궁극적인 실패가 아니라 오히려 당대 여성성을 둘러싼 젠더 정치의 결과였으며 그러한 젠더 정치의 작동방식을 그대로 보여준다. 여학교 교육이 내면화한 근대적 여성관이 사회현실에서는 남한 민족국가의 근대화에 반하는 부정적인 여성성으로 전환되는 모순이 여성을 동원하면서도 철저하게 부정하는 은폐의 전략에 부합하기 때문이다. 1950년대 담론 장은 가부장이 부재하는 가정과 국가의 사회 · 경제적 동력으로써 불가피하게 가사와 경제활동 및 사회활동을 겸하게 된 여성들을 다시 가정 내부로 안착시키기 위해 보수화되어야 했다. 그러므로 여성을 동원할 수밖에 없는 상황에서 그들의 기여를 은폐하는 모순을 위해 긍정적이고 이상적인 여성성이 아닌 부정적이고 반사회적인 여성성을 호명하는 전략을 취할 수밖에 없었던 것이다. 그것이 바로 잡지들을 통해 양산된 '아프레걸 담론'이다.

아프레걸(aprés-girl)은 소위 '전후파(戰後派) 여성'을 이르는 말로, 1950년대의 반사회적인 일탈자 혹은 그런 현상들을 이를 때 사용된 '전후파' 즉 '아프레게르(aprés-guerre)'가 여성 명사화된 단어이다. "구질서에 반항하고 방황하는 한 때의 젊은 세대를 지칭하는, 불어 아쁘레 게르"[4]가 여성 명사화되었을 때 아프레게르는 패륜적이고 퇴폐적이며 폭력적인 현상에서 여성의 과잉된 섹슈얼리티와 관련된 성적 방종의 의미로 편향된다.[5] 아프레걸은 특정한 여성 인물로 지칭될 수 있는 구체성을 갖기보다는 여성을 둘러싼 담론들의 산물이었으며 따라서 아주 거칠게 볼 때 당대 여성 담론은 아프레걸과 아프레걸이 아닌 여성에 대한 담론으로 설명된다고까지 할 수 있다. 담론으로서의 아프레걸은 단일화된 여성상이 아니라 '자유부인', '여대생', '양공주', '전쟁미망인', '직장인 여성', '사업가 여성', '독신 여성' 등 시대적 혼란 속에서 탄생한 새로운 여성들의 삶의 양태를 부정적으로 왜곡하여 기호화했다.

다양하게 기호화되며 호명된 여성 표상들의 공통점은 가정을 벗어나 사회 · 경제적 욕망과 서구문화나 지식에 대한 접근을 통해 근대화되고자 하는 욕망이 문란한 섹슈얼리티로 왜곡되고 있다는 점이다. 이러한 기호화된 여성성은 여성의 몸과 섹슈얼리티를 중심으로 전쟁의 상흔, 서구문화의 개방적 이면, 민족주의의 순수성을 위협하는 오염과 결핍 등 민족국가의 근대화에서 배제되거나 은폐되어야 하는 부정성이 투사된 것이었으며, 타자로서의 여성들의 새로운 욕망을 그 자체로 부정하는 당대 젠더 정치의 중심에 있었다.

---

4 조풍연, 「아프레 게르와 처녀성」, 『주부생활』, 1959.4, 224쪽.

5 권보드래, 「실존, 자유부인, 프래그머티즘」, 『아프레걸 사상계를 읽다』, 동국대학교출판부, 2009, 79쪽.

2.2. 왜곡된 여성 욕망의 기호와 전유의 전략

다양한 여성 표상들은 1950년대에 전성기를 맞이한 잡지들의 기사, 문학, 신문 기사 등을 통해 끊임없이 양산되었다. 당대 담론은 시대적 혼란 속에서 새로운 삶의 양태를 갖게 되거나 그 과정에서 가정 바깥을 향한 다양한 욕망을 드러내기 시작한 여성성 그 자체를 결핍과 부정성으로 기호화하였다. 그리고 여성의 새로운 욕망들, 특히 근대적인 서구문화와 생활방식을 목도한 여성들의 근대화를 향한 욕망들은 미국으로 대표되는 서구문화 즉 아메리카니즘의 이면인 퇴폐적이고 개방적인 성 문화나 소비지향적 자본주의와 관련지어졌다. 나아가 여성에 대한 부정적 호명은 식민경험과 전쟁이 남긴 사회적 혼란 원인과 민족적 상흔마저 '전통적 가부장제와 올바른 근대화를 저해하는' 아프레적 여성들에게 떠안겼다. 여성성은 민족국가의 재건과 근대화를 위해 배제되거나 은폐되어야 하는 모든 부정성이 투사되는 기호로서 작동했던 것이다. 각각의 대표적인 여성 표상들은 그러한 배제와 은폐에 해당하는 특정한 형상으로 구현되었는데, 여성 표상들은 그 자체로는 명명될 수 없는 이상적인 여성성을 부정(否定)의 방식으로 짐작하게 한다.

가령 남편을 잃은 여성들이 생계를 위해 경제활동을 하고 집안의 가장 역할을 하게 된 현실을 은폐하는 여성 표상 '전쟁미망인(戰爭未亡人)'은 그 명칭에서부터 볼 수 있듯이 여성을 부재하는 남성의 권위 아래 귀속시키는 의도를 담고 있다. 부재하는 가부장의 권위를 대리하며 존속시키는 매개자이자 아내, 어머니, 며느리로서의 제한된 역할에서 여성들이 벗어나는 것을 경계하는 가부장적 담론은 전쟁미망인을 과잉된 섹슈얼리티의 유혹자가 되거나 매춘을 할 수도 있는 잠재적인 타락자로 호명한다. 전쟁미망인의 표상이 섹슈얼리티와 긴밀하게 연결되는 이유는 남편이 부재하는 과부의 섹슈얼리티는 출산으로 연결되지 않는 여성 개인의 쾌락과 욕망을 의미했기 때문이다. 이러한 전쟁미망인 표상에 대한 경계적 시선은 미래의 '가부장을 양육하는 어머니의 헌신적 모성'을 중심으로 재편된 가족주의[6]가 부재하는 남성성의 권위를 이어가는 "가부장제의 파수꾼"[7]으로서 정숙하고 헌신적인 여성성을 요구했다는 것을 잘 보여준다.

전쟁미망인 표상과 마찬가지로 가정에서 벗어날 우려가 있는 여성들은 모두 잠재적인 타락자이자 아프레적인 여성 표상으로 호명되었다. 여성들의 직업 활동을 결혼 전의 잠시간의 활동으로 한정하고 폄하하고자 했던 1950년대의 사회인식은 경제활동 여성의 80% 이상을 차지하는 농업 종사자들의 존재나 절대적인 빈곤상황에서 생계를 위해 상업, 서비스업, 공업 등의 3차 산업 종사자, 품팔이, 식모 등 집계되지 않는 가사노동의 연장선상에 있는 여성 노동자들의 존재를 은폐하려는 욕구를 내재하고 있다.[8] 그러므로 직업 활동을 하는 여성들과 지식인 여성들에 대한 부정적 호명은 여성들의 사회·경제적 활동이 확대될 수밖에 없었던 1950년대의 시대적 흐름을 거스르고 여성들을 다시 가정으로 돌려보내려는 젠더 정치를 수반한다. 그러한 젠더 정치의 대표격인 여대생과 자유부인 표상은 가정과 사회의 경계를 넘나드는 여성들을 가정 바깥에서 '타락의 길'에 현혹된 미성숙한 존재들로 규정하고 그들을 가부장적 질서 내부로 포섭시키고자 한다.

모든 시민의 교양에 포함되지 않는 '여성 교양'이라는 차별화된 명명과 마찬가지로 '여대생'이라는 호명은 남성 청년들만을 포괄하는 대학생이라는 범주에서 분리되었다. 당대의 대표적 여성 잡지였던 『여원』은

---

6 이하나, 「전쟁미망인 그리고 자유부인」, 『한국현대 생활문화사 1950년대』, 창비, 2016, 69쪽.

7 위의 글, 같은 쪽.

8 이임하, 『여성, 전쟁을 넘어 일어서다: 한국전쟁과 젠더』, 서해문집, 2004, 88-129쪽의 통계자료 참조.

1959년 11월호에 여대생을 주제로 특집기사들을 실었다. 특집기사의 남성 필진들은 여대생들의 지성을 허영이자 남다른 매력 정도로 평가절하하거나, 서구문화에 대한 접근성을 근거로 개방적이다 못해 문란한 서구문화를 맹목적으로 추종할 수도 있는 위험성으로 지적한다.[9] 특히 여대생들의 사치스럽고 이국적인 외양을 지적하면서 "교양으로부터 오는 정신적 아름다움"[10]을 강조하는 논평들은 여대생의 몸은 물론 그들의 지성조차 아름다움과 연관된 섹슈얼리티로 환원함으로써 여대생을 정신적 주체인 지식인이 아닌 섹슈얼한 몸으로 대상화한다.

『여원』뿐만 아니라 『여성계』와 같은 다른 여성지에서도 여대생들은 남성 기자의 근거 없는 상상 속에서 사치, 이기심, 매춘, 댄스 등 타락한 모습으로 밤거리를 헤매는 존재들로 형상화되었다.[11] 이러한 근거 없는 관음증적 상상의 목적은 여대생을 사회에서 배제하는 것이 아니라 여성들의 지적인 욕망을 배제하고 '욕망 없는 여성'을 재생산하는 데 있었다. 여대생들은 소문과 호기심의 대상으로서 동경되고 멸시 받으면서 나아가 미래의 근대적 가정에 걸맞은 아내이자 어머니로 포섭되는 대상이었던 것이다. 졸업을 앞둔 여대생들이 모인 좌담회의 중요한 주제가 직장과 가정 사이의 선택 혹은 양립가능성이었음을 기록하고 있는 기사[12]는 여대생들이 배제가 아닌 계몽과 포섭의 대상이었다는 근거가 된다.

마찬가지로 자유부인 표상 역시 욕망의 배제를 통한 기혼여성의 보수화에 기여했다. 정비석의 소설 『자유부인』(『서울신문』, 1954.1.1.~1954.8.6.)에서 파생된 '자유부인'은 자녀교육이나 경제적 보조를 목적으로 하는 여성

9 김남조, 「여대생의 프라이드를 해부한다」, 『여원』, 1959.11, 82-85쪽; 김두헌, 「여자대학교육의 당면문제」, 『여원』, 1959.11, 75-81쪽.

10 오천석, 「여대생은 무엇을 하는 것이냐?」, 『여원』, 1959.11, 74쪽.

11 김성애, 「특별 루포 밤거리 스켓취 여대생들은 밤에 나온다」, 『여성계』, 1955.2.

12 김진찬, 「허영과 직장과 가정」, 『경향신문』, 1956.5.20.

들의 자발적인 사회 · 경제적 활동을 왜곡하는 표상으로, 기혼 여성들의 가정 바깥을 향한 욕망을 가정을 파괴하는 사치와 허영, 간통과 매춘의 일탈적 섹슈얼리티로 형상화한다. 임은희는 여성들의 자율적인 경제활동이자 불안정한 1950년대의 경제 체제를 보완하는 중요한 역할을 한 '계'가 불로소득을 통한 사치, 간통, 성매매를 일삼는 여성들의 성적인 탈선에 대한 비난조의 담론과 연계되는 양상을 『여원』의 기사들을 중심으로 추적한 바 있다.[13] 가정 바깥을 욕망한 아내에게 '진정한 자유'란 가정 내부에 있음을 가르치며 너그러운 마음으로 아내를 용서하는 『자유부인』의 남편의 직업은 민족의 언어를 연구하는 교수이다. 이러한 소설의 설정은 '자유부인' 표상이 기혼여성들의 욕망과 사회활동을 왜곡함으로써 여성성의 경계를 민족주체로서의 남성들, 가부장들의 계몽적인 통제 아래로 한정지은 것과 일맥상통한다.

앞선 여성 표상들과 달리 전후의 가부장적 질서 내부로 결코 포섭될 수도, 배제될 수도 없는 여성성을 은폐하기 위한 여성 표상도 존재한다. 미군을 대상으로 하는 성매매 여성들은 '양공주', '양색시', '유엔마담', '양갈보' 등 다양한 비하적 표현으로 지칭되었고 당대 소설 속에서 흔히, 그리고 일관되게 형상화되는 양상을 보인다. 미국의 원조와 군사적 지원의 증거로서 미국과 남한의 두 남성성 사이에서 거래된 몸인 양공주는 국가를 위해 동원되면서도 민족적 순수성을 위해 은폐되어야 하는 존재였다. 양공주 표상은 가부장적 질서 내부로 한정된 보수화된 여성 담론에 포섭될 수 없는 문제적인 섹슈얼리티였으며, 민족적 상흔을 상징하는 수난의 기표인 동시에 외국 남성성과 관계함으로써 민족적 순수성을 위협하는 오염된 기표로 이중화[14]됨으로써 여성성의 경계를 민족적 경계 내

13 임은희, 「1950-1960년대 여성 섹슈얼리티 연구-『여원』에 나타난 간통의 담론화를 중심으로」, 『여성문학연구』 18, 한국여성문학회, 2007.

14 양공주를 오염 혹은 수난의 기표로 분석한 연구로는 정재림, 앞의 글; 권명아, 「여성

부로 한정하는 데 이용되었다.

양공주의 이중적 형상은 남성 작가의 문학 속에서 빈번히 확인되는데, 양공주는 빈곤하고 윤리적 질서가 무너져버린 현실을 상징하는 불쌍한 누이 · 어머니 · 딸[15] 또는 속물적인 욕망을 내비치며 민족의 순수성을 위협하다 단죄되는 타락자로 형상화된다. 이중화된 양공주 표상은 결과적으로 남성 주체의 각성과 주체화를 위한 대상으로 배제됨으로써 그 존재가 지워진다는 공통점을 갖는다. 문학 속에서 죽거나 실종되는 양공주 표상들은 1950년대 후반으로 가면서 양공주들이 사회에서 통제되고 격리되는 대상이 되어가고 마침내 '기지촌'에 격리되어 일상에서 인지할 수 없는 은폐된 존재가 되는 과정과 연결 지어 해석될 수 있다.

그러나 '이런 여성이 되어서는 안 된다'라는 부정의 방식으로 여성들의 몸과 섹슈얼리티를 통제하는 호명의 정치는 이미 분출되고 있는 욕망들의 반증이다. 차별화되고 보수화된 여성 담론과 남성 작가들의 문학은 여성들의 욕망을 부정하고 은폐하면서 여성들을 침묵시키고자 하였으나, 부정된 욕망들은 강요된 침묵에 저항하는 여성들의 복화술적 언어 즉 글쓰기를 통해 기록되었다. 여성들의 근대적 욕망을 결핍과 부정성으로 전유한 기존의 여성 표상은 여성 작가의 소설 속에서 경계를 교란하는 몸과 섹슈얼리티로 다시 한 번 전유된다.

그러한 전유의 전략을 적극적으로 보여주는 대표적인 작가인 강신재

수난사 이야기, 민족국가 만들기와 여성성의 동원」, 『여성문학연구』 7, 한국여성문학학회, 2002, 105-134쪽 등이 있다.

15 선우휘의 「깃발 없는 기수」(『새벽』, 1959)는 양공주가 된 여성의 몸을 민족의 비극적 현실 속에서 훼손되고 더럽혀져버린, 빼앗긴 자국 여성의 몸으로 상상하는 동시에 "이질문화에 투항한"(김연숙, 「'양공주'가 재현하는 여성의 몸과 섹슈얼리티」, 『페미니즘 연구』 3, 한국여성연구소, 2003, 19쪽) 타락한 배신자로 비난하는 양가적 시선을 드러낸다. 반면 양공주의 몸을 성애화하면서도 추악한 것으로 비난하는 모순된 내면을 가진 채 방황하는 남성 화자는 전후의 현실에서 이념의 재정립을 염원하는 시대의 상징적 주체로 형상화된다.

는 남편의 부재라는 상황을 욕망의 대상의 부재로 전복시킴으로써 전쟁 미망인을 어머니가 아니라 사랑과 욕망의 주체 전유하고(「어떤 해체」, 『현대문학』, 1956.3), 양공주의 경계적인 특성과 오염의 존재성을 오히려 경계를 위협하고 교란하는 힘으로 형상화함으로써 양공주 표상을 젠더 이분법과 남성-민족의 단일성의 경계를 전복하고 경계를 창출하기까지 하는 여성 주체로 재전유한다.(「해결책」, 『여성계』, 1956.9; 「해방촌 가는 길」, 『문학예술』, 1957.8) 정연희의 「나선계단」(『자유문학』, 1958.2), 「어느 하늘 밑」(『사상계』, 1960.5), 「조약돌」(『자유문학』, 1960.11)은 미성숙하고 유혹에 취약한 존재로 형상화되곤 하는 여대생 표상을 희생적인 모성과 타락한 섹슈얼리티만을 선택지로 가진 여성의 억압적 현실을 통찰하고 제3의 길을 모색하는 잠재적 주체로 재전유함으로써 타자로서의 여성성을 폭로하고 가부장적인 포섭에 대한 저항을 문학에 담아낸다. 한말숙의 「세탁소와 여주인」(『주부생활』, 1958.8), 「별빛 속의 계절」(『현대문학』, 1956.12)은 자유부인과 양공주 표상에 투사된 남성 화자의 위선과 불안정한 주체성을 반사경과 같은 몸으로 재전유된 여성의 몸을 통해 폭로하며, 「신화의 단애」(『현대문학』, 1957.6)는 부정적인 것으로만 형상화된 여성의 욕망을 기존의 모든 질서로부터 탈주하고자 하는 능동적인 힘으로 긍정함으로써 아프레걸 표상을 기존 질서에서 자유로운 주체로 재전유한다.[16]

이러한 여성 작가들의 전유의 전략은 다른 여성 작가의 소설에서도 발견된다. 여성의 욕망을 왜곡하여 기호화하는 호명을 통해 여성성 그 자체를 남성성을 위한 '구성적 외부'로 배제하거나 은폐하려는 1950년대의 젠더 정치에 대항하는, 완전히 배제되거나 은폐될 수 없는 여성의 욕망과 주체성 모색에 대한 기록으로서 당대 여성 문학은 더 적극적으로 해석될

16 일련의 예시에 대한 자세한 분석은 표유진, 「1950년대 소설의 여성 표상 전유와 몸 연구-정연희, 한말숙, 강신재를 중심으로」, 이화여자대학교 석사학위논문, 2021 참고.

여지를 갖는다.

3. 순수와 통속 사이: 문학 장의 젠더적 무의식

3.1. 대중문학론의 여성 계몽 담론과 위기의식

1950년대 중반부터 1960년대에 이르는 시기에 발견되는 신문연재소설에 대한 평론가와 문인들의 비판은 독자보다도 연재소설을 집필하는 작가들을 향하는 경향을 보인다.[17] 이때 신문연재소설의 통속성을 소위 순수문학에 반하는 것으로 규정하는 주장들은 문단을 주도하는 남성 문인들로부터 제기되었다. 반면 여성 독자와 여성 작가들은 신문연재소설의 주요 독자층과 주요 필진으로 지목된 대상 즉 비판의 대상에 위치되어 있다는 사실은 특징적이다. 광범위한 계층의 여성들을 독자로 하는 여성 잡지 『여원』의 계몽적 담론이 신문소설의 독자로서의 여성 독자들과 신문소설의 작가로서의 여성 작가들에 대한 비판의 목소리를 자주 내비쳤다는 점은 그러한 젠더적 편향성을 보여준다.

가령 『여원』에 실린 「신문소설에 범람하는 여인들의 불륜」이라는 논평은 "아들과 딸이, 엄마와 아들이 함께 읽는 신문소설의 소재가 모두 간통일색이다. 이 논리부재의 작가풍토를 고발하는 평론가의 비판"[18]이라

---

17 1964년 신문소설에 대한 비판적 논지를 담은 백철의 사설이 그 예시가 된다. "신문소설의 품질에 대해선 그 책임의 일부를 먼저 신문이 져야 할 것이다. 그러나 이야기는 책임을 신문쪽으로 전가하는 것으로 끝나는 것이 아니다. 작품의 주권은 역시 작가자신이 쥐는 일이요, 신문소설도 작가의식에서 씌어진다고 하면 그 제작과정은 수동적인 것이 아니고 주어진 재료를 개조하고 질을 바꾸는 기술적인 작업의 소산이어야 하기 때문이다."(백철, 「신문과 신문소설 上」, 『동아일보』, 1964.4.20.)

18 최일수, 「신문소설에 범람하는 여인들의 불륜」, 『여원』, 1969.12, 210쪽.

는 머리말과 함께 게재되었다. 남성 평론가에 의해 성인남성을 제외한 아이들과 성인여성이 신문소설의 선정성에 무력하게 노출된 수동적 독자로 상정되는 이러한 구도는 『여원』의 다른 사설과 기사에서도 반복되며 여성 독자에 대한 직접적인 비난의 목소리로 나타나기도 한다. 당대 주요 신문들의 논설위원이자 편집장을 도맡았던 언론인 송건호는 "하나의 훌륭한 인생교과서"이자 "독자들의 정신적 공통의 광장"으로서의 신문의 계몽적 역할을 강조하면서 그러한 신문의 현실적이고 사회적인 기능을 외면하고 흥미본위의 관심만을 보이는 문제적인 독자로 여성들을 비판한다.[19] 신문마다 여성의 투고란이 신설된 것과 관련하여 여성의 지적수준 향상을 긍정적으로 보면서도 그들의 글쓰기의 범주가 수필 수준에 머무르며 신문 독자로서의 관심이 대중문화 관련에만 쏠려있음을 지적하는 데서 "글 쓸 경험도 많았으리라고는 도저히 보여지지 않는"[20] 새로운 독자군인 여성에 대한 편견과 환영의 이중적 태도가 엿보인다.

동아일보 논설위원이자 변호사였던 홍승만 또한 『여원』에 여성 신문 독자에 대한 부정적 태도를 내비친다. 「신문을 멀리하는 경향」[21]는 제목부터 명백히 문제적 경향의 주체로 여성 독자들을 지목하고 있으며, 신문을 읽지 않는 여성뿐만 아니라 신문을 읽는 여성까지 모두 '데이트 상대로 적절하지 않은 여성'으로 비난하고 있다. 그에 따르면 신문을 읽지 않는 여성은 상식 부족으로 말이 통하지 않는 무식한 여성이기 때문에, 반대로 신문을 읽는 여성은 해외화제란 같은 데에나 관심을 보이며 국내 사안도 아닌 화제에 대해 '아는 체'하면서 남성에게 열등감을 안겨주기 때문에 남성들에게 호감을 줄 수 없다. 이 이상한 논리는 여성 독자들은 신문을 올바른 교과서로 받아들일 수 없는 존재라는 편견을 여성을 남성

19 송건호, 「신문과 여성의 관심」, 『여원』, 1962.9, 122-125쪽.
20 위의 글, 124쪽.
21 홍승만, 「신문을 멀리하는 경향」, 『여원』, 1964.3, 78-81쪽.

의 성적 대상으로 한정하는 차별적 성 관념과 함께 드러내고 있다. "하여간 신문은 여자독자들을 중요시 하고 있"[22]으므로 상식이 부족한 여성들이 가정란, 해외화제란에서 벗어나 신문을 세상의 여러 가지 면을 접하는 올바른 창구로 삼으라는 계몽적 덕담으로 마무리되는 이 사설은 결국 여성들을 '훌륭한 독자'의 미달태로 위치시킨다.

수동적이고 수준미달의 독자로 지목된 여성 독자들에 대한 비판적이고 계몽적인 담론들은 그럼에도 불구하고 "이제 신문은 남자만이 보는 것이 아닌 것"[23]이라는, 새로운 독자군으로서의 여성 독자들의 부상을 반증한다. 여성들이 남성들의 전유물이었던 신문을 비롯한 지성의 영역에 접근하는 변화 양상을 긍정적으로 평가하면서도 여성 독자의 수준을 폄하하는 남성 지식인들의 목소리는 모종의 위협을 느끼는 모순적 내면을 보여주는 것인지도 모른다. 여성들의 지적 성장에 대한 모순된 반응은 여성 독자에게서보다 여성 작가에 대한 태도에서 더욱 명확하게 드러난다. 1960년대 이후 신문소설의 주요 저자들 중 절반 이상을 차지하게 된 여성 작가들에 대한 기사들은 긍정적이거나 부정적이거나 모두 '여류'에 대한 편견을 내포하고 있다.

1960년대 이후 신문사에서 주최하는 현상소설 모집을 통해 등장한 여성 작가 김의정의 당선작 『인간에의 길』(『경향신문』, 1961)은 단편소설이 아닌 장편소설이다. 김의정을 비롯한 신희수, 전병순 등 여성 작가들의 장편소설이 잇달아 당선되거나 입상하는 1960년대 초의 풍경은 한 남성 필자의 눈에 "유능한 여류문인이 많이 배출한다는 것은 여성의 지위를 향상시키는데 도움이 되는 것은 물론이려니와 한국의 문화적 지위가 향상되어 그 바람에 한국남성들도 어깨가 으쓱해지"[24]는 상황으로 비춰진

22 위의 글, 81쪽.

23 위의 글, 80쪽.

24 「여적(餘滴)」, 『경향신문』, 1961.4.2.

다. 또한 『인간에의 길』과 다른 여성 작가들의 소설이 '통속적 애정소설'이 아닌 인간성 탐구를 주제로 하고 있다고 평가하면서 사회의 건전성에 기여할 문학으로 여성 작가들의 문학을 긍정적으로 바라보고 있다.[25] 이러한 시선에서 여성 작가들의 활약은 여성 지위상승의 지표로 인식되는 동시에 기존의 남성들의 문학과 구분되는 '여류'이라는 배타적 범주로 환원된다.

당대 기사와 사설 속에서는 여성 작가들의 연재소설에 대한 부정적 관점과 계몽적 관점도 발견된다.[26] 한 기사에서는 신문소설의 절반 이상이 여성 작가에 의해 연재되고 있는 1960년대의 시대상을 둘러싼 삽화가들의 시선들을 담고 있는데, 남성 삽화가들은 '여류작가'의 성공은 순수문예물이 아닌 오락소설에 국한된 것으로 인식하고 그들의 인기가 역량에 비해 과대평가되고 있다고 지적한다.[27] 이러한 남성 삽화가들의 시선에서 여성 작가들의 인기는 우울하고 비참한 현실을 도외시한 채 상류사회의 오락적인 자극만을 추구하는 통속성에서 비롯된 것으로 폄하되고 있다.

---

25 위의 글.

26 『현대문학』과 같은 문예지에 연재된 보다 '문예적'으로 여겨진 장편소설들도 대상으로 포함되어 있긴 하지만, 『여원』에 실린 한 기사는 여성 작가의 소설 중에서도 장편소설을 대상으로 하여 여성 작가 자신의 이야기를 소설화한 것으로 단정하고, 여류의 소설을 경험과 허구가 명확히 분리되지 않는 "객관성의 결여, 자기 감정의 편견"의 위험이 큰 사소설(私小說)적 장르로 환원해버리기도 한다. 여성의 작품은 덮어놓고 여성의 경험과 동일시해버리고 여성 작가들의 사생활에 지나친 관심을 드러내는 독자나 기자의 편향된 태도가 두드러지는 가운데 여성 작가들은 "자신의 체험이 게재된 역사적인 작품"(손장순, 『한국인』, 『현대문학』 연재)이라며 인물 묘사에 있어서는 자전적인 요소를 인정하면서도 허구의 소설이자 역사적이고 사회적인 의미를 갖는다고 답변하거나, 인물, 배경, 사건은 명백한 허구의 창작물인데 자신의 인간사적 경험에 따른 주제가 창작의 주제로 선정되었을 때 "온통 나의 직접 경험의 기록인 양 단정하고 있는 눈치"인 독자에게 어떤 태도를 취해야할지 난처하다는 답변(이석봉, 『빛이 쌓이는 해구』, 동아일보 연재)으로 사생활과의 동일성을 부인한다. 그러나 이러한 답변들을 기자는 여성 작가의 긍정으로 받아들이고 있다.(박석준, 「그 소설의 여주인공은 작가인가」, 『여원』, 1968.11, 190-195쪽.)

27 「신문소설필자에 여자가 많다는 이유가 그럴듯」, 『경향신문』, 1965.4.8.

통속적 소설의 인기와 대중적 취향은 인정하지만 결국 여성 작가들은 순수소설에 걸맞은 역량을 갖추지 못한 오락적 · 통속적 소설의 작가로 규정되고 있는 것이다.

신문소설 작가로서의 여류라는 편견어린 명칭을 둘러싼 폄하와 부정의 중심에는 언제나 기존의 문단 즉 남성 작가와의 비교가 있으며, 여성 작가들의 성공이 남성 작가들에 대한 위협으로 인식되고 있는 무의식이 젊은 남성 평론가 윤병로의 사설에서 엿보이기도 한다. 여류문학에 대한 윤병로의 짧은 논평은 여성 작가의 수입과 남성 작가의 수입 비교로 시작된다.

> 여류작가들이 인기상승의 호경기를 구가할수록 남류작가(?)들은 어쩐지 고요한 동면 속에 빠지고 있지 않은가. 이런 인상이 오직 나의 신경과민에서 비롯되었다면 모르지만 그것이 어디껏 독자들의 공감을 산다면 문제는 심상치않다. 바야흐로 여류문학의 전성기에 접어들어 남류문학(?)이 위축되어 맥을 못 추게 되었다는 얘긴가.
>
> 본래 여류문학이란 것이 우리 문단의 특산물인지 몰라도 그것이 더욱 인기품목으로 등장한 비결은 어디에 있었을까. 여기에 대한 분명한 진단은 오늘의 문학현실을 위해서 절실한 문제이기도 하다. 말하자면 여류문학이 어째서 남류문학보다도 더 값비싼 대가를 받게 되었는가 하는 수수께끼를 풀어보자는 얘기다.[28]

윤병로에게 소위 여류문학의 인기와 높은 수입은 남성들의 문학에 대한 위협으로 인식되고 있으며 "문단의 특산물"이라는 표현에서 여성 작가와 남성 작가의 문학에 대한 명확한 구분도 드러난다. 나아가 윤병로는 여성 문학이 남성 문학보다 경제적으로 높은 가치를 얻는 이러한 사태의

28 윤병로, 앞의 글, 307쪽.

원인을 여류가 선천적으로 남성보다 "매스컴에 재빨리 편승"하여 "본격 문학이란 좁은 영토" 바깥의 여성지, 대중지로 뻗어나갔기 때문이라고 규명한다.[29] 결론적으로 여류는 당대의 인기소설인 저속한 '에로물'의 작가로 지목된다. 이처럼 여성 작가의 상승세를 소위 본격문학에 주력하는 신인 남성 작가들과 비교하던 사설은 갑작스럽게 "여류문학이란 불투명한 타이틀이 스므드하게 우리 문학에 동화되기를 바랄 뿐이다"[30]라는 맺음말로 '우리 문학' 즉 남성 작가들의 본격문학을 드높이고, 그에 속하지 않는 여류문학은 저속한 통속성을 반성해야 한다는 계몽적 담론으로 마무리된다. 1960년대 말 대표적 문예지 『현대문학』에 실린 남성 평론가 윤병로의 비논리적인 짧은 발화에서 대중문학에 대한 문단의 위기감과 '여류'에 대한 배타적 편견이 무의식적 차원에서 결착되는 장면을 포착할 수 있다.

3.2. 대중화된 '여류'와 탈이분법적 문학론

전후 문학 장의 큰 특징은 잡지 『사상계』를 중심으로 소위 '신세대 비평가'라고 할 수 있는 젊은 남성 엘리트 지식인들이 국가 재건과 더불어 현대 비평, 현대문학 문단을 정립하는 주체로 호명되었다는 점이다.[31] 정치적이고 사회적인 공론 장은 물론 문단 또한 남성들이 주도하는 가운데 여성 작가들은 '여류'로서 주변화되었다. 여성 비평가의 부재와 현실 인식과 대응능력이 부재하는 미완의 문학으로 폄하된 여성 문학에 대한 일관된 비평적 시각이 현대 비평과 문학장의 정립 과정에서의 여성 지성 및 여성 문학의 소외를 방증한다.[32] 흥미로운 지점은 1950년대 문단이 여

29 위의 글, 같은 쪽.
30 위의 글, 같은 쪽.
31 김건우, 『사상계와 1950년대 문학』, 소명출판, 2003.

성 문학을 '여류'로서 남성들의 문학에 대한 미달태이자 대타항으로 규정하는 방식이 신문연재소설과 잡지의 대중소설을 소위 순수문학(본격문학)의 미달태로 규정하는 방식과 유사하다는 점이다. 여류문학의 일반적 주제로 인식된 여성의 내면, 사랑과 연애, 불륜, 안방과 불행한 일상사 등은 대중문학의 통속적 주제와 유사하며, 미흡한 현실인식과 사상의 부재, 과잉된 감정, 사소설적 경향에 대한 비판 또한 여류문학과 대중문학이 공유하는 지점이다.

1950년대에 이미 장편연재소설의 작가로 활약한 장덕조, 김말봉 등의 기성작가들에 이어 1960년대에 접어들면서 1950년대에 활동한 강신재, 손소희, 정연희 등의 신인작가들도 단편보다 장편연재소설 창작에 주력하게 되는 변화를 보인다. 그러나 여성 작가들이 남성 작가 및 평론가들과 달리 연재소설의 특수성을 감안한 창작에 나름의 의미를 부여하려 했다는 사실은 단순히 그들이 연재소설을 창작활동의 기반으로 삼았다는 것 이상의 의미를 함축하는 것처럼 보인다. 여성 작가들의 연재소설에 대한 발화에서 지향되는 문학적 성취나 독자에 대한 인식, 문단을 주도하는 전문평론가들에 대한 입장들은 본격문학 담론과 합치되지 않기 때문이다. 그런 점에서 본고는 장편연재소설에 대한 여성 작가들의 단편적인 발화 속에서 단순한 창작자로서의 자기 옹호를 넘어서는 문학에 대한 다른 관점을 발견해보고자 한다.

1950, 1960년대에 여성 작가들이 공론장에서 소외된 경향을 보이는 만큼 연재소설에 대한 여성 작가들의 발화는 주로 좌담이나 연재예고기사에 실린 '작가의 말', 연재소설 창작후기란 속에서 단편적이고 산발적으로 발견된다. 그러므로 1950년대부터 신문연재소설의 작가로 활동한 김

---

32 연남경, 「현대 비평의 수립, 혹은 통설의 탄생」, 『한국문화연구』 36, 이화여자대학교 한국문화연구원, 2019, 39-78쪽.

말봉에 의해 공론장에서 발화된 대중문학론들은 그 희소성만큼이나 주목할 만한 내용을 담고 있다. 진선영은 김말봉의 대중문학론의 요점을 크게 세 가지로 정리한다. 대중문학과 통속문학의 차별성, 역사적 공동체이자 민중으로서의 대중 정의, 대중을 위한 대중문학의 주제적 모랄과 사명에 대한 인식이 그것이다.[33] 김말봉은 연재소설의 통속성을 비판하는 평론가의 권위의 절대성에 대한 부정과 함께[34] 신문소설을 "독자층을 널리 대중 속에 구하여 질과 함께 양을 노리는 소설"[35]로 정의한다. 반면 순수문학은 혼자 '엔조이'하는 것이고 통속문학은 도색적인 특성을 띠며 대중을 자극하는 데 목적이 있는 것이다.[36] 이처럼 김말봉에 의해 신문소설과 같은 대중문학은 순수소설/통속소설의 이분법으로 환원되지 않는 별도의 장르로 정의된다. 대중문학을 통속문학으로 단정하는 비판자들을 "대중문학이라면 통속과 통하는 것으로 믿고, 통속이기 때문에 멸시해도 좋다는 일부 그릇된 인식에 사로잡힌 족속"[37]이라고 비판하며, 신문소설에서 자주 등장하는 간통과 치정이라는 소재가 소위 순수문학은 물론 대중에게 인정받는 세계문학에서도 대표적인 소재임을 언급[38]하는 데서도 김말봉이 통속문학과 순수문학의 엄중한 이분법과 그에 따른 가치평가에 동

---

33 진선영, 「작품해설」, 『김말봉 전집 8』, 소명출판, 2018, 269-270쪽.

34 김영수는 신문소설을 "문단의 사생아", "치정문학", "간통문학"으로 폄하하면서 통속소설이자 평론의 대상이 되지 못하는 상품에 지나지 않는다고 단정했으며 신문소설의 작가들이 문학정신을 담아내지 못하는 창작상황에 있다고 비판했다.(김영수, 「잡초는 무성한다 上, 下」, 『경향신문』, 1959.4.28.~1959.4.29.) 이처럼 '신문소설이 신문사와 대중독자에 의해 자율성을 잃은 위기 상황에 있다고 동정하는' 김영수의 기사에 대해 김말봉은 "당대의 평론가들만이 모든 가치판단의 절대적기준이 아니니"라는 강한 어조로 반론을 제기한 바 있다.(김말봉, 「독단은 곤란하다 上, 下」, 『경향신문』, 1959.5.9.~1959.5.10.)

35 김말봉, 위의 글.

36 「대중잡지의 현황과 진로좌담회 (1)」, 『경향신문』, 1958.2.12.

37 김말봉, 「대중문학」, 『경향신문』, 1958.3.5.

38 김말봉, 앞의 글, 1959.5.10.

의하지 않음을 확인할 수 있다. 이분법적인 순수문학론에서 벗어나 김말봉은 통속성과 차별화되는 대중성과 문학성의 균형을 신문소설의 특징이자 지향점으로 내세운다. 신문소설에 '숙명'적으로 요구되는 상업적 제약과 그에 따른 독자의 영향력을 인정하면도 그 제약 속에서 추구되는 문학성과 작가의 자율성을 긍정하기 때문이다. 한 좌담에서 김말봉은 민중으로서 역사적이고 사회적인 가치들을 공유하는 대중독자들에게 문화인으로서의 교양과 역할을 강조한 바 있다.[39] 따라서 김말봉이 말하는 대중문학의 주제와 사명은 대중에게 "신성하고 또 풍성한 영양소"[40]가 되는 문화적 교양의 전달에 따르는 데 있다고 이해할 수 있다. 이처럼 대중문학의 문화적이고 사회적인 영향력을 김말봉은 강조했던 것이다.

김말봉뿐만 아니라 연재예고, 작품후기, 좌담 등에서 발견되는 여성 작가들의 발화 속에는 대중문학과 대중독자에 대한 긍정적인 인식이 발견된다. 김말봉과 마찬가지로 여성 작가들의 인식에는 대중문학의 주된 소재, 주제를 인간과 일상에 대한 탐구로서 진지하게 받아들이는 태도가 전제되어 있다. 많은 여성 작가들이 자신의 연재소설의 주제로 욕망과 현실적 · 시대적 조건 속에서 선택의 기로에 놓인 인간을 내세우고 있으며,[41] 신문소설이 풍속소설로 받아들여지고 있는 현실에 대해 "감정과 생활 속에, 그러나 무언가 진실에 육박하는 새로운 의미가 있는 건지도 모를 일"[42]이라며 풍속적이고 일상적인 주제를 옹호하는 발언이 발견되기도

39 「대중잡지의 현황과 진로좌담회 (1)」, 『경향신문』, 1958.2.12.

40 김말봉, 앞의 글, 1958.3.5.

41 가령 장덕조는 『격랑』의 연재를 예고하면서 "새로 쓰여지는 장편은 시대의 풍속도가 되어야 한다"는 시대상 속 인간 응시에 대한 의지를 드러내며(장덕조, 「다음석간장편소설 격랑－작자의 말」, 『경향신문』, 1957.11.20), 박경리는 자신의 소설 『내 마음은 호수』에 인생의 음지와 양지에서 비롯된 비극과 희극과 함께 예술, 애정, 생활, 윤리 사이에서 갈등하는 여러 세대의 인간군상을 그릴 것이라고 소개한다.(박경리, 「연재소설 내마음은호수－작자의 말」, 『조선일보』, 1960.3.1.)

42 강신재, 「새연재소설 강신재 작 유리의덫－작가의 말」, 『조선일보』, 1968.4.14.

한다. 또한 대중문학의 통속성 및 저속성 문제로부터 나온 주제인 듯한 예술윤리위에 대한 여성 작가들의 반응이 오락과 창작 사이의 구분(박경리), 돈이 아닌 문학정신과 그 영향력에 대한 인지(임옥인) 등에 따라 작가 자신의 문학정신과 윤리적 자율성에 대한 긍정과 강조로 일관된다는 점은 여성 작가들이 대중문학의 창작에 있어서도 문학정신에 대한 소신을 가지고 있었음을 보여준다.[43]

무엇보다도 여성 작가들은 소설에 적극적으로 의사를 표명하며 소통을 요구하거나 또는 집중력이 일정하지 않을 수 있는 독자들과 신문이나 잡지에서 연재되는 장편소설의 생리(生理)를 있는 그대로 수용한다. 그들에게 대중독자는 저속한 취미를 가진 독자들이 아니라 연재소설의 특성에 따라 마찬가지로 특수성을 띠는 불특정다수의 독자이다. "매회마다 찾아 읽는 재미를 주기 위하여 사탕발림하는 재주"로 독자들을 속이려 하지 않으며,[44] 집필할 때는 독자들의 반응 하나하나에 지나치게 영합하기보다 작품에 성실하고 발표된 후에는 객관적인 평가를 독자에게 맡기는 태도[45]에서 독자들의 다양성과 진폭을 이해하고 창작에 반영하고 있음을 알 수 있다. "문학정신을 떨어뜨리지 않고 대중과 함께 호흡할 수 있는 것을 창작한다는 일. 이것이 오늘 우리가 당면한 과제"라는 임옥인의 발언,[46] 좋은 문학과 나쁜 문학 외에 순문학, 대중소설, 통속소설 같은 구분은 물론 독자의 구분도 부정하면서[47] 독자의 수준고하에 상관없이 누구나 흥미 있게 읽을 수 있도록 인간의 보편적인 순수한 마음에 통하는 작품을 쓸 것[48]이라는 박경리의 발언에서도 순수문학과 대중문학의 엄격

43 「좌담－여류작가의 애환」, 『현대문학』, 1965.2, 55-57쪽.

44 정연희, 「「불타는 신전」을 끝맺고… 노고가 작품의 무게일수 없는것」, 『조선일보』, 1965.11.25.

45 박경리, 「「파시」를 끝내고」, 『동아일보』, 1965.6.5.

46 임옥인, 「「힘의 서정」을 끝내고」, 『동아일보』, 1962.7.2.

47 「역시 순문학은 안 팔려」, 『조선일보』, 1965.3.2.

한 이분법에 얽매이지 않고 대중에 대한 이해와 존중을 바탕으로 장편연재소설을 통해서도 나름의 문학적 성취를 지향했던 여성 작가들의 의지를 담고 있다.

이러한 여성 작가들의 태도는 단순히 신문연재소설과 대중문학에 대한 긍정적인 인식이나 자기 옹호만을 의미하는 것 같지는 않다. 1960년대에 접어들면서 소위 본격문학으로 인정되는 단편소설의 창작에서 멀어지는 변화를 겪는 가운데 여성 작가들이 장편연재소설 속에 담아내는 인간에 대한 탐구, 특히 다양한 여성의 삶의 모습과 굴곡들, 나름대로의 주체성을 모색하거나 시대적 현실에 반응하는 여성들의 모습은 통속적 요소가 가미되었음에도 주제의식의 측면에서 1950년대에 여성 작가들이 단편소설에 담아냈던 바를 완전히 벗어나있지 않다. 뿐만 아니라 여성 작가들의 역사소설의 경우 일반적인 남성 영웅들이 아닌 역사 속 여성들의 삶을 재조명하고 각색한다는 점에서 주변화된 여성의 역사를 서사화하는 의의를 갖듯[49] 장편연재소설 속에서 가능한 문학적 시도가 발견되기도 한다. 물론 그 의미와 가치에 대해서는 구체적이고 세밀한 텍스트 분석을 통해 확인되어야 할 것이지만, 여성 작가들이 장편연재소설에 담아낸 주제들을 근거로 그들이 단편 위주의 본격문학과 문단에서 멀어졌음에도

48 「23일부터 연재하는 노을진 들녘 작가 박경리씨 삽화 박고석씨를 찾아서」, 『경향신문』, 1961.10.20.

49 장덕조는 명성황후의 생애를 각색한 역사소설 『민비(閔妃)』의 연재를 예고하면서 '여류작가로서의 의무감'을 이야기하며, 자신의 국가관, 인생관, 사회관, 여성관을 온전히 자신의 창작물로 재탄생한 역사적 소재를 통해 드러낼 것을 자신하였다.(「민비의 생애를 소설화」, 『경향신문』, 1965.5.24.) 장덕조가 말하는 '여류작가로서의 의무'는 단순히 여성이기에 여성에 대해 쓰겠다는 의식 이상으로 역사 속 여성의 생애로부터 현실에 대해 이야기할 수 있음을 확인하고자 하는 여성 작가로서의 창작의지로 생각해볼 수 있다. 이외에도 장덕조는 『낙화암』을 비롯하여 역사 속 여성들을 전경화한 역사소설들을 다수 창작했다. 그 텍스트의 여성 문학적 가치에 대한 구체적인 평가 문제와 별개로 이러한 꾸준한 창작이 갖는 의미는 적지 않다.

불구하고 저속한 통속소설의 작가로 전락하지 않았으며 오히려 그들의 여성 문학적 주제의식이 연재소설의 풍토 속에서 지속되었을 가능성을 조심스럽게 제시해본다.[50]

4. 나가며

1950 · 60년대는 장편연재소설의 성황과 함께 욕망하는 대중이 탄생한 시대이자 동시에 가부장적인 민족국가 재건의 시대였다. 또한 이 시대는 많은 여성 작가들이 새롭게 탄생하고 활동할 수 있었던 시대였던 동시에 여성 작가들이 '여류'로 주변화되고 순수문학에 대립하는 대중문학의 영토로 밀려난 시대이기도 했다. 본고는 1950 · 60년대의 당대 여성 담론과 문학 장 내부의 젠더적 무의식을 살펴보고 시대적 억압에도 불구하고 지속된 여성 문학의 가능성과 가치를 확인하고자 하였다. 여성의 욕망을 왜곡하고 타자화하는 호명으로서의 여성 표상은 여성 작가들의 소설에서

50 이러한 가능성은 여성 작가의 장편소설에 대한 평가에서도 그 근거를 찾을 수 있다. 1950년대의 경우 기성 여성 작가들의 장편연재소설 창작물을 문제적인 신문연재소설의 통속성, 저속성과 비교하여 호평하는 경우들을 발견할 수 있다. 결론적으로 비판으로 귀결되고는 있으나 조연현은 최정희의 『녹색의 문』이 묘사 중심의 순문예적 성격을 띤 신문연재소설이라고 평한 바 있으며(조연현, 「신문연재 소설의 위기 下」, 『동아일보』, 1953.6.5.), 김동리 또한 박화성의 『고개를 넘으면』을 다른 신문연재소설과 다르게 구성면에서 장편소설로서 의미 있는 성취를 하고 있다고 평한 바 있다.(김동리, 「박화성여사저 고개를 넘으면」, 『경향신문』, 1956.10.11.) 1960년대 신인 여성 작가들의 장편소설 역시 "요즘신문소설의 흔한 유형으로 되어 있는 통속적애정소설이 아니라 진지한 인간성에의 탐구가 그 주제"이며 정치 · 경제적 혼란 속에서 신인문인들이 도색소설이 아닌 건전한 인간탐구의 문학을 시도하고 있다는 기대의 대상이 되기도 하였다.(「여적」, 『경향신문』, 1961.4.2.) 이런 시선들의 존재는 여성의 장편연재소설이 어느 정도 문학성을 갖추고 있었으며 그 주제나 전개에 있어서도 지나친 선정성을 추구하지 않고 나름대로의 의미와 가치를 지향하고 있음이 사회적으로 인지되었음을 짐작하게 한다.

능동적인 여성 주체의 형상이자 여성들의 욕망에 대한 긍정의 기호로 재의미화되고 전유되었다. 이는 전후 여성 문학의 문학적 형상화 방식을 복합적이고 적극적으로 독해하면서 숨어있는 전복적 힘을 발견할 수 있음을 상기시킨다. 또한 여성 작가들은 순수성과 통속성의 이분법, 그리고 '여류'라는 호명에 갇히지 않은 채 기존의 질서와 문학론의 경계를 교란하고 그로부터 탈주하는 다른 문학의 가능성을 모색한다. 여성 작가들은 대중문학의 영토로 타자화되었음에도 새로운 문학론으로 (대중)문학의 주체가 되었으며, 그로부터 실제 텍스트를 발굴하고 재조명할 필요성을 제기된다. 대중문학까지 아우르는 전후 여성 문학에 대한 연구는 타자로서의 여성의 관점에서 전후사회를 다시 읽는 작업이며, 나아가 현 한국사회의 토대가 된 전후의 국가 재건 이데올로기 내부의 균열에서부터 새로운 관점의 한국사와 문학사를 탐구하는 작업의 바탕이 될 것이다.

● 참고문헌

1. 기본 자료

강신재, 「새연재소설 강신재 작 유리의덫—작가의 말」, 『조선일보』, 1968.4.14.
김남조, 「여대생의 프라이드를 해부한다」, 『여원』, 1959.11.
김동리, 「박화성여사저 고개를 넘으면」, 『경향신문』, 1956.10.11.
김두헌, 「여자대학교육의 당면문제」, 『여원』, 1959.11.
김말봉, 「대중문학」, 『경향신문』, 1958.3.5.
_____, 「독단은 곤란하다 上, 下」, 『경향신문』, 1959.5.9.~1959.5.10.
김성애, 「특별 루포 밤거리 스켓취 여대생들은 밤에 나온다」, 『여성계』, 1955.2.
김영수, 「잡초는 무성한다 上, 下」, 『경향신문』, 1959.4.28.~1959.4.29.
김진찬, 「허영과 직장과 가정」, 『경향신문』, 1956.5.20.
박경리, 「연재소설 내마음은호수—작자의 말」, 『조선일보』, 1960.3.1.
_____, 「「파시」를 끝내고」, 『동아일보』, 1965.6.5.
박석준, 「그 소설의 여주인공은 작가인가」, 『여원』, 1968.11.
백 철, 「신문과 신문소설 上」, 『동아일보』, 1964.4.20.
송건호, 「신문과 여성의 관심」, 『여원』, 1962.9.
오천석, 「여대생은 무엇을 하는 것이냐?」, 『여원』, 1959.11.
임옥인, 「「힘의 서정」을 끝내고」, 『동아일보』, 1962.7.2.
장덕조, 「다음석간장편소설 격랑—작자의 말」, 『경향신문』, 1957.11.20.
정연희, 「「불타는 신전」을 끝맺고… 노고가 작품의 무게일수 없는것」, 『조선일보』, 1965.11.25.
조연현, 「신문연재 소설의 위기 下」, 『동아일보』, 1953.6.5.
조풍연, 「아프레 게르와 처녀성」, 『주부생활』, 1959.4,
최일수, 「신문소설에 범람하는 여인들의 불륜」, 『여원』, 1969.12.
홍승만, 「신문을 멀리하는 경향」, 『여원』, 1964.3.
「대중잡지의 현황과 진로좌담회 (1)」, 『경향신문』, 1958.2.12.
「여적(餘滴)」, 『경향신문』, 1961.4.2.

「23일부터 연재하는 노을진 들녘 작가 박경리씨 삽화 박고석씨를 찾아서」, 『경향신문』, 1961.10.20.
「좌담—여류작가의 애환」, 『현대문학』, 1965.2.
「역시 순문학은 안 팔려」, 『조선일보』, 1965.3.2.
「신문소설필자에 여자가 많다는 이유가 그럴듯」, 『경향신문』, 1965.4.8.
「민비의 생애를 소설화」, 『경향신문』, 1965.5.24.

2. 논문 및 단행본

권명아, 「여성 수난사 이야기, 민족국가 만들기와 여성성의 동원」, 『여성문학연구』 7, 한국여성문학학회, 2002, 105-134쪽.
권보드래 외, 『아프레걸 사상계를 읽다』, 동국대학교출판부, 2009.
김건우, 『사상계와 1950년대 문학』, 소명출판, 2003.
김말봉, 『김말봉 전집 8』, 진선영 편, 소명출판, 2018.
김연숙, 「'양공주'가 재현하는 여성의 몸과 섹슈얼리티」, 『페미니즘 연구』 3, 한국여성연구소, 2003, 121-156쪽.
김은경, 「1950년대 여학교 교육을 통해 본 '현모양처'론의 특징」, 『한국가정과교육학회지』 19(4), 한국가정과교육학회, 2007, 137-151쪽.
김학재 외, 『한국현대 생활문화사 1950년대』, 창비, 2016.
서은주, 「제도로서의 독자: 1950년대 대학과 "교양" 독자」, 『현대문학의 연구』, 한국문학연구학회, 2010, 7-39쪽.
연남경, 「현대 비평의 수립, 혹은 통설의 탄생」, 『한국문화연구』 36, 이화여자대학교 한국문화연구원, 2019, 39-78쪽.
이임하, 『여성, 전쟁을 넘어 일어서다: 한국전쟁과 젠더』, 서해문집, 2004.
임은희, 「1950-1960년대 여성 섹슈얼리티 연구—『여원』에 나타난 간통의 담론화를 중심으로」, 『여성문학연구』 18, 한국여성문학학회, 2007, 131-160쪽.
정재림, 「1950-60년대 소설의 '양공주-누이' 표상과 오염의 상상력」, 『비평문학』 46, 한국비평문학학회, 2012, 457-478쪽.
표유진, 「1950년대 소설의 여성 표상 전유와 몸 연구—정연희, 한말숙, 강신재를 중심으로」, 이화여자대학교 석사학위논문, 2021.

4장

젠더화된 전후문학과 담론 재현의 모순적 실제

—정비석, 손창섭, 박경리의 대중소설을 중심으로

표유진 · 김명신 · 신현민 · 윤도연

1. 들어가며

1950년대 중반 이후부터 1960년대 초에 이르는 시기는 민족국가 재건 담론과 함께 '근대성'이라는 기표를 중심으로 새로운 질서를 수립하는 과정에서 다양한 욕망이 경합하는 역동성이 두드러지는 시기였다. 이 역동적인 시기를 지나 남한사회는 4.19혁명과 그 혁명을 통해 4.19세대라는 남성 청년들의 주체성이 확립되는 일련의 과정을 기점으로 하여 '남성=주체=민족=근대국가'라는 질서가 확립된 1960년대로 이행해간다. 전쟁의 여파로 인한 새로운 사회현상, 욕망들의 경합, 그리고 혁명을 거쳐 가는 근대국가 수립기로서 전후에는 당대의 중요한 공론 장으로 기능한 신문과 잡지 매체의 기능과 역할에도 많은 변화가 나타났다. 특히 해당 매체들에 수록된 문학과 비평, 그리고 문인들의 사설은 당대의 가부장적 담론의 생산 · 유포에 중요한 역할을 하였다. 또한 매체와 문학이 맺는 관계는 대중잡지와 신문에 연재된 장편연재소설의 흥행으로 인해 새로운 국면을 맞이하기도 하였다. 소설의 대중화와 상품화를 추동하고, '대중성'이라는 유동하는 기표와 '대중독자'의 존재감을 문학과 문화의 중심에 놓은 장편연재소설은 소위 본격문학과 대립하면서 당대 문학 장의 인기 있고 영향력 있는 타자로 존재했다.

중요한 것은 이러한 문학 장의 변화와 위계구도 속에서도 그 중심에는 젠더라는 문제가 놓여있었다는 점이다. 1950년대에 본격문학(혹은 순수문학)과 대중문학은 공통적으로 남성 젠더의 시선에서 여성성을 타자화하고 부정적인 여성 표상들을 생산하고 유포하였으며, 그러한 남성 중심적 문단에서 여성 작가들은 '여류'로 호명되며 소외되었다. 나아가 1960년대로 접어들면서 다수의 여성 작가들이 대중문학 즉 장편연재소설의 창작자로 전향하는 현상은 문학 장의 대표적인 위계구도가 어떻게 젠더화되어 있는지를 '본격문학:남성성=대중문학:여성성'이라는 구도로 가시화한다. 이는 민족적 주체로서의 남성성과 순수성을 확립하려는 국가 재건 이데올로기와 마찬가지로 남성성의 수립을 위해 타자화된 여성성을 (재)생산했던 남성 중심적 문단이 그 자체로도 '여류'로서의 여성 문학을 타자화하고, '여류'에게 투사된 통속성, 사소설적 경향, 성 · 사랑 · 연애라는 소재를 공유하는 대중문학의 영향력을 경계하면서 유지되었다는 것을 의미한다. 여성성을 타자화하는 이분법적이고 위계적인 젠더를 바탕으로 추구된 전후문학의 남성성은 반대로 여성이라는 젠더의 재현과 여성 작가의 대중문학이라는 타자에 의해 전복될 수 있는 불안정한 토대를 가지고 있었다고 볼 수 있다. 그러한 가운데 근대성의 일환으로 해석된 성과 사랑의 자유에 대한 대중들의 욕망과 여성의 욕망을 불안정하게 재현함으로써 완전하게 이분화되지 않는 젠더적 경계를 드러내는 텍스트들이 존재한다.

우선 2절에서는 대중들의 욕망과 전후 국가 담론이 영합하고 충돌하는 장면을 통속성과 선정성으로 주목받았던[1] 대중소설 작가 정비석[2]의 소설

1 연남경, 「현대 비평의 수립, 혹은 통설의 탄생－1959년 백철과 강신재의 논쟁에 주목

들[3]에서 포착하고자 한다. 다음으로 3절에서는 문학성과 인간성을 담보한 본격문학 작가에서 1960년대 이후 장편연재소설의 작가로 전향하는 경향을 보인 손창섭[4]의 장편소설 『이성연구』(『서울신문』, 1965.12.1.~1966.12.3)를 중심으로 성차가 교란되는 장면을 살펴볼 것이다. 마지막으로 4절에서는 대표적인 대중소설 작가로 꼽히는 박경리[5]의 장편연재소설 『은하』(『대구일보』, 1960.4.1.~1960.8.10)를 당대의 주요 담론이었던 낭만적 사랑 담론과 여성 교양 담론에 균열을 내는 텍스트로서 읽으면서 여성 주인공

하며」, 『한국문화연구』 36, 이화여자대학교 한국문화연구원, 2019, 50-51쪽 참조; 김동윤은 1950년대의 신문연재소설을 살피며 대중문학에서의 통속성의 요소가 "미학적 근간"으로 작용하고 있음을 살핀다. 당대 한국문학장에서 통속성은 관능성 · 감상성 · 야만성의 세 요소를 중심으로 표현되고 있었다. 이때 정비석의 소설에서 통속성의 요소가 나타나는 부분의 분석은 김동윤, 『신문소설의 재조명』, 예림기획, 2001, 189-193, 198-201, 204-205쪽 참조.

2 정비석은 1935년 1월 『매일신보』에 콩트 「여자」를 발표하면서 등단했고, 향토적이고 토속적인 색채로 인해 자주 언급되는 『성황당』(『조선일보』, 1937.1.14.~26)을 발표하며 본격적인 소설가의 길을 걷기 시작했다. 정비석은 작가의 대표작이라 할 수 있는 『자유부인』(『서울신문』, 1954.1.1.~8.6.)을 비롯해 수많은 대중연재소설을 창작한 사실로 주목받아왔다. 한국의 본격적인 대중연재소설 열풍을 불러일으켰다는 점에서, 정비석의 연재소설들을 통해 전후 독자대중들을 연구하고자 하는 노력은 최근에 특히 활발히 이루어지고 있다.(이영미 외, 『정비석 연구』, 소명출판, 2013, 9-14쪽.)

3 작품의 인용문의 정확한 출처는 본문에 각주로 제시하였으며, 인용문에는 쪽수만 표기한다.

4 손창섭은 1952년 5월과 1953년 9월에 단편 「공휴일」과 「사연기」를 『문예』에 발표하면서 등단하였다. 1950년대 당시 창작된 손창섭의 단편 소설들은 전후의 허무주의에 젖어있다는 부정적인 평가를 받기도 하였으나, 이어령의 경우 손창섭의 소설을 단순히 허무주의의 반영에 지나지 않는 것이 아니라 부조리한 시대에 가능한 실존주의 문학의 정수인 것이라고 고평하고 있다. 다만 손창섭의 문학성 혹은 문학세계에 대한 평가는 1960년대 들어 작가가 활발히 창작하기 시작한 장편보다는 초기 단편에 집중되어 있는 것이 사실이다.(이어령, 「유성군의 위치」, 『문학예술』, 1957.2)

5 박경리는 1955년에 『현대문학』에 단편 「계산」을, 1956년에는 동일지에 「흑흑백백」을 게재하면서 문단활동을 시작하였으며, 1959년에 『현대문학』에서 연재된 『표류도』로 작품성을 인정받으며 제2회 내성문학상을 수상한 이후 『김약국의 딸들』(을유문화사, 1962), 『시장과 전장』(현암사, 1964), 『파시』(『동아일보』, 1964.7~1965.5) 등 많은 장편소설들을 1960년대 초에 창작 · 연재하였다.

인희의 청년성과 사랑 · 자유 · 근대성의 기표를 연결해보고자 한다.

2. 대중적 욕망 재현의 공모성과 위반성: 정비석

1950년대 중반 이후 급속도로 이루어진 서구 문화의 유입과 도시 문화의 발달 속에서 대중들은 근대가 표상하는 새로운 사회를 꿈꾸며 연애, 성, 사랑에 지대한 관심을 보였다. "일제치하의 계몽적인 담론의 화두였던 '연애'가 해방 이후 인간이라면 누려야 하는 권리이자 바람직한 애정 선택 방식으로 수용"[6]되었기 때문이다. 이러한 대중들의 호기심 가득한 욕망은 1950년대에 전성기를 맞았던 대중잡지를 통해 적극적으로 발산되었다. "새롭고 도시적인 문화의 활력과 기대감"[7]을 결혼이나 가정생활보다 연애와 성을 전면화하는 것으로 충족시키려는 『아리랑』,[8] 『명랑』[9] 등 대중잡지들의 전략과 성공은 중심독자층인 청년 대중들의 성과 사랑에 대한 지대한 관심을 짐작하게 한다. 이러한 대중들의 욕망은 오락적이고 상업적인 성격이 다분한 몇몇 잡지에 한정된 것이 아니었다. 1950년대의 대표적인 매체인 신문과 잡지는 전반적으로 근대성과 도시의 발달에

6 송경란, 「『여원』에 나타난 전후 연애담론 양상 고찰」, 『한국어와 문화』 18, 숙명여자대학교 한국어문화 연구소, 2015, 290쪽.

7 김지영, 「1950년대 잡지 『명랑』의 '성'과 '연애' 표상—기사, 화보, 유머란을 중심으로」, 『개념과 소통』 10, 2012, 183쪽.

8 상업적인 오락지 「아리랑」은 1955년 3월 삼중당에서 창간되었고 '소설과 실화'라는 완독잡지의 성격을 표방하였다. 1958년 10월호부터는 화보를 본격적으로 실으면서 '소설과 화보'로 전환하여 보다 적극적으로 선정적인 이미지들을 다루게 된다.

9 『명랑』은 1950년대를 대표하는 오락지 중 하나로, 1955년 12월에 발간되어 1980년 7월에 종간되었다. 1956년 11월호에서 "Sex, Story, Star, Screen, Sports, Studio, Stage"라는 "쎄븐 S"를 편집방침으로 내세우고 "시각적으로 시원한 잡지" 즉 "보는 잡지"로서 그 어떤 잡지보다도 선정적인 화보들을 내세우기도 했다.(「지령 100호 기념 좌담회: 본지 역대 편집장이 말하는 명랑의 발자취」, 『명랑』, 1964.6, 113쪽.)

대한 관심을 성과 사랑에 대한 호기심으로 드러내는 대중들의 욕망에 부합하려는 변화를 보이며, 이는 대중문학이라고 통칭되기도 하는 장편연재소설의 소재와 주제에 지대한 영향을 미쳤다. 그 중심에 대표적인 대중문학 작가 정비석이 있었다.

정비석은 근대적 문물과 새로운 도시 문화에 대한 대중들의 호기심, 일탈적이고 개방적인 섹슈얼리티와 자유연애에 투사된 대중들의 욕망을 적극적으로 서사화하는 대표주자로서 당대 대중문학의 선정성, 통속성을 둘러싼 논란에 빠지지 않고 언급되는 작가이기도 했다. 특히 정비석의 대표작 『자유부인』(『서울신문』, 1954.1.1.~1954.8.6)은 가정 바깥의 사회 활동이나 경제 활동에 참여하는 기혼여성들을 일탈적 섹슈얼리티로 전락하는 여성으로 기호화하는 '자유부인' 표상을 파생시킨 문제작이다. 그 선정성과 함께 댄스홀과 같은 새로운 문화공간을 다룸으로써 대중들의 호기심을 충족시킨 것[10] 역시 『자유부인』을 베스트셀러에 올린 주된 이유 중 하나였다.

남성 젠더의 부정적인 여성 재현의 사례로 자주 언급됨에도 불구하고, 정비석이 욕망과 여성을 재현하는 방식은 대중의 욕망을 반영하면서도 그 욕망이 헤게모니적 질서를 완전히 넘어서지 않도록 봉합하는 이중성을 갖는다는 점에서 다르게 독해될 수 있다. 이러한 이중성은 전후 국가담론의 형성과정이 수반하는 여성에 대한 배타성과 맞물려 있다. 한국전쟁 이후 반공주의와 민주주의는 발전주의와 민족주의와 결합하였고, 대중을 일민(一民)주의적 이데올로기에 포섭하였다.[11] 동시에 남한사회는 국

10 이하나는 영화 「자유부인」이 다룬 댄스홀의 이미지가 서구에서 유입된 개방적인 성문화에 대한 대중들의 호기심을 일부 충족시켰다고 말한다.(이하나, 「미국화와 욕망하는 사회」, 『한국생활문화사 1950년대』, 창비, 2016, 133쪽.) 영화의 시각적 이미지와 차이는 있겠으나, 원작 소설 『자유부인』 역시 텍스트의 차원에서 오선영의 일탈이 이루어지는 도시의 공간의 묘사를 통해 같은 역할을 했으리라 짐작할 수 있다.

11 김복순, 「반공주의의 젠더 전유양상과 '젠더화된 읽기': 『자유부인』 소설과 영화」, 『페

가안보까지 좌우하는 미국의 영향력 아래 신-식민지화되었다. 이러한 사회의 변화는 일제 강점기 때부터 지속적으로 외부의 남성성에 의해 거세당한 남한의 남성성에 공포심을 불러일으켰으며, 남한의 국가주의는 미국식 자유주의와 여성성을 연결 지음으로써 "젠더 주도권을 회복하기 위해 재남성화"[12]를 추진하게 된다. 이에 따라 여성은 일민주의에 반하는 모순체계이자 동시에 남성을 불안하게 만드는 공포의 대상으로 규정되었다. 따라서 남성을 중심으로 꾸려지는 가부장적 국가 이데올로기에서 여성은 스스로 주체성을 확보하지 못 하는, '국민화' 당해야 하는 훈육의 대상으로 재생산되었다. 그러한 계몽의 대상으로 쉽사리 포섭되지 않는 여성, 즉 '미국적 근대화'에 영향을 받은 여성들은 비판의 대상으로 호명된다. 그러므로 '미국 근대화'란 남성이 제시하는 길을 가지 않는 여성들의 근대화를 일컫는 기표로 작동한다고도 할 수 있다. 이처럼 '국가=가정'이라는 국가가 만든 성차화된 윤리[13]를 위배하는 자들, 가정 바깥의 근대성을 욕망하는 여성들은 정비석에 의해 전례 없이 구체적인 모습으로, 그리고 노골적인 섹슈얼리티로 형상화된다.

정비석이 여성의 섹슈얼리티를 형상화하는 방식은 분명 문제적이다. 여성들의 섹슈얼리티는 선정적이고 일탈적으로 재현되며 그에 대한 서술자와 남성 인물들의 시선은 비판적이기 때문이다. 가령 『세기의 종』(『영남일보』, 1953.1.1.~1953.7.22)은 전쟁미망인 영심의 성적 일탈과 정조를 지킨 혜

미니즘 미학과 보편성의 문제』, 소명출판, 2005, 396쪽.

12 위의 글, 403쪽.

13 안미영은 정비석의 소설에 나타난 윤리관을 살핀다. 이 소설들에서 윤리란 시대를 초월한 보편적인 윤리라기보다는 경제·정치·젠더가 결합된 조건 위에서 구성되는 가치였다. 정비석의 소설 중 해방 이후에 발표된 신문연재소설들에서는 그가 상정한 주요 독자들을 중심으로 형성되고 있던 전후 윤리관의 모습을 살펴볼 수 있다. (안미영, 「정비석의 대중소설에 나타난 '윤리' 고찰-『청춘의 윤리』·『애정무한』·『민주어족』·『에덴동산의 길은 아직도 멀다』를 중심으로」, 『전전 세대의 전후 인식』, 도서출판 역락, 2008 참조.)

옥의 대비를 통해 여성의 몸이 결혼이라는 제도에 편입되는 과정을 타락한 여성의 죄의식과 죽음으로 형상화한다. 이러한 결말은 정조론의 순결 이데올로기에 따라 여성관과 윤리적 질서를 재신성화하려는 의도를 담고 있다. 『여성전선』(『영남일보』, 1952.1.1.~1952.7.9)[14] 역시 당대의 지배적인 여성 담론을 반복한다. 주인공 '윤옥란'의 결혼 상대인 '전우현'은 '양갈보', '유한마담', '미혼의 직업여성'을 호출하며 현대여성에 대한 지론을 펼치는 남성 주체이다. 『여성전선』은 당대 국가 이데올로기와 합치되는 남성 인물의 발화를 통해 여성들의 가치를 과학적으로 계산하여 국가의 자본으로 사용하여야 한다는 배타적이고 물화된 여성 담론을 재생산하는 것이다.

전우현이 일차적으로 행하는 여성에 대한 문제적인 호명은 미군을 대상으로 하는 성매매 여성에 대한 속된 호명인 '양갈보(양공주)'에서부터 시작된다. 그에 따르면 '양갈보'는 "우리 인체에 있어서 백혈구와 같은 역할을 맡은 존재", "희생자"이다. "그런 희생자가 있음으로 해서 오히려 우리 민족의 혈통을 순수하게 유지"할 수 있고, "피해를 그들에게만 국한함으로써 전반적인 피해를 미연에 방지할 수" 있다.(75-76) 다시 말해 '양공주'는 국가와 민족의 이름 아래에서(만) 정당화되고 있는 것이다.[15] 나아가 전우현은 "양갈보란 전쟁의 부산물이지만 저는 저대로 사회적 공헌을 하고 있는 셈이지! 그걸 모르고 저만이 정숙한 척하고 양갈보를 무작정 경멸하는 여성이 있다면 그야말로 어리석고 철없는 여잘 걸세!"(75-76)라고 덧붙임으로써 '성찰하는 남성/무지한 여성'의 위계적 이분법을 정립

14 정비석, 『여성전선』, 회현사, 1978.

15 최미진, 「한국전쟁기 정비석의 『여성전선(女性戰線)』 연구-소설 창작방법론을 중심으로」, 『현대문학이론연구』 32, 현대문학이론학회, 2007, 312쪽 참조; 허윤, 「냉전 아시아적 질서와 1950년대 한국의 여성 혐오」, 『역사문제연구』 35, 역사문제연구소, 2016, 89-92쪽 참조.

시킨다. 이러한 전우현의 경제적 · 민족적 · 국가적 여성관은 '양공주'로 호명된 여성의 구체적이고 실제적인 존재를 소거시킨다.[16] 그는 '유한마담'과 '미혼의 직업여성'을 포함하여 국가와 민족의 경제를 기준으로 그에 부합되지 않는 여성들을 모두 '해독(害毒)'으로 호명한다.[17][18] 양공주를 인정하지 않는 여성들을 위선적 여성이라 비난하는 것은 그 주장을 강화하기 위한 수사이기도 하다. 전우현은 "민족의 혈통을 순수하게 유지"하거나 "전반적인 피해를 미연에 방지할 수" 있는 효과를 알지 못하는 무지한 여성들을 비난하고, 여성들에게 수치심을 전가하여 자신의 주장을 증명하려 한다.(76)

그럼에도 불구하고 정비석의 텍스트는 동일한 지점에서 즉 국가 담론을 반복하는 여성들의 몸과 섹슈얼리티의 재현 양상 속에서 분절된다. 정비석이 재현하는 여성의 몸과 섹슈얼리티는 처벌되고 은폐되기에는 지나치게 가시화되어 있기 때문이다. 선정적이고 자극적인 서술은 당대의 억압적인 지배 담론과 윤리 체계를 거스르는 대중들의 욕망이 투사되는 장이다. 정비석은 그러한 장에 맞추어 지배적 이데올로기를 위반하지 않는 결말을 쓰면서도 그 결말로 치닫는 과정에서는 대중들의 욕망에 부합하려는 이중적인 서술전략을 구사한다. 그리고 이 이중성의 균열을 틈타 처

---

16 최미진, 앞의 글, 312쪽 참조.

17 위의 글, 311-315 참조.

18 최미진은 『여성전선』에서 윤옥란이 제시하는 '여성 전선'이 "'남녀평등'이나 '민주주의'를 표방하는 전후사회에 걸맞을 뿐 아니라 남성들의 횡포에 적절하게 대응하는 현대여성의 전략"으로 작용할 수 있으나, 그녀의 이상적인 남성을 위해 자신은 무시당해도 좋다고 언급한 것은 "그녀가 '봉건적' '노예근성'이라 비판했던 남편의 '무시'를 감내하겠다는 것을 의미"하며, 이에 "여성 전선은 현대적인 허울을 쓴 '봉건적' 지배 이데올로기의 다른 표현"이 된다고 독해한다.(위의 글, 323-324쪽.) 이와는 달리 허윤은 "전우현은 윤옥란이라는 현대여성을 만나면서 여성 혐오를 극복한다"고 서술한다.(허윤, 앞의 글, 2015, 133쪽.) 이러한 해석상의 차이에도 불구하고 두 논문은 소설이 전개되면서 전우현의 여성관이 윤옥란에 의해 그 모순과 균열을 노출한다고 지적한다는 점에서 공통점을 보인다.

벌될지언정 분명히 존재하는 여성의 욕망이 뒤섞여 나타나는 것이다.

"오여사가 아내라는 명목으로 부엌에서 노예노릇을 하고 있는 동안에, 세상은 몇 세기쯤 진보를 한 것만 같았다."(上, 55), "바깥 세계란 과연 자유의 세계였다."(上, 17)라는 『자유부인』[19]의 구절들은 그러한 균열에 해당한다. 해당 구절들은 오선영과 같은 기혼 여성들이 가정이라는 공간에 유폐된 채 사회적 · 경제적 변화와 근대화로부터 배제되어 있는 현실을 상기시키며, 비록 그 결말에서는 다시 가정으로 돌아온다고 하더라도 오선영은 가정 바깥에서 자유에 대한 욕망을 적극적으로 표명하는 체험을 한다. 욕망과 윤리의 충돌은 바깥 세계에서 오선영이 사회 · 경제적 행위를 넘어 신춘호와 백광진, 한태석 등의 남성들을 만나 성적 욕망을 추구하게 되면서 발생한다. 그러나 그 충돌 과정에서조차 오선영은 청춘의 회복을 느끼고 남편 정태석이 주지 못했던 성적 만족을 확보하며 자신의 가치를 재인식하는 과정을 거친다. 뿐만 아니라 오선영을 타락한 여성으로 전락시키는 것은 오선영 자신이기보다는 막 가정 바깥으로 나온 순진한 여성을 속이고 이용하는 상대 남성들이다. 그럼에도 불구하고 모든 것을 오선영이 추구한 여성의 자유가 허영과 위선에 지나지 않는다는 서술자의 비논리적이고 성급한 윤리적 봉합은 가정에서 얻을 수 없었던 만족과 성취, 새로운 자기인식에 도달했던 오선영의 경험들을 성공적으로 은폐하는 데 실패한다.

결국 정비석의 소설은 '여성의 욕망'을 적극적으로 경유하면서 가부장제에 대한 공모성과 위반성을 동시에 갖게 된다. 정비석은 인간에게 보편적으로 존재하는 욕망을 긍정하며[20] "1950년대 대도시, 중산층, 중등학력 이상의 남성들의 관심사와 욕망"[21]을 타겟으로 삼았기 때문에 적극적으

19 정비석, 『자유부인 上』, 정음사, 1954a.; 정비석, 『자유부인 下』, 정음사, 1954b.

20 이영미, 「정비석 장편연애 · 세태소설의 세계인식과 그 시대적 의미」, 이영미 외, 앞의 책, 33쪽.

로 남녀 간의 애정과 성적 욕망을 다루고 묘사한다. 이 과정에서 남성의 욕망을 위해서라도 표면화되고 있는 여성의 성적 욕망과 그에 얽혀 함께 불가피하게 드러나는 근대적인 욕망들은 "여성 대부분이 사회적 권력으로부터 소외되어 있던 시대"[22]에 그 자체로 균열의 지점이 될 수밖에 없다. 다시 말해 대중들에게 성적 욕망이라는 보편적 욕망을 보여주려는 정비석의 서술 속에서 여성들의 욕망과 섹슈얼리티는 정숙함이 아닌 일탈적인 형태를 띨 수밖에 없으며, 섹슈얼리티를 수행하고 교환하는 위반적인 여성성까지 재현하게 된다.

이러한 위반성은 정비석의 초기 소설에서부터 이미 싹트고 있었다. 『도회의 정열』(『신인』, 연재 시기 불명)[23]의 "남성들과 동등의 지위에서 대항할 수 있는 유일한 무기는 오직 정조뿐"(201)이라는 구절은, 그의 소설에서 여성의 성이 "돈이나 권력과 마찬가지로 힘의 근원이며 따라서 거래될 수 있는 것"[24]이라는 것을 암시한다. 또한 『애정무한』(창조사, 1951), 의 김선옥은 사상에 얽매여 고백을 망설이는 이근화와 달리 "여자로서 당돌하기 짝없는 질문"(70)으로 사랑을 고백하는 "정열 덩어리"(104)로서 욕망에 솔직한 여성으로 재현된다. 김선옥의 솔직함은 두 가지 의미를 가진다. 표면적으로 그는 애정 관계에 있어서 자신 행동의 결정권자가 됨으로써 그와 대비되는 방황하는 남성성에 균열을 낸다. 김선옥은 사랑하는 대상과, 육체적 관계에 대한 욕망을 표출하고, 심지어 그를 위해 자신이 죽은

21 위의 글, 30쪽.

22 위의 글, 34쪽.

23 정비석, 『도회의 정열』, 평범사, 1952. 『도회의 정열』의 연재시기에 관하여서는 1946-1947년이라는 의견(이선미, 「공론장과 '마이너리티 리포트」, 이영미 외, 앞의 책, 94쪽)과 1948년의 연재호 일부만 확인된다는 의견(오영식, 『해방기 간행도서 총목록: 1945-1950』, 소명출판, 2009, 617쪽), 1948년 12월 이후 연재되었으리라는 의견(정성규, 「해방의 우울과 퇴폐 · 거세된 남성성 사이의 '명랑」, 『대동문화연구』 85, 성균관대학교 대동문화연구원, 2014, 139쪽) 등이 있다.

24 이영미, 앞의 글, 34쪽.

뒤에 수장해 달라고 요구하기까지 한다. 물론 그 이면을 살펴본다면 그 결정권 행사가 공산주의를 비판하려는 의도가 반영된 행위라는 점, 그리고 "스스로 사랑의 제물"(123)이 되어 정조를 이근호에게 바치는 일종의 '제공적 성격'을 띤다는 점에서 한계가 발견된다. 때문에 김선옥의 행동은 온전한 자기 주체성의 발현이라기보다는 "남성이 은밀하게 욕망하는 대로 움직이는 것에 불과"[25]한 남성 젠더의 '판타지'에 가까운 것으로 독해되어 왔다. 그러나 이 판타지는 처음부터 전제되었던 불행한 결말로 인해 파열한다. 남성의 판타지가 충족되기 위해서는 김선옥이 계몽의 대상이 되어 자신의 사상을 버리고 이근호와 결합하는 행복한 결말이 전제되어야 한다. 그러나 『애정무한』은 처음부터 김선옥의 죽음을 예정하고, 이로 인해 이근호와 그의 사랑이 대표하는 '자유 민주주의' 혹은 '근대성'의 한계가 노출된다. 계몽되지 않는 여성과 사랑의 실패는 결국 냉전 이데올로기가 불러온 불행, 그리고 '남성적 근대의 실패'를 암시한다. 처단되지만 계몽되지는 않는 여성이 균열로 작용하는 것이다.

『세기의 종』[26]은 자신의 섹슈얼리티를 일종의 교환가치로 인식하고 기존의 낭만적 연애를 탈신비화하며 동시에 가부장제 체제에 대한 전복을 꾀하는 여성을 통해 더욱 명백한 균열을 보여준다. 비서라는 직업을 가지고 경제활동을 하던 '안혜옥'은 여성 혼자 세상을 살기에 어느 정도 "써비스"(242)는 어쩔 수 없는 것이라 생각하며 남성의 성적 욕망을 적극적으로 이용해 금전적 이득을 취하고자 한다. 그는 자신의 몸을 활용해 이득을 취하면서도, 결혼 대상을 선택하는 데 있어서는 다른 남성들과는 달리 자신을 성적 물화의 대상으로서만 바라보지 않는 남성과 결혼하며 성공

25 서승희, 「한국전쟁기 대중소설의 서사 전략과 젠더 정치 이무영의 『사랑의 화첩』과 정비석의 『애정무한』을 중심으로」, 『여성학논집』 30(2), 이화여자대학교 한국여성연구원, 2013, 19쪽.

26 정비석, 『세기의 종』, 세문사, 1954.

적으로 결혼제도에 편입된다. “남성들의 통념에 부응하는 모습을 연기하는 방식으로 그와 같은 논리를 패러디”[27]하는 여성성은 당대의 지배 질서로 완전히 영합되지 않고 미끄러진다.

정비석의 소설 속 여성이 자신의 육체를 이용해 추구하는 바를 달성하고자 할 때, 여전히 남성의 시선과 권력을 필요조건으로 갖는다는 것이 정당화된다는 한계를 부정할 수는 없다.[28] 그럼에도 불구하고 노골화된 여성의 근대적 욕망과 성적 일탈로 인해 이분법적인 성 역할은 결말에 이르기 전까지 계속해서 위기를 겪는다. 대중의 호기심과 관심을 충족시키려는 정비석의 작가적 시도와 억압적인 국가 이데올로기에 영합하면서도 욕망 자체를 부정하는 데에는 완전히 공모할 수 없었던 정비석의 이중적인 내면으로 인해 욕망하는 여성의 존재는 은폐할 수 없는 사실이 되었다. 국가 질서와 억압적 윤리에 맞게 처단되거나 좌절되는 결말에 이르기까지 지속적으로 재현되는 여성들의 일탈적 성과 그것이 불가피하게 수반한 근대성에 대한 욕망의 표출들은 여성에 대한 가부장제의 ‘완전한’ 억압의 불가능성을 환기시키고 전후 대중소설에 투사된 대중들의 욕망과 뒤섞인다.

이러한 정비석의 소설은 후기로 갈수록 그 위반성이 더 선명해지는 경향을 보인다. 욕망에 적극적인 여성 인물들이 소위 말하는 ‘악녀’가 아닌, ‘활기 넘치는 청춘’으로 그려지기 때문이다.[29] 그러한 여성들을 지배하는 것은 “윤리가 아니라 현실”[30]이다. 윤리의 당위성을 넘어 성적 욕망이 더

27 나보령, 「1950년대 ‘직업여성’ 담론을 통해 본 여성들의 일과 결혼」, 『한국문학과예술』 23, 숭실대학교 한국문학과예술연구소, 2017, 331쪽.

28 류경동, 「1950년대 정비석의 신문소설에 나타난 ‘연애’ 연구」, 『어문논집』 76, 민족어문학회, 2016, 100쪽.

29 “아주 범박하게 요약하면, 대중들의 관심이 소극적이고 인고의 태도가 강한 사람들에서 점차 자신의 욕망을 드러내고 기존 윤리를 거스르고 도발하는 인간들로 옮아갔다고 이야기할 수 있는 것이다.”(이영미, 앞의 글, 30-31쪽.)

욱 적극적으로 전면화되는 것에 그치지 않고, 주인공들의 직업과 나이 스펙트럼 역시 다양해진다. 인물들은 자신들의 현실을 극복하기 위해 육체와 섹슈얼리티를 일종의 교환 가치가 있는 담보로 활용하려고 한다. 후기 작품으로 갈수록 성욕과 물욕이라는 근대적 욕망을 더욱 적극적으로 드러내는 방향으로 변화된 여성 인물들의 성격은 한 시대를 풍미하는 하나의 흐름과 상호작용하며 형성된 것이라고 할 수 있으며,[31] 대중의 욕망과 보수화되는 국가질서의 충돌을 방증한다.

3. 가부장적 국가와 스위트홈의 교란적 재현: 손창섭

1950년대를 대표하는 대중작가로서 정비석이 있었다면, 그 반대편에는 "전쟁 세대의 자화상"[32]이라 지칭되는 신세대 작가[33]이자 순수문학 작가로서 손창섭이 있었다. 손창섭은 실제로도 「비 오는 날」(『문예』, 1953.11)과 「잉여인간」(『사상계』, 1958.9) 등 한국전쟁 이후 발표된 단편소설들을 중심으로 작가에 대한 평가와 연구가 형성되어 왔다. 손창섭 문학에 대한 평가는 서로 상반되는 두 가지 양상이 공존하는 면을 보이는데, 그중 첫 번째는 서론에서도 다루었듯 손창섭의 문학을 전후 허무주의·퇴폐주의의 발현으로 간주하는 것이다.[34] 이는 1950-1960년대 당시 주류 비평계의 논

30 고선희, 「정비석 소설의 섹슈얼리티와 전후의 자본주의적 주체 구성」, 『한국사상과 문화』 84, 한국사상문화학회, 2016, 88쪽.

31 이영미, 같은 글, 2011, 20, 27쪽 참조.

32 하정일, 「전쟁 세대의 자화상: 손창섭」, 『작가연구 1』, 새미, 1996, 35-52쪽.

33 백철(1955)은 손창섭, 장용학, 김성한을 1950년대의 신인이자 "이십세기문학"의 창작자로 집중 호명하고 있다.(백철, 「신인과 현대의식 1-10」, 『조선일보』, 1955.10.18.~1955.10.28.)

34 대표적으로 백철은 위의 평론에서 다음과 같이 손창섭을 비롯한 신세대 문학을 비판한다.

리가 연장된 것인데,[35] 김윤식의 『한국소설사』(예하, 1993)나 권영민의 『한국현대문학사』(민음사, 2020) 등 다수의 문학사에도 그러한 시각이 드러난다. 손창섭의 1950년대 단편소설이 보여준 저항성을 인정하면서도, 그것이 뿌리 깊은 허무주의로 인해 한 시대를 총체적으로 드러내고 인간성을 수립하는 데까지는 나아가지 못했노라 평가하는 것이다.[36] 그런가하면 최근 들어 유독 활발히 이루어지는 연구들은 손창섭 문학에 대한 기존의 부정적 평가를 극복하고 그것을 재인식하려는 노력들을 보여준다.[37] 나아가 손창섭이 1950년대의 작가로 규정지어지게 했던 1960년대 이후의 장편 연재소설을 연구 대상으로 삼으며 이전과는 다른 방식으로 그의 문학에 접근하는 태도를 견지한다.[38]

"**이십세기문학에서 내가 경계하고 싶은 것은 그 잠재의식 신경과민적인 의식을 과잉하게 추출한 결과 거기 필연적으로 반수되어온 작품적인 약질은 태반이 병적인 의식세계로 나타난 것이오, 또 하나는 부분적인 것의 의미는 있지만 전후의 과정 또는 전체의 관련에서 볼 때는 거의 중요한 존재의미를 상실하는 경우인데 이러한 경향이 현재 우리 신인들 특히 손창섭 장용학씨 등의 작품에서 산견되는 것이다.** 한두 가지 실례적인 장면을 들어보면 손창섭의 「미해결의 장」에 다음과 같은 대목이 나온다. (…) 여기서 작자는 인간을 하나의 병균시하고 있는데 이것은 본질적으로 인간과 인간사회를 바라보는 태도일까? 운동장에서 싱싱하게 뛰놀고 있는 국민학교 아이들을 바라보며 지구의 피부에 번식하는 병균을 상상하는 것은 그 순간만이라도 작자는 확실히 자기도 인간이라는 것을 잊어버리고 있는 것이다. **그만치 병적인 구원받을 수 없는 퇴폐적인 징조인 것이다. 그야말로 현대인의 심리를 병균이 파먹고 있는 것이다.**"(백철, 「신인과 현대의식 9」, 『조선일보』, 1955.10.27. 강조는 인용자)

35 백철뿐 아니라 조연현, 김현 등 다수의 비평가들이 손창섭의 문학이 지닌 불구성을 지적하였다. 다만 1956년 『문학예술』에 발표된 이봉래의 평론은 이와는 조금 다른 결로 손창섭의 문학을 평가하고 있는데, 손창섭의 문학에서 발견되는 것은 신세대만이 공유할 수 있는 그들 차원에서의 '리얼리즘'이지 결코 "무의지 · 무목적일 수 없"노라 역설한 것이다(이봉래, 「신세대론」, 『문학예술』, 1956.4, 135-136쪽). 이와 더불어 각주 4의 이어령 평론 또한 참조할 수 있다.

36 권영민, 『한국현대문학사』 2, 민음사, 2020, 121-122쪽; 김윤식 · 정호웅, 『한국소설사』, 예하, 1993, 328-347쪽.

37 정보람, 「1950년대 신세대작가의 정치성 연구」, 이화여자대학교 박사학위논문, 2015; 허윤, 「1950년대 한국소설의 남성 젠더 수행성 연구」, 이화여자대학교 박사학위논문, 2015.

손창섭은 1960년대 들어 기존의 문예지를 발표 지면으로 한 단편 문학 대신 신문과 여성지 · 대중지에 장편소설을 연재하기 시작하였고, 그에 대한 문단의 반응은 매우 냉담하였다. 이는 그간의 연구에도 반영되며 손창섭의 문학을 1950년대의 순수문학과 1960년대의 대중문학으로 분리하는 결과를 낳았고, 후자는 연구의 대상에서 제외되거나 전자와 독립적인 범주에서 연구될 만한 것으로 간주되었다. 그러나 「잉여인간」이 동인문학상 수상작이 되었을 때 『사상계』에 실린 심사평에서도 알 수 있듯 손창섭의 1950년대 단편소설은 이미 비평가들에게 "너무 대중성이 있다(백철)",[39] "좀 멜로드라마틱한 것이 있다(김동리 · 안수길)",[40] "그 사람엣 것은 대체로 다 그렇지만 「잉여인간」도 역시 과장이 심하다(최정희)"[41]는 평가를 받고 있었다. 이와 같은 부정적인 평가에도 불구하고 백철은 그에게 '권토중래'의 의미로 상을 주어야 한다고 주장하며, 안수길은 손창섭의 「잉여인간」이 이전작과는 방향이 달라지고 깊이가 깊어졌다는 백철의 의견에 동의한다.[42] [43] 이는 손창섭의 대표작이라 불리는 1950년대의 단편과 1960년

38 김현정, 「손창섭의 장편소설 연구: 작중 인물의 욕망을 중심으로」, 전남대학교 박사학위논문, 2006; 여경아, 「손창섭 장편소설 연구: 『인간교실』, 『삼부녀』를 중심으로」, 중앙대학교 석사학위논문, 2011; 문성국, 「손창섭 장편소설에 나타난 인간관계 연구」, 세종대학교 석사학위논문, 2012; 김남희, 「1960년대 손창섭 장편소설의 친밀성 연구」, 성균관대학교 석사학위논문, 2012; 곽상인, 「손창섭 신문연재소설 연구」, 서울시립대학교 박사학위논문, 2013; 박재연, 「손창섭 장편소설에 나타난 연애와 결혼 양상 연구」, 고려대학교 석사학위논문, 2017; 진기환, 「1960년대 손창섭 장편소설 연구」, 인하대학교 석사학위논문, 2019; 허빛, 「손창섭 1960년대 장편소설에 나타난 젠더 정치성」, 서울대학교 석사학위논문, 2020.

39 김동리 외, 「제4회 동인문학상 수상작품선 고」, 『사상계』, 1959.10, 403쪽.

40 위의 글, 404쪽.

41 위의 글, 같은 쪽.

42 위의 글, 403-404쪽.

43 그러나 그렇듯 긍정적으로 여겨질 수 있는 초기작에서 「잉여인간」으로의 변화는 '원래도 작품에 희화적인 성격이 존재했지만 그것이 점차 강해지며 재미를 추구하게 되었다'는 안수길의 부정적인 평가와 함께한다. 이에 관련하여 참고할 수 있는 연구로는

대 작가가 활발히 창작하였던 대중적인 연재소설 간에 이미 일종의 연속성이 내재해 있었음을 반증한다. 그것은 손창섭의 1950년대 문학이 당대의 주류에 속하면서도 그에 완전히 동화되지 않는 경계성을 지녔다는 증거이기도 한데, 그러한 경계성을 작가의 1960년대 연재소설에서도 발견할 수 있다.

손창섭 소설의 이러한 교란성은 특히 소설의 젠더를 통해 두드러진다. 특별히 최근 손창섭에 대한 연구가 주목하는 것이 바로 손창섭 소설의 남성성에 관한 것이다. 전후 남한을 건설할 가부장적 남성 주체를 호명하는 1950-1960년대, 손창섭의 소설은 오히려 그러한 가부장 되기의 실패와 거부, 부도덕을 그린다는 점에서 주목의 대상이 된다.[44] 이는 그의 소설 속 유구히 드러나는 결혼 제도에 대한 회의와 연관된다.[45]

손창섭의 소설 속 남성들은 결혼에 대한 태도를 기준으로 크게 1950년

김세령(2004)의 것이 있는데, 김세령은 손창섭이 비평가들의 지적을 받아들이며 1950년대 후반 들어 문학의 윤리적전환을 꾀했지만, 그것은 그가 이전의 문학성을 상실하고 일상에 함몰되게 하는 결과로 이어졌노라 분석한다(김세령, 「1950년대 비평의 독립성과 전문화 연구」, 이화여자대학교 박사학위논문, 2004, 167쪽). 이는 손창섭에게 요구되던 윤리, 즉 인간 본질을 묘사하려는 노력으로서의 '휴머니즘'과 「잉여인간」 심사평에 드러나는 '멜로드라마틱'하다는 부정적 평가가 작가의 작품 세계 안에서 서로 동류항을 이룰 수 있음을 암시한다. 즉 손창섭에 대한 기존의 평가와 그의 행보가 보이는 각자 불일치의 지점은 오히려 손창섭의 문학에 내재된 교란성을 고찰하는 기회가 될 수 있는 것이다.

44 허윤, 앞의 논문, 2015, 152-198쪽 참조.

45 박재연의 경우 「잉여인간」의 이상적 부부관계가 1960년대에 가면 불안정한 부부관계로 변모한다고 적지만(앞의 논문, 74쪽), 사실 결혼을 망설이거나 이상적인 가부장이 되는 데에 실패하는 남성의 모습은 「비 오는 날」을 비롯한 손창섭의 초기 단편 소설에 빈번히 드러나고 있었다. 또한 박찬효(2014)가 지적하듯, 「잉여인간」 속 이상적인 듯 보이는 부부 관계 또한 사실은 "표면적으로 완벽해 보이는 모범적 가부장의 모습을 그려보는 것으로써 오히려 가부장제의 균열을 비판할 수 있는 지점을 마련한 것이라 생각해 볼 수 있다"(박찬효, 「손창섭 소설에 나타난 남성의 존재론적 변환과 결혼의 회피/가정의 수호 양상」, 『상허학보』 42, 상허학회, 2014, 412쪽)는 점에서 결혼은 양상을 달리할 뿐 손창섭의 작품 세계에서 언제나 현실의 부조리와 위선을 폭로하는 데 있어 핵심적인 제재로 사용되고 있음을 짐작할 수 있다.

대 초중반과 1950년대 중반부터 1960년대까지의 인물형이 갈리는데, 전자가 결혼을 회피하고 가부장이 되는 데에 실패한다면 후자는 오히려 당대의 가부장제에 영합하여 적극적인 가장 노릇을 하며 현실의 균열을 드러내는 양상을 보이는 것이다.[46] 마찬가지로 여성들 또한 1950년대 초중반의 작품에서는 주로 결혼 제도에 포섭되지 않거나 무력한 가부장에 의해 동일시되다가, 1950년대 후반이 되면 남성 가부장의 타자이자 조력자로서 '양처' 이데올로기를 수행하면서도 그것의 부조리를 드러내는 식으로 '정상적인' 결혼에 대한 당대의 기대를 배반하는 측면을 보여준다.[47] 이는 단편에서 장편으로의 극적인 전환을 통해 이루어졌다기보다는 연속적인 차원에서 나타난 변화이지만, 후자 식의 저항이 대중연재소설의 문법 하에서 더 교묘하게 이루어질 수 있었던 것은 사실일 것이다.

바로 그러한 유의 저항성을 살펴보기 위해 본고에서는 특별히 손창섭의 『이성연구』(『서울신문』, 1965.12.1.~1966.12.30)[48]를 정비석과 비교하여 분석해보고자 한다. 앞서 살펴본 정비석의 소설들과 마찬가지로 『이성연구』 또한 다양한 삶의 형태를 지닌 여성들이 등장하며 결혼으로 귀결되는 낭만적 사랑의 서사를 공유하고, 가정에서 이탈하는 여성들을 사회 문제로서 제시한다. 그러나 가정에서 벗어난 여인이 징치되는 구조가 전면화 되어있지 않다는 점에서 정비석의 소설과 결정적인 차이를 지닌다.[49] 소설에서 중심적인 여성 인물들은 서술자 '홍신미'와 그의 친구들인 '오계숙', '허선주'인데, 이 세 사람은 '전업주부'(홍신미, 허선주), '사업가'(오계숙, 허선주)라는 정체성을 형성하며 시대적 변화를 감각하는 여성 청년들이다. 이

46 박찬효, 위의 글, 403쪽.

47 위의 논문, 387-392, 402-403쪽.

48 본고에서는 1967년 동방서원에서 발행된 단행본을 참조하였다.(손창섭, 『이성연구』, 동방서원, 1967.) 이후 작품이 인용될 시 단행본의 쪽수만을 표기하도록 한다.

49 박재연, 앞의 논문, 73쪽.

들은 당대 국가 프로젝트를 인식하고 그 안에서 자신의 위치를 인지하며, 이는 정비석의 소설에서 인식의 주체를 남성에 한정하고 있는 것과는 다르다.

또한 『이성연구』 속 여성들의 현실인식은 남성에 의한 고통의 경험에서 비롯되기 때문에[50] 결혼 상대가 여성들에게 있어 심각한 연구의 대상이 된다는 점 또한 흥미롭다. 소설 속 홍신미는 결혼 전 기차 안에서 남편의 하대와 불평등한 돌봄 노동에 시달리는 여성의 모습을 보고 "여자의 공통적인 위치와 운명이란 것에까지 어떤 불안"을 느낀다. 이는 홍신미가 약혼자 배현구와의 결혼에 대하여 느끼는 "마음 한 구석에서 완전히 사라지지 않는 (…) 막연한 불안감"(8)과 공명한다. 이러한 불안은 소설의 처음부터 끝까지 이어지며, 결국 홍신미가 모든 결혼에 실패하는 결말을 통해 확인된다는 점에서 남성에 의한 여성들의 고통을 긍정하고 여성들이 처한 현실을 고발하는 역할을 한다.

그 예로, 결혼 이후 홍신미는 "전체적인 인간 내용은 훨씬 복잡하여 예측키 어려운 (…) 「구렁이」 형"(80) 남편 '배현구'의 외도를 끊임없이 의심한다. 소년과 고학생들을 모아 그들을 교육하고 김포의 간척사업을 진행하는 '팔기 사업회'의 이사장 배현구는 국가와 가정 사이에서 분열하는 모습을 보인다. 그가 구사하는 '처세술'은 국가를 재건하는 데 있어서 유용한 자질로 사용되지만, 가정을 지키는 수단이 되기에는 실패한다. 이는 당대 국가 이데올로기에 균열을 내는데, 전후 남한이 꾀한 것이 가부장적

50 "비정상적인 행위로 인해서 세상에 태어난 계숙이 자신의 일이라든지, 예상조차 할 수 없었던 우리 부친의 옛날 제자와의 성급한 재혼이라든지 친 딸처럼 길러온 양녀를 후처로 삼지 못해 안달인 선주의 양부(養父)의 예를 들고 나서 이성관계란 요지경 속이라고 단정한 계숙의 말은 나로 하여금 심각한 문제를 새로이 느끼게 한 것입니다. 또한 부부 생활도 결국은 이성 관계인데 정신적으로나 육체적으로나 스무드하게만 갈 줄 아느냐는 말은 나에게 새로운 긴장과 불안을 안겨 주는 경고이기도 하였읍니다."(47쪽)

가정의 확장판으로서 국가를 재건하는 것이었다면 『이성연구』 속 배현구는 가정과 국가의 불일치를 몸소 체현하고 있기 때문이다. 그의 분열은 스위트홈의 불가능성으로 이어지며, 근대라는 시간에 여성이 어떻게 진입하는지, 또한 당대의 젠더 규범이 그것을 포괄하는데 어떻게 실패하는지를 암시적으로 드러낸다.

사실 손창섭의 소설은 정상적인 결혼에 대한 여성의 욕망을 당연시한다는 점에서 이데올로기와 적극적으로 대립한다고만은 읽을 수 없다. 결혼과 국가 이데올로기의 무조건적 이상화와는 거리를 두고 있으나, 여전히 『이성연구』 속 결혼에 실패한 여성은 제도에서 벗어나는 대신 정상적 가족을 예비하며 어딘가에는 존재할 이상적인 결혼을 기약한다. 그리고 그럼으로써 국가의 구조에 편입될 가능성을 상시 지니게 된다. 그 예로 홍신미는 결혼 제도에 대한 불안(감)을 결혼 제도 안에서 좋은 대상('차인성')과 결합함으로써 해결하려 하고, 그렇게 결혼은 여성이 자신의 사랑을 남성의 경제적인 부를 활용할 수 있는 배경과 교환할 수 있는 계약이 되어 재신성화 된다. 물론 그 재신성화는 차인성이 홍신미 대신 '순결'한 국회의원의 딸을 결혼상대로 선택함으로써 실패하는 듯 보인다. 그러나 그 실패 자체가 홍신미가 가정을 정상화하려는 배현구의 노력을 거부하고 결혼 전에 차인성과 육체적 관계를 맺는 등의 일탈행위를 저지른 결과로서 암묵적으로 간주되기 때문에, 결국 이상적인 결혼이라는 견고한 틀은 재정립된 작가의 윤리 하에 지속된다.[51][52]

---

51 이지영, 「1960년대 대중연애소설의 젠더 패러디 연구」, 이화여자대학교 박사학위논문, 2013, 134-137쪽.

52 '윤리'는 국가의 검열과 연재소설 독자들의 자성(自省) 등, 1960년대 문화 예술 전반을 논함에 있어 빠질 수 없는 키워드이기도 하였다. 특별히 이 당시 문학에 요구되던 윤리는 '성적' 윤리의 유의어였는데, 신문연재소설은 1960년대 정부의 검열이 가장 먼저 시작된 곳으로, 정부와 대중의 욕망이 치열히 공모 · 불화하는 장소로서 상징적인 의미를 지녔다(이봉범, 「불온과 외설－1960년대 문학예술의 존재방식」, 『반교어문연구』

그럼에도 불구하고 그 윤리는 역설적으로 기존의 가부장적 가정의 이상화를 고발하는 역할을 하고 있으며, 소설의 주를 이루는 홍신미와 배현구 사이의 갈등은 국가 프로젝트의 주체인 남성의 욕망에 포함되지 않는 여성의 욕망, 즉 그와 결렬(決裂)하려는 여성의 욕망과 그에 따른 선택을 분명히 표시한다. 이는 여성의 선택권을 부정(否定)하고 부인(否認)하며 배제했던 정비석의 소설과는 구별되는 것이며, 당대 젠더 규범을 활발히 유포하고 여성들에게 내면화시키는 역할을 하였던 낭만적 사랑의 서사를 통해 당대의 젠더 담론을 보다 적극적으로 교란한다는 점에서 주목할 가치가 있다. 또한 이는 1950년대 중후반 손창섭의 단편소설 속에 이미 드러나던 교란성이 대중연재소설이라는 형식과 결합했을 때 어떤 식으로 형상화될 수 있는지를 드러내는 자료로서, 남성 작가에 의해 창작된 대중문학이 어떻게 (남성적)대중의 욕망을 수용하면서도 그것을 분절하고 그것에 균열을 내며 일종의 예외상태를 만들어낼 수 있었는지, 특별히 앞서 살펴본 정비석과의 비교·대조를 통해 고찰할 기회를 제공한다.

4. 연애서사의 사회성과 자유의 재의미화: 박경리, 『은하』

박경리는 여성 문학사적으로는 물론이고 남성 중심적인 문학사 속에서도 중요한 작가로 이름을 남김으로써[53] 그의 존재감을 과시하고 있으

36, 반교어문학회, 2014, 437-483, 446-448쪽).

53 강지희는 기존 한국문학사의 1960년대에 대한 서술에서 두드러지는 여성 작가 부재 현상 가운데 박경리만이 등재될 수 있었던 이유를 소위 '남성적'이라고 할 수 있는 그의 소설의 특성에서 찾고 있다.(강지희, 「1960년대 여성장편소설의 증여와 젠더 수행성 연구-강신재와 박경리를 중심으로」, 이화여자대학교 박사학위논문, 2019, 9쪽.) 그 '남성적'이라고 평가되었던 특성은 '여성 가부장'으로 해석될 수 있는 인물형이나 사회적이고 역사적인 담론, 민족적 문제를 인물과 사건 구성에 적극적으로 끌어오는 점

며, 그의 장편소설에 대한 연구 또한 지금까지 꾸준히 이루어져왔다. 기존의 박경리의 장편연재소설의 연구, 특히 1960년대 장편연재소설에 대한 연구 역시 앞서 언급한 대표작들처럼 문예지에 연재되었거나 전작으로 출간된 장편소설을 중심으로 이루어져왔다. 반면 신문과 대중잡지에서 연재된 박경리의 장편소설들은 소위 '통속성'과 함께 거론되어 평가절하되거나[54] 연구대상에서 소외되는 경향을 보인다.[55] 그중에서도 『은하』는 최근의 박경리 장편연재소설 연구에서도 거의 주목받지 못한 작품이다.[56] 『은하』의 연재처가 잘못 알려져 접근성이 낮았던 것 외에도, 『은하』가 박경리의 여타 작품들과는 달리 사회적 · 정치적 요소가 거의 배제되어 있는 전형적인 통속연애소설로 인식되었다는 점도 하나의 원인으로 추정된다.[57] 1960년이 정치적이고 역사적인 상황이 급변하는 혁명의 해였음에

등으로 추측된다. 가령 권영민은 박경리의 대표적인 1960년대 장편들이 사적인 체험의 영역을 넘어서 객관적인 시점을 확보하여 소위 '여류적' 특성에서 벗어나 보편적 인간의 삶과 사회적 연관성을 탐구하게 되었다고 평가하고 있다.(권영민, 『한국현대문학사 2』, 민음사, 2020, 137, 145쪽.)

54 김치수, 「비극의 미학과 개인의 한」, 『박경리와 이청준』, 민음사, 1982; 백지연, 「박경리 초기소설 연구」, 경희대학교 대학원 석사학위논문, 1995; 김영민, 「제2부 박경리 문학 세계 1: 박경리의 문학관 연구—고통과 창조, 그리고 생명의 글쓰기」, 『현대문학의 연구』 6, 한국문학연구학회, 1996; 양미정, 「1950년대 여성 작가 소설의 여성 담론 연구: 강신재 · 한말숙 · 박경리 소설을 중심으로」, 서강대학교 석사학위논문, 2003.

55 조남현, 「박경리 연구의 오늘과 내일」, 『박경리』, 서강대학교 출판부, 1996, 7-8쪽.

56 김원희, 「박경리 전후 장편소설의 '사랑서사' 연구: 인지구성과 몸의 은유를 중심으로」, 『비평문학』 68, 한국비평문학회, 2018; 조윤아, 「박경리 장편소설의 '계모', '자매' 유형 변화와 그 의미—『재귀열』, 『은하』, 『김약국의 딸들』, 『나비와 엉겅퀴』를 중심으로」, 『대중서사연구』 26(4), 대중서사학회, 2020.

57 조윤아는 『은하』에 시대적 배경이나 정치적이고 역사적인 문제가 거의 배제되어 있다는 점을 지적하면서 통속성과 선정성을 내포하는 대중연애소설로 마음먹고 창작된 작품으로 볼 수 있다고 해설한 바 있다. 그럼에도 불구하고 조윤아는 『은하』에 형상화된 청년들의 모습과 당대 대학생(특히 이정식), 그리고 젠더화된 여대생에 대한 담론들을 통해 이 소설이 연재될 당시의 복잡한 시대적 상황과 연결 지을 수 있는 지점을 찾고자 하는 시도를 보여주었으며, "근대와 전근대 사이에 놓인 인물"로서의 인희의 혼종적인 가치관과 행동들에 대해 의문을 던지고 있다.(조윤아, 「작품해설: 근대와 전근대

도 불구하고, 또한 다른 장편들은 물론 같은 해 연재된 『푸른 운하』(『국제신보』, 1960.9.6~1961.4.19)에서 3.15 마산의거와 4.19혁명에 이르는 정치적 상황이 서사에 적지 않은 영향을 미친다는 점과 비교할 때, 『은하』가 정말로 '청년'과 근대성을 고찰하고 있지 않는가에 대한 의문을 품어볼 수도 있다. 본고에서는 그러한 의문에서 시작하여 『은하』의 연애서사에 내재된 사랑, 정치, 청년의 문제를 고찰해보고자 한다.

4.1. 낭만적 사랑 담론의 해체와 사랑의 해방

한국전쟁 이후 1950년대 중 · 후반부터 1960년대에 이르기까지 '국가재건'과 '근대화'는 가장 중요한 시대적 과제로서 당대의 크고 작은 담론들의 중심에 있었다. 사랑의 열정을 통제하고 합리성 아래 감정을 제도화하는 낭만적 사랑[58] 또한 당대의 국가재건과 근대화 담론의 중요한 토대로서 작동했다. 근대성이라는 기표를 민족국가와 남성성을 중심으로 규정하고자 했던 주류 담론은 자유연애에 대한 대중의 높은 관심 속에서 사랑의 감정을 제도화하고, 근대국가의 기반이 되는 안정된 가정을 회복하기 위해 필연적으로 낭만적 사랑을 성 윤리 및 가족제도의 재질서화의 기틀로 삼았기 때문이다. 이러한 남한사회의 낭만적 사랑 담론의 특징은 전통적인 이분법적 성 윤리인 정조론과 결합했다는 점이다. 또한 낭만적 사랑

사이에서 방황하는 대학생들의 낭만적 고뇌」, 박경리, 『은하』, 마로니에북스, 2014, 269-277쪽.)

58 '낭만적 사랑(romantic love)'은 본래 근대성과 함께 등장한 사랑의 양태로서, '열정적 사랑(amour passion)'과 달리 근대적 이성에 따라 감정을 재질서화하고 제도로서의 결혼을 사랑, 연애와 결합시킨다. 총체성을 잃은 근대의 개인들에게 낭만적 사랑은 이성 간의 일대일 결합을 통해 결핍을 보완하고 안정적인 주체를 확보할 수 있다는 믿음을 제공하며, 열정적 사랑의 과잉된 열정이 갖는 파괴성을 억제한 채 사랑이라는 감정을 근대적 사회제도로 편입시킨다.(앤소니 기든스, 『현대사회의 성 · 사랑 · 에로티시즘』, 황정미 · 배은경 옮김, 새물결, 2003, 79-80쪽.)

담론은 자유연애와 섹슈얼리티에 대한 관심으로 표출된 대중과 여성들의 근대적 욕망을 특정한 방식으로 통제하고 은폐하는 역할을 했다. 낭만적 사랑 담론은 당대의 주된 공론장인 대중잡지, 여성지, 신문 등의 매체의 논설들뿐만 아니라 그 매체들을 통해 대중이 적극적으로 향유한 장편연재소설의 연애서사를 통해 적극적으로 양산되었다. 성 윤리와 함께 '사랑-연애-결혼(-출산)'의 당위적 연결을 내면화시키는 장편연재소설은 적당히 선정적이고 통속적인 특성을 통해 대중의 억압된 욕망을 해소하는 음지화된 틈으로 작동하는 이중적 기능을 하기도 했다. 그러나 이 이중성이 모든 장편연재소설에서 동일하게 작동하지는 않았다. 박경리의 『은하』[59]는 정치성이나 역사성은 최대한 배제하는 대신 근대성의 이면이자 당대의 만연한 물질만능주의에 대한 적극적 비판의식을 주된 기준으로 하는 선악구도를 연애서사 속에 형성함으로써 오히려 사랑 자체는 선악의 문제에서 해방시키는 독특한 양상을 보인다.

『은하』의 선악구도는 물질만능주의적 세태에 대한 비판을 기준으로 '인간성 vs. 물질주의적 욕망'으로 명확하게 드러난다. 선으로서의 '인간성'은 양심, 본능적 욕구, 정신적 가치, 솔직함, 자유의지 등 다양한 가치로 환원되는 추상성 때문에 그 의미가 불명확하지만, 절대적인 악으로 치부된 물질주의적인 가치관과 그에 따른 이해타산성에 반대되는 것으로 정의된다. 주목할 부분은 물질주의가 서구적 질서와 문화를 전범(典範)으로 하는 당대 근대화론의 부정적 이면으로 나타난다는 점이다. 물질주의적 근대성은 세련되고 풍요로운 외면에 가려진 비인간적 이기심과 속물성으로 나타나며, 이는 사업적 이해관계와 정계 진출의 야욕을 위한 수단으로 '최인희'의 몸을 거래하는 아버지 '최진구'와 사업가 '이성태'에게서 잘 드러난다. 뿐만 아니라 "상거래", "제물", "인신매매"(50-51) 등으로 지

59 박경리, 『은하』, 마로니에북스, 2014.

칭된 몸의 거래는 상품화된 성(性)의 거래를 넘어서는, 개인의 감정과 의지가 박탈된 채 부모와 가문의 이해관계에 따라 결정되는 전근대적 혼인제도를 연상시킨다. 결정적으로 '강진호'는 "경제적인 도움을 받기 위해서 부자한테 출가"하는 '부모에 의해 팔려가는 결혼'을 "낡은 사고방식"으로 일축한다.(97) 최인희뿐만 아니라 '김은옥', '이정식'도 결혼제도로 편입되지 못한 채 가족에게 알릴 수 없는 연인관계로 남고, 강진호 또한 "순전히 집안끼리 한 약혼"(114)을 거부하는 등 『은하』에서 결혼은 두 남녀의 사랑이 아닌 부모나 가족에 의해 결정되는 전근대적인 제도이자 자유로운 연애의 장애물로만 형상화된다. 이처럼 『은하』는 결혼제도가 근대적인 물질주의에 의해 오히려 전근대적인 것으로 의미화되고 청년들의 근대적 자유의지에 따른 사랑을 방해하는 양상을 반복한다. 이로써 남한 사회의 근대성이 갖는 모순이 드러나고 낭만적 사랑 담론이 해체된다.

심지어 물질적 이해관계에 따라 형성된 남녀의 관계가 명확하게 사랑과 무관한 것으로 나타난다는 점도 『은하』에서는 기존의 윤리의 반복이 아니라 낭만적 사랑 담론을 해체하는 근거로 발전된다. 최인희는 아버지와 계모 '장연실'의 관계를 오직 육체적이고 물질적인 거래로 보며, 따라서 "애정이기보다 그것은 애욕의 형태"(40)라고 단언한다. 애정이나 사랑과 구분된 애욕은 분명 장연실과 이성태를 명백한 악인 진영에 배치시키는 근거가 되지만, 그 근본적 원인은 그들의 육체관계 자체가 아니라 육체관계를 통해 오가는 물질적 거래에 담긴 욕망에 있기 때문이다. 그들은 사람의 육체와 성조차 상품화하여 물질적 재화로 인식하기 때문에 악인이 된다. 사랑이 없다는 점은 물질주의적 가치관에서 비롯된 비인간성의 결과물이다. 최진구의 사업 실패, 가정의 파탄, 무기력함이 "딸을 사랑하면서도 발을 뺄 수 없게 된 애욕의 세계"(53)에서 비롯되며 딸의 결혼으로 얻은 돈이 장연실의 물질적 요구에 사용된다는 점도 사랑의 유무보다도 성과 몸이 상품화되는 물질주의와 인간성 상실 자체가 악의 근원으로 지목되고 있음을 방증한다. 이처럼 사랑이 인간성의 한 부분이자 윤리적 요소로 치환되고 선악의 강력한 기준으로 작동하지 않는다는 사실은 『은하』의 선악구도가 물질주의적 세태 비판이라는 주제를 형성한다는 것을 의미하지 않는다. 육체관계와 사랑 자체가 윤리적 기준이 아니라는 사실은 낭만적 사랑 담론에서 결혼만큼이나 중요한 여성의 정조에 대한 성 윤리에 균열을 내기 때문이다.

최인희가 아버지와 장연실의 관계, 그리고 자신의 결혼을 사랑이 아닌 물질주의적 거래에 얽힌 애욕, 비윤리적인 악으로 규정했다면 반대로 김은옥과 이정식의 육체적 관계는 "원시적인 본능"(112)이자 일체의 이해관계는 물론 사회적 질서에조차 구속되지 않는 '순수'한 자유로 인식된다. 이들의 본능적이고 자유로운 사랑은 그 순수한 열정에도 불구하고 "영적(靈的)으로 승화"되지 않기 때문에 즉 정조론을 위반하고 결혼제도로 포섭되지 않기 때문에 "사회라는 거대한 조직체"의 위선적 질서에 의해 혐오되고 죄악시되어온 '열정적 사랑(amour passion)'[60]에 가깝다.(112) 이로부터 최인희는 스스로 내면화하고 있었던 순결에 대한 강박을 비판적으로 성찰한다. 비록 이때의 성찰이 강진호와의 사랑의 결렬로 인해 외부 질서로부터 내면화된 가부장적 윤리의 자각이나 감정에 대한 솔지한 직시에 이르지는 못하지만, "자기 결벽이, 자기의 순결이 다만 육체적인 것에 지나

60 김은옥과 이정식의 '욕정'과 장연실, 이성태, 최진구의 '애욕'의 대비는 육체적 성관계가 인간성의 일부로서의 정신적 사랑에서 비롯된 것인지, 혹은 물질적 관계에서 비롯된 것인지에 따라 비교되고 있다. 이를 통해 당대의 제도화된 '낭만적 사랑'보다 파괴적이고 위반적일 수도 있는 '열정적 사랑'의 가치가 강조되고 있는 것을 볼 수 있다. 그러나 김은옥과 이정식의 열정적 사랑은 결국 이성의 상실로 인해 욕망을 절제하지 못한 이정식에 의해 파국에 이른다. 사랑의 열정에 의해 비이성적으로 행동하면서도 약혼자 성자의 구애는 절제되지 않은 감정으로 비난하는 강진호의 모순적 태도, 강진호와 최인희의 사랑의 결실이 열정보다는 계몽으로 마무리되는 결말은 열정적 사랑의 과잉된 감정의 파괴성이 아니라, 근대적 이성과 열정이 조화된 사랑이 『은하』의 궁극적 지향점임을 보여준다.

지 못하였음"(113)에 대한 깨달음은 결말에서 최인희가 죄의식 없이 강진호와 결합할 수 있는 발판을 마련한다. 다시 말해 중요한 것은 감정에 대한 솔직한 자세와 기성의 관념과 질서라는 "외부의 힘"(113)에 휘둘리지 않는 주체성이다. 이러한 깨달음은 상품화와 다른 방식으로 여성의 성과 몸에 값을 매기는 부조리한 정조론을 사랑의 문제로부터 배제시키는 계기가 된다.

김은옥의 열정적 사랑은 반복적으로 최인희가 정조론과 낭만적 사랑 담론에 대해 회의하는 계기가 된다. 최인희는 결혼 후에 자기 자신을 오직 '육체'로만, 물질적이고 성적인 대상으로만 대한 이성태의 욕망을 "사람을 잡아먹은 늑대"(138), "동물적인 것"(139)에 비유한다. 그런 최인희가 더럽고 비인간적인 욕망의 야만성과 반대되는 것으로 가장 먼저 떠올리는 사랑은 "진실에서 출발"(131)한 김은옥과 이정식의 사랑, 즉 인간적인 본능에 충실한 원시성이다. 그들의 생활이 사회적 질서인 낭만적 사랑과 정조론을 위반함에도 불구하고 순결을 지킨 채 결혼제도에 편입된 자신보다 더 "떳떳하고 보람이 있"(130)다는 인식은 인간과 자연, 세계에 대한 무한한 기쁨을 주었던 사랑의 가치를 재의미화한다.

살펴본 것처럼 『은하』는 전후 남한사회의 근대화가 수반하는 물질만능주의적 세태에 대한 강한 비판의식과 함께 사랑과 근대성의 문제를 재고한다. 물질주의적 근대성은 오히려 근대적 사랑의 양태로 산출된 '낭만적 사랑'을 불가능하게 하고, 전근대적인 가부장적 질서와 결합하여 인간의 본능적인 욕구와 감정조차 억압하는 비인간성을 윤리로 둔갑시켜 내면화시키고 최인희를 비롯한 개인들을 고통과 부자유로 몰아넣는다. 당대 담론이 형성하는 근대적 질서, 윤리의 모순을 폭로하는 『은하』는 사랑을 정조와 결혼제도로 귀속시키고 물질적 근대성에 의해 타락시키는 낭만적 사랑 담론을 해체하여 원시성으로 표상된 사랑의 자유를 선언하는 데 그치지 않는다. 사랑, 연애, 결혼이라는 사적인 영역에 한정된 것처럼 보였던 최인희의 성찰은 "아름다운 것이나 진실이라는 것은 하나의 주관(主觀)"(132)이라는 자각과 함께 단일하고 고착화된 이데올로기 자체에 대한 부정으로까지 확대되기 때문이다. 표면적으로 『은하』는 전형적인 연애서사로 보이지만, 그 심층에는 근대성과 자유의 기표에 대한 재고와 새로운 윤리와 질서를 구축할 수 있는 가능성을 함축한 근대적 주체에 대한 모색이 담겨있는 것이다.

4.2. 여성 교양 담론의 균열과 여성 청년의 가능성

1950년대 후반의 남한사회는 전후의 활발해진 여성의 사회 진출을 경계하며 여성을 가정 내로 회귀해야 할 존재로 규범화하고 사회화하고자 하였다. 그 해결책 내지 방법론으로서 여성 교양 담론은 이분법적인 성역할을 내면화시키고 여성의 근대화를 차별화하고 제한했다.[61] 결국 남성 지식인 청년들이 국가 재건의 주체이자 새로운 국민으로 호명될 때 여성 지식인 청년들은 그들의 아내이자 어머니로서 그 보조를 담당할 존재로 간주되었던 것이다.[62] 그런 의미에서 여대생이 가부장적인 결혼이라는

61 1950년대 이후 교육의 확대는 대학교육을 포함한 고등교육을 받은 여성들의 확연한 증가로도 이어졌으며, '여대생'과 같은 지식인 여성이 적극적으로 가시화되었던 시기이기도 했다. 그러나 당대의 교양 있는 여성의 이상향은 "(대학)학력과 경제력을 갖추고 자유로운 남녀교제를 통해 평등한 부부관계를 이루는 미국여성"이었으며, 이는 "미국의 여대생에게 대학생활은 … 이상적인 배우자를 만나기 위한 준비과정이기도 한 것"이라는 당대의 믿음과 함께 고려되어야 한다.(김윤경, 「1950년대 미국문명의 인식과 교양여성 담론－여성 독자의 글쓰기를 중심으로」, 『여성문학연구』 27, 여성문학연구회, 2012, 157-158쪽.)

62 이는 남성 지식인들의 잡지 『사상계』와 대표적 여성 잡지 『여원』소재 소설을 비교했을 때, 『사상계』에서는 근대화의 구성에 여성 젠더가 생략되어 있었고 여성 젠더가 외부화, 타자화 되어있었으며 『사상계』가 제시하는 사회와 국가의 재건에 있어 젠더가 계급, 민족 등 그 어떤 가치보다도 우선적인 배타적 가치로 배치되어있었다는 김복순(2011)의 분석과도 연관 지어 고려해볼 수 있다.(김복순, 「낭만적 사랑의 계보와 서사원리로서의 젠더－1950년대 <사상계>와 <여원>을 중심으로」, 『어문연구』 39(3), 한국

고난을 겪고 근대성을 성찰하는 과정을 보여주는 『은하』가 당대 여성 교양 담론을 어떻게 형상화하고 있는지에 주목할 필요가 있다.

최인희는 끝없는 무기력과 죄의식에 시달리는 인물이다. 미국으로 떠난 뒤 연락이 없는 송건수의 존재는 최인희로 하여금 "자기 자신이 무의미"(13)하다는 무기력을 안겨주고, 송건수의 일방적인 이별 통보 이후 최인희는 "자기의 의사를 상실한 사람같이"(37) 자기 자신을 인식하고 행동한다. 작품 내내 지적되듯 최인희는 자신의 "감정을 밀폐"(212)하고, "쉽사리 감정을 이동하는 것을 죄악시"(251)하는 태도를 보인다. 강진호를 사랑하면서도 이성태와 결혼하고, 학업까지 그만 두는 최인희의 자기파괴는 그러나 표층적인 차원에서 보면 당대 남한사회의 지식인 여성에게 일어날 수 있는 일반적인 삶의 행로로 보인다. 대학교 졸업 후 전공을 살려 취업하고 독립적인 생활을 영위하기보다는 결혼하여 근대적 지식을 가진 주부로 안착하는, 당대 '교양'있는 여성의 전범을 최인희는 보여주고 있는 것이다.

지식인 여성 청년을 독립된 주체로 인정하지 않는 사회적 시선은 이성태의 시선에서 단적으로 드러난다. 이성태는 아직 대학에서 공부 중인 최인희에게 청혼하며 "대학을 졸업해도 좋다"(75)고 빈말을 하지만, 최인희가 결혼과 함께 대학은 그만두겠노라 대답하자 그 대답에 내심 당연하다는 생각을 내비친다. 그럼에도 졸업과 무관하게 '여대생'이었던 "지식 여성"(124)이라는 최인희의 정체성은 이성태에게 있어 최인희의 "반려자"(124)로서의 '가치'를 높게 평가하는 하나의 근거가 된다. 여성 지식인을 독립적 주체라기보다는 남편의 사회적 지위를 드높여줄 소유물에 가까운 존재로 간주하며, 이는 당대의 지배적인 인식을 반영하는 것이다. 『은하』는 그러한 이성태와 최인희의 결혼을 자아의 매몰이자 이성적이지 못한 선택으로

어문교육연구회, 2011 참조.)

비판한다.[63] 더불어 소설의 결말에서, 최인희와 맺어지는 사랑의 상대인 강진호는 최인희에게 결혼으로 인해 중단되었던 학업을 이어나갈 것을 최인희에게 권유한다.

그러한 결말에 다다르기까지 최인희는 D시와 서울, 미국이라는 세 공간을 이동한다. D시에서의 결혼을 통해 최진구와 이성태가 상징하는 전근대성과 물질주의적인 근대의 모순을 체험하고, 서울에서는 친구인 김은옥의 열정적인 사랑과 강진호라는 자유연애의 대상을 발견하는 것이다. 두 공간을 오가며 갈등하고 성찰다가 마침내 미국행을 약속받는 최인희의 단계적 공간 이동은 정신적 방황과 성숙의 과정을 반영한다.[64] 또한 최인희의 사랑을 통한 자아 형성의 과정은 사랑뿐만 아니라 남한사회의 모순을 폭로하고 근대적 개인으로서의 자유와 근대성 자체에 대한 성찰로 확장되고 있기 때문에, 청년의 근대화 과정으로 읽힐 여지를 지닌다.[65]

소설에서 최인희가 저지르는 모든 실수들, 즉 솔직한 감정을 억압하고 은폐함으로써 이성태와의 결혼생활에 스스로를 몰아넣는 행동들은 송건

---

63 특별히 최인희를 강도 높게 비판하는 것은 김은옥으로, 김은옥은 그 자신이 사회적 관습에서 벗어난 열정적 사랑을 적극적으로 추구하며 한 명의 직업여성으로 근대성을 체현하는 존재이다. 김은옥은 이후 최인희가 이성태로부터 벗어나기 위해 서울로 올라왔을 때 최인희가 자립할 수 있도록 적극적으로 돕는 존재이기도 하다는 점에서, 최인희와 함께 여성 청년으로서 근대를 재현한다.

64 작중 최인희의 최종 목적지가 되는 미국은 자유로운 연애와 사랑, 나아가 바람직한 근대의 이상향으로 상정될 뿐("미국의 하늘은 넓구 온갖 인종이 살고 있소. 우리들의 존재는 먼지처럼 미미할 거요. … 그곳에 가서 결혼합시다."(266)) 아니라 최인희가 그곳에 감으로써 기대되는 미래는 단순히 강진호와 결혼을 하는 것뿐만이 아니라 이성태와의 결혼으로 인해 끊겼던 공부를 계속하는 것이다. 그 점에서 최인희의 미국행은 "이성이나 주체성이 모호"(90)하여 D시와 서울을 오가며 방황했던 최인희를 근대성을 모색하는 주체이자 '청년'으로 해석할 수 있게 하는 하나의 근거가 된다.

65 소설 속 공간이 의미의 기여에 중요한 역할을 하는 것은 박경리 소설의 주요한 특징이다. 특별히 박경리 소설에서 여성 주인공들은 고향 혹은 가정이라는 내적 공간에서 도시나 이국이라는 외적 공간을 향해 나아가는 양상을 보인다.(한혜련, 「박경리 소설의 공간 연구」, 이화여자대학교 석사학위논문, 1999, 130쪽.)

수가 미국에서 저지른 실수와 겹쳐지며, 애정을 잃고 애욕에 굴복한 아버지의 고독과도 겹쳐진다.[66] "제발 나를 미워하는 한이 있더라도 자신의 생애를 소중히 여겨 경망한 짓은 해서는 안 된다"(35)라는 당부에 불복종하며 송건수의 실수를 유사하게 반복하듯, 외부적 질서의 흐름에 자신을 내맡기는 최인희는 박경리의 초기 장편소설에 등장하는 "외곬의 극단을 지향하는 편집적 인물",[67] 즉 욕망을 다른 대상으로 쉽게 옮기지 못하고 이해타산적인 주변 사회로부터 스스로 소외되어가는 인물의 전형이다.[68]

최인희가 소설 내내 견지하는 예의 편집적 태도는 박경리의 다른 연재소설 속 남성 청년들의 태도와 닮아있다. 사실 최인희의 무기력은 당시 청년 세대의 고질적인 문제점으로 지적되던 바로 그것이었다. 1960년, 『은하』가 연재되던 바로 그때 발생한 4.19는 전후 무기력에 젖어있던 청년세대를 새롭게 소생시킬 역사적 사건으로 기대되었으나 1961년 이후 지식인들은 오히려 더한 무력감에 빠지게 되었던 것이다.[69] 따라서 『푸른 운

---

66 "최인희는 문득 아버지의 고독감이 최인희의 고독 속에 겹쳐지는 것을 느낀다. 아버지와 딸이 다같이 애정에 배반을 당하고 있다는 생각에서였다."(40)

67 들뢰즈와 가타리(『안티 오이디푸스』)에 따르면, "분열증이 제한되지 않는 기호현상, 유동적이고 즉각적인 의미의 형식을 뜻한다면, 편집증은 반대로 신념의 절대적인 체계를 의미한다. 편집증의 세계에서는 모든 의미가 영원히 고정되며 최고의 권위에 의해 철저하게 정의된다. 욕망 생산의 방식에 있어서 전자는 하나의 중심, 유기적 조직으로 고정시키려 하고, 후자는 욕망 생산의 자유로운 흐름을 따른다."(김은경, 「박경리 문학에 나타난 지식인 여성상 고찰」, 『여성문학연구』 20, 한국여성문학학회, 2008, 305쪽.) 이때, 형언할 수 없는 그러한 태도로 말미암아 최인희는 '기호' 자체로서의 멜로드라마 속 여성 주인공이자 숭고를 담지한 존재가 된다. 그러나 최인희의 태도가 여성 청년이 마주한 전후 현실이라는 시대적인 산물이므로, 『은하』는 현실 도피적 환상에 머무르는 대신 오히려 현실과 치열히 관계하며 멜로드라마에 쉽게 가해지던 비현실적이고 퇴행적이라는 비판에 대응한다.

68 김은경, 앞의 글, 317쪽.

69 김양선, 「멜로드라마와 4.19 혁명의 서사적 절합－박경리의 1960년대 대중연애소설 『푸른 운하』, 『노을 진 들녘』 다시 읽기」, 『한국현대소설연구』 77, 한국현대소설학회, 2020, 139쪽.

하』의 '이치윤'과 『노을진 들녘』(『경향신문』, 1961.10~1962.2)의 '송성재'를 비롯해 4.19라는 혁명을 배경으로 한 박경리의 대중연재 소설 속 남성 청년들은 해결 못할 우울감과 무기력, 그리고 우유부단함에 시달리는 모습으로 등장한다. 반대로 여성 청년들은 오직 사랑을 통해 삶의 의지를 불태운다. 『은하』 속 무기력에 젖은 채 내적 방황과 성찰을 거듭하는 최인희와 사랑에 헌신하고 감정적인 태도를 보이는 강진호는 박경리의 다른 소설 속 남성 청년과 여성 청년의 성질을 반전한다.

물론 표면적으로 최인희의 고민은 다른 소설 속 남성 청년들의 것과는 달리 대사회적인 것이 아니며, 『은하』의 표층 서사는 다른 대중적인 연애소설들의 서사와 크게 다르지 않아 보인다. 그러나 최인희의 태도가 혁명의 시대를 살아가는 남성 청년들과 닮아있다고 할 때, 사적이고 통속적으로 치부되던 사랑의 문제나 그 사랑의 주체로서의 여성 청년이라는 기표는 기존의 배타적인 젠더 정치의 결절점으로 기능할 가능성을 얻는다. 또한 연애와 사랑은 최인희라는 인물의 적극성을 이끌어내고 성장을 가능케 하는 동력으로 기능하면서 통속성의 굴레를 돌파한다. 개인의 개성을 말살하는 전근대성과 정신적 가치를 배제하고 물질주의에 탐닉하는 부정적인 근대성을 부정하며, 최인히는 사랑을 통해 사랑과 생명에 기반한 새로운 근대적 윤리와 자유를 선언하려는 주체로 거듭나는 것이다.

그러나 『은하』의 결말은 최인희의 적극적 도피가 이성태의 우연한 죽음과 극적인 사랑의 성사 속에서 강진호의 능동적인 결정에 동의하는 데 그치는 수동성으로 급작스럽게 선회한다는 점에서 한계를 가진다. 적극적으로 사랑을 역설하고 최인희에게 감정의 동기화를 요청해온 것이 강진호라는 사실은 계몽의 주체로서의 남성과 대상으로서의 여성이라는 구도로 해석할 여지를 남기는 것이다.[70] 분명 『은하』는 표면적으로 인물들

70 최인희가 사랑과 감정에 대한 솔직함이라는 자유를 새로운 주체성의 조건이자 윤리로

의 전형성, 급진적인 서사 전개, 우연성 등 기존의 멜로드라마적 플롯의 평면적이고 통속적인 성격을 반복한다. 내면적인 갈등에 매여 있는 외골수 같은 최인희는 스스로가 아니라 주변 인물들과의 관계 속에서 비로소 사건을 진전시키고 행위하는 멜로드라마의 기호적 인물이기도 하다. 『은하』의 기본 플롯은 멜로드라마적 선악 구도를 갖는다. 사회적 질서에 걸맞은 선의 승리라는 공식을 서사화하면서 사회적 질서를 정화할 필요성을 시사한다.[71]

그럼에도 『은하』가 담론적인 차원에서 유의미한 지점은, 소설이 청년-여성의 근대화를 완성이 아닌 가능성으로 열어둔다는 점에 있다. "최인희의 마음을 단련시켜가지구 한국으로 돌아올 작정이"(266)라는 강진호의 대사는 현재의 남한에서 미래의 미국으로 향하는 이동의 완결이 아니라, 공간의 이동이 반복될 것이라는 크로노토프 속에 청년들을 위치시키며 소위 진정한 근대로의 이행, 새로운 청년 세대의 주체화를 미완의 상태로 열어두기 때문이다. 이 미완성은 최인희의 근대성 모색이 여성 교양 담론으로 봉합되지 않고 가능성으로 남겨져있다는 증거로 읽힐 수 있다. 결국, 남성 청년들의 정신적 방황과 불안을 공유하며 낭만적 사랑 담론을 해체하고 새로운 사랑을 모색하는 최인희는 당대 사회의 모순을 성찰하고 근대성과 자유라는 기표를 성찰하는 여성 청년의 가능성을 보여주었다는 점에서 차별화된 여성 교양 담론과 남한의 근대화의 균열로 남는다.

성찰할 때, 그 솔직함을 처음으로 강조한 것이 강진호라는 사실과 강진호가 감정의 과잉과 절제에 대해 보이는 모순적인 태도가 열정적 사랑의 파괴성을 결정한다는 점도 문제적이다. 강진호는 최인희에게 감정에 솔직할 것을 요구하고 그 자신도 과잉된 감정의 면모를 보이며 사랑의 서사를 구성해 나가는데, 정작 그가 자기 약혼자인 성자를 최인희와 그리고 자기 자신과 대조하며 경멸하는 이유는 성자의 "자제력 없는 감정"(114) 때문인 것이다. 강진호를 향한 성자의 솔직한 애정 표현은 "무교양"(100, 101)으로 거듭 호명된다.

71 피터 브룩스, 『멜로드라마의 상상력』, 이승희 · 이혜령 · 최승연 옮김, 소명출판, 2013, 42쪽.

5. 나가며

전후는 문학 장에서 본격문학와 대중 · 통속문학의 위계적 이분화가 본격적으로 진행된 시기였고, 리터러시의 급속한 증가를 통해 도래한 대중의 시기이기도 했다. 당대 문학 장에서 진행된 규범화는 전후 사회의 젠더 담론과 활발히 관계하였다. 일차적으로 그것은 남성적인 순수문학, 여성적인 대중통속문학이라는 이분법적 항을 구성함으로써 통속성을 여성적인 것으로 의미화 하였으며, 이차적으로는 당대의 대표적인 여성 표상을 재현함으로서 젠더 담론을 직접적으로 운용하였다. 이에 본고에서는 『자유부인』 등의 연재소설을 통해 전후 대중문학을 대표하는 작가로 꼽히는 정비석과 1950년대의 단편을 통해서만 자주 거론되지만 사실 1960년대 들어 활발히 장편연재소설을 창작하였던 손창섭을 중심으로 전후 남성 작가들의 소설 속 재현되는 여성 인물을 살펴보았다.

먼저 정비석의 경우 여성에 대한 문제적인 재현이 두드러짐에도 불구하고 여성의 욕망을 균열 속에서 가시화한다. 대중의 욕망을 수용하고 국가 담론에도 거스르지 않으려는 정비석의 이중적인 시도에서 발생하는 균열이 여성의 욕망을 잉여로 돌출시키는 것이다. 그 예로, 소설 속 여성 인물들은 국가 재건에 의해 적합성을 판정받는 재화의 일종으로 재현되거나 남성들이 계몽해야 할 대상으로 위치 지어지지만 그 계몽은 실패하거나 완벽히 수행되지 않는다. 소설의 결말은 소설에 범람하는 욕망을 무사히 봉합하지 못하며, 그 과정에서 여성의 욕망이란 언제나 통제의 망을 벗어나고야 마는 공포의 대상으로서 이면의 잔여를 남긴다.

그런가하면 손창섭의 1960년대 연재소설은 1950년대 단편소설에서부터 이미 엿보였던 교란성을 담지하면서도 1960년대 대중연재소설에 요구된 '윤리'를 재현하며 복합적인 면모를 보였다. 결혼은 손창섭의 소설에서 언제나 주요하게 이용된 제재였으나, 그것을 아예 회피하였던 1950

년대 초중반의 단편소설에서와는 달리 1950년대 후반의 단편을 거쳐 1960년대 장편소설에서는 결혼제도를 적극적으로 수행하는 인물들이 등장하며 당대 결혼제도와 국가 이데올로기의 모순을 드러내었다는 점이 특징적이었다.

정비석과 손창섭, 두 남성 작가들의 소설이 재현하는 여성 존재는 전후 활발하던 재건 담론을 수행하면서도 그 잉여를 남기며 불안한 전후 남성성과 가부장적 국가의 균열을 현시했다. 여성 작가의 소설로서 박경리의 『은하』는 거기서 한 걸음 더 나아가, 드물게 여성 인물을 혼란한 시국 속에 방황하는 청년 주체, 즉 근대화의 주체로 호명한다. 또한 낭만적 사랑과 열정적 사랑의 구분을 교란하고, 시대와 관계하는 여성 청년이라는 표상을 재현함으로써 『은하』는 사랑을 지배 담론의 운용책을 넘어 여성이 자기 삶의 주체가 될 수 있게 하는 새로운 윤리로 제시한다. 사회가 요구하는 윤리에 부합하기 위해 급작스런 플롯의 선회를 보이거나 남성과 여성의 계몽자-피계몽자 구도를 유지하는 등의 한계를 지니고 있으나, 『은하』는 여성 청년을 결혼과 가정으로 안착시키는 대신 그 선택지를 보류함으로써 전후 여성 교양 담론을 완전히 답습하지 않고, 남한의 근대를 여성 인물에게 하나의 가능성으로 열어둔다.

이처럼 전후의 대중연재소설은 당대 폭발적으로 유통되었던 여성의 섹슈얼리티와 자유를 재현하며 세태를 반영하고 대중들의 욕망과 관계하였다. 낭만적 사랑과 결혼, 다양한 여성 표상에 대한 묘사를 통해 연재소설은 지배담론을 구성하였고 국가의 재건 주체인 가부장과 그의 조력자로서 배치된 가정 속의 여성이라는 당대의 젠더 규범을 답습하는 분명한 한계를 지녔다. 그러나 동시에 본고에서 살펴보았듯, 대중연재소설들은 그들이 구성하고 있는 거대 담론의 빈틈을 노출하며 전복의 가능성을 제시하기도 하였다. 소설 속 완전히 은폐되지 않고 끝없이 돌출되거나 새로운 경로를 제시하며 존재하는 여성의 욕망은 특별히 여성 문학 연구라는 관점에 있어 전후 대중연재소설을 적극적으로 독해해야 할 필요성을 역설한다. 나아가 작품을 엮어나가는 수많은 담론들과 그 틈새들은 그간 본격적인 연구의 대상이 되지 못하였고 당대 문학 장에서도 배척되었던 대중문학이 어떻게 시대의 욕망을 담지하고 또 조직하는 텍스트가 될 수 있는지를 보여주며, 그럼으로써 '전후 문학'에 접근하는 또 하나의 가능성을 제시한다.

● 참고문헌

1. 기본 자료

박경리, 『은하』, 마로니에북스, 2014.

손창섭, 『이성연구』, 동방서원, 1967.

정비석, 『도회의 정열』, 평범사, 1952.

______, 『세기의 종』, 세문사, 1954.

______, 『애정무한』, 창조사, 1951.

______, 『여성전선』, 회현사, 1978.

______, 『자유부인』 상권, 정음사, 1954a.

______, 『자유부인』 하권, 정음사, 1954b.

2. 논문 및 단행본

강지희, 「1960년대 여성장편소설의 증여와 젠더 수행성 연구—강신재와 박경리를 중심으로」, 이화여자대학교 박사학위논문, 2019.

고선희, 「정비석 소설의 섹슈얼리티와 전후의 자본주의적 주체 구성」, 『한국사상과 문화』 84, 한국사상문화학회, 2016, 85-110쪽.

곽상인, 「손창섭 신문연재소설 연구」, 서울시립대학교 박사학위논문, 2013.

권영민, 『한국현대문학사 2』, 민음사, 2020.

김남희, 「1960년대 손창섭 장편소설의 친밀성 연구」, 성균관대학교 석사학위논문, 2012.

김동윤, 『신문소설의 재조명』, 예림기획, 2001.

김복순, 『페미니즘 미학과 보편성의 문제』, 소명출판, 2005.

______, 「낭만적 사랑의 계보와 서사원리로서의 젠더—1950년대 <사상계>와 <여원>을 중심으로」, 『어문연구』 39(3), 한국어문교육연구회, 2011, 285-317쪽.

김세령, 「1950년대 비평의 독립성과 전문화 연구」, 이화여자대학교 박사학위논문, 2004.

김양선, 「멜로드라마와 4.19 혁명의 서사적 절합—박경리의 1960년대 대중연애소설 『푸른 운하』, 『노을 진 들녘』 다시 읽기」, 『한국현대소설연구』 77, 한국현대소설학회,

2020, 119-144쪽.
김영민, 「제2부 박경리 문학 세계 1: 박경리의 문학관 연구—고통과 창조, 그리고 생명의 글쓰기」, 『현대문학의 연구』 6, 한국문학연구학회, 1996.
김원희, 「박경리 전후 장편소설의 '사랑서사' 연구: 인지구성과 몸의 은유를 중심으로」, 『비평문학』 68, 한국비평문학회, 2018, 82-109쪽.
김윤경, 「1950년대 미국문명의 인식과 교양여성 담론—여성 독자의 글쓰기를 중심으로」, 『여성문학연구』 27, 여성문학연구회, 2012, 147-180쪽.
김윤식 · 정호웅, 『한국소설사』, 예하, 1993.
김은경, 「박경리 문학에 나타난 지식인 여성상 고찰」, 『여성문학연구』 20, 한국여성문학학회, 2008, 221-255쪽.
김지영, 「1950년대 잡지 『명랑』의 '성'과 '연애' 표상—기사, 화보, 유머란을 중심으로」, 『개념과 소통』 10, 2012, 173-206쪽.
김치수, 『박경리와 이청준』, 민음사, 1982.
김학재 외, 『한국생활문화사 1950년대』, 창비, 2016.
김현정, 「손창섭의 장편소설 연구: 작중 인물의 욕망을 중심으로」, 전남대학교 박사학위논문, 2006.
나보령, 「1950년대 '직업여성' 담론을 통해 본 여성들의 일과 결혼」, 『한국문학과예술』 23, 숭실대학교 한국문학과예술연구소, 2017, 319-353쪽.
류경동, 「1950년대 정비석의 신문소설에 나타난 '연애' 연구」, 민족어문학회, 2016, 95-115쪽.
문성국, 「손창섭 장편소설에 나타난 인간관계 연구」, 세종대학교 석사학위논문, 2012.
박재연, 「손창섭 장편소설에 나타난 연애와 결혼 양상 연구」, 고려대학교 석사학위논문, 2017.
백지연, 「박경리 초기소설 연구」, 경희대학교 대학원 석사학위논문, 1995.
박찬효, 「손창섭 소설에 나타난 남성의 존재론적 변환과 결혼의 회피/가정의 수호 양상」, 『상허학보』 42, 상허학회, 2014, 381-414쪽.
서승희, 「한국전쟁기 대중소설의 서사 전략과 젠더 정치 이무영의 『사랑의 화첩』과 정비석의 『애정무한』을 중심으로」, 『여성학논집』 30(2), 이화여자대학교 한국여성연구원, 2013, 3-24쪽.
송경란, 「『여원』에 나타난 전후 연애담론 양상 고찰」, 『한국어와 문화』 18, 숙명여자대학교 한국어문화 연구소, 2015, 271-294쪽.

안미영, 『전전 세대의 전후 인식』, 도서출판 역락, 2008.
양미정, 「1950년대 여성 작가 소설의 여성 담론 연구: 강신재 · 한말숙 · 박경리 소설을 중심으로」, 서강대학교 석사학위논문, 2003.
여경아, 「손창섭 장편소설 연구: 『인간교실』, 『삼부녀』를 중심으로」, 중앙대학교 석사학위논문, 2011.
연남경, 「현대 비평의 수립, 혹은 통설의 탄생—1959년 백철과 강신재의 논쟁에 주목하며」, 『한국문화연구』 36, 이화여자대학교 한국문화연구원, 2019, 39-78쪽.
오영식, 『해방기 간행도서 총목록: 1945-1950』, 소명출판, 2009.
이봉범, 「불온과 외설—1960년대 문학예술의 존재방식」, 『반교어문연구』 36, 반교어문학회, 2014, 437-483쪽.
이영미 외, 『정비석 연구』, 소명출판, 2013.
이지영, 「1960년대 대중연애소설의 젠더 패러디 연구」, 이화여자대학교 박사학위논문, 2013.
정보람, 「1950년대 신세대작가의 정치성 연구」, 이화여자대학교 박사학위논문, 2015.
정성규, 「해방의 우울과 퇴폐 · 거세된 남성성 사이의 '명랑」, 『대동문화연구』 85, 성균관대학교 대동문화연구원, 2014
조남현, 『박경리』, 서강대학교 출판부, 1996.
조윤아, 「작품해설: 근대와 전근대사이에서 방황하는 대학생들의 낭만적 고뇌」, 박경리, 『은하』, 마로니에북스, 2014, 269-280쪽.
_____, 「박경리 장편소설의 '계모', '자매' 유형 변화와 그 의미—『재귀열』, 『은하』, 『김약국의 딸들』, 『나비와 엉겅퀴』를 중심으로」, 『대중서사연구』 26(4), 대중서사학회, 2020, 145-181쪽.
진기환, 「1960년대 손창섭 장편소설 연구」, 인하대학교 석사학위논문, 2019.
최미진, 「한국전쟁기 정비석의 『여성전선』 연구—소설 창작방법론을 중심으로」, 『현대문학이론연구』 32, 현대문학이론학회, 2007, 305-330쪽.
하정일, 「전쟁 세대의 자화상 : 손창섭」, 『작가연구』 1, 새미, 1996, 35-52쪽.
한혜련, 「박경리 소설의 공간 연구」, 이화여자대학교 석사학위논문, 1999, 130쪽.
허 빛, 「손창섭 1960년대 장편소설에 나타난 젠더 정치성」, 서울대학교 석사학위논문, 2020.
허 윤, 「1950년대 한국소설의 남성 젠더 수행성 연구」, 이화여자대학교 박사학위논문, 2015.

______, 「냉전 아시아적 질서와 1950년대 한국의 여성 혐오」, 『역사문제연구』 35, 역사문제연구소, 2016, 79-115쪽.

앤소니 기든스, 『현대사회의 성 · 사랑 · 에로티시즘』, 황정미 · 배은경 옮김, 새물결, 2003.

피터 브룩스, 『멜로드라마의 상상력』, 이승희 · 이혜령 · 최승연 옮김, 소명출판, 2013.

3. 기타 자료

김동리 외, 「제4회 동인문학상 수상작품선 고」, 『사상계』, 1959.10.

백철, 「신인과 현대의식 1-10」, 『조선일보』, 1955.10.18.~1955.10.28.

이봉래, 「신세대론」, 『문학예술』, 1956.4.

이어령, 「유성군의 위치」, 『문학예술』, 1957.2.

「지령 100호 기념 좌담회: 본지 역대 편집장이 말하는 명랑의 발자취」, 『명랑』, 1964.6.

2부 — 재건의 시대와 여성 작가의 글쓰기

5장

제2기 '여류'의 전후 수필집 속 제도화된 여성성 연구

— 최정희, 모윤숙, 노천명을 중심으로

김명신

1. 들어가며

한국에서 본격적인 여성 문학이 시작되었다고 여겨져온 시기는 1930년대이다.[1] 1920년대 초 나혜석과 김명순이 제1기 여성 작가로서 활동하기는 하였으나, 문단에서 그들은 작품 없는 작가로 쉽게 취급받았다.[2] 여성 작가가 문학성을 담보한 존재로 인식되기 시작한 것은 1930년대를 전후로 제2기 여성 작가들이 등장하면서부터였던 것이다. 이때, 제2기 여성 작가들에게 요구된 문학성은 '여성' 문학만이 담보할 수 있고 담보해야 할 것으로 젠더화되어 있었다. 따라서 임순득의 표현을 빌리자면, 제2기 여성 작가들은 여성이기 이전에 인간이고 작가로서 '부인문학'을 시도한 작가와 여성 작가라는 자의식을 내면화하여 '여류문학'에 그친 작가로 나뉜다.[3] 이때 임순득에 의해 부인작가로 호명된 제2기 여성 작가로는 박화

1 김양선, 『한국 근·현대 여성 문학 장의 형성』, 소명출판, 2012, 16쪽.

2 조연현, 『한국현대문학사』, 인간사, 1961, 457쪽.

3 임순득, 「여류작가의 지위」, 『조선일보』, 1937.7.4, 5쪽.

성과 강경애가 있고, 여류작가로 호명된 제2기 여성 작가로는 최정희, 모윤숙, 이선희, 노천명 등이 있다.[4] 특별히 후자의 경우 식민지 시기에서부터 해방기를 거쳐 전후 시기까지 한국 문학 장 내에서 여성 문학의 범주화를 꾀하며 제도화된 여성성을 구현했다는 평가를 받는다.[5]

김양선에 의하면, 여성성의 제도화란 여성성이 과잉 정의되며 문학 제도 내에서 여성 문학을 구성하는 핵심 요소로 작동한 과정 자체를 일컫는다.[6] 한국의 근대문학은 크게 여성성 배제와 여성성 포섭의 두 가지 방향으로 여성성을 제도화하며 자기 자신을 구성해나갔다. 여성성 배제를 통해 문학 장은 여성 작가의 글쓰기를 낭만적이고 소녀적인 것으로 폄하하면서 문학 장의 남성 중심 정체성을 확립하였고, 여성성 포섭을 통해 여성적인 감수성의 문학을 여성 작가에게 할애하며 새로운 미감을 향유하였다.[7] 문학 장 내의 이러한 규범화는 마찬가지로 제도화된 여성성을 통해 구성되고 운용된 당대의 국가 담론과 긴밀히 관계하였고, 임순득이 여류문인이라 일컬은 제2기 여성 작가들에게 군국주의·국가주의에 영합하였다는 비판을 가능하게 하였다.

그러나 심진경은 제2기 작가들의 제도화된 여성성을 "가면의 내면화"[8]로 읽을 가능성을 제시한다. 최정희에 대한 김문집의 평가 변화가 그 근거가 되는데, 김문집은 계급문제를 다룬 최정희의 소설 「정당한 스파이」(『삼천리』, 1931.10)를 여학생의 작문만도 못하다고 비난하였으나, 훗날 최

4 임순득, 「불효기에 처한 조선 여류작가론」, 『여성』, 1940.9, 이상경, 『임순득, 대안적 여성 주체를 향하여』, 소명출판, 2009, 424-425쪽에서 재인용.

5 제2기 여성 작가들의 제도화된 여성성과 여성 문학 장에 관한 연구로는 김양선(각주 1 참조)과 심진경(『여성과 문학의 탄생』, 자음과모음, 2015)을 주목할 수 있다. 본고에서는 두 연구를 이론적 토대로 삼아 논지를 전개해나가고자 한다.

6 김양선, 앞의 책, 261쪽.

7 위의 책, 291쪽.

8 심진경, 『여성과 문학의 탄생』, 자음과 모음, 2015, 56쪽.

정희의 개인적 수필 「애달픈 가을화초」(『삼천리』, 1936.6)는 "여류국제문단에서도 상당한 친구가 아니고는 못 쓸 글"[9]이라고 고평하는 것이다.[10] 그러한 고평의 근거는 수필을 통해 최정희가 자신을 솔직하게 표박했다는 데에 있고, 그 표박이란 김기진이 비판한 김명순의 '화장술'과 대척점에 있다.[11] 이는 한국 문학 장에서 여성 작가에게 끝없이 요구되어왔던 것 중 하나가 '맨얼굴을 드러낼 것'이었음을 보여주는 예라고 할 수 있다. 이때 맨얼굴을 드러낸다는 것은 "여성의 심리 내지는 운명을 다루는 것과 대등한 것"[12]이었다. 최정희는 그 요구에 부응했는데, 가면을 벗고 맨얼굴을 드러내면서 그 맨얼굴을 가면으로 만드는 방식으로 그러했다는 것이 심진경의 분석이다.[13]

미셸 푸코에 의하면 고백이란 "자신의 행위와 생각에 대한 어떤 사람의 인정"[14]을 요구하는 것이다. 권력은 고백을 통해 운용되었는데, 고백을 통해 획득한 지식이 곧 권력이 되었던 것이다. 그러나 고백자는 고백을 통해 일방적으로 지식을 제공함으로써 권력의 피지배자가 되는 것은 아닌데, 이는 권력이 담론을 통해 운용되며 거기에는 이미 저항이 내재하기 때문이다.[15] 수필이라는 장르는 직접적이고 고백적인 글쓰기 양식을 띤다는 특징을 가지며 따라서 당대 담론이 드러나는 대표적인 텍스트가 된다.

9 이하관(김문집), 「문학의 인상-조선문학현상론」, 『중앙』, 1936.9.(위의 책, 52쪽에서 재인용)

10 위의 책, 53쪽.

11 "(김명순의 시는) 겉으론 윤택하지 못한, 지방질은 거의 다 말라 없어진 피폐하고 황량한 피부가 겨우 화장분의 마술에 가리워서 나머지 생명을 북돋워가는 그러한 피부라고 말하는 것이 적합할 듯하다." 김기진, 「김명순 씨에 대한 공개장」, 『신여성』, 1924. 11, 47쪽.(각주 10에서 재인용)

12 위와 동일.

13 심진경, 앞의 책, 69쪽.

14 미셸 푸코, 『성의 역사 1』, 이규현 옮김, 나남, 2020, 70쪽.

15 오생근, 「역자 서문」, 미셸 푸코, 『감시와 처벌-감옥의 탄생』, 오생근 옮김, 나남, 2017, 15쪽.

또한 소설과 다르게 수필 속 주인공은 작가 자신임이 상정된다는 점에서 여성 작가의 수필은 있는 그대로의 자신을 드러내라는 사회의 요구에 가장 충실한 글쓰기 방법이다. 즉 수필은 작가가 가장 교묘한 방식으로 자기를 꾸며낼 수 있는, 가장 자연스러운 화장술과 가면술을 구현할 수 있는 문학적 공간이다. 그 경계는 화장한 얼굴과 맨 얼굴의 경계만큼이나 모호하며, 그 모호성이란 실상 '여류다운', 또는 '여성적인' 글쓰기의 본질로 여겨져 왔다. 따라서 제2기 여성 작가들이 젠더화된 방식으로 그들의 작가적 정체성을 구성했다고 할 때, 그들의 고백으로써 수필을 살펴보는 것은 당대 젠더 담론을 이해하는 데에 도움을 줄 것이라 기대할 수 있다.

이에 본고에서는 제2기 여성 작가들, 그 중에서도 '여류'로 지칭되며 활발하게 여성성의 제도화를 실천했다고 평가받는 최정희, 모윤숙, 노천명의 전후 수필집을 주요 연구 대상으로 삼아 그들의 작품에 드러나는 제도화된 여성성이 각기 어떤 양상을 보이는지 분석하고자 한다. 제2기 여성 작가들의 작품을 여성주의 관점에서 주목한 연구는 셀 수 없이 많지만, 그들의 수필이 독자적인 연구 대상이 된 경우는 많지 않다.[16] 또한 최정희, 모윤숙, 노천명 세 작가 모두 식민지 시기와 해방기 문학에 관한 연구에서 주로 그 이름을 발견할 수 있는데, 그들이 여류문학전집을 기획하는 등 문학 장에서 권력을 행사하며 본격적으로 여성 문학 장을 꾸려가기 시작한 것은 전후의 일이다.[17][18] 더불어 (단편) 소설집이나 시집과는 다

16 세 작가의 수필을 주요 대상 텍스트로 삼은 연구 목록은 다음과 같다. 송영순, 「모윤숙의 세계기행문 『내가 본 세상』 연구」, 『한국문예비평연구』 47, 한국현대문예비평학회, 2015; 이현복, 「노천명(盧天命)의 인간과 문학－그의 수필을 중심으로」, 『겨레어문학』 8, 겨레어문학회, 1983; 안성근, 「노천명 연구」, 호남대학교 대학원 석사학위논문, 2010. 또한 최정희, 모윤숙, 노천명을 비롯해 다양한 여성 작가들의 수필을 여성주의적인 관점에서 조망한 김진희와 송경란의 『여성, 산문 살롱』(2017)이 있으나, 다루는 시기가 1950-1970년대로 넓을 뿐더러 해당 단행본은 각 작가들의 수필을 작가론적인 관점에서 개괄적으로 소개하는 데에 목적을 둠으로써 본격적인 연구라기보다는 그 초석으로 기능하고 있다.

르게, 수필집의 경우 특별히 작가의 선별작업이 활발히 이루어진다는 점에서 수필집의 차원에서 연구를 진행하는 것은 개별적인 수필을 연구하는 것과는 또 다른 의의를 지닐 수 있으리라 기대한다.

이에 이어지는 각 장에서 본고는 각각 최정희의 『젊은 날의 증언』(육문사, 1962), 『포도원』(일문서관, 1960),[19] 그리고 노천명의 『나의 생활백서』(대조사, 1954)를 통해 작가들이 제도화한 여성성을 분석하고 그 내부에 서로 상충하는 논의가 드러나는지를 살필 것이다. 그럼으로써 세 작가가 각기 '여성' 작가로서 자신을 어떻게 인식하였는지, 어떤 방식으로 전후 문학장의 요구에 반응하였으며 어떤 균열을 남겼는지 정리해보고자 한다.

2. 최정희, 가면적 모성과 '스위트홈'의 균열적 재현

최정희는 대표적인 제2기 여성 작가이자 소설가로, 김양선에 의하면 최정희는 해방 당시 "해방 이전과 이후를 아우를 수 있는 유일한 현역"[20]이었다. 1955년 육문사에서 출간된 수필집 『젊은 날의 증언』을 보면 당시 최정희에게는 소설가로서의 자의식이 충분히 존재했던 듯하다. 수필 「문학적 자서」(1959.3, 『젊은 날의 증언』, 육문사, 1962)[21]에서 문학을 하겠다고 마

17 김양선, 앞의 책, 183쪽.

18 최정희, 모윤숙, 노천명의 첫 수필집은 각각 『사랑의 이력』(계몽사, 1952), 『렌의 애가』(일월서방, 1937), 『산딸기』(정음사, 1948)이다.

19 『내가 본 세상』 같은 경우 전후 출간되었지만 1949년 9월부터 1950년 6월까지 『문예』지에 연재되었고, 1953년 수도문화사에서 간행된 단행본과 연재본 사이에는 거의 차이가 존재하지 않는다. 이에 본고에서는 전시 · 전후가 되어 당시를 회상하는 『포도원』에 천착하고자 한다.

20 김양선, 앞의 책, 142쪽.

21 이후 인용되는 수필의 경우 제목 뒤에 '(창작 일자), 발표 지면, 발표 시기'를 밝혀 적도록 하겠다. 창작 일자가 확인되지 않을 경우에는 이를 생략하고, 수필집에 수록된

음을 먹은 뒤 오랫동안 붓을 잡지 못하다가 비로소 「흉가」(『조광』, 1937.4)를 비롯한 소설들을 쓸 수 있었다고 회고하며 자기의 문학을 소설로 은연중에 치환하는 모습을 보이는 것이다.[22]

그러나 1939년 『조광』에서 남성 작가들만이 참석한 좌담회가 열렸을 때, 최정희의 글쓰기 역량이 소설보다는 수필에서 더 돋보인다는 평가가 거의 만장일치를 이루는 점을 발견할 수 있다.[23] 그때 최정희가 소설가로서의 역량을 갖춰가기 시작하던 시기였음을 생각할 때, 최정희를 소설가보다는 수필가로 여기고자 하는 기성 문단의 태도는 앞선 장에서 언급한 최정희에 대한 김문집의 평가와 공명하는 지점이 있다. 실제로 수필집에서 최정희는 자기에 대한 김문집의 평가를 언급한다. "삼십이 못 되어 님은 벌써 정열을 잃었오. 잃은 게 아니라 현실적 조건이 님의 정열을 제재하고 있소. 그 제재 아래서 적은 몸부림을 치고 있는 동안 세월이 흘러 어느듯 님에게 「애달픈 가을화초」를 쓰게 한 게요."[24]라는 김문집의 평가는 최정희가 작가 자신을 "함부로 사용하지 않음을"[25] 훈계하고 있는 것인데, 최정희는 "그러나 그러면서도 나는 항상 그저 가만히 있지는 않았다."[26]고 수필 「연애생활회고」(1951.7, 『젊은 날의 증언』, 육문사, 1962)를 통해 김문집의 글에 반박한다. "항상 기다리고 있었다. 무엇을 누구를 기다렸는지 모른다. (…) 이 버릇은 내가 열 살 되기 전부터 멀리 떠나가 딴 여자와 살고 있는 아버지를 나의 어머님과 한가지로 기다리던 때부터 시작된 것 같다."[27]

것 외에 따로 수필이 발표된 지면이 확인되지 않을 시에는 발표 지면과 발표 시기 대신 수필이 수록된 수필집의 제목과 출판사, 수필집 발행년도를 적도록 한다.

22 최정희, 「문학적 자서」, 『젊은 날의 증언』, 육문사, 1962, 11-15쪽.

23 김양선, 앞의 책, 94-97쪽.

24 최정희, 「연애생활회고」, 『젊은 날의 증언』, 육문사, 1962, 87쪽.

25 각주 22와 동일.

26 각주 22와 동일.

최정희의 수필에서 단연 두드러지는 존재는 어머니이다. 작가 자신의 실제 어머니에 대한 단상과어머니로서의 작가 자신의 생활기가 수필집의 절반 가까이를 차지하고 있는 것이다. 그럼으로써 드러나는 것은 모성—특별히 아버지가 부재하는 모성이다. 작가는 아버지가 거의 없이 살아왔던 자신의 경험과 "아버지와 어머니가 함께 사는 틈에 자라나지 못하는 아이"[28]를 기르는 어머니로서의 자기 정체성을 병렬한다. 나아가 수필 「문학적 자서」(1959.3, 『젊은 날의 증언』, 육문사, 1962)에서 최정희는 자신의 첫 작품을 「정당한 스파이」가 아닌 「흉가」로 두면서, 감옥에서 열병에 시달리다가 "너는 문학을 해야 할 여자다. 너를 구원할 길은 문학밖에 없다."[29] 라는 환청을 들은 경험을 이야기한다.[30] 그 환청을 들은 뒤 처음 쓴 소설이 「흉가」였다는 것이다. 「흉가」는 홀어머니와 동생, 아이를 돌보는 여성 기자를 주인공으로 한 소설이다.[31] "최정희의 작가적 출발은 「흉가」나 「정적기」에서 볼 수 있는 것과 같은 여성의 불행한 운명에 대한 영탄으로부터 시작되었다."[32]는 조연현의 분석에서, 여성의 불행이란 어머니가 된 또는 될 존재의 불행한 운명과 크게 다르지 않다. 그리고 이때의 어머니

---

27 각주 22와 동일.

28 최정희, 「병실기」(1939, 『문장』, 1940.1), 『젊은 날의 증언』, 육문사, 1962, 104쪽.

29 최정희, 각주 20의 글, 12쪽. 다만 「문학적 자서」의 전신으로 보이는 수필 「나의 문학생활 자서」(『백민』, 1948.4)에서는 옥중생활 중 문득 자신이 문학을 해야 구원받을 수 있다는 진리를 깨달았노라고 간략히 묘사되어 있으며, 열병과 환청에 관한 언급도 존재하지 않는다.

30 "너는 문학을 해야 할 '여자'"라는 환청은 『젊은 날의 증언』 아래 "여자된 자랑"이라 붙은 소제목과 공명하는 바가 있다. 수필 전반적으로 어머니, 여자, 아내, 여성 등의 용어가 빈번히 사용되고 있는 것 또한 눈여겨볼 수 있을 것이다. 이러한 경향은 사실 최정희뿐 아니라 모윤숙과 노천명의 동시기 수필에서도 발견된다. 그러나 최정희의 경우 수필집의 한 장 자체를 여성 담론에 관한 논의로 할당하고 있다는 점에서 특별히 흥미롭다.

31 주인공을 구성하는 이러한 조건들은 당시 최정희가 처해있던 현실과 무척 흡사하다.

32 조연현, 「최정희」, 『한국현대작가연구』, 세문사, 1981, 185쪽.

는 남편을 "기다리는 자세"[33]를 갖춘 여성이다.

최정희 수필에서 발견되는 '여성=어머니=자기 자신'이라는 도식은 (소설) 작가라는 허구적 페르소나가 정말 허구인지를 질문하게 하는 제재로 사용되고 있다. 수필 「내 소설의 주인공들－어머니일지도 모르고 나 자신일지도 모른다」(1958.2, 『젊은 날의 증언』, 육문사, 1962)에서 최정희는 "<지맥> <인맥> <천맥>의 주인공이 작가 자신인 줄 아는 사람들이 많다. <지맥>이 발표되던 당시에도 그렇게 생각하고, 어떤 이는 평필에서까지 그것을 밝힌 일이 있었다. 요새도 그렇게 무식한 평론가와 작가들이 있음을 보게 된다."[34]라고 말하며 문학적 페르소나와 작가 자신을 구별 짓는다. 그러나 그러면서도 "가장 최근작인 <정적일순>의 주인공은 내 어머니일지도 모른다. 혹은 나일지도 모른다."[35]라거나, "내가 쓴 모든 소설의 주인공이 「나」일수도 있고 「나」 아닐 수도 있"[36]다고 말하며 그 구별의 진위를 모호하게 남겨놓는다. 그럼으로써 "신변소설",[37] "사소설"[38]이라는 비판에 이중적으로 반응하는 것이다.[39] 마찬가지로 「문학적 자서」에서

33 최정희, 「기다리는 자세」(1959.3), 『젊은 날의 증언』, 육문사, 1962, 78쪽.

34 최정희, 「내 소설의 주인공들－어머니일지도 모르고 나 자신일지도 모른다」, 『젊은 날의 증언』, 육문사, 1962, 15쪽.

35 위의 글, 16쪽.

36 위와 동일.

37 손우성, 「휴우매니즘의 발족 上」, 『조선일보』, 1955.7.7.

38 곽종원, 「상반기작단총평」, 『조선일보』, 1954.8.23.

39 전후 국가 담론과 마찬가지로, 전후 여성 문학에 관한 논의 또한 식민지기의 논리와 크게 달라지지 않았다. 1969년 정창범이 「여류문학의 경우」에서 "여류작가는 작가인 동시에 철두철미 여자여야 한다는 것이다. (…) 남자보다는 좀 순결하다고 할 때 여류작가의 작품을 읽을 의미가 생긴다는 것이다."라고 말할 때 여성 작가란 결국 남성 보편으로 상정된 '작가'의 하류이자 타자 개념으로 존재한다. 여성 작가는 인간에 대한 투시력이 미약하고 테마가 빈곤하다는 1963년 곽종원의 평가 또한 여성 작가의 숙명적인 한계이자 지향점으로 사소설적이고 미시서사적인 문학을 상정하는 것과 다르지 않다.(정창범, 「여류문학의 경우」, 『현대문학』, 1969.5; 곽종원, 「광복 18과 한국의 여류들 문단①」, 『조선일보』, 1963.8.14. 참조.)

최정희는 「정적기」(『삼천리문학』, 1938.1)가 사실 일기였으나 사람들이 그것을 소설로 생각하고 있다는 이야기를 하고 있기도 하다.[40]

이는 앞서 심진경이 분석했던 '가면의 내면화'와 연결 지을 수 있다. 심진경은 최정희의 소설에서 "모성은 여성 욕망의 알리바이"[41]로 기능하며, "여성적 욕망을 감추는 가면[42]이 된다고 밝힌다. 이때 가면으로서의 모성은 가면 뒤의 여성적 욕망과 불가분의 관계에 있지 않고 오히려 "이중의 자기부정"[43]을 통해 욕망을 추구하는 하나의 방법론으로 기능한다. 따라서 문제는 여성의 슬픔과 불행이 지나치게 자세히 서술될 때 발생할 수 있는 효과에 관한 것이다. 수필 「포도원」(『새교육』, 1949.9)[44]에서 작가는 친구 '은영'과 함께 포도원에 앉아 그녀의 고민을 듣는다. 은영의 남편은 은영을 더 이상 사랑하지 않는다는 이유로 이혼을 요구하고 은영은 그 요구를 들어줄 수밖에 없는 처지에 있다. 혼자 남편의 집을 나갈 것이냐 아니면 아이들을 자기가 데리고 함께 나설 것이냐를 고민하며, 은영은 아이를 기를 수 있다면 이혼도 하겠지만, 이혼 후 자기가 아이를 기르기에는 생활력이라고 할 것이 전무하다고 울음을 터뜨린다. 그런 은영에게 작가는 남편을 위해서는 이혼을 택하고, 은영 자신을 위해서는 아이를 데려와 형편이 어려워도 함께 살아가라고 조언한다. 그러면서 독백한다.

> 나는 말없이 하늘을 쳐다 보았다. 똥그랗게 뭉쳤던 구름이 보재기만큼 치마폭만큼 홑이불만큼 펴지더니 아주 없어지고 말았다. 그리고 포도는 더 살찌고 넝쿨은 더 말라 갔다. 이렇게 포도가 익기를 거듭하는 사이에 우리

40 각주 27과 동일.

41 심진경, 앞의 책, 68쪽.

42 위와 동일.

43 위의 책, 69쪽.

44 『젊은 날의 증언』, 육문사, 1962에는 1959년 9월 창작되었다고 적혀있으나, 『새교육』, 1949.9에 꽁트로 게재된 것이 확인되며 수정 사항 또한 발견되지 않는다.

> 의 희망과 이상이 가득 찼던 가슴엔 배암이보다 기인 슬픈 역사가 서리워지는 것이다.[45]

수필 속 여성이 처하는 고통은 슬픈 역사가 되어 희망과 이상이라는 미래와 대조된다. 그러나 동시에 그 고통으로부터 벗어날 길이 없는 것이 여성이 처한 현실이며, 그 현실을 거쳐서만 미래를 생각할 수 있는 존재가 여성으로 설정된다. 수필 「여자된 자랑」(1949.7, 『부인』, 1950.4)에서 최정희는 자기가 여자이기 때문에 "낮이나 밤이나 쉴 새 없이 이 꾀죄죄한 살림에서 헤어나지 못"[46]하는 고통을 인정한다. 그러나 바로 그렇기 때문에, 즉 "여자란 물건이 없더라면"[47] "다른 것은 그만두고라도 두루마기 동정이며 와이샤쓰 칼라, 손수건 이런 것들이 줄창 땟국이 졸졸 흐를 것은 틀림 없을 것이고, 양말 뒤꿈치는 밤낮 감자 고구마인양 벌겋게 들어 내놓을 것이"[48]라서 자기는 여자임이 자랑스럽다는 일종의 모순적인 논리를 최정희는 수필을 통해 펼치고 있다. 여기서 재생산의 임무는 여성을 자랑스럽게 하는, 여성의 본질이 되며 여성의 존재 가치는 자연히 가정의 영역으로 수렴된다.

따라서 1949년의 「여자된 자랑」에서 한 걸음 더 나아가, 1958년의 「여성과 예술」(1958.9, 『젊은 날의 증언』, 육문사, 1962)에서 최정희는 "여성은 누구나 한 번은 가정을 다스리고 만다."[49]고 말하며 모든 여성들을 이미 주부인, 혹은 주부가 될 존재로 상정한다. 수필은 평범한 주부들을 청자로 삼으며, 살림으로 바쁜 와중에도 아름다운 자연에 시선을 기울이며 예술

45 최정희, 「포도원」, 『젊은 날의 증언』, 육문사, 1962, 66쪽.
46 최정희, 「여자 된 자랑」, 『젊은 날의 증언』, 육문사, 1962, 116-117쪽.
47 위의 글, 116쪽.
48 위와 동일.
49 최정희, 「여성과 예술」, 『젊은 날의 증언』, 육문사, 1962, 135쪽.

을 경험할 것을 요청한다. 최정희의 주장에 의하면 가난에 쫓기고 있어도, "가갸거겨"[50]를 몰라도 여성이 예술을 경험하는 데에는 하등 문제가 없다. 별과 꽃, 구름 등을 통해 바쁜 생활 중에서도 예술을 경험할 수 있기 때문이다. 주부들이 그런 식으로라도 예술을 경험하면 "당신의 가정은 한껏 평화하고 복될 것"[51]이라 말하며 최정희는 글을 마친다.

수필은 글 첫머리에 '예술을 아는 정치가가 정치를 해야 나라가 발전할 수 있다'는 주장을 제시하고, 여성도 가정의 책임자로서 예술을 알아야 한다는 핵심 논의로 이를 확장시킨다. 이는 남성이 공적 영역에서의 정치를, 여성이 사적 영역에서의 정치를 맡으며 남성과 달리 여성은 자연의 고운 풍경을 통해 예술을 경험하는 것으로도 족하다는 논리구조를 형성한다. 1958년의 이 글은 1962년이 되면 "여러분은 책을 읽어서 이상과 같은 유치한 대화(가십)를 피하는 새로운 여성이 되어 보고싶지 않습니까?"[52]라고 묻는 「독서는 정신의 양식」(1962.7, 『젊은 날의 증언』, 육문사, 1962)으로 이어지는데, 해당 수필에서 최정희는 4년 전 주장했던 것과는 정반대로, 생활이 바쁘다는 핑계를 대며 책을 읽지 않는 여성들을 훈계하고 있다. 1949년의 「여자된 자랑」에서 1958년의 「여성과 예술」, 1962년의 「독서는 정신의 양식」으로의 이러한 변화는 사실상 여성 담론의 변화를 여실히 보여주는 증거 자료라고 할 수 있다.

주지하다시피 1950년대는 전에 없이 여성 교육열이 높아진 시기였다. 따라서 여대생 혹은 여대 졸업생이라는 사회 계급이 전후 들어 대거 양성된다. 국가는 이들을 가정에 배치하고자 하였다. 가장과 그의 아내 그리고 그들의 자녀로 이루어진 '스위트 홈'을 관리하는 교양 있는 주부가 당시의 이상적 여성상이 될 수 있었던 것은 그런 이유에서였다. 나아가 가

50 위의 글, 136쪽.

51 위의 글, 137쪽.

52 최정희, 「독서는 정신의 양식」, 『젊은 날의 증언』, 육문사, 1962, 135쪽.

정의 관리자이자 생활의 책임자로서 주부에게는 여성에게 적합한 교양을 담지할 것이 요구되었다.[53] 당시 그러한 여성 교양 담론은 권위 있는 여성 문사들에 의해 여성지나 대중연애서사를 통해 적극 활성화 되었으며,[54] 이때의 권위 있는 여성 문사들 중 하나가 최정희였다. 즉 최정희의 수필이 시도하는 것은 전후 담론에 의해 형상화된 이상적인 '스위트 홈'과 교양 있는 주부 이미지의 재현이다.

그러나 이때의 재현은 수필집 전체의 차원에서 볼 때 분명한 균열지점을 내재한다. 여성들의 고된 일상에 대해 털어놓는 「여자 된 자랑」과 가정주부에게는 글 읽을 시간조차 없으니 자연물에서 예술을 경험하라고 독려하는 「여성과 예술」은, 「독서는 정신의 양식」 등 1962년에 창작된 일련의 수필을 통해 작가가 재현하는 여유롭고 교양 있는 가정주부의 삶이 사실상 불가능함을 고발 한다. 아내의 태도변화만으로 남편의 외도와 폭력을 멈출 수 있다는 해당 수필들 속 논리는 「포도원」을 비롯해 작가가 자기 고통스런 삶에 대해 고백한 다른 수필들과 불화한다.[55] 여성의 존재가치를 가정의 영역에 국한시키면서 동시에 수필은 그곳이야말로 여성을 가장 괴롭게 하는 장소임을 고발한다. 따라서 이 불일치의 지점은 결국 당대 가부장적 국가 담론과 문학 장 내의 권력관계에 의해 굴절된, 혹은 작가 자신이 적극적으로 굴절시킨 여성 욕망의 장소가 된다.

53 이는 여성 리터러시 인구의 증가와 교육 수준의 향상과도 밀접한 관련이 있다.(이지영, 『1960년대 대중연애소설의 젠더 패러디 연구』, 이화여자대학교대학원 박사학위논문, 2014, 52-54쪽.)

54 김양선, 앞의 책, 191-196쪽.

55 나아가 1939년 2월 최정희는 『여성』에 「여자 된 슬픔」을 발표한 것으로 확인되는데, 거기서 누군가의 어머니이자 아내로 살며 평생 이름조차 가지지 못하는 조선 여성의 슬픔에 대해 말한다. 이는 여성의 운명에 대한 최정희의 역설이 얼마나 그 내부의 모순을 감당하고 있는 것인지를 보여주는 것이다.(최정희, 「여자 된 슬픔」, 『여성』, 1939.2.)

3. 모윤숙, 남성적 어조의 전유와 여성-주체의 모색

최정희와 비슷하고도 다른 방식으로 여성성의 제도화를 시도한 모윤숙의 대표작은 『렌의 애가』로, 『렌의 애가』는 '시몬'이라는 중년 지식인 남성에 대한 젊은 여성 시인 '렌'의 사랑을 노래한 서정적인 수필이다.[56] 『렌의 애가』에 드러난 서정성은 임순득으로부터 "미사여구에 질식당할 것 같은 것"[57]이라는 혹평의 대상이 되었고, 남성 작가들로부터도 호흡이 너무 '여성적'이라는 부정적인 평가를 받았다.[58]

그러나 모윤숙은 『렌의 애가』의 저자임과 동시에 「국군은 죽어서 말한다」(1950.8, 『풍랑』, 문성당, 1951)의 저자이기도 했다. 시는 국군의 시체를 발견한 화자와 시체가 된 국군의 목소리로 이루어져 있는데, 사실상 조국을 향한 국군의 당부에 해당하는 부분이 시의 핵심이라고 할 수 있다. 송영순에 의하면, 「국군은 죽어서 말한다」에서와 같이 모윤숙의 시에서 남성 화자가 빈번하게 드러나는 것은 "여성성의 전형을 벗어나 남성 화자인 타자를 동일화시키려는 여성적 언어를 획득하려는 시도"[59]의 일환이다. 그러나 남성 화자를 통해 발화된 작가의 욕망은 타자화된 여성의 목소리에 의해 도리어 여성 주체의 혼돈으로 이어지며, 결국 "여성의 전형성을 벗어나는 지점에서 다시 여성의 전형성을 드러내어 남성화된 여성성으로

56 『렌의 애가』는 1936년부터 1937년까지 『여성』에 연재되어 1939년 일문서관에서 단행본으로 발간되었으며, 작품의 장르에 관하여 산문시, 산문, 수필 등의 다양한 명칭이 사용되어왔다. 본고에서는 『렌의 애가』의 연작이라 할 수 있는 『구름의 연가』(삼중당, 1963)가 수필집으로 분류되고 있으며, 본고에서 다루는 『포도원』 중 『렌의 애가』와 흡사한 언술구조와 심상을 가진 「포도원지기」(1948.8)가 일기, 편지와 구분되는 수필로 분류되어있다는 점에 주목하여 『렌의 애가』를 수필로 간주하고자 한다.

57 김양선, 앞의 책, 64쪽.

58 위와 동일.

59 송영순, 「모윤숙의 시에 나타난 전쟁과 여성 의식」, 『여성문학연구』 10, 한국여성문학학회, 2003, 9쪽.

돌아"[60]옴으로써 시는 불완전한 성공을 거둔다. 이는 "기존의 언술구조를 남성 화자로 치환함으로 해서 여성적인 것을 해부하지만 여성의 거세는 이루어지지 않는 이중적 언술구조를 이룬다."[61]

모윤숙의 문학이 제도화하는 여성성은 바로 이렇듯 이중적인 언술구조와 맥락을 같이한다. 그 예로 전후 간행된 모윤숙의 수필집 『포도원』을 살펴볼 수 있다. 해당 수필집은 모윤숙이 1930-1940년대 창작한 미발표 수필과 함께 전시 · 전후에 창작된 수필들을 각각 1부와 2부로 나누어 한데 싣고 있다. 『렌의 애가』와 『내가 본 세상』 다음 수필집이라 할 수 있는 이 수필집에서 모윤숙은 이전 수필집들을 다시 쓰며 전후 현실에 맞게 자신의 작품들을 보완 및 변호한다. 대표적으로 「시몬은 누구인가?」(『여원』, 1959.5)에서 모윤숙은 시몬이 누구이며 자신이 어떤 생각으로 『렌의 애가』를 창작했는지 설명하는데, 시몬을 "현실생활을 거부하면서 사랑하고팠던 남성",[62] "「시몬」은 한국여성이 염원하는 이상의 애인"[63]이라 지칭하면서도 "그 약한 재래식인 한국 남성식의 멋대로의 애정이 「렌」에게는 애가가 되지 않을 수 없었"[64]다고 말하며 시몬을 향한 이중적 태도를 보인다. 정기인은 이를 시몬을 극복하고자 하는 렌의 노력이라 해석하며, 그것은 곧 시몬의 모델이 되었던 이광수를 극복하고자 하는 모윤숙의 노력이 된다고 설명한다.[65]

실제로 처음 발간된 뒤 수정을 거치며 새로 간행된 『렌의 애가』 1954년 문성당 판본을 살펴보면 시몬을 유혹하는 북한 공작 여성을 살해하며

60 위의 글, 18쪽.

61 위와 동일.

62 모윤숙, 「시몬은 누구인가」, 『포도원, 내가 본 세상』, 일문서관, 1962, 246쪽.

63 위의 글, 247쪽.

64 위의 글, 252쪽.

65 정기인, 「이광수와 모윤숙-이광수를 '극복'하는 방법으로서의 모윤숙의 『렌의 애가』」, 『춘원연구학보』 16, 2019.

시몬을 향한 사랑이 오히려 자신에게 독이었음을 깨닫는 렌이 나오고,[66] 1959년 일문서관 판본을 살펴보면 전후 무기력에 빠진 시몬을 훈계하며 그의 스승 내지 조언자 위치를 차지하고 있는 렌의 모습을 발견할 수 있다.[67] 『렌의 애가』를 처음 창작할 당시 모윤숙은 "스승에게"[68]라고 시몬에게 보내는 편지를 작성했었노라 고백한다. 그 점을 상기할 때, 1959년 『렌의 애가』는 시몬과 렌, 이광수와 모윤숙, 남성과 여성이라는 계몽 주체와 계몽 대상의 구도가 뒤집힌 양상이라고 말할 수 있다. 그럼으로써 모윤숙은 "나는 이 과도기 한국여성이 낡은 시대와 새시대에서 남모르는 애정의 갈등, 인습의 투쟁자로서 그 애정관, 사회관, 국가관을 「시몬」을 통해 설명함으로써 오늘의 한국여성의 고민을 알리려한 것이 아닌가 한다."[69]라며 『렌의 애가』를 창작하게 된 계기를 새로이 창작한다. 그리고 그 자신이 시몬에게 부여했던 민족 지도자의 지위를 탈환한다. 그리고 여성들에게 "신념을 끝까지 「렌」에게 주지 못"[70]함으로써 「렌」을 배신한 「시몬」이 오늘날 "남편의 형태로 혹은 아버지나 오라버니의 형태로 우리에게 기쁨과 희망과 슬픔과 절망을 되풀이하며 우리들의 생활과 연결되어 있음을 말하여두고 싶다."[71]고 당부한다.

따라서 모윤숙의 대표적 수필 중 하나인 「육군 중위에게」(『문예』, 1950.7)

---

66 이때, 유혹자로서의 북한 공작 여성은 모윤숙 그 자신의 (무)의식이 반영된 인물이라고 정기인은 위의 글에서 분석한다. 당시 모윤숙은 소위 '육체정치'에 관한 사회적 오명을 쓰고 있던 상태였고, 반공주의를 구사하는 방식으로 그러한 오명을 쓴 자아를 살해하는 방식을 택했다는 것이다. 그 경우, 그것은 자기 자신을 살해해야만 전시 남한 사회에서 여성-주체가 될 수 있었던 작가의 여성적 현실을 반영하는 것이다.(위의 글, 171쪽.)

67 위의 글, 171-173쪽.

68 각주 61과 동일.

69 위의 글, 251쪽.

70 각주 63과 동일.

71 위의 글, 253쪽.

에서 "공산당이라는 어떤 정치적인 적보다도 인간생활을 지옥하려는 이악의 무리를 없애기 위해서 손을 잡고 이러서야겠소. (…) 살아서 아름다운 젊음의 용사로 이 땅을 다시 재건해야 되오."[72]라고 남성 군인에게 당부하는 모윤숙의 목소리는 전시를 거쳐 전후로 이어지는 반공주의 국가 재건 담론을 내면화한 결과물로 이해해야 하나, 동시에 명령조의 말투를 통해 재건의 방향을 설파하는 주체로서 자기 자신을 위치시키려는 작가의 시도라는 점을 함께 주목해야 한다. 남성 지도자와 그 지도의 대상이 되는 여성의 성별 구도가 『렌의 애가』(1959, 일문서관)에서와 마찬가지로 여기서 일시적으로 반전되는 양상을 보이는 것이다. 비슷하게, 지나치게 감상적이라는 이유로 격하의 대상이 되었던 모윤숙의 작품 속 여성성은 국가주의라는 거대담론과 맞물리며 희석된다.

그러나 모윤숙이 기존 남성 지도자의 지위를 온전히 점하지 못하는 이유는 재건의 주체를 호명할 수는 있어도 그 자신이 재건 주체로 받아들여질 수는 없는 전후 사회의 모순에 있다. "연애를 위한 연애가 아니라 나라와 사회, 건실한 장래를 창조하기 위한 애정이요 부부 생활"[73]에 임하는 남성이 「시몬」의 전형이라고 할 때, 그런 그를 동경하면서도 비판함으로서 탄생한 "한국적인 애정과 이데아를 가졌고 생생한 생명감을 소유한 아름답고 영원한 마음의 생리를 가진 한국 여성"[74]으로서의 렌은 그의 스승이나 학생은 될 수 있어도 국가가 재건 주체로 호명하는 바로 그 형상은 될 수 없는 것이다. 이에 모윤숙에게 있어 가능한 주체화의 방법이란 "여성이 가져야 할 복종적인 침묵형을 얼굴에 간직하지 못한"[75] 존재로 자기 자신을 규명하는 것이었다. 여기서 궁극적인 계몽의 대상은 결국 여

72 모윤숙, 「육군 중위 c에게」, 『문예』, 1950.7.

73 각주 61과 동일.

74 모윤숙, 위의 글, 249쪽.

75 모윤숙, 「자화상」, 『포도원, 내가 본 세상』, 일문서관, 1962, 256쪽.

성이 된다.

즉 모윤숙의 작품에서 발견되는 전유의 지점은 그것이 가부장적이고 국가주의적인 재건 담론에 포섭된다는 전제 하에 가능했다는 한계를 지닌다. 육군에 대한 모윤숙의 당부는 결국 군인 남성을 제1국민이자 재건의 주체로 삼는 지배담론을 강화하는 결과로 이어지는 것이다. 그러한 결과 아래, 여성이 남성과 동등하거나 그들을 지도하는 위치에 설 방법은 그들의 어머니가 되는 것뿐이다. 전후 여성 문학 장에서 모윤숙이 여성 문단의 권위자로서 당대의 젠더 규범을 적극적으로 여성 독자들에게 내면화한 작가들 중 하나라는 사실과 결부지어 생각할 때, 이는 특히 더 문제적인 지점이다.

『포도원』에서 모윤숙은 자기 일기나 편지를 싣는 것뿐 아니라 다양한 국가의 여성들을 묘사하고 또 평가하는 텍스트를 싣는데, 그 중에서도 인도와 미국의 여성과 한국의 여성을 비교 선상에 놓는다. 미국 여성은 '클럽 활동'을 하고 정치에 적극적으로 참여하여 사회의 주체 역할을 하면서도 동시에 어머니이자 아내로서의 '본분'을 다하는 이상적인 여성상으로 그려지며(「미국여성의 클럽활동」, 1956, 『포도원』, 일문서관, 1960), 인도 여성은 아직 전근대적인 관습 아래에서 고통 받는 여성과 그러한 여성들의 현실을 개선하려 노력하는 계몽된 지식인 여성으로 양분되어 설명된다(「인도의 여성」, 『포도원』, 일문서관, 1960).

특별히 「인도의 여성」에서 모윤숙은 "반항 의식이 전연 없"[76]고, "게으른"[77] 여성들과 대조되어 그들을 계몽하고자 노력하는 교육받은 여성들을 타의 모범으로 삼는다. "적은 숫자이지만 고등교육을 받고 선진국에서 공부를 한 여성들은 자기를 잊어버리고 인습에 젖고 숙명적인 체념

76 모윤숙, 「인도의 여성」, 『포도원, 내가 본 세상』, 일문서관, 1962, 227쪽.

77 위와 동일.

속에 살아가는 여성들의 문제를 타개하려고 전력을 다하고 있다."[78]며 인도의 교육받은 여성들을 극찬하면서도 그들의 "사치를 극도로 향유하는 일상생활"[79]을 비판하는 모윤숙의 태도는 전후 여성 지식인들을 향한 당대의 담론과 크게 불일치하지 않는다. 당시의 여성 지식인, 혹은 여대생이라는 표상은 전후파 여성을 통칭하던 아프레걸 표상과 중첩되며 사치와 퇴폐의 대명사로 왜곡되곤 하였고, 그렇지 않은 경우 교양 있는 예비주부 혹은 현모양처로 손쉽게 치환되곤 하였던 것이다.[80]

이는 수필집 내내 본받아야 할 존재로 묘사되는 미국 여성들의 존재를 함께 고려할 때 더욱 문제적인데, 전쟁이 끝나고 여성들을 가부장제 국가 담론에 동원하기 위해 사용된 여성 교양 담론은 미국의 중산층 여성을 이상적인 모델로 삼은 것이었고, 이는 당시 한국사회의 주요 화두였던 아메리카니즘과 불가분의 관계에 있기 때문이다.[81] 교양 있는 여대생에서 주부라는, 전후 여성 교양이 내세운 여성 삶의 트랙은 여성이 가정에서야 비로소 남성과 동등한 동반자 자리에 설 수 있다는 의식을 반영하는 것이었다. 이는 "귀로는 듣고 머리로는 생각하며 입으로는 말을 하고 겸하여 뜨게질에 열성을 부릴줄도 알고 있"[82]는 미국의 여성들이 모윤숙이 제안한 이상적인 여성상인 것과 관련된다.

동시에 모윤숙이 미국을 이상향으로 고려하는 이유는 주부들의 정치활동을 "무시하지 않"[83]는 미국 남성 정치인들의 존재이기 때문이기도

78 위의 글, 228쪽.

79 위와 동일.

80 표유진, 「1950년대 소설의 여성 표상 전유와 몸 연구: 정연희, 한말숙, 강신재를 중심으로」, 이화여자대학교대학원 석사학위논문, 2020, 16-17쪽.

81 김윤경, 「1950년대 미국문명의 인식과 교양여성 담론-여성 독자의 글쓰기를 중심으로」, 『여성문학연구』 27, 여성문학연구회, 2012, 157-158쪽.

82 모윤숙, 「미국여성의 클럽활동」, 『포도원, 내가 본 세상』, 1962, 183쪽.

83 위의 글, 184쪽.

하지만, "그들(주부들)이 집안일에 허술하다든가 어머니로서의 책임감을 잊"는다든가 하는 것을 "국가 사회에서 용납하지를 않는"[84] 곳이 미국이라는 점을 고려할 필요가 있다. 자신은 "사회의 제도나 관습이 가해 오는 압력"[85]을 피해 독신 생활을 하고 있노라 말하면서도, 모윤숙은 그것이 자신의 독특한 성격 탓에 의해 자행되는 고행일 뿐 "인간은 생리적으나 정신적으로나 결혼을 하게끔 만들어져 있"[86]다고 역설하며 여전히 가정의 주부들을 이상적인 존재로 상정하는 것이다(「혼자 사는 이유」, 『포도원』, 일문서관, 1960).

따라서 모윤숙의 수필 속 '주부'는 최정희가 제안한 것에서 한 걸음 더 나아가 정치에 적극적으로 참여하는 존재로서의 여성을 그리고는 있으나, 여전히 최정희의 수필 속 여성들의 원죄로 묘사되는 가정의 생활로부터는 자유롭지 못하다. 이렇듯 모윤숙의 수필은 여성들이 능동적으로 다른 여성들을 계몽하고 남성과 동등한 주체가 되어야 함을 역설하고 있기는 하지만, 그것은 결국 당대의 가부장적 지배담론을 답습하는 한계 내에서만 가능한 것이었음이 드러난다.[87]

---

84 위와 동일.

85 모윤숙의 이러한 방어적인 언술은 '왜 독신으로 사느냐'는 질문이 가해지는 사회적 맥락에 대한 자기변호에 가까운 것으로 여겨진다. 나아가 「시몬은 누구인가?」의 내용을 생각할 때, 이는 아무리 모윤숙이 수필을 통해 정치적으로 평등한 주부의 존재를 역설하고 있다고는 하나, 사실 계몽자 혹은 지도자로서의 여성 자아가 '가장'으로서의 남편과는 존립할 수 없다는 우화로 읽을 수도 있을 것이다. 모윤숙, 「혼자 사는 이유」, 『포도원, 내가 본 세상』, 1962, 217쪽.

86 위와 동일.

87 이와 비슷하게, 정충량 또한 여성들이 사회적 · 지적 저력을 기를 것을 강조한 '여성 교양'을 이야기하였으나 모윤숙의 수필에서 발견된 것과 비슷한 한계를 보인다. 이는 당대 지배담론이 얼마나 강력한 것이었는지를 보여주는 예라고 할 수 있을 것이다.(이미정, 「1950년대 여성 교양 담론 연구: 정충량의 '여성 교양' 개념을 중심으로」, 『여성문학연구』 35, 한국여성문학학회, 2015, 323-350쪽)

4. 노천명, 미학적 여성성과 여성 교양 간의 불화

앞선 두 작가와 달리 1957년이라는 이른 시기에 세상을 떠나 식민지기와 해방기의 주요 작가로만 주로 거론되기는 하나, 노천명 또한 전후 활발히 형성되던 여성 문학 장을 논함에 있어 빠질 수 없는 인물이다.[88] 노천명은 시인으로 그 이름이 널리 알려져 있지만, 사실 노천명이 생전에 쓴 글의 수를 따져보면 시보다 수필의 비율이 더 높다. 그 때문인지 노천명은 최정희나 모윤숙에 비해 수필가로서의 인지도 또한 높은 편이다.

그러나 누구나 동의할 만한 노천명의 대표작은 자화상적인 면모가 돋보이는 시 「사슴」(『산호림』, 자가출판사, 1938)이다. 시 속 고귀한 존재로 표상되는 사슴이 느끼는 존재론적인 고독과 영영 거기서 오는 아름다움의 향취가 노천명의 미학 세계 전체를 아우른다. 노천명의 수필 또한 시에서 발견되는 그러한 미학을 담지하고 있다. 이때, 노천명의 작품세계에 있어 가장 핵심이라 할 수 있는 아름다움이라는 키워드는 수필 속에서 쉽게 여성으로 젠더화 되는 양상을 보인다. 이때 아름다움이란 최고의 미학적 가치이며 여성적인 속성을 가지는데, 수필을 통해 노천명은 여성이 아름다운 존재로서 일종의 '노블레스 오블리제'를 실천해야 한다는 입장을 보인다. 그 예로, 수필 「술의 생리」(『나의 생활백서』, 대조사, 1954)에서 노천명은 남자의 경우 술을 마셔 "마귀가 씨여"[89]도 괜찮으며 오히려 그러한 일종의 타락을 즐길 줄 알아야 한다고 말하지만, 여자는 그래선 안 된다고

---

88 전후 발간된 『한국여류문학전집』 6권(시)에 작품이 수록된 해방 전 여성 시인은 모윤숙과 노천명 뿐이다(김양선, 앞의 책, 202면). 노천명은 또한 여성 작가들 중 최초로 문학 교과서에 작품(「사슴」)이 실린 작가이기도 하다. '여성적'이고 탈이념적이라는 이유로 인해 채택된 「사슴」은 문학 교과서라는 일종의 정전에서 여성 작가들의 작품이 어떤 기준으로 선별되었는지를 보여주는 주요한 예시가 된다.(김양선, 앞의 책, 255쪽)

89 노천명, 「술의 생리」, 『나의 생활백서』, 서울신문사, 1954, 29쪽.

말한다. 왜냐하면 그것이 아름답지 않기 때문이다. 이는 여성에게 본래 아름답게 태어난 존재로서 아름다울 것을 주장하는 것이다.

그러나 이때 여성이 아름다운 존재로서 남성에게 점하는 우위란 현실적으로 볼 때 여성에게 추가되는 하나의 제약이자 완벽에 대한 강박에 지나지 않는다. 노천명이 그리는 여성성이 비판을 받을 때, 일차적으로는 그것은 여성과 아름다움 사이의 지나친 연관관계 때문이다. 이차적으로 문제가 되는 것은 여성이 지녀야 할 아름다움의 성질이다. 노천명이 생각하기에 여성이 지녀야 하는 아름다움이 어떤 것인지에 대해서는 수필 「아름다운 여인」(『나의 생활백서』, 대조사, 1954)에 확실히 드러나 있다. 해당 수필은 노천명의 작품 속 제도화된 여성성이란 어떠한 것인지, 어떤 양상을 띠는지 가장 명료하게 보여주는 텍스트이기도 하다. "'이브'의 후예가 되던 날부터 무릇 여인은 아름다운 것을 좋아하게 되었다."[90]로 시작하는 이 수필은 여성이 아름다움에 집착하는 것은 천성적인 것이니 나무랄 것이 못 되지만, 그렇다손 치더라도 외면의 아름다움이 아닌 내면의 아름다움에 신경을 써야 하리라고 한국의 여성들에게 당부하고 있다. 아름다운 미덕을 지녔던 논개와 유관순 열사와 같이 되어 조국이 찾는 바로 그 여성이 되어야 한다는 이 수필은 "가정에서—회사에서—아들이—남편이—아버지가 진실로 아름다운 대한의 어머니를 진실로 아름다운 대한의 아내를 진실로 아름다운 대한의 딸을 요청하고 있는 때다."[91]라는 구절로 끝맺는다.

「아름다운 여인」에는 노천명이 여성성을 제도화하는 방식이 드러날 뿐 아니라, 친일이라는 과오를 만회하고 수필집이 출판된 당시 강력했던 국가주의 체제에 승복하려는 노천명의 노력 또한 엿보인다. 수필에서 노

90 노천명, 「아름다운 여인」, 『나의 생활백서』, 서울신문사, 1954, 59쪽.

91 위의 글, 63쪽.

천명은 여성이 아름다움을 좇는 것은 자연스러운 일이되 그 아름다움이 외면이 아닌 내면의 아름다움이어야 할 것임을 강조한다. 수필은 여성의 외면이 아니라 내면을 긍정하되, 결국 그것이 여성의 외면적 아름다움에 대한 묘사를 통해 이루어지고 있다. 이는 여성이 갖춰야 할 내면의 아름다움이 젠더화 된 것임을, 혹은 '여성적인' 미덕임을 반증하는 것이다. 또한 이는 여성 작가의 작품을 여성의 얼굴로써 대하던 당시 남성 평론가들의 논의와도 무관하지 않다. 즉 수필이 묘사하는 내면의 아름다움이란 기존 사회가 여성에게 요구하던 미덕과 크게 다를 바가 없는데, 이 미덕을 모두 갖춘 존재로 유관순과 논개가 언급되는 것은 일제강점기 노천명이 탈이념적인 여성성을 구사하기 위해 이용했다고 지적되는 토속적 낭만성과도 관계가 있다.[92] 그 예로, 수필에서 정절을 지킨 논개와 애국 열사였던 유관순은 탈역사화됨으로써 서로 병치되며 당대의 국가주의에 부합하는 여성성을 담보한 존재가 된다. 그리고 그 여성성이란 바람직한 아내이자 어머니, 딸의 속성이다. 결국 여성이 태생적으로 아름다움을 추구하는 이유, 그 아름다움을 추구함에 있어서 바른 길을 택해야 하는 이유는 모두 국가가 그러한 여성들을 찾고 있기 때문인 것으로 귀결된다.

즉 노천명이 여성성을 제도화하는 방식이란 여성의 아름다움을 국가가 요구하는 여성상과 일치시키는 것과 다르지 않다. 그 예로, 노천명은 다른 수필에서도 사치스런 여성들의 태도를 비판하고 가난하고 소박한 여성의 외양과 삶을 긍정하고 있다. 「이기는 사람들의 얼굴」(『나의 생활백서』, 대조사, 1954)에서 작가는 "잘 차라 버틴 여편네들이 백화점에서 손쉽게 이것저것 물건을 달래 가지고 들고 나오는 것을 보면 나는 괜이 좋은 눈찌로 보아지지가 않는다."[93]고 말하며 그들을 시장에서 물건을 파는

92 김양선, 앞의 글, 146-147쪽.

93 노천명, 「이기는 사람들의 얼굴」, 『나의 생활백서』, 서울신문사, 1954, 59쪽.

'여편네'와 대비시킨다. 노천명은 후자에게서 발견되는 아름다움을 수필에서 다룬다.

> "보나마나 그들은 저 평안도나 황해도서 공산당에게 집을 빼앗기고 재물을 빼앗기고 아마 그중의 심한 사람은 남편이나 혹은 자식까지도 빼앗기고 홀몸으로 거지가 되다싶이 되어 이리로 넘어온 사람들이다. 그리고 또 지금의 그들의 처지란 남의 집 협호에 가 들어서 잘해야 방을 하나둘 빌려 살고 있을 것이 뻔하다. (…) 공산당들이 맨몸뚱이로 내쫓았으나 이들은 이것을 이기고 살아 나와 오늘 또 이렇게 명랑하고 즐겁게 살아 나간다. 이들에게는 훌륭한 내일이 반드시 또 있다. 승리자의 얼굴을 나는 이 여인들에게서 발견한다. 웃으며 즐겁게 사라가는 사람들—이들은 곧 또 이겨 나가는 사람들이다."[94]

이때 노천명이 역설하는 아름다움의 초점이 명랑한 여인들의 태도에 있다고 보는 것이 일반적이다.[95] 노천명이 역설하는 아름다움은 내면이 아름답고 삶을 명랑하게 '이겨가는' 여인들의 아름다움이라는 것이다. 그러나 그 명랑함이라는 것은 수필 속에서 공산당에 대한 저항의식을 공공연히 드러내기 위한 하나의 수단으로 기능한다. 따라서 「이기는 사람들의 얼굴」은 「아름다운 여인」과 마찬가지로 전후 국가주의에 영합해 제도화된 여성성을 드러내고 있다는 지적으로부터 자유로울 수 없다. 이들의

94 노천명, 위의 글, 63쪽.

95 예컨대 『노천명 수필 선집』의 해설을 쓴 최정아는 "장거리의 생생한 삶의 얼굴들, 여성적 활력에서 노천명은 '이기는 사람들의 얼굴'을 본다. 『산딸기』 시절부터 노천명은 여성적 미에 대해 말한 바 있지만, 이러한 여성이야말로 역사적 질곡 속에서도 진실한 삶을 증언할 '내면이 아름다운 여인'(「아름다운 여인」)인 것이다."라고 말한다.(최정아, 「'예술가-여성'의 자기 테크놀로지-노천명 수필론」, 노천명, 『노천명 수필 선집』, 지식을 만드는 지식, 2017, 229쪽.)

승리는 곧 반공주의에 기반한 남한의 승리로 의미화 되는 것이다.

사실, 노천명에게 있어 아름다움이란 근원적인 고독에서 비롯되는 것이며 그 고독을 피학적으로 즐기는 데에서 아름다움이라는 명제가 도출된다. 수필 「겨울밤의 얘기」에서 노천명은 집에 홀로 남은 겨울밤이면 돌아갈 수 없는 유년의 향수와 작고한 부모에 대한 그리움에 자기가 빠져들게 된다고 말한 뒤 자신이 그 비애와 고독을 즐기노라 고백한다.[96] 고독과 비애에서 비롯한 아름다움은 노천명 수필에 대한 공통적인 평가이기도 하다.[97] 그러한 점으로 미루어 볼 때, 노천명이 '이기는 사람들의 얼굴'에서 발견하는 아름다움이란 아낙네들의 명랑한 태도보다는 그들이 겪은 삶의 고통에 더 방점이 찍히는 것이다. 그 고통을 아름다움의 원료로 삼았기에 노천명은 여성의 아름다움을 논하며 그 고통을 '즐기면서도' 동시에 그 고통의 민낯을 마주할 수밖에 없었다. 여성이 겪는 고통이 부조리한 것에 대한 고발은 노천명의 유작 「여성(女聲)」(1956.10, 『사슴과 고독의 대화』, 서문당, 1973)에 드러난다.

> 일찌기 난설헌이 삼한의 하나로서 여자로 태어난 것을 들었거니와 수백년을 경과한 오늘, 사인교 속에서 나와 다리 팔을 적나라히 드러내 놓고 대로가상을 활보하는 마당에 있어서도 이 한은 아직도 가시지 못한 것 같다. 한이라고 하는 데 있어서는 확실히 억울하다는 얘기가 들어 있는 법인데 이제 와 가지고 우리나라에서 여자가 돼서 억울하다고 한다면 혹자는 말할 것이다.
>
> '여자된 한이 뭣 때문에 있는 거냐. 아, 대학의 총장이 못 되느냐, 장관이 못 되느냐, 국회의원이 못 되느냐, 단체의 최고 위원에가 못 끼느냐, 여자

96 노천명, 「겨울밤의 얘기」, 『산딸기』, 범우사, 2008, 124-126쪽.

97 한상렬, 『통시적으로 본 한국수필문학사』, 수필과 비평사, 2014, 240쪽.

판사니 변호사가 없느냐, 바야흐로 황금시대가 아닌가'고.

그러나 실제에 있어서 이것은 민주 대한의 쇼우윈도우에 있는 샘플에 지나지 않는 것이고, 안에 들어가서 볼 때 이렇게 광이 나서 떠들려진 여성의 수효란 천오백만에서 한 줌도 못 되는 것이다. 왜 샘플만 있느냐, 그럼 원료 부족으로 생산이 안 되는 거 아니냐 할는지 모르겠으나 이렇게 만일 보는 분이 있다면 이는 편견의 하나일 것이다. 그 이유로는 나는 실로 도처에서 그 실력이 남자를 능가하는 여성들을 많이 보는 때문이다. 민의원 자리에 가서 빛날 여성쯤은 부지기수라 하고 외무 장관 자리에 갔다 앉혀도, 문교 장관을 시켜도, 사회부 장관을 해도 남성들에게 못지않을 인물들을 나는 본다. 이런 실제에 반하여 우리나라에는 여자 도지사 하나 아직 내 본 일 없고, 시장 하나도 내 보지 못했다. 겨우 개척이 좀 돼 나가는 지역이 교육계라고 하겠는데, 남자가 무색할 정도로 여교장들이 얼마나 잘해 나가고 있는가 하는 데에는 다툴 사람도 없을 줄 안다. 그러나 여기 뽑힌 분이란 또 몇 분이 안 된다. 초등학교 훈도 노릇을 20여 년 하는 내 보통학교 동창생은 언제 만나서 물어보나 평교원으로 늘어붙어 있다는 따분한 얘기고, 십여 년을 언론계에서 돌아 먹어야 여자는 부장 하나 얻어 하는 것을 구경하지 못했다. 그 방면에 이름 석 자도 못 들어 보던 생뚱한 사람이라도, 오로지 남자라는 데서 그를 책임자로 시킬지언정 여자에게는 어떤 권한도 주지 않는 것이 이 사회의 상식이요, 통폐인 것이다.

(…)

남편이 아무리 잘된다 해도 그 아내에게 주어지는 혜택이란 별것이 없다. 그 비근한 예로는 남학교에서 가르친 선생님들은 그 제자들이 잘되면 어려운 은사에게 집 한 간이라도 마련해주는 일이 있고, 남자지간에는 친구가 잘되면 사업에 도움을 받는 면도 적지 않건만, 이것이 여성인 경우에는 하등 이러한 반영을 볼 수가 없는 것이다. 그래서 이래저래 자고로 어버이들은 딸을 낳으면 섭섭하다고 하셨던 모양이며, 이 섭섭함은 오늘도 그대로

> 놓여 있다. 이 나라 남성들의 인색함 · 완고함 그 시멘트같이 굳어진 여성 무능력 시 및 멸시의 관념은 어느 세월에나 청산이 될 것인지… 남성보다 난 시원스런 여성들, 또 머리가 휙휙 돌아가고 능한 여성들을 볼 때마다 나는 말대답 하나를 변변히 못해 가지고 걸핏하면 상부의 명령이라고나 해서 자리값도 못치르는 사람들과 좀 대체를 시켜 보았으면… 하는 생각이 간절하다.[98]

위 수필의 논의는 「아름다운 여인」에 드러난 것과는 다소 상반되며, 낭만적 사랑을 거쳐 결혼과 가정으로 귀결되어야 했던 당대 이상적인 여성상[99]을 전면 부정하는 것과도 다르지 않다. 사실 「아름다운 여인」에서도 그 내부에 비슷한 모순이 존재한다고 할 것인데, 여성들이 선악과를 먹은 이브의 후예로 호명됨으로써 유관순과 논개를 통해 역설된 '진정한' 국가주의적 아름다움의 본질이 사실상 모호해지는 효과가 발생하는 것이다. 이브와 유관순, 논개가 공유하는 공통 자질이란 사실상 신, 혹은 임진왜란기 그리고 일제강점기 일본이 요구하던 것과 불일치하던 그들의 자의식이기 때문이다. 「여성」은 바로 그 자의식을 직설적으로 고백함으로써 「아름다운 여인」과 대비되는 것이다.

「여성」은 또한 노천명의 작품 세계에 대한 기존의 평가, 즉 연약하고 탈현실적이며 그런 의미에서 여성적이라는 여류 시인으로서의 평가[100]의

98 노천명, 「여성」, 노천명, 최정아 엮음, 『노천명 수필 선집』, 지식을 만드는 지식, 2017, 180-183쪽.

99 전후 국가 재건 담론이 구사한 젠더 규범은 여성지와 대중연애서사에서 활발히 재현되던 낭만적 사랑을 통해 여성들에게 유포되고 내면화되었는데, 낭만적 사랑은 "연애+결혼=행복"이라는 도식을 통해 여성들이 자발적으로 가정으로 향하게 하였다.(송경란, 「『여원』에 나타난 전후 연애담론 양상 고찰」, 『한국어와 문화』 15, 숙명여자대학교 한국어문화연구소, 2015, 271-294쪽.)

100 "그(노천명)의 생래적인 단순한 성격과 고독벽은 현실에의 적응을 몰랐고, 따라서 현실의 탁류를 버텨낼 마음의 여유를 지니지 못하였었다. 다만, 가는 백금선 같은 격정

반례가 되기도 한다. 노천명을 비롯한 제2기 여성 작가들에게 기대되고 그들이 의도적으로 그들의 작품을 통해 제도화하였던 여성성은 생래적인 여성적 자질과 관련이 있는 것으로 여겨졌고, 그런 의미에서 노천명의 작품에 두드러진 고독과 비애 또한 작가가 천성적으로 가지고 태어난 여성성의 소산처럼 말해져왔다. 그러나 「여성」은 역설적으로 그러한 고독과 비애가 여성성을 제도화함으로써 비로소 여성 작가가 문단에 진입할 수 있었던 당대 사회 현실에 의해 발생한 것일 수도 있음을 보여주고 있다.

이러한 모순은 노천명이 아름다운 여성을 소환하는 방식으로 전후 국가 재건 담론의 요구에 맞추어 여성성을 제도화했으나, 그것이 필연적인 붕괴지점을 내재할 수밖에 없었던 것임을 보여준다. 이는 결국 전후 활발히 유포되던 여성 교양과 노천명이 이상화한 여성미가 완벽하게 합치될 수 없음을 고백하는 것이며, 당대 젠더 규범에 대한 저항성을 발견할 수 있다면 바로 그 어긋남의 지점에서 그러할 것이다.

5. 나가며

본고에서는 최정희, 모윤숙, 노천명 세 작가의 전후 수필집을 통해 그들이 여성성을 제도화한 방식이 어떤 것이었는지, 어떤 균열 혹은 모순지점이 발견되는지 살펴보았다. 세 작가의 수필집을 살펴볼 때, 여성을 키워드로 삼은 수필이 다수 눈에 띄었다(최정희, 「여자 된 자랑」, 노천명, 「여성」 등). 또한 그들의 수필 속 제도화된 여성성의 양상을 볼 때, 최정희의 경우 여성을 남성의 조력자이자 아내, 어머니로 삼아 가정을 일구며 오지 않는

의 꿈만으로 운명의 물굽이에 휩싸이고 말았던 것이다."(조지훈, 『한국문화사서설』 7, 나남출판, 1996, 414쪽.)

남성을 기다리게끔 하였고, 모윤숙은 남성의 추종자이자 동반자로서 국가 재건에 이바지하는 여성을 제시하였다. 그리고 노천명은 남성 중심의 국가와 제도가 제시하는 아름다운 여성상을 미학화 하였다.

그러나 그들의 시도는 일관된 양상을 띠기보다는 균열된 모습을 보인다. 이는 당시의 젠더 규범에 편승하여 문단에서 활동해야 했던 여성 작가들의 여성적 글쓰기가 분열된 양상을 띨 수밖에 없음을 반증한다. 그 예로 최정희의 경우 모성이라는 제재를 통해 작가로서의 페르소나를 가면적으로 구성하는 양상을 보였고, 전후 국가 담론이 소환하던 교양 있는 주부를 이상화하면서도 그것이 환상이며 만들어진 이미지임을 수필집 내부의 균열을 통해 드러내었다. 다만 최정희는 여성을 반드시 주부가 될 존재로 상정하며 여성들이 생활의 괴로움마저도 기쁨 혹은 기회로 받아들여 거기에 적응하는 수밖엔 없다는 논리를 펼쳤다. 그럼으로써 당시 여성 독자들로 하여금 젠더 규범을 활발히 내면화 하게끔 하였으며, 그것은 결국 문학 장 내 여성성이 제도화되는 방식을 그대로 답습하는 것이었다. 그럼에도 분명히 드러나는 균열의 지점은 작가의 진정한 저의가 무엇인지를 고민하게 하며 당대 담론에 온전히 포섭되지 못한 여성 욕망의 존재를 암시한다.

모윤숙은 이상적인 남성 지도자에 대한 동경과 경쟁심을 동시에 드러내며 수동적인 계몽 대상으로서의 여성을 제시하면서도 그것을 중화하였다. 계몽의 주체가 되고자 하는 작가의 욕망은 남성성을 경유하며 분열되는 여성성의 혼돈으로 나타났다. 그 일환으로 모윤숙은 재건 주체로서의 남성을 호명하였는데, 이 호명은 여성을 계도하는 남성이라는 성별 구도를 반전하는 것이지만 결국 당시의 가부장적 국가 재건 담론에 충실히 부응하는 형태를 띠며 아들을 국가에 바치는 기존의 어머니상을 강화하는 데에 이용되었다. 나아가 모윤숙의 수필은 당시의 아메리카니즘을 적극적으로 수용하고 있었다. 비록 기존의 지배담론을 그대로 답습하며 여성의 능동성이 당시 국가 재건 담론에 부합하는 방식을 통해서만 검증 가능한 것으로 제도화된 한계가 있지만, 그럼에도 남성과 동등하거나 오히려 그를 지도하는 재건의 주체로서 여성을 호명하고 다른 여성들을 적극 계몽할 것을 당부하는 모윤숙의 시도는 분명 의미 있는 것이었다.

마지막으로 노천명은 여성의 아름다움을 당시 국가 재건 담론이 요구하던 겸소함과 명랑함으로 제시하며 남성 주체가 지닐 수 없는 아름다움의 소유자로 여성을 제시하였다. 그러나 이때 요구되는 여성의 아름다운 내면은 아름다운 외양에 대한 묘사를 통해 전달되었기에 아름다움의 성질은 분열되는 양상을 보였다. 또한 아름다운 존재로 타고난 여성의 고독과 고결함은 당대 여성에게 가해지던 제약과 궤를 같이 함으로써 당대 여성에게 억압적인 기제로 작동하였다. 노천명의 수필에서는 그러한 억압과 함께 그에 대한 부당함을 토로하는 목소리가 동시에 발견됨으로써, 제도화된 여성성이 필연적으로 그 내부에 모순을 안고 있을 수밖에 없음을 보여주었다.

최정희와 모윤숙, 노천명 세 작가의 전후 수필에서 드러나는 제도화된 여성성은 반공주의와 국가 재건 담론과 긴밀히 결합하며 친일 혐의로부터 벗어나려는 작가들의 의도를 반영한 것이기도 했다. 이때 일본의 군국주의와 전시 · 전후의 반공적 국가주의가 요구하는 여성성이 남성들을 보조하는 어머니이자 아내로 서로 크게 다르지만은 않았다는 점은 국가주의가 호명하는 여성성이 정형화된 것임을 증명한다. 동시에 그것은 여성 문학 장을 구성하려던 제2기 여성 작가들의 시도가 어떻게 전후에까지 유지되며 성공할 수 있었는지를 보여주는 것이기도 하다.

또한 특별히 여성 독자를 상정하여 교훈 혹은 훈계를 수행하는 세 작가의 수필에서는 당시 활발히 이루어지던 문학 장의 규범화에 편승함으로써 여성 문학 장을 형성하고 그 안에서 권위를 얻고자 하는 작가의 욕망이 드러나는데, 이는 전후 활발히 유포되던 여성 교양의 성질이 어떠한 것이었는지 보여주는 것이다. 최정희의 예에서 드러나듯 여성 교양이란 여성을 가정에 종속시키는 데 일조한 것이었고, 이러한 여성 교양이 제2기 여성 작가들의 전후 수필집에서 적잖이 발견되었다. 이는 제2기 여성 작가들을 중심으로 한 기존의 여성 문학이 남성 보편 문학의 타자화를 적극적으로 수행함으로써 구성되었다는 비판적 시각[101]을 뒷받침하는 것이다.

따라서 제2기 여성 작가들을 시작으로 하여 창출된 여성 문학의 계보 자체에 질문을 던지는 작업은 분명 중요하지만, 동시에 그들에 의해 적극적으로 제도화된 여성성 내부의 모순과 균열을 발견하는 작업 또한 요청된다. 주지하다시피 여성 문학 장은 남성 위주의 문학 장과 협상하고 경합하면서 자기 테두리를 형성하였는데,[102] 이때의 경합이 이미 협상의 과정에 내재되었다고 상정할 경우 문학 장 내의 권력관계를 더욱 다면적으로 읽을 가능성이 제시되기 때문이다. 그 예로, 여성 교양을 전달하는 텍스트에서도 여러 불일치와 전복의 지점이 있는 것을 본고에서는 확인할 수 있었다. 전후 문학 장이 전후의 국가 담론과 무관하지 않았던 바, 이러한 균열의 가능성은 결국 전후 젠더 규범과 여성 문학의 관계를 고찰하는 데까지 확대되어 적용될 수 있을 것이다.

본고에서는 최정희와 모윤숙, 노천명이라는 세 작가의 수필을 통해 전후 여성 문학 장에 얽힌 복잡다단한 권력관계를 더듬어 보았다. 한국 문학 장 내에서 수필이라는 장르는 오랫동안 주변화되었으며 그것이 고백의 양식을 띤다는 점에서 특별히 여성 작가에게 적합한 것으로 요구되었다. 그러나 본고에서 살펴본 세 작가들은 수필을 통해 여성성을 제도화하면서도 그에 부합하지 않는 욕망을 그 이면에 드러냄으로써 당대 지배담론의 틈을 현시하였다. 식민지기에서부터 이어진 최정희와 모윤숙, 노천

101 김양선, 앞의 책, 30-32면 참조.

102 김양선, 앞의 책, 65면 참조.

명의 행보를 생각할 때 이를 적극적인 저항으로 의미화하기란 어려운 일일 수 있다. 그러나 수필 속 돌출되는 지점들은 그들이 작가로서 지녔던 욕망이 전후 여성성에 대한 국가 재건 담론의 요구와 여성 문학에 대한 문학장의 요구에 완전히 부합하고 합치될 수 없었음을 보여주는 증거가 되며, 이 균열은 그 자체로 당대 지배담론의 억압성에 대한 하나의 폭로가 된다.

● 참고문헌

1. 기본 자료
최정희, 『젊은 날의 증언』, 육문사, 1955.
______, 「나의 문학생활 자서」, 『백민』, 1948.4
모윤숙, 『포도원, 내가본世上』, 일문서관, 1962.
______, 「육군 중위 c에게」, 『문예』, 1950.7.
노천명, 『나의 생활백서』, 서울신문사, 1954,
______, 『산딸기』, 범우사, 2008.
______, 최정아 엮음, 『노천명 수필 선집』, 지식을 만드는 지식, 2017.

2. 논문 및 단행본
김양선, 『한국 근·현대 여성 문학 장의 형성』, 소명출판, 2012.
김윤경, 「1950년대 미국문명의 인식과 교양여성 담론—여성 독자의 글쓰기를 중심으로」, 『여성문학연구』 27, 여성문학연구회, 2012, 107-136쪽.
김진희·송경란, 『여성, 산문 살롱』, 소명출판, 2017.
송경란, 「『여원』에 나타난 전후 연애담론 양상 고찰」, 『한국어와 문화』 15, 숙명여자대학교 한국어문화연구소, 2015, 271-294쪽.
송영순, 「모윤숙의 시에 나타난 전쟁과 여성 의식」, 『여성문학연구』 10, 한국여성문학학회, 2003, 7-31쪽.
심진경, 『여성과 문학의 탄생』, 자음과모음, 2015.
안성근, 「노천명 연구」, 호남대학교 대학원 석사학위논문, 2010.
이미정, 「1950년대 여성 교양 담론 연구: 정충량의 '여성 교양' 개념을 중심으로」, 『여성문학연구』 35, 한국여성문학학회, 2015, 323-350쪽.
이상경, 『임순득, 대안적 여성 주체를 향하여』, 소명출판, 2009.
이지영, 『1960년대 대중연애소설의 젠더 패러디 연구』, 이화여자대학교대학원 박사학위논문, 2014.
이현복, 「노천명(盧天命)의 인간과 문학—그의 수필을 중심으로」, 『겨레어문학』 8, 겨레어문학회, 1983.
정기인, 「이광수와 모윤숙—이광수를 '극복'하는 방법으로서의 모윤숙의 『렌의 애가』」, 『춘원연구학보』 16, 2019, 147-182쪽.
조연현, 『한국현대문학사』, 인간사, 1961.
______, 『한국현대작가연구』, 세문사, 1981.
조지훈, 『한국문화사서설』 7, 나남출판, 1996.
표유진, 「1950년대 소설의 여성 표상 전유와 몸 연구: 정연희, 한말숙, 강신재를 중심으로」, 이화여자대학교대학원 석사학위논문, 2020.
한상렬, 『통시적으로 본 한국수필문학사』, 수필과 비평사, 2014.

미셸 푸코, 『성의 역사 1』, 이규현 옮김, 나남, 2020.
미셸 푸코, 『감시와 처벌—감옥의 탄생』, 오생근 옮김, 나남, 2017.

3. 기타 자료

곽종원, 「광복 18과 한국의 여류들 문단①」, 『조선일보』, 1963.8.14.
곽종원, 「상반기작단총평」, 『조선일보』, 1954.8.23.
손우성, 「휴우매니즘의 발족 上」, 『조선일보』, 1955.7.7.
임순득, 「여류작가의 지위」, 『조선일보』, 1937.7.4.
정창범, 「여류문학의 경우」, 『현대문학』, 1969.5.
최정희, 「여자 된 슬픔」, 『여성』, 1939.2.

6장

(불)가능한 증언과 재현의 젠더*

—손소희 소설에 나타난 '죽음'의 초점화를 중심으로

이지연

1. 불안을 말하는 이면(裏面)의 목소리들

작가 손소희(1917~1987)는 1946년 등단 직전 '小伊'라는 필명으로 『신세대』 창간호에 글 한 편을 싣는다. 「피난민 열차기」라는 제목의 이 수기는 만주에서 조선의 국경을 넘어 서울로 돌아오는 열차 안의 풍경을 (피)난민의 시선으로 상세하게 묘사한다. 해방 직후 국경 외부에 있던 조선인들은 앞다투어 고국으로 돌아왔지만, 천신만고 끝에 도착한 조선의 풍경은 그들이 상상했던 '고향'의 모습이 아니었다. 삶의 기반이 전무한 상황에서 그들은 극심한 빈곤과 생존의 위기를 맞닥뜨리게 된다. "공연이왓지, 큰일낫서 어써케할까? 글세어써케 할까"[1]를 중얼거리는 이주자의 내면에서 손소희는 "큰불덩어리"로 가슴에 내려앉는 생활고의 무게를 발견한다. 그것은 꿈에 그리던 고국으로 돌아왔다는 감격이나 기쁨과는 거리가 먼 좌절과 불안의 감정이었다. 즉 손소희의 관심은 조국으로의 '귀환'이

---

* 이 논문은 2021년 1월 27일 이화어문학회 학문후속세대 콜로키움에서 발표한 논문을 수정, 보완하여 『이화어문논집』 53(2021)에 실린 글을 재수록한 것이다.

1 小伊(손소희), 「避難民列車記」, 『신세대』, 1946.3, 117쪽.

갖는 당위보다는 그것으로 미처 설명할 수 없는 이주자들의 내면 풍경에 있었던 것이다.[2] 훗날 「피난민 열차기」를 술회하는 글에서 그는 다음과 같이 말하기도 한다. "귀국민 또는 귀향민 하면 거기에는 그 당시의 그 사람들이 겪은 무진한 고통의 사연과 불안도 (…) 내포되어 있지를 않다. 다만 피란민이라는 낱말만이 그 모든 수난의 상황과 그 많은 사람들의 (…) 대변자 구실까지를 해내는 아주 적절한 명사라고 생각한다."[3]

이 글은 손소희의 소설이 바로 "그 많은 사람들"의 다종다양한 내면을 "대변"하고자 했다는 문제의식에서 출발하였다. 이는 남성 문학의 타자항으로서 '여성 문학' 혹은 여성 작가의 글쓰기를 단일한 것으로 범주화하는 접근 방식에 대한 문제 제기이기도 하다. 그러한 관점에서 손소희 소설은 당대의 평론가들에게 "'여류작가'로서는 흔치 않다"[4]는 평가를 받는 한편, 1990년을 전후로 제출되기 시작한 여성주의적 연구들에서도 줄곧 비판의 대상이 되어 왔다. 그 이유는 주로 여성의 주체적인 현실 극복 의지나 대결 의식이 소설에 드러나지 않는다는 점에 집중되었는데, 이를테면 여성 인물의 "타자화된 삶의 방식"[5]이나 "여성 의식 표출의 한계",[6]

2 해방기 대규모 인구의 지리적 이동을 조국으로의 '귀환'이라는 개념으로 설명하려는 시도에는 민족 혹은 국민국가라는 선험적 전제가 자리 잡고 있다. 이종호(2009)는 그러한 민족 혹은 국민국가 건설의 기획에 포섭할 수 없는 다층적인 양상이 이 시기 해외 조선인들의 한반도 이주에서 발견되고 있음을 적절하게 지적한다. 따라서 그들의 '이동성'은 다양한 가능성과 잠재력이라는 차원에서 접근되어야 한다는 것이다. (이종호, 「해방기 이동의 정치학」, 『한국문학연구』 36, 동국대학교 한국문학연구소, 2009, 329-334쪽 참고.) 본고는 손소희 역시 그들의 다층성을 '귀국'이나 '귀향'이라는 일관된 기표로 환원하지 않으려 했음에 착안하여, 그러한 시도가 향후 작품세계에서도 비균질적이고 비일관적인 인물들의 내면을 묘파하는 창작 동기로 작용하고 있다는 점을 주목하고자 하였다.

3 손소희, 『한국문단인간사』, 행림출판사, 1980, 16-17쪽.

4 김양수, 「大陸의 情念과 現實直視-孫素熙文學論」, 『월간문학』, 1985.1, 169-186쪽.

5 김해옥, 「손소희론-현실과 낭만적 환상 사이에서의 길찾기」, 『현대문학의 연구』 8, 한국문학연구학회, 1997, 75-110쪽.

6 강소연, 「1950년대 여성 소설 연구-손소희, 한무숙, 한말숙 작품의 여성 의식을 중심

"주체성의 혼돈"[7] 등을 지적하고 있는 연구들이 그러하다. 이들은 개별 작품의 완성도에 대해서는 조금씩 다른 입장을 보이지만 '수동적인' 여성상을 그리고 있는 손소희 소설이 결국 "여권론적 관점의 퇴색"[8]을 보여준다는 정영자(1989)의 의견에 대체로 동의하는 듯하다.

그러나 위와 같은 비판들은 '여성 작가'의 문학이 도달해야 할 어떤 일관된 지향점을 평가의 기준으로 상정하는바, 그러한 기준에 맞지 않는 소설을 여성 의식의 미달태로 간주하며 본격적인 연구 대상에서 배제해 버린다는 한계를 노정하게 된다. 상술한 것처럼 손소희 소설에 나타나는 여성들의 삶의 양태는 고정된 의미의 '본질'로 수렴되지 않는다. 그들은 적극적으로 체제에 복무하며 살아남는 것을 목표로 삼기도 하고, 가정으로부터 도피를 시도하나 결국 복귀하기도 하며, 남성의 억압과 폭력에 못 이겨 죽음에 이르기도 한다. 이러한 행위가 가부장제 이데올로기에 대한 수동적인 '패배'라는 앞선 비판들은 일견 타당한 지적일지 모른다. 그러나 중요한 것은 그들의 패배가 남긴 어떤 수상쩍은 균열이다. 그 이면(裏面)에는 남성 중심적인 역사에 끊임없이 틈입하며 매끄러운 서사의 완결을 한없이 지연시키는, 갈등과 분열의 목소리들이 잠재되어 있기 때문이다. 말하자면 '여성(들)'의 목소리를 일관된 것이 아닌 다층적이고 혼성적인 혼합물로 간주할 때, 표층 서사의 메시지와 착종되어 나타나는 손소희 소설의 페미니즘적 의미와 비로소 대면할 수 있을 것이다.[9]

으로」, 이화여자대학교 석사학위논문, 1999, 35쪽.

7 조미숙, 「손소희 초기소설 연구」, 『한국문예비평연구』 26, 한국현대문학비평학회, 2008, 109-133쪽.

8 정영자, 「손소희 소설연구-속죄의식과 죽음을 통한 여성적 삶을 중심으로」, 『睡蓮語文論集』 16, 부산여자대학교 국어교육학과 수련어문학회, 1989, 1-19쪽.

9 2000년대 이후의 손소희 연구사는 앞선 비판들을 반박하며 손소희 소설의 문학사적 의미를 적극적으로 모색하고자 하였다. 손소희를 단독으로 다룬 두 편의 학위논문(이지영, 「손소희 소설의 결말구조 연구」, 이화여자대학교 석사학위논문, 2004; 김희림, 「손소희 소설의 여성 의식과 서술전략 연구」, 고려대학교 석사학위논문, 2013)을 포함하

이와 관련하여 신수정의 다음과 같은 지적은 주목을 요한다. "손소희의 소설은 표면적 서사와 심층적 서사의 모순, 그 '어긋남'의 무의식적 발로에 주목할 필요가 있다."[10] 그는 중편 「그날의 햇빛은」과 장편 『태양의 계곡』을 분석하면서, 남성 권력의 호명에 대한 여성들의 '불완전한' 복종의 형태에 천착한다. 그것은 표면적으로는 복종의 양상을 띠지만 표층 서사의 너머에서 불복종의 함의를 남기며 권력 체계를 교란한다. 즉 서사 표면과 이면의 '어긋남'은 작품의 표층 서사에서 '말해지지 않은' 혹은 '말해질 수 없었던' 것들을 적극적으로 탐색해야 하는 이유를, 그 이면의 정치적 힘을 다시금 상기시켜 준다. 본고는 이 점에 충분히 공감하며 손소희 소설에 감춰져 있는 '불안'의 흔적을 따라가 보고자 한다. 불안을 토로하는 여성들의 목소리는, 가부장제 이데올로기의 견고한 벽을 손쉽게 폭파하거나 뛰어넘을 수 없는 현실적 상황에서, 그 내부에 미세한 균열을 기입하는 방식으로 권력의 서사가 사실은 미완임을 폭로하는 일종의 전략일 수 있기 때문이다.

그렇다면 그러한 이면의 목소리들에 어떻게 귀 기울일 것인가? '서발턴(subaltern)'[11]에 대한 재현방식을 되묻는 가야트리 스피박(G. Spivak)의 문

여 주로 해방기나 1950년대 작품들, 또는 장편 소설 『남풍』을 다룬 연구들에서 그러한 노력이 발견된다. 그러나 주로 몇 편의 대표작이나 해방기 소설에 집중되어 있어 더 다양한 작품의 발굴이 필요한 실정이다. 본고의 주제와 관련해서는 다음과 같은 연구들을 참고할 수 있다. 서세림, 「사랑과 정치의 길항관계－손소희의 『南風』 연구」, 『순천향 인문과학논총』 35, 순천향대학교 인문학연구소, 2016, 5-28쪽; 이민영, 「발화하는 여성들과 국민 되기의 서사－지하련의 「도정」과 손소희의 「도피」를 중심으로」, 『한국근대문학연구』 17, 한국근대문학회, 2016, 263-294쪽; 신수정, 「마녀와 히스테리 환자－손소희 소설에서 여성의 욕망과 가부장제의 균열」, 『현대소설연구』 66, 한국현대소설학회, 2017, 235-270쪽; 서승희, 「손소희와 해방－해방기 여성 귀환자의 소설 쓰기와 민족 담론」, 『구보학보』 19, 구보학회, 2018, 149-177쪽; 오태영, 「전후 여성의 이동과 (반)사회적 공간의 형성－정비석의 『자유부인』과 손소희의 『태양의 계곡』을 중심으로」, 『현대문학의 연구』, 한국문학연구학회, 2020, 63-97쪽.

10 신수정, 위의 글, 242쪽.

제 제기가 유효해지는 것은 바로 이 지점이다. 스피박은 탈식민주의적 관점에서 '젠더화된' 서발턴인 소위 제3세계 여성들이 현재에도 "불충분하게 재현되고 있거나 불충분하게만 재현될 수 있"[12]다고 주장한다. 그들의 목소리를 온전히 재현할 수 있는 언어는 지배 이데올로기의 자장 속에 존재하지 않기 때문이다.[13] 따라서 이들을 손쉽게 저항적인 '주체'로 재현하려는 서구 엘리트들의 이론적 시도는 인식론적 폭력에 불과하다. 서발턴의 침묵을 구원하겠다는 지식인 주체들의 섣부른 시도하에서, 서발턴 여성들은 "복화술"[14]의 형태로만 말하게 된다. 즉 "서발턴은 말할 수 있는가?"라는 스피박의 회의적인 질문은 젠더화된 이데올로기의 그물망 바깥에 늘 잔여로 남는 서발턴 집단의 이질성을 겨냥하는 것이다. 그것은 결코 '주체성'으로 환원될 수 없기에 늘 이데올로기의 언어를 초과하는 주변부에 머물러 있다. 비평가의 책무는 바로 이 '주변부'에 대한 관심을 지속시킴으로써 그곳에서 솟아나는 서발턴의 목소리를 듣는 일이다.

---

11 스피박은 안토니오 그람시(Antonio Gramsci)로부터 출발한 '서발턴' 개념을 전유하여 발화의 권리와 공간을 빼앗긴 '제3세계' 여성들의 종속적인 위치에 대해 말한다. 스피박에게 '서발턴'이란 특정 집단을 지칭하지 않는 유동적인 개념이며, 이데올로기적으로 재현할 수 없는 특수한 주변성을 모두 포괄하는 용어이다. 그가 하라쉼과의 대담에서 남긴 말은 이러한 실명을 보충한다. "제가 '하위주체'라는 말을 좋아하는 데는 하나의 이유가 있지요. 그건 정말로 상황에 따라 변합니다. (…) 저는 이 용어가 마음에 듭니다. 이론적인 엄밀함이 없기 때문이지요."(가야트리 스피박, 『스피박의 대담』, 새라 하라쉼 편집, 이경순 옮김, 갈무리, 2006, 318쪽.)

12 가야트리 스피박, 「서발턴은 말할 수 있는가?」, 가야트리 스피박 외, 『서발턴은 말할 수 있는가?』, 태혜숙 옮김, 그린비, 2013, 42쪽.

13 제국의 식민 담론과 식민지의 민족적 저항 담론 모두에서, 남성 중심의 '젠더화된' 이데올로기에 의해 여성들의 진정한 목소리는 전유당하거나 소거되어 왔다. 스피박은 과부의 화살(火殺)을 둘러싼 영국 제국주의자들과 인도의 토착 민족주의자들의 대립을 그 사례로 든다. 가부장제와 제국주의는 서로 대립하는 듯 공모하며 당사자인 여성들에게 '제3세계 여성'이라는 환원적인 기표를 부과하였다. 그 가운데 여성(들)의 목소리는 어디에서도 발견되지 않는다. (가야트리 스피박, 『포스트식민 이성 비판』, 태혜숙·박미선 옮김, 갈무리, 2005, 420-422쪽.)

14 가야트리 스피박, 앞의 책, 2013, 58쪽.

그리하여 스피박은 텍스트의 "결을 거슬러 읽는 독법"[15]을 제안한다. 그것은 재현의 실패, 즉 '불가능성'에 주목함으로써 서발턴의 목소리에 귀 기울이려는 윤리적 태도를 포함한다. 문제는 "누가 서발턴인가"를 가려내는 것이 아니라 그를 '말 없는' 서발턴으로 구성해낸 텍스트의 담론적 구조 자체를 문제 삼는 데에 있다. 그리고 그 내부에서 서발턴이 "어떻게 재현되(지 않)는가"를 비판적으로 되물을 때, 다시 말해 그들을 섣불리 어떤 본질로 '설명'하려는 환원적 태도를 경계하면서 불가능한 주변성에 주목할 때, 비로소 서발턴과의 개별적인 조우가 가능해진다는 것이다.[16] 본고가 손소희 소설의 이면(裏面)을 살피며 스피박의 독법을 적용하고자 하는 이유도 여기에 있다. 텍스트의 표층 서사가 여성의 '패배'를 말할 때, 폭력적인 남성 중심의 담론 구조가 여성의 말을 빼앗고 서발턴으로 만드는 그러한 과정을 되짚어가며 여성 재현방식 자체의 젠더화된 구조를 되물음으로써, 그 가운데 재현 불가능한 '주변'의 목소리를 찾아낼 필요가 있다고 판단했기 때문이다.

그런데 여기에 한 가지 더 경유해야 할 문제가 있다. 서사 텍스트가 작가의 서술 행위를 통해 독자에게 매개되는 것이라고 할 때, 텍스트의 재현방식 혹은 그 의미화의 구조는 무엇으로 도출해야 하는가? 제라르 즈네뜨(G. Genette)가 소설의 '시점(point of view)'에 대해 던진 의문은 이에 일정한 대답을 제공한다. 즈네뜨에 따르면 모든 서사는 특정한 관점에서 "서술된 담론"[17]이기에, 서사 분석에서 누가 사건 혹은 대상을 '보고' 그

15 가야트리 스피박, 『다른 세상에서』, 태혜숙 옮김, 도서출판 여이연, 2008, 432쪽.

16 설명한다는 것은 근본적으로 어떤 중심-주체를 전제하는 행위, 즉 "근본적으로 이질적인 것들의 가능성을 배제"하는 것이기 때문이다. (위의 책, 220쪽.) 스피박은 페미니즘 비평에서 '우리의 정치'를 구성하는 방법으로 '주변성'에 대한 지속적인 관심을 들고 있다. 따라서 그는 "특정 설명에서 금지되어 있는 주변에 거주하는 것이 바로 그 설명의 특별한 정치를 구체화한다"는 점을 강조하며 텍스트의 권위를 의문시하는 해체론적 입장에 선다.

것을 누가 '말하는가'의 문제는 중요한 위치를 점할 수밖에 없다.[18] 그러나 서술자 중심으로 전개되었던 기존의 시점 이론은 분명히 구별되는 이 두 가지 행위를 혼동한다. 이 점을 비판하며 서술자의 시점 대신 인물의 '관점(perspective)'이라는 차원에서 즈네뜨가 도입한 개념이 바로 초점화(focalization)이다.

초점화는 작품을 구성하는 서술 방식인 동시에 작가가 독자에게 제시하는 세계 인식의 태도이기도 하다.[19] 서사 텍스트에 반영될 세계의 부분, 즉 "무엇을 '보고' 서술을 통해 '말할' 것인가?"라는 문제와 밀접하게 관련되어 있기 때문이다. 즉 같은 소재라도 소설 속에서 선택된 초점 인물[20]이 누구이며 그가 서술자와 어느 정도의 거리를 두고 있는지에 따라 전혀 다른 방식으로 의미화될 수 있다. 따라서 초점화 양상의 분석은 작품의 의미 구조와 그것에 내포된 서사 전략을 파악하는 데 효과적인 통로가 된다. 또한 초점화는 '보는 자'(관점의 주체, 초점 인물)와 '말하는 자'(음성(voice)의 주체, 서술자)가 지닌 정보량의 차이에 따라 제로 초점화, 내적 초점화, 외적 초점화 등의 양상으로 나타나는데,[21] 서로 엄격하게 구별되지

17 제라르 즈네뜨, 『서사담론』, 권택영 옮김, 교보문고, 1992, 18쪽.

18 권택영, 「서사론과 서사형식: 즈네트와 메타픽션」, 『미국학논집』 41, 한국아메리카학회, 2009, 43-44쪽.

19 선주원, 「내적 초점화와 작중인물의 자기인식 관련성 연구－안회남의 신변소설을 중심으로」, 『청람어문교육』 32, 청람어문교육학회, 2005, 366쪽.

20 즈네뜨는 『서사담론』에서 서술자와 구분되는 초점화의 대상을 '등장인물', '주인공', '초점자', '초점 등장인물' 등으로 다양하게 지칭하고 있다. 본고에서는 초점화의 대상이 '말하는 자'가 아닌 관점의 주체로서 '보는 자'라는 점에 착안하여, 일반적으로 쓰이는 '초점화자' 대신 '초점 인물'이라는 명칭을 사용하기로 한다.

21 즈네뜨는 초점화의 분류를 크게 세 가지로 나누어 제시한다. 서술자의 정보량이 등장인물을 능가하는 경우 제로 초점화(비초점 서술)이고, 서술자가 주어진 등장인물이 알고 있는 것만을 말하는 경우 내적 초점화, 서술자가 등장인물이 알고 있는 것보다 적게 말하는 경우 외적 초점화이다. 내적 초점화는 초점이 몇 명의 인물에게 주어지느냐에 따라 (a)고정된 경우, (b)가변적 초점화, (c)복수 초점화로 다시 나뉠 수 있다. (제라르 즈네뜨, 앞의 책, 177-182쪽.)

않으며 심지어 동시적으로 발생하기도 한다. 예컨대 특정 인물의 내적 초점화로 진행되는 소설이더라도 그에 의해 묘사되는 다른 인물에게는 외적 초점화로 보일 수 있다. 즈네뜨는 이 점을 들어 내적 초점화라는 용어가 “필연적으로 보다 덜 엄격한 의미로”[22] 사용되어야 한다고 주장한다. 중요한 것은 초점화의 분류가 아니라 그것의 중첩 및 변모 양상이 서사담론의 구조화에 끼치는 영향이라는 것이다.

본고가 연구 대상으로 삼은 두 편의 단편소설, 「창포 필 무렵」(1956)과 「靜・動<對決Ⅱ>」(1967)은 모두 ‘내적 초점화’의 기법이 두드러지는 작품들이다. 내적 초점화에서 서술자는 초점 인물로 선택된 등장인물이 보고 느끼는 것만을 자신의 음성(voice)으로 말하기 때문에 인물의 관점을 구성하는 나이와 경험, 환경 등의 조건들이 중요한 변수가 된다. 「창포 필 무렵」의 경우 서술자이자 초점 인물은 10대 소년인 ‘나’이며, 「靜・動<對決Ⅱ>」은 서술자와는 별개로 텍스트 내부의 여성 인물이 초점 인물의 역할을 수행하는데, 이들은 공통적으로 한 여성의 ‘죽음’이라는 사건을 다루고 있다. 이때 죽음은 두 소설에서 모두 남성의 시선에 의해 끊임없이 타자화되던 여성들이 끝내 자신의 목소리를 잃어버린 채 침묵하게 되는 계기로서 작용한다.

그러나 본고는 두 소설이 이들의 죽음을 재현하는 서로 다른 방식에 좀 더 무게를 두고 논지를 전개하고자 한다. 그것은 소설의 초점 인물이 각각 가부장 질서로의 진입을 앞둔 ‘소년’과 그 안에서 남성적 시선의 대상이 되는 또 다른 ‘여성’으로 설정되어 있다는 점과 무관하지 않다. 다시 말해, 가부장제 사회에서 각기 다른 방식으로 구조화된 초점 인물의 젠더는 그들이 재현하는 여성 인물의 ‘죽음’에도 상이한 함의를 새겨 놓는바, 본고는 이 점에 착안하여 여성의 죽음이 텍스트의 이면에서 어떻게 재구

22 위의 책, 181쪽.

성되고 있는지를 분석할 것이다. 이 과정을 통해 손소희 소설이 가부장제 이데올로기의 전횡(專橫)과 여성들의 패배에 대한 단순한 기록을 넘어, 그러한 패배의 잔여를 암시하는 방식으로 일종의 문학적 가능성을 보여주고 있다는 점을 밝혀내고자 한다.

2. 소년의 내면 고백과 동원되는 침묵

「창포 필 무렵」[23]에 대한 기존의 평가는 주로 '소년의 이루어지지 못한 첫사랑'에 집중되어 있었다. "순수한 사랑의 아름다움"[24]이나 "순수 서정의 세계"[25]를 언급하는 연구들이 그러한 경향을 입증하는 가운데, "천사형 이미지로 이상화된 한 여성 인물이 나약하게 희생되는"[26] 남성 대결 구조의 폭력성을 짚어내는 연구성과가 발견되기도 한다. 후자의 경우 소년의 '순수'한 첫사랑이 여성의 희생을 초래한다는 점에서 결코 결백할 수 없다는 문제의식의 연장선에서 주목할 만한 성과라고 할 수 있다.

그러나 이 소설이 더욱 문제적인 이유는 소년의 '내면 고백'이라는 담론의 형식에 있다. 먼저 이 소설이 처음부터 끝까지 1인칭 '나'의 서술로 이루어져 있다는 점에 주목해 보자. 첫사랑의 설렘과 기쁨, 좌절과 분노, 슬픔과 죄책감 등 내면의 심리 묘사에 치중하는 '나'의 어투는 다분히 고백적이다. 여느 때처럼 냇가에서 가재잡이를 하던 나는 낯선 여자를 발견하고 "아름다움"(126)에 "가슴이 두근"(126)거리는 것을 느낀다. 그녀가 옆

23 손소희, 「창포 필 무렵」(1956), 『손소희 작품집』, 지식을만드는지식, 2010. 이후 본문의 작품 인용은 괄호 속 쪽수 표기로 대신하도록 한다.

24 권영민, 『한국현대문학사 II』, 민음사, 2002, 132-133쪽.

25 조미숙, 앞의 글, 127쪽.

26 강소연, 앞의 글, 17쪽.

집에 사는 동수의 누나라는 걸 알게 된 뒤 '나'는 일부러 동수 누나의 가까이에서 서성거리지만, 그의 사랑은 결코 이루어질 수 없다. 아버지를 대신해 집의 가부장 노릇을 하는 '큰형'이 그녀의 짝으로 예정되어 있기 때문이다. 동수 누나에 대한 큰형의 관심과 두 사람의 만남을 주선하는 '누나'의 노력 앞에서 소년에 불과한 '나'는 무력하기만 하다. 그러던 어느 날 산에서 큰형과 동수 누나가 단둘이 만나고 있는 광경을 목격한 '나'는 심한 질투와 슬픔을 느끼며 홧김에 돌을 던져 동수 누나를 맞히고 만다. 지병이 있었던 동수 누나는 서울의 병원으로 실려 가지만, 얼마 안 돼 죽었다는 소식이 들려온다.

여기에서 눈여겨볼 만한 것은 소설 도입부의 '가재잡이'가 결말에서 변주되어 재등장하는 방식이다. '나'는 예전처럼 가재잡이를 계속하지만, 전과 달리 잡히는 가재마다 도로 냇가에 놓아주게 된다. 이러한 방생(放生)의 행위는 그간 연구사에서 동수 누나의 죽음에 대한 소년의 슬픔과 속죄의식[27] 또는 죄책감의 해소를 통한 사죄행위[28]로 분석된 바 있다. 소년은 속죄와 함께 고통과 슬픔이라는 감정적 변화를 겪으며 "성숙한 남성"[29]으로 성장한다. 이 소설을 이렇듯 소년의 '성장담'으로 간주할 때, 동수 누나의 죽음은 소년이 '남성'으로 성장하기 위한 통과의례이다. 1인칭 화자인 '나'가 사건의 전말과 그것을 통과하며 느꼈던 자신의 내면을 고백하면서 '소년→남성'이라는 성장담의 도식을 완성하고 있는 것이다.

즈네뜨에 따르면 서술자가 자신의 스토리 속에 하나의 등장인물로 존재하는 경우 '동종 이야기(homodiegetic)'로 분류할 수 있는데, 이 소설은 서술자인 '나'가 자신의 스토리에서 주인공이기도 한 '자동 이야기(autodiegetic)'에 해당한다.[30] 이러한 자동 이야기 유형, 즉 '자서전적 서술'에서 서술자

27 정영자, 앞의 글, 8쪽.

28 이지영, 앞의 글, 40쪽.

29 김해옥, 앞의 글, 97쪽.

겸 주인공은 자신의 서술적 특권을 "어느 누구에게도 양보한 적이 결코 없다."[31] 내적 초점화의 대상이 되는 '보는 자'가 동시에 '말하는 자'로서 사건을 지각 및 인식한 결과를 서술하기 때문이다. 그런데 즈네뜨는 여기에서 나타나는 두 종류의 행위자에 주목한다. 자서전적 서술은 '나'가 과거의 일을 회상하는 방식으로 구성되기에, 사건이 일어난 시점에 그것을 '보는' 인식의 주체인 '서술되는 나(the narrated I)'와 과거의 경험을 회고하는 서술의 주체로서 '서술하는 나(narrating I)'가 동시에 작동하고 있다는 것이다. '서술되는 나'보다 사건에 대하여 더 많은 것을 알고 있는 '서술하는 나'는 인식적 틈새로 인해 서술과정에서 '서술되는 나'를 초과하여 침범하기도 하는데,[32] 이렇게 같은 사건을 두 행위자가 각각의 시선으로 보고 있을 때 일어나는 초점화 양상이 바로 '이중 초점화(double focalization)'이다.

> 그러나 나와 시선이 마주치자 그녀는 얼굴을 딴 데로 돌려버리는 것이었읍니다. 그리고 그 백지장같이 창백한 얼굴에 분명히 붉은 기운이 돌았읍니다. (a)<u>나는 덩달아 붉어지는 나의 얼굴을 깨달으며</u> (b)<u>동수 누나가 참 이상하다는 생각을 다시금 했던 것입니다.</u> (132, 밑줄: 인용자)

위 인용문에서 밑줄 친 (a)는 스토리의 내적 초점 인물이자 주인공인 '서술되는 나'가 동수 누나와 마주친 자신의 동시적 반응을 토로하는 부

30 제라르 즈네뜨, 앞의 책, 235-236쪽.

31 위의 책, 237쪽.

32 권택영, 앞의 글, 48쪽. '서술되는 나'와 '서술하는 나' 사이에는 시차에 따른 나이와 경험의 차이가 존재하므로, 이러한 '인식적 틈새' 때문에 '서술하는 나'가 '서술되는 나'가 알고 있는 것보다 더 많은 것을 말하기도 한다. 즈네뜨는 자서전적 서술에서 흔히 나타나는 이 현상을 '정보 더 주기(paralepsis)'라고 지칭한다. 정보 더 주기, 또는 정보 과잉은 초점화의 '변조(alterations)'에서 관찰되는 현상인데, 이는 전체 서술의 지배적인 서술법이 유지되는 가운데 한 마디씩 초점화가 변주되어 나타나는 현상이다. '정보 제한(paralipsis)'과 '정보 더 주기'가 그 대표적인 위반의 양상이라 할 수 있다.

분이다. 그런데 뒤이어 나타나는 (b)에서 '서술하는 나'는 "~했던 것입니다"라는 문장을 사용하며, "동수 누나가 참 이상하다"고 과거 자신이 했던 생각을 훗날에 이르러 다시 떠올리고 있음을 드러낸다. 사건의 시점에 존재하는 '서술되는 나'와 서술의 시점에서 그 사건을 회고하는 '서술하는 나'의 이중 초점화가 일어나고 있음을 알 수 있다. 그러나 이러한 이중 초점화가 결말에 이르러 종료되는 순간, 즉 자서전적 서술이 끝나면서 두 행위자의 담론이 합쳐지는 순간을 포착하는 것이 중요하다. 다음 인용문은 소설의 마지막 장면이다.

> (c)얼마 뒤입니다. 나는 바셔진 돌가루를 나의 샤쓰 앞자락에 긁어서 담아가지고 그 반석께로 내려왔읍니다. 그리고 그것을 반석 주변에 뿌리고 마구 밟아보았읍니다. 눈시울이 무한정 따끔거렸읍니다.
>
> 내가 저질른 결과를 수없이 뉘우치고 저주하면서 나는 평생을 이렇게 이 주변을 밟을지도 모른다는 생각을 했읍니다.
>
> (d)이튿날부터입니다. 다시 나의 가재 사냥은 예전모양 계속 되었읍니다. 그러나 어쩌다가 모처럼 잽히곤 하는 가재는 고스라니 도루 물속에 떨어뜨려 놓아주었읍니다. 반드시 그 반석 위에 앉아서— (149, 밑줄: 인용자)

(c)에서 '서술하는 나'는 "얼마 뒤입니다"(149)라는 시간 표지를 통해 과거의 행위를 가리키는 일회성 서술을 암시한다. 동수 누나가 앉았던 반석 위에서 돌멩이를 부수며 "눈시울이 무한정 따끔거렸"(149)다고 고백하는 '서술되는 나'는 '서술하는 나'와의 이중 초점화를 유지하고 있다. 이때 '서술되는 나'는 반석 주변을 맴도는 자신의 행위가 '평생' 반복될지도 모른다고 예측하는데, 이어지는 (d)는 그러한 예측이 실제와 가까워지고 있음을 보여주는 표지이다. 반석 위에서 가재를 잡은 뒤 도로 놓아주는 '나'의 행위가 정말로 "이튿날부터"(149) 반복되고 있기 때문이다. 그날 이후

진행될 스토리의 시간적 흐름은 이 하나의 장면에 압축되어 나타나며[33] 행위의 반복이 언제까지 이어질지는 텍스트에 제시되어 있지 않다. 즉 (d)를 기점으로 스토리의 시간이 무한히 확장할 가능성을 획득하면서 서술의 시간을 침범하게 됨에 따라, '서술되는 나'와 '서술하는 나' 각각의 담론을 구분하는 일은 무의미해진다. 자서전적 서술의 서술자가 주인공의 스토리를 "주인공이 막 서술자가 되는"[34] 순간까지 끌고 온 것이다.

바로 이 순간이 '서술되는 나'의 음성이 '서술하는 나'의 음성과 뒤섞이며 합쳐지는 순간이자, 이중 초점화가 종료되는 순간이라고 할 수 있다. '나'의 고백은 이렇게 완성된다. '서술되는 나'와 '서술하는 나' 사이에 놓여 있었던 인식과 지각의 차이가 "주인공의 '인생'의 견습이 쌓여감에 따라"[35] 소멸해 가는 과정, 그것은 상술한 것처럼 '소년→남성'이라는 남성 성장담의 구조이기도 한데, '나'의 내면 고백은 '서술되는 나'에서 '서술하는 나'로의 이러한 전환으로 이루어져 있는 것이다. 이때 고백 자체가 하나의 제도로서 "고백해야 하는 내면 또는 <진실한 자아>라는 이름의 어떤 것을 만들어내"[36]는 것이라는 가라타니 고진의 말을 떠올려본다면, '나'의 고백 역시 <진실한 자아> 즉 '주체'로서의 자기를 발견하려는 욕망에 의한 것으로 생각할 수 있다.[37] 다시 말해 '나'의 고백을 추동하

33 즈네뜨는 서술 '시간'의 차원에서 빈도(Frequency)를 중요한 양상으로 다룬다. 그중에서도 '반복'은 스토리에서 서술된 사건과 그것의 진술이라는 측면에서 논의될 수 있는 문제이다. 반복의 유형은 단 한 번 일어난 사건을 단 한 번 서술하는(1N/1S) '일회적 서술', n번 일어난 사건을 n번 서술하는 경우(nN/nS), 단 한 번 일어났던 것을 n번 서술하는 경우(nN/1S), 그리고 n번 일어났던 사건을 단 한 번에 서술하는(1N/nS) '유추 반복 서술'이 있다. 「창포 필 무렵」의 결말부에서 "이튿날부터입니다"라는 시간적 표지는 그 이후의 문장에 스토리에서 여러 번 반복되는 현상이 압축되어 있음을 암시한다. 이때 유추 반복 서술이 감당하는 시간의 흐름은 텍스트에서 나타나는 장면의 시간적 흐름보다 훨씬 길다.(제라르 즈네뜨, 앞의 책, 104-109쪽 참조)

34 위의 책, 216쪽.

35 위의 책, 243쪽.

36 가라타니 고진, 『일본근대문학의 기원』, 박유하 옮김, 도서출판b, 2010, 115쪽.

는 것은 소년이 아닌 '남성'으로서의 주체성을 확보하려는 그의 욕망이다. 문제는 이 욕망의 진전이 반드시 동수 누나라는 여성의 죽음을 경유해야 한다는 데 있다.

> 그때 이모님 계시냐고 문을 열고 큰형이 들어섰습니다. 뒤따라 누나도 들어섰습니다. 큰형은 대뜸 나의 멱살을 잡고 문밖으로 끌고 나오더니 뺨을 몇 대나 갈겼습니다. 만약 누나가 쫓아 나와 말리지 않았다면 나는 무지무지하게 맞아댔을지도 모릅니다. 그 뒤로 나는 며칠 동안 동수의 집에는 영 가지 않았습니다. 큰형의 감시도 감시려니와 동수 누나의 앞에서 멱살을 잽혀서 나오던 것이 몹시 챙피했던 까닭입니다. (145)

고진에 따르면 고백은 늘 '패배자'의 것일 수밖에 없다. 그것은 지배자의 논리하에서 자아를 정립함으로써 주체가 되고자 하는 이들의 "왜곡된" 권력 의지의 표명이기 때문이다.[38] 소설에서 '나'를 '패배자'로 만드는 지배자는 '큰형'으로 대변되는 가부장적 가족질서이다. 큰형은 '나'가 동수 누나에게 호감을 보이는 족족 그것을 책망하고 금지하는데, 그 경험이 "몹시 챙피했"(145)다고 고백하는 '나'의 부끄러움은 자아(ego)와 이상화된 자아(idealized ego) 사이의 긴장으로 정의되는 수치심과 다르지 않다. 마사 너스바움에 따르면 수치심은 "이상적인 상태에 도달하지 못한다는

37 고백이라는 행위는 자아로 하여금 "진실"의 담지자로서 일종의 특권적 지위를 보장받도록 해준다. 이는 자서전적 형식의 서술자가 갖는 서술적 특권과도 관련된다. 즈네뜨는 서술의 권위를 가진 "자서전적 서술자는 자신과 관련된 문제에 조심성 있게 행동할 이유가 없기에 스스로에게 침묵을 강요하지 않는"다고 말한다. 「창포 필 무렵」에서 '서술하는 나' 역시 '서술되는 나'를 내적 초점화하면서도 '정보 더 주기'를 통해 자신의 존재를 드러내며, 이는 주인공(초점 인물)이 서술자를 따라잡을 때까지 지속되는 전통적인 자서전적 서술의 특징이기도 하다. (제라르 즈네뜨, 앞의 책, 187쪽.)

38 위의 책, 122쪽.

생각에 반응하는 고통스러운 감정"[39]으로, 자아가 상상계의 나르시시즘적 전능감을 갖지 못한 자신의 취약성, 불완전함을 인식할 때 발생한다. 예컨대 '나'는 동수 누나에 대한 소유권을 주장할 수 있는 큰형의 가부장적 권력과 자신의 권위를 동일시하려 하지만, 그것이 단지 이상화된 자아에 불과했음을 깨달으며 '부끄러움'을 고백하는 것이다.

이때의 수치심은 1950년대 당시 전후 한국 사회의 '남성 위기론'과 겹쳐 읽히기도 한다. 손소희가 『현대문학』에 「창포 필 무렵」을 발표했을 즈음, 전후 한국의 공론장에서는 전쟁으로 인해 흔들리는 가부장-남성의 지위를 염려하는 글들이 일제히 제출되고 있었다. 극심한 성비 불균형으로 이전까지 남성들의 전유물이었던 사회·경제적 활동에 여성들이 적극적으로 진출하게 되면서, 이에 불안과 공포를 느낀 남성들이 남성성의 '위기'를 주장하며 종래의 가부장적 질서를 회복하여야 한다고 목소리를 높였던 것이다.[40] 그러한 맥락을 고려할 때 이 소설에서 '나'가 고백하는 수치심은 강력한 가부장의 형상이 부재했던 1950년대, 유약해진 젠더 권력에 대한 당대 남성들의 그것으로도 읽어낼 수 있다. 주목할 만한 것은 '나'가 이 수치심을 극복하고 남성-가부장성을 획득하기 위해 선택한 방법이 동수 누나의 물리적인 폐제라는 점이다.

> 그때 어디선가 나직한 그러나 썩 훌륭한 남녀의 합창이 들려왔읍니다. (…) 그러나 좀 넓은 나무 아래 있는 잔디밭에 앉아, 그저도 나직히 노래를 부르는 두 남녀를 드디어 나는 발견했던 것입니다. 나는 소나무에 달라붙은 채 한참 동안 그냥 서 있었읍니다. 동수 누나가 암만해도 큰형의 색씨가 될 것만 같다고 형에게 얻어맞은 뒤로 생각하지 않는 바는 아니었읍니다만, 막

39 마사 너스바움, 『혐오와 수치심』, 조계원 옮김, 민음사, 2015, 338쪽.

40 김은하, 「전후 국가 근대화와 "아프레 걸(전후 여성)" 표상의 의미」, 『여성문학연구』 16, 한국여성문학학회, 2006, 180-183쪽.

상 형하고 단둘이 있는 동수 누나의 뒷모습을 바라다보니 견딜 수 없는 슬픔이 가슴을 쥐어짰읍니다.(146)

'나'는 이제껏 동수 누나의 얼굴이 "분명히"(132) 붉어져 있었다든가, 누나의 얼굴이 붉어진 이유를 "나는 오직 내게만은 대답할 수 있을 것 같았"(132)다든가, 누나가 일부러 내 시선을 피하는 것이 "분명했읍니다"(133)라는 진술을 통해 그녀도 자신에게 연애 감정이 있음을 확신해 왔다. 이는 동수 누나를 '창포꽃'의 순수 및 순결성과 등치시키는 과도한 이상화의 욕망과도 연결된다. 즉 그녀가 나만을 원할 것이라는 믿음, 순수성에 대한 확신이 "노래소리"(146)로 인해 깨어지는 순간, 자신의 나르시시즘적 환상을 위협받은 '나'는 수치심을 겪으며 분노와 배신감에 휩싸이는 것이다. 따라서 '나'가 무심코 던진 돌에 큰형이 아닌 동수 누나가 맞아 죽고 마는 일련의 사건들은 금기의 대상을 향한 '나'의 나르시시즘적 공격성이 분출된 결과라고 할 수 있다.[41] 그러나 그것은 또한 의도한 일이 아니었기에 '나'는 슬픔과 죄책감에 시달리게 된다. 여기에서 '서술하는 나'는 '서술되는 나'가 던진 돌 때문에 동수 누나가 죽고 말았다는 사실을 반복해서 진술하는데, 이는 자신이 느낀 죄책감의 당위성을 강조하는 효과가 있다. 뒤집어 말하면 바로 그 슬픔을 주조하기 위해 '서술되는 나'는 동수 누나를 죽게 만들어야 했으며, 동시에 그것은 소년이 가부장-남성 주체로 성장하기 위해 동원한 하나의 계기이기도 하다.

다시 말해 동수 누나의 죽음은 우연한 사고가 아니라, '서술되는 나'의

41 너스바움에 따르면 수치심을 겪은 자아는 타인에게 자신의 수치심을 투영하는 공격성을 띠게 되는데, 대표적인 공격의 행위가 '낙인(스티그마)'이다. 이는 사회의 일탈자들에게 '정상'이 아니라는 낙인을 찍어 배척함으로써 스스로 도덕적 우위에 있다는 나르시시즘적 우월감을 느끼고자 하는 자아의 유아기적 갈망과 관련된다. (앞의 책, 398-429쪽.) 소설에서 동수 누나를 향한 '나'의 돌팔매질은 그런 의미에서, 순수라는 환상을 어긴 '일탈자'로 그녀를 규정하고 단죄하려 했던 행위로 해석할 수 있다.

의도가 무엇이었든 이 성장 서사에 꼭 필요한 사건이었던 셈이다. 소년의 성장은 첫사랑의 죽음으로 인한 슬픔을 겪으며 이루어지는 것이라기보다는 그러한 '슬픔을 고백하기 위해' 첫사랑을 죽이는 과정과 같다. 동수 누나의 죽음 이후 냇가로 되돌아가는 소설의 결말은 소년이 이렇듯 가부장적 상징질서의 주체로 전화하는 과정을 제법 명징하게 보여준다.

> 나는 다시 형과 동수 누나가 앉았던 자리에 가보았습니다만, 동수 누나를 죽음에 빠트리게 한 돌맹이는 보이지 않았습니다. 그러나 그때의 그 돌맹이와 비슷한 것을 두세 낱 주을 수 있었읍니다. (…) 나는 그것들을 한 손에 몰아 쥐고 다시 그보다는 훨씬 큰 돌맹이 두 낱을 그때 동수 누나가 앉았던 자리까지 운반했읍니다. 그리고 그 작은 돌맹이들을 바수기 시작했읍니다. 무슨 지독한 원수의 뼈라도 바수듯, 아니 내 자신의 몸둥아리와 그 속에 깃들었을 오장육부는 물론 나의 마음까지를 마구 뚜들겨댔던 것입니다. (148-149)

돌을 부수는 '나'의 행위는 욕망의 대상을 우울증적으로 소유하려는 "상실의 포즈"[42]와 관련이 있다. '나'가 돌을 부수며 슬픔을 느끼는 곳이 동수 누나의 죽음에 직접적인 원인이 된 사건 현장이 아니라 자신이 처음 그녀에게 애착을 느꼈던 "그때 동수 누나가 앉았던 자리"(148)라는 점은 그런 의미에서 눈여겨볼 만하다. 이는 그가 대상의 상실에 자기 자신을 고착시켜 그녀를 완전히 소유하려 한다는 의심을 뒷받침하기 때문이다.

---

42 슬라보예 지젝, 『전체주의가 어쨌다구?』, 한보희 옮김, 새물결, 2008, 221쪽. 지젝에 따르면 욕망의 대상이란 어떤 공허 혹은 결여에 불과한 것으로, 그 자체로는 실존하지 않는 왜상적(anamorphic) 실체에 불과하다. 우울증 환자는 이러한 태초의 결여를 (원래 가지고 있었던 것을 잃어버린다는 뜻의) 상실로 오인하면서 '상실의 포즈'를 취한다. 그 가운데 상실한, 즉 결여된 대상에 자신을 고착시킴으로써 그는 대상을 소유하게 된다.

소년은 자신이 욕망했던 여성을 자신 안에 소유함으로써, 즉 여성이라는 수치심의 대상을 내부에 보존하는 '슬픔'의 방식으로 가부장제 이데올로기가 요구하는 상징적 주체화를 이룬다. 소설은 가부장적 체제가 구성해낸 '남성-가부장 주체'가 그 자체로 히스테리화된 분열의 구조임을, 1950년대 한국 사회가 회복하고자 시도했던 젠더 질서의 자기동일성이 나르시시즘적 환상에 불과하다는 사실을 폭로하고 있는 셈이다.[43] 그것은 텍스트에서 '서술되는 나'와 '서술하는 나'의 담론이 합쳐지면서 소년의 고백을 완성하는 순간, 반석 위에서 가재를 방생하는 행위의 반복이 예고되는 서술의 마지막 순간에 모습을 드러낸다.

그런데 이 가운데 동수 누나라는 여성의 고유한 목소리는 어디에서도 포착되지 않는다는 점은 문제적이다. 그녀를 욕망의 대상으로, '창포꽃'의 아름다움과 결부시켜 일방적으로 이상화하는 초점 인물 '나'의 담론은 물론이거니와, 그보다 더 많은 진리를 '알고 있는' 서술 주체로서의 '나' 역시 동수 누나의 언어와 발화에는 관심이 없다. 그녀는 가부장적 상징질서의 남성 주체가 소유해야 하는 결여의 기표로서 영원한 침묵의 영역에 놓여 있을 뿐이다. 이것이 바로 '주체'가 되려는 소년의 고백이 여성의 침묵을 동원하는 방식인바, '서술되는 나'와 '서술하는 나'의 담론적 합작 속에서 여성의 목소리는 수면 위로 떠오를 가능성을 차단당한 채 '죽음'으로써 은폐된다. 그녀가 가졌을 고유의 언어, 혹은 그녀만의 욕망은 소년에서 가부장-남성으로 이어지는 초점 인물과 서술자의 음성으로는 재현할 수 없는 불가능의 흔적이다. 또한 그것은 '소년'이 내면 고백을 통해 달성한 성장의 서사에서 "요구되고 폐제"[44] 되는 여성의 자리를 가리키는 것으로, 가부장-남성 주체화의 담론 구조에 설명 불가능한 공백을 남겨

---

43 슬라보예 지젝, 『이데올로기의 숭고한 대상』, 이수련 옮김, 새물결, 2013, 283-286쪽 참조.

44 가야트리 스피박, 앞의 책, 2005, 42쪽.

놓음으로써 그 구조상의 불안정성을 방증한다.

3. '목격자'로서의 여성과 증언의 (불)가능성

단편소설 「靜 · 動<對決Ⅱ>」[45]은 이제껏 손소희 연구사에서 적극적인 분석 대상으로 다루어지지 않았던 작품이다. 상대적으로 연구가 적은 1960년대 이후 발표된 소설이기도 하려니와, 저택에 사는 귀부인 여성의 추락사(墜落死)라는 사건을 집중적으로 다루면서도 사건의 내막에 대하여 별다른 설명이 이루어지지 않고 있다는 점이 그 이유이리라 추측된다. 텍스트 외부의 서술자와 텍스트 내부에 등장하는 내적 초점화의 대상을 명확하게 구분하고 있는 이 소설은 시종일관 모호한 분위기 속에서 서술되는데, 이는 초점 인물 '마리'가 관찰자의 입장에서 사건을 외적 초점화하고 있기 때문이다. 그네를 즐겨 타는 아름다운 '부인'의 정체를 그녀는 자세히 알지 못하며, 역시 아름답게 꾸며진 부인의 저택은 다소 비현실적이기까지 하다. 즈네뜨는 내적 초점화와 외적 초점화 구분의 어려움을 말하면서 대상을 외적 초점화하는 내적 초점 인물을 '목격자'라고 부른 바 있다. 예컨대 『80간의 세계일주』에서 주인공 포그의 행동을 지켜보는 하인 파스파르뚜는 전체 서사의 내적 초점자이되 그의 시선은 포그의 입장에서 외적 초점화가 된다. 새 주인의 기상천외한 행동에 "어안이 벙벙"한 채 그의 생각이나 인식을 파악하지 못하는 파스파르뚜는 "목격자 역할에서 멈추어야 한다"[46]는 것이다.

앞서 살펴본 「창포 필 무렵」이 남성 젠더의 성장담으로서 초점 인물과

45 손소희, 「靜 · 動<對決Ⅱ>」(1967), 『孫素熙文學全集』 10, 나남, 1990.

46 제라르 즈네뜨, 앞의 책, 180쪽.

서술자를 일치시키고 있었다면, 「靜 · 動<對決Ⅱ>」에서 서술자가 선택한 초점 인물 '마리'는 여성 인물로서 즈네뜨가 말한 '목격자'의 역할을 수행하고 있다. 이 절에서는 그러한 목격자로서의 여성 인물이 단순한 관찰자의 차원에서 벗어나 사건에 대한 증언의 가능성을 담보하게 되는 과정에 주목해 보고자 한다. 그것은 '말할 수 없는' 여성의 목소리를 선불리 재현해 내는 "복화술"[47]이 아니라, 재현 불가능성의 '불'에 괄호를 치는 방식으로 이루어진다. 소설은 남성 인물 '윤식'에게 '비서'로 고용된 마리가 그를 따라 양장점을 돌며 피팅 모델의 일을 하는 장면으로 시작된다. 윤식은 자신의 아내에게 선물할 옷이나 장신구를 마리에게 먼저 착용시켜 보고 대신 치수를 재도록 한다. 이때 서술자는 그런 그녀의 모습을 쇼윈도 속 '마네킹'과 같다고 말하면서, '정보 더 주기(paralepsis)'를 통해 내적 초점화의 '변조'를 꾀한다.

> 그날도 역시 그녀의 치수로써 그의 부인 옷을 맞추기 위해 거기 들른 것뿐이었다. 그러니까 말하자면 그녀는 쇼윈도우 등에 세워지지 않은 마네킹하고 크게 다른 바가 없었다. 단지 다른 것은 그녀는 숨을 쉬고 그리고 움직이고 있다는 점이었다. 그녀의 감정 따위는 이 며칠 동안은 마비된 것과도 같은 상태로 그 기능을 정지당하고 있는 꼴이기도 하였다. (55)

마리가 마네킹과 비견되는 이유는 그녀의 '감정'이 "기능을 정지"(55) 당한, 일종의 "마비"(55) 상태에 놓여 있기 때문이다. 그것은 마리가 윤식의 '비서'로서 수행하는 일들, "밤을 함께 지내고 식당에서 음식을 함께 먹고 길에서는 그와 나란히 혹은 그의 뒤에서 그를 쫓아다니는"(55) 일에도 동일하게 적용된다. 하루에 10,000원이라는 보수를 대가로 지속되는

47 가야트리 스피박, 앞의 책, 2013, 58쪽.

윤식과의 계약 관계에서 그녀는 그야말로 '마네킹'과 같이 이름이나 감정이 부재하는 비인격적 존재이다. 그것은 패션모델이라는 그녀의 직업에서도 알 수 있듯이 외부의 시선에 의해 평가당하고 관찰되는 대상으로서 존재한다는 뜻이기도 하다. 이때 그녀가 서술자에 의해 선택된 '관점'의 주체이기도 하다는 점은 이 소설에서 나타나는 시선의 문제가 그다지 단순하지 않음을 증명한다. 이를테면 마리가 자신의 "몸뚱아리"(56)만을 지켜보는 윤식에게 가끔씩 돌려보내는 '웃음'은 그를 번번이 "당황케" 하고, 무안을 당한 듯 "몹시 부끄럽게"(60) 만들기도 한다. 이는 자신의 정체성을 규정하거나 전유하려 드는 남성의 폭력적 시선과 대상화를 거부하고 교란하는 '응시(gaze)'로 읽을 수 있다.[48]

여기에서도 역시 서술자는 초점화의 변조를 통해 초점 인물인 마리가 파악할 수 없는 윤식의 내적 혼란을 언급하고 있다. 문맥을 지배하는 초점화의 약호를 위반하며 등장하는 이러한 '정보 더 주기'는, 이 장면이 다분히 서술자의 의도에 의해 선택된 것임을 짐작하게 한다.[49] 즉 마리의 웃음이 윤식으로 대변되는 남성 중심적 시선을 조롱하고 분열시키는 순간에 서술자는 방점을 찍고 있는 것이다. 그리하여 초점 인물 마리는 윤식과의 관계에서 언제든 젠더 위기의 동요와 역전을 꾀할 수 있는 위협적

48 호미 바바, 『문화의 위치』, 나병철 옮김, 소명출판, 2016, 203쪽. 바바가 말한 응시의 전략은 식민 주체가 피식민자에게 가하는 나르시시즘적 동일화의 요구를 "부분적으로만" 재현하는 식민지적 모방의 일환이다. 자신을 '식민지'라는 고정된 정체성으로 고착화하려는 지배자의 폭력적 시선을 불완전하게 흉내 낸 피지배자의 응시는 환원할 수 없는 잔여를 남김으로써 전자의 권위를 분열시킨다. 바바는 이것을 "타자성의 응시"라고 부른다.

49 내적 초점화로 진행되는 서사에서 '정보 더 주기'를 통해 외부 인물에 대한 암시적인 정보가 공급될 때, 독자는 서술자의 의도를 추측하고 그에 맞게 추가적인 해석을 내놓게 된다. 즈네뜨는 이러한 현상을 다음과 같이 언급한다. "서사는 언제나 알고 있는 것보다 적게 말하지만 가끔씩은 말하는 것 이상으로 알려주기도 한다." (제라르 즈네뜨, 앞의 책, 186쪽.)

인 인물임이 드러난다. 이는 그녀의 감정이 "마비"(55) 상태에서 풀려나와 서사 전면에 나타나게 될 때, 작품 전체를 지배하고 있는 남성적 시선의 폭력은 더 이상 난공불락의 성(城)으로 기능할 수 없음을 예고하기도 한다. 그것은 역으로 마리의 시선에 포착되면서 그 내부의 균열을 감지 및 분석당할 위기에 처하게 될 것이기 때문이다.

마리는 윤식의 요청에 따라 그의 저택을 방문해 하룻밤을 지낸다. 울창한 정원 속에 파묻혀 있는 그녀에게 어쩐지 "무서운 생각"(62)을 들게 하는 공간이다. 이제까지 이렇다 할 감정적 반응을 보이지 않았던 마리는 두려움에 못 이겨 눈물을 흘리기까지 한다. 나아가 윤식의 '부인'과 마주치면서 마리는 더 이상 마네킹과 같은 일방적인 관찰 혹은 평가의 대상에 머무르지 않게 된다. 즉 외부 세계의 분석자로서 감정을 지닌 인격체로 묘사되기 시작하는 것이다. 윤식의 부인은 윤식을 포함한 다른 등장인물들에 의해 지극한 '아름다움'을 가진 것으로 말해지는 여인이지만, 마리는 그녀에게서 흡혈귀를 연상하며 "도무지 이 세상 사람같지가 않"(63)다고 생각한다. 마리의 알 수 없는 불안감은 윤식의 집에 대한 알 수 없는 두려움과 더불어 "전신에서 솟는 소름"(64)과 같은 공포감으로 이어지는데, 주목할 만한 점은 그러한 마리의 공포가 윤식의 부인을 만나기 전에도 등장한 적이 있다는 것이다.

> 윤식은 오백원권으로 된 돈뭉치를 꺼내서 주인에게 건네고 영수증을 받는다. 그동안 사면이 몹시 조용했다. 마리는 그 조용한 둘레를 돌아다보았다. 무수한 살의(殺意)가 조금씩 포위망을 좁히며 그와 자기를 둘러싸는 것 같아 그녀는 거칠고 급하게 한두 걸음 뒤로 물러섰다. 그러자 사람들은 또 약속이나 한 듯이 그녀를 돌아다보고 모두들 한걸음씩 뒤로 물러서는 것만 같았다. 그러한 사람들의 코에서는 부연 김이 조금씩 뿜어지고 있었다. (57)

윤식과 들렀던 양장점에서, 마리는 자신을 향한 직원들의 시선으로부터 '살의'를 느끼고 주춤한다. 이 두려움은 그녀가 윤식의 집에 도착해 느낀 공포감과 맞닿아 있다. 즉 자신을 "몸뚱아리"(56)로 전유하려는 폐쇄적인 시선의 폭력성을 그녀는 윤식의 집이라는 공간에서도 예민하게 포착하고 있는 것이다. 그렇다면 마리가 윤식의 부인에게서 두려움을 느낀 이유는 무엇일까. 꽃 구경을 하자는 윤식의 제안을 거절하고 부인을 따라나온 마리는 부인을 향해 아름답다는 말을 건넨다. 마리의 진심 어린 찬사에 부인은 부정도 긍정도 아닌, "그렇게 꾸며봤어요"(64)라는 석연찮은 대답을 한다. 뒤이어 마리는 부인의 맑은 눈동자에 "그늘이 빗기는 것"(65)을 '보고,' 부인이 그네를 타다 말고 딸을 안고 노래를 불러주는 장면은 그녀에게 "흐느끼듯"(67) 한 목소리로 '들린다.' 지각과 인식의 주체로서 마리는 극도로 이상화된 부인의 '아름다움' 이면에서, 슬픔과 근심 혹은 어둠과 공포의 흔적을 발견한 것이다. 즉 마리가 부인에게서 느낀 두려움은 부인의 시선이 폭력적인 가부장-남성의 그것이었기 때문이 아니라, 그녀 역시 마리와 마찬가지로 물화(物化)된 시선의 대상으로서 '꾸며낸' 존재라는 사실에 연유한다.

이를 달리 말하면 부인의 눈에서 발견된 "그늘"(65)이 마리에게 두려움 혹은 "소름"의 형태로 전달되었다고 할 수 있겠다. 소설에서 각각 내적 초점화와 외적 초점화가 작용하는 두 여성, 가정 외부의 '거리'에서 자신의 성과 육체를 화폐로 교환하는 마리와 가정 내부의 아름다운 "꽃송이"(64)로 이상화되는 부인은 언뜻 도식적으로 대립하고 있는 듯하지만, 실상은 서로의 연장선에 놓여 있는 존재들이다. 마리가 쇼윈도 안의 마네킹이라면 부인은 울창한 숲속의 정원에 갇힌 마네킹이라는 점이 다를 뿐이다. 이 두 여성 사이에서 작동하는 초점 인물 마리의 시선은 윤식의 그것과 달리 가부장-남성의 폭력적 대상화를 함의하지 않는다. 요컨대 그녀는 부인의 눈동자에서 '그늘'을 포착하는 인물로서, 윤식과는 달리 그녀의 '아름다움' 이면에 관심을 갖고 남성적 언어로 재현되지 않는 것을 발견해 내려는 목격자이다. 윤식의 눈으로 좀처럼 이해되지 않았던 위험 인물 마리는 기실 윤식과 부인의 위계적 관계를 일찍이 폭로한 바 있다.

> "부인 이름은 아름다운가요."
> 마리는 닭고기를 뜯다가 고개를 쳐들고 불쑥 그렇게 물었다.
> "아아, 우리집 사람, 그 사람은 미연이라구 내가 지어줬어."
> "어떻게 쓰는데요."
> "미짜에 제비연짜지."
> "아름다울 미짜군요."
> 그는 솜씨있게 칼끝으로 지져낸 쇠고기를 자르며 눈을 내리깔고 있었다.
> "정말 이름이 아름다워요."
> 마리는 쿡하고 또 한번 묘하게 웃었다. 무엇이 아름답다는 것인지 분명히는 알 수 없었다.(58)

마리는 '미연'이라는 부인의 이름조차 윤식이 지어 준 것이라는 사실에 '묘한' 웃음을 돌려보낸다. 그것은 "무엇이 아름답다는 것인지 분명히는 알 수 없"(58)는 것으로서, 부인을 마네킹 취급하는 윤식의 폭력적인 욕망을 조롱하는 제스처로 읽을 수 있다. 따라서 마리는 스토리의 중후반부에 꾸준히 등장하는 윤식의 부인을 '미연'이라는 이름으로 지칭하지 않는다. 그것은 남성-가부장에 의해 호명된 여성의 거짓 정체성이기 때문이다. 유사한 맥락에서, 목격자로서의 마리는 남성 중심적 이데올로기의 시선 또는 언어로 재현할 수 없는 것들, 가부장적 폭력성의 기저에 깔린 '불안'을 포착하는 존재임을 알 수 있다. 물론 내적 초점 인물인 마리는 외적 초점화의 대상인 부인을 '완전히'는 알 수 없는 존재이기에 그녀가 '왜' 자꾸 그네타기를 고집하는지 이해하지 못한다. 그런데 여기에서 처음으로 부인이 자신의 의사를 뚜렷하게 표시하는 장면이 등장한다. 서울로 돌아가겠다는 마리에게 주문한 옷이 도착할 때까지 머물러 달라고 부탁하는 것이다. 옷이 도착하자, 부인은 윤식이 선물한 옷들을 입어보기를 거부하며 그 옷들을 전부 마리에게 준다. 이는 바로 부인의 죽음이라는 사건이 일어나기 하루 전, 마리가 그 집에 머무른 마지막 날에 일어난 일이다.

> "부인께 입히시려구 윤 선생님께서 디자인도 손수 고르셨는데요."
> 마리는 자신의 위치를 잊고 있지는 않았으나 부인을 위하는 윤식의 심정을 전달해서 부인을 기쁘게 해주고 싶었다. 그러나 부인은 끝끝내 입기를 거절했다. 옷은 꼭 맞든가, 아니면 약간 큰 편은 그래도 입을 수 있지만 작은 것은 딱 질색이노라고 하였다. 또 남편이 자기를 조그맣게 생각하고 있는 것도 석연하지 않노라고 고개를 살살 저어 보였다.(69)

위 인용문에서 윤식이 선물한 옷을 입지 않겠다는 부인의 거절은 남편의 자신에 대한 몰이해, 즉 그녀를 '환상' 속에 가두려는 남성의 욕망에 대한 거부이다. 흥미로운 것은 그러한 거부의 몸짓이 이튿날 그네를 뛰다가 그녀가 추락사하는 장면으로 이어지고 있다는 점이다. 부인은 마리와 윤식이 보는 앞에서 자신이 좋아하는 새빨간 다홍치마를 입고 그네에 오르는데, 그녀가 그네를 타는 '아름다운' 광경은 마리에게 곧 "창자가 끊기는 듯한 비명"(71)과 같이 불길함과 공포로 다가온다. 이는 그 모습을 지켜본 이들 중 마리만이 유일하게 그녀의 죽음을 예감하고 있다는 사실을 의미한다. 그것은 앞서 마리가 부인에게서 인식했던 "흐느끼듯"(67)한 노랫소리나 그늘진 눈동자의 슬픔과도 관련되는바, '목격자'로서 마리의 시선은 부인의 아름다운 그네타기 이면에 숨은 진실에 다가서게 된다. 서술자는 그녀의 시선을 따라 부인의 몸에서 떨어져 내리는 "붉은 치마"(71)

와 "패물 뭉치"(72)를, 뒤이어 "하늘끝까지 오르려고"(72) 날아가던 부인이 그대로 땅으로 추락하는 것을 '본다.' 말하자면 하늘로 도약한 마지막 순간의 부인은 '치마'와 '패물'이 상징하는 남성적 나르시시즘의 환상을 끝내 벗어던진 뒤 땅으로 되돌아오는 것이다.

윤식이 선물한 '옷'에 대한 부인의 거부는 그네타기가 상징하는 바, 남성적 환상으로부터 탈출하고자 하는 욕망과 연결된다. 그네의 상승운동과 하강운동이 필연적으로 맞물리는 것이라고 할 때, 마리가 목격한 부인의 지나친 도약 역시 추락을 염두에 둔 의도적인 움직임이라고 할 수 있다. 말하자면 부인의 죽음은 우연한 사고가 아니라 '탈주'에의 욕망을 분출하기 위해 의도된 결과인 것이다. 그리고 마리는 그러한 부인의 진실을 알고 있는 유일한 증인이 된다. 이 지점에서 우리는 숨을 거두기 전날 부인이 떠나겠다는 마리를 만류하던 장면을 다시금 상기할 필요가 있다. 더 머물다 가라는 윤식의 설득에도 떠나겠다는 뜻을 꺾지 않았던 마리가 결국 그의 집에서 며칠을 더 보낸 것은 옷이 올 때까지 더 있어 달라는 부인의 요청 때문이었다. 그 순간 마리의 눈에 비친 부인의 모습을 서술자는 다음과 같이 진술한다. "그녀의 눈은 비로소 마리를 향해 열렸다." 그리고 마리는 "눈이 부시다는 생각을 하며 그녀의 눈을 맞쳐다 보았다."(68) 이 장면은 소설 전체를 통틀어 두 사람이 처음으로 시선을 교환하는 순간이다. 그전까지 마리는 부인이 자신이 윤식의 '비서'로서 하는 일을 알고 그녀를 꺼린다고 생각했다. 그러나 눈이 마주친 이후 부인은 마리에게 먼저 말을 걸거나 옷을 주겠다고도 하고, 그네를 함께 타러 가자고 제안하는 등 적극적인 태도를 보인다.

따라서 이렇게도 추측할 수 있다. 부인은 마리의 '눈'으로부터 그녀가 훌륭한 '목격자'이자 자신의 증인이라는 사실을 예감했을 것이다. 즉 윤식의 집이 상징하는 남성 중심적인 시선의 폭력성, 속박과 예속의 공포로부터 죽음을 통해 탈주하고자 하는 자신의 은밀한 내면을 간파해줄 목격자인 그녀를 부인은 붙잡아 두고자 했을 것이다. 그녀가 떠나지 않고 자신의 '탈주'를 지켜봐 주기를, 그리하여 기존의 가부장제 이데올로기의 언어로 해독할 수도, 재현할 수도 없는 탈주에의 욕망이 마리를 통해 텍스트 너머로 전달되기를 바라면서 말이다. 나아가 그것은 마리가 전체 서사가 진행되는 내내 느꼈던 '불안'의 실마리이기도 하다. '보는 자', 곧 목격자로서의 초점 인물 마리는 그러한 불안에 민감하게 반응하며 재현 불가능한 여성의 죽음을 그 이면(裏面)에서 가능성으로 탈바꿈할 잠재력을 겨냥하고 있다. 그녀는 여성의 불가능한 욕망, 알 수 없는 죽음의 목격자이기 때문이다.

그렇다면 부인의 죽음은 바디우의 말대로, 기존의 담론 체계들을 중단시키고 새로운 존재 방식의 가능성을 열어젖히는 하나의 '사건'으로도 읽힐 수 있다. 사건은 언어를 막다른 골목에 이르게 하는 것으로서 이데올로기적 재현 체계와의 '단절'을 이루는 계기이다. 바디우는 말한다. "이미 확립된 언어들 속에서는 사건이 수용될 수 없는데, 왜냐하면 그러한 사건은 진정 명명될 수 없는 것이기 때문이다."[50] 젠더화된 이데올로기의 자장에서 결코 명명될 수 없는 '죽음'의 실체를 목격한 마리는 그러한 속박의 장(場)으로서 윤식의 집을 뛰쳐나온다. 부인이 추락사하는 장면에서 마리의 내적 초점화를 유지하던 서술자는 결말에 이르러 다시 한 번 초점화의 변조를 통해 자신의 모습을 드러내고 있다.[51]

---

50 알랭 바디우, 『사도 바울』, 현성환 옮김, 새물결, 2008, 93쪽.

51 즈네뜨는 내적 초점화라는 용어를 엄밀하게 사용하기가 어렵다는 점을 지적하면서 바르트의 말을 인용한다. 바르트에 의하면 "담론의 구성 요소 중 어느 것도 바꾸지 않고 일인칭으로 쓰이지 않은 문장이라도 일인칭으로 다시 고쳐 쓸 수 있다면" 그것은 내적 초점화이다. (제라르 즈네뜨, 앞의 책, 181-182쪽.) 본문에 인용한 소설의 결말은 일견 내적 초점화가 유지되고 있는 듯하지만, 마지막 문장의 "그녀는 (…) 뛰고 있었다." 부분에서 '그녀'를 '나'로 바꾸면 문장이 어색해짐을 알 수 있다. 따라서 이 부분은 초점화의 변조(정보 더 주기)가 적용된 것으로 보아야 한다.

> 마리는 뛰기 시작했다. 마침내는 구두를 한짝씩 벗어 던지고 뛰었다. 병원과 의사를 생각하며 부인과 목숨과 찝차를 생각하며 그녀는 헉헉거리며 마구 뛰고 있었다.(72)

서술자가 초점화하는 것은 이제까지와 사뭇 다른 마리의 역동적인 뜀박질이다. 그런데 여기에는 어떠한 목적지도 제시되어 있지 않다. 마리는 그저 "구두를 한짝씩 벗어 던지고"(72) 미지의 영역을 향해 뛰고 있을 뿐이다. 그녀가 근접한 부인의 욕망, 은폐된 목소리의 진실은 정해진 귀결점으로 돌아오지 않는다. 그에 대한 섣부른 해명은 '주변성'을 침해하는 또 다른 폭력적인 환원이기에, 서술자는 매끄러운 문장으로 말해지지 않는 "병원과 의사"(72), "부인과 목숨과 찝차"(72)라는 파편화된 생각만을 조망하며 서사를 마무리한다. 이는 제목과 같이 '마비'된 마네킹의 형상으로 '靜'에 머물러 있던 마리가, 남성적 억압과 환상의 굴레로부터 '動'의 자리로 뛰쳐나가는 과정을 포착하는 순간에 다름 아니다. 그리고 '靜'에서 '動'으로의 전환에는 부인의 죽음이라는 '사건'이 놓여 있다. 유일무이한 사건의 목격자로서 초점 인물이 갖는 증언의 가능성은 바로 이 지점에서 열리게 된다.

4. 은폐된 목소리, 서사적 공백과 재현의 젠더

이 글은 손소희의 소설이 소재의 다종다양함 또는 '수동적'인 여성상을 그리고 있다는 점을 이유로 한국문학 연구사에서 비교적 소외되어왔다는 문제의식으로부터 출발하였다. 손소희 소설에 등장하는 여성 인물들은 가부장제의 억압에 정면으로 대결하는 일관된 저항적 면모를 보여주기보다, 산발적이고 비균질적인 목소리들을 제도의 저변에 산포(散布)

함으로써 텍스트 구조의 이면에 무의식적인 균열을 기입하는 방식으로 정치적 가능성을 드러낸다. 본고는 그러한 균열의 흔적을 표층 서사와 심층 서사가 미세하게 불일치하는 순간에 주목함으로써 이끌어낼 수 있다고 판단한바, '서발턴은 말할 수 있는가?'라는 스피박의 질문을 곱씹으며 재현 불가능한 여성들의 목소리에 초점을 맞추고자 하였다.

스피박은 페미니즘적 비평이란 기존 텍스트에 여성이 재현되는 방식을 비판적으로 되묻는 것으로부터 시작해야 한다고 주장한다. 그들을 '말 없는' 서발턴으로 구성하는 담론적 구조를 문제 삼는 동시에, 이데올로기의 주변부에 존재하는 그들의 환원 불가능한 이질성을 존중하는 듣기의 형태가 필요하다는 것이다. 이러한 주체의 '응답 능력(answer ability)'[52]은 목소리를 빼앗긴 여성들의 말에 귀를 기울이는 불가능한 경험과도 맞닿아 있다. 이 불가능성에 주목함으로써 손소희 소설이 갖는 의미를 도출하고자 하는 것이 본고의 목적이기에, 1950년대와 1960년대에 발표된 두 편의 소설에서 여성의 '죽음'을 재현하는 양상을 살펴보았다. 죽음이라는 사건은 텍스트의 표면에서 여성의 목소리가 물리적으로 은폐되는 과정을 동반하기 때문이다. '침묵당한' 여성의 죽음을 둘러싼 초점 인물의 관점과 서술자의 음성을 통해 그 젠더화된 구조를 벗겨내고자 시도한 결과, 본고는 다음과 같은 잠정적 결론을 얻게 되었다.

우선 「창포 필 무렵」의 경우 선행 연구들에 의해 소년의 첫사랑을 그린 '서정성'과 '낭만성'을 중심으로 접근되어 온 작품이다. 그러나 본고에서는 첫사랑의 실패를 겪은 소년이 소위 '성장'을 이룬다는 소설의 표층 서사가 여성을 경유하는 한편 죽임으로써, 즉 '이용함과 동시에 폐제하는' 방식으로 구조화되어 있음에 천착하였다. 자서전적 서술로 이루어진 이 소설에서 초점 인물인 '서술되는 나'와 스토리 외부의 '서술하는 나'의

52 가야트리 스피박, 앞의 책, 2005, 525쪽.

이중 초점화는 두 행위자의 담론이 합쳐짐으로써 비로소 종료되는데, 이는 소년의 내면 고백을 완성함과 동시에 가부장적 젠더 질서의 상징적 주체로 거듭나는 성장의 서사를 이루고 있었다. 문제는 그 과정에서 '죽음'으로 나타난 여성의 침묵이 서사적 공백의 형태로 동원되고 있다는 점이다. 그러한 공백의 정체는 소년에서 가부장-남성으로 이어지는 초점 인물과 서술자의 음성으로는 설명할 수 없는 불가능의 흔적이며, 주체의 내부에 태생적 결여로서 기입되어 있는 분열의 자리이기도 하다. 즉 남성 젠더로 구성된 이 소설의 담론 구조는 여성의 목소리를 '죽음'으로써 은폐하고 동원하는 방식으로 이루어짐과 동시에, 여성의 침묵이 남긴 서사적 공백으로 인해 남성 '주체'가 갖는 구조적 불안정성을 은연중에 노출하게 된다.

이와 달리 「靜·動<對決Ⅱ>」의 경우 여성 인물이 작품 내부의 초점 인물로 등장하고, 서술자는 스토리 외부에 존재한다. '윤식'으로 대변되는 가부장-남성의 폭력적인 전유의 시선에 노출된 대상으로서 초점 인물 '마리'와 그녀가 관찰하는 윤식의 '부인'이 시선의 교차 속에 나란히 놓여 있는 것이다. 움직이는 공간은 다르지만 비인격적인 '마네킹'과 동일시된다는 점에서 두 여성은 공통점을 갖는다. 이때 초점 인물인 마리는 부인의 죽음을 목격하는 '목격자'로서, 또 윤식에 의해서는 포착될 수 없는 죽음의 실체를 파악하는 유일한 증인으로서 기능한다. 즉 부인의 죽음이 우연한 사고가 아니라 탈주의 욕망이 표출되는 순간이었음을 '보는 자'인 그녀야말로, 남성의 언어로 명명 불가능한 죽음이라는 '사건'으로부터 증언의 가능성을 발견할 실마리를 쥐고 있는 셈이다. 또한 목격자를 내세워 이면의 진실을 포착하게 하면서도 그것을 함부로 설명하거나 서사화하지 않으려는 소설의 결말은 서발턴의 주변성을 침해하지 않으면서도 그들의 목소리를 들으려는 윤리적 태도를 보여주고 있었다. 이러한 글쓰기는 '對決'이라는 소설의 부제목과 같이 제도적 억압에 맞서는 가운데 말을 빼앗긴 여성들의 목소리를 들으려는 손소희 특유의 방식일지도 모른다.

이제까지 본고는 여성의 '죽음'을 초점화하는 소설의 재현 양상에서 나타나는 젠더적 함의를 찾아내고자 하였다. 초점 인물과 서술자의 담론이 가부장-남성의 주체화로 수렴되는 「창포 필 무렵」의 성장담에서 여성의 목소리는 접근 불가능한 '공백'으로 남아 남성 주체의 분열성을 암시하는 한편, 「靜 · 動<對決Ⅱ>」의 여성 인물 '마리'는 죽음이라는 사건의 목격자로서 그러한 공백을 뚫고 들어가 은폐된 목소리에 닿고자 하는 모습을 보여준다. 이러한 양상은 손소희 소설의 표층 서사에 나타나는 여성의 침묵을 '패배'라는 단일한 결론으로 귀결시키는 대신, 담론이 형성되는 구조적 과정을 분석함으로써 텍스트의 "결을 거슬러 읽는"[53] 해체적 독법이 필요한 한 가지 이유이기도 하다. 그러한 독해를 통해 손소희 소설의 여성들은 자신의 침묵이 갖는 잠재적인 힘을 드러내 보일 수 있을 것이며, 손소희의 텍스트 역시 가능성의 문학으로서 연구사의 복판에 새롭게 설 수 있게 될 것이다.

53 가야트리 스피박, 앞의 책, 2008, 432쪽.

● **참고문헌**

1. 기본 자료

小伊(손소희), 「避難民列車記」, 『신세대』, 1946.03.

손소희, 『한국문단인간사』, 행림출판사, 1980.

______, 「창포 필 무렵」(1956), 『손소희 작품집』, 지식을만드는지식, 2010.

______, 「靜・動<對決Ⅱ>」(1967), 『孫素熙文學全集』 10, 나남, 1990.

2. 논문 및 단행본

강소연, 「1950년대 여성 소설 연구—손소희, 한무숙, 한말숙 작품의 여성 의식을 중심으로」, 이화여자대학교 석사학위논문, 1999.

권영민, 『한국현대문학사II』, 민음사, 2002.

권택영, 「서사론과 서사형식: 즈네트와 메타픽션」, 『미국학논집』 41, 한국아메리카학회, 2009, 39-60쪽.

김양수, 「大陸의 情念과 現實直視—孫素熙文學論」, 『월간문학』, 1985.1, 169-180쪽.

김은하, 「전후 국가 근대화와 "아프레 걸(전후 여성)" 표상의 의미」, 『여성문학연구』 16, 한국여성문학학회, 2006, 177-209쪽.

김해옥, 「손소희론—현실과 낭만적 환상 사이에서의 길찾기」, 『현대문학의 연구』 8, 한국문학연구학회, 1997, 75-110쪽.

김희림, 「손소희 소설의 여성 의식과 서술전략 연구」, 고려대학교 석사학위논문, 2013.

백은시, 「전후 여성 소설에 나타난 여성의 섹슈얼리티 연구: 손소희와 한무숙의 소설을 중심으로」, 동국대학교 석사학위논문, 2002.

서세림, 「사랑과 정치의 길항관계—손소희의 『南風』 연구」, 『순천향 인문과학논총』 35, 순천향대학교 인문학연구소, 2016, 5-28쪽.

서승희, 「손소희와 해방—해방기 여성 귀환자의 소설 쓰기와 민족 담론」, 『구보학보』 19, 구보학회, 2018, 149-177쪽.

선주원, 「내적 초점화와 작중인물의 자기인식 관련성 연구—안회남의 신변소설을 중심으로」, 『청람어문교육』 32, 청람어문교육학회, 2005, 361-387쪽.

신수정, 「마녀와 히스테리 환자—손소희 소설에서 여성의 욕망과 가부장제의 균열」, 『현대소설연구』 66, 한국현대소설학회, 2017, 235-270쪽.

오태영, 「전후 여성의 이동과 (반)사회적 공간의 형성—정비석의 『자유부인』과 손소희의 『태양의 계곡』을 중심으로」, 『현대문학의 연구』 72, 한국문학연구학회, 2020, 63-97쪽.

이민영, 「발화하는 여성들과 국민 되기의 서사—지하련의 「도정」과 손소희의 「도피」를 중심으로」, 『한국근대문학연구』 17, 한국근대문학회, 2016, 263-294쪽.

이종호, 「해방기 이동의 정치학」, 『한국문학연구』 36, 동국대학교 한국문학연구소, 2009, 327-363쪽.

이지영, 「손소희 소설의 결말구조 연구」, 이화여자대학교 석사학위논문, 2004.

정영자, 「손소희 소설연구—속죄의식과 죽음을 통한 여성적 삶을 중심으로」, 『睡蓮語文論集』 16, 부산여자대학교 국어교육학과 수련어문학회, 1989, 1-16쪽.

조미숙, 「손소희 초기소설 연구」, 『한국문예비평연구』 26, 한국현대문학비평학회, 2008, 109-133쪽.

가라타니 고진, 『일본근대문학의 기원』, 박유하 옮김, 도서출판b, 2010.

가야트리 스피박, 『포스트식민 이성 비판』, 태혜숙 · 박미선 옮김, 갈무리, 2005.

______________, 『스피박의 대담』, 새라 하라심 편, 이경순 옮김, 갈무리, 2006.

______________, 『다른 세상에서』, 태혜숙 옮김, 도서출판 여이연, 2008.

가야트리 스피박 외, 『서발턴은 말할 수 있는가?』, 태혜숙 옮김, 그린비, 2013.

마사 너스바움, 『혐오와 수치심』, 조계원 옮김, 민음사, 2015.

슬라보예 지젝, 『전체주의가 어쨌다구?』, 한보희 옮김, 새물결, 2008.

______________, 『이데올로기의 숭고한 대상』, 이수련 옮김, 새물결, 2013.

알랭 바디우, 『사도 바울』, 현성환 옮김, 새물결, 2008.

제라르 즈네뜨, 『서사담론』, 권택영 옮김, 교보문고, 1992.

호미 바바, 『문화의 위치』, 나병철 옮김, 소명출판, 2016.

7장

여성 주체의 욕망과 비분열적 근대의 모색

— 한말숙의 『하얀 도정(道程)』(1960)을 중심으로

표유진

1. 들어가며

1950년대 중 · 후반에서 1960년대 초 · 중반에 이르는 시기는 전쟁의 여파 속에서 민족국가를 재건하고 근대화하기 위한 이념적 토대가 마련된 전후로 통칭된다. 각계각층의 욕망들이 경합하고 사회 내적으로나 외적으로나 새로운 질서와 문화가 발생하고 유입되는 역동적인 전후사회에서 전통적 가치와 근대성 역시 복잡하게 교차되고 있었다. 전통과 근대성의 문제는 서구로부터 유입된 근대국가의 이상과 전통적인 민족국가의 정체성을 둘러싼 문제였다. 당시 남한사회는 사회 · 경제적 토대가 무너지고 식민기와 전쟁을 연달아 겪으면서 기존의 질서가 해체된 가운데 미국의 원조에 의존할 수밖에 없었다. 그런 만큼 미국은 민주주의와 자유주의의 모델이자 동경의 대상인 동시에, 식민지배에 가까운 영향력으로 민족적 자립과 주체성의 확보를 위협하는 존재이기도 했다. 그러한 미국의 이중성은 전통적 민족국가의 중심이었던 남성성을 위협했기 때문에 전통과 근대가 충돌하는 요인이 되었다. 즉 자급자족하지 못하는 자국의 남성성을 원조하는 강한 남성성이자 기존의 전통적 질서를 무너트리는 개방적

이고 향락적인 문화를 표상하는 미국의 위협적 이면을 경계하기 위해 전통적인 가부장적 공동체의 회복이 요구되었던 것이다. 따라서 한국의 근대화는 반근대화와 재전통화를 내포하는 모순적이고 복합적인 과정[1]을 거쳐야 했다.

중요한 것은 근대화를 추구하면서도 지키고 복원되어야 했던 전통적인 질서 혹은 가치가 구체적으로 무엇으로 규정되었는가에 있다. 전후의 여성 담론은 그러한 전통적 질서가 바로 부계혈통을 중심으로 하는 가부장적 질서로 규정되었음을 보여준다. 전쟁 직후의 빈곤과 사회적 토대의 붕괴는 여성들이 가족과 자신의 생계를 위해 가정 바깥으로 나와 사회·경제적 활동을 할 수밖에 없는 상황을 초래하였으며 여성들의 이례적인 사회진출을 허용하게 된다. 그러나 혼란을 정비하고 질서를 재건해나가는 과정에서 가정 바깥으로 나온 여성들과 그에 따라 가시화된 여성들의 근대적 욕망은 "남성의 자리를 위협해오는 여성에 대한 남성의 공포"[2]를 초래했다. 전후의 대표적인 여성 담론이자 여성성에 대한 이데올로기적 호명인 '아프레걸(aprés-girl)' 담론은 여성의 욕망과 근대화를 억압함으로써 민족주체이자 근대적 주체로서의 남성성을 정립하고자 하는 젠더 정치를 내포한다.

'전후파'를 뜻하는 '아프레게르(aprés-guerre)'는 전후세대의 새로운 문화와 풍조, 이념을 상징하는 본래의 의미와 달리 패륜적이고 퇴폐적인 부정적인 일탈적 풍조를 비판하는 단어로 남한사회에 유입되었다. "소위 「아쁘레·게일」이란 것이 시민 생활을 불안에 빠뜨리고 특히 젊은 세대에게 절망감을 주는 경우가 많"고 폭행과 범죄를 야기하는 사회적 혼란의 근

1 강인철, 「한국전쟁과 사회의식 및 문화의 변화」, 한국정신문화연구원 편, 『한국전쟁과 사회구조의 변화』, 백산서당, 1999, 300-301쪽.

2 김은하, 「전후 국가 근대화와 '아프레 걸(전후 여성)' 표상의 의미」, 『여성문학연구』 16, 한국여성문학학회, 2003, 180쪽.

원이라는 진단[3]에서 아프레게르가 전후의 혼란과 불안이 투사된 단어였음을 짐작할 수 있다. 이러한 아프레한 풍조들은 기성세대보다 젊은 세대와 관련되었으며 특히 젊은 여성들과 관련되면서 '아프레걸(aprés-girl)'이라는 여성 명사로 자리 잡아 당대 여성 담론의 중심이 되었다. 나아가 아프레걸에 대한 여러 논의들에서 공통적으로 여성들의 몸과 섹슈얼리티로 인한 전통적 가치의 훼손이라는 문제가 지적되고 있음이 발견된다.

"아프레는 그 원의가 가지는 '새로움'보다는 다분히 오늘날 와서는 부도덕함이요, 지나친 육체 해방파에 속하는 불건전한 사조"[4]라는 지적, "예의염치에 밝은 동양군자의 나라"[5]의 전통적 윤리를 훼손하는 여성들의 성적 문란함에 대한 비판들은 전통적 가치로서의 순결과 아프레걸에 대한 담론들에서 숱하게 발견된다. "동양적인 미풍과 생활 도덕에서 이해할 수 없는" "기괴한 타입의 여성들"[6]로 명명된 아프레걸은 나아가 "문화와 민족에 앞날"[7]에 위해가 되는 존재가 됨으로써 순결하고 헌신적인 이타성을 지닌 전통적 여성상의 대타항이 된다. 이를 통해 전통적 질서란 곧 가부장적 질서와 그 질서에 순종하는 전통적인 순결한 여성성으로 규정되었으며 그 반대항에 아프레적인 여성들이 위치했음을 확인할 수 있다. 이러한 방식으로 전후의 근대화 과정에서 여성들은 근대적 주체에서 배제되었다. 결정적으로 전후의 여성 담론은 가정 바깥을 향한 여성들의 근대적 욕망을 서구문화에 대한 맹종, 사치, 허영, 타락한 섹슈얼리티로 환원하였고, 이는 남한사회의 가부장적 전통과 공동체적 질서를 위협하는 서구문화의 개방성과 물질주의에 대한 경계선을 마련해줌으로써 전통

3 조풍연, 「새로운 성모랄을 찾아서」, 『여성계』 1957.5, 140쪽.
4 곽종원, 「명랑 활발을 아프레와 혼동하고 있지 않은가?」, 『여원』, 1956.10, 72쪽.
5 이건호, 「처녀순결론」, 『여원』 1955.11, 32쪽.
6 이명온, 「민주여성의 진로」, 『신천지』, 1954.7, 94쪽.
7 위의 글, 96쪽.

과 근대의 분열을 은폐하고 복잡한 공존을 가능하게 했다.

그럼에도 불구하고 젠더화된 전후사회의 국가 재건 이데올로기와 근대화론이 배제한 여성의 근대화와 주체성에 대한 발화들은 당대 담론이 강제한 침묵에 저항하는 여성들의 문학작품 속에서 발견되고 있다. 그 일례로서 『하얀 도정(道程)』(『현대문학』, 1960.4~1961.6)[8]은 주목할 만한 작품이다. 「별빛 속의 계절」(『현대문학』, 1956.12)과 「신화의 단애」(『현대문학』, 1957.6)를 포함하여 1950년대의 아프레적인 여성들의 욕망과 그들을 타자화하는 남성성을 문학적으로 형상화하고 가시화해온 작가[9]인 한말숙이 주체성과 근대화의 향방을 진지하게 모색하기 시작하는 소설이자 첫 장편소설이기 때문이다. 『하얀 도정』을 언급하거나 분석하고 있는 소수의 연구

---

8 본문의 인용문은 한말숙, 『하얀 도정』, 삼성출판사, 1972를 참고하였으며 인용시 쪽수만 표기한다.

9 한말숙의 1950년대 단편에 대한 당대 비평은 「신화의 단애」의 파격적인 여대생/댄서의 섹슈얼리티와 삶의 태도를 실존주의로 해석할 수 있는가에 대한 김동리와 이어령의 상반된 관점을 중심으로 이루어졌다. 「신화의 단애」를 전후파적이고 실존주의적인 문학으로 평한 김동리와 「신화의 단애」를 실존문학이 아닌 에로티시즘으로 비판한 이어령의 충돌은 실존문학에 대한 논쟁으로 이어졌다.(김동리, 「추천기」, 『현대문학』 3(6), 1957, 271쪽; 이어령, 「못박힌 기독은 답이 없다」, 『세계일보』, 1959.2.20~1959.2.21.(남원진 편, 『1950년대 비평의 이해 Ⅱ』, 역락, 2001, 51-53쪽에서 재인용) 참조)
1990년대 이후 여성주의적 관점에서 한말숙의 문학을 재조명하려는 시도 역시 대표작이자 논란의 대상이 된 작품 「신화의 단애」의 실존주의적 요소를 증명하고 작품에 반영된 여성의 현실적 삶을 유의미하게 분석하는 것에서부터 출발하였다. 「신화의 단애」 이외의 한말숙의 초기작을 두루 다루고 있는 연구는 아직 소수이고 개별 작품까지 상세히 분석하고 있는 연구들은 더욱 적은 수이지만, 한말숙의 단편에 나타난 여성의 몸과 섹슈얼리티, 전후사회에 대한 현실인식을 다루려는 연구들이 지속적으로 시도되고 있다. 그러한 연구들로는 강소연, 「1950년대 여성 소설 연구－손소희, 한무숙, 한말숙 작품의 여성 의식을 중심으로」, 이화여자대학교 석사학위논문, 1999; 이미정, 「1950년대 여성 작가 소설의 여성 담론 연구－강신재 · 한말숙 · 박경리 소설을 중심으로」, 서강대학교 석사학위논문, 2003; 변신원, 「한말숙 소설연구－결핍의 글쓰기로부터 자족의 세계로」, 『현대문학의 연구』 19, 한국문학연구학회, 2002; 표유진, 「1950년대 여성 소설의 여성 표상 전유와 몸 연구－정연희 · 한말숙 · 강신재를 중심으로」, 이화여자대학교 석사학위논문, 2021 등이 있다.

들 역시 『하얀 도정』은 1950년대의 아프레걸들의 일탈적인 섹슈얼리티나 타자에 대한 시선에 비해 내면적 탐색이 이루어지고 현실과의 거리가 좁혀지기 시작되는 작품으로 지목한 바 있다.[10]

기존의 연구에서는 『하얀 도정』에 나타난 인옥의 사랑과 전후의 타자로서의 청년들과 여성에 대한 윤리적 시선이 중점적으로 다루어졌다. 인옥의 사랑이나 타자로서의 여성에 대한 문제는 더 나아가 당대의 전통과 근대, 그리고 여성의 욕망이라는 키워드를 통해 보다 담론적인 차원에서 분석될 때 여성과 근대라는 주제에 대한 여성 작가 한말숙의 탐구로 확장될 수 있다. 『하얀 도정』은 전통을 상징하는 지나온 길과 불명확한 근대를 상징하는 나아갈 길 사이에 선 여성 인옥이 전통적 규범과 가부장제에 도전하는 여성들의 욕망을 관찰하고 자신의 사랑과 자아를 모색하는 과정을 그리고 있기 때문이다. 따라서 본고에서는 『하얀 도정』에 형상화된 전통과 근대 사이의 갈등과 그 뒤로 펼쳐지는 여성들의 욕망, 그리고 인옥의 주체화 과정을 분석함으로써 여성 주체와 전통, 근대에 대한 여성 작가 한말숙의 목소리를 살펴보고자 한다.

2. 부계혈통의 단절과 전통 바깥의 여성성

『하얀 도정』은 전후의 전통과 근대성의 분열적인 관계성을 부계혈통의 전통적 질서를 상징하는 선산의 매매 및 할아버지 묘의 이장(移葬) 문제를 둘러싼 갈등으로 형상화한다. 아버지 이사장의 사업이 부도 위기에 처하면서 급격히 기울어져 가는 가세(家勢)는 선산의 매매를 통해서만 구

10 이덕화, 『한말숙 작품에 나타난 타자 윤리학』, 소명출판, 2012; 강인숙, 「한말숙-「하얀 도정」: 작품 세계의 분계선」, 『여류문학, 유럽문학 산고』, 박이정, 2020, 165-174쪽.

원될 수 있는 상황에 놓여있다. 근대적인 합리성에 따르면 선산을 팔고 위기를 극복하는 것이 합당하지만 혈연을 증명하는 장례문화에 근거를 둔 전통적 가치 때문에 갈등하는 이사장과 아들 제준은 전통과 근대의 분열을 상징한다. 갈등 끝에 나온 타협안은 현재를 위해 선산을 매매하는 합리적 선택을 하면서도 그 돈으로 면례(緬禮)도 치름으로써 전통적 가치인 집안의 기원과 혈통 또한 잊지 않기로 하는 것으로, 이는 전통과 근대의 양립 가능성을 물질적 근대와 정신적 전통이라는 방식으로 제시하는 것처럼 보인다. 그리고 이러한 타협과 결단을 아들인 제준이 적극적으로 추진하고 사후적으로 아버지의 승인을 얻어내는 모습은, 전통과 근대 사이에서 갈등하는 아버지－기성세대에서 그 갈등을 해결하는 아들－청년세대로의 성공적인 양위(讓位) 과정처럼 보이기도 한다. 그러나 『하얀 도정』은 일련의 갈등에서 배제되고 은폐되어야 했던 여성들을 통해 전통과 근대의 양립 불가능성을 드러내고 분열을 가시화한다.

조상들의 묘와 비석이 있는 선산은 부계혈통으로 이어지는 가부장적 질서의 상징이자 기원의 상징이기 때문에 전통적 가치를 담보한다. 그러나 이 선산에 안장된 조상들이 사실상 제준과 피 한 방울 섞이지 않은 타인이라는 사실은 부계혈통에 기초하고 있는 전통적 질서에 균열을 낸다. 대가 끊기자 명목상의 양자를 들여 집안의 대를 이은 이씨 가문은 본래 손이 귀하고 남성들의 명이 짧아 과부가 된 여성들에 의해 명맥을 유지해왔다. 양자결연 역시 요절한 아들 외엔 집안의 어느 누구와도 혈연으로 이어지지 않았던 할머니를 매개로 이루어진다. 청상과부인 할머니는 남편과 아들이 같은 꼴로 열여섯의 나이에 요절한 이후로 양자로 들어온 이사장에게 집안의 대를 이을 자격을 부여하는 유일한 매개자이기 때문이다.

책상 위에 쓰러진 남편의 얼굴이 아들의 얼굴과 겹쳐진다. 분명 누가 아

> 들인지 아버지인지 분간키 어렵다. 그들은 둘 다 나이 열여섯에 한결같이 글 읽다가 자는 듯이 죽어 갔었다. 잇(李)집<할머니의 젊은 때의 칭호>은 보약을 달여서 들고 아들의 서재 문을 열었다. 책상에는 역시 一六년 전의 그때모양《논어》가 펼쳐진 채 있었다. 아들이 그 위에 쓰러져 있었다. 잇집은 사흘간 의식을 잃었다. 의식이 회복되자 그녀는 단식을 결심하였다. 죽기 위해서다. 집안 체면을 보아 설마 목도 맬 수 없고 독약도 먹을 수 없었던 것이다. 그러나 그녀는 죽어지지 않았다. 인옥의 아버지가 양자로 왔다.(65-66)

할머니는 이씨 집안의 며느리가 된지 열흘 만에 남편을 잃고 과부가 되었다. 극단적인 일부종사 이념에 따라 남편이 죽으면 자결하는 것이 일종의 미덕으로 여겨졌던 시대에 할머니가 살아남을 수 있었던 이유는 집안의 대를 이을 수 있는 태중의 아들 덕분이었다.[11] 그러나 아들이 남편과 똑같은 모습으로 요절함으로써 집안을 지키는 유일한 존재는 할머니가 된다. 이사장이 양자가 되어 집안의 대를 잇지만 이미 가문의 혈통은 끊어졌고 가문의 존속은 이사장이 죽은 남편이 아닌 할머니의 손에 의해 길러짐으로써 이어진다. 전통적 '미덕'에 따라 남편을 따라 죽었어야 하

11 집안의 대를 이을 아들을 낳음으로써 부계사회를 유지하는 모성으로 환원되는 여성성에 대한 전통적 인식은 미래의 민족주체가 될 자녀, 특히 아들을 위해 헌신하는 어머니가 되는 방식으로만 사회적 질서에 편입될 수 있었던 전후의 전쟁미망인과 관련된 담론과 연관된다. 이때 과부(寡婦)와 미망인(未亡人)은 공통적으로 "죽은 남편을 기준으로" 규정된 여성의 사회적 지위와 미덕에 따라 죽음이라는 책무를 이행하지 못한 여성에 대한 윤리적 비판을 함축하고 있다.(이임하, 「한국전쟁이 여성 생활에 미친 영향−1950년대 '전쟁 미망인'의 삶을 중심으로」, 『역사연구』 8, 역사학연구소, 2000, 12-13쪽)
피도 섞이지 않은 양자와 손주들을 위해 헌신했으나 그 애정을 돌려받지도 못하는 할머니의 고독은 전후의 국가 재건 이데올로기가 답습하는 가부장적 질서 즉 여성을 민족주체의 어머니로 타자화하는 방식의 폭력성을 반영한다.

는 여성이 살아남아 피도 섞이지 않은 가문의 존속을 매개하게 되었다는 점, 부계혈통과 죽은 이들 앞에 놓인『논어』처럼 전통적 질서가 이미 단절되었다는 점은 겉모습만을 유지하고 있는 선산의 의미를 침식시킨다.

그러나 할머니는 집안에서 누구에게도 존중받지 못하고 강아지에게나 애정을 퍼부으며 고독함을 달래야 하는 흐릿한 존재로 은폐되어 있다. 이러한 할머니의 모습은 이사장이 내세우는 가부장으로서의 권위와 이씨 집안에 대한 자부심이 허위라는 사실이 은폐되어 있음을 의미한다. 그러한 허위는 그 권위와 자부심을 이어나가려 하는 이사장과 제준과 달리 모든 전통적 의식에서 배제된 상태를 넘어 스스로 의례의 규칙을 위반하는 여성, 인옥에 의해 폭로된다. 이사장의 딸 인옥은 피도 섞이지 않은 이들을 조상이라고 부르며 당장 가족들이 거리에 나앉게 생긴 상황에도 선산의 매매를 고민하고 있는 아버지에게 산을 팔 것을 가장 먼저 종용하고 오빠인 제준이 결단을 내리도록 추동한 사람이다. 인옥의 시선에서 선산을 매매하지 않거나 매매한 돈을 할아버지 묘의 이장에만 사용하려는 전통에 대한 이사장의 집착은 자본주의적인 근대 질서에서 한없이 비합리적으로 비춰진다. 인옥은 "삶은 굶어 죽고 산만 살려 두어요?"(261)라고 아버지 이사장에게 합리적인 선택을 종용한다. 그러나 인옥이 선산의 매매를 주장하게 된 근본적인 계기는 가세가 기울고 아버지 사업을 구제하는 경제적인 문제보다도 선산 자체가 상징하는 전통에 대한 의혹에서 비롯되었다. 인옥은 "돈보다도 괜히 전통이라고 버티어 두는 산" 자체의 가치에 의문을 품고 "지금 가치가 없는 것이 전통일 수 없다."고 되뇐다.(260)

「그런데 비석이 무어라고 거기서 제를 올려? 산소라면 몰라도.」

「그것이 상징이거든.」

「상징? 과부의?」

「이게?」

> 제준은 버럭 화를 내었다. 인옥은 깔깔 웃었다.
>
> 「하도 전통이니 양반이니 하니까 그렇지. 전통은 무슨 전통이야, 전통이란 게 다 무어야. 의미 없어.」
>
> 「과거가 없는 현재가 있단 말이야?」
>
> 「그건 없지. 그러나 전통이란 진보 발전하는 거야. 불사조처럼 내일을 위하여 스스로를 불살라 버려야만 가치 있는 전통이야. 골동품 물리듯이 그대로 있기만 하면 전통인가?」(125-126)

인옥은 "돌 때에 비석에 대를 이어 받은 제사"(259)로 혈연이 아님에도 집안의 대를 잇는 자로서의 의식을 치렀다는 이유로 선산을 파는 데 부담감을 느끼는 오빠 제준을 이해하지 못한다. 비석에 새겨진 글자는 가부장의 권위를 상징하는 아버지의 언어이며, 제준이 이어야 하는 이씨 가문의 이름 역시 전통적 공동체에서의 아버지의 이름을 의미한다. 그러나 이사장 부자의 논리의 중심에 놓인 남한사회의 '전통'은 아버지의 권위를 혈통이라는 구체적인 근거로부터 이어가고 있다. 혈연으로 이어진 전통적 공동체는 선산이 의미하는 장례문화와 비석에 대고 지내는 일종의 입문의식으로서 의례들을 통해 유지되어 왔다. 다시 말해 남한의 전통적 공동체는 아버지의 이름을 중심으로 하는 상징계적 권위를 조상의 묘에 대고 지내는 제사를 통해 혈연으로 이어진 후계자에게 대물림해왔다. 일종의 입문의식인 제사에 대한 참여와 배제 여부는 성적 정체성을 확인시키고 각자의 사회적 지위와 역할을 할당한다.[12] 아들인 제준과 딸인 인옥의 차이는 그 제사를 통해 이미 젠더적으로 결정되었던 것이다. 그러나 그 입문의식은 분명하게 피로 이어진 조상들과의 연결을 상징하는 남한의 선산 즉 장례문화에 바탕을 두고 있다. 하지만 혈연의 연결 없이 조상으로

---

12 레나타 살레클, 『사랑과 증오의 도착들』, 이성민 옮김, 도서출판b, 2003, 238쪽.

떠받들어지는 할머니의 남편과 아들은 모두 열여섯의 어린 나이로, 아들을 둔 아버지가 되어보지 못한 채 요절했다. 이는 혈통은 물론 아버지에게서 아들에게로 대물림되는 가부장의 권위가 이미 부자관계의 물리적 단절과 함께 단절되었음을 의미한다. 이러한 혈통과 부자관계의 단절, 그리고 비혈연적 관계인 며느리를 통해 형식적으로만 이어진 가족관계는 전통적 부권을 수호하면서 근대화를 이루고자 하는 당대 근대화론의 허위를 드러낸다.

그 허위를 직시할 수 있는 존재는 그 모든 공동체적 문화 속에서 배제되어 있는 여성, 그중에서도 어머니도 아내도 며느리도 아닌 딸이다. 이미 그 의례들에서 배제되어 있고 미래에 결혼하면 출가외인(出嫁外人)이 되므로 이씨 집안의 존속에 기여할 수 없는 딸 인옥은 그 의례를 부정하더라도 자신의 정체성을 위협받지 않는다. 그러므로 인옥은 그러한 전통적 의례와 가문 공동체에 대한 거리두기가 가능한 존재이자 공동체 바깥으로 돌출된 근대적 개인으로서의 가능성을 갖게 된다.[13] 자신의 정체성을 전통에서 찾지 않고 그 전통을 객관적으로 바라볼 수 있기 때문에 인옥은 혈통적 단절과 대대로 요절한 남성들을 대신해 집안을 지켜온 이들이 과부들이었다는 사실을 근거로 '전통'적인 아버지의 이름의 유효성을 의심할 수 있는 것이다.

기존의 전통과 충돌하는 현실을 직시하고 전통적 장례문화를 유지할

13 "근대적 주체는 자신의 공동체로부터 추방되었다. 이 주체는 공동체 안에서 자신의 자리를 반복해서 발견하고 재확립해야 하는 개인이다. 근대 사회가 더 이상 입문 의례를 상연하지 않는다는 것은 주체가 공동체 안에서 자신의 자리를 "자유롭게" 선택해야 한다는 것을 의미한다. 비록 이 선택이 언제나 어떤 면에서 강제된 선택으로 남아 있는 것이라도 말이다. (…) 주체가 자신의 전통의 지속에 본질적으로 기여하는 누군가로서, 그리고 자신의 공동체 속에 완전하게 뿌리를 박은 누군가로서 더 이상 지각되지 않는 때에야 비로소 주체가, 예컨대 공동체의 의례를 비판함으로써 이 공동체로부터 스스로 거리를 둘 수 있는 순간이 발생한다."(위의 책, 230쪽.)

이유가 없다고 지적하는 딸의 발언들은 전통과 의례에 의지해 이씨 가문의 가장으로서의 권위와 명예를 유지하고 있는 아버지의 남성성과 부권을 위협한다. "산 팔아서 우리가 외국 유학에라도 들고 뜰까 해서 안 파세요?"(261)라고 이사장의 내적 갈등에 일침을 가하는 인옥의 발언은 자신의 지위를 당대 여성 담론의 대상이 되는 여성들에게로 확장시키기 때문에 더욱 위험하다. 전쟁으로 인해 무너진 가부장적 질서 속에서 가부장의 권위가 물리적으로 확인되지 않는 현실을 목도한 전후의 여성들은 인옥과 마찬가지로 전통적 공동체 속 아내, 며느리, 어머니로서의 정체성 외의 사회적 정체성을 확보할 수 있는 가능성을 발견했다. 가정 바깥으로 나선 여성들, 특히 근대적인 교육을 받은 어린 딸들의 등장과 젊은 여성들의 사회 진출이 남성성을 강하게 위협할 수밖에 없는 이유는 그들의 존재가 남성의 일자리를 감소시키기 때문이라기보다는 남성들의 정체성의 뿌리인 전통적 공동체의 와해를 가시화하기 때문이다. 그러므로 인옥의 발언은 여성의 근대적 욕망을 위협적으로 받아들인 남성들이 '유학'이 상징하는 여성의 근대적 욕망을 '이기적인' 욕망으로 왜곡하는 현실[14]을

14 1950년대에는 높은 교육열을 바탕으로 교육제도의 정비와 교육의 확대가 특징적으로 나타난다. 그와 더불어 고등교육을 받은 여성들 역시 수치상으로는 소수이지만 유의미한 증가세를 보인다. 그러나 '여대생'이 하나의 차별적인 명명으로 자리 잡고 관음증적인 시선에 의해 이질적인 여성상으로 표상된 것에서 볼 수 있듯 교육받은 지식인 여성에 대한 사회적 인식은 '지식인'보다 '여성'에 방점을 두고 있었다. 지식인 여성에 대한 왜곡된 관심과 성적 대상화는 지적인 욕망 즉 근대성에 접근하려는 여성의 욕망에 대한 배타적이고 경계적인 시선을 바탕으로 하고 있었으며, 따라서 당대 담론 장에서 발견되는 여대생의 형상은 여성의 지적인 욕망을 왜곡하고 부정하려는 호명의 정치와 무관하지 않다.
여대생에 대한 당대 담론에서는 여자 대학생들의 지적 면모를 지적 허영으로, 근대문화의 일환으로서의 서구문화에 대한 접근을 사치와 타락에 대한 관심으로, 그리고 교육 받고자 하는 여성의 의지를 가족의 빈곤을 외면하는 이기적인 선택으로 왜곡하는 양상이 두드러진다. 그리고 이러한 여대생에 대한 왜곡은 실제적인 여대생들의 모습이 아니라 남성의 시선에서 상상되고 과장된 형상으로 나타난다. 「특별 루포 밤거리 스켓취 여대생들은 밤에 나온다」(『여성계』, 1955.2.), 「여대생과 아르바이트」(『여원』,

직접적으로 폭로하고 조롱하는 의미를 갖는다. 선산을 팔고 현실적인 선택을 하라는 인옥을 “집안 망칠 년”(261)으로 명명하는 이사장은 여성의 근대화를 반(反)전통적이고 반(反)근대적인 아프레적 욕망으로 환원하여 제지하는 당대 이데올로기를 그대로 답습한다. 그러나 이사장이 전통과 근대의 조화로운 타협점으로 받아들이는 아들 제준의 결단은 사실상 딸인 인옥의 추동을 결정적인 계기이자 근거로 한다.

「사실 나도 아버지의 위치에 있으면 과연 팔 것인가 의문이다. 내 자식이 판다면 모르되.」

「바보 같은 소리 말아. 누구를 위해 파는 거야? 결국 산을 위해 산을 파는 거야. 팔아서 더 큰 산을 사기 위한 거야.」

「말만은 잘한다. 그래, 그러나……」

인옥은 손바닥으로 턱을 괴이며,

「아버지가 승낙할 리가 없어. 아버지 몰래 팔아서, 고스란히 빚을 갚고 나머지를 아버지께 드리면 될 게 아니야? 오늘 밤은 차도 못 드셨잖아?」

「어떻게 몰래 판단 말이야. 위법이다.」

제준은 점점 힘이 없어진다.

「사람을 살리는 데 법이 어딨어?」(262-263)

제준을 설득하고 결단하게 한 것은 결국 선산의 매매 문제가 전통적 가치의 문제가 아니라 “사람을 살리는” 것이며 “더 큰 산”이 상징하는 미

1956.1.), 「여대생 아르바이트 종횡기」(『여원』, 1959.11.) 등의 기사 제목은 여대생의 섹슈얼리티를 타락한 아프레걸과 동일시하고 있으나, 그 내용은 남성 필자의 상상에 근거하고 있다.

『하얀 도정』에서 미술을 전공하는 대학생인 인옥이 유학에 대한 얘기를 꺼낼 때마다 시집이나 가라고 다그치거나, 이기적이고 방만한 태도로 단언해버리는 가족들의 태도는 전후의 여대생에 대한 부정적 형상화와 겹쳐진다.

래지향적 가치를 갖는다는 사실을 일깨우는 인옥의 목소리이다. "집안 망칠 년"(261)으로 명명된 인옥 즉 이미 전통적 질서 바깥에 위치된 딸의 위반적 목소리와 의지에서 비롯된 전통과 근대의 조화는 결국 그 토대에서부터 허물어진다. 전통과 근대의 조화를 의미하는 의식인 면례(緬禮)에서 혈연이 아닌 양부의 하관(下棺) 의식을 바라보는 가족들의 "눈물 없이 곡소리를 흉내내"(69)는 모습 역시 전통적 의례들이 상징적 질서를 보장하지 못하게 된 변화를 상기시킨다. 또한 가부장적인 권위를 뒷받침하는 전통적 가치의 상징이 무덤이나 비석과 같이 죽음을 상징하는 것들로만 나타남은 전통이 이미 현실적 가치를 상실했거나 현실과 단절된 허례허식에 지나지 않는다는 인옥의 목소리와 겹쳐지면서 부계혈통에 근거한 가부장적 전통을 현재로부터 분리하여 지나간 과거와 죽은 것에 위치시킨다.

나아가 인옥은 무덤 앞에서 결혼의 엄숙함을 선언하는 풍수 영감을 보면서 죽은 후에 "같이 있다는 사실이 어째서 엄숙한지"(68) 이해하지 못하며 "그렇다면 아내가 둘이 있거나 남편이 둘이 있는 경우는 어떡하느냐"(69)하는 일부일처의 가부장적 질서를 교란하는 물음으로 죽음 앞에서 선언되는 결혼이라는 관계의 가치마저 교란한다. 이사장의 아내이지만 아이들과 혈연으로 연결되지 않은 계모인 송여사는 딸과 마찬가지로 집안의 전승에 기여하지 않고 전통적 공동체에서 자신의 정체성을 확인받으려고 하지 않는 여성이다. 그러한 송여사는 전통적 규칙상 하관(下棺)을 보면 안 되는 나이임에도 의식에 참가하는 것으로 규범을 위반하고 의례의 가치를 부정한다. 더불어 면례에 드는 비용을 아깝게 생각하는 송여사의 물질주의적 태도나, 파산 위기에 행해지는 면례를 위해 산소를 일부 팔았다는 소식에 허물어지는 현재가 아니라 "송장을 위해서" 소모되는 전통적 가치를 "멋진 논법"이라고 조소하는 인옥의 태도(57)는 가부장적 전통과 근대적 합리성의 허위적 결합 위에 세워진 남성 주체의 분열된 정체성을 드러낸다.

3. 댄스홀의 순정과 세속화된 아틀리에

첫 장편소설 『하얀 도정』이 연재되기 이전의 한말숙의 초기 단편들에 빈번히 나타나는 아프레걸과 아프레적 욕망을 가진 여성 인물들은 적극적인 여성 몸의 묘사와 성적 욕망의 확인 및 실현이라는 특징을 공유한다. 초기 단편과 비교할 때 『하얀 도정』은 여성의 몸과 성적 욕망의 묘사가 거의 나타나지 않지만, 아프레걸을 연상시키는 여성들의 위반적인 욕망 즉 전통적 공동체에 구속되지 않는 자유로운 욕망과 능동성을 유지하고 있다. 『하얀 도정』의 여성들은 전후 근대화론이 여성을 배제하는 가부장적 의례들에 전통적 가치를 부여하는 것에 대한 저항성을 가지며, 근대적 가치를 추구함으로써 전통과 근대가 교차하는 가부장적 질서를 교란한다. 나아가 성취되지 못한 여성들의 욕망마저 저항과 교란 속에 내재한 위반적 힘으로 형상화된다. 서양과 송여사는 모두 사랑의 실패와 함께 욕망의 좌절을 경험하지만, 그 욕망을 자발적으로 부정하는 존재방식을 선택함으로써 역으로 균열 속에서 자신의 욕망을 지속시키기 때문이다. 두 여성의 욕망은 1950년대 아프레걸 표상에 의해 부정되었던 여성들의 근대적 욕망 중 자유연애에 대한 욕망과 경제적 욕망을 각각 대표한다.[15]

15 서구문화를 향유하기 위해 성을 판매하는 것조차 서슴지 않는 아프레걸의 속물적이고 타락한 섹슈얼리티는 자유로운 연애와 섹슈얼리티에 대한 여성들의 욕망을 서구문화와 자본주의에 대한 욕망과 연결시킴으로써 부정적으로 형상화한다. 대표적인 아프레적 여성상인 '자유부인'은 기혼여성들의 사업과 경제적인 계 문화를 사치와 허영, 그리고 외간남자와의 불륜으로 귀결되는 것으로 왜곡하며, '여대생' 역시 여성들의 지적인 욕망을 이색적인 매력으로 남성들을 유혹할 수도 있는 타락한 여성의 출발점처럼 왜곡된다. 미군들을 상대하는 성매매 여성들에 대한 '양공주', '유엔부인' 등의 속된 명명들도 생활고로 인해 성매매로 내몰린 여성들을 서구문화에 눈이 멀어 조국을 배신한 일탈적 섹슈얼리티로 왜곡한다. 전후의 혼란 속에서 근대화 혹은 생존을 추구하는 여성의 욕망과 현실은 부정적인 호명의 정치 아래 타락한 섹슈얼리티 즉 전통적 질서와 근대적 질서 어디에도 안착할 수 없는 부정성으로 환원되었던 것이다.

여성의 정체성을 한정하기엔 힘을 잃어버린 전통과 부권적 질서를 벗어나 자유와 새로운 정체성을 추구하는 여성들의 욕망은 전후 여성들의 성적 일탈의 상징이었던 '댄스홀'이라는 공간과 밀접하게 관련된다. 『하얀 도정』은 시작부터 친구들과의 모임에서 "순수하게 기분에 열중"(9)하여 춤을 추는 인옥의 모습을 보여준다. 그 모임은 미군을 통해 유입된 상류층의 문화공간이자 사교장이었던 댄스홀에서 열린 파티는 아니지만, 당대의 댄스홀에 대한 대중들의 호기심과 함께 확산된 댄스문화의 연장선상에 있다.[16] 이후에도 인옥은 음악을 전공하는 김의 아르바이트 장소인 카바레에 종종 출입하며 댄서들을 구경하거나 연인과 춤을 추고, 인옥을 댄서처럼 대하는 무례한 춤 신청을 경험하기도 하는 등 댄스홀에서 시간을 보내며 변화해가는 사회현실을 체감한다. 그곳에서 인옥이 마주치는 사람들은 돈을 받고 남성과 춤을 추는 댄서와 김처럼 음악을 연주하고 술을 나르는 젊은 직원들에서부터 대학생인 친구들과 연인 명규, 오빠 제준과 제준의 맞선 상대인 서양에 이르기까지 다양하다. 인옥 주변의 젊은이들 대다수가 댄스홀이라는 공간을 거쳐 간다고 볼 수 있다.

1950년대에 댄스홀은 그 실제적인 문화와는 무관하게 여대생, 가정주부, 전쟁미망인, 직업여성 등의 여성들이 사치와 향락을 즐기며 타락해가는 공간으로 상상되었다. 대중화된 댄스문화는 성별을 가리지 않고 상류층이나 주요 문화소비계층의 교양으로 여겨지기도 하였음에도 불구하고 아프레걸 담론 속에서 댄스홀은 향락과 매춘의 타락한 공간으로 형상화되었던 것이다.[17] "계집애가 별 데를 다 다녀"(151)라며 인옥에게 댄스홀에

16 이하나, 「미국화와 욕망하는 사회」, 『한국현대 생활문화사 1950년대』, 창비, 2016, 158쪽.

17 문학 작품 속에서도 댄스홀은 주로 문제적인 공간으로 묘사되는데, 그러한 문학적 형상화의 대표적인 사례는 정비석의 『자유부인』(『서울신문』, 1954.1.1.~1954.8.6.)에서 발견된다. 가정주부였던 오선영이 댄스홀을 드나들면서 사치와 허영을 배우고 댄스를 배운다는 명목으로 불륜이라는 성적인 타락을 경험하는 장면들은 여성의 섹슈얼리티

더는 드나들지 말라고 주의를 주는 제준이나 가정주부의 춤바람에 대한 친구들의 갑론을박은 여성 타락의 공간으로서의 댄스홀에 대한 당대 인식을 반영한다. 그러나 댄스홀에서 인옥이 경험하는 문화는 여성들의 사치, 향락, 매춘과는 거리가 멀다. 오히려 인옥은 댄스홀에서 춤을 출 줄 모르는 자신을 익숙하게 리드하는 연인 명규의 춤 실력을 보며, 댄서와 춤을 추는 오빠 제준과 마주치고 자신을 성적으로 대상화하는 무례한 김 사장을 만난다. 인옥이 목도하는 것은 여성들의 타락이 아니라 여성들을 성적으로 대상화하는 남성들의 욕망인 것이다. 동시에 인옥은 댄스홀에서 젊은 세대의 빈곤과 열정, 그리고 자유의 추구 또한 발견한다. 원하지 않는 일자리일지라도 최선을 다해 연주를 하는 김의 열정을 보고, 우울하고 가난한 현실을 함께 나누는 친구들을 보며, 결정적으로 몸이 아프다는 핑계로 제준과의 맞선 자리를 피했던 서양의 자유로운 스텝을 본다.

타락한 공간에서 젊은 세대의 문화적 공간으로 전환된 댄스홀에서 인옥의 눈길을 사로잡은 가장 매력적인 존재는 다름 아닌 서양이다. 인옥은 서양이 오빠와의 맞선 자리에 아프다는 핑계로 나타나지 않았던 바로 그날 저녁, 댄스홀에서 "첵의 플레어 스커트"와 "새빨간 스웨터"(155)를 입고서 "넥 스텝을 경쾌하게 밟"(156)는 큰 키의 서양을 만난다. 소위 '명문(名門)'이라고 불리는 집안 사이의 전통적 혼례 과정인 맞선에 반감을 가진 딸 인옥은 맞선 자리를 걷어찬 또 다른 딸 서양의 자유로운 행동에서 매력을 느낀다.

인옥은 서양에게 무엇인가 솔솔히 이끌리는 매력을 느꼈다. 선보는 데는

와 댄스홀의 결합에 내포된 부정적인 여성 담론을 그대로 반영한다.
뿐만 아니라 1950년대에 큰 파장을 일으켰던 혼인빙자 간음사건인 '박인수 사건'(1955)의 피해자들이 댄스홀에서 박인수를 만난 미혼 여성들이며 여대생들도 포함되어 있었다는 사실은 댄스홀에 얽힌 부정적인 여성 담론에 근거를 제공하기도 하였다.

> 나오지 않고 그날 밤에 다른 남자와 흥겨워 춤을 추는 일, 명규에 대한 태도, 인옥에의 예리한 관찰, 그 모든 것이 인옥의 흥미를 끄는지도 모른다. 그녀가 명규를 사랑하고 있을까? 인옥은 터무니 없는 상상을 해 보았다. 세련된 그녀의 표정이기에 더욱 그 속에는 갖가지 일이 은폐되어 있을 것도 같다. 그녀는 명규에게 청하여 서양을 소개받을 생각이었다.(167)

인옥은 서양의 세련된 외양이나 자유로운 행동들 이상으로 그의 사랑에서 매력을 느낀다. 프로포즈까지 받은 상황에서 자신이 명규를 사랑하지 않는다는 것을 뒤늦게 깨달은 인옥과 반대로 서양은 자유연애를 적극적으로 추구하는 사랑의 주체이다. 서양은 명규를 사랑하는 순정 때문에 맞선을 거부하고 전통적 혼례를 조롱하기라도 하듯 댄스홀에서 남성들과 즐겁게 춤을 춘다. 명규가 아닌 남성과 춤은 추지만 명규가 아닌 남성과 연애나 결혼은 하지 않겠다는 서양의 독특한 태도는 인옥에게 멋지고 세련된 근대적 여성상으로 비춰진다. "이지적이고 거만한 눈, 품위 있는 이마며 콧날"(247) 등 서양의 이국적인 외양도 동경의 이유가 된다.

댄스홀에서 순정을 추구하는 모순된 욕망의 담지자인 서양은 근대적인 자유연애를 통해 전통적 결혼 규범을 벗어난 근대적 주체가 되고자 한다. 자유연애에 대한 욕망은 명규의 마음을 얻지 못하는 사랑의 실패로 인해 좌절되고 서양은 결국 이루어질 수 없는 명규와의 사랑이 아닌 제준과의 결혼을 택한다. 그러나 그 결혼은 사랑이나 집안 간의 연결이 아니라 서양과 제준 사이의 합리적 계약에 근거한다. 두 사람은 사랑이 아닌 "그들의 뜻이 합쳐진"(297) 지점에서 결혼을 결정했기 때문이다. 그들의 결혼은 낭만적 사랑의 환상도, 집안 간의 약속도 아닌 당사자 간의 합리적인 결정에서 비롯되었다. 이러한 서양의 선택은 댄스홀에서 순정적인 사랑을 지키는 모순적 행동과 상반되면서도 동일한 방식으로 당대의 근대화론에 균열을 낸다. 순정을 버리고 합리적인 선택을 하는 것이 오히려 사랑과 연애, 결혼을 연결하는 낭만적 사랑 담론과 근대성의 결합을 깨트리기 때문이다. 서양의 선택은 표면적으로는 사랑의 실패를 받아들이고 자유연애를 포기하는 것처럼 보이지만, 사실상 자유연애를 부정하거나 제한해온 전통적 결혼이나 가부장제와 결합한 근대적 결혼 규범을 모두 이탈한다. 그러한 교란성에 의해 지속되는 욕망의 잠재성은 서양의 선택을 존중하면서도 자유로운 사랑의 중요성을 이어나가는 인옥에 의해 드러난다. 자유로운 사랑을 실현할 수 있는 인옥의 가능성과 용기에 대해 서양이 드러내는 '부러움', 그리고 그런 서양의 선택과 무관하게 계속해서 서양을 근대적 여성으로 동경하는 인옥은 여전히 서양 내면에 근대화와 주체화에 대한 욕망이 잠재해 있음을 암시한다.

다음으로 송여사는 자본주의적 근대에서 경제적 주체가 되고자 하는 욕망을 대표한다. 송여사는 극단적일 정도로 모든 것을 물질적 가치로 환원함으로써 전통적 질서 즉 가정에 얽매이지 않는 고유한 주체성을 세우고자 한다. 그는 집안의 형편이 기울면서 온갖 사치스러운 장식과 가재도구들이 저렴한 생필품과 식료품으로 교환되는 와중에도 자신이 직접 사들인 사치품들만큼은 지켜낼 만큼 물질적인 욕망을 강하게 드러낸다. 그러나 송여사의 욕망은 단순히 속물적인 부정성으로 머무르지 않는다. 낡은 전통을 상징하는 "대물려 온 골동품"(293)을 지키기 위해 자신의 소유물을 포기하지 않는 태도, 면례(緬禮)에 드는 비용을 아까워하는 송여사의 태도는 자본주의적 현실에 맞지 않는 전통에 대한 조소를 내포한다. 아울러 이사장과의 결혼 관계를 사랑이 아닌 경제적 거래 관계임을 명확히 함으로써 송여사는 "사랑하는 이의 자식이 아니라면 낳고 싶지도 않아!"(229)라는 모성에 대한 거부를 당당하게 표출한다. "장식품"(229) 같은 사랑도 되지 못하는 물질적 관계에 불과한 이사장과의 부부관계는 송여사를 온전히 구속할 수 없다.

화가이기도 한 송여사의 아틀리에는 그 누구도 간섭하지 않는 송여사만의 공간이지만, 정신적이고 내적인 성찰의 장소이기보다는 세속화된 공간이다. 송여사는 예술적 가치마저 물질적 가치로 환원하면서 자신의 그림을 비싼 값에 판매하는 것을 목표로 하기 때문이다. 예술 역시 송여사에게는 사랑 없는 결혼생활에서 벗어나 새로운 정체성을 확립하기 위한 물질적 수단이다. 부부는 같은 분묘에 묻혀야 한다는 가부장적 전통을 비웃으며 "내가 죽거든 집에서는 염려할 것 없어. 나는 예술가로서 무덤이 따로 세워질 테니까."(71)라고 받아치는 송여사의 발언은 예술가로서의 성공이 곧 가정으로부터 온전히 즉 죽음 이후에도 구속되지 않을 정도로 완전하게 벗어나는 길이라는 인식을 보여준다. 자본주의적인 사회에서 예술가로서의 성공은 경제적 가치와 무관하지 않기에 송여사는 예술과 자본의 동일시를 적극적으로 수용하는 것이다.

물질적 수단으로 환원된 예술활동을 통해 가정에서 독립하고자 하는 송여사의 욕망은 미국계 미술상사를 통해 그림을 파는 다리가 되는 오영환에 대한 호감이 거절당하면서 좌절된다. 오영환의 거절은 위반적 사랑, 물질적 욕망, 독립의 욕망의 실현을 모두 저지한다. 이러한 상황에서 송여사가 마지막 남은 경제적 기반인 남편의 사업이 회복되기를 바라는 것이 아니라 가계의 파탄을 오히려 바라고, 선산의 대부분을 팔아 파산을 면하자 결국 자살을 시도한다는 점은 그의 욕망이 속물성을 넘어 경제적 자립을 통한 주체성을 지향하고 있었음을 증명한다.

> 대체 왜 목을 매었을까. 인옥은 놀라움이 가셔지자 그것을 의심했다. 파산도 면했는데……어쩌면 그녀는 파산을 기대했었는지도 모른다. 생활의 변화를 바랄 수도 있는 일이기 때문이다. 인옥은 송여사의 자살 원인을 생각하면 끝에 고독이 아니었을까 하고 귀결을 짓고 있었다. 고독이라면 할머니 같은 사람도 있는데. 남편도 있고 친구들도 있는 송여사가…… 그러나 인옥은 송여사의 고독을 이해할 수 있을 것 같았다. 송여사뿐 아니라 사람

은 누구나 다 고독하다. 다만 그것을 아는가가 문제고 알았을 때 그것을 어떻게 대하는가가 그 인간을 남과 구별하는 것이 아닐까.(301)

송여사의 자살시도의 원인은 "생활의 변화"의 실패이다. 오영환을 통한 사랑과 욕망의 성취가 실패한 이상 자본주의적 질서 속에서 가정에서 독립한 경제적 주체가 되고자 하는 송여사의 욕망의 실현 가능성은 역설적으로 남편의 경제력이 무너지는 파산에만 남게 되기 때문이다. 그러므로 송여사의 극단적 선택인 자살은 남편의 경제적 능력에 의존하는 결혼생활을 변함없이 지속해야 한다는 현실, 타자화되고 의존적인 삶에 대한 강력한 거부이다. 자살소동을 통해 자신이 경멸했던 송여사의 속물성이 단순히 물질만능주의나 허영에 그치는 것이 아니라 인간으로서 '고독'을 대하는 나름의 방식이자 욕망이었음을 이해하는 인옥의 시선은 송여사가 품고 있는 가정 바깥을 향한 욕망을 재확인한다.

4. 분열된 주체의 자기응시와 공백(空白)의 창조성

인옥은 전통, 연애, 자본을 통해 근대적 주체가 되고자 하는 제준, 서양, 송여사를 지켜보는 관찰자인 동시에, 제준의 결단을 추동하고 서양과 송여사의 사랑의 좌절의 원인이 되는 존재로서 모든 서사의 중심에 놓인 인물이다. 인옥은 '고독'이라는 인간의 본질과 그에 대응하는 다양한 욕망들을 지켜봄으로써 "인간을 남과 구별하는 것"(301) 즉 고유한 욕망과 선택들이 주체성의 바탕이라는 것을 깨닫는다. 송여사와 서양은 욕망의 좌절로 인해 주체화에 실패하는 순간에도 결코 순종하지 않는 위반적인 균열로 남음으로써 상징계적 질서에 편입되지 않는 경계적인 존재로 남았다. 반면 그 여성들에 대한 관찰자였던 인옥은 사랑과 예술의 이상과 자본주의적 현실 사이에서 균형을 맞추며 살아가는 근대적 주체의 가능성을 모색하는 주인공으로 도약한다. 사랑에서 공허함밖에 얻지 못한 채 결혼을 막연히 거부해왔던 인옥은 서양처럼 자유로운 사랑의 선택을 욕망하게 되고, 예술가로서의 꿈을 이루기 위해 필요한 사회적 지위와 독립성을 얻고자 송여사처럼 경제적인 자립을 추구한다. 또한 두 여성과 마찬가지로 가정에 귀속된 여성성을 거부한다. 그렇게 두 여성과 유사한 선택을 하면서도 인옥의 욕망은 더욱 모순적이고 상반된 것들의 결합을 추구하고 있다는 점에서 차별화된다. 결혼에 대한 거부와 자유연애의 지향, 상업적 디자이너로서의 경제적 활동과 화가로서의 예술적 이상처럼 모순된 가치와 역할이 공존하는 반(半)세속화의 형태로 나타나는 인옥의 변화는 그럼에도 불구하고 오빠인 제준의 근대화와 달리 분열이 아닌 합일을 향하고 있다.

상징계적 질서에서 주체는 타자의 욕망을 욕망함으로써 주체가 되며, 그러므로 이루어질 수 없는 욕망은 그 자체로 분열을 의미한다.[18] 그러나 인옥은 아무것도 욕망하지 않을 때 오히려 분열되어 있다. 인옥은 처음부터 분열된 주체로 나타나지만, 전통, 연애, 자본 그 모든 것을 배경으로 갖추고 있으면서도 아무것도 욕망하지 않는 텅 빈 몸이기도 하다. 인옥은

18 라캉에 따르면 상징계적 질서 내부에서 주체는 타자의 욕망을 욕망하기 때문에 결여로부터 탄생한다. 여성과 남성의 사랑은 그러므로 '남근이 되고자 하는' 여성과 '남근을 갖고자 하는' 남성의 욕망 자체가 성사될 수 없기 때문에 불가능하다. 남성은 욕망의 기표이자 결코 고정되지 않기에 가질 수 없는 기표인 남근 즉 타자의 욕망을 경유해서만 욕망하기에 그의 욕망은 언제나 결핍일 수밖에 없다. 반면 여성은 남근이 됨으로써 변별될 수 있는 주체가 되고자 하지만 남성의 성적 대상이 됨으로써만 남근이 될 수 있기에, 다시 말해 여성은 남성의 욕망의 대상인 타자가 됨으로써 남근이 될 수 있기에 결국 욕망하는 주체가 되고자 하지만 욕망의 대상인 타자로 전락하고 만다. 이러한 성관계의 불가능성은 결핍일 수밖에 없는 주체와, 분열 그 자체일 수밖에 없는 욕망을 상기시킨다. 그러나 인옥은 욕망하지 않을 때 분열되어 있으며, 타자가 아닌 자신의 욕망을 욕망하고 스스로를 타자의 성적 대상으로 삼지 않는다.(자크 라캉, 『욕망이론』, 권택연 · 민승기 · 이미선 옮김, 문예출판사, 1994, 258-273쪽 참조.)

모든 것을 지루하고 공허해한다. 자신의 그림에서 어디를 수정해야 할지 도무지 감을 잡지 못하는 인옥의 모습은 결핍을 나타내지만, 인옥은 자신의 결여를 그 어떤 매개체도 없이 직시한다는 점에서 상징계적 질서의 균열 그 자체로 나타난다.

> 광의 단조로운 검은 문이 보였다. 관 같다! (사실대로 보란 말이야, 딴생각 말고) 인옥은 스스로 타일렀다. 그러자 이번에는 그 문 앞에 그녀가 서 있는 것을 그녀는 보았다. 머리털이 쫑긋하고 곤두섰다. 그녀는 눈을 옮겼다. 주룩주룩 비가 내리고 있다. 마당 모퉁이에 오동나무, 그 밑에 또 그녀가 서 있다. 그녀가 입고 있는 옷과 똑같은 것을 입고 똑같은 가방을 들고 가만히 그녀를 응시하고 서 있다. 인옥은 그녀에게 눈을 째렸다. 그러자 그쪽의 인옥도 이쪽의 인옥을 날카로이 째린다. 이쪽이 질 것 같다. 머리가 아찔하다. 또 이러는구나 하고 그녀는 생각하였다. 때로 보는 그녀 자신의 환각임을 그녀는 안다. 아니, 역시 무섭다. 인옥은 손으로 눈을 가렸다. 그러나 광 앞에서, 나무 밑에서 그녀를 응시하는 그녀의 시선을 느꼈다. 주룩주룩 빗소리가 한층 무섭다. 춥다.(49)

1장 초반부에서 인옥은 자신만의 공간인 방에 들어가기 직전에 외적인 원인이 없는 두려움과 오한을 느끼며 분열된 자기 자신의 상(象)을 목격한다. 분열된 자기와의 직면은 거울이나 창과 같은 다른 매체를 경유하지 않고 곧바로 이루어진다. 어떠한 권위나 규범의 개입도 없이 자기 자신이 분열되어 있으며 그 원인이 "혼" 없이 "꺼풀만 서 있는"(48) 자신에게 있음을 직면할 수 있는 인옥은 어떤 욕망도, 정체성도 없는 비어있는 몸이다. 인옥의 분열은 상실이나 결핍에서 오는 것이 아니라 두려움에서 온다. 전통과의 단절, 가정의 파탄, 빈곤, 상실을 두려워하지 않고 오히려 적극적으로 모든 대상화를 부정함으로써 그 어떤 권위나 타자에게도 빚지지 않는 인옥이 두려워하는 대상은 오직 자기 자신뿐이다. 방 바깥에 서서 자신을 응시하고 있는 또 다른 자신의 형상은 조상, 아버지, 자본, 사랑 같은 것이 아니다. 자기 내부의 욕망과 삶을 위협하는 유일한 대상, 바로 자신의 '죽음'이다. 인옥은 혼자 감당해야 하는 죽음이라는 인간의 고독한 본질에 대한 대응방식을 찾고자 한다. 뚜렷하게 나타나는 타인들의 욕망과 그 욕망의 좌절, 그리고 존속의 관찰자로서 자신의 두려움이 인간의 피할 수 없는 고독인 죽음에서 온 것을 깨달은 인옥은 무엇에도 빚지지 않는 자신만의 욕망을 통해서 그 두려움과 분열을 극복하고자 한다.

그러므로 인옥이 처음으로 텅 빈 자신의 몸이 충만해지는 순간은 무언가를 욕망하는 순간에 찾아온다. 가령 오영환에게서 사랑을 고백 받았을 때, 확신할 수 없었던 사랑이라는 욕망 자체를 확인한 순간에 인옥은 완전한 충족을 경험한다. 소설을 창작하듯 연애편지를 써내려 갔던 이전과 달리 인옥은 영환에 대한 사랑을 언어화하지 못하고 영환에게 그 사랑을 말로 되돌려주지도 않는다. 인옥이 사랑의 욕망으로 인한 충만함을 "백치처럼 공허한"(215) 것으로 홀로 향유하고, 대답을 듣지도 못하고서 거리에 홀로 내버려진 영환의 모습은 인옥이 사랑의 욕망을 영환의 대상이 됨으로써 성취하는 것이 아님을 의미한다. 이처럼 인옥의 욕망은 타자의 욕망을 경유하지 않으며, 스스로를 성적 대상으로 만들지도 않는다는 점에서 분열이나 결핍과 거리가 멀다.

욕망 그 자체를 응시할 수 있는 인옥은 그러므로 사랑의 대상인 영환이 죽은 후에도 "나는 그 사람을 사랑할 때까지 사랑할 거예요."(325)라고 말하며 누군가에게 의지하지 않고 슬픔을 온전히 홀로 감당할 수 있다. 연인은 죽었지만 그를 향한 사랑 그 자체는 죽은 연인에게 의지하지 않은 채 인옥 스스로의 욕망으로 지속되고 있기 때문이다.

그녀는 홀로 소공동 길을 걸어갔다. 그녀는 팩스타회사 앞을 지나서 영

> 환과 자주 들르던 다방 앞을 지났다. 찻길을 건넜다. 그녀는 돌아섰다. 건넜던 길을 다시 건너갔다. 그녀는 길 가는 사람이 보이지 않았다. 자동차의 클랙슨도 들려 오지 않았다. 인옥은 없다, 없다, 하며 속으로 뇌며 걸어갔다. 없었다. 영환이 없었다. 아까 저리로 향해 걸어갔던 그녀 자신이 없었다. 그녀는 허공에 손을 뻗쳐서 무엇인가 잡아 보려고 했다. 허공에는 태양빛이 밝을 뿐이다. 그녀는 땅을 보았다. 잿빛 포도. 없다. 아무것도 없었다. 어저께도 없고 그저께도 없었다. 영환은 없었다. 그녀는 다방 앞까지 갔다가 되돌아섰다. 그녀는 언젠가의 꿈에서 본 것처럼 지나 온 시간이 하얗게 없어져 감을 느꼈다. 그리고 그녀는 영환을 온 몸에 느꼈다. 그녀는 집으로 향해서 걸어갔다. 똑똑 똑똑, 그녀의 힐이 아스팔트 위에 차고 고르다.(325)

1장에서와 달리 결말에서 인옥은 분열된 자기 자신의 상을 보지 않는다. 대신 인옥은 언어화되지 않는 공허 그 자체를 본다. 이미 지나가버린 과거가 사라지고, 슬픔으로 가득한 현재 또한 과거가 되어 사라지는 "허공"에서 인옥은 꿈에서처럼 멈추지 않고 걸어나가며, "영환을 온 몸에 느"낀다. 공허 속에서의 충만함, 인옥은 분열을 넘어 온전히 자기 자신만의 욕망을 가질 수 있는 주체가 되는 것으로 부권적 질서에 기초한 근대적 주체와 전혀 다른 주체화의 가능성을 연다. 수많은 죽음과 과거의 망령들을 뒤로 하며 계속 나아가야 하는 꿈은 인옥을 삶을 위협하는 죽음만을 두려워하며 자기 자신을 지키며 생존하고자 하는 가장 본질적인 욕망의 주체로서의 길로 이끌고, 인옥이 합일된 주체가 되도록 추동한다. 이러한 도정(道程)은 다른 여성들의 욕망을 관찰하고 자신과 다른 그들의 결단과 삶의 방식을 존중해나가는 과정을 거친다. 타자에 대한 긍정을 넘어 고유한 욕망을 발견하고, 상실조차도 뛰어넘어 그 무엇에 의해서도 규정되지 않는 공백의 존재가 된 인옥은 전통과 근대, 가부장적 질서와 여성의 욕망, 기존의 현실과 이상적 미래를 가로지르며 자신의 길을 모색하는 창조적인 주체로 재탄생한다. 비록 인옥의 사랑은 좌절되었지만, 특정한 공동체나 아버지의 권위를 정체성의 토대로 삼으려 하지 않는 인옥이 모색하는 근대성과 주체성은 이분법적인 분열을 바탕으로 구축되는 남한의 근대화론과 달리 분열이 아닌 합일을 추구하면서 상징계적 질서 내부에서부터 균열을 일으키고 새로운 질서의 구축을 지향한다.

5. 나가며: '하얀' 근대로의 '도정(道程)'

한말숙의 1950년대의 단편소설이 아프레걸의 몸과 성적 욕망의 적극적 묘사를 통해 가부장적 전통은 물론 근대적 합리성마저 부정하며 질서 바깥을 향하는 탈주적인 성격을 가졌다면, 1960년에 연재된 첫 장편소설 『하얀 도정』은 여성의 주체성과 근대화를 남한사회 질서 내부의 균열에서부터 모색하는 작품세계의 변화를 알리는 작품이라고 할 수 있다. 사랑과 물질이라는 근대성의 주요한 두 요소에 대한 욕망을 통해 전통적인 질서에 저항하는 서양과 송여사는 여성을 배제함으로써 성립된 전통과 근대의 절묘한 만남을 와해시킨다. 그러나 서양과 송여사는 규범을 교란하며 자신의 욕망을 내적으로 보존했음에도 불구하고 각각 과거의 사랑에 매여 있고, 현재적 가치 규범에 매몰되어 있다는 한계를 갖는다. 반면 그들의 사랑과 욕망, 좌절과 결단을 지켜본 목격자이자 그들의 욕망이 파괴되지 않았음을 보증하는 존재인 인옥은 그들과 달리 과거와 기존의 가치질서를 넘어 새로운 질서를 모색한다. 『하얀 도정』의 인옥은 부권적 질서에 의해 억압되거나 결핍되지 않고, 자기응시를 통해 고유한 삶을 욕망하는 여성 주체를 모색하는 한말숙의 문학적 시도를 보여준다. 그리고 동시에 인옥은 젊은 여성 지식인으로서의 한말숙의 내적 성찰이 투영된 대상으로도 짐작될 수 있다.[19]

뿐만 아니라 인옥이 부조리한 전통과 모호한 근대성 사이의 혼란 속에서 자신의 삶의 방식과 가치관을 확립하고자 하는 청년이라는 점에서 『하얀 도정』은 기성세대의 가치관에서 탈피하여 새로운 질서를 세우고자하는 전후 청년세대에 여성을 포함시키려는 문학적 시도로서도 의미를 갖는다. 작품의 제목인 '하얀 도정' 즉 걸어온 길을 되돌아갈 수 없고 과거와 죽음을 넘어 앞으로 걸어가야만 하는 인옥의 꿈은 기성세대의 과거와 현재를 넘어 새로운 미래를 만들어 가는 독립적이고 창조적인, 무엇보다도 사회와 유리되지 않은 현실적인 주체로서의 청년 여성의 가능성을 담고 있는 것이다. 꿈속에서 인옥이 걸어가는 하얀 세계는 과거나 정해진 질서가 목표하는 근대국가라는 미래형상에 얽매이지 않는, 말 그대로 공백의 세계이다. 이 공백은 두렵고 불안정한 현재를 일깨우기도 하지만 무엇인가를 새기고 그려낼 수 있는 가능성의 기표이기도 하다. 현재의 질서에 안주하거나 타협하지도, 그렇다고 경계 바깥으로 탈주하지도 않은 채 자신이 선 바로 그 자리에서부터 인옥이 만들어나갈 근대는 아직 결정되지 않은 공백의 세계처럼 '하얀 근대'이다. 그러므로 인옥이 모색하는 새로운 근대성은 이분법적인 경계조차 사라진 분열되지 않은 세계로서 완전히 새로운 질서의 구축을 요구한다. 그러한 '하얀' 근대를 걸어나가는, 혹은 걸어나가고자 하는 '도정'의 시작점에 한말숙의 『하얀 도정』은 위치해있다.

19 강인숙은 『하얀 도정』을 작가 한말숙의 내면과 문학작품의 거리가 보다 가까워지는 변화가 처음 포착되는 작품으로 평가한다.(강인숙, 앞의 글, 72쪽.)

● 참고문헌

1. 기본 자료

한말숙, 『하얀 도정』, 삼성출판사, 1972.

2. 논문 및 단행본

강소연, 「1950년대 여성 소설 연구—손소희, 한무숙, 한말숙 작품의 여성 의식을 중심으로」, 이화여자대학교 석사학위논문, 1999.

강인숙, 「한말숙—「하얀 도정」: 작품 세계의 분계선」, 『여류문학, 유럽문학 산고』, 박이정, 2020, 165-174쪽.

강인철, 「한국전쟁과 사회의식 및 문화의 변화」, 한국정신문화연구원 편, 『한국전쟁과 사회구조의 변화』, 백산서당, 1999, 197-308쪽.

김은하, 「전후 국가 근대화와 '아프레 걸(전후 여성)' 표상의 의미」, 『여성문학연구』 16, 한국여성문학학회, 2003, 177-209쪽.

남원진 편, 『1950년대 비평의 이해 Ⅱ』, 역락, 2001.

변신원, 「한말숙 소설연구—결핍의 글쓰기로부터 자족의 세계로」, 『현대문학의 연구』 19, 한국문학연구학회, 2002, 227-254쪽.

이덕화, 『한말숙 작품에 나타난 타자 윤리학』, 소명출판, 2012.

이미정, 「1950년대 여성 작가 소설의 여성 담론 연구—강신재 · 한말숙 · 박경리 소설을 중심으로」, 서강대학교 석사학위논문, 2003.

이임하, 「한국전쟁이 여성 생활에 미친 영향—1950년대 '전쟁 미망인'의 삶을 중심으로」, 『역사연구』 8, 역사학연구소, 2000, 9-55쪽.

이하나, 「미국화와 욕망하는 사회」, 『한국현대 생활문화사 1950년대』, 창비, 2016, 135-160쪽.

표유진, 「1950년대 여성 소설의 여성 표상 전유와 몸 연구—정연희 · 한말숙 · 강신재를 중심으로」, 이화여자대학교 석사학위논문, 2021.

레나타 살레클, 『사랑과 증오의 도착들』, 이성민 옮김, 도서출판b, 2003.

자크 라캉, 『욕망이론』, 권택연 · 민승기 · 이미선 옮김, 문예출판사, 1994.

3. 기타 자료

곽종원, 「명랑 활발을 아프레와 혼동하고 있지 않은가?」, 『여원』, 1956.10.
김동리, 「추천기」, 『현대문학』 3(6), 1957.6.
김성애, 「특별 루포 밤거리 스켓취 여대생들은 밤에 나온다」, 『여성계』, 1955.2.
이건호, 「처녀순결론」, 『여원』, 1955.11.
이명온, 「민주여성의 진로」, 『신천지』, 1954.7.
조동필, 「여대생과 아르바이트」, 『여원』, 1956.1.
조풍연, 「새로운 성모랄을 찾아서」, 『여성계』 1957.5.
「여대생 아르바이트 종횡기」, 『여원』, 1959.11.

8장

사회적 어머니의 환상과 딸의 주체화

—손소희 「그날의 햇빛은」(1960)과
강신재 「점액질」(1966)을 중심으로

전소연

1. '여류'문학에 대한 비평: 1950 · 60 비평과 여성주의 비평

1950 · 60년대 비평에 있어서 중요한 키워드는 1950년대 '실존주의'[1]와 1960년대 '4 · 19'[2]로 요약할 수 있다. 문예비평가들이 이 키워드들을 중요한 기준으로 하여 작품을 비평하였다는 점은 1950 · 60년대 당대의 문학적 의식과 밀접한 관련이 있다고 할 수 있다.

그리고 비평의 대상에서 작가군을 구분할 때, 기성작가/신진작가라는 구분 이외에 '여류'작가군을 별도로 설정하였다는 점에 주목할 수 있다. 이러한 경향을 반영하여 여성 작가들의 작품은 때로는 기성작가와 신진작가라는 구분으로 남성 작가들의 작품과 함께 다루어지기도 하였고, 때로는 여류라는 별도의 기준으로 다루어지기도 하였다. 전자의 경우는 신

1 배경열, 「50년대 실존주의론」, 『한국문학이론과 비평』 20, 한국문학이론과 비평학회, 2003, 229쪽.

2 김지미, 「4 · 19의 소설적 형상화」, 『한국현대문학연구』 13, 한국현대문학회, 2003, 385쪽.

문·잡지에서 연재된 월평, 연평 등 비교적 간략한 비평에서, 후자의 경우는 여류라는 기획에서 이루어진 비평 또는 개별 작가로 다루어진 비평에서 주로 확인할 수 있다. 그러나 후자의 비평이 전자의 비평보다 본격적으로 여성 작가의 작품을 다루고 있다는 점에서 '여류'라는 기준이 가지는 의미는 크다고 할 수 있다.

이와 같은 기준 아래 여류작가들은 남성 작가들의 기준과는 다른 기준으로 비평되어왔다. 여류라는 구분이 여성 작가들의 작품을 비평하는 기준으로 작동함으로써, 문학사의 흐름에서 여성 작가들의 작품은 배제되었다. 따라서 여성 작가들의 작품들은 여성주의 비평에서 주로 다루어지는 양상을 보인다.

이중 손소희와 강신재는 전후 한국문단을 대표하는 여성 작가로 손꼽힌다[3]는 점에서 공통점을 갖지만, 여성주의적 견해에서 살펴보는 비평에서는 대립적으로 바라보는 관점을 발견할 수 있다는 점은 특기할만하다.

대표적으로 여성 인물에 대한 비평의 주요 내용을 비교하면, 손소희 작품이 "한국적 여성상"이라고 명명되며 운명적 삶에의 수용을 보여준다는 평가[4]를 받는 반면, 강신재 작품은 주부로서의 기능이 결핍되어 있으며 생활(가정)과 유리되었다는 점에서 '한국의 여인상'과 구별되는 '서울의 여인상'이자 '근대여성'을 보여준다고 평가받고 있다.[5]

그리고 손소희의 문학은 여성 해방의 논리에 대한 비전을 제시하거나 결혼관에 대한 개혁성을 보여주지 못한다는 점에서 여성 문학으로서의 한계가 있다는 지적을 받고 있으며,[6] 강신재의 문학은 당대의 제도나 관

3 김은하, 「1950년대와 나쁜 여자의 젠더 정치학」, 『여성문학연구』 50, 한국여성문학학회, 2020, 147쪽.

4 정영자, 「손소희 소설 연구: 속죄의식과 죽음을 통한 여성적 삶을 중심으로」, 『수련어문집』 16, 부산여자대학교 국교과 수련어문학회, 1989, 3쪽.

5 고은, 「실내작가론8－강신재」, 『월간문학』, 1969.11, 162-163쪽.

6 전혜자, 「『남풍』의 서사적 특성 연구」, 『아시아문화연구』 4, 가천대학교 아시아문화연

습에 기대어 강요되는 순응적인 여성성을 거부한다는 점에서 여성주의 비평에서 유의미하게 다루어지고 있다.[7]

비평의 시간적 차이는 있지만, 손소희와 강신재가 그려낸 여성 인물에 대한 대립적인 내용을 고려할 경우 여성 인물에 대한 보다 더 심층적인 분석이 필요함을 발견할 수 있다. 기존의 논의에서는 여성 인물들의 주체화 양상과 여성 인물의 형상화가 제도나 관습에 대하여 얼마나 저항적인가 하는 점을 주로 다루고 있기 때문이다.

본고에서는 어머니와의 관계를 바탕으로 주체화되고 있는 여성 인물들에 주목하여 손소희의 「그날의 햇빛은」(『현대문학』, 1960.10)과 강신재의 「점액질」(『신동아』, 1966.6)을 살펴보고자 한다. 이를 바탕으로 이들의 작품에 나타나는 어머니와 딸의 관계는 이들의 작품을 1950 · 60년대 비평의 자장 아래에서 바라볼 수 있는 실마리를 보여준다고 주장하고자 한다.

이때의 어머니는 정신분석학적 의미에서의 상징적 어머니를 지칭한다. 멜라니 클라인에 따르면 유아의 주체화 과정에서 어머니가 일차적 대상이고 아버지가 이차적 대상으로 역할을 한다. 유아가 가지고 있는 어머니에 대한 환상(phantasy)은 아이들이 전체 세계와 관계하는 방식에 영향을 끼친다. 즉, 어머니는 자식이 독립적 주체로 거듭나는데 가장 핵심적인 역할을 하는 대상이다.[8] 따라서 여성 인물들의 내면에 자리한 어머니 상은 서사 내에서 인물들 간의 갈등의 원인이며 인물들이 사회와 마주하는 방식이라고 볼 수 있다. 손소희와 강신재의 작품에서 묘사된 '어머니의

구소, 2000, 243쪽; 정영자, 앞의 글, 15쪽.

7 곽승숙, 「강신재 초기 소설에 나타난 모성성 연구」, 『한성어문학』 29, 한성대학교 한성어문학회, 2010, 128-130쪽.

8 멜라니 클라인, 이만우 옮김, 『아동 정신분석』, 새물결, 2011, 19쪽; 줄리아 시갈, 김정욱 · 김진환 옮김, 『멜라니 클라인』, 학지사, 2009, 70-72쪽; 박주영, 「환상 안에 있는 고딕 어머니: 멜라니 클라인의 대상관계 이론에 관한 연구」, 『인문과학논총』 13, 순천향대학교 인문과학연구소, 2004, 58쪽.

상'은 가부장적 사회 · 제도에서 구성된 어머니와는 다른, 주체화의 핵심 인물로서의 어머니를 보여준다는 점에서는 공통점을 갖는다. 두 작가의 작품에서 나타나는 극단적으로 보일 수도 있는 여성 인물의 차이는 서로 다른 내면의 어머니 상에서 원인을 찾을 수 있다. 이에 초점을 맞추어 여성 인물의 주체화 과정에서 작용하는 강력한 어머니의 환상에 주목하여 여성 인물들이 가지고 있는 '어머니의 상'과 그를 바탕으로 한 인물들의 주체화 형상 과정을 정리해보고자 한다.

이를 위하여 2절에서는 손소희의 「그날의 햇빛은」을,[9] 3절에서는 강신재의 「점액질」을 중심으로 분석하였다. 이를 분석대상으로 한 이유는 모녀관계와 관련하여 분석한 선행연구가 있고, 공포와 연민의 대상으로서의 어머니와 섹슈얼한 어머니라는 서로 대립적인 어머니 상의 모습을 보여주며, 각각의 발표된 시점에 주목할 때 1950년대와 1960년대를 보여주는 텍스트라는 점에서 분석하는 과정이 의미 있을 것으로 판단하였기 때문이다.

'어머니 상'과 여성 인물의 주체화를 보다 심층적으로 살펴보기 위하여 각 절의 1항은 작품 내에 나타나는 여성 인물들이 가지고 있는 어머니

9 1960년 11월에 발표된 작품이지만, 다음의 논의에 기초하여 1950년대 작품으로 살펴보고자 한다.
첫째, 안수길이 1960년의 연평에서 언급한 내용에 의하면, 1960년의 작품들은 4 · 19에 대한 작품들을 찾아보기 어려우며, "소설이란 사태가 발발했을 경우 그것이 즉각 작품화되는 것이 아니라 시간적 거리를 두어야 생산될 수 있다"고 언급하였다. 따라서 손소희의 작품은 비평사적으로 4 · 19를 중요한 사건으로 바라보는 1960년대의 작품으로 보기에는 어려움이 있다고 본다.(안수길, 「60년의 문화계 정리: 작가들의 침착성을 말해준 해 평년이상의 풍등 下」, 경향신문, 1960.12.22.)
둘째, 이 작품에서 죽음충동에 대해 많이 언급하고 있다는 점이다. 프로이트가 「쾌락 원칙을 넘어서」를 발표한 것이 제1차 세계대전 이후라는 점에서도 알 수 있듯이, 1950년대 문학은 전쟁과 관련된 특징인 에로스와 죽음충동의 갈등들을 내포하고 있다. 이에 기초하여 「그날의 햇빛은」은 1950년대 작품에 더 가까운 모습을 보인다고 볼 수 있다(지그문트 프로이트, 윤희기 · 박찬부 옮김, 「쾌락 원칙을 넘어서」, 『정신분석학의 근본개념』, 열린책들, 2003).

의 환상을 중심으로 어떠한 어머니가 나타나고 있으며 인물들은 이러한 어머니와 어떠한 점에서 갈등을 벌이는지를, 그리고 2항에서는 그러한 어머니와의 관계를 바탕으로 딸들이 어떻게 주체화되고 있는지를 살펴보겠다. 이러한 과정을 통하여 손소희와 강신재 작품에 나타나는 주체들이 지닌 '어머니 상'의 차이점을 파악하고자 하며, 궁극적으로는 손소희와 강신재의 여성 인물이 서로 다르게 형상화되고 있는 이유를 당대의 사회적 배경을 반영한 '어머니 상'과 관련하여 정리해보고자 한다.

2. 생명력의 어머니와 자살하지 못하는 딸: 손소희 「그날의 햇빛은」[10]

2.1. 어머니의 삶에 대한 강요와 딸의 반복적 자살 시도

손소희 소설이 재현하고 있는 여성 주체는 순응적이고 운명적이며, 동시에 남성 중심적 여성관에 부합하는 것으로 평가되어 왔다.[11] 그러나 여성 주체의 저항을 적극적 · 직접적 저항만으로 평가할 수 없다는 최근의 페미니즘 연구 동향[12]을 고려한다면, 손소희의 여성 주체들에 대한 재해석의 여지가 있음을 알 수 있다. 이에 앞서 언급한 '어머니'에 대한 정신

10 손소희, 「그날의 햇빛은」, 박용구 외, 『한국단편문학 6』, 금성출판사, 1994. 이하 본문 인용 시 괄호 안에 쪽수로 표기한다.

11 박용재는 손소희의 작품 구조가 기존의 남성 중심적인 질서를 파괴하거나 젠더 위계를 전복시키지 못한다는 점에서 페미니즘 비평으로 읽을 때는 한계가 있을 수밖에 없다고 평가하고 있다(박용재, 「속물들의 향연, 해방기 소설의 문화소비」, 『동악어문학』 60, 동악어문학회, 2013, 187쪽).

12 김윤경, 「손소희 소설의 여성 인물 연구」, 『리터러시 연구』 12 (2), 한국리터러시학회, 2021, 379-380쪽; 이지연, 「(불)가능한 증언과 재현의 젠더: 손소희 소설에 나타난 '죽음'의 초점화를 중심으로」, 『이화어문논집』 53, 이화어문학회, 2021, 199-200쪽.

분석학적 관점에서의 분석 가능성을 발견할 수 있다.

손소희의 소설이 묘사하고 있는 가족관계에 주목한 논의들은 손소희의 소설을 '엄마와 딸의 서사'라고 부를 만하다고 평가하고 있다. 아버지의 부재를 대신하는 어머니의 이야기는 여성적 정체성의 탐색과 관련하여 모녀관계를 살펴보는데 부합하기 때문이다.[13] 특히 1950년대 이후 소설들은 가족 차원에 천착하여, 어머니와 딸의 갈등에 중점을 두고 있다고 평가받는다[14]는 점에서 손소희가 그리고 있는 가족과 여성 정체성의 구성은 어머니의 문제를 중심으로 하고 있는 점에 주목할 수 있다.

대표적인 비평 내용으로 신수정이 분석한 내용을 살펴보면,[15] 진희와 임철/유현의 관계를 어머니와의 동일시와 관련하여 보고 있다. 유현은 "모녀의 불우한 과거를 보상해줄 행운"(257)이며 엄마의 기원을 들어주기 위해 선택하는 존재라는 점에서 어머니와의 관련성이 있는 것으로 본 반면 임철은 이러한 어머니의 욕망과 정반대에 놓인 인물이라는 점에서 어머니와의 관련성이 있는 것으로 보고 있다. 이러한 논의에 기초하여 어머니가 "진희의 남자관계를 구성하고 그들과의 관계의 양상을 규정하는 근본적인 요인"[16]으로 작용하고 있다는 것을 확인할 수 있다.

본고는 이에 더하여 어머니의 존재가 가지고 있는 또 다른 층위인 생명력에 주목해보고자 한다. 멜라니 클라인의 논의에 의하면, 유아는 편집-분열적 위치에서 환상을 기반으로 어머니를 좋은 어머니와 나쁜 어머니로 구분한다. 좋은 어머니는 사랑스럽고 먹여주는 좋은 젖가슴 환상과 관련되며, 나쁜 어머니는 물고 상처 주고 무서운 젖가슴 환상과 관련된다.[17]

13 신수정, 앞의 글, 256쪽.

14 조미숙, 「손소희 초기 소설 연구」, 『한국문예비평연구』 26, 한국현대문예비평학회, 2008, 129쪽.

15 신수정, 앞의 글, 256-259쪽.

16 위의 글, 257쪽.

17 줄리아 시갈, 앞의 글, 80쪽.

이러한 환상들은 자아의 분열된 부분을 투사하여 만들어진 것으로, 투사적 동일시를 바탕으로 한다.[18] 유아는 환상을 바탕으로 좋은 어머니는 내사하고, 나쁜 어머니와는 거리를 유지함으로써 분열된다. 이때 이러한 어머니의 환상은 각각 생명본능과 죽음본능을 포함한다.[19]

손소희의 「그날의 햇빛은」에서 진희에게 어머니는 분열되어 있으며, 진희가 거리를 두고자 하는 나쁜 어머니는 생명본능과 관련된다는 점이 특징적이다. 멜라니 클라인의 논의에 기초하여 살펴보면, 진희의 어머니는 진희에게 연민의 대상이자 동일시의 대상인 좋은 어머니인 동시에, 강력한 생명력으로 진희를 괴롭히는 나쁜 어머니로 분열되어 나타난다고 할 수 있다.

「그날의 햇빛은」에서 나타나는 어머니의 첫 번째 의미는, 연민의 대상이자 동일시의 대상으로 진희의 욕망과 관련된 어머니에서 찾을 수 있다. 이는 진희의 연애들에서 나타난다. 진희는 서로 다른 이유로 유현과 임철을 욕망한다.

유현에 대한 욕망은 어머니와의 동일시 욕망과 관련된다. 유현과 인연으로 맺어지기를 바라는 것, 그것은 "엄마의 심중"이자 "엄마의 기원"(109)이다. 유현과의 관계에서 진희는 항상 어머니와 함께 있다. 즉, 어머니와의 동일시가 유현과의 관계에서는 반복해서 나타나고 있다. 유현이 앞날을 약속하는 의미로 진희에게 준 반지는 진희에게 "어머니와 나에게 따뜻한 앞날을 약속해"(115)주는 것과 같은 의미이다. 유현과의 관계에 대한 까닭 모를 불안과 공포는 "엄마의 고단한 생애가 앞으로 정상한 햇빛을 누리게 되리라는 희망"(116)으로 극복된다. 따라서 유현과의 결합은 곧 어머니-진희와 유현의 결합이다. 이와 같은 모습은 유현을 대할 때 진희가

18 위의 글, 87-88쪽.

19 한나 시걸, 『멜라니 클라인: 멜라니 클라인의 정신분석학』, 이재훈 옮김, 한국심리치료연구소, 1999, 130쪽.

스스로를 "찬모의 딸"(119)이라고 지칭하거나, "어머니의 노동으로 얻어지는 정당한 보수로 나는 살고 있"(121)다는 다짐을 되풀이한다는 점에서 살펴볼 수 있다. 유현과의 만남에서 진희는 스스로를 어머니와 동일시하고 있다.

동일시의 대상으로서의 어머니는 유현과 대비되는 임철과의 만남을 통해 더 자세히 살펴볼 수 있다. 임철과 있을 때 진희는 어머니를 떠올리지 않는다. 이러한 임철과 유현의 차이는 유현과 있을 때 진희가 얼마나 어머니와 동일시하고 있는가를 보여주는 표지이다. 진희가 유현과의 결합을 욕망하는 것은 어머니와의 동일시에서 벗어나지 못하기 때문이라고 할 수 있다.

그러나 어머니와의 동일시는 고정되어있는 것이 아니라는 점이 중요한 의미를 가진다. 진희는 어머니와 동일시된 모습을 보이는 동시에 계속해서 자살을 시도한다. 자살 시도는 유현 대신 임철을 선택하는 행위라는 점에서 어머니로부터의 분리를 시도하는 것이다. 진희가 어머니로부터 벗어나는 방식으로 선택하는 것이 죽음이라는 것은 흥미로운 지점이다. 이는 곧 그 대립항으로써 어머니는 생명이라고 볼 수 있기 때문이다. 여기서 어머니의 두 번째 의미를 알 수 있다.

어머니의 두 번째 의미는 강한 생명력이다. "나를 세상에 보내준 엄마"(106)라는 말에서 알 수 있듯이 진희에게 어머니는 자신의 삶, 생명 그 자체이다. 유현과의 관계에서 진희가 자살을 시도할 때마다 진희의 어머니는 그 자리에 있다. 임철과의 관계를 유현에게 고백한 이후 진희는 유현이 자신을 죽이길 바란다. "가슴을 내밀고 그의 총알에 맞고 싶"(130)어하는 모습에서도 알 수 있듯이 진희가 유현에게 바라는 것은 죽음이다. 그리고 그 자리에는 "이빨을 달달 맞추며 간을 조인"(131) 어머니의 존재가 있다. 또한 유현과의 동반자살을 예상했던 구포리에서도 "내가 물 속에 있는 시간이면 바다와 대결이라도 할 듯이 무서운 눈초리로 바다를 지켜

보기를 게을리 하지 않"(109)는 어머니가 있다. 이러한 어머니의 존재는 진희의 자살충동과 대척점에 서 있는 생명력으로서의 어머니를 보여준다.

진희와 어머니가 보여주는 모습은 프로이트가 말한 에로스와 죽음본능을 상기시킨다는 점에서 의미심장하다.[20] 진희의 자살시도는 이유가 정확하게 묘사되지 않는다. 죽고자 하는 욕망 그 자체에 보다 초점이 맞추어져 있기 때문이다. 임철이 자신의 아버지가 살인강도라는 점에서 운명에서 벗어나고자 죽음을 선택한다면 진희는 그저 임철을 따라 죽는 것처럼 보인다. 진희는 자신의 죽음의 이유에 대해서는 말하지 않기 때문이다.

그럼에도 불구하고 진희는 죽기를 소망한다. 그의 죽음에 대한 소망은 구포리에서 진희의 죽음을 뜻하는 바다를 무서운 눈초리로 지켜보는 어머니와 대비할 때 더욱 선명해진다. 어머니라는 생명력의 명령, 쾌락원칙이 지배적인 상황에서도 계속해서 죽음이라는 불쾌한 것을 반복하고 있는 진희의 모습은[21] 그의 죽음충동에 뚜렷한 이유가 없다는 점에서 증상적이다. 이 증상의 원인을 찾는 것은 텍스트 외부에서 가능하다. 즉, 여기서의 죽음충동은 그의 문학이 발표된 시대를 반영한 것이다. 전쟁의 상황을 겪어낸 이후, 전후 사회가 행하는 죽음을 돌아보지 말고 살라는 명령과, 전쟁의 트라우마에서 벗어나지 못하는 죽음의 충동이 갈등하고 있는 상황을 읽어낼 수 있다.

여기서 진희와 어머니의 관계는 단순히 가족과 가부장제적인 사회 안에서만 분석할 수 있는 것이 아니라는 점을 확인할 수 있다. 이는 자식과 동일시되어 있는 강력한 어머니, 이와 동시에 그 심층에 도사리고 있는 생명력에 대한 강력한 사회의 명령을 보여주고 있다. 따라서 어머니와 진희의 관계는 어머니와 자식, 사회와 개인의 모습을 모두 형상화한 것이라

20 지그문트 프로이트, 앞의 책, 283쪽.

21 위의 책, 283쪽.

고 정리할 수 있다. 지금까지 살펴본 논의를 통해 「그날의 햇빛은」은 1950년대 문학적인 면모를 어머니와 딸의 관계를 통하여 형상화하고 있는 작품이라는 결론을 도출할 수 있다.

2.2. 생명력의 재구성과 죄책감의 주체 되기

진희가 자살을 시도한 것은 구체적인 이유가 있어서가 아니라 생명력으로 표상되는 어머니로부터 탈주하고자 죽음충동에 투신하는 것으로 보았다. 이때 중요한 것은 이러한 진희의 자살시도는 적극적으로 나타나지 않으며 항상 실패한다는 점이다. 진희의 자살시도는 어머니의 표상과 관련하여, 한편으로는 어머니로부터의 분리를 시도하는 딸의 모습을 보여주며 다른 한편으로는 자살시도가 반복적으로 실패한다는 점에서 죽음과는 다른 방식의 주체화가 필요함을 보여주는 것이라고 볼 수 있다.

진희의 자살시도가 어머니와의 분리 시도라는 것은, 두 차례의 자살시도 이후 쓴 수기에서를 통하여 살펴볼 수 있다. 진희는 "나를 세상에 보내준 엄마가 고맙지 아니하다"고 말하며 "내가 세상에 오기를 원한 바 없"(106)었다고 고백한다. 이것은 어머니의 존재가 생명과 관련되어 있으며 진희에게 자살은 곧 어머니와의 분리를 의미하는 것임을 보다 분명하게 보여주는 표지이다.

앞서 살펴본 바와 같이 진희와 유현의 관계가 어머니-진희의 동일시를 보여주는 것이라면, 진희와 임철의 관계는 이러한 동일시로부터의 분리 시도를 보여주는 것이라고 할 수 있다. 진희와 임철의 자살시도를 부모와의 분리 가능성으로 보는 것은 임철이 언급하는 "유전"에 대한 혐오에서 뒷받침된다.

"진희 양은 유전이라는 걸 믿으세요?"

> (중략)
>
> "그렇다면 나는 살인강도가 되겠지요, 아버지가 그랬으니까. 어머니는 그 때문에 다섯해 나는 나를 업고 물에 투신해서 자살한 모양이에요. 불행하게도 목숨이 길어서 나는 죽지 않았던 모양입니다. 더욱이 조금 자라서는 꼬마 강도질을 하다가 소년원에 끌려갔다구 하더군요. (중략) 요즘 외출이 잦은 거로 미루어 행여 아버지의 전철을 밟게 될 계기가 익어가고 있는지도 모른다고, 부처님의 삼생의 인연을 들어서 훈계를 하다보니 아마 부득이 나의 과거를 털어놓고 만 거겠지요."(125)

임철은 "유전"에 대하여 운명과도 같이 받아들이고 있다. 살인강도의 자식이 "꼬마강도"가 되고, "아버지의 전철"을 밟게 될까 걱정을 하는 일련의 과정은 임철이 벗어나고자 하는 유전이라는 운명을 보여준다. 그러므로 임철에게 죽음은 이러한 운명으로부터의 벗어남, 유전으로부터의 탈피이다.

진희가 임철의 자살시도에 동조하는 것은 간접적으로 이러한 유전이라는 부모의 영향력으로부터의 벗어남과 관련된다고 해석할 수 있다. 간접적이고 수동적인 방식일지라도 진희는 임철과의 자살시도에 합류함으로써 부모로부터 분리되고자 하는 임철의 욕망에 동조한다. 이는 이들의 자살시도가 실패한 이후, 이들이 종교인이 되어 다시 조우한다는 점에서도 확인할 수 있다.

수녀가 된 진희와 스님이 된 임철이 조우하는 모습은 부모로부터의 분리를 종교의 힘을 통하여 이루어내고자 했음을 암시한다. 종교인이 된다는 것이 종교적 이름을 받고 가족과의 연을 끊는 것으로부터 시작된다는 점을 고려한다면 이는 충분히 예상할 수 있다. 임철은 스님이 됨으로써 아버지로부터 벗어나고, 진희는 수녀가 됨으로써 어머니로부터 벗어나고자 한 것이다. 그러나 단순히 어머니로부터의 분리가 하나의 독립된 개체로서의 주체화로 연결되지는 않는다는 점에 대해서는 또 다른 논의가 필요하다고 볼 수 있다.

진희는 수녀가 된 이후에도 죽음충동에 시달린다. 자신과 동일시하던 어머니와는 분리를 이루었으나 여전히 독립된 주체로 거듭나지 못한 원인은 진희 안에 있는 유현에 대한 죄책감에서 찾아볼 수 있다.

진희를 정신병원으로 오게 한 환상들은 유현의 죽음과 관련된다. 스스로에 대한 "두렵고 죄스럽고 한심한 마음"(103)과 함께 진희가 보는 환상은 "검은 양복에 넓고 흰 모자를 쓴 남자"(104)인 유현이다. 진희를 지켜보고 있는 유현의 존재는 진희를 "무서운 폭음으로 폭발"(104)시키는 원인으로 작용한다. 이는 유현에 대한 진희의 죄책감과 관련된다. 죽은 유현을 발견한 이후 진희는 스스로를 "혼을 잃은 사람들 틈에서 살고 있"(105)다고 말한다. 혼을 잃은 사람들, 즉 죽은 자들의 틈 사이에서 살고 있다는 표현은 진희가 에로스와 죽음충동 사이에서 여전히 갈등하고 있음을 암시한다.

이러한 점에서 볼 때, 정신병동 의사에게 자신의 수기를 공유하고, 수기의 마지막에 "나는 그가 지워준 이 무거운 십자가를 지고 평생을 걸어가야"(133) 한다고 선언하는 진희의 모습에 주목할 필요가 있다. 진희의 선언은 어머니로부터의 분리와, 죄책감에 대한 인정과 수용을 바탕으로 독립된 주체가 되겠다는 선언으로 볼 수 있기 때문이다. 진희의 독립은 단순히 어머니로부터 떨어져 나오는 것, 어머니와의 분리만으로 이루어질 수 있는 것이 아니다. 자신의 삶에 대한 죄책감을 인정함으로써 진정한 주체화를 이루어내는 것이다.

진희는 생명인 어머니로부터의 분리를, 자신의 삶을 "원죄에의 복무"(106)로 명명하는 죄책감을 바탕으로 한 생명으로 재정의함으로써 이루어내고 있다. 이것은 어머니의 은공을 표창할 수 있는 훈장을 상상할 때, 진희가 언급한 "봄과 여름과 가을, 이렇게 세 철에 걸쳐, 지고는 피어나는 왕성한 생명력과 스스로를 지키기에 사뭇 가지로 무장을 하고 있는 장미꽃 모양의 훈장"(114)에서 읽어낼 수 있는 긍정적인 생명력으로 찬 삶과는 다른 삶이다. 즉, 진희의 삶은 어머니로 표상되는 생명과는 다른, 재정의된 삶이다. "무거운 십자가를 지고 평생을 걸어가"(133)는 삶으로 자신의 삶을 정의하는 진희의 모습은 하나의 독립적 주체가 되는 주체화 과정을 보여주고 있다.

이러한 분석을 바탕으로 할 때, 마지막에 선택한 진희의 이름이 가지는 의미를 살펴볼 필요가 있다. 진희는 어머니와의 동일시에서 벗어나지 못했던 '진희'라는 자신의 이름도, 어머니와의 분리 시도로 택했던 '에스더'라는 종교적 이름도 선택하지 않고, "마리아"라는 이름을 선택한다.

진희에게 마리아라는 이름은 "유현씨의 영구차를 따라가며 생각한 내 이름"(134)이다. 이 문장이 갖는 의미를 명확하게 파악하기 위해서는 "유현씨의 영구차를 따라가며 생각한" "내 이름"이라는 두 가지 의미로 끊어 읽을 필요가 있다. 마리아라는 이름은 "유현씨의 영구차를 따라가며 생각"하였다는 점에서 타인의 죽음에 대한 죄책감을 내포하고 있을 뿐만 아니라 종교적으로 성모 마리아를 연상시킨다는 점에서 생명력을 내포하고 있다. 이에 더하여 "내 이름"이라는 명명에서 알 수 있듯이 자신이 선택한 이름이다. 즉, 죄책감을 가지고 살아가고자 하는 주체의 선택이 마리아라는 이름에서 드러난다고 할 수 있다. 이러한 진희의 선택에 대하여 정신병동 의사는 "그녀의 뇌수는 지극히 건전한 상태에 있는지도 모른다"(134)고 말하며, 진희의 선언이 환상이나 헛소리가 아님을 간접적으로 보여준다.

「그날의 햇빛은」에 나타나는 진희가 시도한 어머니와의 분리는 결국 전후 사회의 주체로서 주체화되는 과정으로 보아도 무방할 것이다. 죽음에 대한 죄책감과 그를 인정하고 새로운 주체로 다시 거듭나는 진희의 주체화 과정은 전후 주체로서의 죄책감의 주체가 어떻게 구성되는지를 보여준다. 그리고 이러한 주체는 인간 존재에 대한 근원적인 물음과 관련되며, 죽음의 문제를 그 중심 테마로 삼고 있다는 점에서 실존주의적[22]이기도 하다. 따라서 「그날의 햇빛은」에 나타난 어머니와 딸의 관계는 50년대라는 시대적 배경과 관련을 맺고 있으며, 이를 바탕으로 궁극적으로 전후 시대에 정립된 새로운 전후 주체의 형상을 보여준다고 할 수 있다.

3. 섹슈얼한 어머니와 문란한 딸: 강신재 「점액질」[23]

3.1. 남성을 위한 어머니의 젖가슴과 딸의 요염한 젖가슴 되기

강신재의 소설에 대한 평가 중 가장 대표적인 내용은 당대의 제도나 관습에 기대어 강요되는 순응적인 여성성을 거부하는, 다른 목소리를 형상화하고 있다는 점이다.[24] 이는 강신재의 작품에 나타나는 여성 인물들이 가부장제 하의 구성된 여성상의 허구성을 드러내고 거기에 균열을 일으킨다는 분석들을 통해 구체화된다.

강신재의 작품에 나타나는 어머니의 형상 역시 이러한 연구들과 궤를 같이하고 있다. 강신재 소설의 모성에 대한 분석은 강신재의 소설에 형상화된 어머니가 가부장제의 전형적인 어머니와 얼마나 다른지에 초점을 두고 있다.[25]

---

22 배경열, 앞의 글, 234쪽.

23 강신재, 「점액질」, 『젊은 느티나무: 강신재 소설선』, 문학과지성사, 2007. 이하 본문 인용 시 괄호 안에 쪽수로 표기한다.

24 곽승숙(2010), 앞의 글, 129-130쪽.

25 곽승숙, 「강신재, 오정희, 최윤 소설에 나타난 여성성 연구」, 고려대학교 대학원 박사학위논문, 2012; 이선옥 · 김은하, 「'여성성'의 드러내기와 새로운 정체성 탐색의 의미」, 『민족문학사연구』 11, 창작과비평사, 1997, 53쪽.

그러나 강신재 소설에 나타나는 어머니 역시 손소희 소설에서 나타난 어머니와 마찬가지로 정신분석학적 차원에서 딸을 주체화시키는 어머니로 분석될 수 있다. 이는 기존 논의에서 모성으로의 여성성만을 긍정적으로 수용하는 현실을 비판하고 있다는 점에서 유의미하게 평가되었던[26] 「점액질」에 대한 분석에 기초하여 살펴볼 수 있다.

「점액질」에서 특징적인 점은 화자가 딸이 아니라, 딸과 어머니[27]를 관찰하는 관찰자라는 점이다. 그러므로 딸과 어머니의 관계는 화자의 묘사를 통해 추측할 수 있다. 딸과 어머니는 모두 섹슈얼하게 묘사된다는 점에서 공통점을 가진다. 딸과 어머니를 마치 한 쌍과 같이 묘사하는 것은 궁극적으로 어머니와 같아지고자 하는 딸의 욕망을 드러낸다. 이러한 욕망이 섹슈얼한 묘사와 관련되는 이유는 멜라니 클라인의 이론에서 찾을 수 있다.

멜라니 클라인은 유아가 처음으로 관계 맺는 대상과 관련하여 어머니의 젖가슴에 주목한 바 있다.[28] 성욕 발달과정에서 여아의 경우, 좋은 젖가슴과 나쁜 젖가슴에 대한 환상은 하나로 통합되고 아버지의 음경을 몸속에 넣고 아버지에게 젖가슴을 내어주는 어머니에 대한 환상으로 발전된다.[29] 어머니의 젖가슴으로부터 분리를 요구받는 것은 제3자인 아버지의 존재를 부상시킴으로써 오이디푸스 콤플렉스를 야기한다. 이때 아이는 아버지의 존재를 인식하게 되면서 아버지의 남근을 어머니를 소유하

26 곽승숙(2010), 앞의 글, 141쪽.

27 화자인 '나'의 언급에서도 드러나듯이 옥례의 어머니는 옥례의 계모이지만 이들의 모녀관계에서 이는 그리 중요하게 다루어지지 않는다. 무엇보다 옥례는 자신의 어머니를 계모라고 언급하지 않는다는 점에서 계모와 친모의 구분이 중요하게 다루어지지 않다고 판단하여 여기에서는 친모/계모와 상관없이 이 둘을 모녀관계로 살펴보고자 한다.

28 한나 시갈, 앞의 책, 87쪽.

29 멜라니 클라인, 앞의 책, 332쪽.

고 조종하고 공격하는 도구로 생각하게 되고 이를 욕망하게 된다. 이 과정에서 여아는 아버지에 대해 가지는 생식기적 욕망으로 인해 어머니를 애착의 대상에서 남근을 두고 경합하는 경쟁자로 생각하게 된다.[30]

이러한 멜라니 클라인의 이론을 적용해보면, 강신재의 「점액질」에 나타나는 어머니가 "사랑의 경쟁자"이자 "젊고 매력적인 여성"[31]으로 묘사되는 이유는 옥례가 가지고 있는 어머니에 대한 환상과 연관되어 있음을 알 수 있다.

옥례와 옥례의 어머니는 "나이 많은 여인"(392)을 연상케 하는 옥례와, "어른이면서 소녀처럼 앳되"어 "옥례와는 반대"(397)로 보이는 어머니라는 하나의 쌍을 이루고 있다. 이들은 남자를 사이에 두고 "서로 얽혀"(407) 있다. 이를 가장 잘 보여주는 것은 옥례의 화장 장면에 대한 묘사이다.

옥례가 화장을 하는 모습은 마치 어머니의 외모와 같아지는 과정처럼 묘사된다. "누런 살갗이 보얗고 밝은 빛으로 변하여"가고 "끝이 가볍게 컬되어 어깨 위로 살포시 내려앉는"(399) 머리카락은 옥례 어머니에 대한 묘사와 겹쳐진다. "머리카락을 넓은 헤어밴드로 누르고 목 언저리에 물결치게 하고 있"는 머리카락과 "피부에서는 빛이 나"(397)는 어머니의 모습을 본뜬 듯한 옥례의 화장은 어머니의 연인인 남자를 위한 것이기도 하다. 이러한 옥례의 모습은 자신의 어머니와 같아지고자 하는 욕망처럼 묘사된다. 옥례의 욕망은 어머니와 같아져 어머니의 연인까지도 갖고자 하는 것으로 읽어낼 수 있다. 서사의 초반부에 인용된 신경학자 영의 말은 이를 뒷받침한다.

> 모든 행위의 원인은 신체 내부의 내장기관의 활동 상태, 신체 외부의 물

---

30 이해진, 앞의 글, 109-111쪽.

31 곽승숙(2010), 앞의 글, 140쪽.

> 리적 상태, 그리고 사회 상태 등에 있다. 행위의 원인을 캐내기를 단념한 사람들이 자유 의지라는 것이 있다고 주장하는 것이다.(387)

옥례 행동의 원인은 옥례의 자유의지가 아니라 옥례의 몸("신체 내부의 내장기관의 활동 상태"), 옥례와 어머니의 관계("신체 외부의 물리적 상태")와 "사회 상태"에서 비롯되는 것이다.

옥례의 몸과 옥례와 어머니의 관계는 연결되어 있다. 이를 가장 잘 드러내고 있는 것은 가슴에 대한 묘사이다. 가슴에 대한 묘사는 옥례에 대한 묘사에서 반복적으로 나타나고 있다. 화자는 옥례가 "가슴이 크"(392)다고 표현하고, 남자를 만나러 가는 마지막 치장으로 "단추를 끄르고 브래지어의 가슴을 내놓았"다고 묘사하고(400), 옥례와의 대화 상황에서 "그녀의 유난히 큰 가슴이 닿을 듯 가까이에 숨 쉬고 있었다"(402)고 언급한다. 이러한 묘사로 인해 옥례에게 가슴은 큰 의미를 가지고 있는 것처럼 여겨진다.

가슴에 대한 이와 같은 묘사는 옥례가 자신은 가질 수 없는 어머니의 젖가슴을 자신의 젖가슴에서 재현하고 있음을 보여준다. 옥례의 가슴에 대한 묘사는 결국 옥례가 가지지 못한, 그러나 욕망하는 어머니의 젖가슴인 것이다. 이러한 묘사들을 통해 강신재의 어머니는 궁극적으로 손소희의 어머니와 달리 섹슈얼리티를 가지고 있는 어머니라는 점을 보여주고 있다. 따라서 욕망의 대상으로서의 어머니를 강조하고 있다.

어머니와 딸의 관계가 섹슈얼리티, 젖가슴, 욕망 등에 집중되어 있는 이와 같은 묘사는 「점액질」이 1966년에 발표된 작품이란 점을 상기하여 볼 때, "사회상태"를 반영하고 있는 것으로 해석할 수 있다.

「점액질」은 "시대적 사건을 직접적으로 언급하고 있지는 않"지만, "그런 시대 자체가 이 소설의 배후에 자리 잡고 있기에 움직일 수 없는 운명으로 작용"[32]하고 있다는 기존 논의의 언급에서도 알 수 있듯이 시대 상황과 맥을 같이 하고 있다. 강신재의 작품에서 이러한 어머니가 형상화된 까닭은 작품이 발표된 연도에 주목할 때 특히 4 · 19혁명과의 관련성에서 살펴볼 수 있다.

4 · 19혁명은 폭압적 독재정권에 반발하여 학생과 시민이 주도한 혁명으로, 인간의 자유와 권리, 존엄성을 주장하였다.[33] 혁명이란 기존 세계의 전복을 추구한다는 점에서, 이는 곧 정치적 주체화를 둘러싼 대립과 갈등을 내포한 것이기도 하다.[34] 혁명 과정에서 문제적으로 부상한 것은 '문란'함이었다. 이는 이전의 가부장제에서 문제시되는 문란함과는 대비되는 1960년대적인 차별성을 가지고 있었다. 1960년대 문단과 정치적 혁명 주체의 자리에서 문란은 '청년 남성 지식인' 주체의 반대항으로써, 여성을 배제하는 기준으로 작용하였기 때문이다.

이러한 사회적 상황에서 여전히 문란한 것을 욕망하는 옥례의 모습은 1960년대가 배제하고자 하였던, 인정투쟁 과정에서 밀려난 여성을 상기시킨다. 즉, 「점액질」에 나타나는 문란하고 요염하며 성적 욕망을 분출하는 딸과 그가 욕망하는 원본으로서의 어머니의 관계는 1960년대적인 사회 상황을 반영한 것으로, 남성의 타자로 배제되었던 여성의 귀환을 암시한다.

3.2. 여성성의 재소환과 육체적 주체의 성립

「점액질」의 도입부와 결말은 수미쌍관적 모습을 보인다. "물리학적 필연"(388)으로서의 운명에 대한 화자의 언급은 곧 '몸'과 환경으로부터 벗

---

32 김미현, 「강신재론－서정성 · 감각성 · 여성성」, 『현대문학의 연구』 8, 한국문학연구학회, 1997, 133쪽.

33 이현재, 「(여)성과 정치의 딜레마」, 『한국여성철학』 13, 한국여성철학회, 2010, 104쪽.

34 권명아, 『음란과 혁명』, 책세상, 2013, 258쪽.

어날 수 없음을 나타내고 있다. “마음이나 몸을 형성하고 있는 것은 물질이고, 그 물질의 양과 결합의 양상에 따라 결코 다른 인물일 수는 없는 ‘그’가 생겨난다”(389)는 언급은 옥례의 몸과 섹슈얼리티, 그리고 어머니와의 관계가 곧 옥례라는 한 인물을 구성했다고 생각한다는 화자의 생각을 드러낸다. 옥례라는 주체를 구성하는 데 있어 가장 중요한 역할을 하는 것은 곧 어머니와 동일시하고자 했던 옥례의 몸이다.

옥례와 옥례 어머니의 관계의 가장 큰 특징은 모녀가 한 남자를 사랑하고 있는 사이라는 것이다. 옥례는 “희끄무레한 스포츠 셔츠를 멋있게 칼라를 세워 입은 청년”(399)을 욕망하는데, 이 청년은 ‘나’의 목격에서도 알 수 있듯이 옥례 어머니의 연인이기도 하다. 여기서 선후관계가 정확하게 드러나지는 않지만, ‘나’의 목격에서 이미 옥례 어머니와 연인관계였던 것으로 보아 청년은 오래전부터 어머니의 연인이었던 것으로 유추할 수 있다.

옥례의 어머니에 대한 욕망은 어머니의 연인을 욕망함으로써 어머니에 대한 경쟁심으로 전환되어 나타난다. 청년에 대한 옥례의 욕망은 어머니에 대한 채워지지 못한 욕망을 대체하기 위해 아버지의 남근을 자기 안으로 병합하려는 욕망과 같이 묘사되고 있다.[35] 옥례의 어머니에 대한 언급에서 ‘나’가 느끼는 “정체 모를 점액(粘液) 같은 것이 지익직 배어 나와 밑으로 뚝 하고 떨어진 것 같”(401)은 느낌과 남녀간의 관계를 ‘나’에게 말해주는 옥례의 모습을 묘사하는 옥례의 “열기 띤 눈”과 “뭐라 말할 수 없이 음란한 손짓”(403)의 유사성은 이를 뒷받침 한다.

이는 청년에 대한 옥례의 욕망이 집착적인 것으로 나타난다는 점에서도 살펴볼 수 있다. 옥례는 청년을 차지하기 위하여 자신의 어머니를 살

35 이해진, 「어머니라는 수수께끼」, 여성문화이론연구소 정신분석세미나팀, 『페미니스트 정신분석이론가들』, 여성문화이론연구소, 2016, 112쪽.

해했고, 청년이 이를 경찰에 신고해 감옥에 다녀왔지만 그 이후에도 계속해서 청년을 찾는다. "또 숨었지만 언제든지 만나지기만 하면 두루 살테야. 아무것도 따지지 않구."(409)라고 말하는 옥례의 말은 청년에 대한 욕망 자체가 그의 삶의 동력임을 보여준다.

이러한 옥례의 집착은 옥례가 어머니를 계속해서 욕망함을 보여준다. 어머니에 대한 욕망은 청년에 대한 욕망으로 전이되었고, 옥례의 모친 살해는 그러한 청년에 대한 욕망으로의 욕망의 전이를 보여주는 것이다. 옥례의 모습은 자신이 욕망하던 어머니와 닮아있으며, 여전히 그러한 어머니와 동일시되는 것, 즉 청년의 연인이 되는 것을 욕망한다는 점에서 어머니를 욕망하고 있음을 알 수 있다.

섹슈얼한 어머니에 대한 동일시의 욕망을 반복하는 옥례의 모습은 궁극적으로 여성의 몸, 여성의 욕망, 여성의 섹슈얼리티라는 '여성'을 재소환하는 주체의 모습을 보여준다. 따라서 물질적인 주체로서의 옥례는 계속해서 어머니를 욕망하면서 살아갈 수밖에 없는 것이다.

여기에서 주목할 것은 이 모두를 관찰하고 있는 화자의 결론이다. 화자는 옥례와의 재회 이후, "옥례의 운명"(409)을 물질과 관련하여 받아들인다. "굴비를 절대로 사지 않을 것이라고 다짐"(405)한 것과 달리, 굴비장수가 옥례라는 사실을 알고 그의 사연을 듣고 난 화자는 옥례의 굴비를 산다. 이는 이전에 "너 말야, 남자하구 여자가 사랑할 때 일을 아니?"(403)라는 옥례의 말에 "대뜸 등을 돌려 내달"(403)던 과거와 대비하여 옥례를 수용하는 모습이다.

화자의 수용은 옥례와 같은 육체적 주체를 병적이고 개인적인 주체로 치부하지 않게 한다. 화자에게 수용됨으로써, 육체적 주체는 예외적인 사건에서 나타난 개인적 주체가 아니라 동시대의 사람에게 인정받는 사회적 주체로 용인되는 것이다.

1960년대의 문학에서 이처럼 섹슈얼한 어머니로서의 여성과 '여성'으로부터 분리되지 않는 주체가 그려지는 까닭은 앞서 살펴보았듯이 문단과 사회에서 이루어지는 여성의 배제와 관련하여 살펴볼 수 있다. 자신이 여성이라는 운명을 거부하지 않고 오히려 계속해서 욕망하는 주체, 제목처럼 "점액질"적인 주체의 등장은 혁명의 문법 아래 지워진 여성들을 "물질"(409)이라는 "과학"(410)의 이름 아래 다시 불러오는 행위이다. 따라서 강신재의 어머니는 강력한 운명으로서의 어머니, 벗어나지 못하는 물질로서의 어머니를 표상하고 있다고 할 수 있다. 이는 4 · 19 혁명과의 연관성을 가진다. 그리고 그러한 사회적 상황 속에서 어머니와의 관계와 접점을 유지하고 그를 재소환하며 딸은 스스로의 몸과 욕망으로부터 분리되지 않는 '육체적' 주체로서 자리 잡게 된다.

4. '여성' 문학에서 여성 '문학'으로

'여성 문학'은 기존 문학사의 흐름과는 궤를 달리하는 작품들, 혹은 기존 문학사에 반하는 작품들이라고 보아야 하는가에 대한 의문은 손소희와 강신재 소설을 통하여 반박될 수 있을 것이다. 손소희의 「그날의 햇빛은」과 강신재 「점액질」은 모두 주체와 어머니의 관계를 통하여 '어머니'의 존재를 주체 구성의 핵심적인 자리에 위치시키고 있다. 이때의 어머니는 가부장제 하에서의 어머니가 아니라 정신분석학적 의미에서의 상징적인 어머니이다. 또한 시대에 따라 그 의미가 달라지는 사회적 어머니이기도 하다. 그 어머니들과의 관계를 바탕으로 딸들은 새로운 사회적 주체로 거듭난다. 그리고 이는 전후문단과 1960년대 문단에서 나타난 실존주의와 4 · 19혁명과의 연관성에 중점을 둔 문학사적 흐름과 크게 다르지 않다.

손소희가 「그날의 햇빛은」에서 그려낸 어머니는 1950년대라는 전후의 시대적 배경과 관련하여 자식과 동일시된 강력한 어머니이자 생명력으로 형상화된다. 전후 사회에 만연한 죽음충동을 감시하고 이를 다시 생명력으로 복귀시키려는 초자아로서의 어머니인 것이다. 이러한 어머니에 대항하여 딸은 죽음충동으로 투신하여 자살을 시도하거나 그 과정에서 분열을 겪고 정신병동에 갇히기도 하지만, 궁극적으로는 죽음으로부터 살아남은 죄책감을 받아들임으로써 살아가기로 결심하는 죄책감의 주체로 거듭나며 어머니로부터 독립한다.

이와 비교하여 강신재는 「점액질」에서 섹슈얼한 어머니를 전면에 내세워 딸과 어머니의 욕망을 중점적으로 그려내고 있다. 「점액질」의 어머니는 요염한 젖가슴을 가진, 남자를 욕망하는 어머니이다. 따라서 딸은 그러한 어머니에 대한 욕망을 어머니의 남자에 대한 욕망으로 전이하여 드러낸다. 이와 같은 몸, 욕망, 섹슈얼리티에 대한 묘사들은 1960년대라는 시대적 배경과 관련된 것으로 4 · 19혁명 과정에서 배제된 여성을 운명과 물질이란 이름 하에 다시 불러낸다. 계속해서 어머니를 욕망하는 딸들의 모습은 혁명 이후 지워진 여성들을 '운명'이라는 명목으로 다시 앞세운다. 이를 바탕으로 딸들은 몸, 욕망, 섹슈얼리티를 인정하는 육체적 주체로 거듭나게 된다.

손소희와 강신재의 소설에서 나타나고 있는 모녀의 관계는 딸의 주체화를 보여줄 뿐 아니라 시대와의 관련성을 갖는다. 1950년대 작품의 특징을 실존주의, 1960년대 작품의 특징을 4 · 19혁명과의 관련성이라고 도식화할 때, 이들의 작품에서 나타나는 주체의 모습은 시대적 성격을 띤다.

여기서의 어머니는 사회 · 시대와 관련하여 주체에게 영향을 미치는 핵심적인 역할을 한다. 즉, 이들의 작품에서 어머니는 가부장제에 대한 저항의 지점을 보여주는 것에서 나아가 시대와의 관련성에 있어서 거시적으로 살펴볼 여지가 있는 것이다. 그러한 어머니를 바탕으로 구성되는 주체를 살펴볼 때, 가정 · 가부장제 밖의 의미에서 시대와 관련하여 구성되는 주체를 살펴볼 수 있게 될 것이다.

이는 궁극적으로 가부장제와 관련하여 남성 작가의 작품들과 차별점을 바탕으로 평가되어 왔던 '여성' 문학을 시대와의 연관성을 바탕으로 남성 작가의 작품들과의 공통점 역시 가지고 있는 여성 '문학'으로 읽어내는 또 다른 방법이 될 수 있다는 점에서 의의를 두고자 한다.

● 참고문헌

1. 기본 자료

강신재, 「점액질」, 『젊은 느티나무: 강신재 소설선』, 문학과지성사, 2007.

손소희, 「그날의 햇빛은」, 박용구 외, 『한국단편문학 6』, 금성출판사, 1994.

2. 논문 및 단행본

곽승숙, 「강신재 초기 소설에 나타난 모성성 연구」, 『한성어문학』 29, 한성대학교 한성어문학회, 2010, 127-148쪽.

______, 「강신재, 오정희, 최윤 소설에 나타난 여성성 연구」, 고려대학교 대학원 박사학위논문, 2012.

권명아, 『음란과 혁명』, 책세상, 2013.

김미현, 「강신재론—서정성 · 감각성 · 여성성」, 『현대문학의 연구』 8, 한국문학연구학회, 1997, 111-159쪽.

김윤경, 「손소희 소설의 여성 인물 연구」, 『리터러시 연구』 12 (2), 한국리터러시학회, 2021, 377-400쪽.

김은하, 「1950년대와 나쁜 여자의 젠더 정치학」, 『여성문학연구』 50, 한국여성문학학회, 2020, 144-176쪽.

김지미, 「4 · 19의 소설적 형상화」, 『한국현대문학연구』 (13), 한국현대문학회, 2003, 385-425쪽.

멜라니 클라인, 『아동 정신분석』, 이만우 옮김, 새물결, 2011.

박용재, 「속물들의 향연, 해방기 소설의 문화소비」, 『동악어문학』 60, 동악어문학회, 2013, 183-211쪽.

박주영, 「환상 안에 있는 고딕 어머니: 멜라니 클라인의 대상관계 이론에 관한 연구」, 『인문과학논총』 13, 순천향대학교 인문과학연구소, 2004, 57-69쪽.

배경열, 「50년대 실존주의론」, 『한국문학이론과 비평』 20, 한국문학이론과 비평학회, 2003, 229-261쪽.

신수정, 「마녀와 히스테리 환자」, 『현대소설연구』 66, 한국현대소설학회, 2017, 235-

270쪽.
이선옥 · 김은하, 「'여성성'의 드러내기와 새로운 정체성 탐색의 의미: 90년대 여성 소설의 흐름」, 『민족문학사연구』 11, 창작과비평사, 1997, 51-75쪽.
이지연, 「(불)가능한 증언과 재현의 젠더: 손소희 소설에 나타난 '죽음'의 초점화를 중심으로」, 『이화어문논집』 53, 이화어문학회, 2021, 197-226쪽.
이해진, 「어머니라는 수수께끼」, 여성문화이론연구소 정신분석세미나팀, 『페미니스트 정신분석이론가들』, 여성문화이론연구소, 2016.
이현재, 「(여)성과 정치의 딜레마」, 『한국여성철학』 13, 한국여성철학회, 2010, 103-129쪽.
전혜자, 「『남풍』의 서사적 특성 연구: 손소희 장편소설연구」, 『아시아문화연구』 4, 가천대학교 아시아문화연구소, 2000, 233-259쪽.
정영자, 「손소희 소설 연구: 속죄의식과 죽음을 통한 여성적 삶을 중심으로」, 『수련어문집』 16, 부산여대 국교과 수련어문학회, 1989, 1-19쪽.
조미숙, 「손소희 초기 소설 연구」, 『한국문예비평연구』 26, 한국현대문예비평학회, 2008, 109-133쪽.
줄리아 시갈, 『멜라니 클라인』, 김정욱 · 김진환 옮김, 학지사, 2009.
지그문트 프로이트, 「쾌락 원칙을 넘어서」, 『정신분석학의 근본 개념』, 윤희기 · 박찬부 옮김, 열린책들, 2004.
한나 시걸, 『멜라니 클라인: 멜라니 클라인의 정신분석학』, 이재훈 옮김, 한국심리치료연구소, 1999.

3. 기타 자료

고은, 「실내작가론8—강신재」, 『월간문학』, 1969.11.
안수길, 「60년의 문화계 정리: 작가들의 침착성을 말해준 해 평년이상의 풍등 下」, 경향신문, 1960.12.22.
「6월의 창작」, 경향신문, 1966.6.18.

9장

여성 주체의 언술 전략 연구

—함혜련의 초기시를 중심으로

공라현

1. 들어가며

한국 문학은 여성을 비롯한 소수 집단의 문학을 주변화하거나 삭제함으로써 '민족주의 · 엘리트 · 남성' 중심의 가부장적이고 위계적인 문학사를 정립해왔다. 이와 같은 선택과 배제의 논리체계는 일부 남성 작가들의 문학 작품만을 정전화하고, 이를 통해 남성 보편의 지배적인 문법과 이데올로기를 지속해서 구축했다. 그중에서도 특히 문제가 되는 것은 주류 비평가들에 의해 선별된 여성 문학만이 문학사에 기입되는 '폭력적 호명' 방식이라고 할 수 있다. 한국 현대 문학의 '대문자 역사'를 구성함에 있어서 이러한 방식으로 누락된 여성 작가 중 하나로 1960~2000년대에 활동했던 여성 시인인 함혜련을 들 수 있다.

1951년 강원도 강릉에서 결성된 시 동인 '청포도'[1]에 참여한 함혜련(1931~2005)은 이듬해인 1952년 동인지 『青葡萄(청포도)』에 작품[2]을 발표하

1 시 동인 '청포도'는 1951년 강원도 강릉에서 결성되었으며 황금찬, 최인희, 이인수, 김유진, 함혜련 등 총 5명이 참여했다.

2 함혜련은 1952년 동인지 『青葡萄(청포도)』에 「보리밭」, 「만가」, 「카-네숀」, 「박꽃」을 발

며 본격적인 시 창작 활동을 시작하였다. 이후 함혜련은 1959년 시 「요들송」, 「아침에의 기도」가 박기원 시인의 추천을 받아 『文藝(문예)』에 등단했다. 함혜련은 1969년 첫 시집인 『門(문) 안에서』(백문당)를 출간한 이래 2005년 타계할 때까지 14권의 시집을 포함하여 총 21권의 책을 발간하는 등 매우 활발한 작품활동을 펼쳤다.

함혜련은 기존의 문학사(文學史)에서 도외시되었던 '여성 주체'를 전면에 배치하여 여성 자아와 세계에 대한 관계를 탐구했다. 특히 그는 산업화가 급격히 진행되어 사회 계층의 갈등이 극명해지고 이에 따라 권위적 가부장제가 더욱 공고해졌던 1960~1970년대에 집중적으로 창작 활동을 하면서도, 여성의 본질을 자각해나가는 여성 의식에 지속적인 관심을 가졌다. 그러나 40여 년이라는 시인의 오랜 시력(詩歷)과 1978년 '現代文學賞(현대문학상)'[3]을 수상할 만큼 뛰어난 문학성을 갖추고 있었음에도 시인의 시에 대한 학문적 논의는 매우 미진한 편이다. 이것은 젠더 정치의 이데올로기가 작동하였던 당대 문단의 가부장적 평가와 무관하지 않다.

함혜련 시에 대한 최초의 평가는 1969년 시인의 첫 시집 『門(문) 안에서』의 서문(序文)을 쓴 박목월로부터 시작된다. 함혜련 시에 대해 박목월은 "가정에 깊이 沈潛(침잠)"하여 쓴 '생활시'라고 단언하며 "앞으로 함 혜련씨는 보다 착실한 아내로서, 어머니로서 그리고 좋은 主婦詩人(주부시인)이 되리라 확신한다."[4]고 적고 있다. 이처럼 박목월은 함혜련 시를 '시인'으

표하며 작품활동을 시작했다. (청포도 동인회 편, 『靑葡萄(청포도)』, 고려인쇄소, 1952.)

3 함혜련은 1978년에 시집 『강물이 되어 바다가 되어』(예음각, 1977)로 월간 문예지 《現代文學(현대문학)》이 주관하는 제23회 시부문 '現代文學賞(현대문학상)'을 수상했다.

4 함혜련의 첫 시집 『門(문) 안에서』의 박목월 序文(서문)은 다음과 같다.
"(…) 참으로 함 혜련씨의 이번 詩集(시집)은 한 주부로서 가정에 깊이 沈潛(침잠)하여 그것을 안쪽에서 노래한 점이 특이하고, 또한 그것이 우리에게 깊은 감명을 주는 것이다. 흔히 주부들의 생활시라는 말이 있지만 이처럼 가정생활을 深刻(심각)하게 체험하여 한 주부의 알뜰한 소망과 모성애의 심비한 旋律(선율)과 생활의 哀歡(애환)이 미묘한 調和(조화)를 보여주는 作品(작품)을 우리는 일찌기 본 일이 없는 것이다. 그런

로서가 아니라 ‘주부 시인’이 쓴 시로 제한하고 그 미학적 가치를 축소한다. 이러한 시평은 여성, 특히 기혼 여성 시인이 쓴 시는 남성 시인의 작품 수준에 미치지 못한다는 젠더적 선입견 하에서 수행된 것이다. 이것은 “남성성을 표준으로 삼고 그것과의 동질성과 차별성을 여성 문학의 평가 기준으로 삼는 방식”[5]에서 기인한다.

김지윤 역시 박목월의 평가에 대해 “‘여류’라는 이름만으로도 입지가 줄어드는 여성 시인에게 ‘주부 시인’이라는 프레임까지 씌웠으며, 시인을 아마추어 시인으로, 또 시인의 시 창작 활동을 고급 취미 활동”[6]으로 치부하고 있다고 주장한다. 또한, 김지윤은 함혜련 시에서 여성성의 정립 가능성을 발견하여, “자신의 ‘음악’을 마음대로 펼칠 수 있는 저항감이 매우 격렬히 표출되고, 생활은 자신을 구속하고 제약하는 굴레라는 인식이 강하게 드러난다”[7]고 분석한다.

함혜련의 여성 의식에 주목한 김지윤과 달리 장경렬은 함혜련이 “주변의 사물을 누구도 예상치 못한 새로운 인식의 빛으로 휩싸이게 하는 탁월한 시적 상상력”[8]으로 “인간의 오묘한 내면 심리와 상반되는 두 감정의 갈등”[9]을 동시에 드러내고 있는 것에 집중한다.

의미에서 이 詩集(시집)은 여류 시인으로서 하나의 새로운 領域(영역)에의 可能性(가능성)을 시사해주는 것이라 할 수 있다.
앞으로 함 혜련씨는 보다 착실한 아내로서, 어머니로서 그리고 좋은 <主婦詩人(주부 시인)이 되리라 확신한다.” (박목월, 「서문」, 함혜련, 『門(문) 안에서』, 백문당, 1969, 5쪽.)

5 연남경, 「1950년대 문단과 ‘정연희’라는 위치－전후 지식인 담론과 실존주의 수용의 맥락에서」, 『구보학보』 27, 구보학회, 2021, 92쪽.

6 김지윤, 「1960년대 여성시의 정체성 모색과 탈주의 상상력」, 『한국문학이론과 비평』 80, 한국문학이론과 비평학회, 2018, 152쪽.

7 위의 글, 154-155쪽 참조.

8 장경렬, 「‘순수의 노래’에서 ‘경험의 노래’로」, 『동아문화』 52, 서울대학교 동아문화연구소, 2014, 7쪽.

9 위의 글, 9쪽.

박태일은 함혜련 시의 형식적 안정성과 규칙성에 집중하여 그의 시 「보리밭」에서 드러나는 형태적 간결성과 2음보 정형률을 분석한다. 그러나 “「보리밭」은 비 개인 뒤 보리밭에 앉은 산비둘기가 보리물이 들어 파랗게 보인다는 감각적 새로움을 전달하고자 한 작품이지만, 그것을 드러내는 표현은 섬세하다고 볼 수 없다.”[10]며 범상한 작품으로 평가한다.

다음으로 한영옥은 함혜련의 시 세계를 일컬어 “시공을 초월하여 흐르는 원형적 사랑의 세계”[11]라고 규정한다. 그에 따르면 함혜련의 시가 지향하는 것은 “종횡무진으로 대상을 설정하여 다양한 사랑의 변주를 형상화하는 것”[12]으로, 이를 통해 사랑의 힘이 ‘우주적 하모니’가 현현하는 ‘주체성의 절정’을 보여준다고 평가한다.[13] 하지만 이 분석은 함혜련 시에 나타난 주된 시 의식을 ‘사랑’으로만 한정하고 있어서 다양하고 심도 있는 논의를 이끌어내지 못하고 있다.

이상의 논의에서 살펴본 함혜련 시에 대한 연구는 주로 시의 표층적 측면의 분석에 중점을 두고 있어서, 시 세계 전반을 다루거나 저항적 여성 의식을 본격적으로 고찰하였다고 보기 어렵다. 유일하게 김지윤만이 함혜련의 시에서 여성의 저항성을 읽어내려는 노력을 시도했으나, 그의 논의는 첫 시집인 『門(문) 안에서』만을 대상으로 하고 있어서 단편적이고 부분적인 해석에 그쳤다는 한계를 보인다.

따라서 본고는 함혜련이 활발하게 창작 활동을 했던 1960~1970년대의 초기 작품[14]을 중심으로 여성 주체의 언술 전략에 초점을 맞추어 고찰해

---

10 박태일, 「전쟁기 강원 지역 시동인지 『청포도』」, 『현대문학이론연구』 8, 현대문학이론학회, 2017, 72쪽.

11 한영옥, 「사랑 속에서 주체성의 절정을 노래하는 시」, 함혜련, 『BODY LANGUAGE』, 마을, 1996, 126쪽.

12 위의 글, 116쪽.

13 위의 글, 126-128쪽 참조.

14 본고는 1. 『門(문) 안에서』(1969), 2. 『아침파도』(1976), 3. 『강물이 되어 바다가 되어』

보고자 한다. 특히 가부장 제도의 구조적 모순을 효과적으로 드러내기 위해 구사했던 시적 언어의 전술이 무엇인지 살펴보고자 한다. 이를 통해 기존 문단에서 배제되었던 함혜련 시를 여성주의적 관점에서 재독해하고, 함혜련 시의 문학사적 의의를 새로이 규정하는 데에 목적을 둔다. 가부장제에 의한 여성의 종속이 가속화되던 1960~1970년대에 억압적 사회의 지배적인 규범과 질서를 비틀고, 사회 구조적 불평등을 생산하는 주류 담론의 권위를 해체하고자 했던 함혜련의 시에서 여성 언어의 저항적인 발화 양식을 연구하는 일은 매우 의미 있는 작업이 될 것이다. 나아가 이 연구는 산문(散文) 형식의 과감한 구성, 소리 이미지의 나열, 실험적인 은유법의 시도 등으로 주제를 표현하는 함혜련 시를 통해 당대 여성 문학의 미학성을 보다 더 적극적으로 사유하는 계기가 될 것이다. 이에 따라 2절에서는 여성 주체가 직면하게 되는 가부장적 '제도와 이데올로기'의 폭력성을 가시화하고, 그것의 교묘한 은폐를 폭로하는 역설의 수사에 대해 살펴볼 것이다. 3절에서는 여성의 목소리가 소거되는 가부장제 사회에서 자신의 언어를 말하지 못하는 여성들이 역으로 강요당한 침묵을 발화하는 모습을 고찰할 것이다. 그리고 4절에서는 탈주와 전환에 대한 욕망을 드러내는 여성 주체의 독백적 언술에 대해 분석할 것이다.

(1977)의 시집에 수록된 6편의 시를 논의의 대상으로 삼는다. 본고에서 다룰 작품은 1992년 출간한 『咸惠蓮詩全集(함혜련시전집)』(함혜련, 『咸惠蓮詩全集(함혜련시전집)』, 서문당, 1992)의 수록체계를 기준으로 한다.
본고에서 논의될 작품 목록은 다음과 같다.

	시집	작품
1	『門(문) 안에서』(백문당, 1969)	「내 음악이 멎을 때까지」
2	『아침파도』(창원사, 1976)	「海綿社會(해면사회)」, 「道高溫泉(도고온천)」, 「잃어버린 열쇠」
3	『강물이 되어 바다가 되어』(예음각, 1977)	「빛의 刑場(형장)」, 「찬란한 宿所(숙소)」

2. 폭로하는 주체와 역설의 수사(修辭)

전후(前後)의 혼란기였던 1950년대에는 여성들이 남성들의 빈자리를 대신하여 정치 · 사회적 재건과정의 생산 노동에 광범위하게 참여할 수 있었다. 그러나 자본주의적 경제 성장이 본격화되던 1960년대에 이르면 가부장적 국가체제는 '전업주부'라는 개념을 탄생시키고, 여성을 경제활동에서 배제함으로써 이들을 경제적 무능력자로 전락시켰다.[15] 또한, 1960~1980년대는 가정이 신성화(神聖化)되고, '현모양처'이자 '내조자'라는 전업주부의 존재성이 부각된 시기였다. 이러한 전업주부의 개념화는 "'형식적 평등'이라는 외피를 쓰고 근대적 가족 이데올로기와 제도들에 의해 남녀관계를 지배-피지배 관계로 굴절"[16]시키는 결과로 이어졌다.

함혜련은 이렇게 가부장제에 의한 여성의 종속이 견고해지던 시기에 '낭만적 사랑'으로 교묘히 위장된 '결혼제도'의 허상을 깨닫고 제도 안에 은폐된 폭력적 구조와 여성 억압의 현실을 고발한다.

> 고속버스로 1시간 半(반)하고
> 택시로 20분 더 가면 된다
> 서울에서 道高(도고)까지
> 硫黃溫泉(유황온천)이 사람들의 피부병을 씻어준다 하기에 엄동에도 사시사철 水溫(수온) 50°C 넘쳐나는 낭만이
> (……)
> 사람들은 지혜를 발동하여
> 政府(정부)를 세우는데 천년이 걸렸다

15 장미경, 「1960-70년대 가정주부(아내)의 형성과 젠더 정치: 여원, 주부생활 잡지 담론을 중심으로」, 『사회과학연구』 15(1), 사회과학연구소, 2007, 147쪽 참조.

16 위의 글, 150쪽.

그러나 파괴는 눈 깜짝할 사이 <이건 아니다!>하고
온천을 구성하는 수억의 정자여!
마지막 남아 뒹굴 목숨을 위하여선 오직 한 마리의 황화수소분자가 필요할 뿐인 오늘 나머지 법률이 불타는 제전에
나는 肉身(육신)을 그렇게 켰다 단 한마디의 사랑을 위하여

道高溫泉(도고온천)은
경지에 다다른 사람들의 病(병)을 씻고
내게는
無政府(무정부)를 회임시킨 그 男子(남자)
고속버스로 1시간 半(반)하고 택시로 20분 더 가면 있다.

–「道高溫泉(도고온천)」 부분[17]

"道高溫泉(도고온천)"은 1970년대 대표적인 신혼여행지로 주목받았던 장소로, 함혜련은 신혼여행의 상징인 도고온천의 이미지를 원용하여 '결혼제도'를 형상화한다. 그는 "硫黃溫泉(유황온천)이 사람들의 피부병을 씻어"주기 때문에 사시사철 "50°C의 낭만"이 넘쳐난다고 서술하고 있다. '硫黃溫泉(유황온천)이 사람들의 피부병을 씻어'주는 것은 일종의 '의식'으로, 결혼제도가 가지는 통과의례적 속성을 의미하는 것이다. 이 제의를 통과함으로써 여성과 남성은 공식적으로 결합을 승인받는다.

동시에 '피부병을 씻는' 행위에는 여성들의 결혼 이전의 세계를 불경하고 더러운 것으로 치부하여 상징사회로부터 배제하고, '결혼제도'라는 정화의식에 따라 여성들을 아버지의 견고한 상징질서 안으로 종속시키려는 가부장제 사회의 의도가 반영되어 있다. 이러한 정화의식은 결혼제도

17 함혜련, 『咸惠蓮詩全集(함혜련시전집)』, 서문당, 1992, 135쪽.

에 편입하지 않은 여성들을 오염된 것으로 상정하고 "그것을 세속질서로부터 추방하여 남성 중심 사회 집단의 고유성과 사회적 합리성을 형성"[18] 하려는 가부장제 사회의 논리로부터 기인한다. 그래서 50°C의 낭만이 넘쳐나고, 피부병을 씻어준다는 것은 여성을 남근 중심의 제도권 안으로 복속시키기 위한 가부장제 사회의 유혹과 위장의 전략이 된다. 함혜련은 "사람들은 지혜를 발동하여/정부를 세우는데 천년이 걸렸다"고 진술한다. 이 언술은 결혼제도가 사실은 지혜를 발동해서라도 유도해야 할 만큼의 구조화된 속임수이며, 결혼이란 여성 주체의 내부에 '정부'의 권력체계가 수립되는 것임을 폭로하고 있는 것이다. 이때의 정부는 "수억의 정자"로 상징되는 남성이 통치하는 정부가 되고, 여성은 철저히 그 정부의 신민(臣民)이 될 뿐이다.

함혜련은 이 시에서 사랑하는 남녀가 결합하여 행복한 가정을 이룬다는 낭만적 사랑 담론을 냉소적으로 해체하고, 결혼제도의 허상과 불합리함에 대해 고발한다. 도고온천에서 맺어지는 결혼 관계로 인해 여성은 "눈 깜짝할 사이 <이건 아니다!> 하고" 파괴된다는 것이다. 여성의 육신은 한없이 회의적인 "단 한마디의 사랑을 위하여" 와해될 뿐이며, 여성은 남성의 "법률"에 의해 "불타는 제전"에 바쳐지게 된다.

그러나 이 시의 여성 주체는 이 사실을 간파함으로써 "그 男子(남자)"가 자신에게 정부를 세우지 못하도록 대항한다. 역설적이게도 여성 화자는 스스로 '그 남자'가 자신에게 "無政府(무정부)를 회임"하도록 만듦으로써, 결혼이라는 제도, 다시 말하면 남성 중심의 가부장 정부에 의해 식민화(植民化)되지 않으려 저항한다. 여성 주체는 결혼제도라는 희생제의에 자신을 순순히 봉헌하는 것처럼 보이지만, 사실은 그 순종(順從)의 가장(假裝)을 통해 그가 목적하는 정체성을 스스로 구성함으로써 가부장 제도에 대한

18 줄리아 크리스테바, 『공포의 권력』, 서민원 옮김, 동문선, 2001, 109쪽 참조.

반역을 꾀하고 있는 것이다.

深海(심해)에 뿌리박은 生物(생물)이 있다
트로피 모양의
속이 텅 빈
이것을
中國(중국)에서는 偕老同穴(해로동혈)이라고 한다
(작은 새우 한 쌍이 그 몸통 안에 들어가 스쳐가는 프랑크톤을 먹고 자라다 점점 커짐에 따라 그만 그 조직체에 갇혀 밖으로 빠져나가질 못하게 되자 할 수 없이 그 안에서 평생을 함께 살다 죽기 때문에)

한국에서는 갯솜 혹은 개솜이라 발음하는 이것은
죽으면 뼈대만 앙상히 남아
홀로 서있는 有機物質(유기물질)의
솜 같아서
나 또는 다른 많은 동료들이 알몸으로 들어갔다 평생을 갇힌 채 눈뜨고 서서히 죽어가는 것 일게다. 그 밖은 추울거라 아예 단정해 놓고 反逆(반역)의 실올하나 걸치지 못한 無能(무능)으로 굳어버린 손발을 비비 꼬으며 단 한 치도 훤히 내다보이는 저 푸른 물결따라 魚族(어족)들이 자유롭게 꼬리치는 新世界(신세계)로 탈출 못하는 나와 다른 많은 동료들의
이 무색투명한 올가미를

미국과 유럽에서는 짐짓
<비너스의 꽃바구니!>라고 불러제친다

–「海綿社會(해면사회)」 전문[19]

국가 지배체제와 남성 중심 이데올로기가 만들어낸 결혼제도, 가족제도의 규율적 권력은 여성의 행동을 억제하고 가정 내에서의 위계관계를 정형화한다. 가부장적 제도는 여성을 주부의 역할로서만 기능하게 하고, 가정에 머물러야 할 것을 당연하게 규범화하여 여성의 자유를 박탈한다. 이 시는 결혼이라는 제도가 "偕老同穴(해로동혈)",[20] 즉 생물, 혹은 유기물과 같이 살아 숨 쉬는 구속의 장치로 기능하여 가정이라는 공간에 여성을 유폐하고 여성의 자유를 파괴하고 있는 것을 폭로하는 작품이다. 결혼한 여성 주체는 "다른 많은 동료들"과 마찬가지로 "알몸으로 들어갔다 평생을 갇힌 채 눈뜨고 서서히 죽어"가는 운명을 맞게 된다. 남성 중심 가부장제가 세운 결혼제도는 살아있는 감옥이 되어 "反逆(반역)의 실올하나"도 실행하지 못하게 하고, "新世界(신세계)로 탈출"하지 못하도록 속박한다. 시적 화자는 자유를 삭제시키는 결혼제도의 모순과 허위성에 대해 "무색투명한 올가미"로 빗대어 비판한다.

그러나 여성 주체는 "이 올가미를/미국과 유럽에서는 짐짓/<비너스의 꽃바구니!>라고 불러제친다"라고 일갈함으로써 결혼을 꽃과 신화 속 비너스처럼 아름다움의 대명사로 신격화하는 기성의 남성 중심 언어를 비틀고 조롱한다. 시적 화자는 올가미에서 탈출하지 못하고 서서히 죽어가는 순응적 주체이지만 동시에 저항의 의지를 저버리지 않는 불응적 주체가 된다. 그는 "올가미"를 "비너스의 꽃바구니"라고 호명하는 남성의 언어를 노출함으로써 그들의 폭력을 재현하고, 풍자하고, 패러디하는 여성 언어의 전략을 취하고 있다.

---

19 위의 책, 145-146쪽.

20 '해로동혈(偕老同穴)'은 부부 사이의 좋은 금슬(琴瑟)을 의미한다. '해로(偕老)'는 함께 늙는 것, '동혈(同穴)'은 무덤을 함께하는 것을 말하며, 부부는 언제까지나 함께 사이좋게 살다가, 죽으면 한 무덤에 장사지내는 것이 이상적이라는 뜻으로 사용된다. 신태영 편, 『고사성어사전』, 서림문화사, 1996, 723-724쪽 참조.

함혜련은 결혼제도를 의미하는 '비너스의 꽃바구니'와 '올가미'를 등가로 배치하고 두 기표 사이에서 발생하는 배리(背理)를 역설적으로 드러내어 결혼에 대한 가부장제와 여성 간의 극명한 인식 차이를 보여준다. 이를 통해 그는 결혼제도가 만들어 낸 여성의 희생과 소외, 고립을 필연적으로 합리화하는 남성 중심적 결혼제도를 집요하게 심문한다.

이 시에서 주목해야 할 점은 산문(散文) 구성에 의한 '탈형식화'의 시도이다. 함혜련은 형식적 제한에 구애받지 않고 2연에서 무려 5행이라는 장문(長文)을 배치하여 시적 화자가 사회 제도라는 '올가미'에 갇혀 고통스러운 비명을 끊임없이 쏟아내고 있는 듯한 시각적인 효과를 산출한다. 이러한 시적 추구는 여성의 실존적 불안과 '일상 속의 죽음'이라는 주제의식을 심화시키는 장치가 된다.

이상의 논의를 통해 살펴본 함혜련의 시의 '역설'은 낭만적 사랑으로 교묘히 위장된 결혼제도의 기만과 폭력성을 비판적으로 드러내는 언술행위이다. 시 속 여성 주체는 모순 그 자체가 진리가 되는 역설 장치를 설정함으로써 가부장제가 정당화하는 공적 담론의 의미작용을 배제하고 거부하는 효과를 획득한다.

3. 불화하는 주체와 침묵의 발화

인간은 말을 통해 행위의 주체가 되고, 말을 통해 세계에 참여한다. 인간은 말을 하면서 능동적으로 자신의 "고유한 인격적 정체성"[21]을 드러내기 때문에 "유일한 삶의 방식인 말과 행위가 없는 삶은 문자 그대로 세계에 대해서 죽은 삶"[22]이 된다. 그래서 말을 박탈당하여 발화할 수 없는

21 한나 아렌트, 『인간의 조건』, 이진우 옮김, 한길사, 2019, 278쪽.

자는 공적 세계에서 주체로 출현할 수 없고, 타인에게 주체로서의 실존을 해명할 수 없게 된다. 함혜련은 가부장 체제가 공고했던 1960~1970년대에 이처럼 주체성과 언어를 상실하여 남성 중심의 상징질서 안에서 주변화된 여성들의 고통과 갈등에 주목한다. 그는 특히 세계 속에서 공적인 발언이 묵살되거나 아예 발언 기회조차 없었던 여성의 사회적 현실을 형상화한다.

나는 물 속에 갇혀있는 五萬(오만) 감각의 소리없는 진통
단절만이 가까스로 어깨를 잇고 있는 시간의 사막 위에 던져진 불발탄
모든 가능이 암청색으로 질려있는 한 포기 녹슨 영혼의 갈피를 비집으며
반역의 고기떼가 무리져 모여들 때 번지는 악질세균 전염병에 걸린 患者(환자)
(……)
아, 나는 계절이 바뀌어도 당신만이 그리운
죽지를 잃어버린 날짐승이었다
풀뿌리 끝, 나뭇가지 끝에서, 모래알 속, 바위뿌리에서
땅밑을 기어가는 파충류의 허리, 숲 속을 뛰어가는 산짐승의 허파에서
끊임없이 솟구쳐 올라가는 욕망의 나는 다만
당신이 비어있는 허망한 존재
무수한 그림자가 투영된 표면
용접이 되지않는 背理(배리)[23]의 洞穴(동혈),[24] 그 속에서 속으로 부는 바람소리 그 뿐
나는 아직 太初(태초), 해뜨기 이전의

22 위의 책, 274쪽.
23 배리(背理): ① 사리에 맞지 않음, ② 부주의에서 생기는 추리의 착오. 반리(反理).
24 동혈(洞穴): 깊고 넓은 굴의 구멍.

정지된 모터였다
마비된 五官(오관)을 흔들어 깨워 내가 당신 속에서 가동이 될 때까지
압축하고 또 압축하는 감정의 밀실 속의 소리없는 아우성, 아, 나는
흘러가지 못하는 들판의 형무소
인간의 法(법)의 전당
예술, 과학, 철학, 아니 온갖 이데아가 버둥대다 죽어가는 무덤 속
나는 허위, 위선, 오욕의 길다란 무기 앞에 무릎 꿇은 최대의 비굴자
그 모든 作戱(작희)[25]의 代名詞(대명사)였다
밤속에 갇힌 빛을 해방하는 당신이 아직도 자갈된 채 묶여있던 밤

–「빛의 刑場(형장)」 부분[26]

시 「빛의 刑場(형장)」에서 시적 화자인 “나”는 현재 “물 속”에 갇혀 오만(五萬) 감각으로 “소리없는 진통”을 겪는 중이다. “물 속에 갇혀있”다는 언술은 여성인 화자가 상징계 사회의 가부장적 제도와 암묵적인 인습에 의해 사회적으로 유폐되고 고립되어 있음을 암시한다. 이러한 한계 상황에 처한 ‘나’는 자기 자신을 “불발탄”, “악질세균 전염병에 걸린 환자”, “정지된 모터”, “죽지를 잃어버린 날짐승” 등과 같은 ‘기능부전(機能不全)’의 기표들로 호명한다. 이러한 ‘등가적 의미’의 병치를 통해 ‘나’는 1970년대 여성들이 성차별적인 제약 때문에 사회에서 자신의 능력을 발휘할 기회를 차단당하는 사회적 현실을 비판적으로 의미화한다. 그는 여성을 비결정적·미완성적 존재로 만들어 사회적 역할의 용도 폐기를 정당화하는 가부장제 이데올로기에 대해 강한 어조로 고발하는 것이다. 이는 ‘나는 무엇이다’라는 은유의 열거와 반복을 통해 보다 더 선명하게 드러난다.

25 작희(作戱): 남의 일에 훼방을 놓음.
26 함혜련(1992), 앞의 책, 166-167쪽.

사회가 여성을 규정하는 부정적인 기표들을 연속적으로 소환하여 가부장제의 끊임없는 억압 장치를 부각하는 것은 이 시의 특징이 된다.

또한, 시적 화자는 스스로를 "당신이 비어있는 허망한 존재", "무수한 그림자가 투영된 표면", "용접이 되지 않는 背理(배리)의 洞穴(동혈)"이라는 기표로 치환하여 1970년대 여성들이 겪어야 했던 '주체성의 부재'를 토로한다. '당신'이 비어있고 실체 없이 무수한 그림자만 가득하며 절대 채워지지 않는 큰 구덩이가 존재한다는 표현은 시적 화자의 주체성이 현존하지 않음을 암시하는 것이다. 여기에서 '당신'은 시적 화자가 섬기는 신(神)인 동시에 내가 절대적 이상향으로 삼은 또 다른 자아, 즉 화자가 지향하는 '나'를 뜻한다. 이러한 '당신'이 부재하는 현재의 '나'는 가부장제가 압도하는 현실에서 나의 고유한 목소리를 낼 수 없고, 정치적으로 행동을 할 수 없도록 훼손되고 있는 중이다.

이처럼 남성 중심적 사회 규범에 의해 주체성이 삭제된 여성은 분노에 가득 차 "감정의 밀실 속"에서 "소리없는 아우성"을 치지만, 굴종을 요구하는 사회로부터 절대로 도피하지 않는다. 시적 화자는 "당신이 아직도 자갈된 채 묶여있던 밤"이라는 언술을 통해 압제적 사회가 자신에게 '강제한 침묵'을 누설하고 폭로하는 방법을 택한다. 이것은 침묵을 발화하여 입에 재갈이 물린 고통스러운 현실을 유표화하고, 이를 통해 언어와 목소리를 소거 당한 상황을 역전시키고자 하는 의도를 포함하기 때문이다. 그래서 여성 화자가 행하는 '침묵의 가시화'는 여성 주체의 '자기 수행적 행위'가 된다.

또한, 시적 화자는 자신의 암울한 상황을 "들판의 형무소"와 "빛의 형장", "죽어가는 무덤 속", 그리고 "밤"이라는 기표로 재현함으로써 당대 현실이 여성에게 '감옥'과 '죽음'으로 작용하고 있음을 보여준다. 여기에서 "인간의 법"은 아버지의 법을 가리킨다. 여성은 이 법에 따라 "예술, 과학, 철학, 아니 온갖 이데아"의 사형이 집행되는 '무덤'이 된다고 일갈하는 것이다. 남성만이 '인간'이 되는 현실에서 여성이 "무릎 꿇은 최대의 비굴자"가 될 수밖에 없다는 것은 여성성을 '수동성'으로 등치시키고 여성을 식민화하는 가부장제 사회에 대한 분노의 표출을 의미한다.

따라서 시적 화자는 여성의 주체적 발화를 금지하는 세계와 공존하지 못하고 계속해서 불화하게 된다. 세계와 대립하려는 시적 화자의 반항 의지 또한 "마비된 五官(오관)을 흔들어 깨워 내가 당신 속에서 가동이 될 때까지" 무한히 지속된다. 그리하여 그는 "밤속에 갇힌 빛을 해방"하기 위해서, 그 "빛을 해방하는 당신"을 찾기 위해서 '반역'과 "모든 작희"를 동시에 행한다.

> 내 가진 곳 다 동원하여
> 당신을 표현하려 몸부림칠 때
> 바로 내 맨 앞을 달음박질치는 그 純粹言語(순수언어)
> (태초에도 맨 처음 건축되어 나와의 共存(공존)을 기다리는 宿所(숙소))
>
> 나는 오늘
> 그를 따라 정신없이 질주해 가다 불시에 한 중간 暗礁(암초)에 부딪쳤다
> 청각을 잃어버린
> 벙어리가 되어
> 내 앞에 엎어진 강물(雜語(잡어)들이 毒蛇(독사)처럼 우글대는)을
> 묵묵히 굽어 보고 있다
> (……)
> 한계를 헐고
> 수식을 벗고
> 참 안칢의 보석보다 찬란한 뜻을 세워
> 얼마나 도약하면 거기 닿을까

갈망의 늪 지금은
밤

-「찬란한 宿所(숙소)」 부분[27]

인용시는 주체성의 복원을 꾀하려는 여성 화자가 갑작스럽게 자신을 가로막는 절망적인 한계와 맞닥뜨리는 순간을 재현하고 있다. 이 시에서 "순수언어"는 '여성의 고유한 언어'이자 여성이 주체적으로 말을 할 수 있는 '절대적 자유'이며, 여성의 '주체성' 자체를 지칭한다. 즉, '순수언어'에는 '말하는 주체'에 대한 욕망이 깃들어있다. 그러나 "당신"이라는 '순수언어'를 표현하고자 하는 나의 "몸부림"은 "불시에 한 중간 暗礁(암초)"와 부딪치게 된다. 이 '암초'는 가부장적 상징 세계의 각종 규율과 제한을 의미하는 것으로, 자신만의 온전한 언어를 생산하려는 시적 화자의 욕망을 차단한다.

한편, 시적 화자는 자신을 타자화하는 가부장제의 언어를 '순수언어'의 대척점에 있는 "雜語(잡어)"로 명명한다. 사회적 권력 관계에서 우위를 차지한 남성들은 남근 중심적 욕망이 투사된 공식 담화와 언어를 만들어낸다. 이 언어는 남성들의 기표로 결정되고 독점되기 때문에, 여성은 이들의 "지배적인 통사론과 담화의 질서 속에서 완벽하게 은폐된다."[28] 따라서 '가부장제 질서의 언어'는 "여성의 '자기 성애'를 규제"[29]하고 착취하는 통사론이어서 시적 화자에게 불순하고 불온한 '잡어'가 되는 것이다.

'당신'을 향한 희구(希求)가 상징계의 금지로 가로막히는 순간, 시적 화자는 "청각을 잃어버"리고 "벙어리"가 되고 만다. 말하는 주체가 되기를 갈망하는 화자가 '벙어리'로 변모하는 것은 이 시를 지배하는 중요한 모

27 위의 책, 219-221쪽.
28 뤼스 이리가라이, 『하나이지 않은 성』, 이은민 옮김, 동문선, 2000, 174쪽 참조.
29 위의 책, 같은 쪽.

티프라 할 수 있다. '벙어리'라는 기표는 당대 사회가 강제하는 여성들의 침묵을 암시한다. 이것은 세계와 불화하는 여성들이 자신의 언어와 주체성을 되찾기 위해 투쟁을 벌이지만, 도리어 그로 인해 "청각을 잃어버"리고 '벙어리'가 되는 암울한 현실을 의미하는 것이다. 이처럼 가부장제의 폭력성은 여성을 불구의 몸으로 만들어 위계적인 종속을 이행한다.

그러나 "내 앞에 엎어진 강물(……)을/묵묵히 굽어 보고 있다"는 진술은 시적 화자가 여성의 종속적 지위를 고정시키는 사회 체계를 담담히 관조하고 있음을 유추하게 한다. 이러한 응시는 여성 억압의 매개물로서 기능하는 가부장적 담론을 대면하고, 여성 언어를 일방적으로 규제하고 있는 사회적 전제 조건에 대하여 항변하는 과정이라 할 수 있다. 그래서 강물은 여성에게 '벙어리'와 같은 결핍된 타자의 모습으로 출현하게 되는 것을 지각시키는 일종의 '거울' 역할을 한다.

또한, 시적 화자는 "당신을 표현"하고자 노력하며, "당신"과 "나와의 共存(공존)을 기다리는 宿所(숙소)"에 닿기 위해 "도약"을 멈추지 않는다. 시에서 "한계"와 "수식"으로 제시되고 있는 상징계 사회의 '법'은 시적 화자에게 헐어내고 벗겨내야 할 대상에 해당한다. 이러한 기표의 서술은 '언어'가 "여성들에 대한 억압에 능동적으로 등을 돌리게 하고, 사회 비판뿐만 아니라 변화를 이끌어 낼 수 있다"[30]는 전제에서 출발한다. 그래서 시인에게 시작(詩作) 행위는 "갈망의 늪"과 "밤"이라는 억압의 상황을 벗어나기 위해 스스로 해방 공간인 "숙소"를 찾아 나서는 주체적인 행동이 되는 것이다.

전체적으로 이 시는 1연에서 '당신', '순수언어', '숙소'가 병렬적 등가 관계를 이루고 있고, 2연에서도 역시 '암초', '잡어', '강물'이 병렬적 등가

30 안테 호른샤이트, 「언어학」, 크리스티나 폰 브라운 외 편, 『젠더연구』, 탁선미 외 옮김, 나남출판, 2002, 423쪽 참조.

관계를 이루고 있다. 그리고 다시 1연과 2연은 서로 의미적 대립 구조로 대치되고 있다. 이러한 시 형식은 가부장제 사회의 억압과 그에 대항하고자 하는 여성 주체의 욕망이 치열하게 대립하고 있음을 극명하게 보여주는 장치가 된다.

지금까지 살펴본 바와 같이 함혜련 시에서 형상화되고 있는 '침묵'은 가부장적 사회가 여성에게 강요하는 사회적 · 물리적 · 언어적 고립을 표상한다. 그러나 함혜련 시의 여성 주체는 이러한 침묵을 의미화하여 말없이 복종할 것을 명령하는 사회를 고발하는 주체적인 저항을 실천한다. 따라서 시 속에서 재현되고 있는 '침묵'은 단순한 언어의 부재가 아니라 정체성의 복원을 위해 여성 주체가 행하는 적극적인 발화이자, 복합적인 의미를 생산하는 여성의 대항 언어가 된다.

4. 욕망하는 주체와 전환의 독백

1960년대부터 전업주부는 사회의 보편적 현상으로 가시화되지만,[31] 주부들의 사회 및 생산 공간과의 단절과 분리는 여성 주체의 소외를 가져왔다. 여성의 '사회로부터의 단절'은 "사회적 자아로서의 여성들의 존재성을 지우고 가정 내에서의 자존감도 추락"[32]하게 만들었다. 이처럼 성차에 따라 남성의 경제력에 기대도록 설계되어있는 가부장 제도는 계속해서 여성의 자유와 정체성을 제한하는 방식으로 기능했다. 그러나 함혜련은

31 공/사 이분화와 더불어 사적 공간으로서의 핵가족과 전업주부의 탄생은 일제 시기 이후 근대화 과정 속에서 계속되어 왔다고 할 수 있지만, 이것이 사회의 보편적 현상으로 가시화되고 전업주부가 집단적으로 중산층으로 형성된 것은 1960년대가 되어서이다. 장미경, 앞의 글, 147쪽 참조.

32 위의 글, 164쪽.

이와 같은 상황에서도 시를 통해 여성 주체의 사회적 고립을 깨뜨리려는 시도를 포기하지 않는다. 그래서 함혜련의 시는 "여성에게 자기 자신의 힘에 도달하는 것을 가능하게 함으로써 여성의 성에 대한, 여성 존재에 대한 탈-검열된 관계를 실현"[33]하고자 하는 글쓰기인 것이다.

늦여름의 저녁 어스름
대청마루에서 번갯불을 본다
튀어 나온 불빛보다 더 빠르게
쩌렁, 공간에 금이 간다
원의 영상이 이지러진다
나는 황급히 금 간 거울 속의 얼굴을 매만지며
곧이어 와 닿을 거창한 소리
바위에 부서지는 怒濤(노도)소리보다 더 우렁찬
천둥 소리를 유심히 기다린다.
귀는 螺旋(나선)의 작은 洞穴(동혈)
나는 벙어리가 된 채
天地(천지)가 점점 조여드는 고요 속을
바람에 넘어 가는 책장처럼 섰다
가슴을 밀고 파도가 인다
어느 먼 광야에서
종장을 맺지 않은 피아노의 건반을
포르티시시모로 두드리러 가는 거다
밤 하늘에 별이 한 두어개
하수구같은 음산한 표정으로 방향을 위압한다

33 엘렌 식수, 『메두사의 웃음/출구』, 박혜영 옮김, 동문선, 2004, 124쪽.

그 속을 어디고 돌이라도 던져
깨트리고 싶은 것이
동아줄보다 더 질기게
내 앞 빈틈없이 흐르고 있음은
아아, 寂寞(적막)의 그 강을 못 넘어
천년도 더 묵은 소라껍질같은
빈 동굴에
천둥은 아직도 울리어 오지 않고
太古(태고) 이전으로 공허한 심연 속에
沈潛(침잠)되어감은 무슨 까닭인가
울리어 오라
肉(육)의 약한 線(선)이 다 풀리기 전
너는 우렁찬 鍾(종)의 터지는 몸짓으로
울리어 오라
벽이 무너지고 눈이 멀고
네 소리에 부딪쳐 화석이 되게 하라
그 뿐
내 마지막 章(장)의 음악은 멎고
하늘은 다시 잠잠해지리니
언제까지 이렇게 邊(변)에서 뒹구는
소라의 잔해만을 지키고 있을 건가

―「내 음악이 멎을 때까지」 전문[34]

시적 화자인 나는 "벙어리"가 되었지만, 나 대신 나의 '침묵'과 "적막"

34 함혜련(1992), 앞의 책, 25-26쪽.

과 "고요"를 깨뜨려줄 '소리'들을 기다린다. "쩌렁", "곧이어 와 닿을 거창한 소리", "바위에 부서지는 노도소리보다 더 우렁찬 천둥 소리", "피아노의 건반을/포르티시시모로" 두드리는 소리, "우렁찬 종의 터지는 몸짓"의 소리, "벽이 무너지고 눈이 멀" 너의 소리가 그것이다. 이 소리들은 평범하고 일상적인 소리가 아니라, 시적 화자의 삶과 공간에 균열을 가할 정도의 크고 강한 소리들이다. 시적 화자가 이토록 소리를 열망하는 이유는 이 소리가 폐쇄적 사회가 만들어낸 구조적 모순에 충격을 가할 수 있는 저항적 힘이 되어주기 때문이다. 목소리를 강탈당한 여성 주체는 자신의 목소리 대신 이 소리가 경계를 넘나들며 견고한 구조의 벽에 균열을 가할 언어가 되기를 소망한다.

동시에 "벙어리"인 시적 화자는 목소리 대신 "내 음악"을 발화하여 '반역의 언어'를 생성한다. "내 음악"은 가부장제 사회의 한계와 금기를 해체할 수 있는 '언어'이자 지배 담론의 권위를 찬탈하려는 '욕망'을 함의한다. "내 음악이 멎을 때까지"라는 시의 제목에서도 알 수 있듯이 함혜련은 사회의 부당한 관습과 폐단에 대해 발화할 수 있는 언어로 항거하겠다는 의지를 저버리지 않는다. 그리고 현실에서 그것은 나의 음악이자 시의 언어가 되는 것이다.

이러한 전복적 의지는 시적 화자의 독백을 통해 그 의미가 강화된다. 현재 시적 화자가 위치한 공간은 대청마루인데, 이것은 '집'을 뜻한다. 그는 집에서 나와 "어느 먼 광야"로 나가고자 한다. 그러면서 "언제까지 이렇게 邊(변)에서 뒹구는/소라의 잔해만을 지키고 있을 건가"라고 스스로에게 반문(反問)한다. "소라의 잔해"는 빈 껍데기 같은 낡은 '집'이자 '가부장적 의식'을 상징한다. 따라서 이 물음은 자기 자신에게 집의 바깥으로 탈주할 것을 주문하고 촉구하는 독백이 된다. 이는 일종의 선언적인 발언으로, 독백의 형태를 통해 실천의 욕망을 강하게 드러내는 것이다. 또한, "울리어 오라", "네 소리에 부딪쳐 화석이 되게 하라"의 언술도 시적 화자의 독백이자 강한 명령으로 작용한다. 결국 이 언술은 여성 화자에게 억압의 상황에 대한 각성을 촉구하고 '가장자리의 빈 집'에서 '중심의 광야'로 나가야 한다는 전환의 의지를 강력하게 피력하는 것이 된다.

> 놋쇠로 구운 李朝的(이조적) 자물통을
> 신통하게 여닫는 마술의 열쇠
>
> 열어요
> 門(문)열어요!
> 얼굴을 때리는 비바람과
> 大門(대문)안에서는 죽어가는 時間(시간)
>
> 혹 누가
> 놋쇠로 찍은 終末(종말)을 열어제칠
> 言語(언어)를 주웠거든
> 내게 돌려주오
> 별무리 스러지고
> 해 뜨기 直前(직전)
> 더욱 잠겨 적막해진 자물통 속
> 내 절망
> 열어제칠 열쇠 못 보았소?
>
> -「잃어버린 열쇠」 전문[35]

인용시에서 "놋쇠로 구운 李朝的(이조적) 자물통"은 오랫동안 지속되어

35 위의 책, 150쪽.

온 여성에 대한 사회적 구속과 압제를 뜻한다. '이조(李朝)'는 유교적 이데올로기 하의 여성 억압이 지배적이었던 '조선 시대'를 뜻하며 "大門(대문) 안"은 여성을 밖으로 나가지 못하게 하고 집 안에 머무르게 해야 한다는 인습적 규범이 지배하는 세계이다. 그래서 "열어요/門(문) 열어요!/얼굴을 때리는 비바람"에는 밖으로 탈출하고자 하는 시적 화자의 고뇌와 번민이 내재하고 있다. "대문 안에서 죽어가는 時間(시간)"은 여성에 가해지는 당대 사회의 여성 억압의 크기를 의미한다.

그러나 "놋쇠로 찍은 終末(종말)"이 환기하는 것은 이 사회의 억압에 대한 시적 주체의 의식이다. 시적 화자는 '놋쇠'와 '종말(終末)'을 등가로 놓고, 놋쇠로 대표되는 가부장적 사회의 규율은 '반드시 버려야 할 것'으로 인식하고 있는 것이다. 이때의 "言語(언어)"는 차별적인 관습의 불합리와 사회적 규율의 부당함에 대하여 발언하는 시적 화자의 목소리이자 "절망"을 열어젖힐 저항의 표지가 된다.

인용시는 "죽어가는 시간"과 "절망"이라는 표지로 대문 안의 상황을 구체적으로 묘사하여 '긴급함'이라는 정서적 효과를 강화한다. 또한, "言語(언어)를 주웠거든/내게 돌려주오"처럼 감정적이고 절망적인 어조의 독백 장치는 대문 안에서 구속되어 나오지 못하는 시적 화자의 비통함을 효과적으로 전달한다. 독백은 내면의 "갈등을 객관화하여 청자로 하여금 문제를 재빨리 인식"[36]시키는 효과를 창출하기 때문이다. 그러나 "열어요/門(문)열어요!", "내 절망/열어제칠 열쇠 못 보았소?"와 같이 청자가 곧 자신이기도 한 '자문자답' 형태의 독백적 절규는 가부장적 시대를 벗어나 주체적 전환을 추구하려는 시적 화자의 강렬한 욕망을 표출하는 것이기도 하다. 이전에는 자물쇠를 열 방법을 모르고 그저 문만 두드렸던 화자는 이제 그것을 열 수 있는 열쇠가 "언어"라는 것까지 알게 되었다. 하지

36 김광요 외 편, 『드라마 사전』, 도서출판 문예림, 2010, 97쪽.

만 시적 화자는 열쇠를 찾지 못해 아직도 대문 밖을 나오지 못하고 있다.

두 시에서 공통적으로 사용되고 있는 독백 기법은 가부장적 사회에서 고통받는 여성의 상황을 직접적으로 묘사함으로써 여성 억압의 사회적 실재를 가장 민감하게 보여주는 지표가 된다. 동시에 독백은 여성이 사회제도에 대한 분노를 공격적으로 표출하는 언어적 장치가 되어 여성 주체와 압제적인 사회 현실 간의 첨예한 갈등을 부각시키는 중요한 역할을 한다. 따라서 함혜련 시에 나타난 독백은 여성이 스스로의 현실적 위치를 자각하고 그에 대한 끊임없는 저항과 투쟁을 시작하는 기점이 된다는 점에서 의미가 있다.

5. 나가며

함혜련은 1959년에 등단을 한 이후 2004년까지 약 40년간 활발히 시작(詩作) 활동을 한 시인이다. 특히 1960~1970년대 남성 중심의 가부장제 이데올로기가 공고화되던 시기에 기혼 여성의 주체의식을 다룬 작품을 많이 남겼다. 1960년대 전업주부의 개념이 탄생한 이후, 여성들은 사회의 공적 영역에서 배제되고 가정이라는 사적 공간에 유배되었으며, 이로 인해 남성 주도의 경제적 지배·복종 관계는 점차 심화하여 갔다. 이런 시기에 함혜련은 저항적 언어를 통해 가부장 제도와 이데올로기에 의한 여성 억압의 사회 구조를 폭로하고 비판한다.

먼저 함혜련은 역설의 수사를 사용하여 결혼제도의 허구성과 불합리함을 폭로하고, 여성을 종속시키는 가부장제의 구조적 폭력에 대해 비판한다. 그에 의하면 결혼은 낭만적 사랑이 아니라, 여성의 몸과 정신에 아버지의 법을 이식하고 남성들의 정부를 수립하는 정치적 수단이 되기 때문이다. 동시에 시인은 한 번 들어가면 갇혀서 죽을 때까지 나올 수 없는

'갯솜'이라는 유기체에 빗대어 결혼제도가 자행하는 여성의 구속과 자유의 박탈에 대해 목소리를 높이고, 여성에게 사회적 죽음을 명령하는 가부장제의 비정함을 역설을 통해 예리하게 풍자한다.

또한, 함혜련은 '당신이 아직도 자갈된 채 묶여있던 밤', 청각을 잃어버린 '벙어리' 등의 기표를 사용하여 가부장제 사회가 여성들에게 가하는 '말의 유폐'와 그로 인해 여성의 주체성이 부재하는 상황을 드러낸다. 그리고 사회의 성차별적인 제약과 배제에 의해 여성들이 겪어야 했던 현실을 비판적으로 의미화하고 있다. 그러나 그는 가부장적 질서가 여성 주체에게 강제하는 '침묵'을 발화함으로써 억압적 사회를 고발하는 위반의 기능을 수행한다. 이처럼 함혜련은 아버지의 법에 의해 말을 묵살당했던 여성의 부정적 상황을 고발하는 한편 세계와의 불화를 지속하여 여성 주체성을 복원하고자 하는 저항 의지를 표출하고 있다.

마지막으로 함혜련은 '천둥 소리', '피아노 소리', '문을 두드리는 소리' 등 '요란한 소리'의 기표를 전면에 배치하여 여성 주체의 언어를 박탈하고 침묵을 강제한 사회와 투쟁하고자 하였다. 시에서 소리는 '집'과 '문' 안에 갇힌 여성들이 탈주와 전환의 욕망을 발산하는 '말(言)'이 된다. 또한, '열쇠'의 기표는 구속을 당한 여성들이 포기하지 않고 밖으로 나가려는 의지를 표상한다. 그래서 이 기표들을 제시하고 있는 독백적 어조는 시인의 불안과 분노의 심리를 투사하고, 가부장적 현실에 대한 치열한 대결 의식을 구축하는 역할을 한다. 이것은 주체의 각성을 촉구하고 적극적 행동을 주문하고 있다는 점에서 당대를 살아가고 있는 여성들의 저항적 전략이라 할 수 있다.

본고는 1960~1970년대에 창작된 함혜련의 시를 '여성 주체의 언술 전략'이라는 관점에서 독해하였다. 함혜련의 문학은 가부장제 시대를 살아갔던 '여성'을 생생하게 재현함으로써 한국 사회가 여성을 규정하고 통제하는 방식을 적극적으로 해체하고 있음을 본고는 확인하였다. 또한, 함혜련 시 속 여성 주체의 언어를 분석하는 작업은 한국 문학사에서 간과되었던 1960~1970년대 여성의 저항 의식을 고찰할 수 있게 할 뿐만 아니라 함혜련 문학을 평가하는 새로운 관점을 제시한다. 이 연구는 산문(散文)·장문(長文) 구성에 의한 탈형식화 시도, 소리의 나열에 의한 청각적 이미지의 차용, 은유의 과도한 병치에 의한 극적 전개 등 기존 시의 상투성을 거부하는 함혜련 시를 통해 1960~1970년대 여성 문학의 미학성을 새롭게 규정할 수 있는 가능성을 발견하였다. 본 연구를 시작으로 함혜련 시에 대한 문학사적 위상이 새로이 정립되기를 바란다.

● 참고문헌

1. 기본자료

함혜련, 『門(문) 안에서』, 백문당, 1969.

______, 『咸惠蓮詩全集(함혜련시전집)』, 서문당, 1992.

2. 논문 및 단행본

김광요 외 편, 『드라마 사전』, 도서출판 문예림, 2010.

김지윤, 「1960년대 여성시의 정체성 모색과 탈주의 상상력」, 『한국문학이론과 비평』 80, 한국문학이론과 비평학회, 2018, 131-170쪽.

박태일, 「전쟁기 강원 지역 시동인지 『청포도』」, 『현대문학이론연구』 8, 현대문학이론학회, 2017, 43-81쪽.

신태영 편, 『고사성어사전』, 서림문화사, 1996.

연남경, 「1950년대 문단과 ‘정연희’라는 위치—전후 지식인 담론과 실존주의 수용의 맥락에서」, 『구보학보』 27, 구보학회, 2021, 89-121쪽.

장경렬, 「‘순수의 노래’에서 ‘경험의 노래’로」, 『동아문화』 52, 서울대학교 동아문화연구소, 2014, 1-20쪽.

장미경, 「1960-70년대 가정주부(아내)의 형성과 젠더 정치: 여원, 주부생활 잡지 담론을 중심으로」, 『사회과학연구』 15(1), 사회과학연구소, 2007, 142-180쪽.

한영옥, 「사랑 속에서 주체성의 절정을 노래하는 시」, 함혜련, 『BODY LANGUAGE』, 마을, 1996, 116-129쪽.

뤼스 이리가라이, 『하나이지 않은 성』, 이은민 옮김, 동문선, 2000.

안테 호른샤이트, 「언어학」, 크리스티나 폰 브라운 외 편, 『젠더연구』, 탁선미 외 옮김, 나남출판, 2002.

엘렌 식수, 『메두사의 웃음/출구』, 박혜영 옮김, 동문선, 2004.

조셉 칠더즈 · 게리 헨치 편, 『현대 문학 · 문화 비평 용어 사전』, 황종연 옮김, 문학동네, 2018.

줄리아 크리스테바, 『공포의 권력』, 서민원 옮김, 동문선, 2001.

한나 아렌트, 『인간의 조건』, 이진우 옮김, 한길사, 2019.

3부 — 대중문학장과 여성 문학의 교차

10장

냉전기 이분화된 '모럴'과 국민 탄생의 (불)가능성

—김말봉 『별들의 고향』(1953)*을 중심으로

조민형

1. 들어가며

조선 최고의 인기작 『찔레꽃』(『동아일보』, 1935.9.26.~1936.8.27, 1937.11.4.~1938.28, 1938.7.1.~12.25)의 작가이자 『화려한 지옥』(최초 연재시 『카인의 시장』, 『부인신보』, 1947.7.1.~1948.5.8, 이후 『화려한 지옥』으로 문연사에서 1951년 초판 발행), 『태양의 권속』(『서울신문』, 1952.2.1.~7.9) 등을 연이어 중앙일간지에 발표하던 김말봉은 가히 '우리 문단에 있어 첫손가락에 꼽히는 여류의 중심'이자 '여류문학계의 거장'이었다고 할 수 있다.[1] 이러한 김말봉은 자신의 작가적 위엄을 토대로 당당히 자신이 추구하던 '대중소설'의 작가로서 자신을 정체화했다. 그는 대중소설에 대한 정론적인 글을 쓰는 것 대신, 신문 연재예고에서 자신의 소설이 대중들을 위한 것임을 강조하고, 독자

---

* 김말봉, 『별들의 고향』, 진선영 엮음, 소명출판, 2016. 이후 소설의 인용은 본문에 쪽수로 표기.

1 박종화, 「『태양의 권속』 서」, 『태양의 권속』, 삼신출판사, 1953, 2쪽.(진선영, 「인조견을 두른 모럴리스트」, 『현대소설연구』 68, 현대소설학회, 2017, 204쪽에서 재인용.)

들이 재미있고 흥미롭게 소설을 읽기를 목표로 했다. 그렇기 때문에 김말봉은 '천재의 대중소설 작가'로 자리매김할 수 있던 것이다.[2] 김말봉은 대중소설이 저급하다는 인식이 대중의 존재를 폄하한 데 기인한 "착각"에 불과하다고 토로하며 대중소설에 대한 신념을 보이는 작가였던 것이다.[3] 나아가 김말봉은 독자가 아닌 '소설가 자신'만을 위해 글을 쓰는 '순수귀신'들을 몰아낼 것을 말했다. 이때 김말봉은 '순수'의 의미를 자기만족의 '비순수적' 글쓰기가 아닌 누구와도 친교를 나눌 수 있는 '순수적' 글쓰기의 필요성을 말하던 것이다. 오히려 대중들과 적극적으로 소통하는 문학이 진정한 '순수한' 것이라는 점이다.[4]

김말봉의 『별들의 고향』은 1950년대 연재 도중 중단된 후, 1953년 정음사에서 출간된 장편소설이다.[5] 『별들의 고향』은 '냉전적 반공–친미–자유민주주의'를 전파하는 일종의 복음서에 가까운 것으로 독해되어 왔다. 즉, 『별들의 고향』의 4년사는 대한민국 건국사이자 반공국민의 탄생신화인 것이다. 김경연은 "인물들은 "민주주의", 곧 반공주의를 수행하는 선한 국민과 "전체주의", 즉 공산주의에 오염된 비국민으로 선명하게 양분되며, 사악한 비국민을 축출하고 반공국민을 획정"하는 "국민/국가"의 서사로서

---

2 진선영, 「인조견을 두른 모럴리스트」, 『현대소설연구』 68, 현대소설학회, 2017, 205쪽 참고.

3 김말봉, 「화관의 계절을 끝내면서」, 『한국일보』, 1958.5.6.(최미진, 「광복 후 공창폐지 운동과 김말봉 소설의 대중성」, 『현대소설연구』 32, 현대소설학회, 2006, 98-99쪽에서 재인용.)

4 진선영, 앞의 글, 206쪽.

5 이에 대하여는 1950년 『서울신문』에 연재되던 중, 신문사의 일방적 조치로 연재가 중단되고 미완으로 연재가 중단된 소설을 이후 완성하여 1953년 정음사에서 단행본으로 발표되었다는 설이 있다.(진선영, 「한국전쟁기 김말봉 소설의 이데올로기 연구」, 『별들의 고향』 해설, 소명출판, 2016, 463쪽) 다른 한편으로 이상진은 해당 작품이 1953. 1.~1953.6 시기에 연재되었다고 주장하였다. 나아가 최미진 · 김정자는 해당 소설이 한국전쟁기에 쓰고 발표된 것으로 이해한다.(최미진 · 김정자, 「한국전쟁기 김말봉의 『별들의 故鄕』 연구」, 『한국문학논총』 39, 한국문학회, 2005, 296쪽)

『별들의 고향』을 규명한다.[6] 이때 박경진의 최후는 "공산주의를 극단적으로 혐오하는 레드 알레르기가 선명히 투영"된 결과이며, 유송난은 "이와 더불어 레드 콤플렉스, 즉 공산주의에 대한 공포"으로 재현되지만, 그들과 대조되는 남한의 여성 영숙은 "국가주의적 모성"을 체현한 존재로 나타난다.[7] 이때 김경연은 김말봉의 사상적 변화와 소설을 연관 짓는다. 김말봉의 사상적 기반은 대안적 정치 이념으로 아나키즘이었지만, 김말봉은 전쟁 이전 '사회주의'에 대한 관심을 지녔던 작가였다. 사회주의에 대한 김말봉의 지향성은 「망명녀」나 「밀림」 등의 작품에서 확인할 수 있다. 그러나 김말봉이 참여했던 독립노동당이 우익진영으로 편입되고, 한국 전쟁으로 아들을 잃게 된다. 그렇기 때문에 김말봉은 "국군의 병든 아들을 살리고 보살피는 헌신적인 모성의 주체"로 변모했다는 것이다.[8]

한편 최미진 · 김정자는 『별들의 고향』을 '사회적 멜로드라마'로 규명한다. 이때 '사회적 멜로드라마'라는 명명은 단지 멜로성과 사회성을 결합한 것에 그치지 않고, 사회 역사적 배경의 중대한 사건에 숨겨진 혼란한 이면들에 대한 작가의 통찰력을 보여준다는 데에서 의의가 있다. 나아가 이는 멜로드라마의 본질이나 예측가능성을 토대로 동시대의 제도적 흐름과 가치에 부합하는 도덕성의 내용을 재구성하는 것으로, 인습적 도덕적 질서의 내용과 구조를 완전히 답습하지 않는다는 특성을 지닌다.[9]

이병순은 『화려한 지옥』과 『별들의 고향』을 중심으로 대중소설 속 인물 형상화와 사회 현실 및 작가의 신념을 분석한 이병순의 연구는 김말봉 소설의 '도덕적 양극화'를 지적했다.[10] 그러나 해당 연구는 유송난의 캐릭

6 김경연, 「'삐라를 든 여자들'의 냉전」, 『한민족문화연구』 68, 한민족문화학회, 201-202쪽.

7 위의 글, 209쪽.

8 위의 글, 175-177, 189쪽.

9 최미진 · 김정자, 「한국전쟁기 김말봉의 『별들의 故鄕』 연구」, 『한국문학논총』 39, 한국문학회, 2005, 296, 298-299쪽.

터를 "이념에의 맹목으로 치달았다가 양공주로 전락한 후 의미없는 죽음을 맞게 된"[11] 것으로 분석한다. 하지만 해당 대목은 원본 페이지가 누락되었다는 점에서 논쟁의 여지를 남긴다고 할 수 있다.[12]

진선영은 역사적 사실로서 '전체주의'와 '자유주의'를 이항 대립적으로 서사화하는 데에 주목한다. 이론적으로 '못 가진 자의 해방'이라는 슬로건에 따라 공창폐지를 주장해야 할 좌익 세력이 공창폐지에 동조하지 않는 것은 그들의 위악을 드러내는 장치이다.[13] 나아가 좌익 세력의 난폭성과 냉혈성은 일상을 넘어 한국전쟁으로 극대화되며 소설은 반공주의를 '당위적 가치'로 설파한다.[14] 그와 달리 기독교는 '간증'으로 의미화 되는데, 따라서 끔찍한 전쟁 체험에도 불구하고 인물들은 신을 경험하고 기도를 배우는 것이다.[15]

본고는 이러한 멜로드라마로서 『별들의 고향』을 이데올로기의 설파와 그 균열이라는 측면에서 살펴보고자 한다. 2절에서는 멜로드라마로서 『별들의 고향』의 이분법과 결말의 지향성을 살펴보고자 한다. 멜로드라마는 "화해할 수 없는 대립물로서의 선악 갈등" 위에 서있는 것으로, "양자택

10 이병순, 「김말봉의 장편소설 연구」, 『한국사상과문화』 61, 한국사상문화학회, 2012, 58쪽.

11 위의 글, 63쪽.

12 진선영이 엮은 『김말봉 전집』의 『별들의 고향』에서 해당 대목은 원본 페이지 405-416쪽이 누락된 것으로, 곽봉섭 · 홍철호 · 송난 · 난주의 일본 밀입국행으로만 제시된다. 최미진 · 김정자의 연구에서 송난은 홍철호 일행과 일본에 밀입국하려다 어선이 침몰되어 죽고 마는 존재로 제시된다. 최미진 · 김정자, 앞의 글, 297쪽.
그와 달리 김경연의 연구에서는 신분과 종적을 감추고, 밀항하면서 퇴치되지 않고 '살아남는' 유송난이 공산주의에 대한 불안을 환기하는 존재로 논해진다. 최미진 · 김정자, 앞의 글, 297쪽. 김경연, 앞의 글, 208쪽.

13 진선영, 「한국전쟁기 김말봉 소설의 이데올로기 연구」, 『별들의 고향』 해설, 소명출판, 2016, 466-468쪽.

14 위의 글, 470쪽.

15 위의 글, 480-481쪽.

일적인 흑백의 승리를 초래하도록" 하는 "양극화"와 "양극관계"의 텍스트이다.[16] 2절 1항에서는 소설에 도덕적으로 양극화된 채로 재현된 기독교와 좌익 세력의 대립을 살펴보고자 한다. 사랑과 용서로서 기독교적 주체들과 달리, 경진을 비롯한 좌익 세력은 폭력을 '강철 심장'으로 옹호하는 이들로 소설 속에서 비판적으로 재현된다. 2절 2항에서는 『별들의 고향』 속에서 기독교적인 '국민'이 탄생하면서 '국가'가 정립되고, 비국민이 축출되는 과정을 살펴보고자 한다. 이때 주요 인물로서 창열의 영숙 앞에서의 눈물은 서사 속 그의 변화에 주요한 역할을 한다. 3절에서는 주요 인물로서 송난을 중심으로 『별들의 고향』의 이분법이 모호해지는 지점들을 포착해보고자 한다. 공산주의에 대한 극단적인 혐오로서 '레드 알레르기'의 투영체 박경진과 대조되는 공산주의에 대한 두려움으로서 '레드 콤플렉스'의 투영체 유송난은 남한과 자유진영을 위협할지 모르는 존재로 독해되어온 송난[17]을 서사 내 제2의 여자 주인공으로서 분석하고자 한다. 이를 토대로 3절 2항에서는 남한 사회를 구성하는 질서로서 자유주의와 아메리카니즘의 문제를 지적하며 남한 사회의 일원으로서 자기 비판을 이루는 김말봉의 글쓰기를 읽어보고자 한다.

2. 이분법적인 기호들과 멜로드라마 장르의 문법

2.1. 도덕적 양극화: 선으로서 기독교와 악으로서 공산주의

이병순이 지적한 바와 같이 멜로드라마적 성격을 지니는 김말봉의 소

16 피터 브룩스, 『멜로드라마적 상상력』, 이승희 · 이혜령 · 최승연 옮김, 소명출판, 2013, 76-77쪽.

17 김경연, 앞의 글, 208쪽.

설들의 등장인물은 철저한 선악의 이분법이라는 '도덕적 양극화'를 통해 배치되어 있다. 그들은 긍정과 부정, 여성과 남성, 선과 악으로 양분되어 서사를 이끌어나간다는 것이다.[18] 이때 『별들의 고향』에서 채택하는 선악의 문제란 곧 반공주의와 연관된다. 최창열과 박영주, 김영숙, 피득순 등 반공이념을 견지하거나 종교를 신봉하는 자들을 통해 소설은 공산주의의 몰지각하고 비이성적인 행동에 대한 고발과 비판을 이뤄낸다.[19] 즉, "무엇이 선이냐? 무엇이 악이냐?"라는 창열의 질문으로 시작된 소설은 그에 대한 응답으로 플롯을 보여주는 것이다.(19)

일례로 언더우드 부인은 총알을 맞아 죽어가는 와중에도 "청년들 이렇게 하면 안 되오. 서로 사랑합시다."(330)하고 말하는 희생자로서 면모를 보여준다. 즉, 그는 자신을 박해한 자의 생명을 구원해주는 희생자인 것이다. 이는 동시에 어머니의 미덕과 고통을 표현하는 신성한 상징이기도 하다.[20] 물론 언더우드 부인 총살은 실재했던 역사이긴 하지만, 작품은 이를 멜로드라마의 극적 대립의 소재로 삼으면서 극적인 흥분과 과장될 수밖에 없는 상황, 그리고 거창한 말씨를 보여주며 기독교적 미덕을 경이롭고 공적으로 만든다.[21] 영숙의 말마따나, 소설 속 신학과 기독교는 곧 "민족을 행복스럽게 살도록 지도하는 인학"이기 때문이다.(194)

언더우드 부인 외에 주요 인물들이 보여주는 기독교적 '용서'의 가치 또한 소설에서 보여주는 '선'의 한 측면이다. 최창열과 김영숙은 "기독교의 중요한 교리의 하나는 용서"라 말하며, "공공연하게 남을 정죄"하는 당대 기독교의 모습을 비판한다. 이는 예수가 "죄인을 부르러 왔노라 하신 말씀" 때문이다.(197) 이때 '용서'의 실천자로 서사는 영숙을 제시한다.

---

18 이병순, 앞의 글, 2012, 58쪽.

19 위의 글, 66쪽.

20 피터 브룩스, 앞의 글, 60쪽.

21 위의 글, 61쪽.

영숙은 창열이 유곽에 갔고, 성병에 걸렸고, "붉은 사상"을 가진 유송난과 연인 관계를 가졌음을 말한다.(205-206) 창열은 눈물을 흘리며 영숙에게 "몸과 마음이 더러워졌던" 자신에 대한 용서를 요구하고 그런 영숙은 "정화된" 창열을 더 신임할 수 있다 말한다.(210) 이때 김영숙이 보여주는 '용서'란 기독교적인 선함으로 표상된다. 이는 곧 김말봉의 전후 신문연재소설에서 발견되는 친미 이데올로기로도 읽어낼 수 있을 것이다.[22] 즉, 김말봉의 신문소설에서는 반공 및 기독교와 친미성이 결탁되면서 이루어낸 사회적 계몽성이 발견되는 것이다.[23]

자유주의와 기독교가 '선'과 '휴머니즘'으로 그려지면서, 그의 대척점으로서 공산주의는 '악'과 반-휴머니즘으로 그려진다. 즉, 반공주의=기독교주의=가족주의가 동항을 이루고, 공산주의=반기독교주의=반가족주의가 대립적으로 위치하면서 선과 악의 이항대립적 관계를 형성하는 것이다.[24] 이는 악인이자 '빨갱이'로서 경진의 인물 형상화에서 드러난다. 경진은 학교보다 비밀 독서회에 열렬하지만 좌익으로서 자신과 달리 어머니가 애국부인회 부회장임에 불행함을 넘어선 '부끄러움'을 느낀다. 즉, "우익 정당 누구누구의 앞잡이가 되어 남한 일대를 돌아다니며 강연을 하는가 하면 지부를 조직하고 실로 이가 갈리도록 밉고 원통한 애국부인회의 뻗어 가는 중심 세력이 자기의 어머니라는 것을 생각할 때 경진은 천하에 얼굴을 들 수 없도록 부끄럽다는 것이다."(106)

'어머니! 이렇게 부르는 것은 제가 스물네 해 동안에 쌓아 온 어머니에게 대한 애정의 칭호라기보다도 이 사회에서 마련해진 당신과 저와의 관계를

22 김동윤, 『1950年代 新聞小說 硏究』, 제주대학교 박사학위논문, 1999, 57쪽.

23 한명환, 「전후(1954~1960) 대구경북지역 신문소설의 특성과 의의」, 『경남학』 24, 경북대학교 영남문화연구원, 2013, 414쪽.

24 진선영, 앞의 글, 211쪽.

> 그렇게 부르는 대명사이기에 어머니라고 부르는 것입니다. 나는 어머니를 또 아버지를 떠나갑니다. 주의와 사상이 다른 사람은 피차에 이단이올시다. 때로는 원수일 수도 있습니다. 나는 내 사상에 충실하기 위하여 먼저 내 어머니와 아버지에게서 애정의 줄을 끊어 버리기도 합니다. 어머니 또 오늘은 어디서 추태를 연출하고 계십니까.'(106-107)

따라서 경진은 어머니와 연을 끊고 집을 나간다. 부모님이라 할지라도 주의와 사상이 다른 사람은 '이단'이자 '원수'라 칭하며, 어머니의 우익 정치인으로서 활약을 '추태를 연출'하는 것이라 칭하는 경진은 인륜을 저버리는 이로 형상화된다. 그러나 정작 경진이 신변상의 위협에 처했을 때, 경진은 자신이 연을 끊고 '이단'이라 칭했던 어머니의 집으로 향하며, 백웅과 함께 다락방에 숨어 지낸다. 나아가 경진은 어머니가 불러준 자동차를 타고 봉희가 가져온 계란을 몽땅 챙기기도 한다. 이러한 경진은 사상적의 이유로 가족과 절연하기를 택하면서도 정작 자신의 신변에 위험이 처했을 때는 가족의 도움을 받기를 택하는 모순적이고 계략적인 공산주의자의 형상으로 재현된다.

"경진이 년을 내 손으로 모가지를 비틀어 놓고 싶"다고, "차라리 우리 집으로나 왔으면 좋겠어 냉큼 잡아다 처넣어 버리게."(174)라 말하는 경진의 오빠 박국진도 궁극적으로는 동생이 위험에 처했을 때 그를 돕고자 하는 모습을 보인다. 그는 "남매간이면서도 적과 적으로 맞서게 되는 자기들의 운명"을 슬퍼할 줄 아는 존재이다.(176) 심지어 경찰로서 국진이 경진을 심판해야 할 때도 그는 경진 스스로가 그의 사상을 고치기를 설득한다. "경진이한테 연결된 피가 이렇게도 날카롭게 국진의 가슴에 미어지는 듯한 고민을 가져오는 것"이기 때문이다.(243) 그리하여 그는 경진을 심판해야 하는 치안 질서의 수호자로서 경찰임에도 불구하고, "남로당 탈당 성명서"를 주며 경진을 살리고자 하는 모습(246)을 보인다.

사실 "나는 네가 받드는 그 사상에는 동의할 수가 없다"(177)는 P여사의 말은 역설적으로 사상을 추구하는 것이 경진에 국한되는 것이 아님을 보여준다. 그는 "네 오빠를 속이고 너를 다락에 숨겼다는 사실이 발각"됐을 때 애국 부인회 부회장으로서 "에미 체면"을 생각해달라는 모습을 보이기도 한다.(177) 그러나 우익 계열에 속하는 P여사와 국진은 그들의 '사상'보다 가족으로서의 애정과 '천륜'으로 상징화된다. 이러한 서사적 봉합은 이는 국진의 연인으로서 봉희가 P여사를 찾아왔을 때에 우연히 경진과 어떤 사내를 발견한 모습에서 더욱 가시화된다. 봉희는 "경진이 같이 똑똑 잘라 버리는 여자"가 "어머니에게 절연장을 써 놓고도 역시 어려울 때면 찾아오는 걸" "천륜"으로 서술하기 때문이다.(183)

'천륜'과 '가족애', '선'으로서 우익 계열과 달리 사상 때문에 가족을 저버릴 정도로 패륜적이며 냉혈한 좌익 계열의 면모는 국진의 죽음에서 절정에 달한다. 철저한 사상가로서 경진에게 오빠에 대한 일말의 인정이란 그를 직접 쏴죽이는 것이다. 따라서 경진은 자신의 오빠였던 박국진을 "어릴 때 남매로 자라 가던 인정"으로 직접 쏴죽이고, 그런 경진은 오히려 인민군들에 의해 "철의 심장"으로 칭송받는다.(361-362)

모순적인 것은 비단 경진만이 아니다. 좌익 계열의 사상가이자 송난의 동지이자 연인 격으로서 적철을 비롯한 남성 좌익 운동가들 또한 그러하다. 예컨대 적철은 "일체의 여인은 자본주의 사회에서 몸을 팔고 있는 것"이라며 자본주의 현실과 가부장제를 연결하는 면모를 보이며, 나아가 "기생이나 공창은 정식으로 남의 아내 될 자격이 박탈"된다는 점에서 같은 "학대와 착취를 받는 계급"으로서 "공동 투쟁할 맹원"으로 기생들과 공창들을 인식한다.(73) 그러나 자본주의에 맞서기 위해 자본주의 속 가부장제를 비판하던 그는 누구보다 가부장적이다. 그는 자신을 동지로서는 인정하지만 자신의 "포옹을 받아들일 마음의 준비가 되지 못한" 송난과 잠자리를 가지기 위해 송난의 상체를 껴안고 송난에게 함부로 입을 맞추며 강간한다.(238-239) 그런 적철의 태도은 송난에게 트라우마가 된, 봉건 사상이나 우익적 사상의 사람들의 태도와 다르지 않다는 점에서 모순적이다. 이어 좌익 계열의 홍철호가 "송난의 미모와 난주의 요리 솜씨"를 활용하여 "국제 무역의 한 밑천"을 삼고자 하는 대목은 궁극적으로 평등을 주장하면서도 여성을 착취한다.(450) 이러한 대목들은 김말봉이 자본주의와 언제든 결합할 수 있으며, 평등을 주장함에도 불구하고 여성을 자신보다 낮잡아 보아 착취할 생각뿐인 공산주의에 대한 비판을 보여주는 것이다.

2.2. 재신성화로의 충동: 국가의 탄생과 비국민의 배제

서사는 "여호와 나는 당신을 경멸합니다…… 힝"(19)하던 최창열이 어떻게 기독교인으로서 남한 사회의 주체가 되어 가는지를 보여준다. 그 핵심에는 영숙과의 사랑 속의 성숙이 있다. 처음 창열은 외모 중심으로 여성을 보았기에, 연심과 송난의 외모에 반할 수밖에 없었다. 그러나 그런 창열은 "감정은 연심이에게서 더욱이 송난이에게서도 맛보지 못한 훨씬 높은 인격의 향기가 아닐까. 깊은 정신에서 오는 오랜 시간 동안 쌓은 수양의 열매에서 스며 나오는 향기!"(100)하고 김영숙의 '정신미'를 인지하게 된다.

이러한 과정은 "천사" 같던 송난이 "적철의 동지"라는 것을 알고 난 후, "모든 정열이 다 타버린 재가 되어 버린 것"에서 더욱 가속화된다.(158-159) 송난과 관계를 쌓아가는 과정에 있어서 창열은 송난의 서가에서 "나란히 레닌 전집이며 마르크스, 엥겔스 또는 마르크스의 변증법 등등 좌익 서적이 대담하게도 진열되어 있는" 것을 발견한다.(126) 둘은 사상적인 대립을 세우고, "소련을 인류의 가나안이라고 찬사를 보내던" 송난의 입장은 창열이 송난에 대한 정열을 잃는 계기가 된다.(255)

이후 그는 "국민의 한 사람 한 사람이 깨어나야 한다."(187)고 국가 사회 건설을 고민한다. 그 과정에서 핵심적인 것은 이웃을 사랑하라는 기독교적 가치이다. 모두 책을 읽는 것, 모두 나라를 사랑하는 것, 모두가 질서와 청결을 사랑하는 것, 모두 속이고 속지 않는 것 외에 그는 "한 가지씩 할 수 있는 범위에서 나를 정리하고 이웃을 정리하고, 나를 돕고 이웃을 돕고, 나를 아끼고 이웃을 아끼고" 할 것을 말한다. 그리고 이는 곧 "내가 나의 자유를 존중하여 감과 같이 남의 자유도 침범치 말 일"로 연결된다.(187) 정경과가 아닌 농업을 연구할 것을 다짐하기도 한다.(190-191) 창열이 사상적 변화를 겪은 그날, 창열과 영숙은 망우리에 할머니 산소를 보러 가며 가까워지며 연인이 된다. 그 과정은 김말봉이 생각하는 새 시대의 모럴에 가까워지는 남성 주인공의 탄생과 같다. "나보다 부족한 사람에게 하느님의 사랑 알려 주"는 "이 나라의 일꾼"이자 "선교사"가 되겠다고 변모하는 것이다.(283)

이때 영숙과의 관계에서 흥미로운 점은 창열이 눈물을 흘린다는 점이다. 창열이 흘리는 눈물은 남성적 단호함이 겪는 나약함으로의 회귀로, 지나치게 억압된 남성의 고뇌에 배출구 역할을 하는 것이다.[25] 이는 남성이라는 이상으로부터 나오는 것으로, 그가 겪었던 수치심과 모욕감과 연관된 것이다.[26] 창열의 눈물은 "자존심과 존엄성의 감정이 고뇌의 표현을 절제시키는"[27] 남성성 속에서 "존재 전체의 패배"[28]로서 간주되지만 동시에 완전한 붕괴로 자아 재건의 기회를 얻는다.

소설의 초반부에서 여호와를 "실없는 장난꾼"으로 지칭하며 "당신을 경멸합니다"고 말하던 창열은 "진리는 이기주의"라 말하던 허무주의자였다.(18-20) 동시에 그는 성경에서의 아담과 이브 신화를 조롱하며 신성모

25 안 뱅상 뷔포, 『눈물의 역사』, 이자경 옮김, 동문사, 2000, 240쪽.
26 위의 책, 248-249쪽.
27 위의 책, 269쪽.
28 위의 책, 252쪽.

독적인 모습을 보이기도 했다. 기도하던 영주와 대조되게 창열은 "니체의 차라투스트라를 읽었"던 존재이다.(44) 그런 그가 "여호와라 해도 좋다. 하나님이라 해도 좋다. 예수라 해도 괜찮다. 그리스도라면 어떻냐…… 나보다 훨씬 위대한 그 어떤 힘 앞에 기댈 수 있다면."(190)라고 말하며 자신의 나약함을 인정하는 것이다. "자기를 믿는 것"으로서 '초인'이 되기를 포기하는 창열은 자력이 아닌 타력(他力)에 의지하는 나약함을 보여주기도 한다.(190)

전쟁에서 창열은 군인이 되고, 영숙은 대구 제 ○○육군병원 간호군으로 취임하며 "상이군인이 앓는 소리"를 "대한민국이 앓는 소리"로 듣는 남한 사회의 주체로 거듭난다.(420) 이후 영숙은 부산 제○○육군병원 부속 간호장교가 되기도 하고, 최창열은 육군 대위가 된다.(423) 비단 남한 사회의 주체가 되는 것은 최창열과 김영숙만은 아니다. "공산당이라면 나쁜 놈들만 죽이는 줄 알았더니" "우리 도련님을 죽이려 드는 것을 보니 난 정 떨어졌다"고 말하는 피덕칠의 모습 또한 반공 이데올로기를 토대로 남한 사회의 주체가 되어가는 인물상을 보여준다.(388) 뿐만 아니라 양공주로서 살아온 릴리 득순이 "더럽혀진 천사의 얼굴"로 불리며 간호원이 되는 것 또한 남한 사회의 주체 탄생을 보여주는 것이라 할 수 있다.(448-449)

멜로드라마로서 『별들의 고향』의 서사는 '극도의 고통과 괴로움'을 주기도 했었다. 그러나 서사가 추구하고자 하는 미덕은 마침내 그 무력함을 떨치고 나갈 수 있게 하는 원동력이 되며, 소설은 원초적인 고통으로부터 해방되며 욕망을 성취한다. 그리하여 독자들은 우리는 악몽에서 깨어난다.[29] 따라서 『별들의 고향』에서 창열, 영숙, 영주, 득순이 함께 바라보는 '별'은 그 별의 인간적 현신인 창열, 영숙, 영주, 득순의 삶을, 그들이 추구

29 피터 브룩스, 앞의 책, 75쪽.

한 정의, 질서, 자유 등의 미덕이라는 모럴을 상징하는 것이다.[30] 나아가 전쟁으로 심한 상해를 입은 영주가 "고난"을 "주님의 섭리"로 말하는 데에서 남한 사회의 모럴이 기독교와 직결됨을 보여주기도 한다.(443) 이러한 멜로드라마의 서사는 곧 브룩스가 논한 것과 같은 재신성화를 향한 충동이라고 할 수 있을 것이다.

이때 멜로드라마의 의식은 뚜렷이 식별되는 적대자들을 몰아내는 것을 포함한다. 멜로드라마에는 궁극적인 화해 대신 정화되어야 할 사회질서와 명백해져야 할 일련의 윤리적 명령들만이 존재하는 것이다.[31] 이러한 지점에서 '악인' 경진의 죽음을 살펴볼 필요가 있다. 경진의 죽음은 "머리를 뒤로 꽁꽁 묶친 두 눈알이 빠져 덜렁덜렁 달려 있는 경진의 모가지가 사람들의 발길에 공처럼 굴러 다"(408)니는 것으로 다소 그로테스크하게 재현된다. 죽음 이후에도 경진은 "온종일 길바닥에서 이리 구르고 저리 밟히어 흙투성이가 된 경진의 모가지가 그 이튿날 저녁때쯤 되어 어느 중학생의 발길에 탁 채어 시궁창으로 굴러 들어가 버"린다.(408) 이는 악으로서 경진을 '시궁창'으로 내버리면서 사회질서를 명백하게 세우는 것과 연관된다.

3. 비-이분법적인 여성 인물들과 멜로드라마 장르의 미-성립

3.1. '악녀'의 불가능성: 좌익 여자 주인공과 반공주의의 균열

즉 나는 女人이기 때문에 女人이 느낄 수 있는 喜怒哀樂을 훨씬 수월하게

30 진선영, 앞의 글, 212-213쪽.
31 위의 책, 48-49쪽.

묘사할 수 있다는 것이다. 그와 함께 나는 女人이기 때문에 내가 屬하는 族屬, 즉 女子主人公을 묘사할 때는 마치 나 自身이 女子主人公처럼 느끼는 수가 많다.

그래 그런지 나는 내 小說에 나오는 女子主人公을 病身을 만든다거나, 低劣한 性格의 所有者로 꾸미고 싶지는 않다. 이것은 내가 수많은 讀者를 相對로 하는 新聞小說家인 때문에 그런지는 모르지만. 내가 그리는 女子主人公는 첫째 용모가 아름다워야 한다. 그리고 純潔性을 잃지 않은 處女라야 한다. 대개는 물질적 혜택은 받지 못한 가난한 가정에서 태어나고 아니면 의지할 데 없는 고아로. 그리면서도 어디까지나 知性的이고 또 이 知性은 부드럽고 섬세한 感情과의 調和를 잃지 않아야 한다. 「찔레꽃」의 안정순. 「태양의 권속」의 김신희. 「푸른 날개」의 한영실, 그리고 「生命」의 전창림 등등.

한편 主人公의 반주 역할을 하는 女人인들, 이것도 내가 屬한 女人簇 때문인지 바보나 허수아비로 만들 마음은 꿈에도 없다. 亡하되 아름다운 閃光속에서 悲壯하게 사라져버리는 女人들은 나의 그러한 意圖에서 묘사되는 것이다.

나는 女人이기 때문에 女人만이 當하는 苦難과 誘惑 내지 罪惡까지가 그 實은 어쩔 수 없는 環境에서 빚어지는 社會惡에서 온다고 지적하고 싶다. 「生命」의 유화주 「푸른날개」의 「미쓰현」 等等 이러한 惡條件에 파멸되는 女人들은 또한 外部的 惡條件에 끝내 屈하지 않고 버티어가는 즉 人生을 勝利하는 女性들의 좋은 「반주」가 되는 것이다.

마치 暗黑이 있기 때문에 光明이 또렷해지는 것처럼.[32]

김말봉이 자신의 소설 창작과 여성 인물에 대해 스스로 쓰는 데에 있어 그는 제1의 원칙을 여성 주인공의 외모라고 제시했다. 순결성이나 처

32 김말봉, 「女流作家와 女人」, 『동아일보』, 1958.04.24.

녀성, 지적인 것보다 중요한 것이 '외모'라는 점이다. 흥미로운 점은 이때 김말봉이 언급하는 자기 문학 세계 속 여성 인물들에 『별들의 고향』의 주인공은 누구인지 구체적으로 언급하지 않았던 점이다. 이때 김말봉의 여성 인물에 대한 문학적 관점에서 『별들의 고향』의 여자 주인공이 누구인지를 살펴볼 필요가 있다. 흥미로운 점은 외모에 대한 묘사를 토대로 보았을 때 여성 주인공의 형상은 김영숙보다 송난에 가깝다는 점이다.

> 조리 있는 질문, 서늘하고 둥근 음성, 이지에 빛나는 크도 적도 아닌 눈, 그 눈은 쌍커풀 진 둥그스름한 눈이다. 하얀 이맛전 아래로 쭉 곧은 코며 오목한 입과 잘 조화된 오묘한 턱.
>
> 무엇보다 송난의 알맞게 살찐 다리다. 걸음을 걸을 때 가벼운 스텝을 밟는 듯 사뿐사뿐 경쾌한 모습. 파마를 한 부드러운 머리가 어깨 너머서 꽃다발같이 화려하다. 어디 한 곳 빈틈이 없는 고운 얼굴과 태도이다.(15-16)

> 창열은 김영숙은 외교관의 부인이 될 자격이 없다고 생각하였다. 첫째 그의 표정이라 해도 좋다…… 너무 찬 것이 틀렸다. 그리고 그의 머리며 옷맵시가 처녀다운 활기를 띠지 않고 삼십 대를 지난 가정부인 같이 차리는 것이 싫었다. 분이나 연지를 칠하지 않는 얼굴에 머리는 꽁지고 때로는 고무신도 신고…….
>
> 최창열은 김영숙의 인생관이나 그의 종교나 철학에 접촉해 보기 전에 그는 우선 김영숙의 외모에 매력을 느끼지 못하였다.(14-15)

김말봉은 송난의 외모 묘사에 있어 그가 얼마나 아름다운 여성인지 공들여 설명한 데에 반해, 김영숙은 "처녀다운 활기를 띠지 않고 삼십 대를 지난 가정부인 같이 차리는 것"이라 묘사한다. 물론 영숙과 연인 관계가 된 후 창열은 영숙을 "무엇을 입어도 어울리고 어떤 것을 신어도 자연스럽게"(278) 보인다고 마음을 바꾸지만, 이러한 묘사는 송난에 대한 구체적인 외모 묘사에 비할 바가 되지 않는다. 외모 외에도 송난은 김말봉 소설의 여자 주인공으로서 조건들을 갖추었다. 대구 기생으로 이름 높았던 그의 어미 초선의 연인이자 송난의 아버지인 유경석이 송난의 양육비로 논 오백 마지기와 밭 닷새 갈이를 주었고, 그 결과 송난은 여자대학에 다닐 수도 있었다.(60-61) 그러나 송난이 가난한 환경이나 완전한 고아로서 살지 않았다 하더라도, 송난은 실질적으로 부계 사회에서 적자로 인정받지 못하는 딸이다. 그는 "기생의 새끼, 갈보년의 딸"(68)이라는 비난을 받고 자랐으며, 아버지의 부고에 장례식에 참여했지만 "내려가거라. 네 어미 곁으로 가서 서란 말이다."(69) 하고 인정받지 못한다. 그에게 쏟아지는 말들은, "허 양반의 집에서는 예법대로 하는 거야. 서출은 뜰아래 서서 하는 법이야."(68) 따위이다. 그렇기 때문에 "소위 점잖다는 신사 숙녀들이 저희들은 돌아앉아 별별 죄악을 다 저지르면서도 착하디착한 어머니, 얌전한 어머니가 단지 기생이었다는 조건으로 멸시를 받는다는 것은 송난의 골수에 사무친 원한이 되고 말았"(70)던 것이다. 나아가 송난은 "싸늘한 이성"과 "처녀다운 성숙한 감정"을 지닌 "똑똑"한 존재이다.(64)

어떤 부분에서 송난의 이러한 성격들은 당대 독자들이 숙원하는 가장 모범적인 소설적 여인상으로서 '성춘향'과 닮아있다. 이병순의 지적에서처럼 김말봉의 소설들에 제법 등장하는 춘향이처럼 기생 혹은 기생의 딸이라는 태생적 콤플렉스를 지닌 여성들로서 송난 또한 포함되는 것이다.[33] 또한 송난이 아무리 기생의 딸이라 할지라도 "어머님이 동의하시기 전에는 저 단독으로 못하게 되어 있어요"(12) 같은 대목에서 송난은 어머니가 동의하지 않고서는 남자를 만나지 않는 처녀임을 유추할 수 있다. 즉, 김말봉식 여자 주인공의 전형은 김영숙보다 송난에 가까운 것이다.

33 이병순, 앞의 글, 62-63쪽.

나아가 송난은 단지 '악의 기호'로 기능하지 않는다. 이는 송난의 심리 묘사들로부터 기능한다. 브룩스에 따르면 멜로드라마에는 '심리'가 없다. 인물들은 내면의 깊이를 가지고 있지 않으며, 거기에는 심리적인 갈등도 없다. 그에 따르면 멜로드라마는 순수한 심리적 기호들의 드라마이고, 독자들은 그러한 기호들의 충돌과 이것들의 상호작용을 통해서 생성되는 극적 공간에서 흥미를 느끼는 것이다.[34] 그러나 이를테면 투표날 유태명을 "가장 괘씸한 이름"으로 생각하며, "어떤 일이 있어도 유태명만은 안 된다. 내가 용서를 못해…… (중략) 태명이 못난이, 바보, 개자식, 봉건사상의 똥똥, 굼벵이!"(229)와 같이 사적인 이유로 유태명이 당선되지 않기를 바라는 송난의 모습은 단지 '기호'로만 보기는 어려운 인간적인 측면을 드러낸다.

즉, "철의 심장"이자 '악'으로 표상되는 경진과 달리 송난은 다층적인 심리를 지닌 인물로 설정된 것이다. 그는 최창열과 김영숙에 대한 개인적인 원한을 가지고 있기에 그들을 맡아서 심문하기를 요구한다.(378) 특히 자신의 어머니가 기생이고, 자기가 기생의 딸임을 운운한 김영숙의 따귀를 갈기는 송난의 모습(382)이나 창열 앞에서 김영숙의 얼굴을 구워버리겠다며 "기도를 드리려면 내게다 드려요"라 협박하는 모습(398)은은 이념으로서 심판보다 개인적 차원의 복수에 가깝다. 그런 송난은 "똑똑한 부인"에 상반되는 존재로서 "치정 노름"의 주체로 평가된다. "연애라든가 남녀의 성문제 같은 것을 가지고 원한 운운하는 것은 자본주의의 감정 유희"로서 "사사로운 일"이라 여겨지기 때문이다.(384)

만일에 서사 속 송난이 '악'으로 귀결된다 할지라도, 그의 악함에는 심리적 계기가 부여되는 점에서 특징적이다. 한국전쟁을 거치면서 기독교 내부에서는 대다수의 신자들이 공산세력과 사탄을 등치시키고, 공산주의

34 피터 브룩스, 앞의 책, 76쪽.

=반기독교, 기독교-반공산주의라는 등식이 성립되었다.[35] 또한 앞서 지적한 바와 같이 이 반기독교로서 공산주의와 등치는 곧 반가족주의에 대한 동일시로도 이어졌다. 문제는 이 소설 속에서 가장 반가족주의적인 인물로 경진이 제시됨과 함께 가장 가족주의적인 인물이 송난이라는 점이다. "저런 여인이 죽어 버리고 우리 어머니가 살았으면…… 아니 오덕수 내외가 홀랑 다 죽어 버리고 울 어머니가 살았으면……"(306)나 "내 어머니는 죽었는데 원수들은 저렇게 살아 있고……"(310) 등의 대목은 송난의 어머니에 대한 애착을 드러낸다. 송난은 기생 어머니의 딸로서 자신이 겪어온 삶에 대한 회한을 지닌 인물일 뿐만 아니라, 기생 어머니를 그리워하는 인물인 것이다. 즉, 공산주의자로서 송난의 모습은 "살아생전에 꼭 원수를 갚아 드릴게요."(70)하는 어머니에 대한 의지, 무엇보다 가부장적 '가족주의'를 넘어서는 '가족애'적인 의지의 발현인 것이다.

3.2. 탈신성화로의 이행: 남한의 '사회악'과 '문명'의 자가당착

최창열, 김영숙의 사랑의 방해자로서 완전한 '악인'으로 귀결되지 않는 유송난이 그럼에도 불구하고 '악'으로서 공산주의자가 된 것은 곧 자신의 신분 때문이었다. 최미진 · 김정자가 지적한 바와 같이, 유송난은 기생의 딸이기 때문에 감내해야 하는 인습적인 사회 질서에 대응하기 위해 좌익 사상을 선택했던 것이다.[36] 이를 다르게 말하자면, 인습적인 사회 질서가 부재하고 기생의 딸로서 유송난이 남한 사회에서 모멸감을 느끼지 않았다면 그는 좌익이 되지 않았을 것이란 뜻이다. 물론 이는 좌익 사상을 부정적인 것으로서 간주한다는 점에서 반공 이데올로기와 무관하지 않지

35 이병순, 앞의 글, 68쪽.

36 최미진 · 김정자, 앞의 글, 303쪽.

만, 동시에 남한 사회마저 비판한다는 점에서 독특함을 찾을 수 있다.

> "갈보와 기생처럼 스탈린의 무릎 위에 올라 앉아."
>
> 바로 이때 송난은
>
> "에헴."
>
> 하고 잔기침 하는 소리에 옆을 돌아보았다. 순간 그는 뜻하지 아니한 한 개의 얼굴과 직면하였다. 봉희가 그의 약혼자 박국진이와 나란히 바로 자기 한 사람 건너 자리를 잡고 앉아 있는 것이다. 송난은 곧 고개를 돌이켰으나 동공 속에 박힌 봉희의 얼굴은 분명 조롱의 웃음을 싣고 있는 것으로 생각되었다.
>
> 이때만은 송난은 일찍이 자기 어머니가 기생이었다는 사실을 죽실과 봉희에게 자랑삼아 얘기하였던 것이 혓바닥을 씹어 버리고 싶도록 후회가 되었다.(169)

> "우리 단군의 적자 삼천만은 기생의 몸에서 생겨난 서출은 축출해야 합니다. 조상의 유업을 팔아먹으려는 기생의 소생을 쫓아내야 합니다."
>
> (…)
>
> 이날 밤 송난이는 자기 일기장에 다음과 같이 썼다.
>
> '결국 나는 내 계급으로 돌아와야 한다. 그리하여 나와 내 계급을 위하여 죽기까지 싸워야 한다. 사랑? 개나 먹어라. 창열이? '사탄아 물러가라'다. 내게는 오직 내 계급이 있을 분이다. 학대받는 노동자, 농민 그리고 기생, 갈보, 창녀. 오! 나는 두 번 다시 흔들리지 않으리라.'(170-171)

송난의 계급적 각성은 곧 기생 존재에 대한 비난을 들으면서 시작되었다. 남한 사회는 '반공'이라는 계획 하에 공산주의를 '갈보', '기생', '서출' 등으로 비유하며 그들을 쫓아내야 할 대상으로 여긴다. 그 속에서 송난은 봉희가 자신을 바라보는 시선에서처럼 조롱의 대상이 될 수밖에 없다. 그렇다면 문제는 공산주의 외에 그들을 어떻게 남한 사회에서 바라보는지, 그리고 그들이 어떻게 송난의 계급과 동일시되는지의 문제이다. 기생을 비하하는 남한 사회는 송난을 포용하지 않는 사회이다. 송난이 겪는 남한 사회의 문제들이 곧 송난의 상황을 만들어내는 것이다. 이는 김말봉이 말한 "여인만이 당하는 고통과 유혹 내지 죄악까지가 그 실은 어쩔 수 없는 환경에서 빚어지는 사회악"[37]과 연관된다. 김말봉의 문학관에서 송난은 고통을 받다 못해 죄악을 저지르는 자가 될지라도 그 이전에 환경과 사회악의 문제가 있는 것이다.

이는 송난이 어머니의 죽음 소식을 듣고 좌절하는 대목에서도 드러난다. 송난은 어머니가 자신을 생각하시다 민절(悶絶)하였음을 깨달으며 자신을 자책하지만 동시에 자신을 감옥으로 보낸 사람들을 떠올리기 시작한다. 그들은 유태명, 최창열, 아버지 초상 때 자기 모녀를 뜰 아래로 내려가라고 호령하던 영감쟁이 등 봉건적인 사상을 유지하는 이들이거나 새로운 남한 사회의 일원들이다. 그렇다면 이는 역으로 남한 사회가 굳건하게 섰더라면 '빨갱이'로서 송난의 폭력은 존재하지 않았으리란 반증이 된다. 이러한 논리 속에서 '악'으로서 공산당과 북한의 원인은 역설적으로 '선'으로서 자유주의와 남한이 된다. 그렇기 때문에 서사 속 선-악의 이분법이 모호해진다.

멜로드라마로서 『별들의 고향』은 악으로서 경진을 '시궁창'에 추락시키면서까지 제거하지만, 송난을 죽이지는 않았다. 송난을 비롯한 그의 일당은 그저 일본에 밀입국할 뿐이다.(455) 물론 남한 사회에 더 이상 그들이 존재하지 않는다는 점에서, 이는 브룩스가 논하는 "악의 추방"으로서 "확인과 회복"[38]이라 말할 수도 있다. 그러나 박경진이 처절한 죽음을 맞

37 김말봉, 앞의 글.

이했음을 떠올릴 때, 송난의 '죽지 않음'은 추방으로 읽어내기 어렵다.

이러한 추방 아닌 것으로서 송난의 결말은 그 이전에 송난은 신변의 위험을 겪었다는 점에서 더욱 부각된다. 송난은 양공주 생활을 할 때 김영숙에게 신분을 들킨다. 이때 송난은 "송난이가 누구에요? 내 이름은 줄리엣인데"(422)하고 자신의 신분을 숨긴다. 만약 김영숙이 "모범적인 행동"의 "도덕적인 인물의 특성"으로서 영웅적인 관대함을 지닌 존재였다면[39] 그는 송난의 존재가 들통나도록 위협을 가하지 않았을 것이다. 그리고 그가 만약 완전한 남한 사회의 일원이었다면 소설 속 김영숙이 여자간첩으로서 송난을 의무관에 보고한 것이 성공적으로 기능했을 것이다. 그러나 서사에서는 송난이를 데리고 온 미군 장교의 주소도, 성명도 모른다는 이유로 송난은 무사히 살아남는다. 이때 부각되는 것은 오히려 안정적인 남한 사회의 일원으로서 김영숙의 지위가 위협되는 것, 그리하여 안정적인 주체가 불가능함에 가깝다는 것과 그가 그다지 '모범적인 선인'이 아닐 수도 있다는 점이다.

인상 깊은 것은 이때 양공주로서 송난의 존재가 소설 속에서 다소 탈맥락화된 상태로 등장한다는 점이다. 남성 인물 창열을 중심으로 근대적 사랑과 결합의 숙명성을 보여주는 것이 영숙이라면, "영원히 분리되고야 말 숙명"을 보여주는 것은 송난이었다. 따라서 송난의 감정적 동력은 기생 신분에 대한 원한과 동시에 자신을 배신한 최창열에 대한 반감 또한 존재했다. 그리하여 송난은 창열에 대한 복수로서 "당신이 영숙이를 사랑하는 만큼 나는 영숙이가 미우니까"(398)하고 영숙에 위협을 가하는데, 강력한 이미지로서 해당 장면 이후 송난의 비중은 사라진다. 그리고 나서 영숙의 시선에서 양공주로 포착되어 등장한 송난의 모습은 서사 상 매끄

38 피터 브룩스, 앞의 책, 71-72쪽.

39 위의 책, 62쪽.

럽지 못한 돌출 지점이다. 송난은 자신이 줄리엣이라 말하고 위기를 빠져 나가고, 서사는 다시 영숙이 간호장교가 되는 것으로 전환되기 때문이다. 그리고 영숙과 창열이 우연히 피득순, 즉 릴리를 재회하고 소설은 릴리와 장미의 양공주로서 삶을 보여주며 양공주 문제를 서사화하는 것으로 이어진다.

물론 소설은 결과적으로 양공주로서 피득순이 "순결성을 강조하는 기독교주의를 선택"[40]하는 걸로 귀결되지만, 그 이전에 살펴보아야 할 것은 미군에 의하여 비참하게 살해 되는 장미의 모습이다. 살해 당하기 전 장미는 '선여구락부' 댄스홀의 여왕으로 살아간다. 그리고 댄스홀에서 "다섯 번이나 차례를 빼앗긴 흑인"에 의하여 장미는 살해 당한다. "성난 고릴라같이 씨근거리는 흑인"이라는 묘사에서 알 수 있듯, 이는 『별들의 고향』이 보여주는 인종주의적[41]인 대목이다.(433) 그러나 흑인만이 양공주 문제의 주범은 아니다. 유엔군의 부대는 댄스홀에 들어앉아 댄서들을 하나씩 끼고 박스에 걸터앉아 비어를 마시고 차례를 기다리며, 그 안에서 백인들 또한 "언제나 풍만한 육체미를 소유한 장미의 엉덩이"를 관음증적으로 바라보는 존재들이기 때문이다.(430) 즉, 장미를 살해한 것은 인종화된 존재로서 흑인 미군이라 할지라도, 그 이전에 양공주 문제에는 릴리의 파트너로서 "백인 스미드"와 같은 이들 또한 결탁되어 있는 것이다.(432)

40 임미진, 「해방기 아메리카니즘의 전면화와 여성의 주체화 방식」, 『한국근대문학연구』 29, 한국근대문학회, 2014, 55쪽.

41 『별들의 고향』에서는 하나의 미국 안에서도 인종에 따라 위계화된 묘사들이 등장하는데 이는 이전의 영숙과 창열의 대화에서도 드러난다. 두 사람은 신학이 민족의 영혼을 걱정하는 학문이라 논하며, 신학을 "마귀 같은 밀림과 맹수 같은 원주민 속에서 오늘의 미국을 건설"할 수 있던 동력으로 지칭한다.(193) 즉, 소설 속에서 문명은 미국 중에서도 백인으로 형상화되며, 그에 대척되는 비문명으로서 "맹수 같은 원주민"과 "성난 고릴라같이 씨근거리는 흑인"을 내세운다.

해당 대목은 기독교주의와 함께 결합된 친미 이데올로기에 대한 균열이라고 할 수 있다. 지적된 바와 같이 해방기 여성 운동의 최대성과는 바로 공창제 폐지였다.[42] 기독교 정신을 기반으로 하여 남녀평등과 문명국가를 내세운 아메리카를 목표로서 설정했지만, 미군정은 폐창에 적극이지 않았고 오히려 '양갈보'와 '핼로껄'을 양산하면서 매매춘의 문제를 조장했던 것이다.[43] 그렇다면 기생으로 멸시 당하던 삶에 대한 복수의 정념으로 좌익 계열에서 활동하던 송난이 그 또한 '줄리엣'이 될 수밖에 없던 것은 송난의 모순이기도 하지만 동시에 사회상의 문제이기도 하다. 한명환의 표현을 빌리자면, 이는 곧 친미 기독교적 선망과 반공주의는 전후 사회 현실의 정당한 대안이 될 수 없어 자가당착의 모순성을 드러내는 것이라 할 수 있을 것이다.[44]

4. 나가며

김동윤은 이는 "이념적 성찰이 불가능한" "이승만 정권의 권위주의적 정치체제 아래" 현실 문제를 탐구하는 소설들이 자리 잡기 힘들었음에 주목하며 대중 소설이 가지는 어려움을 지적한다. 그 속에서 1950년대 신문소설은 여타 대중문화들이 그러듯이 "서민의 경험과 욕망을 드러내주면서 그것을 보수적이고 체제순응적인 방향으로 조정하는 경향"을 보였다.[45] 그 가운데 1950년대 여성 작가들의 신문연재소설은 "문제제기는 하면서도 현실의 높은 장벽 속에 스스로 주저 앉고 마는 상황"으로 "가부장

42 위의 글, 55쪽.
43 위의 글, 45쪽.
44 한명환, 앞의 글, 415쪽.
45 김동윤, 앞의 글, 166-167쪽.

제 이데올로기를 강화”하기도 했다.[46] 그러나 동시에 신문소설은 “비판의식을 표출하는 기능을 제한적으로나마 수행”하는 면모를 지닌다는 점에서 양면적이라 할 수 있다.[47]

2절에서 살펴보았듯, 김말봉의 『별들의 고향』은 도덕적 양극화라는 멜로드라마적 특성을 보여주는 작품이다. 소설은 1950년대라는 시대 맥락 속에서 악을 제거하고 국민들을 탄생시키면서 재신성화를 시도한다. 따라서 악한 박경진의 죽음은 더욱 비참하게 재현되고, 선한 최창열 · 김영숙을 비롯한 남한 사회의 사람들은 ‘별’로 상징화된다. 하지만 소설을 단지 반공주의로만 읽어내기에는 어렵다. 기호화되지 않는 또 다른 여자 주인공으로서 송난이 존재하기 때문이다. 김말봉의 여성 인물관에 따르면 소설 속 여자 주인공은 김영숙이 아니라 송난에 가깝다고 할 수 있다.

설령 송난이 여자 주인공이 아니라, 남한 사회의 주체로서 김영숙이 여자 주인공이고 전집본에서 소실된 밀항 장면에서 궁극적으로 송난이 죽음을 맞이한다 하더라도, 송난은 단지 악의 기호로 파악되지 않는다는 점에 주목할 필요가 있다. 송난은 남한 사회의 외부적 악조건을 드러내는 입체적인 인물이다. 그가 그토록 ‘악’해질 수밖에 없는 것은 곧 봉건 사회의 인습을 비롯한 남한 사회의 문제점이 있었다. 그는 기생 딸로서 자신과 기생으로서 어머니가 받은 차별에 대한 원한으로 움직이고 투쟁한다. 그런 투쟁에도 불구하고 그는 끝끝내 미군들에 의해 다시 양공주가 되며 타자의 위치에 놓인다. 소위 미국화와 문명화는 송난과 같은 여성들이 처한 문제를 해결해주지 않았다. 비하와 조롱의 대상으로서 기생과 공창은 비참한 죽음을 맞이하는 양공주의 처지로 변주되었을 뿐이다. 공산주의와 계급투쟁만이 가부장적인 것이 아니다. 친미적 아메리카니즘과 자유

46 위의 글, 111쪽.

47 위의 글, 166-167쪽.

주의 또한 여성 착취를 기반으로 한 가부장제의 문제를 내포하는 것이다.

본고는 김말봉의 『별들의 고향』을 중심으로 선악의 이분법이 모호해짐에 따라 반공 이데올로기의 반영으로서 소설의 의미에는 균열이 발생하는 모습들을 규명하고자 했다. 『별들의 고향』은 반공주의라는 보수적 가치를 드러내면서 동시에 그 이데올로기의 근거로서 기독교주의나 아메리카니즘의 문제점 또한 포착한다. 그리하여 『별들의 고향』은 '빨갱이'로서 박경진을 처벌하지만 좌익 계열 모두를 처벌하지 않음으로써 재신성화의 잉여를 남긴다. 요컨대, 여성 문제는 좌익 계열을 모두 처벌할 수 없는 계기로서 작동된다. 좌익을 악으로, 우익을 선으로 그 이분법의 구도를 발현하기에 우익적 남한 사회의 여성 문제는 냉전기라는 정치적 맥락에 따라 재발생 되었고, 따라서 남한 사회는 '선'으로 논해질 수 없었기 때문이다.

흥미로운 것은 이러한 정죄되지 않음의 서사가 "기독교의 중요한 교리의 하나는 용서"라 말하며 "공공연하게 남을 정죄"하는 기독교를 비판하던 창열과 영숙의 대화와도 연관될 수 있다는 점이다.(195) 김말봉의 기독교적 성격이란 "휴머니티의 노출"로 지적된 바가 있으며,[48] 서정자는 김말봉의 기독교정신을 아나키즘과 연관 지은 적이 있다.[49] 이때 기독교인으로서 김말봉의 삶과 사상은 이후 작품 세계 전반을 더 폭넓게 아우르는 후속 연구에서 살펴보고자 한다.

48 곽종원, 「대중소설은 중간소설이다」, 228쪽; 이병순, 앞의 글, 69쪽에서 재인용.
49 서정자, 「김말봉의 『밀림 재론』」, 『여성문학연구』 49, 한국여성문학학회, 2020.

● 참고문헌

1. 기본 자료
김말봉, 『별들의 고향』, 진선영 엮음, 소명출판, 2016.

2. 논문 및 단행본
김경연, 「'삐라를 든 여자들'의 냉전」, 『한민족문화연구』 68, 한민족문화학회, 165-224쪽.
김동윤, 『1950年代 新聞小說 硏究』, 제주대학교 박사학위논문, 1999.
김말봉, 「女流作家와 女人」, 『동아일보』, 1958.04.24.
서정자, 「김말봉의 『밀림 재론』」, 『여성문학연구』 49, 한국여성문학학회, 2020, 172-208쪽.
이병순, 「김말봉의 장편소설 연구」, 『한국사상과문화』 61, 2012, 한국사상문화학회, 51-75쪽.
임미진, 「해방기 아메리카니즘의 전면화와 여성의 주체화 방식」, 『한국근대문학연구』 29, 한국근대문학회, 2014, 33-60쪽.
진선영, 「한국전쟁기 김말봉 소설의 이데올로기 연구」, 『별들의 고향』 해설, 소명출판, 2016, 461-483쪽.
______, 「인조견을 두른 모럴리스트」, 『현대소설연구』 68, 현대소설학회, 2017, 193-221쪽.
최미진 · 김정자, 「한국전쟁기 김말봉의 『별들의 故鄕』 연구」, 『한국문학논총』 39, 한국문학회, 2005, 293-321쪽.
최미진, 「광복 후 공창폐지운동과 김말봉 소설의 대중성」, 『현대소설연구』 32, 한국현대소설학회, 2006, 97-120쪽.
한명환, 「전후(1954~1960) 대구경북지역 신문소설의 특성과 의의」, 『경남학』 24, 경북대학교 영남문화연구원, 2013, 391-422쪽.
안 뱅상 뷔포, 『눈물의 역사』, 이자경 옮김, 동문사, 2000.
피터 브룩스, 『멜로드라마적 상상력』, 이승희 · 이혜령 · 최승연 옮김, 소명출판, 2013.

3. 기타 자료
김말봉, 「女流作家와 女人」, 『동아일보』, 1958.4.24.
______, 「화관의 계절을 끝내면서」, 『한국일보』, 1958.5.6.

11장

1950년대 신문소설에 드러난 여성적 복화술의 언어
—최정희 『떼스마스크의 비극』(1956)을 중심으로

김명신

1. 1950년대 문학 장과 최정희라는 문제적 여성 작가

최정희는 1930년대부터 1980년대까지 약 50년의 긴 시간 동안 활동해 온 작가로, 최정희의 문학에서 주로 논의되는 시기는 1930년대 중후반부터 1960년대까지이다.[1] 1930년대 중후반부터 1945년 8.15 광복 이전까지 최정희의 작품에서 주로 논의되는 것은 「흉가」(『조광』, 1937.4)와 「지맥」(『문장』, 1939.9), 「인맥」(『문장』, 1940.4), 「천맥」(『문장』, 1940.4)의 세 연작 속 드러나는 여성 의식과 모성성이다. 광복 이후부터 1950년 6.25 한국전쟁 발발까지는 「풍류 잽히는 마을」(『백민』, 1947.9) 유의 여성 지식인의 고뇌가 드러나는 단편이 주목받았고, 1950년대가 되면 『녹색의 문』(『서울신문』, 1953.2~1953.7) 연작과 『끝없는 낭만』(『희망』, 1956.1~1957.3)으로 대표되는 장편들이 한국전쟁 전후의 전쟁의식과 반공이데올로기 그리고 젠더 담론의 측면에서 연구되어왔다. 이는 이후 일제강점기부터 4.19를 시대적 배경으로

1 황수남, 『최정희 문학 연구』, 문예 운동사, 2012, 45-48쪽.

아우르는 1960년대 장편 소설 『인간사』(『사상계』, 1960.8~1960.12, 『신사조』, 1963.11~1964.3)에 대한 관심으로 이어진다.

시대적 구분을 기준으로 하여 최정희의 작품 연보를 다시 살펴볼 때, 1950년대는 작가가 가장 왕성하게 활동한 시기임을 알 수 있다.[2] 특히 1950년대 창작한 58편 남짓의 작품 중 41편이 한국전쟁 전후에 발표된 작품으로, 최정희의 문학이 가장 활발했던 것은 한국전쟁 전후시기라고 할 수 있겠다. 다른 많은 작가들에게 있어 마찬가지로 최정희에게 있어 1950년대 전후시기는 "단편에서 장편의 세계로 나아가는 계기"[3]가 되었다.

1950년대는 소위 "신문의 연대(年代)"[4]로 일컬어진다. 당시 신문은 대사회적으로 엄청난 파급력과 영향력을 미쳤다. 이 시기 신문사는 대중매체이자 상업기관으로서의 자기 정체성을 명확히 하였고, 그에 따라 신문의 판매부수를 늘리기 위한 방법을 골몰하였는데, 인기작가의 연재소설을 싣는 것이 바로 하나의 방법이었다. 본래 잡지와 신문—저널리즘은 한국의 근대문학과 연이 깊었다. 근대문학의 효시라 평가받는 이광수의 『무정』부터가 1917년 매일신보에 연재되던 장편소설이었고, 채만식, 김명순, 최정희를 비롯한 여러 작가들이 '문인 기자'로서 기자 출신이었다. 그러나 1950년대에 들어서면 문인과 기자 혹은 문학과 저널리즘 사이에 뚜렷한 분화가 일어난다.[5] 그것은 곧 신문과 잡지, 문예지와 대중지, 순수문학과 상업문학(대중문학) 등의 분화로 이어졌다. 즉, 오랫동안 문화주의를 매

---

2 습작을 제외한 1930년대 최정희의 작품은 단편과 장편을 통틀어 7편이 있고, 1940년대 작품은 29편, 1950년대 작품은 58편, 1960년대 작품은 8편 정도가 있다.(김복순, 『"나는 여자다" 방법으로서의 젠더, 최정희론』, 소명출판, 2012, 253-257쪽.)

3 신영덕, 「비극적 현실 인식의 의의－최정희론」, 송화춘 · 이남호 편, 『1950년대의 소설가들』, 나남, 1994, 150쪽.

4 최정호 · 강현두 · 오택섭, 『매스미디어와 사회』, 나남, 1990, 138-139쪽.

5 이봉범, 「1950년대 신문저널리즘과 문학」, 『반교어문연구』 29, 반교어문학회, 2010, 276-277쪽.

개로 공고한 혈연관계를 맺어왔던 신문과 문학의 관계가 1950년대에 들어 철저한 상업적 이해관계로 변전되기 시작한 것이다.[6] 독자의 반응이 떨어지고 그것이 신문의 판매부수에 영향을 미치게 되면, 아무리 이름 있는 작가라 하더라도 신문사로부터 연재중지를 통보받았다.[7] 이는 신문사에게 있어 문학이 상업적 수단으로 간주되었음을 보여준다. 이에 1950년대 한국 문단은 신문소설로 대표되는 대중문학이 작가의 자율성을 침해하고 문학의 권위를 추락시킨다는 이유로 신문소설에 대해 극히 경멸적인 태도를 보였다. 통속문학, 비문학 등의 용어로 신문소설은 지칭되곤 했던 것이다.

그러나 1950년대 신문소설의 부흥은 거부할 수 없는 시대의 흐름이었다. 1950년대 신문을 거점으로 하여 증식된 대중문학은 주류적 흐름으로 대두하면서 문학시장을 잠식해 갔다. 신문뿐 아니라 여성지, 소년잡지 등 다양한 대중지에서 운영하던 연재소설은 지면 부족에 허덕이던 작가들에게 기회의 장이 되었다. 많은 작가들이 대중문학 쪽으로 선회하거나 본격적으로 대중문학을 겸작하며 작품 활동을 전개해나갔다.[8] 순수문학진영은 이에 대항해 순수문학의 제도적 규범화를 한층 강화하며 그 문학적 권위를 선양하였다.[9] 1991년, 전쟁문학을 정리하는 자리에서 김윤식은 『사상계』와 같은 순수문학 문예지를 통해 비로소 문학다운 창작이 한국전쟁 이후에 시작되었다고 밝히는데,[10] 이는 사실상 전후 문학 장에서 이루어진 순수문학의 규범화가 시대의 흐름과 크게 관계없이 유지되어 왔다는 반증과도 같은 것이다.

6 위의 글, 264쪽.

7 김동윤, 「1950년대 신문소설의 위상」, 『대중서사연구』 17, 대중서사학회, 2007, 17쪽.

8 이봉범, 앞의 글, 293쪽.

9 위의 글, 290쪽.

10 김윤식, 「6·25전쟁문학－세대론의 시각」, 『문학사와 비평 1』, 1991, 26쪽.

순수와 대중 혹은 통속을 둘러싼 이러한 문학 담론은 젠더화된 것이었다는 점에서 한층 문제적이다. 한국 전쟁 이후 1960년대에 이르기까지 문학 장 내에서 대중문학의 생산자와 향유자는 으레 여성 작가와 독자로 상정되었다. 그들은 순수문학에 다다르지 못한 미달태로, 물질적이고 감각적인 쾌락을 좇는 통속문학의 일군으로 여겨졌다.[11] 대중문학에서 발견되는 통속성은 그것의 주 창작자로서 여성 작가들이 자기반성해야 할 제재가 되었고,[12] 순수문학진영은 그렇게 비문학의 범주를 여성 문학의 범주와 중첩하며 전후 문학 장에서 젠더적인 위계화를 꾀했다. 결국 '예술/순수문학/단편소설/문예지/남성 작가/남성 독자'라는 우월한 항과 '통속/대중문학/장편소설/신문 · 대중지 · 여성지/여성 작가/여성 독자'라는 열등한 항이 한국 전쟁 이후 문학 장에서 관념화된 방식으로 지속적으로 존재하게 되었다.

이는 여성 작가들의 대중연재소설이 본격적인 연구대상에서 그리고 문학사 서술에서 이중으로 배제되는 결과를 낳았다. 일례로 1990년대 들어 활발하게 진행된 1950년대 문학 연구는 전쟁 이후 등단한 신세대 남성 작가들의 단편 중심으로 진행되었음을 지적할 수 있다. 그러한 연구 경향 하에서 전후 문학이란 '관념지향성', 즉 부정적인 현실 인식과 그것에 대한 극복의지로 설명되어왔으며,[13] 전후문학은 "이념의 폭력성과 현대 문명의 허구성에 대한 비판"[14]과 "절대적 자유 의지의 추구"[15]의 텍스트로 의미화 되었다.[16][17] 김윤식은 이를 가면을 벗은 "맨얼굴"[18]의 문학이

11 「신문소설필자에 여자가 많다는 이유가 그럴듯」, 『경향신문』, 1965.4.8.

12 박석준, 「그 소설의 여주인공은 작가인가」, 『여원』, 1968.11.

13 한수영, 「'1950년대 문학' 연구가 온 길과 나아갈 길」, 『민족문학사연구』 22, 민족문학사연구소, 455쪽.

14 위의 글, 457쪽.

15 각주 6과 동일.

16 김윤식은 물론 이런 세대론적 구분은 모든 작가들에게 존재되지 않고 한계를 지닌다

라고 말한다. 김윤식은 맨얼굴의 작가로 손창섭과 장용학을 제시하며 다음과 같이 말한다. "독자들은 누구나 「의미 있는 것」으로 장식된 가면을 인간의 맨얼굴이라 착각한 것이었는데, 손창섭은 그 가면을 벗기고 맨얼굴을 드러낸 것이어서, 문학적으로는 6.25를 가장 충격적으로 드러낸 작가가 그인 셈이다."[19] 이러한 맨얼굴은 미성숙 혹은 비성숙의 상태로 이어지며, 1950년대의 문학에 성장과 (반)성장이라는 화두를 던진다.

이때, 전쟁이라는 충격적인 사건 이후 인간의 가면을 벗기는 소설로서 손창섭의 단편 소설이 있다면 그 반대편에 전후 시대 주체의 벗을 수 없는 가면을 역설하는 최정희의 연재소설이 있다. 최정희의 『떼스마스크의 비극』(『평화신문』, 1956.1~1956.3)을 들여다볼 때, 거기서 발견되는 것은 김윤식이 역설한 바로 그 맨얼굴이다. 다만 전후 세대의 순수 문학이 지향하던 주체의 긍정적인 회복과 성장 대신 그에 대한 회의가 최정희의 연재소설에는 드러난다. 전후의 재건담론은 물론이고 당시 수립되던 순수한 문학의 담론도, 그 어떤 주체 성장의 서사도 『떼스마스크의 비극』이 고발하는 비극으로부터 자유롭지 못하다.

범위를 좁혀, 최정희의 문학 그 자체도 『떼스마스크의 비극』이 역설하는 상징계적 주체의 비극으로부터 자유롭지 못하다. 『여성과 문학의 탄생』에서 심진경은 최정희의 문학을 "공포로 일그러진 맨얼굴의 가면화"[20]로 설명하며 한국 여성 문학이 가부장제에 적응하고 내면화하면서

고 인정하지만, 그 한계는 전후 세대의 문학에서 발견되는 휴머니즘을 비판하는 식으로 작동할 뿐 구세대 작가들의 작품은 세대론의 한계라는 관점에서 다시 읽히지 않는다.(김윤식, 앞의 글.)

17 이에 반해 최정희를 비롯한 구세대 작가들의 문학은 "소박한 재현 중심의 서사"와 같은 표현으로 일축되었다.(한수영, 앞의 글, 456쪽.)

18 김윤식, 앞의 글, 29쪽.

19 각주 8과 동일.

20 심진경, 『여성과 문학의 탄생』, 자음과 모음, 2015, 56쪽.

도 그것을 배반한 흔적을 소위 제2기 여성 작가[21]로 일컬어지고 그 자신도 그렇게 자신을 정체화한[22] 최정희의 문학에서 찾는다. 최정희의 작품은 '여류'답게 자기 자신을 솔직하게 표박하라는 당대 남성 중심적 문단의 요구를 수행하면서도 그 솔직한 맨얼굴을 가면으로 만들며 이중의 의미를 담보하고 있다는 것이다. 최정희를 비롯한 2기 여성 작가들이 일제치하의 가부장적 국가주의가 요구한 모성을 재현하며 문학 장 내 권력을 얻을 수 있었다는 분석은 그것이 문단이라는 상징계에 진입하기 위한 제2기 여성 작가들의 시도였음을, 따라서 그들의 글을 상징계에 완전히 동화될 수는 없는 자의 복화술로 읽어야 할 필요성이 있음을 암시한다.

최정희에 대한 심진경의 분석은 1930년대 문학 장의 상황과 최정희의 잘 알려진 단편 「흉가」의 분석에 기초한다. 또한 그러한 분석에서 최정희는 제1기 여성 작가와 자신을 구별해야 할 인정투쟁의 주체로서 일종의 신세대적인 위치를 점하고 있다. 그러나 전후가 되면 최정희는 단편에서 장편 창작의 시기로 나아가는 면모를 보이며, 인정투쟁을 도모해야 할 신세대의 반열에서 물러나 오히려 새로운 인정투쟁의 대상이 되는 구세대 작가들 중 하나가 된다.[23] 따라서 최정희의 문학적 특징이 맨얼굴로서의

---

21 심진경은 김명순, 나혜석, 김일엽 등 1910-1920년대에 활동한 여성 작가들을 제1기 여성 작가로, 1930년대 들어 새롭게 등장한 최정희, 모윤숙 등의 여성 작가들을 제2기 여성 작가들로 분류한다. 이러한 분류법은 심진경의 표현대로 "이제는 상식처럼 자연스럽게 받아들여지고" 있다.(심진경, 「문단의 '여류'와 '여류문단'—식민지 시대 여성 작가의 형성과정」, 『상허학보』 13, 상허학회, 2004, 299쪽.)

22 "과거의 조선에서는 완성된 여류 작가가 없음에 따라 문단에서 우리들의 문학을 작성하지 못하였던 것은 사실이었다. 다만 단명의 무수한 잡지가 나옴에 따라서 '저널리스트'가 만들어준 소위 여류 평가와 작가들이 대두할 뿐이었다."(최정희, 「1933년도 여류문단총평」, 『신가정』, 1933.12; 심진경, 앞의 책 21쪽에서 재인용.)

23 물론 이때의 인정투쟁은 남성 작가들의 것으로, 전후 세대와 4.19 세대로 이어지는 인정투쟁의 계보는 다분히 아버지-아들이라는 부자 서사적 성격을 띤다.(연남경, 「현대 비평의 수립, 혹은 통설의 탄생」, 『한국문화연구』 36, 이화여자대학교 한국문화연구원, 2019, 55-58쪽.)

가면이라면, 그것을 해방과 전쟁이라는 사건 이후로까지 확대하여 연속적인 차원에서 살펴볼 필요가 있다.

이에 본고에서는 전후 신문연재소설로 창작된 최정희의 『떼스마스크의 비극』을 대상 텍스트로 삼아 1950년대 당시의 문학 장과 국민 담론이 소설을 둘러싸고 어떻게 드러나고 있는지 살피려 한다. 그 과정에서 전후 당시 대중 연재소설의 특징이라 할 수 있는 낭만적 사랑과 멜로드라마적 양식의 플롯, 다양한 여성 표상의 재현을 이 소설이 어떻게 수행하며 의미를 엮어내고 있는지 밝힐 것이다. 그럼으로써 최정희 문학과 한국의 문학사에 이 텍스트가 어떻게 기입될 수 있는지를 고민하는 데까지 나아가 보도록 하겠다.

2. 예술의 상업화와 낭만적 사랑에 대한 이중적 구술

최정희는 1950년대에 총 7편의 장편을 연재했는데, 그 중 세 편이 신문연재소설이며 나머지 네 편은 대중지 및 여성지에 연재되었다. 대중지나 여성지에 연재된 소설들이 활발한 비평의 대상이 된 것에 반해, 최정희의 1950년대 신문연재소설은 오직 『녹색의 문』(『서울신문』, 1953.2~1953.7)만이 주로 분석되어왔다.[24] 『떼스마스크의 비극』과 『그와 그들의 연인』(『국제신보』, 1956.9~1957.2)은 최정희의 작품 목록에 언급만 될 뿐 주된 분석의 대상이 되지 못했다. 최근 이병순(2018)이 1950년대 당시의 연재본을 수합해 단행본으로 발간하면서 비로소 두 장편을 주된 분석 텍스트로 한 연구를 내놓은 것이 관련 연구의 거의 전부인 실정이다. 해당 연구에서 이병순은

---

24 이병순, 「1950년대 중반 최정희의 장편소설 연구－<떼스마스크의 비극>과 <그와 그들의 연인>을 중심으로」, 최정희 저, 이병순 편, 『떼스마스크의 비극, 그와 그들의 연인』, 푸른 사상, 2018, 466-467쪽.

『떼스마스크의 비극』을 지식인 소설로, 이 소설의 중심을 "전후 지식인의 불안과 니힐의 정서"[25]로 읽는데, 그러면서 1950년대 당시 신문연재소설의 상업주의를 언급한다.[26]

실제로 1956년 1월부터 3월까지 『평화신문』에 연재된 『떼스마스크의 비극』에는 1950년대 당시의 문학담론, 즉 대중문학의 예술성에 관한 문제가 얼마간 엿보이는 듯하다. 물론 『떼스마스크의 비극』에서 당시의 문학담론은 문학 대신 미술이라는 다른 예술 범주를 통해 소설에 표현된다. 소설의 주인공은 29살의 젊은 남성 조각가 허형재이다, 그는 누님의 지인인 정상기 씨 도움으로 도자기 공장에서 일을 하게 된다. 허형재가 공장에서 맡게 된 일은 도자기에 그림을 그려 넣는 것인데, 일을 하게 된 첫날 그는 직장 동료이자 선배라고 할 수 있는 조영매와 그 작업에 대해 대화를 나눈다.

> "그런데 여기서 일하는 사람들 중엔 전문가가 없어요. 모두 화공 비슷한 사람들이에요. 남의 것을 흉내만 내거든요. 하긴 저부터도 줄곧 남의 흉내만 내고 있습니다만. 그래도 전 이걸 이렇게 그리면서도 남이 해 논 그대로 하지 않아요. 남이 해 논 걸 하면서도 내 걸 넣어보려고 노력하고 있어요. (…) 말하자면 이 생활을 남의 것을 만들지 않고 내 것을 만들어 보고 싶어요. 이 정신은 예술 하시고 싶단 말씀이에요."[27]

소설 속 조영매의 대사는 사실상 소설 밖 현실에서 논란이 되는 문학의 순수성과 상업성에 관한 논쟁을 반영하는 것이다. 소설 속 조영매는 서양화를 졸업한 엘리트 지식인 여성으로, 상업품으로서의 도자기를 장

25 위의 글, 467쪽.
26 위와 동일.
27 최정희, 앞의 책. 이후 본문 인용 시 쪽수로만 표기.

식하는 작업에 자신의 예술관을 녹여내고자 한다. 예술성과 상업성을 대립이 아니라 병치의 관계로 놓는 것으로, 같은 일을 하면서도 화공일 수 있고 예술가일 수 있다는 논리는 순수문학만이 문학이라는 당대 문학 장의 논리에 이의를 제기하는 것으로 보인다. 나아가 그것은 최정희의 장편소설이 대중매체에 연재되기는 하였으나 통속의 범주로 빠지지는 않는다는 조연현과 임긍재의 평가를 연상시키기도 한다.[28]

이후 조영매의 작품은 주인공 허형재의 작품과 함께 외국 손님으로부터 유일하게 선택받는다. 이는 '손님'으로부터의 선택이기에, 소설 속 조영매의 작품이 선별된 것은 예술성보다는 상업성을 담보하는 일로 읽힐 수 있다. 그러나 작품 내에서 예술성은 이미 그 자체로 상업성과 얽혀있다. 소설 속 '화백'이라 존경받는 인물의 개인전이 열리는 곳은 다른 곳이 아닌 백화점인 것이다. 전시회를 보러 간 주인공 허형재는 화백의 작품에 감동하기보다는 화백이 개인작품을 생산할 여건을 갖추고 있다는 데에 그저 부러움을 느낀다. 허형재는 "작품은 고사하고 점토를 두어 둘 장소도 없는"(87) 환경에 처해있다. 따라서 그는 국전에 특선되어 그 예술성을 인정받은 조각가임에도 불구하고 이미 생산된 도자기에 그림 그리는 일을 하며 생계를 유지한다. 그런 상황에서, 허형재와 조영매의 도자기가 외국 손님에게 선택받은 것을 예술성을 배격한 상업성의 표지로 읽을 수만도 없는 것이다.

문제는 주인공 허형재에게 있어 도자기를 채색하는 일이 예술로 와 닿지 않는다는 데에 있다. 그는 조영매와 다르게 "남이 만들어 논 걸 뜯어고치기보다 생것을 나의 손으로 개조해 보고 싶"(59)은 마음을 가지고 있다. 그는 자기 작품이 팔린 것에 대해 기뻐하고 자기 작품이 세계에 한국

28 임긍재, 「5월 창작 점묘－창작의 진지성과 안이성」, 『동아일보』, 1955.5.31; 조연현, 「신문연재 소설의 위기 下」, 『동아일보』, 1953.6.5.

을 알리는 기회가 되었다고 생각하는 조영매와는 달리, 자기 작품이 선택된 것에 대해 일말의 기쁨도 느끼지 못한다. 그는 자기를 업신여기며 내쫓던 도자기 공장 사장과 그의 비서가 갑자기 자기를 극진히 대접하며 일해 달라고 사정하는 것을 그저 경멸의 눈초리로 묘사한다. 허형재는 국회의원이었던 자기 매부가 낙선하면서 어떤 수모를 겪게 되었는지를 지켜봐온 전적이 있는데, 그 경험으로 말미암아 그는 자기에게 갑작스레 주어지는 혜택들이 자기 것이라고 믿지 않게 되었다. 사장이 자기와 함께 일해 달라며 허형재에게 제안하는 혜택들은 허형재가 가진 자본으로서의 잠재성, 즉 그의 예술이 돈이 된다는 인식에 기인하는 것이다. 허형재는 그 사실을 못견뎌하는데, 그가 생각하기에 사장의 그런 태도는 "거지의 근성"(48)과도 같은 것이기 때문이다. "거지가 돈을 많이 주는 사람이면 나으리요 아씨로 대접하듯이 그리고 돈을 안주는 사람이면 깍쟁이요 뭐요 하고 욕설을 퍼붓듯이"(48) 도자기 공장의 사장도 똑같은 모습을 보인다.

여기서 엿보이는 것은 당시 문학 장의 화두였던 문학의 상업화를 비판하는 최정희의 목소리이다. 『떼스마스크의 비극』은 바로 그 신문연재소설로서 존재하면서 자기가 속한 그 범주를 비판하고 있는 것이다. 이렇듯 교묘하게 수행되는 상업화에 대한 비판은 정반대 입장인 조영매의 예술론과 더불어 그 진의가 모호해진다. 더불어 소설 속 예술의 상업화를 경멸하는 허형재마저도 "그의 부모들은 병빈 군은 와서 보구 가요. 여자의 육체를 그려두 아무 말 않구 가요. 그런 걸 그려두 돈을 막 주구 가요. 어엉. ……돈을 막 주구……"(68)라며 예술가로서 병빈 군이 부모에게 인정을 받는 것을 부러워할 때 그 인정의 지표를 돈으로 제시한다.[29] 결국

29 이 장면을 당시의 문학담론과 연관 지어 다시 한 번 생각해 볼 필요가 있는데, 신문연재소설은 당시 대중을 만족시키기 위해 자극적이고 성적인 소재를 채택하지 않을 수 없었다. 1950년대 순수문학진영이 "신문연재소설에서 광범하게 다뤄진 성의 문란과 그것을 취급하는 작가들의 안이한 태도를 문제 삼아 신문연재소설을 비문학으로 규정

최정희는 『떼스마스크의 비극』을 통해 문학의 상업화를 둘러싼 상반된 입장을 동시에 대변하고 있는 셈이다.

이때, 생활에 구애받을 필요가 없어 허형재의 부러움을 사는 병빈 군은 정작 허형재가 도자기 회사를 그만두지 않도록 끝끝내 설득하는 인물이다. 그는 경멸스런 자들이 있다면 우선 그들을 견디며 힘을 키운 뒤에 대결해 이겨야 한다며 허형재를 공장으로 끈질기게 복귀시킨다. 그런 병빈 군은 애정 문제에 있어 허형재의 오래된 경쟁자이기도 하다. 허형재가 관심을 가지는 여성들은 모두 병빈 군을 사랑하는 문제가 반복적으로 발생해왔던 것이다. 소설 속 허형재와 병빈 군 사이에는 두 명의 여자가 그들의 사이를 오간다. 한 명은 서울에서 고급 다방을 운영하는 서강옥이고, 다른 한 명이 허형재와 함께 공장에서 일하는 조영매이다. 이중 조영매는 소설의 마지막 병빈 군으로부터 "조영매가 가진 이상의 미를 조영매로부터 발굴하리라"(156)는 예찬을 들으며 그와 함께 사라짐으로써 애정 서사를 완수한다.

김동윤은 1950년대 신문소설의 특징을 다양한 여성 표상의 제시와 연애 서사의 범람에서 찾는다.[30] 이때의 연애 서사는 그 선정성과는 별개로 주로 근대적 핵가족의 형성으로 귀결되는 낭만적 사랑의 양식을 지닌다. 그 점에서 『떼쓰마스크의 비극』은 엄밀히 말해 낭만적 사랑의 기준을 충족하고 있다고 보기 어렵다. 허형재가 서강옥에게 느끼는 사랑은 낭만적 사랑보다는 차라리 육체적이고 열정적인 사랑에 더 가까우며,[31] 결혼을

하는 것이 두드러졌다"(이봉범, 앞의 글, 290쪽.)고 할 때, "여자의 육체를 그려두 아무 말 않구 가요. 그런 걸 그려두 돈을 막 주구 가요."(68)라는 허형재의 말은 당시의 성 담론과 문학담론의 관계를 암시한다고 할 수 있을 것이다.

30 김동윤, 『신문소설의 재조명』, 예림기획, 2001, 214쪽.

31 사회학자 니콜라스 루만은 코드의 차원에서 17세기 이전의 열정적 사랑(역설의 코드)과 18세기 이후 근대의 낭만적 사랑(문제의 코드)을 구별한다. 루만에 의하면 열정적 사랑은 지나친 열정과 수난의 감정으로, 섹슈얼리티를 사회 제도로부터 자주 파열시

해야만 서강옥을 "차지할 수 있을 것 같"(99)은 마음에 청혼해보지만 서강옥으로부터 돌아오는 것은 "나 결혼은 안 돼요."(107)라는 대답이기 때문이다. 서강옥은 허형재를 사랑하면서도 동시에 병빈 군을 좋아한다고 말하는데, 그녀가 병빈 군을 좋아하는 이유는 그가 "남자 중의 남자"(93)이기 때문이다. 반대로 조영매의 경우 소설에서 허형재를 짝사랑하는 완벽한 예비 현모양처로 묘사되나 허형재가 그녀를 기피한다. 결국 그녀가 갑작스레 병빈 군과 함께하게 되는 것으로 소설은 끝이 난다.[32] 따라서 『떼쓰마스크의 비극』이 연애서사를 그린다고 할 때, 그 서사를 완수하는 두 인물로서 남겨지는 것은 주인공 허형재와 그가 사랑한 서강옥이 아닌, 병빈 군과 그가 사랑할 만한 상대로서 교양을 갖춘 조영매이다.

이는 문학 장 내의 젠더적 규범화를 생각할 때 다소 상징적인 장면인데, 병빈 군과 조영매의 결합은 순수예술을 지향하는 남성 예술가와 상업예술에 몸담은 여성 화공의 결합이라는 점에서 그러하다. 이는 남성 젠더로 상징되는 순수문학과 여성 젠더로 상징되는 대중·통속 문학의 구도를 반영하는 듯 보인다. 소설 속 병빈 군과 조영매는 허형재를 향해 서로 비슷한 논리를 펼치는데, "못마땅한 일이 잇더라도 이건 내 일이거니 하고 꾹 참으면"(130) 그 행위에서 새로운 의미를 창출할 수 있다는 것이다. 그러한 논리적 결탁 아래 병빈 군과 조영매는 서로 결합한다. "여자는 사

키곤 하였으며 따라서 매혹적이면서도 단죄되어야 할 감정이었다. 그런가하면 낭만적 사랑은 부부에서 핵가족, 그리고 국가체계에 이르는 근대 사회를 지탱하는 사회적 감정으로서 일탈적이고 파괴적인 면모를 보이는 열정적 사랑과는 달리 체제를 봉합하는 역할을 한다.(니콜라스 루만, 니콜라스 루만, 『열정으로서의 사랑』, 정성훈·권기돈·조영훈 옮김, 새물결, 2009, 79-195쪽.)

32 이들의 결혼으로 소설이 끝나는 것은 아니지만, 병빈 군이 허형재로부터 조영매에 관한 이야기를 들은 뒤 "교양미를 갖춘 (…) 그런 여자라면 반하는 정도가 아니고 사랑해도 좋"(114)다고 호감을 내비치던 것과 병빈 군과 조영매가 함께 나갔다고 소설의 마지막 허형재가 인식하는 것으로 보아 그 둘의 결합이 이루어졌다고 가정하는 것이 타당하다.

랑할 필요가 없다"(113)던 병빈 군은 조영매 같이 교양을 갖춘 여자는 "여자만에서 그치는 게 아니니까. 여자인 동시에 사람이니까 사랑할 수도 있"(115)다고 말하며 조영매에게 가부장적 가치 하에 제도화된 특권을 부여한다. 병빈 군이 역설하는 그러한 예술과 대비되어 조영매가 구사하는 예술은 교양의 범주로 포섭되며 그녀를 남성 예술가의 비전을 공유할 능력이 있는 '여성' 예술가의 지위에 놓는다.

앞선 장에서, 최정희를 비롯한 제2기 여성 작가군이 1930년대 당시 그 문학성을 인정받을 수 있었던 이유 중 하나로 그들이 당시의 제도화된 여성성에 충실히 부응했다는 점을 들었다. 특별히 최정희의 경우 군국의 어머니 혹은 총후부인으로 대표되는 군국주의 이데올로기에 종속된 모성을 여성성으로 선보였다.[33] 그러한 방법을 통해 최정희는 여성임에도 불구하고, 그러나 동시에 가장 여성답기에 문학성을 담보할 수 있는 작가로 인정받을 수 있었던 것이다. 최정희를 "여성 의식의 순수 결정체"[34]로 표현할 때 이때의 '순수'는 남성 위주의 순수문단과는 다른 것이지만 그 반대항으로 흔히 거론되던 통속적인 여류와도 대조되는 개념이라고 할 수 있다.

해방과 전쟁을 거친 이후로도 최정희의 '순수함'에 대한 이러한 평가는 크게 달라지지 않았다. 앞선 임긍재와 조연현의 글에서는 물론, 여성지 연재소설인 『끝없는 낭만』(1958)을 소개함에 있어 정충량 또한 "다작보다는 과작을, 통속보다는 순수를 절대문학신조로 한결같이 흔들림이 없"[35]는 작가로 최정희를 언급한다. 이때 확인되는 것은 최정희가 전후 당시 문학 장 내에서 점하고 있는 기득권적 위치이다. 조미숙은 최정희가 1950년대 구사한 서사전략으로 멜로드라마적인 통속성을 언급한다.[36] 『떼

33 심진경, 앞의 책, 39-70쪽.

34 이재선, 『한국현대소설사』, 홍성사, 1979, 441쪽.

35 정충량, 「최정희 작-『끝없는 낭만』」, 『동아일보』, 1959.01.18.

스마스크의 비극』은 결투, 정사 장면이 빈번히 등장한다는 점에서 그 예외가 되지 못한다. 그럼에도 불구하고 이 작품이 최정희에 의해 창작되었다는 이유로 당대에 통속적이라는 비판을 피할 수 있었다면, 그것은 최정희가 전후에도 여전히 구사했던 제도화된 여성성과 관련이 있다고 보아야 한다. 그 예로, 소설 속 병빈 군과 조영매의 갑작스런 결합은 당대의 이상적인 남성과 여성의 결합으로, 당대 유행하던 낭만적 사랑의 조건을 역설하고 있다. 그것은 결국 전후 재건 주체로 새로이 호명되는 남성과 그의 동반자이자 보조자로서의 여성 형상이다.

3. 전후 여성 표상과 남성성의 멜로드라마적 균열

1950년대는 전쟁이라는 파열과 그것을 봉합하기 위한 재건이라는 키워드 하에 다양한 담론들이 장을 이루었던 시대로, 그중 하나가 여성의 성과 생활에 관한 담론이었다. 이와 관련하여 중요히 대두된 여성 표상들로는 크게 여대생, 아프레걸, 양공주, 그리고 주부가 있다. 일차적으로 이러한 표상들은 전쟁 · 전후라는 혼란스러운 근대화의 시기 분출되었던 여성의 욕망과 연관이 있다. 그것은 그들을 다시 가정으로 복귀시키려는 당대 국가 재건 담론과 관계하며 구조화된다. 이러한 표상들은 특별히 전후 신문소설에서 빈번히 발견되고 있는데,[37] 『떼스마스크의 비극』도 예외는

36 조미숙, 「1950년대 말 여성 작가의 서사전략—장편소설 『끝없는 낭만』, 『빛의 계단』을 중심으로」, 『한국문예비평연구』 63, 한국현대문예비평학회, 2019, 122-123쪽.

37 김동윤, 앞의 책, 108-143쪽. 나아가 표유진은 그간 여대생, 아프레걸, 양공주와 같은 여성 표상이 여성들의 욕망을 왜곡하고 억압하는 방식으로 상정되어 왔음을 지적하며 전후 당시 여성 작가들의 작품에서 해당 표상들이 전유되고 있는 방식에 주목한다.(표유진, 「1950년대 소설의 여성 표상 전유와 몸 연구: 정연희, 한말숙, 강신재를 중심으로」, 이화여자대학교대학원 석사학위논문, 2020.) 본고에서는 『떼스마스크의 비극』을 통해

아니다. 흥미롭게도 소설 속 조영매와 서강옥이라는 두 여성은 앞에 제시된 네 가지 여성 표상을 각기 양분하여 가지고 있다. 조영매는 막 여대를 졸업하고 취업한, 이상적인 예비 주부로서 제시되는 인물이며 서강옥은 방종한 아프레걸로 묘사되다가 끝내 양공주가 되는 인물인 것이다.

소설에서 조영매와 서강옥이라는 여성 인물은 각각 정신과 육체로 이분된다. 조영매는 교양을 갖춘 사람다운 여자로서 남자와 동등한 자리에 설 자격이 있는(48) 여자이다. 그녀는 "똑바른 정신"(49), "옳은 사상을 가지"(49)고 있기 때문에 "좋은 가정 좋은 사회"(49)에 이바지할 수 있을 것이다. 그런가하면 서강옥은 오직 육체로 이야기될 뿐이다. 그녀는 "툭 튀에나온 가슴팍과 엉덩짝"(100), "길쭉한 모가지와 잘눅한 허리"(101) 등으로 묘사된다. 이는 1950년대 당시 아프레걸에 대한 묘사, 즉 "미끈미끈한 다리에 탄력있는 엉뎅이, 날씬한 허리에 뿔룩하게 나온 앞가슴"[38]과 공명한다. 아프레걸이란 "미국의 퇴폐적 문화를 무비판적으로 추종하는, 정조관념이 없고 물질적인 여성을 가리키는"[39] 전후 신조어로, 풍요롭고 성적인 욕망의 대상임과 동시에 혐오의 대상이었다. 실제로 병빈 군은 서강옥에게 몰두하는 허형재를 이해하지 못하며 "남자들하고 싫것 놀아먹던 찌꺽지"(111)라고 표현한다.

그런 서강옥은 소설의 후반부 급작스레 사라진다. 그녀를 찾다가 기절한 허형재는 병빈 군에게 그녀가 양공주가 되었다는 이야기를 듣는데, 병빈 군은 그 소식을 전하며 서강옥은 죽은 것이나 다름없다고, 차라리 죽는 게 더 나았을 거라고 말한다. 이는 아프레걸－양공주－비국민으로 이

그렇듯 적극적인 전유의 흔적을 읽어내는 데까지 나아가지는 못하나, 재현 방식에서 미묘하게 발생하는 균열을 발견해보고자 한다.

38 문제안, 『아프레 껄의 생태－해방된 육체(肉體)』, 『여성계』, 1957.5, 148쪽.(김은하, 「전후 국가 근대화와 "아프레 걸(전후 여성)" 표상의 의미」, 『여성문학연구』 16, 한국여성문학학회, 2006, 194쪽에서 재인용.)

39 김은하, 위의 글, 191쪽.

어지는 젠더 담론의 양상을 보여주는 예라고 할 수 있다. 허형재는 서강옥이 양공주가 되었다는 이야기를 듣곤 그녀에 대한 집착을 극복한다. 그는 왜 그녀를 "죽여버리지"(150) 않았냐고 병빈 군에게 화를 낸다. 서강옥이 양공주가 되면서 허형재는 그녀를 향한 비정상적인 집착을 단념하고 "남자 중의 남자"(93)인 병빈 군의 세계에 본격적으로 입사하게 되는 것이다.

그것은 하나의 윤리가 새로이 정립되는 과정으로, 소위 통속의 대명사로 사용되던 멜로드라마라는 용어를 여기서 함께 고려해볼 여지가 있다. 19세기 즈음 등장하며 흔히 여성적이고 대중적인 값싼 감성으로 치부되어 격하되던 멜로드라마[40]는 근대라는 탈신성화의 시대에 가능했던 재신성화와 윤리적 정립의 시도이다.[41] 피터 브룩스에 의하면 작가는 멜로드라마를 통해 혼란스러운 시대에도 실재하는 윤리적 명령의 힘을 증명하고자 한다. 배중률적인 선악구도와 반드시 단죄되는 악인의 존재, 과잉된 감상성은 그러한 목표에 다다르기 위한 멜로드라마라는 양식의 특성이다. 『떼스마스크의 비극』 속 서강옥이 양공주가 되어 차라리 죽는 것이 더 나았을 결말을 맞이하게 되는 것은 전형적인 멜로드라마식 단죄이다. 서강옥이 전후 국가 재건 담론에 포섭되지 않는 악이라면, 멜로드라마의 배중률적 선악구도에 기초하여 소설 속 궁극적으로 승리해야 하는 선은 전후 재건 담론에 부합하는 병빈 군과 조영매이다. 주인공인 허형재는 그들로 대표되는 선의 세계로 입사함으로써 멜로드라마를 완결 짓는다. 서강옥을 향해 지나치게 발산되는 그의 감정과 작품 내내 끝없이 터지는 그의 울음은 이 소설에 분명한 감상성을 부여한다.

그러나 『떼스마스크의 비극』은 그러한 멜로드라마 양식을 준수하면서도 동시에 위반하는데, 이는 서강옥이 소설에서 묘사되는 방식과 관련이

40 리타 펠스키, 『근대성의 젠더』, 김영찬 · 심진경 옮김, 자음과 모음, 2020, 214-215쪽.
41 피터 브룩스, 『멜로드라마적 상상력』, 이승희 · 이혜령 · 최승연 옮김, 소명출판, 2018, 46-49쪽.

있다. 한국전쟁이 끝난 뒤 전쟁 때와 달리 세련된 양장을 하고 있는 서강옥은 자기에 대한 병빈 군이나 허형재의 평가에 전혀 연연하지 않을 뿐더러 오히려 그들을 더 부추기기까지 한다. 병빈 군이 자기를 사랑하지 않고 "데리고 노는 것"임(150)을 알면서도 그녀는 오히려 허형재에게 병빈 군처럼 남자다운 태도를 가지라며 닦달하는 것이다. 허형재가 결혼을 제안했을 때에도 그녀는 그것을 거절한다. 허형재가 서강옥과의 결혼을 바라게 된 것이 그녀를 향한 소유욕 때문임을 생각할 때, 서강옥의 거절은 단순히 그녀가 결혼에 적합한 순결한 여성이 아님을 보여주는 것이라기보다는 오히려 가부장제에 포섭되지 않는 여성의 모습을 보여주는 것에 더 가깝다고 할 수 있다.

소설의 후반부에서도 병빈 군이 묘사하는 서강옥은 "서울서 일둘지"(150)인 다방을 운영하는 부유한 여성으로 설명되며, "일급 손님"(150)만 그녀의 다방에 드나드는 과정에서 그녀가 미국인들을 손님으로 받아 인연을 이어나가게 된 것으로 이야기된다.[42] 즉 구조적인 차원에서 소설은 아프레걸이라는 문란한 여성을 단죄하지만, 그 구조를 확립하는 과정에서 오히려 욕망이나 선망의 대상으로 아프레걸을 제시하고 있다.

나아가 서강옥이 양공주가 되는 것은 병빈 군과 그녀가 같이 지내던 시점의 일인데, 허형재가 병빈 군에게 왜 "자네하구 지나던 여자가 자네

42 조영매와 허형재의 작품을 사가는 미국인 손님과 서강옥이 어울리는 미군 등 『떼스마스크의 비극』에는 당대 신문소설에 활발히 재현되던 아메리카니즘의 흔적이 드러난다. 미국문화에 대한 선망과 미군 혹은 미국 남성에 대한 경계심이 이 소설에서는 단순히 분리되기보다는 복합적인 양상을 띠며 혼재되어 나타나는 점이 특기할 만하다. 예컨대 작중 이상적인 인물이라 할 만한 조영매는 한국의 예술을 세계에 알려줄 존재로 미국인 손님을 상정하지만, 주인공인 허형재는 그것을 비관한다. 또한 허형재는 서강옥을 양공주로 만든 미군을 원망하나 동시에 "나의 심중엔 서강옥이가 양키-하고 붙었건, 그 이상의 것하고 붙었건 상관이 없었다. 병빈 군한테서 서강옥이가 떠나갔다는 사실이 기뻤던 것이다."(149)라고 고백하며 서강옥이 양공주가 된 것을 차라리 기뻐한다.

눈앞에서 양키한테루 가는 걸 그냥 보구 있었"(150)느냐고 질책하자 병빈 군은 그녀를 사랑하지 않고 데리고 놀았을 뿐이기에 그랬노라 대답한다. 그러면서 양공주의 수가 하나 늘었다는 것에 유감일 뿐이라고 말한다. 병빈 군이 당대의 이상적인 남성상이자 재건 주체임을 생각할 때, 이 대답은 다소 의미심장하게 읽힌다. 아프레걸이나 양공주라는 존재의 생성을 막지 못하는, 혹은 도리어 생성하는 가부장적 국가 재건 담론이 은밀히 폭로되는 양상을 보이는 것이다.

그런가하면 멜로드라마식 선악구도에서 서강옥의 반대편에 위치하는 조영매의 경우, 허형재라는 남성 인물의 충실한 조력자이자 이상적인 남성인 병빈 군에게 어울리는 짝으로서 당시 국가 재건 담론이 요구하던 이상적인 여성성을 수행하는 모습을 보인다. 그녀는 허형재가 공장에 갈 때마다 늘 허형재의 옆자리에서 그를 맞아주는 인물이다. 소설의 중반부부터 허형재는 누님의 집을 나와 이후 공장에서 숙식을 해결하게 되는데, 그 점에 있어 공장은 허형재의 상징적 집으로 기능한다. 그렇다면 그곳에서 늘 허형재를 기다리고 있는 조영매는 이미 일종의 주부라고 할 수 있다. 허형재가 공장을 찾아올 때마다 조영매가 하는 일은 사장과 그의 싸움을 중재하거나 허형재를 격려하는 일인데, 격려하는 데에 지나지 않고 그녀는 허형재의 제2국민병 수첩을 대신 재발급해주기까지 한다. 소설 속 허형재는 서강옥의 다방을 건설하며 "남이 만들어 논 걸 뜯어 고치기보다 생것을 나의 손으로 개조해 보고 싶"(59)은 포부를 펼치기 직전 순경에게 잡혀가 유치장에 감금된다. 그에게 "제이국민병 수첩"(115)을 비롯한 "증명서 일체"(115)가 없었기 때문이다.

한국 전쟁 당시 중공군의 개입으로 전황이 악화되자 한국 정부는 제2국민병, 즉 "만 17~40세까지의 국민병역 장정 68만여 명을 소집"[43]하여

43 이상원, 「제2국민병의 소설화 양상에 대한 일고찰」, 『한국문학논총』 61, 한국문학회,

국민방위군을 창설했다. 이 국민방위군은 이후 부실 운영과 간부들의 폐단으로 국민적인 논란을 불러일으키고 해체되는데, 그 뒤에도 제2국민병 수첩은 당시 청·장년 남성들에게 일종의 신분증으로 사용되었다.『떼스마스크의 비극』속 허형재는 순경의 불시 검문 시 제2국민병 수첩을 제시하지 못해 유치장으로 끌려간다. 감옥이라는 공간이 비국민과 국민을 구분하며 비국민을 국민으로 만드는 공간이라는 푸코의 설명대로라면,[44] 소설 속 제2국민병 수첩은 근대적 국민을 규정하는 기표라고 할 수 있다. 그리고 이때의 국민이란 국가를 수호하고 또 재건할 예비 군인들—남성들이다. 1950년대 당시 이승만 정권 아래 한국은 군대화된 규율사회였고, 강압적 국가기구로서의 경찰이 당시의 규율권력을 뒷받침하고 이행하였다.[45]『떼스마스크의 비극』에는 이와 같은 전후 사회의 현실이 드러난다. (예비) 군인으로서의 남성이 계속해서 언급되는 것이다. 인구 조사 결과를 보니 남자보다 여자가 적더라는 허형재에게 병빈 군은 "남자들이 전쟁에 가서 얼마나 많이 소모됐게"(113) 여자보다 남자가 더 적겠냐고 일갈하고, 허형재는 행복이 마음 먹기에 달렸다는 조영매에게 그녀가 여자이기 때문에 그런 말을 할 수 있는 것이라 화를 낸다.

> 우리 또래의 남자들이 그런 말을 할 수 있어요? 다들 불안 속에서 진땀 나는 시간 시간을 보내구 있느라구……. 그렇지만 여자들은 무슨 소리라두 할 수 있어요. 어디든지 마구 싸다닐 수도 있으니까…… 여자들은 사람인걸요. 신분증 없이 어디든지 마구 다닐 수 있잖아요? 신분증이 없어두 사람 행셀 할 수 있잖아요?(131)

2012, 210-211쪽.

44 미셸 푸코 저, 오생근 역,『감시와 처벌』, 나남출판, 2007, 358쪽.

45 홍태영,「민족주의적 통치성과 국민 만들기: 해방 이후 남한에서 반공과 경제개발 주체로서 국민의 탄생」,『문화와 정치』6, 한양대학교 평화연구소, 2019, 102쪽.

허형재의 대사는 전후 당시의 국민담론이 젠더 담론과 어떻게 결부하여 작동하였는지를 보여준다. 한국전쟁 이후 국가 재건의 의무를 안은 국민으로 호명되는 존재가 제2국민병 수첩에 기록된 젊은 남성들이라면, 여성들은 그 수첩으로부터 자유롭다. 그래서 그들은 신분증이 없다는 이유로 감옥에 갈 일 없이 자유로운 '인간'이지만, 국가 수호와 재건의 주체로서의 국민은 아니다.[46]

주지하다시피 전후 사회가 지향한 국가 근대화란 "영웅적인 남성이 주도하는 가부장적 근대화"[47]였다. 당시 이상적인 여성상은 '가정으로 귀환'하여 '스위트 홈'을 꾸려갈 교양 있는 지식인 여성이었다.[48] 전쟁 이후에도 여전히 여성의 경제활동은 여전히 적극적으로 권장되었지만, 이미 결혼한 여성 혹은 결혼할 여성이 자기 가부장을 보조하기 위해 하는 행위일 때에야 여성의 경제 활동은 긍정적인 함의를 지닐 수 있었다.[49] 여기에 당시 여대생, 혹은 여대 졸업생의 모순이 있었다. 그들은 전후의 지식인 '청년'이었지만, 국가가 원하는 바로 그 청년은 아니었던 것이다. 그 대신 그들은 진정한 대학생 남성 청년의 보조자로 호명되었다.

그런 점에서 조영매는 이상적인 여성으로 묘사되며 소설 속에서 허형재의 보조자 역할을 자처하고 있지만, 사실상 그들의 관계는 "어머니"(132)와 "애기"(132) 같은 것으로, 그들이 재현하는 것은 가부장과 그의 아내 혹은 딸보다는 어머니와 아들에 더 가깝다. 이는 기존 가부장제가 요구하

---

46 "한국전쟁은 징병제를 통해 군인이 될 수 있는 자만이 국민으로 인정받을 수 있다는 공식을 설정하였다. … 양민증이나 도민증, 군인증과 같은 생명관리제도는 군대에 갈 수 있는 남성성을 관리함과 동시에 특권을 의미하는 것이기도 했다." 허윤, 「1950년대 전후 남성성의 탈구축과 젠더의 비수행」, 『여성문학연구』 30, 한국여성문학학회, 2013, 45-46쪽.

47 김은하, 앞의 글, 182쪽.

48 위의 글, 188쪽.

49 위의 글, 189쪽.

는 능동과 수동, 남성성과 여성성의 관계가 뒤집히는 지점이며 인간으로서의 남성과 비인간으로서의 여성이라는 지리한 구도 또한 여기서 한 순간 역전된다.

이러한 주부 표상의 균열은 허형재의 누님에게서도 발견된다. 소설 속 누님은 혼인 첫날밤 도망쳤다가 억지로 신방에 되돌려진 뒤 가면과도 같은 떼스마스크를 쓰게 된 것으로 묘사된다. 그날부로 전혀 다른 사람이 된 것처럼 누님은 남편에게 "양과 같이 온순"(13)하게 "복종"(13)하는데, 남편이 국회의원에서 낙선하여 가부장으로서의 권위와 경제력을 잃자 급작스레 돌변하여 그를 힐난한다. 허형재는 술만 마시면 오줌을 싸는 정상기씨임에도 그를 군말 없이 내조하는 정상기씨의 부인과 자기 누님을 대조한다. 그러면서 허형재는 한때 완벽하고 이상적인 주부였으나, 자본으로 대표되는 남성성을 형부가 상실하자 돌변하여 그를 공격하는 자기 누님의 얼굴에서 떼스마스크의 단초를 발견하는 것이다.

더 나아가 허형재는 예비군인이나 재건 주체로서의 자기 자신을 자랑스러워하거나 긍정하기보다는 피해의식을 느끼고 여성들을 부러워하는 면모를 보이는데, 조영매가 허형재와 비슷하다며 언급하는 그녀의 오빠 또한 자기 처지를 한탄하며 "줄곧 집 안에 들앉아 침울하게"(129) 지낸다. 조영매는 오빠를 위해 허형재에게와 마찬가지로 직접 신분증을 재발급해주지만, 오빠의 우울은 해소되지 않는다. 이 또한 당시의 국민담론에 부응하지 않는 어떤 균열 지점이라고 볼 수 있다. 국민이라는 국가의 호명에 응답하지 못하는, 전쟁의 기억을 아직 이겨내지 못한, 재건 주체여야 하지만 재건주체가 되지 못하는 남성 존재들의 현실이 소설 속에 적나라하게 드러나는 것이다. 오히려 그들보다 더욱 재건 주체적인 여성의 존재는 그렇듯 배반적인 현실을 더욱 강화한다. 본래의 멜로드라마의 문법대로라면 허형재가 조영매의 가치를 깨닫고 그녀와 맺어짐으로써 서사가 완결되어야 하겠지만, 소설에서 그는 오히려 조영매를 놓치고 만다.

이때 조영매라는 여성이 보여주는, 허형재라는 남성보다 더 재건 주체로서 적합한 모습은 그를 적극적으로 보조하는 이상적인 여성상을 수행하는 과정에서 발현된다는 점이 문제적이라고 할 수 있다. 소설의 결말부 그녀는 허형재와 달리 이상적인 재건 주체인 병빈 군과 함께 사라지지만, 허형재는 조영매를 예찬하는 병빈군의 목소리만 들을 뿐 조영매가 그에 답하는 목소리는 듣지 못한다. 결국 조영매는 이상적인 남성과 여성의 결합이라는 낭만적 사랑을 완성하면서도, 기존의 멜로드라마적 서사를 균열내고 서강옥이 그랬듯 어쩐지 불길한 기운을 남기며 침묵 속으로 사라짐으로써 그 완성 여부를 위협한다.

4. 불완전한 여성 비체의 매몰과 남성 주체의 성장

지그문트 프로이트는 인간의 정신을 크게 의식과 무의식으로 구분하며, 무의식을 억압된 표상들의 장소라고 설명한다. 이때 억압이란 일차적인 억압과 그 이후의 억압으로 나뉘는데, 일차 억압이란 다름 아닌 오이디푸스 콤플렉스와 그 극복이다. 억압이 실패할 경우 억압된 것은 대체물 형상이나 증상이 되어 되돌아오며, 그것을 방지하기 위해 자아는 끝없이 리비도를 할애하여 억압된 것들의 귀환을 막는다.[50]

이러한 프로이트의 설명은 줄리아 크리스테바에 이르러 쌩볼릭과 세미오틱이라는 텍스트의 두 층위로 구조화된다. 크리스테바에 의하면 쌩볼릭은 오이디푸스 콤플렉스를 거쳐 아버지의 법아래 정립된 자아의 언어이고, 세미오틱은 그렇듯 정립된 언어를 분절하며 틈입하는 무의식적

50 지그문트 프로이트, 「억압에 관하여」, 『정신분석학의 근본개념』, 윤희기 · 박찬부 옮김, 열린 책들, 2019, 138-211쪽.

충동의 언어이다. 이때 세미오틱은 코라 세미오틱이라고도 불리며 쌩볼릭 이전의 언어적인 요소들의 의미가 생산되는 공간으로 기능한다. 쌩볼릭이 아버지의 질서인 것처럼 코라 세미오틱은 어머니 혹은 모성과 연관되는데, 자아는 쌩볼릭에 진입하며 자신을 정립하기 위해 코라 세미오틱과의 분리를 단행한다. 이렇듯 분리된 코라 세미오틱은 쌩볼릭의 주체를 위협하는 무의식적 거부의 충동에 의해 드러난다. 그것은 공포스럽고 혐오스런 것으로 비체라 불리며, 그러면서도 매혹적인 특질을 지닌다.[51]

가면과 함께 최정희 소설을 관통하는 키워드는 모성으로, 『떼스마스크의 비극』에서도 모성은 주요한 화두로 작용한다. 허형재는 어머니와의 기억에 인한 트라우마에 시달리며, 자기를 "어린애"(93), "애기"(132)라 부르는 서강옥과 조영매라는 여성에게서 각기 다른 어머니의 형상을 보기 때문이다. "자기를 싫어하고 무서워하는 아버지 때문에 햇빛을 보지 못하고 골방에서만 살았"(132-133)던 어머니는 허형재가 "덮어 버리려고 애를 썻던"(133) 기억으로 억압의 대상이다. 그는 어머니를 기억하지 않으려 애쓰는데, 왜냐하면 어머니를 떠올리는 것이 그에게 죄책감을 유발하기 때문이다.

> 그날 나는 어머님이 더욱 그리웠다. 꼭 한 번만 어머님이 계신 골방에 들어가 보고 싶었다. 나는 뒤울 안으로 돌아서 돌아서 어머님이 계신 골방 앞에 가 섰다.
>
> "어머니. 어머니."
>
> 소리를 죽여서 불렀다. 안에서 이어 버스럭 소리가 나고 문 벳기는 소리가 났다.

---

51 세미오틱과 쌩볼릭, 아브젝트와 아브젝시옹에 관한 내용은 줄리아 크리스테바의 다음 두 서적 참조. 줄리아 크리스테바, 『시적 언어의 혁명』, 김인환 옮김, 동문선, 2000; 줄리아 크리스테바, 『공포의 권력』, 서민원 옮김, 동문선, 2001.

> 나의 몸둥아리가 어느새 문턱 안에 들여 놓였다.
>
> 어머니의 재빠른 거동과 나의 신속한 거동의 일치에서였다.
>
> 그대로 어머니는 나를 껴안고 웃었다.
>
> 소리를 죽이느라고 그러시는지 얼굴이 함지박만 해지면서 그것이 또 굉장히 씰룩거리는 것이었다. 그런 얼굴을 나에게 돌려대고 부비는 것이었다.
>
> 나는 버둥질을 해 어머니 팔 안에서 빠져나왔다.(134)

허형재가 그렇게 골방을 도망쳐 나오고 얼마 안 있어 어머니는 그 골방에서 세상을 떠난다. 어머니의 실체를 마주하기 전까지 허형재는 "어머님이 지어 보내신 때때옷을 입을 때면 어머님의 따뜻한 체온이 몸에 배어드는 것 같음을 느꼈으며 어머님이 만지신 옷에서 어머님의 냄새를 맡아보려고 몰래 몰래 코를 벌룽거"(134)렸지만, 어머니를 직접 만난 후에는 일체의 행동을 하지 않게 된다. 이후 조모과 백댓골 할머님의 말씀을 들으며 허형재는 어머니가 아버지와 할머니에 의해 "생죽음을 하신 것을 알"(134)게 되고, 어머니를 지키지 못한 것과 그녀로부터 도망친 것에 대해 죄책감을 느낀다. 그 기억은 그에게 있어 억압의 대상으로 남는다. 떼스마스크가 쌩볼릭에 진입하는 주체가 쓰게 되는 가면이라면, 그 아래 있는 것은 허형재를 공포에 질리게 한 "함지박만 해지면서 그것이 또 굉장히 씰룩거리는"(134) 기형적인 얼굴이다. 이는 서강옥에 대한 다음과 같은 묘사에서도 드러난다.

> 이제루 앞에 그냥 서 있는 여자의 얼굴은 아래서 올려 비치는 촛불 때문에 얼굴이 이상하게 돼갔다. 위에서 내리비치는 전등불 밑에 보던 얼굴과는 생판 다르다. 유굴유굴 호박 썩은 것 같았다.
>
> 빛의 조화란 저렇게 대단한 것일까.
>
> 나는 다시 눈을 벌려 떴다. 아무래도 호박 썩은 것이다. 유굴유굴 구정물

이 줄줄 흐른 것 같다.

욕지기가 올려 밀려고 했다. 꿀꺽 삼키어 버렸다. 병빈 군도 저 호박 썩은 얼굴을 본다면 정남이 떨어지리라.

제 아무리 용한 솜씨를 가졌다 치더라도 저 얼굴 색채는 못 낼 것이리라.

"자네 저 이제루 앞에 선 여자의 얼굴 색챌 나타낼 만한가?"

나는 병빈 군에게 불쑥 이런 말을 했던 것이다. 병빈 군이 내 말을 이내 알아들은 모양이다. 눈을 가늘게 떠 여자를 바라다보았다.

"아. 재미있는 색채야. 아니 재미있는 음영이야. 옳아. 맞아."

"이 자식아 뭣이 재미있단 말이야. 아니 저게 재미있어? 저 호박 썩은 얼굴이…… 저걸 떼스마스크만두 못한 거야. 떼스마스크는 비극을 초래할 수나 있지만 저건 비극은커녕 희극두 초래하지 못해. 유굴유굴 썩은 호박이야 호박……"(29-30)

"함지박만 해지면서 그것이 또 굉장히 씰룩거리는"(134) 어머니의 얼굴과 "유굴유굴 호박 썩은 것 같"은 서강옥의 얼굴은 모두 비체의 상징이다. 주체에게 있어 비체가 두려운 이유는 그것이 채워지지 않고 끝없이 넘실거리는 어머니의 욕망이자 자아 정체성의 상실과 연관되는 데에 있다. 즉 "어머니의 재빠른 거동과 나의 신속한 거동의 일치"(134)가 일어난다면, 아이는 "악어의 입"[52]과 같은 어머니라는 존재에게 잡아먹히고 말 것이다. 따라서 허형재는 어머니의 '골방'을 뛰쳐나온다. 이후 어머니의 죽음으로 인해 사라진 듯하던 그 '얼굴'은 서강옥의 얼굴이 촛불에 비치는 '어두운 방'을 통해 귀환한다. 떼스마스크의 비극을 견디지 못하고 허형재는 떼스마스크의 안쪽을 들여다보려 하지만, 거기 있는 것은 썩고 구역질이 나서 도무지 견딜 수 없는 어떤 것이다. 그것은 "비극은커녕 희극

52 박찬부, 「라캉의 의미론」, 『비평과 이론』 16, 한국비평이론학회, 2011, 92쪽.

두 초래하지 못”(30)하는 것으로, 어떤 의미화 자체가 불가능한 영역의 소산이다.

여기서, 서강옥과 허형재가 처음 만난 것이 서울이 아닌 대구라는 점을 생각할 필요가 있다. 처음에 서강옥을 서울에서 만난 날 허형재는 그녀를 기억하지 못한다. 병빈 군이 그녀의 이름을 알려준 뒤에야, 허형재는 자기가 1.4 후퇴 때문에 피난을 갔을 적 대구에서 그녀를 만난 적 있다는 사실을 깨닫는다. 즉 서강옥과의 인연은 허형재의 머릿속에 1.4 후퇴라는 사건 그 자체로 기입되어있는 것인데, 그런 그녀가 허형재의 무의식 속 묻혀있던 어머니와 비슷한 존재라는 점은 분명히 시사하는 바가 있다. 전쟁의 외상과 어머니, 그리고 서강옥이 대표하는 ‘여자’는 동류항을 이루며 작품의 의미를 형성한다. 그들을 새하얀 눈 아래 매장하는 행위가 바로 전후 국가의 가부장적 ‘재건’인 것이다. 서강옥이 애초에 거기 포섭될 수 없어 매장되어야 할 여성 존재라면, 주인공 허형재는 그러한 재건의 담론으로부터 벗어날 수 없는 남성 주체라고 할 수 있다. 그는 “문둥이와 같은”(144) 떼스마스크에 치를 떨지만 결국 “떼스마스크만두 못한”(30) 맨얼굴을 견딜 수 없기에 결국 그 자신도 떼스마스크를 주워 쓸 수밖에 없다.

그것은 (남성) 성장의 매커니즘과도 동일하다. 아버지의 질서 아래, 성장이란 어머니를 거부하고 욕망을 거세당함으로써 비로소 가능한 것이며 주체에게 있어 필수적이다. 성장의 반의어는 비정상이고, 비정상이란 곧 정체성의 상실과 죽음이다. 허형재가 어머니를 애도할 시간도 주어지지 않고 그의 얼굴에는 떼스마스크라는 낙인이 찍힌다. 이는 전쟁의 기억을 애도하지 못하고 급작스레 재건과 성장이라는 기치 아래 내던져진 1950년대 대한민국의 현실과도 비슷하다. 전쟁의 외상을 비롯하여 국가 재건 담론에 포섭되지 않는 비국민의 존재는 모두 우굴우굴 썩은 호박이 되어 새하얀 떼스마스크 아래 매몰된다. 소설의 마지막, 허형재가 서강옥을 찾아 헤매는 것을 방해하며 쏟아져 내리는 눈은 따라서 순백의 새하얀 이미지로 "유굴유굴 호박 썩은"(29) 세상을 매장하고 있는 것이다. 눈 속에 파묻혀 기절해있던 허형재는 서강옥이 양공주가 되었다는 소식을 들으며, 병빈 군과 조영매라는 이상적인 남성상과 여성상의 결합을 통해 오이디푸스 콤플렉스를 통과한다. 그리하여 마지막, 그는 자기 얼굴에서 바로 그 떼스마스크를 본다.

이때 허형재가 쓰게 되는 떼스마스크가 그를 끝없이 공장으로, 그리고 정상적인 남성 사회의 일원으로 복귀시키는 병빈 군의 "부릅"(32)뜬 눈에 의해 씌워지는 것임을 주목할 필요가 있다. 상징적인 아버지이자 당대 국가 담론이 요구하던 이상적 남성으로서 병빈 군은 허형재에게 떼스마스크를 씌우며 그를 정상성의 세계에 강제로 편입시킨다. 그런가하면 강제로 혼인이라는 입사 과정을 겪게 된 자기 누님과 자기와의 낭만적 사랑을 기대하며 미소 짓는 조영매의 얼굴에서도 허형재는 떼스마스크를 본다. 이때의 떼스마스크란 당시 여성 담론에 의해 제도화된 여성성과 그 균열로 이해할 수 있다. 지배담론이 규정한 '여성'이 되기 위해 여성들이 떼스마스크를 써야 했음을 소설은 역설하는 것이다. 그것은 결국 당시의 남성적 주체되기를 모방하되 그것과의 간극을 유지하는 것이었다.

아프레걸이자 양공주로서 당대의 여성 문법을 거부하는 서강옥의 얼굴에서만 떼스마스크가 발견되지 않던 것과 떼스마스크를 경멸하던 허형재가 서강옥에게 매혹되었던 것은 그러한 맥락에서 이해될 수 있다. 서강옥이 끝끝내 사라지는 것과 달리, 허형재의 얼굴에는 결국 떼스마스크가 씌워지며 소설은 끝이 난다. 이는 전후 문학 장이 요구하던 바로 그 단적인 성장이지만, 서강옥으로 대표되는 비체는 끝없이 그 주변을 맴돌며 쌩볼릭의 불완전함을 상기시킬 것이다. 그것은 결국 죽은 자의 얼굴을 보존하기 위해 만드는 '떼스마스크'를 써야만 살 수 있는 주체의 불완전함이기도 하다.[53]

5. 『떼스마스크의 비극』이라는 역설

1950년대 한국전쟁 전후 국가담론은 이처럼 남성 주체의 성장을 강제하며 그에 수반되는 보조자로서의 여성 주체를 호명하고 있었으며, 당시 문학에 대한 평가란 주로 전후 세대로 대표되는 신세대 남성 문인들의 문학에 대한 평가였다. 이때 평가의 대상이 되는 문학이란 대중문학이나 통속문학과 대비되는 의미에서의 순수문학으로 규범화되었다. 본고에서는 최정희의 『떼스마스크의 비극』이 그 모든 담론에 편승하면서도 동시에 그 경계에 대한 비판 지점을 내포하고 있음을 확인하였다. 『떼스마스크의 비극』은 그 자신이 신문소설로서 신문소설의 상업성을 비판하고, 동시에 그 반대편에 위치한 순수문학의 위선까지도 간접적인 비판의 대상으로 삼고 있었던 것이다. 또한 소설이 멜로드라마적 서사를 완결 지으면서도 동시에 그것을 배반하는 모습은 당시 문학 장의 규범화에 의해 탄생한 순수문학이 자기의 타자로서 감상적이고 대중적이고 여성적이라고 호명하던 바로 그 통속문학의 정의가 사실은 모호한 것임을 은밀한 방식으로 고발한다.

이때 고발을 위하여 '쓸' 수밖에 없는 쌩볼릭의 언어 그리고 가면은 그

53 『떼스마스크의 비극』이 연재되고 1년 뒤, 최정희는 대중지 『희망』에 연재한 『끝없는 낭만』에서 양공주인 주인공 '나'가 자살한 날 세상에 "하늘과 땅의 구분을 지을 수 없도록 아득히"(최정희, 『끝없는 낭만』, 동화출판사, 1958, 319쪽.) 눈이 내리게 한다. 그것은 '나'의 약혼자였던 민족적 남성 주체 배곤이 눈을 치워 길을 트는 행위로 이어진다. 눈을 치우는 남성 주체의 행위는 죽음을 통해 정화된 양공주라는 비국민 존재들을 제거하며 다시 하늘과 땅의 구분을 짓는 것이다. 『떼스마스크의 비극』에서 죽지 않고 사라지던 서강옥은 그런 식으로 『끝없는 낭만』에서 봉합된다. 그것은 새하얀 눈으로 상징되던 『떼스마스크의 비극』 속 떼스마스크가 치워지는—벗겨지는 과정이 아니라, 오히려 결코 벗을 수 없는 가면이 되어 사회의 맨얼굴에 녹아드는 과정으로 이해해야 할 것이다. 그것은 결국 양공주가 된 서강옥을 왜 죽여 버리지 않았냐는 허형재의 질문에 대한 작가의 답이 되기도 할 것이다.

자체로 여성적 복화술의 상징이 될 수 있다. 심진경이 최정희 소설의 특징으로 제시한 "맨 얼굴을 드러내기 위한 이중의 자기부정",[54] "여성적 욕망을 은폐하기 위한 일종의 고안품",[55] 스스로를 희생양 삼음으로써 살아남는 "자기방어의"[56] 여성성은 당시의 문학 담론 그리고 국가 담론과 결부하여 『떼스마스크의 비극』을 통해 현시되고 있다. 이는 최정희 문학의 특징인 제도화된 여성성 그리고 가면의 이미지가 1930년대를 지나 1950년대까지 이어지고 있음을 보여준다. 관련하여 최정희의 다른 소설들과 다르게 『떼스마스크의 비극』 속 주인공은 남성이라는 점에 주목할 수 있을 것인데, 주인공 허형재가 자기 누님과 조영매의 웃는 얼굴에서 보고 기피하던 떼스마스크란 사실상 그가 쓰게 될 바로 그것과 크게 다르지 않다. 사실상 그는 자기의 미래를 면죄부 삼아 떼스마스크의 비극을 역설할 수 있었던 것이다.

따라서 『떼스마스크의 비극』이 일종의 자기고발을 통해 드러내는 전후 당시 국가 담론의 폭력성은 결국 문학적 존재의 비겁함으로 이어진다. 그리고 현실을 떠나있는 순수한 예술이란 존재하지 않는다는 결론에 다다른다. 순수와 비(非)순수는 선택할 수 있는 차원의 문제가 아니다. 이러한 문학적 주체는 언어적 주체로 확대되며, 결국 사회 속에 존재하는 주체란 사회의 외존재를 통해서만 자기 존재를 확인할 수 있는 비겁한 존재임이 밝혀진다.[57]

---

54 심진경, 앞의 책, 57쪽.

55 위의 책, 58쪽.

56 앞의 책, 59쪽.

57 이후 4.19에 대한 자신의 경험을 고백하는 수필 「피에 물든 상의」(1962.4)에서 최정희는 시위 때 한 몸이 된 것처럼 함께 춤을 추고 저항하던 이름 모를 누군가를 4.19 이후 다시 길거리에서 마주칠 때마다 그의 얼굴에서 이미 자기가 시위 때에 보았을 "떼스마스크"를 보게 된다고 고백한다. 시위에 함께 참여했던 그 누군지 모를 이의 얼굴은 떼스마스크가 되어 최정희에게 일상의 파열과도 같았던 시위의 기억을 떠올리게 한다. 그러나 최정희는 그에게 이름을 묻거나 관련된 이야기를 꺼내지 않는다. 상대편도

썩은 얼굴을 그대로 드러내며 서사 뒤로 사라질 용기가 없는 비겁한 존재들이 마찬가지로 비겁한 존재들을 응시할 때 발생할 수 있는 것은 씁쓸한 비웃음이다. 주체가 된다는 것은 곧 타자가 된다는 것이므로 온전한 의미에서의 주체는 없다. 결국 진정한 의미에서의 자유를 추구하기란 현실적으로 불가능함을 『떼스마스크의 비극』은 드러낸다. 순백의 떼스마스크가 증명하는 것은 당대 국가 담론이 내재한 가부장적 폭력성과 불안정성, 그리고 그 이면에서 썩어가는 시대의 맨얼굴인 것이다.

마찬가지로, 그들은 단순히 목례만 나눈 채 그날의 기억을 침묵 속에 남겨둔다.(최정희, 「피에 물든 상의」, 1962.4, 『젊은 날의 증언』, 육문사, 1962, 276-278쪽.)

● **참고문헌**

1. 기본 자료
최정희 저, 이병순 편, 『떼스마스크의 비극, 그와 그들의 연인』, 푸른 사상, 2018.

2. 논문 및 단행본
김동윤, 「1950년대 신문소설의 위상」, 『대중서사연구』 17, 대중서사학회, 2007, 7-41쪽.
______, 『신문소설의 재조명』, 예림기획, 2001.
김복순, 『"나는 여자다", 방법으로서의 젠더, 최정희론』, 소명출판, 2012.
김윤식, 「6·25전쟁문학—세대론의 시각」, 『문학사와 비평 1』, 1991.
김은하, 「전후 국가 근대화와 "아프레 걸(전후 여성)" 표상의 의미」, 『여성문학연구』 16, 2006, 177-209쪽.
박찬부, 「라캉의 의미론」, 『비평과 이론』 16, 한국비평이론학회, 2011, 83-106쪽.
송화춘·이남호 편, 『1950년대의 소설가들』, 나남, 1994.
심진경, 「문단의 '여류'와 '여류문단'—식민지 시대 여성 작가의 형성과정」, 『상허학보』 13, 상허학회, 2004, 277-316쪽.
연남경, 「현대 비평의 수립, 혹은 통설의 탄생」, 『한국문화연구』 36, 이화여자대학교 한국문화연구원, 2019, 39-78쪽.
이병순, 「1950년대 중반 최정희의 장편소설 연구—<떼스마스크의 비극>과 <그와 그들의 연인>을 중심으로」, 최정희 저, 이병순 편, 『떼스마스크의 비극 그와 그들의 연인』, 푸른 사상, 461-479쪽.
이봉범, 「1950년대 신문저널리즘과 문학」, 『반교어문연구 29』, 반교어문학회, 2010, 261-305쪽.
이상원, 「제2국민병의 소설화 양상에 대한 일고찰」, 『한국문학논총 61』, 한국문학회, 2012, 209-236쪽.
이재선, 『한국현대소설사』, 홍성사, 1979.
조미숙, 「1950년대 말 여성 작가의 서사전략—장편소설 『끝없는 낭만』, 『빛의 계단』을 중심으로」, 『한국문예비평연구』 63, 한국현대문예비평협회, 2019, 117-146쪽.

최정호 · 강현두 · 오택섭, 『매스미디어와 사회』, 나남, 1990.
최정희, 『끝없는 낭만』, 동화출판사, 1958.
최정희, 『젊은 날의 증언』, 육문사, 1962쪽.
표유진, 「1950년대 소설의 여성 표상 전유와 몸 연구: 정연희, 한말숙, 강신재를 중심으로」, 이화여자대학교대학원 석사학위논문, 2020.
한수영, 「'1950년대 문학' 연구가 온 길과 나아갈 길」, 『민족문학사연구』 22, 민족문학사학회, 453-464쪽.
허윤, 「1950년대 전후 남성성의 탈구축과 젠더의 비수행」, 『여성문학연구』 30, 한국여성문학학회, 2013, 43-71쪽.
황수남, 『최정희 문학 연구』, 문예 운동사, 2012.
홍태영, 「민족주의적 통치성과 국민 만들기: 해방 이후 남한에서 반공과 경제개발 주체로서 국민의 탄생」, 『문화와 정치』 6, 2019, 101-138쪽.

니콜라스 루만, 『열정으로서의 사랑』, 정성훈 · 권기돈 · 조영훈 옮김, 새물결, 2009.
미셸 푸코 저, 오생근 역, 『감시와 처벌』, 나남출판, 2007.
리타 펠스키, 『근대성의 젠더』, 김영찬 · 심진경 옮김, 자음과모음, 2020.
줄리아 크리스테바, 『시적 언어의 혁명』, 김인환 옮김, 동문선, 2000.
__________, 『공포의 권력』, 서민원 옮김, 동문선, 2001.
지그문트 프로이트, 『정신분석학의 근본개념』, 윤희기 · 박찬부 옮김, 열린 책들, 2019.
피터 브룩스, 『멜로드라마적 상상력』, 이승희 · 이혜령 · 최승연 옮김, 소명출판, 2018.

3. 기타 자료

「신문소설필자에 여자가 많다는 이유가 그럴듯」, 『경향신문』, 1965.4.8.
박석준, 「그 소설의 여주인공은 작가인가」, 『여원』, 1968.11.
임긍재, 「5월 창작 점묘—창작의 진지성과 안이성」, 『동아일보』, 1955.5.31.
정충량, 「최정희 작—『끝없는 낭만』」, 『동아일보』, 1959.1.18.
조연현, 「신문연재 소설의 위기 下」, 『동아일보』, 1953.6.5.

12장

전후 청년여성의 일과 사랑

— 임옥인의 『젊은 설계도(設計圖)』(《조선일보》, 1958.6.15~12.14)론

김예람

1. 들어가며

본 논문은 임옥인의 『젊은 설계도(設計圖)』(《조선일보》, 1958.6.15.~12.14.) 작품론으로서 소설에 재현된 부산 피란에서 서울 환도 이후 청년여성의 일과 사랑이라는 주제와 1950년대 여성 작가에 의해 창작된 대중문학의 민주주의적 상상력을 밝히는 데에 목적이 있다.[1]

임옥인(林玉仁, 1911~1995)은 이태준의 추천으로 '여류(女流)'라는 호명과 함께 『문장』에서 『봉선화(鳳仙花)』(1939.8), 『고영(孤影)』(1940.5), 『후처기(後妻記)』(1940.11)를 통해 등단한 소설가다.[2] 임옥인 소설의 본령(本領)이 대중문학과 신문연재소설에 있다는 점은 평생 창작한 장편소설 13편이 모두 전후 1954년부터 1975년까지 신문잡지에 발표된 사실로 확인된다.[3]

---

1 본 논문에서 참조하는 『젊은 설계도』의 판본은 임옥인 작(作) · 한봉덕(韓奉德, 1924~1997) 화(畵)로 1958년 6월 15일부터 동년 12월 14일까지 총 183회로 연재된 《조선일보》 원문이다. 텍스트 인용 시 괄호 안에 횟수를 표기한다.

2 임옥인이 『문장』에 발표한 단편소설은 『봉선화』(1939.8), 『고영』(1940.5), 『후처기』(1940.11), 『전처기(前妻記)』(1941.2), 『산(産)』(1941.3) 총 5편이다.

3 임옥인이 평생 발표한 장편소설은 『그리운 지대』(《기독공보》, 1954), 『기다리는 사람

기존의 문학사에서 임옥인은 한국전쟁 이전 최정희, 손소희,[4] 한국전쟁 이후 최정희, 박화성과 간략하게 이름만 언급되거나, 임옥인의 출세작이자 1956년 제4회 자유문학상 수상작인 『월남전후(越南前後)』(『문학예술』, 1956. 7.~12.)가 월남체험이라는 전기적 사실을 소재로 한 자전소설로서 "여성작가의 시선으로 관찰한 해방 직후의 북한 실정에 대한 보고서"[5]로 소개되는 정도다. 그런데 본 논문이 대상 텍스트로 선정한 『젊은 설계도』는 『월남전후』에 버금가는 1950년대 임옥인의 대표작이라고 할 수 있는데 임옥인의 자서전인 『나의 이력서』에서 밝힌 다음과 같은 회고가 이를 뒷받침한다.

> 내 작가 생활은 자유문학상을 수상한 후로 본궤도에 접어든 듯이 자기 자신에게도 느껴졌다. 이때 작가로서 각광받는 작업의 하나가 '라디오의 연속낭독'이었다. 텔레비전이 없던 시절이어서 방송 매체로는 KBS 라디오가 온 국민의 귀를 온통 모으다시피하고 있을 때였으니, 이 전파를 타고 자신의 작품이 소개된다는 것은 작가로서의 결정적이며 화려한 무대가 아닐 수 없었다.[6]

『월남전후』가 1956년에 KBS 연속낭독, 1959년에 KBS 대일낭독, 대북방송되었던 것과 마찬가지로 『젊은 설계도』도 1959년에 CBS 연속낭독되

들』(『신태양』, 1954~1956), 『월남전후』(『문학예술』, 1956), 『젊은 설계도』(《조선일보》, 1958), 『들에 핀 백합화를 보아라』(『새가정』, 1958~1960), 『사랑 있는 거리』(『새가정』, 1960~1962), 『힘의 서정』(《동아일보》, 1961~1962), 『장미의 문』(『자유문학』, 1960~1961), 『소의 집』(『최고회의록』, 1962~1963), 『돈도 말도 없을 때』(『새가정』, 1965~1966), 『일상의 모험』(『현대문학』, 1968~1969), 『일용의 양식』(『새가정』, 1972), 『방풍림』(『월간문학』, 1973~1975) 총 13편이다.

4 이재선, 『현대한국소설사 1945~1990』, 민음사, 1991, 73면.

5 권영민, 『한국 현대문학사 2-1945~2010』, 민음사, 2020, 137-138면.

6 임옥인, 『나의 이력서』, 정우사, 1985, 127-128면.

고, 1960년에는 임옥인의 장편소설 중 유일하게 영화화된다.[7] 그럼에도 불구하고 임옥인의 작품론이 《조선일보》에 실린 대중문학인 『젊은 설계도』와 대조적으로 유독 『문학예술』에 실린 본격문학인 『월남전후』에 편중되어있는 실정에 관해서는,[8] 현대 비평의 수립 과정에서 '여류'라는 호명과 함께 "한국전쟁 이후라는 독특한 시기에 반짝 등장한 많은 여성 작가들은 문단의 비주류로 밀려나는 과정을 거치며 다수가 장편 연재소설 창작으로 선회"했고, "당대 비평 담론은 남성 비평가(작가)에 의해 선취되었기에 문학 비평의 주체로서 여성의 역할은 부재"[9]하여 1950~60년대 여성 작가들의 대중문학과 신문연재소설에 관한 전면적인 연구의 필요를 제기한 연남경의 논의가 일정한 시사를 준다.

『젊은 설계도』가 발표된 1950년대 대중소설 지형에서 전후 사회적 진

---

7 베네딕트 앤더슨은 20세기 중반 민족주의에서 공동체를 상상하는 데 기여한 라디오의 역할에 주목하면서 라디오로 인해 "인쇄물이 거의 뚫고 들어오지 못한 곳에서 인쇄물을 우회해 상상된 공동체의 청각적 표상을 소환하는 것이 가능해졌다"라고 말한다. 임옥인의 장편소설 중 '라디오 연속낭독'된 『월남전후』가 대표적인 '월남서사'라면 『젊은 설계도』를 일종의 '환도서사'로서 규정하고 한국전쟁 이후 두 텍스트가 수행한 대사회적 역할에 관해서도 구명해볼 수 있을 것이다(베네딕트 앤더슨, 『상상된 공동체－민족주의의 기원과 보급에 대한 고찰』, 서지원 옮김, 도서출판 길, 2018, 96면).

8 대표적인 임옥인의 『월남전후』 작품론을 열거하면 다음과 같다. 하신애, 「해방기 여성/신체의 이동성과 (피)난민 연대의 건설－임옥인의 『월남전후(越南前後)』(1956)를 중심으로」, 『한국현대문학연구』 62, 한국현대문학회, 2020; 류진희, 「월남 여성 작가의 '이북'공간－임옥인의 『월남전후』와 박순녀의 『어떤 파리』의 경우」, 『여성문학연구』 49, 한국여성문학학회, 2020; 오태영, 「냉전-분단 체제와 월남서사의 이동 문법－황순원의 『카인의 후예』와 임옥인의 『월남전후』를 중심으로」, 『현대소설연구』 77, 한국현대소설학회, 2020; 김주리, 「월남 여성 지식인의 내면과 박순녀의 소설－상실한 고향 서사를 중심으로」, 『한민족문화연구』 66, 한민족문화학회, 2019; 정혜경, 「월남 여성 작가 임옥인 소설의 집 모티프와 자유」, 『어문학』 128, 한국어문학회, 2015; 김주리, 「월경(越境)과 반경(半徑)－임옥인의 『월남전후』에 대하여」, 『한국근대문학연구』 31, 한국근대문학회, 2015; 차희정, 「해방전후 여성 정체성의 존재론적 구성과 이주－임옥인의 『越南前後』를 중심으로」, 『여성문학연구』 22, 한국여성문학학회, 2009.

9 연남경, 「현대 비평의 수립, 혹은 통설의 탄생－1959년 백철과 강신재의 논쟁에 주목하며」, 『한국문화연구』 36, 이화여자대학교 한국문화연구원, 2019, 68, 73면.

출을 꾀했던 직업여성의 존재는 남성 작가 정비석의 『자유부인』(《서울신문》, 1954.1.1.~8.6.)에서 재현된 바 있다. 이 텍스트에서 주인공 오선영이라는 직업여성의 '자유'와 '화교회(花交會)'로 상징되는 여성들 간의 사회적 교제는 윤리적 타락으로 의미화되며 최종적으로 오선영의 귀가(歸家)를 통해 가부장적 질서로 수렴된다. 그리고 '여류'라는 호명이 특히 1950년대 비평 담론에서 배타적으로 젠더화되었다는 것은 강신재, 구혜영, 손소희, 임옥인, 한무숙, 박경리 등을 남성 작가들과 구별하여 획정하는 남성 비평가들의 발화 방식에서 확인되며,[10] 이러한 방향의 문학장 재편 가운데 김말봉이 여류라는 호명을 두고 "나는 단 한 번이라도 내가 여자니까 여자다운 글을 써야겠다고 생각한 일은 없다. 더욱이 여자이기 때문에 어떻게 써야 된다는 외부적 제한을 받은 일도 없다. 나는 항시 붓을 쥘 때는 한 개 '사람'으로서, 맘에 생각나는 대로 쓸 뿐이다"[11]라고 말한 것은 당대 비평 담론이 여성 작가의 텍스트에 취했던 관습적 시각과 독해 방식을 넘어설 것을 촉구한다.

실제로 부산 피란에서 서울 환도 이후 청년들 특히 '청년여성'[12]의 사회적 삶을 이야기의 초점으로 설정하고 있는 『젊은 설계도』는 《조선일

10 손우성, 「여류와 신인 작품의 비중-7·8월 창작평」, 『사상계』 26, 1955.9; 이어령, 「1957년의 작가들」, 『사상계』 54, 1958.1.

11 김말봉, 「여류작가와 여인」, 《동아일보》, 1958.4.24.

12 본 논문에서 사용하는 '청년여성'이라는 용어는 1950년대 대중문학 텍스트에서 형상화되는 특정한 여성 인물형을 드러내고, 청년남성의 전유물로 이해되어왔던 4·19혁명의 또 하나의 동력으로서 청년여성의 존재를 부각하고자 의식적으로 사용한 것이다. 전후 한국사회에 진출한 청년여성이라는 사회적 주체에 대해 김양선은 세대론과 젠더를 결합한 '여성-청춘'으로, 연남경은 '청년-여성'으로 명명한 바 있는데 문학적 담론과 사회적 담론 양자를 고려한 적절한 용어에 대해서는 계속 논의가 필요하다(김양선, 「195·60년대 여성-문학의 배치-『사상계』 여성 문학 비평과 여성 작가 소설을 중심으로」, 『여성문학연구』 29, 한국여성문학학회, 2013, 143면; 연남경, 「1950년대 문단과 '정연희'라는 위치-전후 지식인 담론과 실존주의 수용의 맥락에서」, 『구보학보』 27, 구보학회, 2021, 113면).

보》 사고(社告)에서 연재를 시작할 무렵 "여사가 추구하는 새로운 형태의 '모럴'은 문단에서도 특히 주목되는 바 있어 이번에 연재되는 소설은 커다란 문제를 던질 것"[13]이라는 기대와 연재를 마칠 무렵 "그간 독자 여러분의 갈채를 받으면서 연재해오던 임옥인 여사의 장편소설 『젊은 설계도』는 신문소설에 있어서 숙제로 되어있던 문학적인 성과를 크게 거둔 가운데 근일 중에 끝을 맺게 되었습니다"[14]라는 그 기대의 충족을 공공연하게 드러낸 것처럼 신문소설로서는 대중성과 문학성을 확보한 작품이었다.

그러나 『젊은 설계도』는 동시대 비평은 물론 연구자들에게도 제대로 조명되지 않았는데 기존논의를 검토하면 1950년대 신문소설 전반을 검토하고 있는 김동윤은 소설 속 'YWCA'나 '여성법률상담소'와 같은 단편적인 에피소드에 주목하여 텍스트의 "친미이데올로기"와 "여성주의적 입장"[15]을 읽어낸다. 그리고 최근 2020년에 이르러서야 이 소설에 주목하여 임옥인의 다른 텍스트들과의 연관성 속에서 작품의 의미를 독해하기 시작했는데 권혜린은 YWCA라는 여성 공동체에 주목하여 "여성이 국제적으로 모두 '연결'되어 있다는 인식"[16]을 밝혔고, 김주리는 "1950~60년대 임옥인 소설에서 건축에 대한 욕망은 전후 재건열과 연계되어, 집을 건축함으로써 가부장으로 인한 가정의 문제를 해결하고 일하는 여성으로서 새출발의 지향성을 드러낸다"라는 해석 위에서 미셸 푸코의 헤테로토피아(Heterotopia) 개념을 원용하여 "YWCA는 동창 여성이라는 이름, 기독교라는 믿음으로 여성의 자매애를 구현하는 다른 공간"[17]이라고 밝혔다. 그러나 이러한 기존논의들은 텍스트의 단편적인 소재나 삽화에만 주목하고

---

13 「사고(社告)」, 《조선일보》, 1958.6.5.

14 「사고(社告)」, 《조선일보》, 1958.11.21.

15 김동윤, 『신문소설의 재조명』, 예림기획, 2001, 83, 138면.

16 권혜린, 「역동하는 사랑들－임옥인」, 『이화어문논집』 50, 이화어문학회, 2020, 347면.

17 김주리, 「임옥인 소설의 장소애와 헤테로토피아」, 『구보학보』 26, 구보학회, 2020, 339, 353면.

있는데 꼼꼼한 읽기를 시도하면 『젊은 설계도』는 전후 한국사회에서 예외적으로 부상했던 청년여성, 직업여성, 독신여성이라는 존재들의 인물형상화는 물론 커리어우먼의 대중 친화적 직업관, 커리어우먼 간의 사제 관계, 커리어우먼의 일과 사랑의 양립 문제, 민주주의적 가정의 모색 문제가 이야기의 중요한 논리가 되면서 다채로운 해석의 가능성을 제기한다.

특히 대중문학이자 신문연재소설인 『젊은 설계도』는 윤리적 질서가 파괴된 임시수도 '부산'과 전후 윤리적 질서가 재건되는 '서울'의 명백한 공간적 대비와 그와 결부된 인물들 간의 대비를 통해 기성의 가부장적 모럴과는 구별되는 청년여성을 중심으로 한 새로운 민주주의적 모럴을 제시하고 있다. 대중문학의 민주주의적 상상력에 관해서는 피터 브룩스의 멜로드라마적 상상력이 일정한 참조가 되는데, 피터 브룩스는 멜로드라마를 재신성화(resacralization)를 향한 충동을 가진 '민주적인' 예술로 규정하면서 "도덕적 질서에 관한 전통적인 패턴들이 더 이상 필수적인 사회적 접착제를 제공하지 못하는" 현실에서 멜로드라마는 "파괴된 현실에 대한 재현을 통해 해체된 신성함의 윤리적 · 심적인 파편들과의 접촉을 회복"하고 "도덕적 감정들을 재배치하고 재명료화하여 옳은 것의 기호들을 찬양"[18]한다고 주장한다. 『젊은 설계도』라는 텍스트는 단적인 예로 "지금은 도루 조화를 모색하는 시대라구 보는데요"(26회)라든가 "전쟁이나 모든 혼란 속에 잃어버린 고귀한 것에의 복귀(復歸)라구 할까요!"(101회)라는 작중 인물들의 말처럼 전후 한국사회 저류에 흐르던 재신성화를 향한 강력한 열망과 일과 사랑이라는 사회적 영역에서 청년여성이라는 주체를 중심으로 한 새로운 모럴의 탐색을 신선한 감각으로 그려내고 있다.

논의의 구성은 다음과 같다. 2절에서는 '청년여성의 일'에 초점을 맞춰

---

18 피터 브룩스, 『멜로드라마적 상상력－발자크, 헨리 제임스, 멜로드라마, 그리고 과잉의 양식』, 이승희 · 이혜령 · 최승희 옮김, 소명출판, 2013, 53, 55, 88면.

이야기 전개에 따라 청년여성 주인공의 직업관이 확립되어가는 과정과 주변 인물들과 맺는 사회적 관계의 특징을 살피고, 3절에서는 '청년여성의 사랑'에 초점을 맞춰 일과 사랑의 양립 가능성이 타진되고 현실화되어가는 과정과 소설의 제목이자 이야기의 결말로서 제시되는 '젊은 설계도'의 의미를 살피고자 한다.

2. 대중 친화적 직업관과 커리어우먼 간의 사제 관계

『젊은 설계도』의 청년여성 주인공인 강난실은 서울 명동에서 부산 피란 시절에 개점한 '마아가레ㅌ양장점'을 운영하고 있는 패션디자이너다. 『젊은 설계도』에서 청년여성 주인공이 서울 명동의 커리어우먼으로 설정된 점은 텍스트의 중요한 서사적 특징들과 연결된다. 첫 번째로 패션이라는 소재는 전후 서울의 "시대적 감각을 이처럼 단적으로 표현할 수 있는 일"(12회)로서 비유적으로 표현한다면 이를 통해 텍스트는 '동시대성'의 옷을 입게 된다. 두 번째로 이야기의 무대인 "난실이가 내어다보는 명동거리―그것은 서울의 축도[縮圖]"(44회)로서 명동은 전후 한국사회의 상징적인 축소판이 된다. 세 번째로 전후 한국사회에 예외적으로 진출했지만 아프레걸, 자유부인, 양공주로 호명되던 커리어우먼들의 진지한 직업세계를 조명할 수 있게 된다.

『젊은 설계도』의 이러한 이야기-시간, 이야기-공간, 그리고 인물 설정은 전작 『월남전후』처럼 임옥인 작가 자신의 직접적인 체험이 아니라 임옥인과 교류했던 실존 인물로부터 취재한 것에 기인한다. 임옥인 소설의 발상법이 주로 전기적인 사실에서 출발한다는 점을 감안하면 『젊은 설계도』는 임옥인 소설 중에 특별히 작가가 작품의 소재로부터 객관적인 거리를 확보한 텍스트라고 할 수 있다. 임옥인의 자서전 『나의 이력서』에는

『젊은 설계도』의 작중 인물의 모델로 추정되는 사람들이 다음과 같이 소개된다.

> 별명은 없지만 빼놓을 수 없는 또 하나의 딸이 김태숙(金泰淑)이다. 왕십리집 이웃에 살았는데 열세 살부터 나를 '엄마엄마'하며 따라다니던 귀여운 소녀였다.
>
> 현원국[玄垣國] 목사님 부인 신애균[申愛均] 선생의 올케 되는 최경자(崔敬子) 여사께 부탁, 그가 운영하는 국제복장학원에 다니게 했는데 지금은 당당한 디자이너로 명동에서 양장점을 경영한다.[19]

명동에서 양장점을 경영한다는 디자이너 김태숙(金泰淑)과 국제복장학원을 운영한다는 최경자(崔敬子, 1911~2010)는 『젊은 설계도』에서 강난실과 은사 S여사를 연상시킨다. 주지하듯 최경자는 한국 패션계의 대모로서 1936년 오차노미즈양장전문학교를 졸업하고 1938년 한국 최초의 양재학원인 함흥양재전문학원을 설립했던 패션디자이너다. 물론 이러한 실존 인물들과 『젊은 설계도』의 작중 인물들 간의 유사성이 중요한 것은 아니지만 적어도 임옥인의 작품 세계에서 『젊은 설계도』는 작품의 제재로부터 작가가 허구적인 거리를 확보한 소설로서 전후 한국사회의 소설화에 유의미한 조건이 되었음은 분명하다.[20]

19 임옥인, 앞의 책, 138면.

20 『젊은 설계도』에 형상화된 강난실의 부산 피란체험이 작가 자신의 체험인지에 관해서는 불분명하다. 기존의 임옥인 연보에서는 피란지가 대구로 정리되어 있지만, 임옥인의 회고에서는 대구와 부산이 동시에 다음과 같이 쓰여있다. "전 [영을(全榮乙)] 박사는 그 후, 1·4후퇴에 월남하셨고 '남대문 김서방' 찾듯 내내 나를 찾아주신 끝에 우리는 피난지 부산서 감격의 해후를 할 수가 있었다.", "피난지 대구에서의 3년간을 나는 깊은 실의와 스스로 신경을 마멸시키는 자학 속에서 지냈다."(임옥인, 앞의 책, 79, 113면)

『젊은 설계도』는 이야기 전개에 따라 강난실이 부산 피란 시절 동서(同棲)하고 유산까지 했던 전 연인 고혁이 주간(主幹)인 여성 잡지 『숙녀계(淑女界)』로부터 청탁받은 원고인 「나의 복장관(服裝觀)」을 확립해나가는 내면을 섬세하게 서술하고 있다. 주목할 점은 패션디자이너 강난실이 정립하는 복장관이 단순히 직업적인 문제로만 국한되지 않고 청년여성의 개성과 사회적 정체성의 확립 문제와 긴밀하게 연결되어 있다는 점이다. 강난실은 "감정과 일은 다른 거야"(13회)라는 다짐과 "고혁이가 주관하는 잡지에 기고(寄稿)하지 않더라도 역시 그런 제목의 이론을 세우고 또 발표할 필요가 있었다"(72회)라는 서술처럼 「나의 복장관」이라는 원고 청탁을 계기로 커리어우먼으로서 자신의 직업에 관한 입장을 정립해나가는데 그 과정은 다음과 같다.

> 양장이 일부 하이칼라 여성의 전유물(專有物)이 아니라 어떻게 하면 가정에, 직장에, 일반 사회에 보편화(普遍化)할 수 있을까? [···] 양재점에서 극소수의 고객에게 고급품을 제작해서 공급하는 것보다는 값싸고 활동적이며, 보기 좋은 양장을 다량으로 제품해서 대중의 요구에 응하는 것도 첩경이다. 또한 무엇보다도 기술을 보급하여 양재가 가정화(家庭化)해야 할 것이다.(72회)

> 외래품을 가지고 일부의 요구에만 응하는 양재의 방향은 가정으로 직장으로 일반에 보편화돼야 한다는 지론(持論)을 갖고 있는 강난실은 일부 보이기 위한 양장 쇼 같은데는 이미 흥미를 잃고 있는 것이다.(96회)

강난실의 복장관이란 양재가 하이칼라 여성과 같은 일부 계층에만 편중되지 않고 모든 여성에게 보편화, 대중화, 그리고 가정화되는 것이다. 특히 대량으로 생산하는 방법보다 기술을 보급하여 모든 여성이 가정에서 양재를 하도록 하는 것이 중요하다는 강난실의 인식은 그 자체로 대중 친화적이고 민주적이다. 강난실은 스스로 복장관을 구체화하는 일이 "고혁에게 대한 항변이요, 도전이라는 것을 생각하고 고소를 금치 못했다"라고 생각하면서도 그 계기가 어떻든 간에 "가슴에 퍼져오는 어떤 자신과 기쁨을 또한 감출 수가 없었다"(125회)라는 자긍심을 가진다. 강난실이 전문직 여성임에도 불구하고 자신의 양재 기술을 대중에게 보편화하고자 하는 이유는 복장이 한 개인의 고유한 개성을 드러낸다는 인식 때문인데 강난실이 유행만 따르는 여대생들을 향해 "감과 스타일을 자기답게 택하는 그 개성(個性)이 재미있는 거죠!"(47회)라고 조언한 것은 단적인 예며 또한 복장이 개성과 직결된다는 인식은 임옥인의 작가의식과도 맞닿아있는데 임옥인의 「의상관(衣裳觀)의 확립」이라는 글이 일정한 참조가 된다.

> 복장관의 확립이란 말은 바꾸어 표현한다면 인생관의 확립을 일컫는다. […] '옷을 입느냐?' '옷에 입히느냐?'의 문제는 주체성 바로 그것에 직결된 얘기이므로 의상생활은 자신의 밑천을 전부 드러내는 것이라고 생각한다.[21]

강난실의 대중 친화적이고 민주적인 직업관이 한 개인의 고유한 개성을 전제로 한다면 『젊은 설계도』의 기존논의에서 반복적으로 주목된 여성 공동체로서 YWCA(Young Women's Christian Association)의 문학적 의미는 조심스럽게 재고될 필요가 있다. 『젊은 설계도』에서 제시되는 여성 공동체는 임옥인의 다른 소설들 특히 『월남전후』와의 연관성 속에서 이해되어야 하는데, 『월남전후』에서 작가적 분신인 김영인이 해방 공간에서 농촌부녀계몽운동을 위해 결성한 여성 공동체인 가정여학교(家政女學校)와 또 하나의 여성 공동체인 여성 동맹 군인민위원회의 틈바구니에서 고민

21 임옥인, 「의상관(衣裳觀)의 확립」, 『지하수』, 성바오로출판사, 1973, 25면.

하다 혈혈단신으로 월남하게 된 결정적인 동기가 바로 "해방이 됐다고는 하지마는 그와 정반대로 내 환경이나 개성이 마치 거미줄에 얽혀든 벌레처럼 앞도 뒤도 콱 막혀진 듯한 답답함을 느끼지 않을 수 없었다"[22]라는 개성이었기 때문이다. 임옥인 작가론에서 『월남전후』 속 김영인이 "가족과 학생들을 두고 혼자 월남을 결행함으로써 공동체의식에 대한 탐색은 미완의 주제로 남게 된다"[23]라는 정재림의 논의는 이를 뒷받침한다.

『젊은 설계도』에서 YWCA에 관한 서술을 검토하면 파리에서 유학한 패션디자이너 김경희는 강난실에게 "모교니 대학에서 열리는 YWCA 이년대회(二年大會)에 방청"(46회)을 권면하는데 서울시 YWCA 대표인 윤정애나 연합회 대표인 김경희와 달리 강난실이 방청객 자격으로 참석하는 명목 때문에 난색을 표하자 김경희는 "그럼! 모든 여성코게 문호(門戶)를 개방했는데 난실에게라구 그 문이 닫긴 줄 알어?"(50회)라고 말한다. 물론 『젊은 설계도』에서 YWCA는 "남한 각지에서 모여드는 전국여성대표들이 우거진 숲 사이에 우뚝우뚝 솟은 건물을 향해서 걸어가고 있었다. 중고등학생, 대학생, 그리고 일반 부녀들"(51회)이라든가 "YWCA는 국제적인 여성의 모임이라는 것을 실증(實證)하는 듯했다"(57회)라는 서술처럼 보편적이고 국제적인 여성 공동체로 제시되지만 강난실이 YWCA에 느끼는 어색함과 거리감이 내보이듯 서사의 초점인 강난실의 일과 사랑의 문제에 깊이 관여하지는 않는다.[24]

---

22 임옥인, 『월남전후(越南前後)』, 『한국문학의재발견－작고문인선집 임옥인 소설 선집』, 정재림 엮음, 현대문학, 2010, 84면.

23 정재림, 「임옥인의 삶과 문학」, 위의 책, 462면.

24 『젊은 설계도』에서 서로 동창으로 설정된 윤정애, 김경희, 강난실의 모교이자 YWCA 대회가 개최되는 대학교로 제시되는 'y대학'은 여러 단편적인 서술로 미루어 보건대 '이화여자대학교'다. y대학의 여자 기숙사 건물이 진관(眞舘), 선관(善舘), 미관(美舘)으로 제시되는 것이 그 증거다. 따라서 윤정애, 김경희, 강난실은 이화여자대학교 출신 즉 여대생 인물이라고도 할 수 있을 텐데, 이야기-공간으로서 이화여자대학교와 전후 대중문학에 등장하는 하나의 인물형으로서 '이대생(梨大生)'에 관해서는 별도의 고찰

오히려 『젊은 설계도』에서 YWCA보다 더 중요하고 새롭게 부상하는 관계는 바로 강난실과 은사 S여사 간에 맺어지는 '사제 관계'다. 커리어우먼 간의 사제 관계라고 할 수 있을 이 관계는 패션디자이너라는 직업적 특수성을 차치하더라도 『월남전후』의 가정여학교처럼 여성 간의 일대다(一對多)의 계몽 구도가 아닌 도제식(徒弟式)의 일대일(一對一)의 사제 관계를 형성한다. 특히 여성 계몽이라는 주제에 있어 동시대 여성 잡지 『여성계』, 『여원(女苑)』, 『주부생활』에서 남성이 '발신자'로 여성이 '수신자'로 설정되어 "잡지의 구도와 체계는 그 자체로 가부장적인 배치"[25]가 있었던 사정을 감안하면 『젊은 설계도』에서 형상화하고 있는 여성 간의 사제 관계는 남성에 의한 여성의 계몽도, 한 엘리트 여성에 의한 여성 대중의 계몽도 아닌, 한 개인의 개별성이 전제된 상태에서 이뤄지는 여성에 의한 여성의 계몽이라는 점에서 주목이 필요하다. 강난실과 S여사의 사제 관계는 다음과 같이 제시된다.

> 아직 기술을 더 닦을 때지 무엇을 운영한다는 것은 어림없는 일 같았으나 오빠의 그러한 격려로 해서 시작한 일이었다. 조수 두엇 견습생과 급사를 겸한 소녀 한 사람을 두고 '마아가레ㅌ양장점'이라는 간판을 붙이고 나이에 비해서 제법 의젓하게 운영해 나가는 셈이었다. 그 위에 은사 S여사의 후원도 있고 해서 별로 불안 없이 몇 달을 지냈다.(24회)

> 이 일이 은사 S여사에게 전해지지 않을 리 없었다.
>
> "난실이! 머리에서부터 손톱 끝까지 전 신경이 일감에 집중돼야 쓸 걸 알지 않아? 장사란 손님에게 대한 신용으로 돼가는 법인데 왜 그렇게 됐지?"

을 필요로 한다.

25 김은하, 「전후 국가 근대화와 "아프레 걸(전후 여성)" 표상의 의미」, 『여성문학연구』 16, 한국여성문학학회, 2006, 190면.

"선생님, 저두 몰라요. 생각의 줄이 끊어져서 손끝까지 닿지 않아요."

사실 S여사의 양재 교수법이란 지극히 엄격한 것이었다.

'스카아트' 단이 한 '미리' 틀려도 죄다 뜯게 했고, 일감에 구김살 하나 용납하지 않는 것이었다. 그러한 성미와 교수법에 가위 놀랄만한 성적을 발휘하여 개업 당시부터 지대한 촉망을 받아오던 난실의 일이라, S여사는 곧 자기 자신의 일처럼 매우 걱정하는 것이었다.(28회)

강난실이 임시수도 부산에서 은사 S여사의 후원으로 양장점을 개업해 커리어우먼으로서 사회적 활동을 시작했다는 점 그리고 강난실이 고혁과의 동거 생활에서 일과 사랑의 균형을 이루지 못하자 S여사가 스승으로서 제자를 준절하게 책망하는 모습을 보면 강난실의 삶의 영역에 깊이 관여하는 관계는 S여사와의 일대일의 사제 관계이다. 그리고 S여사와 강난실의 관계와 마찬가지로 강난실이 도제식으로 교육하고 키우는 견습생들의 존재도 확인할 수 있는데 "난실은 다시 재단가위를 들고 견습생 소녀들께 바느질을 지도하고 있었다"(39회)라는 서술도 텍스트 속 사제 관계의 중요성을 뒷받침한다. S여사와 강난실의 직업적인 유대관계는 강난실이 "양재는 생활 속으로 가정으로 직장으로 건실한 방향으로 이끌고 나가얄 텐데!"라고 자신의 직업관을 정립하면서 동시에 "그 점 은사 S여사의 지론(持論)과 실천은 가장 온당한 길이었다"(177회)라며 사사한 스승의 이론과 실천을 다지는 것으로 다시 한번 확인된다.

『젊은 설계도』에서 S여사는 커리어우먼의 모범이자 독신여성으로 형상화되는 인물이다. S여사의 반도호텔 패션쇼에 대부분의 작중 인물들이 참석할 만큼 S여사는 대내외적 명망이 높고 사회적 영향력을 행사하는 패션디자이너인데 S여사는 다음과 같이 제시된다.

S여사의 양장연구소로 갔다.

양재를 이십 년 동안이나 꾸준히 연구해온 S여사는 이젠 경제적인 지반이 잡혔을 뿐 아니라 양장계의 권위로서 널리 그 실력을 인정받고 있거니와 특히 그의 복장관이 건실하다는데 일반의 신뢰를 받고 있는 터였다.(116회)

의상은 자기표현이요, 또한 인격의 표현이라고 보겠는데 그렇다면 이번 쇼는 S여사의 인간을 웅변으로 말하고 있었다.

'선생님! 이번 쇼는 꼭 선생님 사진을 뵙는 것 같아요!'

그렇게 표현할 수밖에 없을 것 같았다.

'온건한 복장관'의 구현이기 때문이다. 그리고 S여사는 그러한 사람이었다.(121회)

S여사는 양장연구소를 운영하는 양장계의 권위자이자 패션쇼를 통해 자신의 복장관을 구현하고 있는 독신여성으로 강난실과의 대화에서 "우리네 일이 무리하지 않고 되는 게 있어?"라든가 "이때까지 주욱 그렇게 해 왔으니까 뭘! 난 일이 곧 휴식이거든…"(121회)이라는 말은 전후 한국 사회에서 커리어우먼이 감당해야 했던 무게감을 여실하게 보여준다. 그런데 S여사와 강난실의 사제 관계는 동시에 세대 차와 강난실이라는 청년여성 세대의 특수성을 의미하기도 한다. 『젊은 설계도』가 연재될 무렵인 1955~58년 여성 잡지 『여원』의 독신여성 담론을 검토하는 이선미는 부득불 일과 사랑을 양립시키지 못했던 독신여성에 적극적인 의미를 부여하여 "1950년대 중반의 『여원』은 독신여성 담론을 중심으로 민주주의 사회의 주체이며, 주권을 지닌 자로서 '개인'에 대한 인식을 보여준다"[26] 라고 주장한다. 그럼에도 불구하고 전후 청년여성이자 S여사의 다음 세

26 이선미, 「『여원』의 비균질성과 '독신여성' 담론 연구—1950년대 『여원』을 중심으로」, 『한국문학연구』 34, 동국대학교 한국문학연구소, 2008, 73면.

대인 강난실은 S여사처럼 독신여성으로만 머물고자 하지 않고 일과 사랑을 양립시키고자 노력한다. 바로 이러한 지점에서 『젊은 설계도』는 당대 담론과는 구별되는 독자적인 문학 텍스트로서 일과 사랑에 관한 새로운 사회적 모럴을 탐색하는 상상력을 보여주는데 본 장에서 밝힌 청년여성의 일의 특징이 민주주의적 관계의 조건으로 작용하게 되는 청년여성의 사랑을 이어서 살피면 보다 분명해진다.

3. 일과 사랑의 양립과 민주주의적 가정의 모색

전후 청년여성의 사랑을 다루고 있는 『젊은 설계도』는 임옥인의 다른 소설들에서도 공통적으로 발견되는 문학적 패턴을 고려하면서 이해될 필요가 있다. 임옥인의 초기 단편소설에서부터 『월남전후』에 이르기까지 특히 여성 인물형상화에 있어서 일과 사랑이라는 두 문제는 서로 긴밀하게 연결되어 있는데 임옥인 소설에서 여성 인물들의 일에 대한 강박적인 몰두는 실연(失戀)의 반작용의 결과인 경우가 대부분이다. 단적인 예들을 들면 다음과 같다.

> 나는 일함으로 즐거울 수 있었고, 재산 많은 이 의사의 부인이란 간판 때문에 다른 사람을 경멸할 수가 있었고 교제를 아니함으로 번거로움에서 떠날 수가 있었다. 나는 내 악기들과 재봉침과 옷들과 기타 내 세간들에게 깊이 애착한다. 그것들을 거울같이 닦아놓고 나는 만족히 빙그레 웃는 것이다. 나는 살아 있는 것만으로 기뻤고 일하는 것만으로 자랑스럽다.(『후처기』)[27]

27 임옥인, 앞의 책, 206면.

> '위자료!' 제발 이 몸값을 치르듯 당신의 입으로나 글로나 제게 들리지 말게 해주소서. 당신의 마음을 생활로 말미암아서까지 귀찮게 하고 싶지는 않습니다. 저는 땅과 직업이 있으면 족합니다.(『전처기』)[28]

> 눈이 한없이 쌓이는 산골 커다란 향교집에서 혼자 자취를 하는 외로운 몸이긴 하다. 객관적으로 얼마든지 외롭고 구슬픈 존재임에 틀림이 없으리라. 그러나 웬일인가? 조금도 외롭지도 슬프지도 않은 것 같았다. 청춘과 사랑이 있을 때보다도, 가정과 안정이 있을 때보다도 어쩐지 나는 산다는 보람이 느껴지는 자신을 발견한다.
> '무슨 까닭일까?'
> 일이 있다.
> 하고 싶은 일을 할 수 있는……. 그렇다. 대해(大海)와 같이 일감이 있는 것이다.(『월남전후』)[29]

이처럼 『후처기』, 『전처기』, 『월남전후』의 여성 인물들이 실연을 계기로 자신의 일에 몰두하는 예들인데, 특히 『월남전후』는 김영인이라는 여성 주인공이 가정여학교에서 농촌계몽부녀운동에 헌신하는 이유 중의 하나로서 전 연인과의 사별(死別)이 설정되어 있다. 그런데 자전소설로 평가받는 『월남전후』와 임옥인의 자서전 『나의 이력서』를 비교하면 이러한 설정은 소설화 과정에서 거친 일정한 윤색이라는 점에서 여성 인물의 실연으로 인한 일에의 강박적인 몰두는 임옥인 소설의 동기부여를 위한 여성 인물형상화에서 발견되는 하나의 문학적 패턴이다. 정재림이 임옥인 소설의 여성 인물들의 일에 대한 정도 이상의 헌신을 지적하여 "부정적

28 임옥인, 위의 책, 217면.
29 임옥인, 위의 책, 105면.

현실은 체념이나 도피를 가져오기 쉽다. 그런데 도착적이고 히스테리한 형태이긴 하지만 '나'의 대응은 일에 대한 몰두로 현실을 극복한다는 점에서 특이하다"[30]라고 말한 것은 정확한 포착이다.

본격적으로 『젊은 설계도』를 살피면 커리어우먼인 강난실도 일에 관해 정도 이상의 헌신을 보인다. 강난실은 "피난 생활이 빚은 희비극"(19회)이라고 서술되는 것처럼 부산 피란 시절 고혁과의 유산과 외도로 점철된 동거 생활의 파탄으로 실연의 상처를 안고 있는 청년여성이다. "다시는 사람을 사랑하지도 믿지도 말겠다고 맹세한 자기"(20회)라는 다짐과 함께 강난실은 부산 피란 시절의 과거를 청산하고 서울 환도 이후 명동에서 자신의 일에 헌신적으로 몰두한다. "그렇다. 나는 일을 가지고 있어…"(21회)라든가 "이렇게 일하며 충분히 즐겁게 살고 있는데요 뭘. 제겐 일이 휴식이애요. 일손을 놓으면 오히려 갑갑하구 귀찮아요!"(94회)라는 강난실의 말을 이러한 마음가짐을 잘 보여준다.

그런데 『젊은 설계도』에서 실연은 비단 강난실에만 국한되는 것이 아니라 전후 청년들의 정신적 상흔(傷痕)이자 공통체험으로 설정되어 있다. 가령 민석영, 민석호, 민석구 삼 남매의 경우 "미스 · 올드"(3회)이자 "히스테리"(63회)를 가진 민석영의 정을기와의 실연부터, "「전후의 정신위생」"(166회)이라는 논문을 발표한 정신과 의사 민석호의 경아와의 실연과 황근희와의 파혼, 그리고 사별로 인해 "노이로제"(4회)에 시달리다 끝내 자살한 민석구까지 작중 인물들은 공통적으로 실연을 경험하는데 민석호의 "연애감정두 일종의 정신병이라구 보드군요. 괴로워하구 번민하고 그런 건 자학(自虐) 행위니까 건전하다구 볼 수 없다나요!"(55회)라는 생각은 강난실의 그것과 동궤라고 할 수 있다.

이러한 정신적 상흔의 원천은 임시수도 부산에서의 생활이다.[31] 임시수

30 정재림, 앞의 글, 456면.

도 부산에서 강난실의 동거 생활의 파탄처럼 윤정애도 가정 파탄을 경험한다.[32] 부산에서 강난실과 고혁의 사랑은 강난실이라는 청년여성의 성장과 사회적 정체성의 확립에 부정적인 영향을 미친다. 고혁과의 사랑이 "뜯기면서 살이 찌는 사랑"(26회)이었다는 강난실은 "이미 자기는 모든 질서를 잃어버린 존재"(27회)가 되었음을 자각하는데 고혁과의 사랑에서 강난실이 겪었던 심리 상태는 다음과 같이 서술된다.

> 한번 빠지면 헤어날 수 없는 것이 남녀 관계인지 난실은 이미 자기를 잃어버리고 몸도 마음도 그리고 전 신경이 온통 고혁에게로만 쏠린 자신을 발견하지 않을 수 없었다. […] 이동안 난실은 가게 일보다도 고혁과의 생활

---

31 『젊은 설계도』의 '임시수도 부산'이라는 이야기-공간과 '청년여성'이라는 인물형이 가진 고유한 문학적 의미는 동시대 다른 소설들과의 비교와 대조를 통해 보다 분명해질 것이다. 간략하게 기존논의를 검토하면 '임시수도 부산'에 관해 김영경은 염상섭의 『새울림』(《국제신보》, 1953.12.15.~1954.2.26.)과 『지평선』(『현대문학』, 1955.1.~6.)에 주목하여 작중 인물들이 자신의 생활을 회복하고 건설하며 다시 수복될 서울에서의 미래를 모색하는 공간이라고 밝혔고, '청년여성'에 관해 연남경은 정연희의 『어느 하늘 밑』(『사상계』, 1960.5)에 주목하여 "불합리한 현실 상황에 절망하거나 기성 질서에 타협하지 않는 의지적 주체로서 '건설적 젊은이'의 상에 부합하는 '청년-여성'상을 제대로 보여준다"라고 밝혔다(김영경, 「한국전쟁기 '임시수도 부산'의 서사화와 서사적 실험-염상섭의 『새울림』과 『지평선』을 중심으로」, 『구보학보』 19, 구보학회, 2018, 369면; 연남경, 앞의 글, 115면).

32 『젊은 설계도』에서 부산과 서울의 공간적 대비가 형성된 역사적 조건은 한국전쟁이다. 텍스트에서 전후의 분위기는 여러 서술로 형성되고 있는데 "그제서야 난실은 그것이 이북 방송임을 알았다. '라디오 스위치'를 끄고 다시 눈을 감았으나"(5회)라든가 "육이오에 집도 남편도 아이들도 다 날려 보낸 젊은 과부"(6회)라는 서술이 그 예들이다. 그리고 강난실의 동거 생활의 파탄과 윤정애의 가정 파탄의 전적인 책임이 있는 고혁과 윤정애의 전남편의 방종은 전방위적으로 사회적 질서를 무너뜨린 한국전쟁의 간접적 영향이라고 할 수 있다. 마지막으로 "학교시절에 체육과에 다니던 R이라는 친구가 휴식 시간에 몰래 뒷산에 올라와 장난으로 담배를 피우고는 담배곽과 성냥을 땅에 파묻었다가는 몰래몰래 피우던 일을 기억한다. 그 친구는 육이오 때에 약혼자를 따라 한강을 건너다가 배가 침몰하여 죽었다는 것이다"(58회)라는 서술처럼 텍스트 '내'에서 강난실의 윤리적 일탈과 관련되는 부분은 항상 한국전쟁과 연결되고 있다.

에 정성을 들이고 있었다.(29회)

한 생명이 또 다른 인간을 사랑한다는 일은 자신을 송두리째 주어버리는 것인 모양이다. 그가 떠나매 자기 자신도 여기에 있지 아니한 공허감은 아무것으로도 메울 도리가 없을 것 같았다.(42회)

고혁과의 단란한 가정생활을 꿈꿨던 강난실의 낭만적 사랑에 관한 환상은 일과 사랑의 균형을 잃은 채 고혁의 황근희와의 외도로 무참히 산산이 조각나고 만다.[33] 결국 강난실에게 임시수도 부산에서의 생활은 "난실에게 인생을 빨리 알게 하고 싶은 악몽을 남겨주었다"(42회)라는 상처와 "자기 인생은 자기 자신이 짊어지고 가야 한다는 것이었다"(27회)라는 다짐으로 정리된다. 이러한 작중 인물들 특히 여성 인물들의 실연이라는 공통체험 위에서 강난실이 서울 환도 이후 참조할 수 있는 삶의 경로는 S여사와 같이 독신여성으로 살아가거나 김경희와 같이 낭만적 사랑의 환상을 다시 꿈꾸며 결혼하는 것이라고 할 수 있다. 신형근과의 결혼을 앞둔 김경희의 "하긴 자기 일을 갖구 싶은 여성이 결혼한다는 건 자살 행위니까…"(97회)라는 고백은 강난실이라는 청년여성이 맞닥뜨렸던 양자택일적인 삶의 선택지에 다름 아니다.[34]

---

33 여기에서 '낭만적 사랑(romantic love)'은 앤소니 기든스의 개념으로 그의 논의에서 '합류적 사랑(confluent love)'과 대비되는 개념이다. 낭만적 사랑이 사랑, 결혼, 그리고 모성의 결합을 통해 여성의 가정적 종속으로 이어지는 성차(gender)의 관점에서 불균형적인 것이라면 친밀성의 구조변동에 부합하는 사랑의 모델인 합류적 사랑은 "평등한 두 사람 간의 인격적인 관계에 대한 협상"으로서 "공적 영역에서 민주주의가 실현된 것과 완전히 상응하는 방식으로, 개인간의 상호작용 영역이 전면적으로 민주화되는 것을 함축"한다(앤소니 기든스, 『현대 사회의 성 · 사랑 · 에로티시즘』, 황정미 · 배은경 옮김, 새물결, 2003, 27-28면).

34 강난실이 S여사와 김경희와 변별되면서 모색하는 삶의 경로의 대안적 성격은 "초기 『여원』에서 현대여성의 이상으로 제시하고자 하는 주체적 여성상은 사회적 남녀평등

그런데 청년여성 강난실을 주인공으로 하는 『젊은 설계도』가 문학적 감동과 진실함을 가진 이유는 강난실이 "눈에 보이는 폐허와 자기 마음의 폐허"라는 상처와 환멸에도 불구하고 독신여성으로 일에만 강박적으로 몰두하거나 다시금 낭만적 사랑의 환상으로 되돌아가는 대신 어렵고 힘겹지만 자신만의 변별되는 대안적 삶의 경로로서 사랑과 일의 양립을 진지하게 모색하고 있기 때문이다. 강난실은 서울 환도 당시 자신을 형벌하는 의미에서 사랑과 단절한다고 맹세했음에도 "오밀조밀 살림을 차리고 즐거운 가정을 꾸민다는 꿈이 깨어진 자신"(43회)의 마음에서 다시 싹트기 시작하는 민석호에 대한 향의를 다음과 같이 초조하고 안타깝게 지켜본다.

> 난실은 지끈지끈 쑤시는 머리를 사정없이 차체에 부딪고 싶었다. 노오·스리이브의 탄력 있는 흰 팔을 자기 손톱으로 잔인하게 꼬집고만 싶었다.
>
> 싱싱한 육체, 꿈많은 청춘을 고스란히 짓밟힌 분노 때문인지 몰랐다.
>
> 고독하게 살면서 그 고독과 상처를 메울만한 일에 열중하리라. 그렇게 해서 그 넘기기 어려운 고비고비를 이어오던 참이었다.
>
> 고독하게 그리고 자기 자신을 형벌하면서 살리라던 또 사실 그렇게 살아오던 난실에게 이제 못 견딜 시련이 닥쳐온 것만 같았다. 그 과거를 메우기 위해서 자기를 형벌하면서 산다고는 했으나 사실에 있어서 어떠했던가? 과거와의 사이엔 철벽(鐵壁)을 두르고 그 철벽 밖에서 넓은 세계를 관망하면서, 일에만 열중한다던 생각은 하나의 오산이었는지도 모를 일이었다. 완전히 도피했다고 생각한 과거, 깨끗이 청산이 되었다고 생각한 과거가 아니었다. 이제야말로 그 상처 앞에 과감하게 직면하지 않으면 안 되리라 여겨졌

의 유일한 출구인 독신여성과 젠더적 규범으로 제시된 현모양처 사이에 불안정하게 걸쳐있다"라는 이선미의 논의를 통해 다시 한번 확인된다(이선미, 앞의 글, 67면).

다. 난실이가 지나온 과거란 좀 더 피투성이가 되도록 괴로워하고 싸우고 통과했어야 할 관문(關門)이 아니었을까.(23회)

일만 가지고는 안 되는 자기 자신을 발견할 뿐이었다. 상처를 남겨준 사랑이라도 사랑은 젊은 가슴의 호흡과도 같은 자연스러운 욕구이라고 느껴졌다.

민석호 고혁에 대해서 냉랭하고 담담하게 대해야 쓰겠다는 이성(理性)을 거슬러 난실의 마음은 혼란에 빠지는 것만 같았다. 오래 마음 문을 닫고 마치 기계처럼 살아가려던 자기 젊음이 속에서 활활 타오르며 반기(反旗)를 들것만 같았다.(44회)

일과 사랑 사이를 오가는 청년여성의 내면이 섬세하게 서술되면서 강난실은 부산 피란의 과거와 서울 환도의 현재가 철벽(鐵壁)으로 단절된 것이 아니라 정신적 상흔이자 심리적 상처로서 강난실이 힘겹게 고투하여 극복해야만 하는 관문(關門)이라는 것을 인식한다. 강난실의 이러한 혼란과 인간적 흔들림은 서사의 초점이 일과 사랑에 관한 새로운 모럴의 탐색에 있음을 보여준다. 민석영의 전 연인 정을기가 강난실에게 "사랑이란 신비에 속하는 거니까요! 난들 석영 씨를 피하고 싶어 피한 게 아니죠. 그건 운명이더구뇨!"라며 낭만적 사랑의 환상으로 자기 자신을 변호할 때 강난실이 "신비라거나, 운명이라거나, 그렇게 자신의 의지(意志)를 타(他)에 돌릴 것두 아니라구 생각해요"(65회)라며 단호하게 반박하는 장면은 "어떠한 아픔이거나 혼란이라도 정면으로 당하고 싶었다"(44회)라는 강난실의 당당한 결심에 기인한다.[35]

35 권혜린도 『젊은 설계도』에서 강난실의 사랑의 특수성을 지적하는데 "자신에게만 수렴되는 사랑이 아니라 여러 사람에게 확산되는 사랑을 통해 난실은 일상을 구원하는 낭만적 사랑의 이데올로기에 함몰되지 않는다"라고 말한다(권혜린, 앞의 글, 347면).

부산과 서울의 공간적 대비는 강난실의 고혁과 민석호와의 사랑과 결부되어 있다. 서울 환도 이후 '젊은 설계도'를 그리는 강난실과 민석호의 사랑의 발전 과정을 이야기의 전개에 따라 살펴보면 자기 자신의 개성을 잃어버리는 사랑이 아닌 자기 자신의 개성을 발견하는 사랑으로 심화된다. 이러한 사랑의 모색이 가능했던 조건은 강난실과 민석호의 사랑이 고혁과 황근희의 외도로 인해 각각 실연을 경험한 당사자들의 결합으로서 동일한 상처를 공유하고 있다는 점 때문이다. 물론 강난실과 민석호의 사랑이 순탄하지만은 않은데 "인간성에, 그리고 여성에 절망한 경험이 있는" 민석호가 강난실을 통해 "인간성의 발견과 그 믿음"(48회)을 회복하고자 한다면 사랑에 관한 일체의 기대를 저버린 강난실은 민석호가 내보이는 자신의 인간성에 관한 믿음에 처음에는 "사랑은 오해(誤解)로 시작한다더니…. 난실의 인간성을 과대평가하는 석호의 경우가 그렇지 않을까?"(53회)라며 당혹스러워하기 때문이다. 그러나 강난실은 다음과 같이 자신에 대한 민석호의 향의가 오해일지언정 자신이 스스로 형벌할 존재가 아니라 존귀한 존재라는 사실을 받아들이고 성장하는 계기로 삼는다.

> 모든 경우에 있어서 '발견'이라는 작업은 가능한 것이라는 것을 말이다.
> '나 자신도 미처 모르는 나를 그분만이 발견해주는 일은 그분의 자유에 속하며 또한 귀중한 사실일 것이다.'
> 그렇게 생각하자 난실의 마음에는 생명에 대한 갈구와 성장에의 희망이 넘쳐흐르는 것 같았다.
> '소중한 나'
> 아무렇게나 생각하며 아무렇게나 다룰 자신이 아니었다. 지극히 지극히 소중한 자신임을 다시금 깨닫는 것이었다.(53회)

성장을 향한 희망과 자신이 지극히 소중하다는 믿음을 통해 강난실은 민석호와의 사랑 안에서 "자기 자신의 모습을 발견"(101회)할 수 있게 된다. 이러한 깨달음은 동일한 상처를 공유하고 있는 상대방인 민석호에게도 유효한데 민석호도 강난실과의 사랑을 발전시켜나가면서 실연이란 "견디어내고 소화할 수만 있다면 오히려 아름답게 성장할 수도 있는 모양이다. 실연은 사람을 … 더우기 아름다운 사람을 입체적으로 만들어주는 듯싶었다"(140회)라고 생각하면서 실연을 하나의 성장의 조건으로서 인식한다. 그러나 어디까지나 강난실과 민석호의 상대방을 향한 믿음은 마음의 문제에 국한되는 것으로서 자신들의 사랑의 판본을 고혁과 황근희와 같은 다른 사랑의 판본들과 변별시키면서 현실화하는 것에 관해서는 일이라는 실제적인 문제가 개입된다. 단적인 예로 강난실의 "생리[生理]나 천직[天職]을 거슬려보려는 것도 괴로운 일이었다. 자기는 사회의 무대에서 활동하는 동시에 한 사람의 충실한 아내가 되 좋은 어머니가 되고 싶은 이중적인 욕망을 갖고있는지도 모른다"(114회)라는 생각은 자신이 지금 확립해나가는 직업관과 새롭게 시작된 민석호와의 사랑을 일에 관한 강박적 몰두도 낭만적 사랑에의 회귀도 아닌 방법으로 양립시키고자 하는 현실적인 고민이라고 할 수 있다. 그리고 강난실과 민석호의 사랑이 『젊은 설계도』의 다른 작중 인물들의 사랑과 구별되는 결정적인 계기는 강난실과 민석호의 청사진인 '젊은 설계도'에 관한 구상에 함축되어 있다.

『젊은 설계도』 텍스트 곳곳에는 단적인 예로 YWCA 대회에서 K박사의 "수지(收支)면에 있어서도 주부가 직업을 가질 때에는 서전(瑞典)과 같이 남편과 반반(半半) 부담하는 것이 합리적일 것이며 가정 잡무에 관해서도 될수록 분담해야 된다는 것이었다"(59회)라는 요지의 강연처럼 민주주의적 가정을 향한 모색이 나타난다. 강난실과 민석호가 설계하는 가정도 마찬가지인데 고혁이 강난실의 일에 관해 "기껏해야 의상미(衣裳美)를 노리는 당신"(26회)이라며 폄하했다면 민석호는 강난실의 독자적인 직업 세계를 존중하며 "지도성에 대한 자긍(自矜) 때문이겠죠. 양재에도 이런 여지(餘地)가 있지 않을까요? 저속한 고객의 눈치만 살필 게 아니라, 지도성을 발휘할 수 있는 여백이 있지 않을까요?"(181회)라고 말한다. 그리고 최종적으로 강난실과 민석호는 이야기의 결말에서 크리스마스파티 겸 약혼식을 치르는데 인테리어디자이너인 신형근이 다음과 같은 두 장의 설계도를 선물한다.

> "여러분께서는 이 선물이 무엇인가 의아하게 여기실는지 모릅니다마는 이것은 이 두 분을 위해서 제가 설계한 두 장의 설계도입니다. 하나는 신랑될 민석호 군의 그의 공적(公的)인 전 생애를 바칠 정신보건소(精神保健所)의 설계도이며 또 하나는 신부 될 강난실 양의 여성으로서의 공적 재능을 발휘할 생활의상연구소(生活衣裳研究所)의 설계도입니다. 이쯤 말씀드리면 이 두 젊은 분에 대해서 충분히 아시고 계신 여러분이라 그 건물이 무슨 일을 할 것이며 우리 사회에 무엇을 기여(寄與)할 것인가는 잘 짐작하시겠으므로 여기서는 생략하고 다만 재주 없는 이 사람의 빈약한 구상(構想)이 두 분의 포부를 충분히 담을까 염려할 따름입니다."(183회)

강난실의 생활의상연구소와 민석호의 정신보건소라는 설계도는 두 사람의 결합이 각각의 공적 활동을 전제한 지반 위에서 이루어진다는 것을 보여준다. 여기에서 설계도는 신형근의 선물로서 제시되지만 이미 강난실과 민석호가 관계를 발전시켜나가면서 대등한 입장에서 대화적으로 설계했던 것이며 가령 일전에 신형근의 "이제 진짜 재미있는 가정이 탄생할 텐데요. 두 분이 멋진 설계도를 꾸미는 모양이든데요!"(171회)라는 말은 설계도의 구상이 강난실과 민석호로부터 출발한다는 것을 알려준다. 앤소니 기든스가 민주화의 가능성을 내재한 결혼의 조건으로서 "개인이 자신의 사회활동 조건들을 결정하는 데 관여하는 것"[36]을 제시한 것은 『젊은 설계도』에서 청년여성이 모색하는 일과 사랑의 최종적인 양립이 민주주의적 가정이라는 점을 뒷받침한다.

물론 강난실과 민석호의 설계도는 청사진이자 미래형이다. 근미래에 실현될 구체적인 설계이지만 실질적인 현실화 과정에서 거쳐야 하는 이후의 갈등들은 『젊은 설계도』에서는 생략되어 있다. 그러므로 김주리가 강난실과 민석호의 젊은 설계도가 “유토피아로서 현실과 일정하게 분리되어 있다”[37]라는 지적도 일견 타당하다. 그러나 윤리적 질서가 파괴된 부산 피란 시절의 과거를 온전히 청산한 강난실과 민석호의 약혼과 부산에서의 동거 생활의 연장으로 귀결되는 고혁과 황근희의 결합을 대비시키면 강난실과 민석호가 설계하는 가정의 대안적 성격만큼은 분명하다. 고혁은 일의 영역에서 순수문학을 쓰는 소설가가 되고 싶지만 대중오락잡지에 통속소설을 쓴다는 자괴감과 사랑의 영역에서 황근희와 부산 피란 시절에 임신했던 수잔과 함께 “가장(假葬)된 감정”(180회)이라는 자기기만 속에서 재결합하는 것으로 마무리된다. 결론적으로 강난실은 “작업복으로 갈아입고 참말 일다운 일을 할 수 있는 자신을 발견”(176회)하는 데 성공하면서 일과 사랑을 양립시킨다. 그리고 바로 이러한 점이 『젊은 설계도』라는 소설이 보여준 일과 사랑의 영역에서 청년여성이라는 사회적 주체를 중심으로 모색된 기성의 모럴과는 구별되는 새로운 민주주의적 상상력이다.

4. 나가며

지금까지 임옥인의 『젊은 설계도』의 작품론을 겨냥하면서 임옥인의

36 앤소니 기든스, 앞의 책, 280면.
37 김주리, 앞의 글, 344면.

다른 소설들과의 연관성을 통해 임옥인 작가론 내에서도 제대로 조명되지 않은 본 텍스트의 위상을 자리매김하고자 하였다. 1950년대 대중문학이자 신문연재소설인 『젊은 설계도』는 윤리적 질서가 붕괴된 임시수도 부산과 윤리적 질서가 재건되는 서울의 공간적 이동과 대비를 통해 『자유부인』과 같은 기성의 가부장적 모럴과는 구별되는 새로운 형태의 민주주의적 모럴을 선명하게 제시하고 있다. 특히 1950년대 전후 한국사회에서 예외적으로 부상하였던 청년여성이라는 사회적 주체를 부각하면서 한국사회 저류에 흐르던 재신성화를 향한 움직임을 멜로드라마적 상상력을 통해 적확하게 포착하고 일과 사랑이라는 영역에서 탐색되는 새로운 모럴을 신선한 감수성으로 그려내고 있다.

『젊은 설계도』는 일의 영역에서 청년여성의 대중 친화적 직업관과 고유한 개별성이 전제된 조건에서 이뤄지는 여성에 의한 여성의 계몽이라는 새로운 계몽 구도로서 커리어우먼 간의 사제 관계를 설정한다. 그리고 사랑의 영역에서는 청년여성의 일과 사랑의 양립 가능성의 타진과 젊은 설계도로 비유되면서 남녀 상호 간의 공적 영역에서의 활동이 대등하게 존중되는 민주주의적 가정의 모색을 제시한다. 『젊은 설계도』는 1950년대 후반에 접어들면서 담론장이 "전통적 부덕과 모성을 찬양하고 가부장적 가족질서의 정당성을 주창하는 담론의 정향"[38]으로 다시 잠식되던 시기에 직장에서, 가정에서, 그리고 사회에서 민주주의적 가치관을 실현하고자 했던 청년여성들의 존재를 선명하게 형상화하고 있다. 그리고 이러한 청년여성은 1950년대에 여성 작가들에 의해 주도적으로 창작된 대중문학과 신문연재소설이 고유하게 확보하고 있는 전후 한국사회에 대한 소설적 설명력이며, 이후 4·19혁명의 또 하나의 밑바탕과 추동력이 되었

38 김지영, 「1950년대 여성 잡지 『여원』의 연재소설 연구－연애 담론의 소설적 형상화를 중심으로」, 『여성문학연구』 30, 한국여성문학학회, 2013, 355면.

을 민주주의적 주체들이다. 본 논문은 신문연재소설 한 편의 작품론이지만 본 논문을 토대로 1950년대 여성 작가들이 창작했던 대중문학의 작품론을 축적해나간다면 한국문학사에서 그동안 조명되지 않았던 대중문학의 위상은 분명하게 자리매김되고 또 가치매김될 것이다. 다른 텍스트들에 관한 검토는 후속 연구로 남긴다.

● 참고문헌

1. 기본자료

임옥인, 『젊은 설계도(設計圖)』, 《조선일보》, 1958.6.15.~12.14.

______, 『지하수』, 성바오로출판사, 1973.

______, 『나의 이력서』, 정우사, 1985.

______, 『한국문학의재발견—작고문인선집 임옥인 소설 선집』, 정재림 엮음, 현대문학, 2010.

《동아일보》《조선일보》『사상계』

2. 논문 및 단행본

권영민, 『한국 현대문학사 2—1945~2010』, 민음사, 2020.

권혜린, 「역동하는 사랑들—임옥인」, 『이화어문논집』 50, 이화어문학회, 2020, 340-351면.

김동윤, 『신문소설의 재조명』, 예림기획, 2001.

김양선, 「195 · 60년대 여성-문학의 배치—『사상계』 여성 문학 비평과 여성 작가 소설을 중심으로」, 『여성문학연구』 29, 한국여성문학학회, 2013, 127-163면.

김영경, 「한국전쟁기 '임시수도 부산'의 서사화와 서사적 실험—염상섭의 『새울림』과 『지평선』을 중심으로」, 『구보학보』 19, 구보학회, 2018, 359-388면.

김은하, 「전후 국가 근대화와 "아프레 걸(전후 여성)" 표상의 의미」, 『여성문학연구』 16, 한국여성문학학회, 2006, 177-209면.

김주리, 「임옥인 소설의 장소애와 헤테로토피아」, 『구보학보』 26, 구보학회, 2020, 325-361면.

김지영, 「1950년대 여성 잡지 『여원』의 연재소설 연구—연애 담론의 소설적 형상화를 중심으로」, 『여성문학연구』 30, 한국여성문학학회, 2013, 347-384면.

베네딕트 앤더슨, 『상상된 공동체—민족주의의 기원과 보급에 대한 고찰』, 서지원 옮김, 도서출판 길, 2018.

앤소니 기든스, 『현대 사회의 성 · 사랑 · 에로티시즘』, 황정미 · 배은경 옮김, 새물결,

2003.

연남경, 「현대 비평의 수립, 혹은 통설의 탄생—1959년 백철과 강신재의 논쟁에 주목하며」, 『한국문화연구』 36, 이화여자대학교 한국문화연구원, 2019, 39-78면.

_____, 「1950년대 문단과 '정연희'라는 위치—전후 지식인 담론과 실존주의 수용의 맥락에서」, 『구보학보』 27, 구보학회, 2021, 89-121면.

이선미, 「『여원』의 비균질성과 '독신여성' 담론 연구—1950년대 『여원』을 중심으로」, 『한국문학연구』 34, 동국대학교 한국문학연구소, 2008, 51-81면.

이재선, 『현대한국소설사 1945~1990』, 민음사, 1991.

피터 브룩스, 『멜로드라마적 상상력—발자크, 헨리 제임스, 멜로드라마, 그리고 과잉의 양식』, 이승희 · 이혜령 · 최승희 옮김, 소명출판, 2013.

13장

여성 주체의 내면성과 비동일성의 정치성

—강신재의 신문연재소설 『신설(新雪)』
(『한국일보』, 1964.9.11~1965.7.22)을 중심으로

강소희

1. 1960년대 문학 장과 여성 대중소설의 위치

한국현대문학사에서 1960년대는 1950년대라는 '암흑기'를 극복한 시대이자 '한글세대', '4 · 19세대'의 등장으로 설명된다. "잃어버린 문학의 시대",[1] "삶의 의미 탐구에 대한 문학적인 진지성에 있어서 다소의 한계점을"[2] 가진 시대로 평가되는 1950년대는, 그러나 동시에 저널리즘 영역이 재편되면서 매체 간 경쟁이 본격화된 시기이기도 했다. 『청춘』, 『삼천리』와 같은 취미오락지와 『여성계』, 『여원』, 『주부생활』 등의 여성지가 독자층을 늘려가던 시기였으며 『조선일보』, 『동아일보』, 『한국일보』 등의 일간신문이 본격적인 상업화의 가도를 달리기 시작했던 때이기도 하다. 문화주도권을 둘러싼 신문과 잡지의 경쟁 아래 신문 내 경쟁, 잡지 내 경쟁이 중층적으로 이루어지면서 매체의 폭이 확장되었고,[3] 이때 지속

1 김영민, 『한국현대문학사』 2, 민음사, 2013, 104쪽.
2 김윤식 · 김우종 외, 『한국현대문학사』, 현대문학, 2019, 369쪽.
3 이봉범, 「1950년대 신문저널리즘과 문학」, 『반교어문연구』 29, 반교어문학회, 2010,

적으로 독자층을 확보할 수 있는 가장 확실한 수단은 문학, 그 중에서도 장편소설 연재였다.

창간 초기 『한국일보』는 독자층을 확보하기 위한 공격적인 마케팅의 일환으로 목포에 칩거 중이던 박화성을 설득해 『고개를 넘으면』(1955.8.9~1956.4.13)을 지면에 실었는데,[4] 이는 대중소설에서 여성 작가가 가진 영향력을 단적으로 보여주는 예시이다. 박화성이나 김말봉 등 기성 '여류' 작가들뿐만 아니라 해방을 전후로 등단한 강신재, 한무숙, 손소희, 그리고 1950년대 중반 이후에 등단한 한말숙, 박경리가 본격적인 활동을 시작한 것도 이 시기였다. 따라서 1950년대가 '문학의 암흑기'이고 '1960년대는 「광장」의 해'라는 일반적인 인식은 여성 작가와 여성 독자가 1950년대의 문학 장에 미쳤던 영향력을 무화시킬 위험이 있다. 그러나 "1950년대는 신문의 통속적 장편연재와 종합지의 순수 소설 중심의 문학 배치 그리고 대중지의 순수-대중소설의 공존"이 이루어졌던, "총량적으로 소설의 전성시대"라[5] 할 수 있으며 그 중심에 여성 작가들이 있었다.

이러한 경향은 1960년대까지 이어졌는데, 남성 중심적인 문단 권력이 '여류'로 지칭하는 일군의 여성 작가들의 활발한 대중소설 창작에 대해 취하는 태도는 이중적이었다. 특히 1967년 윤병로의 「여류문학이 가는 길」은 '여류'들의 성취를 인정하지 않을 수 없는 문단의 분열적인 태도를 잘 보여준다. 그는 "여류작가들이 호경기를 구가할수록 남류작가(?)들은 어쩐지 고요한 동면"속에 빠지고 있는 이유에 대해 밝혀보겠다고 서두를 꺼내지만, 본문에서는 남성-본격문학/여성-통속문학이라는 이분법을 반복한다. 그는 여류문단이 "자연스럽지 못한 분수령"을 지우고 다시 "우리 문단"에 동화되기를 바란다는, 다분히 계몽적인 어조로 논의를 마무리한다.[6]

277쪽.

4 위의 글, 283쪽.

5 이봉범, 「1950년대 잡지 저널리즘과 문학」, 『상허학보』 30, 상허학회, 2010, 442쪽.

즉 순수/통속, 문예지/신문, 단편/장편의 이분법은 최종적으로 남성/여성이라는 젠더적 차원으로 의미화되고 있는 것이다. 문제는, 리타 펠스키가 지적하였듯이 여성이 "비근대적인 정체성의 상징"이 된 탓에 남성 사상가뿐만 아니라 여성 사상가들조차 "여성은 전통적으로 남성적인 것으로 분류되었던 속성을 지녀야 근대성으로 진입할 수 있는 것처럼" 인식되었다는 사실이다.[7] 해방 이후 대표적인 여성 작가로 손꼽히는 강신재에 대한 연구도 이러한 시각에서 크게 벗어나지 않는다. 40개의 학위논문과 51개의 학술 소논문에 이르는 선행연구들은 대부분 1950년대에 발표된 초기 단편을 집중적으로 연구하고 있으며, 60년대부터 본격적으로 발표되었던 장편이나 신문연재소설에 대한 작품론적인 연구는 아직 미진한 상황이다.

물론 1960년대의 연애소설에서 대항담론으로서의 정치성을 발견하고자 하는 연구가 전무하지는 않다. 임정연(2011)은 『그대의 찬 손』(『여원』 연재, 1963.1~1964.2)을 분석하며 "사랑의 낭만성은 사랑이 최종적으로 결혼 또는 이와 유사한 결합 안에서 고정되는 것을 회피하는 이야기 구조를 통해 보존된다"고 이야기함으로써 강신재가 그려내는 사랑의 '자기부정적 관계'를 밝혀낸 바 있다.[8] 김은하(2009)의 연구는 예외적으로 강신재의 60년대 장편소설을 다수 다루고 있는데, 그중에서도 『그대의 찬 손』, 『바람의 선물』(중앙서적출판사, 1968), 『신설』(한국일보 연재, 1964.9.11~1965.7.22), 『이 찬란한 슬픔을』(『여상』 연재, 1964.7~1965.?)을 '중산층 가정소설'로 범주화하고 있다. 논자는 "60년대 불륜소설의 이중 문법을 동의와 저항의 이중구조가 아니라, 동의하는 척하면서 기실 저항하는 방식으로 해석해야 한다"

6 윤병로, 「여류문학이 가는 길」, 『현대문학』, 1967.7.

7 리타 펠스키, 『근대성의 젠더』, 김영찬·심진경 옮김, 자음과모음, 2020, 52쪽.

8 임정연, 「여성연애소설의 양가적 욕망과 딜레마—강신재와 은희경의 경우를 중심으로」, 『한국문학이론과 비평』 50, 한국문학이론과비평학회, 2011, 221쪽 참조.

고 주장한다.[9] 최경희(2013) 또한 『이 찬란한 슬픔을』에 대해 "교양 담론의 허구성과 억압성을 파시즘적 가정에 대한 여성 인물의 불온의식으로 형상화"하는 작품이라고 이야기한다.[10]

1960년대 대중소설이 '낭만적 사랑'을 통해 여성 주체를 조형하고자 하는 당대 이데올로기와 어떻게 조응했는지를 살펴보는 선행연구들은 주로 '불륜'을 제도에 포섭되지 않는 순수한 사랑으로, 결혼제도를 실패한 구습으로 형상화함으로써 '낭만적 사랑'이라는 여성 교양 담론의 허구성을 폭로했다는 결론에 도달한다. 그러나 이러한 결론은 주로 담론 분석에 치우쳐 텍스트 내적인 분석과 긴밀하게 결부되지 않고 있는데, 이는 선행연구에 공통된 한계라고 할 수 있다. 특히 기존의 60년대 연애소설 연구는 『여원』과 『여상』을 비롯한 여성지에서 전개된 여성 교양담론 분석을 경유하는 경향이 짙고, 그에 따라 강신재의 장편 소설 연구 또한 여성지에 연재되었던 『청춘의 불문율』(『여원』 연재, 1960), 『그대의 찬 손』, 『이 찬란한 슬픔을』, 『숲에는 그대 향기』(『여상』 연재, 1967)를 중심으로 이루어졌다.[11]

단편/장편, 순수/비-순수, 문예지/비-문예지, 남성/비-남성이라는 오래된 위계적 이분법을 재생산하기보다는, 그 기저에 놓인 1960년대라는 시대적 특수성이 그 시기에 창작된 모든 작품에 영향을 끼쳤을 것이라는 전제에서 시작한다. 1950년대가 전후 남성성의 병리성과 불구성이 두드러지고 예외적 존재로서의 '아프레걸'이 그 자리를 대신하여 활발한 경제활동을 할 수 있었던 시기였다면, 1960년대는 '청년', '대학생'이라는 젊

9 김은하, 「중산층 가정소설과 불안의 상상력: 강신재의 장편 연재소설을 대상으로」, 『대중서사연구』 22, 2009, 134쪽.

10 최경희, 「1960년대 강신재 소설에 나타난 근대화의 '망탈리테' 연구-『여상』담론과 <이 찬란한 슬픔을>에 나타난 여성 교양의 의미와 양상을 중심으로」, 『어문론총』 58, 한국문학언어학회, 2013, 384쪽.

11 김은하, 앞의 글, 142쪽 참조.

은 남성들이 혁명의 주체로 부상하는 동시에 여성들을 다시 가정 안으로 위치시키기 위한 '낭만적 사랑'의 이데올로기가 확산된 시기였다. 그러나 과연 1960년대 여성 작가의 대중소설이 '여성 교양' 담론의 매개자이기만 했을까? 이는 대중문학이 반드시 지배 이데올로기에 복종하고 그것을 재생산하는가라는 문제의식을 도출한다.

1960년대가 4 · 19와 5 · 16이라는 혁명과 반혁명에 의해 정의되는 시대이며, 따라서 '정치적인 것'이 이 시기 문학세계의 최종심급이라는 명제에 동의할 수 있다면(물론 모든 시대가 다 그러하겠지만), 그것이 어째서 1960년대의 대중소설에는 적용될 수 없는 것인가? 최인훈, 김승옥, 이청준으로 대표되는 '4 · 19 세대'의 1960년대와 여류작가들의 1960년대는 교통 불가능하게 단절된 세계인가? 본고는 강신재의 대중연재소설을 '여류문학'이라는 일종의 게토화된 영역에 한정짓지 않고, 1960년대의 개인을 형성하는 정치성을 담지한 텍스트로서 독해할 수는 없는지 그 가능성을 탐색해보는 것을 목표로 한다. 이를 위해 선행연구에서 내용 분석이 거의 이루어지지 않은 『신설』을 텍스트로 선정하였다.[12] [13]

강신재의 장편연재소설에서 정치적 사건이 직접적으로 언급되는 경우는 드물다. 여성 인물들은 남성을 중심으로 관계의 형성과 파열 위를 위태롭게 오가며, 이는 표면적으로는 당시 여성 교양 담론에 부합하는 '낭만적 사랑'의 주제를 벗어나지 않는 것처럼 보인다. 문제는 이 소설이 '낭

---

12 강신재, 『신설』, 대문출판사, 1971. 이후 본문 인용은 쪽수로만 표기한다.

13 『신설』은 『이 찬란한 슬픔을』(『여상』 연재, 1964.7~1965.?)과 2달 간격을 두고 거의 동일한 시기에 연재된 작품이면서도 대중 독자들의 반응은 크지 않았던 것으로 보인다. 1966년 6월 22일 조선일보 생활/문화면의 소설 베스트셀러를 소개하는 기사에 의하면 『이 찬란한 슬픔을』은 7위를 기록하고 있으며 67년에 곧장 영화화되기도 했다. 반면 『신설』은 연재기간으로부터 약 10년 뒤인 74년도에 이르러서야 영화로 제작되었고 개봉 이후 흥행 여부에 대한 기록 또한 찾아보기 어려웠다. 『신설』과 『이 찬란한 슬픔을』이 거의 동일한 시기에 연재되었다는 점, 또한 두 작품의 전체적인 흐름이 상당히 유사하다는 점을 상기할 때 이러한 대중적 반응의 차이는 주목을 요한다.

만적 사랑'의 이데올로기를 서사적으로 구현하는 데 주로 채택되는 멜로드라마적 기법을 차용하면서도 그 핵심을 교묘하게 비껴가고 있기 때문이다. 『신설』의 여성 인물들은 갑작스럽게 과잉된 감정을 느끼지만 그것을 표출하지 않으며, 선과 악이라는 이분법은 존재하지만 악이 처벌받지 않고, 많은 인물들이 텅 빈 기호로서 정해진 역할을 수행하는 것과 달리 주요 여성 인물인 소연과 나미는 자신과 외부를 구분하면서 '내면성'을 창출하고 있기 때문이다.[14]

1960년대의 여성 대중문학이 전부 '낭만적 사랑'의 이데올로기에 포섭되어 그것을 충실히 재생산했다거나, 대중적이기 때문에 "반드시 전복적인 것으로 정당화"[15]시키는 식의 이분법적인 결론은 1960년대 대중소설이 놓인 다층적 맥락을 소거할 위험이 있다. 리타 펠스키의 지적대로, 대중소설은 단순히 지배 이데올로기를 재생산하거나 영웅적으로 저항하는 것이 아니라, 다양한 방식으로 긴밀하게 결합되어 서로 모순되는 다양한 이데올로기적 요소를 포함하고 있기 때문이다.[16] 『신설』의 여성 인물들 또한 당대의 근대화 기제인 여성 교양 담론을 향한 순응과 비순응을 동시에 구현한다. 이야기가 진행됨에 따라 이들은 모두 남성 인물과의 '낭만적 사랑'이라는 일종의 사건을 겪음으로써 남성 중심적 동일성의 원리에 포섭당하기도 하고 저항하기도 하면서 비동일적 주체를 형성하는데, 그것은 두 여성이 맺는 짝패 관계를 통해 시대적 함의를 갖게 된다.

---

14 강지윤의 논의는 1950년대 강신재와 박경리, 1960년대의 김승옥과 최인훈의 작품을 비교 분석하여 내면성의 젠더 정치적 차원에 주목한다는 점에서 특기할 만하다. 내면성이 외부와의 분리를 통해 스스로를 형성한다고 할 때, 1950년대 여성 작가의 내면은 "남성이나 가족이라는 친밀성 영역의 존재들과의 파열을 통해 나타"나며 1960년대 남성 작가의 내면은 "'(남성)개인-사회' 구조에 대한 '여성'의 외재성"에 기대어 형성된다는 것이다. (강지윤, 「개인과 사회, 그리고 여성-1950~1960년대 문학의 내면과 젠더」, 『민족문학사연구』 67, 민족문학사연구소, 2018, 530, 537쪽 참조.

15 리타 펠스키, 앞의 책, 256쪽.

16 위의 책, 256쪽.

2. 짝패(double)로서의 여성 주체와 세대적 연속성

"얼굴은 조금도 닮지 않았"으나 "여리고 섬세한 인상"(50)을 가진 소연과 나미라는 두 여성은 『신설』의 서사를 추동하는 두 개의 축으로 기능한다. 이들의 관계는 분신double모티프를 떠올리게 하는데, 역사적으로 쌍둥이에서 파생된 더블이라는 주제는 현대인의 분열된 성격의 상징으로 기능했다.[17] 쌍둥이는 "자신의 살아 있는 더블을 현실로 존재하게 만들 수 있는" 예외적 존재였다.[18] 이 서사에서 두 인물이 맺는 짝패 관계 또한 이와 비슷한 맥락에 있는데, 다음의 인용문은 서로를 비추는 두 사람의 관계를 형상화하고 있다.

> A. 하여스름한 원피스를 입은 소녀가 길을 걸어왔다. 빨간 우산을 받치고 있다. 찝차가 지나간다. <u>맘껏 기세를 부려 속력을 내고 있다 하였더니 소녀의 곁을 스치면서 호스로 뿜듯 흙탕물을 튕겨 올렸다.</u> (중략) 소위나 중위쯤 되어 보이는 젊은 군인이 내리더니 그녀의 곁으로 달려왔다. 경례를 한다. 무어라고 말을 하고 있다. 다음 순간에는 그는 포케트에서 흰 손수건을 내어 소녀의 볼과 팔을 훔쳐 주고 있었다. (중략) 대학의 일이학년쯤 되었음직한 소녀는, 이것은 또 지극히 무심해 보이는 표정으로 그렇게 해 받고 있다. 동글하고 가느스름한 팔이 청초한 인상이었다. 군인은 다시 경례를 하고 이번에는 차를 살살 굴려 가 버렸다. 이상히 정결한 그림을 본 듯한 느낌이었다.(43-44)

---

17 "영적 가치를 이성적으로 구체화하는 것으로서 문화가 지니는 이 같은 이중적인 측면은 더블 영혼의 최초의 화신, 즉 인간 문명을 구축하는 데 엄청난 중요성을 지니는 상징인 쌍둥이에서 잘 요약되고 있다."(오토 랑크, 『심리학을 넘어서』, 정명진 옮김, 부글, 2015, 94-95쪽 참조.)

18 위의 책, 102, 109쪽.

> B. 쏜살같이 달려 오는 찦차의 헤드라이트가 다시 눈을 찔렀다. 얼굴을 돌리고 비켜 서거나 눈을 감아야 할만큼 그 빛이 바싹 육박해 온 때, 소연은 물러 나는 대신 그 앞에 뛰어들었다. 생각을 한 결과가 아니었다. 무엇을 의식하고 있었다고도 할 수 없었다. 그녀의 몸이 저절로 그렇게 튕겨져 나갔다고 할 밖에 설명할 수 없었다. (…) "위험한데요. 큰 일 날뻔했습니다." 달래듯 부드러운 음성이다. 소연은 백을 받았다. 갑자기 울 것 같은 얼굴이 된다. (…) "어서 오르십시오. 뒷좌석에. 네, 됐습니다." (…) (빨리 가야겠군.) (헌데 이 차는 여난女難의 상이 있는 모양인가? 몰고 나오기만 하면 트러블이 생긴단 말야.) <u>그는 옥천이라는 시골에서 흰 원피스의 소녀에게 흙물을 뒤집어 씌웠던 일을 상기하였다.</u>(101-103)

인용 A는 옥천에 여행을 간 수일이 차에 치일 뻔한 나미를 처음 보던 순간이고, 인용 B는 소연이 실의에 빠져 어두운 밤길을 걷다가 다가오는 차에 몸을 던지는 순간이다. 여자주인공이 차에 치일 뻔한 위기의 순간이 비슷하게 묘사되는 점, 무엇보다 그녀들을 덮칠 뻔한 차가 동일한 군용 지프차였으며 그것을 독자가 알 수 있도록 설명하고 있다는 점에서 이 두 장면은 의도적으로 병치되어 있다고 할 수 있다. 따라서 위의 인용문은 소연과 나미가 분신이자 거울상의 관계를 가지며 서로를 되비치고 있음을 시각적으로 형상화한 것이다.

더블이 주체의 거울이미지라면,[19] 소연과 나미는 50년대에서 60년대를 살아가는 여성 주체의 두 형상이라 할 수 있다. 이때 특징적인 것은 연장자인 소연이 나미를 보며 "소연은 마악 피려는 꽃봉오리 같이 싱그러운 이 소녀 앞에서, 무던히도 비참했던 지난 날의 자기를 상기하였다."(199) 등의 서술을 반복한다는 점이다. 남편 심구호의 불륜 때문에 절망에 빠진

19 임옥희, 「기괴함: 친숙한 그러나 낯선」, 『페미니즘과 정신분석』, 여이연, 2003, 148쪽.

소연은 나미의 순수함에 위안을 얻으면서도 그것이 자신에게선 소모되어 버린 과거라고 생각한다. 소연이 대표하는 기성세대 여성들은 "아름다운 여인, 정숙하고 솜씨 있는 가정주부, 현명한 어머니. 그 밖의 것이 되려고 도시 생각해 본 일도 없었으니 다른 재주가 없는 것도 무리는 아니었다" (90)는 서술로써 설명된다. 반면 "소녀의 청순함은 지금 진흙 구덩이에 빠진 듯한 그녀에게 강한 자극이 아닐 수 없었다. 자기의 지난날도 그처럼 티 없고 깨끗하였다고 거듭거듭 생각한다."(74)와 같은 서술은, 30대 가정주부인 소연이 19살인 여대생 나미에 대해 갖는 세대적 차이를 상기시킨다. 이러한 서술은 잠재성을 가진 신세대와 모든 것이 결정된 기성세대를 분리시키는 것이다.

소연에게 나미는 자신이 얼마나 타락했는지를 확인시키는, 현재 시점에서 보는 '과거의 나'이자 일종의 원본이다. 동시에 나미에게 소연은 자신에게 예비된 미래의 가능성 중 하나이자 이미 일어난 사건이라고 할 수 있는데, 이는 "소연 여사의 죽음과 박성희 선생의 케이스를 옆에서 보아 온 사실은 나미를 한결 빨리 어른으로 만들어 주었는지 몰랐다."(403)는 결론부의 서술에서 드러난다. 이처럼 잠재성을 가진 소녀는 과거로, 모든 것이 결정된 기성세대는 미래가 되는 시간성의 역전은 나미와 소연이 갖는 서로를 되비추는 거울상으로서의 관계에 처해 있음을 제시한다. 두 인물은 1960년대라는 시대적 상황이 각기 다른 세대를 투과하여 만들어진 결과물이라고 할 수 있으며, 이를 통해 소설은 소연과 나미라는 인물을 시대적 연속선 위에 위치시킨다.

1960년대 초반은 아프레걸 담론을 거쳐 마련된 '숭고한 사랑'의 담론이 사회적 공감대를 형성했던 시기였다.[20] 여성지를 통해 전파된 교양 담

20 김지영, 「가부장적 개발 내셔널리즘과 낭만적 위선의 균열: 1960년대 『여원』의 연애 담론 연구」, 『여성문학연구』 40, 한국여성문학학회, 2017, 63쪽.

론은 "시대 이념이 요구한 전통의 수호자=여성미=교양미라는 범주화된 교양화를 지향"했다. 이때 '여성 교양의 담론화'는 근대화의 산물로서, 당대 여성지는 서구화=근대화=문화인이라는 여성 독자층의 문화적 욕구를 대리만족시킴과 동시에 정치 이념에도 민감하게 반응했다. 즉 여성지 교양 담론은 "가정의 혁명이 국가 재건의 기초라는 근대화 이념을 반영"한 것이었으며 이로 인해 가정이라는 가치는 신성화되고 절대화되었다.[21] 교양을 매개로 한 이 같은 연애·결혼·가족 담론은 근대화의 지배이념이 당대 여성들을 국가에 필요한 대상으로 주조하는 동일화 기제로 작용했음을 의미한다.

1960년대의 여성 교양담론은 당대 여성들을 '스위트홈'의 주체가 된/될 존재로 간주했다. 심구호의 아내와 아이들의 엄마라는 기호로서 존재하던 소연, 그리고 수일에게 설득당해 결혼을 준비하던 나미가 이에 속한다. 그러나 국가담론이 구성하고자 했던 가정 내의 여성 주체였던 이들은, 사랑의 실패를 통해 각각 미결정적 주체와 자기파괴적 주체로서 근대가 요구했던 여성성에 어긋나는 비동일성을 구현한다. 그러한 비동일성은 청년세대와 기성세대가 서로를 참조할 수밖에 없는 짝패 관계를 통해 제시됨으로써 동시대적 정치성을 획득하게 된다.

3. 멜로드라마적 상상력의 위반과 내면성의 창출

3.1. 판단의 유예와 미결정의 여성 주체

멜로드라마적 세계는 화해할 수 없는 대립물로서의 선악 갈등 위에 세

21 최경희, 『1960년대 소설에 나타난 '여성 교양' 담론 연구—연애·결혼·가족서사를 중심으로』, 경희대학교 대학원 박사학위논문, 2013, 4쪽.

워져 있다.[22] "멜로드라마는 도덕적 상상력에 관한 표현주의"[23]라는 피터 브룩스의 정의대로, 멜로드라마는 선과 악이라는 마니교적 이분법의 세계로 이루어져 있으며 그 안에서 인물들은 과잉의 수사학을 통해 '도덕감정(moral setiments)'을 표출한다.[24] 『신설』 역시 멜로드라마 특유의 선악이 대립되는 이분법적 세계관을 취하고 있으나, 결론적으로는 그 양식을 배반하고 있다는 점에서 특징적이다. 주인공 소연이 무지하고 무구한 피해자로서 전형적인 선인으로, 남편 심구호는 전형적인 악인으로 형상화되어 있으면서도 이들의 대립이 악에 대한 징벌로 종결되지 않는다는 점에서 그러하다.

멜로드라마의 인물들은 순수한 심리적 기호들이며, 서사는 기호들의 충돌을 통해 추동된다. 멜로드라마의 인물들이 '내면의 깊이'를 갖고 있지 않은 이유는, 멜로드라마 자체가 갈등과 심리적 구조를 외화하는 장르이기 때문이다.[25] 인물들은 도덕적인 힘들(악 혹은 선)의 정수에 의해 움직이는 일종의 기호로서 작동한다.[26] 멜로드라마의 최종심급이 선/악의 이분법이라고 할 때, 이는 근대성의 다른 가치들과 결합하며 확장된다. 전근대적인 것, 쾌락주의적이고 물질주의적인 표상은 악으로, 그 반대항은 선으로 의미화된다. 전근대적인 수일의 친모 황여사와 고모 선산댁은 악의 영역에 속하며 그 반대에 선 수정과 나미는 선이 된다. 영웅에서 악인으로 전환되는 경우도 있는데, 남자주인공 수일의 경우가 이러하다. 그가 선에서 악의 영역으로 서사적 위치를 전환해가는 과정은 '육체적 쾌락의 추구'로 매개된다.

---

22 피터 브룩스, 이승희 · 이혜령 · 최승연 역, 『멜로드라마적 상상력』, 소명출판, 2018, 76쪽.
23 위의 책, 106쪽.
24 "탈신성화된 근대적 세계에서 윤리적 명령은 감상화되었고, 따라서 감정적 정수의 표현과 도덕적 정수의 표현은 구별하기 불가능해졌기 때문"이다. (위의 책, 87쪽 참조.)
25 위의 책, 76쪽.
26 위의 책, 168쪽.

나미를 욕망하기 전의 수일은 자신의 목숨을 버릴 각오로 물에 떠내려가는 사람을 구하고 지역 신문에도 실리는 등 영웅적인 면모를 보이는 특출난 청년으로 묘사되지만, 나미를 욕망하는 과정에서 그는 점차 평범한 남성이 되어가고 종국에는 나미를 배신한 악인이 되어 서사에서 추방된다. 이는 정신을 우위에 놓는 '낭만적 사랑'이라는 담론 안에서는 전형적이지만 도덕적 단죄를 받는 대상이 남성이라는 점에서는 전형을 벗어난다. 근대성의 대표적인 텍스트인 에밀 졸라의 「나나」에서 성욕=식욕=소비의 표상이 된 나나가 "남성의 소멸"을 가져오는 탐욕스러운 근대적 여성성에 대한 일반적인 도식을 형성한 반면,[27] 이 서사에서는 남성의 성욕이 여성성을 위협하는 악마적인 것으로 의미화되고 있기 때문이다. A 지역에서 처음 그녀를 '발견'했을 때부터, 나미를 향한 수일의 시선은 다분히 관음증적인 양상을 띤다.

> "젖은 사람들 중에 수일이는 며칠 전의 그 소녀를 발견하였다. 서른 살쯤 되어 보이는 부인과 동행이었다. (…) 소녀는 원피스뿐이어서 화사한 몸매가 드러나 보였다."(50)

수일은 나미를 처음 보고 "이상히 정결한 그림"(44)을 본 것 같았다고 생각한다. 이처럼 수일에게 나미의 존재는 처음부터 대상화된 상태로 인식된다. "나미에 대한 관찰이나 가치 판단은 극히 짧은 사이에 끝막음을 해 버렸"고, "그의 몸은 마음과 함께 불타올"랐던 것이다.(214) 그러나 나미는 관음의 대상임에도 수일의 시선으로는 투과할 수 없는 지점을 언제나 남겨놓고 있었는데, 그것은 "무엇인가를 그 정신세계에 갖고 있는 듯" 한 느낌으로 인지된다.(124) "이 여자애의 전모를 파악하기는 쉬운 노릇이

27 리타 펠스키, 앞의 책, 146쪽.

아니겠다. 첫째 나를 어떻게 생각하고 있는지조차 알 수가 없어."(125)라는 서술은 수일이 나미가 가진 내면성을 파악했음을 보여준다. 그러나 나미와 교제를 시작한 뒤, 수일은 '알 수 없는'(123) 사람이라고 생각했던 나미에 대해 "어떻게 얌전꾸러기고 겁이 많은지 꼭 어린애예요. 어린애."(270)라고 이야기하는데, 이는 그가 결정을 유보하는 나미의 태도를 소극적이고 유아적인 것으로 의미화하고 있음을 드러낸다.

> 나미는 저도 모르게 수일이의 가슴을 밀어내고 있었다. "안돼! 이러지마, 가만 있어, 나미!" 수일이는 거칠고 험하게 내뱉으며 그녀의 팔뚝을 나꾸채어 내려 눌렀다. '그의 명령에 따르지 않으면 안된다…… 그래야 하는 거야……' 나미는 그렇게 생각하였다. 하나 그러한 그녀 자신의 의사에 반하여, 나미는 맹렬히 몸부림을 치고 있었다. 고개를 외면하고, 그를 떠받치려고 팔굽에 힘을 주며.(298)

그는 유학을 떠나기 전 나미와 육체적 관계를 맺으려 한다. 그러나 수일의 흥분은 "나미를 공포로 몰아넣는 맹렬함"(294)일 뿐이며, 나미는 "거의 절망적인 기분에 사로잡히"며 그것을 "수행해야 하는 일, 받아 들여야 한다고 관념적으로 규정지은 일"(295)로 받아들이려고 한다. 수일과의 관계에서 나미는 소극적이고, 그의 결정을 마지못해 따르는 인물로 형상화되는데 이는 나미가 '일반적인' 연애의 법칙에 의문을 품는 예민함을 가진 사람이기 때문이다. 나미는 자신의 선택이 올바른 것인지 계속해서 반문하고, 반복된 거절로 인해 "이러다가 나를 차차 미워하게 되는 건 아닐까?"(222)라고 걱정한다. 이는 나미가 남성 중심적인 규범으로부터 완전히 벗어나지 않으면서도 그것을 온전히 수용하기만 하는 존재도 아니라는 점을 분명히 한다.

나미는 처음부터 선이나 악 중 어떠한 기호로도 활용되지 않는 인물인데, 그것은 그녀가 무엇을 상징하는지 알 수 없도록 시종일관 모호한 지점에 놓여있기 때문이다. 이는 앞서 살펴본 남자 주인공과의 첫 만남을 비교한 부분에서도 드러난다. 그 전까지 소연은 '죽으면 얼마나 편안할까'(101)라고 생각하고 있었으며, 따라서 독자들이 소연의 심리가 어떨지를 짐작하는 일은 어렵지 않다. 그러나 나미의 경우는 이와 같지 않은데, 나미가 무언가를 생각한다고 해도 그것은 보통 판단을 유예하는 생각들이기 때문이다. 권교수와 불륜을 저지른 박성희의 집에 들이닥친 본처가 박성희의 집을 엉망으로 만든 날에도, 나미는 "박성희씨는 여성의 눈으로 보면 좋은 여성인가요?"라는 수일의 질문에 "어른이에요. 어른들의 세계의 일을 저는 아직 잘 모르겠어요."(103)라고 답한다. 나미는 기존의 인습대로 판단하기를 거부하는 여성이며, 섣부른 판단보다는 결론의 유예를 선택하는 미결정적인 여성 주체의 형상이라 할 수 있다. 이때 나미의 미결정성은 소녀로서 그녀가 지닌 잠재적 가능성을 의미하기도 하지만, 나미 스스로가 결정을 유예시킴으로써 일관성과 동일성에 포섭되지 않는다는 것 또한 의미한다.

> 두 사람을 보았을 때 수정이는 가볍게 숨을 흐느꼈다. 헬렌! (…) 어딘가 수줍은 듯 미소짓고 있는 그녀를 일순 나미가 아닌가 착각하였던 것이다. (…) 다시 없는 악녀, 지각이라고는 찾아보기 힘든 교만한 모습을 덮어 놓고 머릿속에 그렸던 수정이는 이제 할 말은 없을 것 같은 기분에 사로잡혔다. 헬렌이 일방적으로 수일이를 유혹했다고 생각한 것은 잘못이었던 듯했다. 이애는 그 외모와 마찬가지로 내면적으로도 여러모로 나미를 방불케 하였으리라.(379)

수일은 나미와의 결혼을 약속했지만, 미국에서 헬렌이라는 여자와 결혼을 하고 그 사실을 나미에게는 말하지 않는다. 선산댁과 황여사로부터

이 사실을 알게 된 수정은 나미에게 진실을 이야기하고, 이를 받아들이는 대가로 유학비용을 지원하겠다는 어른들의 제안을 전달한다. 나미는 그 제안을 거절하면서, "자기를 닮았다는 수일이의 여자애는 결코 자기처럼 몸을 사리지는 않았으리라는 생각"(383)을 한다. 그러나 나미는 헬렌도 수일도 비난하지 않고 "자기에게는 없는 용기를 그녀는 갖고 있었던 것"(383)이라고 생각하는데 이는 나미가 성녀/악녀 이분법을 반복하지 않고 자신의 주관에 따라 사태를 판단하는 주관성과 내면성을 지닌 인물임을 보여준다. 수일이 나미를 배신하면서 실패로 종결되는 이들이 연애서사는, 내면 서술에 주로 활용되는 편지라는 수단이 아닌 사진을 선택함으로써 수일에게 어떠한 변론의 기회도 제공하지 않고 오직 나미의 내적인 성장을 확인시키는 방식으로 활용된다.

3.2. 풍경의 발견과 자기파괴적 여성 주체

처음부터 투과되지 않는 주관과 내면의 영역을 가진 인물이었던 나미에 비해, 서사 초반의 소연은 선을 상징하는 기호적 인물이었다. 남편의 외도 사실을 모르고 그의 귀가를 기다리는 소연에게 운전기사는 "정말 아무것도 모르시는군요?"(64)라고 말하는데, 이는 소연이 전형적으로 '미덕'과 '무구'의 영역에 있는 선의 기호임을 드러낸다. 반면 남편 심구호는 그에 대립하는 "전통적으로 음흉한 사람(le traître)으로 알려진 악인의 형상"으로 묘사된다.[28] 그는 "유들유들해 보이고, 혈색이 좋은 목덜미나 처진 볼이 아주 불결"(68)하며, 불륜 사실을 들켰음에도 그 어떤 도덕적 가책도 느끼지 않는 인물이다.

소연은 "이 집의 가정부이기도 원치를 않는다"(89)는 마음으로 어렵사

---

28 피터 브룩스, 앞의 책, 72쪽.

리 집을 구해 이사하지만, 하루도 못 되어 심구호에게 잡혀 들어간다. 그러나 심구호는 소연에게 화를 내지 않고 오히려 웃고 마는데, 그것은 "소연의 의사나 감정 같은 것은 아예 당초 안중에도 없다는 태도"이다.(96) "심구호가 좀 더 인간적인 약점이라도 노출하여, 말하자면 혼란하여 고민하고, 추태라도 보인다면", "유길순이 좋고 너는 싫으니 갈라 서자, 하고 나온다면 (…) 적어도 그를 이해할 수는 있었을 것이다."(91)라는 소연의 말에서 알 수 있듯이, 심구호의 태도는 그가 소연을 가정이라는 하나의 기능으로 치환했음을 드러낸다.

내연녀 유길순의 태도도 이와 마찬가지이다. 그녀는 "억센 몸집을 가진 여성"(71)으로 자신을 찾아온 소연에게 "남의 가정을 파괴할 마음은 없"(71)다면서 마치 심구호와 헤어질 것을 약속할 것처럼 다음날 연락을 주겠다고 단언한다. 그러나 다음날 만나자던 유길순의 약속은 거짓이었고, 소연은 또 속고 만다. 이처럼 유길순 또한 거짓말을 반복하는 교활한 인물로서 악인의 전형성을 갖는다. 유길순의 교활함은 소연의 앞에서는 일부러 화장기 없는 수수한 차림으로 등장했다가 심구호 앞에서는 립스틱을 바르고 웃는, 표리부동한 모습으로 형상화된다.

> 아까 같은 샌들이 아닌 하이힐을 바꾸어 신고 있다. 무슨 생각을 하는지 혼자 밑을 보며 빙긋빙긋한다. 소연은 그녀가 지금은 립스틱도 사용하고 있는 것을 알았다. 뒤를 쫓아 심구호가 온다. 유길순과 나란히 서더니 걸어서 길을 건넜다. 퍽이나 즐거운 낯빛들이었다.(74)

즉 심구호와 유길순은 소연이 가정 밖으로 나가지 못하도록, 아내의 역할을 수행하도록 그녀를 기만하고 있다. 이처럼 "기만은 악의 인격적 버전"이라고 할 수 있는데, 그러나 이들은 "심리적인 성격으로서 복잡하거나 뉘앙스를" 주는 인물은 아니다. 악은 정당화를 필요로 하지 않으며, 그저 존재할 뿐이다.[29] 그렇기에 그들은 이해할 수 없는 행동을 하면서도 자신의 행동을 설명하지 않는데, 악의 기능이 선을 모욕하는 데에 있기 때문이다.

심구호와 유길순이 서로를 "향락의 대상"(72)으로 인지하고 감정을 결혼과 분리시키는 것과 달리, 소연은 남편에게 불륜의 대상이 있다는 것을 알고 난 후에도 "남편에의 애착"을 느끼며 "심장이 쪼개지는 것 같은"(69) 고통을 느낀다. 오직 소연만이 결혼의 전제가 되었던 '낭만적 사랑'이 담보하는 사회적 윤리—가정의 창조와 모성의 발명—에 충실한 인물이었던 것이다.[30] 이처럼 소연은 심구호와 유길순이라는 악에 대비되는 전형적인 선의 기호를 담당하고 있는데, 이는 그녀가 극중에서 소비의 기표와 결합하지 않는다는 점에서도 잘 드러난다.

그녀는 "나 부자니까."(80)라고 농을 치면서도 "이혼이 성립되고 나면 당장의 용돈에도 궁"하게 될지도 모르면서 나미의 학비를 대주려고 할 뿐 아니라, "노예도 종도 노리개도 아니고 하나의 인간임을 주장"(89)하기 위해 한정된 예산을 쪼개서 공동주택으로 이사를 감행한다. 그녀는 부유하지만 그것을 타인을 위해 쓰고자 하고, 오히려 집에서는 심구호가 내미는 "지폐 뭉치"가 없으면 살림도 꾸려나가기가 힘든 모습을 보인다. 즉 그녀는 부잣집 사모님이지만 사치나 향락의 기표와는 무관하다는 점에서 선의 기호가 된다.

소연이 본처이자 피해자로서 선(善)이라는 기호에서 벗어나 내면성을 갖게 되는 것은 그녀의 목숨을 구해준 윤준을 떠올리면서부터인데, 이때 그녀의 내면 서술은 자신이 말한 것을 거듭 부정하고 있다는 점에서 진실을 감추고자 하는 징후를 드러낸다.

---

29 피터 브룩스, 앞의 책, 72쪽.

30 앤소니 기든스, 『현대사회의 성, 사랑, 에로티시즘: 친밀성의 구조변동』, 배은경·황정미 옮김, 새물결, 2001, 81쪽.

> 조금 후에 소연은 육군 본부의 부근을 걷고 있었다. 이유는 단순하고 차라리 어리석었다. 언젠가의 그 사람이 군인이었으니까-하는 것이다. 군인이라는 군인이 모두 육군본부 안에 있다고는 삼척동자도 생각지 않는다. 소연도 물론 그렇게 생각하지 않았다. 하나 그녀는 그 이름도 소속도 아무것도 모르는 사람을 만났으면 하는 욕망을 일으켜 세운 것이 아니었다. 다만 그가 군인이었다고 생각을 해 낸 뿐이었다. 백을 돌려주러 왔던 때 만나지 못하여서 오히려 잘 됐다고 여기고 있을 정도이다. 인사를 못해 미안은 하지만 쑥스러웠을 장면을 피할 수 있는 것은 다행이었다. 유길순을 보아서 진창 같은 자신의 자리를 싫어도 의식하지 않을 수 없어진 때 소연은 그날 밤의 그를 머릿속에 띄워 올렸다. 그는 이 진창의 바깥 세계에서, 심구호와는 다른 각도에서, 자기를 다루어 주었다고 생각한다. 그것은 당연한 일이어서 심구호 한사람을 빼놓고는 온 세상 사람에게 같이 해당되는 일이었다. 다만 소연의 머리는 그 사람만을 그런 의미로 기억하고 있었고, 사실 그의 몇 가지인가 동작은 매우 선명히 뇌리에 되살려 낼 수 있었다. 한참을 걷고 난 때 소연은 가슴 속을 시원한 바람이 불고 지난 듯이 느꼈다. 그녀는 자기가 완전히 지금과는 다른 여자일 수도 있으리라는 예감을, 처음으로 흘깃 붙잡은 것이었다.(107-108, 밑줄: 강조 인용자)

다소 긴 인용이지만, 이 부분은 소연이 준을 향한 스스로의 욕망을 인지했음에도 그것을 부정하는 과정에서 논리적인 어긋남과 충돌이 발생하는 지점이기에 면밀히 살펴볼 필요가 있다. 소연은 유길순을 만나고 자신이 기능으로 치환된 존재라는 사실을 다시 자각한다. 그 직후 윤준이 자신을 구해준 "그날 밤의 그를 머릿속에" 떠올리는 것은, 윤준은 심구호와 달리 소연을 하나의 인격체로 인정한다는 사실을 소연 또한 깨닫고 있음을 보여준다. 따라서 윤준을 통해서, 즉 자신을 기능이 아닌 인격으로 대해주는 사람을 통해서만 "자기가 완전히 지금과는 다른 여자일 수도 있으리라"고 예감하게 된 것이다. 따라서 "만났으면 하는 욕망을 일으켜 세운 것이 아니었다", "만나지 못하여서 다행이다"는 거듭된 부정은 오히려 그녀가 자신의 욕망을 인지하고 있다는 징후적인 서술이다.

이처럼 윤준은 소연에게 자아 정체성을 되찾을 수 있는 계기로 작동하는데, 이는 소연이 눈에 부여하는 의미의 변화를 통해 드러난다. 가라타니 고진이 근대문학의 형성에서 지적한 대로, 풍경은 단지 외부에 존재하는 객관적 사물이 아니다. 그것은 고독하고 내면적인 상태와 긴밀하게 연결되어 있다. 즉 풍경은 오히려 외적인 것에 무관심한 '내적 인간'에 의해 발견된 것이다.[31] 이처럼 외부 세계를 자신의 의식으로 평가하고 의미화하는 것은 '내면성의 정립'에 의해서만 가능하다. 내면을 가진 주체만이 외부 세계를 평가한다. 따라서 선/악으로 이분화된 세계에서 기호로 존재하던 소연이 준을 만나고 '눈'이라는 풍경에 의미를 부여하는 과정은 곧 기호였던 소연이 내면성을 가진 주체로 정립되는 과정과 일치한다.

윤준이 처음으로 소연의 집을 방문하고 돌아간 뒤, 소연은 "눈이 아주 멎어버리기 전에 잠깐이라도 길을 걸어보고픈 충동에"(169) 사로잡힌다. "놓쳐 버리기 싫은 감정이 가슴 속에 맴"도는 동시에 그의 눈이나 입모습, 손의 생김새 같은 것을 떠올린다. 즉 그녀는 첫눈과 윤준의 첫 방문을 동일시하고 있는 것이다. 눈이 내리는 것처럼 "줄기차게 자기에게도 퍼부어지고 있는 듯한 희열"은 곧 퍼붓는 사랑의 희열을 의미한다. 이후 "어쩔 수 없이 사랑하고 있습니다."(228)라는 준의 고백을 받은 뒤에 소연과 준은 '눈이 쌓여 있는 곳'에 대해 이야기하는데, 이처럼 쌓여서 녹지 않는 눈은 그들의 감정이 그만큼 깊어졌음을 시각적으로 형상화한다.

"옆에 같이 있어 주심 얼마나 좋을까 해서 자꾸 그런 생각을 하니까 꼭

31 가라타니 고진, 『일본 근대문학의 기원』, 박유하 옮김, 도서출판b, 2010, 37쪽.

계신 것처럼 느껴져서 돌아다보고 돌아다보고 했지요. 바보 같이." "눈 온 산에 갔던 거 아주 오래 되었어요. 그렇지만 지금 반쯤은 다녀온 것 같은 맘이 듭니다. 준씨 따라서."(230)

그러나 결국 소연이 자살을 선택하는 결말은 진정한 사랑을 통해서도 여성은 자율적인 주체를 형성할 수 없다는 사실을 드러낸다. 준 또한 "이제는 소연씨의 시간의 전부 생활의 전부가 제게 필요하다"며 "결혼해 주세요."(886)라고 요청했기 때문이다. 윤준과의 사랑을 통해 맛보았던 "하나의 인간일 수 있고, 단순한 여자일 수 있는"(329) 자유로움은 자신의 아내가 되어달라는 요구로 인해 결국 다시 원점으로 돌아오게 된 것이다. 사랑을 통한 내면성의 구축은, 그녀로 하여금 심구호든 윤준이든 누군가의 아내이기를 선택해야 하도록 만들었다는 점에서 실패를 노정하고 있으며 그 실패를 외부적 요인에 의한 실패가 아닌 자발적 실패로 만드는 것이 소연이 택한 주체성 형성의 방식이었던 것이다.

원형적으로 순결함을 상징하는 눈이 소연의 사랑을 의미하다가 후에 소연의 자살을 긍정하는 이미지로 확장되는 것은, 소연의 자살이 가진 의미를 새롭게 사유하게 한다. 김은하는 소연의 자살이 오히려 숭고한 사랑을 봉인하기 위한 "심미주의자의 역설적 존재론"[32]이라고 해석한다. 즉 소연의 자살은 "가부장제의 금기를 깨트리는 데 대한 두려움과 처벌의 공포가 투사된", "현실에서 무기력한 이들의 심정적 도피의 양식"이라는 것이다.[33] 이는 곧 스스로를 희생양으로 삼아 현실로부터 도피했다는 해석이라 할 수 있는데, 이는 자기파괴라는 극단적인 형식이 지닌 자기보존에의 강렬한 욕구를 간과하고 있다.

---

32 김은하, 앞의 글, 133쪽.

33 위의 글, 134쪽.

자살을 패배적인 도피로 본다면, 그것은 견고한 세계에 아무런 변화도 주지 못한다. 그러나 이를 외부 세계의 동일시로부터 자신의 주관성을 지키기 위한 마지막 저항의 파토스로 본다면, 낭만적 사랑의 이데올로기는 그녀의 죽음을 통해 완결되지 못하고 그 불가능성을 노출하게 된다. 이때 소연이 기투하는 '숭고한 사랑'은 여성 주체의 주관성에 대한 표상일 뿐이다. 그녀는 사랑을 위해 희생한 것이 아니라 사랑을 하는 자기 자신을 지키기 위해, 다시 말해 자기보존을 위해 자기파괴를 선택한 것이다. 근대적 주체에게 자기 유지와 자기 파괴는 서로 분간하기 어려울 정도로 중첩된다.[34] 그러나 소연의 자기파괴가 여성적 마조히즘과 같은 자기처벌의 영역에 머물지 않는 이유는, 소연의 죽음이 더블인 나미에게 또 다른 길을 제시함으로써 정치적인 의미를 획득하기 때문이다.

4. 비동일성의 서사와 대중소설의 정치성

사랑과 결혼의 문제를 다룬 60년대 『여원』의 기사들은 순결하며 정신적인 사랑을 역설했다.[35] '결혼은 연애의 연장이 되어야 한다'는 낭만적 사랑의 개념은 여성의 육체뿐 아니라 행위와 정신까지도 규제했다. "성=사랑=결혼의 통합을 추구하는 낭만적 사랑의 이념은 사적이고 개인적인 삶의 경험을 동질적인 문화적 상징체계 속에 통합"시키는 것이었다.[36] 당대 담론장에서 여성 지도자들에 의해 현모양처상이 사회적 성공의 모델로 제시되었다는 점이 이를 증명한다.[37] 이러한 담론적 자장 안에서 여성

34 아도르노 · 호르크하이머, 김유동 역, 『계몽의 변증법』, 문학과지성사, 2020, 144쪽.
35 최경희, 앞의 논문, 4쪽.
36 김지영, 앞의 글, 66쪽.
37 김은하, 앞의 글, 120쪽.

작가들의 대중연애소설은 동일시의 이데올로기에 일면 순응하고 있지만, 그럼에도 그것만으로는 설명할 수 없는 모순적 계기들을 내재하고 있다.

낭만적 사랑의 담론을 전파하는 데에 주로 활용되었던 멜로드라마의 양식은 언제나 선이 승리하는 세계관인데, 그것은 멜로드라마라는 형식 자체가 도덕적 세계의 존재를 입증하고자 하기 때문이다.[38] 그러나 『신설』의 서사는 악인이 처벌받지 않는 결말을 통해 멜로드라마적 상상력에 균열을 가한다. 탈신성화된 세계가 도덕적 인물의 승리를 통해 복원될 것이라는 이데올로기적 환상을 깨트림으로써 주체들을 동일성의 영역으로 포섭하는 근대성의 담론을 미완의 영역으로 만드는 것이다. 이는 여성 주체들이 내면성을 갖춰가는 과정을 통해 구체화된다.

나미와 소연은 멜로드라마 속에서 도덕적 기호로서 존재하는 것이 아니라 내면성을 형성하고 그로부터 주체로서의 주관성을 확보한다. 외부세계에 침범당하지 않는 주관성은 주체가 동일성의 원리에 함락되지 않고 세계와 불화할 수 있는 지점으로 작동한다. 물론 내면의 정립은 비단 1960년대만의 문제는 아니다. 인간을 둘러싼 외부 세계는 늘 존재해왔으며 따라서 어떤 세계에 맞서는 어떤 내면인지가 중요할 것인데, 1960년대 문학의 내면성이란 주로 5 · 16이라는 혁명의 실패를 받아들인 정치적 주체(남성)들의 '소시민의식'으로 논의되어 왔다. 즉 타락한 외부세계를 수용했지만 그곳에서 '아무것도 하지 않음'으로써 비정치성의 정치성을 발휘하는 것이다.[39]

『신설』에서 기존의 인습에 따르지 않고 내면의 주관성을 지켜내는 인물은 나미로 형상화된다. 그러나 그녀의 내면성은 자기기만과 같은 또 다른 타자화의 형식을 취하지 않는다. 신세대인 나미의 내면성은, 오히려

38 피터 브룩스, 앞의 책, 54쪽.

39 김영찬, 「1960년대 문학의 정치성을 '다시' 생각한다」, 『상허학보』 40, 상허학회, 2014, 192쪽.

여성을 기만하는 기존의 '낭만적 사랑'의 담론을 의심하고 그에 대한 재인식을 요구하는 지연遲延의 방식으로 구축된다. 그녀는 남성의 요구에 끊임없이 흔들리고 그 일방적 애정에 휩쓸리느라 지키지 못할 약속을 하면서도 그것을 미루거나 결국엔 철회하는 방식으로 스스로의 판단을 고수한다. 그렇기에 "모든 형편이 그녀를 떠밀 듯 출발시키기로 정해 있었지만 그녀는 멈추"(403)는 것을 선택하였으며 수일에 대한 사랑을 회고하면서도 "그것은 자기의, 나미 자신의 방식이었다. 후회는 없다."(404)고 자신의 서사를 자신의 방식으로 종결시킬 수 있었던 것이다.

소연 또한 결말부에 "스캔들, 탄로, 폭행, 상해. (…) 그런 것이어서는 안 되었다. 외부의 힘이 합치면 결국 그러한 추위[40]가 된다. 내가 내 힘으로, 진작 해결을 해야 될 일이었던 것이다."(393)라고 서술하는데, 이는 자신이 선택한 사랑은 외부의 강압에 의해서가 아니라 그녀의 의지로 끝맺어야 한다는 주체적 의식의 발현이라 할 수 있다. 이는 소연의 자살을 "청정한" "흰 세계"와 동일시하는 서술을 통해 긍정된다. "소연은 싸늘한 자살체로 발견되었다."(402)는 서술 직후에 눈이 쌓인 군 묘지를 걷는 나미가 등장하는 결말부는 두 여성 인물이 맺는 더블로서의 관계를 다시 한 번 분명히 보여준다.

> 눈이 엷게 깔려 있었다. 평지도 언덕도 능선도 더욱 더 청정해 보인다. 모든 것이 흰 눈속에 파묻히어 보는 것은 좋은 일이었다. 눈송이는 점점 굵어지더니 무엇에 격한 듯이 펑펑 내려 붓는다. 흰 세계는 짙어지고 나미의 발자국은 깊이 새겨졌다.(403-404)

소연의 죽음은 하얀 눈으로 덮여 "청정"한 것으로 의미화되며, "흰 세

40 원문에는 '추위'라고 적혀 있으나 문맥상 '추태'를 의미하는 듯하다.

계"는 가정의 의무와 사랑의 열정 중 하나만을 선택하기를 강제하는 외부의 강요에 맞서 '선택하지 않기를 선택'한 소연의 주관성을 상징한다. 또한 "소연 여사의 죽음과 박성희 선생의 케이스를 옆에서 보아 온 사실은 나미를 한결 빨리 어른으로 만들어 주었는지 몰랐다."(403)는 서술은, 더블로서 "한 인물의 정신적 움직임이 다른 인물에게 전이되는 과정"[41]을 보여준다. 후세대인 나미는 소연의 실패를 참조하여 미래로 나아가며, 이는 흰 세계를 걷는 나미의 모습을 통해 상징적으로 제시된다. 기성세대와 신세대를 대변하는 두 여성 인물이 신설新雪, '새로운 눈'으로 매개되어 멜로드라마의 도덕적 기호로는 환원 불가능한 차이와 비동일성의 영역을 구축한 것이다.

근대의 야만 상태인 파시즘은 한국전쟁, 그리고 60년대의 혁명을 좌절시킨 반혁명과 그 뒤로 이어진 군부독재를 통해 한국 사회에 현상했다. 이때 국가라는 주체는 무한적으로 외부 세계를 식민화하여 자기의 내부에 있는 세계와 동일시한다.[42] 이러한 상황에서 60년대의 남성 주체들은 소시민으로서, 내면성이라는 비정치적 영역에 머물기를 선택함으로써 역설적으로 정치성을 확보할 수 있었다. 소연의 자살 또한 '선택하지 않기를 선택'하는 일종의 비정치성의 정치성으로 해석할 수 있다. 소연은 가정에 남을 것이냐 탈주할 것이냐는 두 가지 선택지 중 그 어느 것도 선택하지 않기를 선택함으로써 여성에게 강제된 성녀/창녀의 이항대립 구조를 폭로한다. '선택하지 않기를 선택'하는 것은 곧 주권 권력에 대한 거부이며, 이는 아감벤이 인용한 필경사 바틀비의 'I would prefer not to'와 같은 형식을 띠고 있다. 이는 할 수 있는 잠재성과 하지 않을 수 있는 잠재성 사이의 결정 가능성 자체에 저항하는 행위이다.[43]

41 임옥희, 앞의 책, 147쪽.

42 아도르노 · 호르크하이머, 앞의 책, 284쪽.

43 조르조 아감벤, 『호모 사케르』, 박진우 옮김, 새물결, 2008, 115-117쪽 참조.

나미와 소연은 1960년대 국가담론의 동일성 원리에 포섭되지 않는 여성 주체이며, 서사적 차원에서 1960년대적 여성 주체의 분열을 드러내는 짝패이다. 이들이 보여주는 사랑의 실패는 단순한 낙오라거나 서사적 단죄가 아니라, '낭만적 사랑'의 동일화 기제를 반복하지 않는 여성 주체의 가능성이라 할 수 있다. 이들은 각기 다른 방식으로 근대적 여성 주체를 주조하는 동일화 기제로서의 여성 계몽 담론에 포섭되지 않는 잉여의 지점을 만든다. 이러한 결말은 이데올로기를 재생산하거나 그것으로부터 탈주하는 것이 아니라, 이데올로기의 수행을 중지함으로써 일반적인 연애서사의 문법으로는 설명할 수 없는 공백을 만든다는 점에서 1960년대 여성 대중소설의 정치성을 보여준다.

● 참고문헌

1. 기본 자료

강신재, 『신설』, 대문출판사, 1971.

2. 논문 및 단행본

가라타니 고진, 『일본 근대문학의 기원』, 박유하 옮김, 도서출판b, 2010.

강지윤, 「개인과 사회, 그리고 여성—1950~1960년대 문학의 내면과 젠더」, 『민족문학사연구』 67, 민족문학사연구소, 2018, 511-548쪽.

김영민, 『한국현대문학사』 2, 민음사, 2013.

김영찬, 「1960년대 문학의 정치성을 '다시' 생각한다」, 『상허학보』 40, 상허학회, 2014.

김윤식 · 김우종 외, 『한국현대문학사』, 현대문학, 2019.

김은하, 「중산층 가정소설과 불안의 상상력: 강신재의 장편 연재소설을 대상으로」, 『대중서사연구』 22, 2009, 115-145쪽.

김지영, 「가부장적 개발 내셔널리즘과 낭만적 위선의 균열: 1960년대 『여원』의 연애담론 연구」, 『여성문학연구』 40, 한국여성문학학회, 2017, 57-104쪽.

리타 펠스키, 『근대성의 젠더』, 김영찬 · 심진경 옮김, 자음과모음, 2020.

임옥희, 「기괴함: 친숙한 그러나 낯선」, 『페미니즘과 정신분석』, 여이연, 2013.

아도르노 · 호르크하이머, 『계몽의 변증법』, 김유동 옮김, 문학과지성사, 2020.

앤소니 기든스, 『현대사회의 성, 사랑, 에로티시즘: 친밀성의 구조변동』, 배은경 · 황정미 옮김, 새물결, 2001.

오토 랑크, 『심리학을 넘어서』, 정명진 옮김, 부글, 2015.

이봉범, 「1950년대 신문저널리즘과 문학」, 『반교어문연구』 29, 반교어문학회, 2010, 261-305쪽.

이봉범, 「1950년대 잡지 저널리즘과 문학—대중잡지를 중심으로」, 『상허학보』 30, 상허학회, 2010, 397-454쪽.

임정연, 「여성연애소설의 양가적 욕망과 딜레마—강신재와 은희경의 경우를 중심으로」, 『한국문학이론과 비평』 50, 한국문학이론과비평학회, 2011, 213-232쪽.

조르조 아감벤, 『호모 사케르』, 박진우 옮김, 새물결, 2008.
최경희, 「1960년대 강신재 소설에 나타난 근대화의 '망탈리테' 연구—『여상』담론과 <이 찬란한 슬픔을>에 나타난 여성 교양의 의미와 양상을 중심으로」, 『어문론총』 58, 한국문학언어학회, 2013, 373-392쪽.
최경희, 『1960년대 소설에 나타난 '여성 교양' 담론 연구—연애 · 결혼 · 가족서사를 중심으로』, 경희대학교 대학원 박사학위논문, 2013.
피터 브룩스, 『멜로드라마적 상상력』, 이승희 · 이혜령 · 최승연 옮김, 소명출판, 2018.

3. 기타 자료
윤병로, 「여류문학이 가는 길」, 『현대문학』, 1967.7.

14장

여성 수난서사의 전복: 사랑 · 전쟁 · 혁명의 다시 쓰기*

―정연희의 신문연재소설 『불타는 신전』
(『조선일보』, 1965.1.1~1965.11.21)을 중심으로

표유진

1. 들어가며

정연희는 1957년 『동아일보』 신춘문예에서 「파류상」으로 등단한 이래 30여 편의 장편과 단편집 10권을 출간하며 최근까지 긴 세월 동안 창작에 매진해온 작가이다. 그럼에도 정연희는 기존 연구사에서 소외되어 왔다. 최근에 와서야 다시 시도되고 있는 초기 단편소설에 대한 연구는 드문 편이며,[1] 기존의 정연희 소설에 대한 선행연구는 주로 1960년대 이후의 장편소설에 대한 여성주의적 접근[2]에 집중되어 있었다. 그러나 1960년

---

* 이 글은 『여성문학연구』 53(2021)에 실린 글을 재수록한 것이다.

1 천이두, 「에고의 구도적 대현실적 자세―정연희론」, 『현대한국문학전집』 13, 신구문화사, 1965, 472-476쪽; 이상진, 「존재의 근원에 대한 여성적 투시―정연희론」, 『페미니즘과 소설비평―현대편』, 한길사, 1997, 343-387쪽; 연남경, 「1950년대 문단과 '정연희'라는 위치―전후 지식인 담론과 실존주의 수용의 맥락에서」, 『구보학보』 27, 2021, 89-121쪽; 표유진, 「1950년대 소설의 여성 표상 전유와 몸 연구―정연희, 한말숙, 강신재를 중심으로」, 이화여자대학교 석사학위논문, 2021.

2 최미진, 「정연희 소설에 나타난 여성 주체의 자리매김 방식 연구」, 『현대문학이론연구』

대 장편소설 연구에서 『불타는 신전』(『조선일보』, 1965.1.1~1965.11.21)[3]이 언급조차 된 적이 없다는 사실은 특징적이다. 여성 잡지에 연재된 『목마른 나무들』(『여원』, 1961.11~1963.4), 『아가(雅歌)』(『여상』, 1963.9~1964.12)나 전작소설로 출간된 『석녀(石女)』(문예사, 1968)와 달리 『불타는 신전』은 신문연재소설이며, 영화화되거나 여러 번 단행본으로 재출간된 다른 소설들에 비해 당대에 큰 관심을 얻지는 못했던 것으로 보인다. 연재 전후의 작가 인터뷰 외에 『불타는 신전』과 관련된 당대의 평론이나 기사 또한 찾아보기 어렵다. 물론 『불타는 신전』이 연구사에서 소외된 이유가 인지도 문제는 아니겠으나, 당대의 미지근한 반응에서 당대 문학 장에서 모호한 위상을 가졌던 『불타는 신전』의 특수성을 상기해볼 수는 있다.

정연희는 첫 신문연재소설인 『불타는 신전』을 연재하기 전 인터뷰에서 『목마른 나무들』, 『아가(雅歌)』와는 차별화된 "아주 이질적인 것"을 쓰겠다는 포부를 밝혔으며, 전쟁을 배경으로 여성 심리와 애정관의 심층적 변화를 처참함과 고독 속에 써내려갈 것이므로 "서정적인 면이 결여될 우려"를 감수하겠다고까지 발언한 바 있다.[4][5] 작가 스스로 여성의 애정관

11, 현대문학이론학회, 1999, 395-417쪽; 김현주, 「'아프레 걸'의 주체화 방식과 멜로드라마적 상상력의 구조: 정연희의 『목마른 나무들』을 중심으로」, 『한국문예비평연구』 21, 한국현대문예비평학회, 2006, 315-335쪽; 송인화, 「1960년대 연애 서사와 여성 주체-정연희 「석녀」를 중심으로」, 『한국문예비평연구』 25, 한국현대문예비평학회, 2008, 143-175쪽; 송인화, 「정연희 소설에 나타난 '자기세계' 구축 방식과 나르시시즘의 의미」, 『비평문학』 35, 한국비평문학회, 2010, 211-239쪽; 송인화, 「196, 70년대 감성-규율-프레임과 젠더-정연희 자전소설에 나타난 불륜 담론 연구」, 『여성문학연구』 30, 한국여성문학학회, 2013, 385-415쪽.

3 본고의 인용문은 단행본으로 출간된 정연희, 『불타는 신전(神殿) 上/下』, 대운당, 1979. 에서 인용하였으며, 수록된 권과 쪽수만 표기한다.

4 「여성 심리의 심층을 파헤치고 싶어요…」, 『조선일보』, 1964.12.22.

5 실로 『불타는 신전』은 1960년대 정연희의 장편소설의 서사전략의 공통된 특징인 애정의 삼각관계의 도덕적 결말과 같이 대중에게 흥미와 안정감을 주는 서사구도, 가부장적 여성성의 과장적이고 반복적인 수행을 통한 저항 등과는 사뭇 다른 서사전략을 구사한다. 이러한 분석은 1960년대 정연희의 장편소설을 '대중소설'로 명명하고 『목마

에 대해 쓰겠다고 했던 만큼 사랑은 중요한 소재이다. 그러나 낭만적인 연애나 가정 안팎의 사건사고들이 아니라 여성들이 전장 속을 오가며 겪는 수난을 초점화한다는 점, 1950년대 단편들과 유사하게 실존문학적 성격이 두드러진다는 점은 『불타는 신전』만의 특징이다. 그러므로 『불타는 신전』은 당대의 젠더화되고 이분화된 문학 장의 주류(본격문학)와 주변(여류, 대중문학) 어디에도 온전히 속하지 않는 모호한 성격으로 인해 상대적으로 주목받지 못했을 수 있다.[6] 그러나 이는 역으로 이 소설의 경계 교란적 위상을 반증한다. 그러한 교란성은 전쟁 속 여성 수난을 중심으로 하면서도 한국문학사 속 '전형적인' 여성 수난서사 플롯을 위반하는 『불타는 신전』의 서사와 인물 구성에서부터 찾아진다.

여성의 수난과 민족의 수난이 동일선상에 놓임에 따라 여성의 몸과 섹슈얼리티가 민족적이고 국가적인 순수성의 상징으로 이상화되는 은유는 한국문학사에서 쉽게 발견된다.[7] 특히 한국전쟁이 남긴 민족적 상흔을 여

른 나무들』, 『아가』, 『석녀』의 대중서사전략을 비교한 후, 여성주의적 관점에서 여성의 주체성을 탐색한 최미진의 연구를 참고하였다.(최미진, 「1960년대 대중소설의 서사전략 연구－정연희의 장편소설을 중심으로」, 『한국문학논집』 25, 한국문학회, 1999, 77-96쪽.)

6 이와 관련하여 연남경은 정연희의 1950년대 단편소설에 대한 당대 공론장과 문학사, 연구사적인 무관심의 근거를 추정하면서 하나의 합리적 가능성을 제시한 바 있다. 정연희가 관념적인 지식인 작가의 문학 혹은 실존주의 문학 계보에 해당하는 소설을 다수 창작하였으나 '여류'에 대한 편견으로 인해 당대 문학 장에서의 위치가 모호했을 것이며, 이러한 초기 단편의 특수성이 이후 여성주의적 관점에 편향된 정연희 소설의 연구사에도 영향을 주었을 가능성이다. 정연희의 1950년대 소설에 대한 분석과 당대 비평담론의 젠더적 배타성을 고려할 때 이러한 추정은 상당히 설득력이 있다.(연남경, 앞의 글, 90-94쪽.) 이와 유사하게 1960년대에 연재된 소설인 『불타는 신전』은 여성 주인공을 중심으로 당대 가부장적 질서에 대한 비판적 시각을 견지하면서도 극한의 시대 상황 속 여성들의 실존적 투쟁에 더 천착하고 있다. 따라서 『불타는 신전』은 당대에 '여류'의 대중문학이라는 편견 아래 그 실존문학적 가치를 제대로 조명 받지 못했을 수 있으며, 여성주의적 관점에 치중한 기존 연구에서도 조명되지 못한 것으로 추정해볼 수 있다.

7 관련된 연구로는 권명아, 「여성 수난사 이야기, 민족국가 만들기와 여성성의 동원」, 『여

성의 성적 위기와 방황으로 은유하는 여성 수난서사는 '여성의 순결의 회복 혹은 타락과 죽음을 통한 남성의 주체화'라는 가부장적 민족주의를 특징으로 한다. 또한 피터 브룩스의 멜로드라마적 양식에서도 여성은 도덕적 선의 상징이며[8] 멜로드라마의 기본 플롯은 악인에 의해 위기를 겪으면서 선의 승리를 증명하고 사랑을 보상으로 수령하는 여성의 수난서사로 구성된다.[9] 그러나 『불타는 신전』은 여성 인물에게 반복되는 성적 수난을 한국전쟁이라는 민족사적 배경 속에서 그리고 사랑을 소재로 한 신문연재소설임에도 불구하고, 전후문학과 멜로드라마의 여성 수난서사의 공식을 모두 위반한다. 『불타는 신전』은 여성의 성적 위기를 실존적 위기로 형상화하며, 그 위기를 극복하는 여성 인물의 생명력과 사랑은 선악의 관념이나 민족적 순수성으로 환원되지 않기 때문이다.

따라서 본고에서는 기존의 여성 수난서사의 민족주의적 은유나 멜로드라마적 공식을 위반함으로써 모색되는 『불타는 신전』의 여성 인물들의 실존적 자각의 과정과 특징, 그리고 전쟁과 혁명이라는 배경과 사랑의 연관성을 살펴볼 것이다. 우선 2절에서는 주인공 강하영의 실존적 자각의 과정을 살펴볼 것이다. 3절에서는 여성 인물들의 복잡하고 위반적인 애정관계가 도덕적 결말이 아닌 모성의 재의미화와 공동체적 자매애로 나아가는 서사구조의 전복성을 확인할 것이다. 마지막으로 4절에서는 혁명의 실패에 대한 여성 인물의 대응방식을 중심으로 전복된 여성 수난서

성문학연구』 7, 한국여성문학학회, 2002, 105-134쪽 참고.

8 피터 브룩스, 이승희 · 이혜령 · 최승연 역, 『멜로드라마적 상상력』, 소명출판, 2013, 71쪽.

9 멜로드라마적 양식에서 여성이 겪는 수난이 반드시 성적인 위기는 아니더라도, 여성의 진실된 사랑과 도덕적 순수성에 대한 추구는 결국 "가장 투명하고 수식이 없는 유아적인 형식으로" 순수와 결백을 호소하는 여성성을 양식화한다. 순진무구하고 영적 순수성을 지닌 여성성이 감정적 과잉과 과장된 숭고로 도덕적 승리를 형상화하는 것이다.(위의 책, 85쪽.)

사의 플롯을 역사적 · 사회적 차원에서 새롭게 독해해보고자 한다.

2. 사랑의 '전장(戰場)'과 생명의 불꽃

『불타는 신전』은 한국전쟁의 전세 변화를 중심으로 인민군 통제하의 서울, 전쟁터가 된 서울, 피난지 부산, 그리고 전후의 서울로 이동하는 강하영의 노정을 따라가며 전개된다. 그러한 노정은 성적인 수난들과 여성의 몸과 섹슈얼리티를 둘러싼 사랑의 문제를 중심으로 구성되며, 하영에게 "사랑이란 인생의 판도(版圖) 위에서 하나의 보람 있는 전장(戰場)을 이룩하는 일"(下, 6)로서 실존적 투쟁의 장이다. 하영이 겪는 수난들과 그 의미는 생사의 경계이자 운명과 존재가 충돌하는 시공간 즉 "위기, 급격한 교체, 운명의 예기치 않은 급변"[10]이 일어나는 크로노토프(時空性, Chronotope)[11] 속에서 잘 드러난다. 하영이 성적 수난을 경험하는 시공간은 공통적으로 죽음을 상징한다. 격전이 벌어지는 전쟁터 한가운데 위치한 토막, 고립된 저택, 어두운 방, 골목 등은 어둡고 습한 무덤을 연상시키기 때문이다. 그

10 미하엘 바흐친, 『도스또예프스끼 창작론(도스또예프스끼 시학의 제(諸)문제)』, 김근식 옮김, 중앙대학교출판부, 2003, 222쪽.

11 시간(chromos)과 공간(topos)을 의미하는 두 그리스어의 합성어인 '크로노토프(Chronotope)'는 시간과 공간이 분리되지 않으며 함께 연관될 때 의미를 산출함을 전제하는 '시공성(時空性)'이다.(서정철, 『인문학과 소설 텍스트의 해석』, 민음사, 2002, 426쪽.) 바흐친은 라블레 소설 속 "시간을 경험하는 특정한 형식과 시간과 공간 간의 특정한 관계, 즉 특정한 크로노토프"에 주목하여 라블레의 과업을 "중세적 세계관의 붕괴와 함께 해체되어가고 있는 세계를 새로운 물질적 기초를 바탕으로 재건하는 것"으로 제시한다.(미하엘 바흐친, 『장편소설과 민중언어』, 전승희 옮김, 창작과비평사, 1998, 407쪽.) 또한 바흐친은 도스토예프스키의 소설에서 '문턱'의 경계적인 크로노토프를 발견하는데, 이러한 크로노토프는 "變形과 交替, 生成의 이미지를 만들어내는 상황바꾸기의 時空性"으로 특징지어진다.(김미현, 「金裕貞 小說의 카니발적 構造 硏究」, 이화여자대학교 석사학위논문, 1989, 133쪽.)

러나 탈출구 혹은 창문을 통해 인지되거나 소리나 진동, 빛으로 감각되는 그 공간의 바깥은 탁 트인 대지와 하늘이다. 불타는 건물들이나 붉게 타오르는 하늘, 쏟아지는 폭격에 의한 진동, 총성과 폭발음 등은 그 자체로는 전쟁의 상징이다. 그럼에도 하영이 경험하는 고통이나 내적인 방황과 겹쳐질 때 전쟁의 수난은 오히려 실존적 자각의 계기가 된다.

가령 하영이 처음으로 성적 위기를 경험하는 어두운 토막은 무덤과 같은 공간으로서 죽음이라는 인간의 한계와의 대면을 상징한다. 즉 하영의 수난서사는 실존적 주체성의 출발점인 "본원적인 절망"인 죽음의 자각에서부터 시작된다.[12] 그리고 그 토막은 탁 트인 벌판에 위치해 있다. 토막을 탈출해도 도망칠 방향을 찾기는커녕 숨을 곳도 발견할 수 없는 "넓고도 아득"(13)한 벌판은 폭격과 사내로부터 무작정 달아나야 하는 하영의 삶의 조건을 상징한다. 토막으로 돌아간다면 폭격을 피할 수는 있어도 겁간을 피할 수 없고, 이대로 벌판을 내달린다면 죽음을 감수해야 한다. 구원도 없고 존재의 의미를 찾아낼 수도 없는 고독한 '양자택일(兩者擇一)'의 상황인 것이다. 따라서 폭격과 총성이 쏟아지는 아득한 벌판은 의미를 알 수 없는 부조리한 세계에 "아무런 예비지식도 준비도 없이"(上, 57) '내던져진' 인간의 실존(實存)을 상기시킨다. 이는 하이데거가 『존재와 시간』[13]에서 '내던져져 있음(被投性, Geworfenheit)'으로, 사르트르가 "자유의 선고(宣告)"로 표현했던 실존적 주체가 의지와 무관하게 부여받은 고독한 선택과

12 장 폴 사르트르, 『실존주의는 휴머니즘이다』, 방곤 옮김, 문예출판사, 1993, 49쪽. 1950년대 담론 장에서 실존주의는 사르트르의 논문 「실존주의는 휴머니즘이다」을 비롯한 사르트르, 카뮈, 지드 등의 이론과 문학 텍스트들의 번역을 통해 유입되었으며, 철학적이고 문화적이며, 정치적인 용어로서 복잡하게 정의되었던 '자유'와 '민주주의'라는 기표와 연관되어 지식인들에게 수용되었다. '자유'의 기표와 실존주의에 대한 자세한 논의는 권보드래, 「실존, 자유부인, 프래그머티즘」, 『한국문학연구』 35, 동국대학교 한국문학연구소, 2008, 101-147쪽 참고.

13 마르틴 하이데거, 『존재와 시간』, 이기상 옮김, 까치, 1998, 188쪽.

책임 즉 불안의 근원에 대한 깨달음이다.[14]

그 깨달음 앞에서 하영은 허무주의[15]나 죽음의 위협에 굴복하지 않는다. 하영은 절망적인 상황과 폭격의 불꽃 속에서 타오르는 생명력과 아름다움을 발견하고 매혹됨으로써 주체성의 발판을 마련한다. 이는 고립된 별장 내부에서 배기정에게 몸의 자유를 빼앗기는 순간에도 반복된다. 하영은 "자기 의지로는 꼼짝도 할 수 없"는 "던져져 있"는 상태에서 구속된 "죄인"의 몸을 연상하며 삶 자체를 벌처럼 감각하지만(上, 26), 가부장적 폭력성과 전쟁의 폭력성 사이에 놓인 창턱에 허리를 걸치고서 뛰어내리겠다고 선언하는 등 저항을 멈추지 않는다. 어두운 별장과 불타는 벌판 사이의 창(窓)은 엄습하는 위기 속에 자신을 지키려는 위태로운 실존적 크로노토프로서 "위기와 급변이 일어나는 문턱"과 같은 경계와 변형의 시공간이라 할 수 있다.[16] 결국 전장의 폭음과 겹쳐지는 배기정의 폭력에 유린당하지만, 그 절망적 순간에 하영은 유리창을 물들이는 "아름다운 화염"(28)에 매혹된다. 그 화염은 벌판에서 보았던 불타는 천지, 위태로운 순간에도 장엄함을 잃지 않는 타오르는 대지의 아름다움을 연상시킨다.

---

14 장 폴 사르트르, 앞의 책, 23-25쪽.

15 1950년대 중 · 후반에서 1960년대 초반에 이르는 실존주의적인 문학에서 '허무주의'는 중요한 비판의 지점이었다. 김현의 「허무주의와 그 극복」(『사상계』 16(2), 1968, 사상계사, 297-309쪽)을 비롯한 당대 평론가들의 평론에서 1950년대 신인작가들의 실존주의적 성격이 문학장에서 어떻게 평가되었는지를 확인할 수 있다. 이후 작성된 한국문학사 속에서도 손창섭, 장용학, 김성한, 선우휘, 이범선 등 1950년대에 등장한 신인 작가들은 신세대 작가 혹은 전후세대로 기성작가와 분리되었으며, 그들의 문학은 무의미와 관념성, 허무주의 등을 이유로 평가절하되는 경향을 보인다.(김윤식 · 정호웅, 『한국소설사』, 문학동네, 2010, 360-379쪽; 권영민, 『한국문학사』 2, 민음사, 1994, 150-167쪽.) 그러나 1950년대에서 1960년대 초반에 이르는 시기에 정연희 등 여성 작가들을 포함한 신인작가들의 문학에 나타난 실존주의적 성격이 오히려 현실과 관념을 향한 저항과 도전을 담고 있음을 밝히거나 작품의 의의를 재조명하려는 시도들이 최근의 연구에서 발견된다.(정보람, 「1950년대 신세대작가의 정치성 연구」, 이화여자대학교 박사학위논문, 2015; 연남경, 앞의 글; 표유진, 앞의 글.)

16 미하엘 바흐친, 앞의 책, 2003, 194쪽.

배기정에게 겁간 당하는 고통스러운 순간에 그 불꽃은 하영의 존재와 생명에 대한 맹목적인 의지와 동화되어 몸 내부로 전이(轉移)된다.

> 무서운 통증과 함께 갑자기 작렬하는 하얀 불덩어리를 보았다. 그 벌판의 허공에서 작렬하는 조명탄의 백색 불덩어리. 그것은 거둬들일 수 없는 노여움으로 그 여자의 몸 속에서 타고 있다. 달덩어리가 미쳐버린 듯, 질서정연하게 궤도 위를 가던 만월(滿月)이 갑자기 미쳐버린 듯한 그런 차가운 불빛이 그의 마음 속에서 타고 있다.(上, 30)

어둠을 밝히는 만월과 동일시된 전쟁의 조명탄, 광기를 동반한 불덩어리는 하영의 유린되는 몸 내부를 거쳐 몸과 달리 저항성을 잃지 않는 마음으로 전이된다. 마음, 내부는 몸의 물질성에 한정되지 않는 실존을 상징하며, 관념화된 이상, 목표, 의미를 파열시키고 그 모든 것에 앞서는 살아있음을 상기시킨다. 이후 불꽃의 이미지는 하영에게 반복되는 수난 속에서 "스스로의 내부에서 거침없이 타오르는 불길"(上, 335)로서 계속해서 등장한다. 불꽃은 존재를 위협하는 죽음과 관념에 굴복하지 않는 불복종의 상징으로 작동한다. 사실상 죽음을 상징하는 전장의 불길이 생명력으로 내면화됨은 역설적이다. 이는 여성의 주체화를 방해하는 '상황적 조건(la situation)'[17]으로서의 가부장적 질서와 연관된다. 전장에서 하영이 겪는 수난이 생사의 갈림길보다도 성적인 수난 즉 여성의 몸에 가해지는 폭력에 더 초점화되어 있기 때문이다. 다시 말해 하영은 죽음의 운명뿐만 아니라 타자화된 여성성에서 비롯된 운명 앞에 내던져진 존재이기도 하다.

하영은 "하이칼라 여자"(上, 17)이자 집안도 좋은 '여대생'이라는 이유로

---

17 '시튜아시옹'은 객관 세계에서 인간이 처한 상황적 조건을 의미하며, 변동하는 세계의 가치체계, 질서와 관련된다.(장 폴 사르트르, 앞의 책, 37쪽.)

소문의 대상이 되며 남성들의 욕망의 대상으로서 성적 위기를 마주한다. 하영은 피해자임에도 불구하고 "사내를 유혹한 자"(上, 20)로 비난받으며, 여성이 남성에게 "사랑받는 것만이 안전하고 행복"(上, 29)할 수 있는 길이라는 강압적인 가부장적 질서에 노출된다. 1950~1960년대의 가부장적인 국가 재건 이데올로기는 여성을 근대적 주체가 아닌 가정에 귀속된 수동적 존재로 규정하고 타자화하였다. 이러한 이데올로기가 하영을 유린하는 남성들과 주변인에 의해 반복 인용되는 수행성을 통해 공고해지는 양상[18]은 『불타는 신전』 전반에서 발견된다. 따라서 전쟁의 경험은 생명을 위협하는 죽음과의 대면인 동시에 가부장적 질서와 관념들이 여성에게 부과한 타자성을 자각하게 되는 이중적 사건이며, 그러므로 전쟁이 끝나도 관념에 둘러싸인 사랑이라는 전장(戰場)은 지속된다. 하영이 생명력과 의지로 내면화한 두렵고도 매혹적인 전장의 불꽃의 이미지 역시 전쟁이 갖는 양가성[19]과 직결되어 있다.

여성의 타자성은 피할 수 없는 '운명'으로 형상화되지만 그 "진창길"(上, 57)을 적극적으로 헤쳐 나가는 하영은 생의 의지를 뚜렷하게 드러낸다. 누구에게도 의지할 수 없고 초월적인 구원을 바랄 수도 없는 단독자(單獨者)로서의 인식과 맞물린 생의 의지는 나아가 자기 존재의 고유성[20]

---

18 주디스 버틀러, 『젠더트러블』, 조현준 옮김, 문학동네, 2008, 205쪽.

19 전쟁의 이중성은 1950년대 중 · 후반 여성 담론의 역동성의 근거가 된다. 강지윤이 지적한 것처럼 전쟁은 남성성과 민족, 국가의 결합을 이데올로기적으로는 강화하지만, 기존의 질서를 붕괴시키고 전쟁터에서 목숨을 잃거나 부상당하는 남성성의 현실적인 약화라는 '부정합적' 상황을 가져왔다.(강지윤, 「원한과 내면–탈식민 주체와 젠더 역학의 불안들」, 『상허학보』 50, 상허학회, 2017, 9–45쪽 참조.) 그러한 부재하거나 훼손된 남성성의 공백이라는 전쟁 직후의 상황 속에서 여성들은 가정 바깥이라는 새로운 세계로 삶을 확장한다. 물론 여성들의 사회적 진출에는 가정과 사회, 국가의 동력으로 여성의 희생을 강요하고, 가부장적 질서를 재건하기 위해 여성성을 끊임없이 타자화하는 부정적 담론이 동반되었다. 그럼에도 새롭게 등장한 여성들의 삶의 방식과 그 속에서 발견되는 욕망들은 타자화에 맞서는 저항성과 전복성, 그리고 근대화의 계기들을 담고 있었다.

에 대한 욕망으로 이어진다. 고독하고 무거운 책임은 끝없는 불안을 수반하지만, 하영은 "그것이 설혹 치욕이라도 나 혼자만의 것일 뿐야요."(上, 28), "아무도 우리를 버릴 순 없어. 우리들 스스로가 자신을 버리지 않는다면……"(上, 75), "다 알아서 할 테니까!"(上, 186) 등 홀로 겪어내고 지탱하는 삶에 대해 역설한다. 누구에게도 간섭받지 않는 단독성에 대한 집착으로 불가피한 존재의 한계에 대응하는 것이다.

단독성에 대한 하영의 집착은 피난길에서 돌아서서 전쟁터가 된 서울로 거슬러 올라가는 장면에서 정점에 이른다. 하영을 돌아서게 한 것은 누구에게도 간섭받고 싶지 않으며 홀로 겪어내야 하는 삶을 홀로 결정하여 행동하고자 하는[21] 단독성에 대한 욕구였다. 그것은 배기정을 배신한 아버지 강의원의 "양보없는 질긴 생명과 잔인한 이기(利己)"(上, 166)와는 다른 것이지만 도덕적 선악의 문제에 종속되지도 않는다. 목숨만을 부지하는 것이 아니라 스스로 선택하는 삶에 대한 권리, 자기 존재를 창조할 권리에 대한 의지를 지향하기 때문이다. 그렇기에 하영은 "아무 대중없이 그저 밀리고 쏠릴 뿐"(上, 166)인 피난민의 남하 행렬과 반대로 "떠내려가는 것이 아니라 거슬러 올라가는 길"(上, 172)을 선택한다.

그러나 하영은 서울에서 배기정으로 인해 다시 수난을 경험한다. 이는 단독성에 대한 집착과 "고집"(上, 149)만으로는 해결되지 않는 근본적인 문제를 인식하는 계기가 된다. 근본적인 문제란 스스로에게 여성성이라는 관념이 이미 내면화되어 있으며 이러한 관념적 질서들에 대한 투쟁은 세계와 유리된 개인으로서는 불가능하다는 사실이다. 스스로가 고집해온

20 하이데거는 현존재(Dasein)로서의 인간이 세인(das Man) 즉 비본래적 자아인 동시에 본래적인 자아를 지니며, 일상적인 세인의 삶에 속한 비본래적 자아와 달리 세속에서 벗어나 고유하고 개별적인 본래적인 자아를 자각할 수 있다고 말한다.(진은영, 「니체와 문학적 공동체」, 『니체연구』 20, 한국니체학회, 2011, 18쪽.)

21 "하영은 이제 그 이상 어느 누구에게도 간섭을 받고 싶지 않았던 것이다. 작정을 했으면 행동하고, 그런 뒤에 처리하는 길밖에 없다는 것을 알았다."(上, 174-175)

단독성이 가해자인 배기정을 가엾게 여기고 온당한 사람으로 만들어야 한다는 내면화된 여성성에서 자유롭지 못했다는 깨달음과 함께[22] 하영은 마침내 관념의 파열을 경험한다. 하영의 유산(流産)은 그러한 내적인 파열의 상징이며, 이를 계기로 하영의 실존적 투쟁은 가부장적 질서와 도덕, 위계, 이념 등 일체의 관념에 도전하면서 자기 삶뿐만 아니라 세계의 질서를 선택하고자 하는 사회적 차원으로 확장된다.

그러므로 여성의 순결을 순수성으로 치환하는 관념으로 점철된 배기정, 현운석과의 관계는 하영에 의해 거절될 수밖에 없다. 하영은 배기정을 인간답게 만들어보겠다는 책임감이나 현운석의 순수한 이상을 무너트리고 싶지 않다는 위선을 경험하며 스스로를 반(半)자발적으로 수난 속으로 밀어넣기도 한다. 이러한 서사는 여성성이라는 허위적 관념과의 싸움을 지속적으로 반복시킨다. 현운석과의 이별, 그리고 배기정에 대한 거부를 선택하고 감행하는 하영은 '관념성에서 비롯된 운명'에 저항하는 단독자이자 실존적 주체가 된다. 특징적인 것은 타자성을 극복하고 자기 존재를 세우려는 하영의 투쟁이 '관념과 무관한 사랑'에 대한 지향으로 이어지며 새로운 국면을 맞이한다는 점이다. 한세민을 향한 하영의 자발적인 사랑, 가슴 속에서부터 신전을 불태우며 타오르는 열정적 사랑의 파괴성은 하영과 같은 단독자로서의 존재에게 가능한 사랑의 형태로 제시된다. 그 사랑을 통해 하영은 관념적 세계와 이기(利己)를 넘어 실존적 주체들 사이의 유대를 모색하는 방향으로 나아간다.

---

22 "하영은 나선형의 계단 난간을 붙들고 아래를 굽어 본다. 턱에 닿았던 숨이 콱콱하며 눈앞이 아찔한다. 어찌하여 그 지점에까지 이르른 것인지 갑자기 막연해지면서 눈앞이 캄캄해진다. (배 기정, 배 기정을 향하여 달려온 것일까?) 그는 눈을 감았다. 광인의 커다란 몸체가 계단을 몇 개 사이에 두고 확대되듯이 가까와져 있다. (아니다, 아니다. 내가 쫓아온 것은 사람이 아니라 관념(觀念)이었다. 그것은 내가 여자였기 때문에…… 내가 여자였기 때문에……."(上, 194)

3. 죄 없는 모성과 '이브(Eve)'들의 공동체

『불타는 신전』의 여성 인물들은 공통적으로 정조와 관련된 수난을 경험하였으며 그로부터 비롯되는 '죄의식'을 공유한다. 그러나 강하영, 김주애, 이인화는 모두 그 '부적격한' 여성성과 무관하게 사랑을 성취해나간다. 멜로드라마의 선악구도와 전후문학의 여성 전형에서 이탈한 이 여성들은 순결하지 않으며 불륜, 낙태, 성매매, 배우자 살해 등 성적인 영역에서 지속적으로 사회의 금기를 깨트리는 존재들이므로 타락한 '이브(Eve)'와도 같다. 기독교 창세기 신화에 대한 전통적 해석에서 이브는 인간이 낙원에서 추방당한 원죄의 원인 즉 "인류 원죄의 어머니"[23]이자 유혹자(temptress)로서 여성성에 대한 타자화의 선두에 놓여있었다. 인류의 조상으로서의 이브의 지위는 성적 타락과 함께 평가절하되었으며, 순결의 파괴로서의 성관계를 전제하는 여성의 모성 또한 그러한 원죄와 함께 엮인 채 인류에게 필수불가결한 신성이면서도 불결하고 육체적인 것으로 타자화되었다.[24] 가부장적인 질서와 전쟁 속에 여성의 타자성과 주체성 모색을 불가피한 순결의 상실, 사랑, 임신, 출산과 같은 섹슈얼리티의 문제로 형상화하는 『불타는 신전』 역시 이브들의 서사라고 할 수 있다.

그러나 이브가 선악과를 따먹음으로써 능동적인 욕망의 실현자이자 인류와 계몽의 시초가 되는 우연이 아닌 필수불가결한 사건의 행위자로

23 김복자, 「헤겔의 변증법적 관점에서 본 이브에 대한 재해석」, 『문학과종교』 6(1), 한국문학과종교학회, 2001, 137쪽.

24 중세 기독교 문화는 이브를 하느님의 계명을 거부한 죄인, 오만하고 유혹적이며 타락한 나쁜 여자로서 동정수태를 받아들인 순결한 성녀 마리아와 반대되는 여성상으로 재현하였으며, 4세기 금욕적인 교부철학은 성관계를 거치는 결혼과 가정, 출산 즉 영원한 순결과는 양립 불가능한 인류의 운명을 이브의 죄로 인한 결과로 낙인찍고 천사에서 육체로 전락한 이브의 몸을 성적인 것으로 환원하기도 하였다.(이은기, 「욕정의 대상에서 인류의 조상으로－14~5세기 이탈리에서의 이브인식의 변화」, 『미술사연구』 18, 미술사연구회, 2004, 207, 217-218쪽.)

재해석될 수 있는 것처럼,[25] 『불타는 신전들』의 여성 인물들이 공유하는 금기의 위반과 죄의식은 오히려 그 죄의식의 바탕에 깔린 관념으로서의 여성성에 대한 투쟁의 필연적 계기로 작동한다. 전쟁이라는 배경은 여성들이 정조를 지키는 것이 불가능한 현실을 극대화하며 불가피하게 유린당한 몸을 가졌다는 이유로 사랑하지 않는 가해자의 소유물이 되어야 하거나 비난받아야하는 부조리를 가시화하기 때문이다. "죄인과도 같은 자세는 도대체 어떤 연유에서 이루어진 것일까?"(上, 26)하고 회의하는 하영은 죄의식에 앞서 여성이라는 이유로 배기정에게 자유의지를 짓밟혔음을 자각한다. 그러한 하영의 태도는 순결을 잃은 부정(不貞)한 여자가 되었다는 죄의식이나 수치심보다 피해자임에도 죄지은 몸으로 규정되어야 하는 정조론 자체에 대한 '인지'에 가깝다.

오히려 죄의식은 환상에 지나지 않는 순결에 대한 이상을 지키기 위해 과거를 숨기거나 부정하려는 자신의 위선적 태도로부터 비롯된다. 하영이 느끼는 죄의식은 하영을 끝없이 순수하고 순결한 여성으로 찬양하는 현운석의 관념적 집착에 맞는 여인일 수 없다는 것보다 그런 여인임을 밝히지 못하고 있다는 사실, 그를 속일 수는 있더라도 "절대로 자기자신을 속일 수도 없는 일"(上, 268)이라는 두려움에서 기인한다. 현운석 앞에서 하영이 느끼는 불안과 두려움은 "나는, 나 자신을 겁내고 있는 거예요."(上, 265)라는 대답처럼 자기 자신을 직시하지 않는 데서 비롯되며, 이인화 역시 순결에 대한 거짓말이야말로 현운석이 변심한 원인이자 자신의 죄라고 말한다.[26] 김주애 역시 매춘으로 유지해온 생활을 자조하면서

25 김복자, 앞의 글, 137쪽.

26 "순결하지 않았다는 것만이 그 남편을 괴롭힌 건 아니었을 거예요. 그러한 사실을 의식적으로 숨기려 했던 그 아내의 마음을 미워하는 맘 더 컸겠죠. 분노는 거기 있었어요."(上, 54)
이인화는 여성의 순결이 여성의 운명일 수 있으니 하영에게 배기정과의 관계를 재고해보라고 권하거나, 여성들은 남성들의 정신적인 결핍을 채워주지 못하는 스스로를

도 그로 인해 스스로의 사랑을 부정하거나 버리지 않는다. 이로부터 여성 인물들의 죄의식이 정조론이라는 관념이 아닌 자기에 대한 솔직함의 문제임을 확인할 수 있다.

정조 관념의 죄의식에서 분리됨으로써 『불타는 신전』의 여성들은 기존의 멜로드라마, 민족주의의 여성 수난서사를 전복하는 서사를 추동한다. 수난을 거쳐 도덕적 선을 증명하거나 수동적으로 사랑을 보상받는 여주인공의 서사는 부정된다. 오히려 여성들은 순결이라는 관념이 부여한 죄로부터 자유로워지며, 그들의 사랑은 수동적으로 받는 사랑이 아니라 주는 사랑의 적극적 형태를 띤다. "다소곳이 받는 것만으로 주는 그 사람을 충분히 위하는 것이라고 믿어 왔다."(上, 340)라는 수동적 여성성에 대한 하영의 성찰은 "내가 할 수 있는 일은 이것뿐. 나는 이 길을 가지 않을 수 없다."(上, 345)라는 능동적 결단으로 전환된다. 그 능동성은 하영이 배기정의 아내이기를 거부하고 한세민을 향한 사랑을 위해 모든 것을 감수하는 의지의 원천이 된다. "거침없이 점화(點火)된" "숙명의 불길"(下, 159)로서의 사랑을 자각한 하영에게 불륜이라는 도덕적 위반 역시 그 타오르는 불길과 "나의 세계"(下, 162)보다 중요하지 않은 부조리한 가부장적 질서의 관념일 뿐이다. 한세민 역시 "우리가 신(神)을 거역할 수 있는 일은 있을는지는 몰라도 자기 자신을 거역할 수는 없"(下, 165)는 것이라며 과거와 관계없이 사랑한다는 사실만으로 하영을 대함으로써 함께 제도 밖의 연인이 되기를 서슴지 않는다. "함께 그 짐을 지고 가는 거야."(下, 167)라고 말하는 연인과 살아있음과 고통, 고뇌를 나눌 수 있다는 믿음 속에서 하영은 실존적 자아들 사이의 유대와 새로운 세계의 가능성을 확인한다.

알기에 외도를 견디며 살아간다는 부조리하고 전통적인 여성관을 발화하는 인물이기도 하다. 그러나 결론적으로 이인화가 강조하는 것은 그러한 "그 여자 자신의 것일 뿐"일 수밖에 없는 "우발적인 불운"(上, 55-56) 속에서 살아나가는 태도의 '성실성'이다. 그 성실성은 운명에 대한 직시와 자기 자신에 대한 솔직함에 달려있다.

하영은 결국 강제된 결혼과 강간의 산물인 배기정의 아이를 낙태하는 것으로 한세민을 택하며, 그 죗값을 어떻게 치르게 될지라도 선택에 책임을 지고 사랑을 지키고자 한다. 관념적 허구를 반복적으로 위반하는 사랑은 허구에서 비롯된 죄가 아니라 실제적인 죄를 경유함으로써 마침내 가능해진다. 하영은 배기정이 자신을 데리고 월북하려는 것으로 착각하여 우발적으로 그를 살해하지만, 낙태와 마찬가지로 그 살인은 사랑의 실현을 위한 불가피한 과정이 되는 것이다. 하영은 마침내 기존 질서의 관념이 부과하는 죄가 아니라 진짜 죄를 저지른 죄인이 됨으로써, 그리고 그 죗값을 성실하게 치러냄으로써 규정된 "운명의 벽"에 부딪힌 "미래가 없는 사람"(下, 211)에서 벗어난다. 비로소 하영은 "열심히 세상을 살아 온 사람", "괴로움을 딛고 서 있는" '인생의 창조자' 즉 실존적 주체가 되고 "죄없는 불빛" 아래 온전한 연인이자 가족을 이루는 미래를 상상할 수 있게 되는 것이다(下, 287-290). 그렇게 하영이 지켜내는 것은 그 무엇보다 "순수한 권리" 즉 "나의 온 심령을 기울여서 사랑하고 있는 사람을 소유"하고자 하는 사랑의 권리이다(下, 181).

형무소에서 하영이 한세민의 아이를 출산하고 어머니가 된다는 것은 그가 가부장적 질서 바깥의 '죄 없는 모성'으로 재탄생함을 상징한다. 일종의 정화의식 혹은 이교도적인 세례(洗禮)와도 같은 하영의 복역과 출산은 이인화에게도 영향을 미친다. 하영과 현운석을 사이에 두고 삼각관계를 이루었던 이인화는 하영이 복역하는 동안 그의 조력자가 되며 그러는 사이에 자신의 헌신적인 사랑을 받아들인 현운석과의 관계를 회복하고 그 증거로 그의 아이를 임신하게 된다. 스스로의 삶과 존재를 지키기 위한 투쟁 속에서 원치 않는 결혼, 유산과 낙태를 경험했던 하영, 마찬가지로 원치 않는 사내의 아이를 임신하고 남편의 신뢰와 애정을 잃고 고단한 외사랑의 삶을 살아온 이인화. 두 여성은 마침내 "사랑과 생명을 순수하게 받으면서 생긴 아이"(下, 324)를 품음으로써 부정(不貞)한 여인이 아니라 원치 않는 삶을 부정(否定)할 수 있는 여성 주체로 거듭나며, 그들의 출산은 더는 죄로 타자화되지 않는 모성, 여성을 넘어 생명력 넘치는 한 인간으로서의 이브의 재탄생을 상징한다.

뿐만 아니라 강하영을 중심으로 엮여있는 『불타는 신전』의 인물들은 대중소설의 특징인 우연성의 반복[27]이 빚어내는 서사적 운명에 따라 각각 연인들이 되고 일종의 공동체적인 관계를 이룬다. 서로 삼각관계를 이루기도 하는 여성들이 라이벌로서 승자/패자, 선/악으로 나누어지거나 도덕적 보상 혹은 처단의 결말을 맞이하는 대신 공동체를 이룬다는 것은 그 자체로 멜로드라마적 공식과 민족주의적 순수의 이상을 전복시킨다. 또한 남성들이 아니라 강하영이 맺고 끊는 남성들과의 관계 속에서 인연을 지속해나가는 여성들의 관계가 더 강조된다는 점은 특징적이다. 『불타는 신전』의 중요한 서사들은 모두 여성들이 우연히 만나고 또 헤어지고, 다시 만나는 계기가 된다.[28] 『불타는 신전』은 세 남성이 군대라는 한정된 공간에서 맺는 관계는 혁명이라는 거대담론을 포함함에도 불구하고 인물들의 대화 속에서 간접적으로만 전달한다. 반면 세 여성들이 그 남성들과 더불어 서로 조우하고 재회하고 의지해나가는 과정은 세밀하게 묘사함으로써 이 부적격한 연인들, 제도 바깥의 연인들의 공동체가 여성들

---

27 멜로드라마 양식의 특징은 우연성의 반복이다. 개연성 없이 진행되는 우연한 만남과 헤어짐은 인물들의 관계를 복잡하게 얽어갈 수 있도록 함으로써 단순할 수 있는 멜로드라마의 전형적인 플롯에 사건 · 사고를 부여하는 중요한 요소이다. 그러한 우연성은 선악구도를 포함한 관습적 구조로 구성된 멜로드라마적 세계에 대한 인상을 강화한다.(진선영, 「한국 대중연애서사의 이데올로기와 미학」, 이화여자대학교 박사학위논문, 2011, 32쪽.)

28 하영과 배기정의 잘못된 만남은 이인화와의 인연의 시작이며, 하영과 현운석의 만남은 이인화의 재회로 이어진다. 또한 현운석이 하영을 쫓아 서울로 온 덕에 그의 곁에 있었던 독고욱과 김주애의 재회가 이루어지며, 그러한 인연은 하영을 만난 후 더욱 신념을 불태운 한세민이 결국 탈주병이라는 신분을 들키고 다시 군복무를 하면서 현운석, 독고욱의 동지가 되는 것으로 확대된다.

중심의 공동체임을 분명히 한다. 그러므로 『불타는 신전』의 여성 인물들이 형성하는 공동체는 기존의 남성동성사회(homosocial)[29]와는 반대로 남성을 매개체로 경유하여 관계 맺음으로써 자매애를 확인하고 강화하는 일종의 여성동성사회적 특성을 보인다.

여성 중심의 공동체 속에서 여성들은 사회의 관념과 질서에 얽매이지 않는 삶의 의미를 발견하는 주체들이자 대상화되지 않으면서도 남성들을 변화시키는 존재로 나타난다. 여성 인물들은 순수성의 관념에 사로잡힌 현운석, 전쟁으로부터 도피하려던 탈영병 한세민, 그리고 이념과 신념 사이에서 갈등하던 독고욱을 변화시키고 사랑받는 타자가 아닌 사랑을 선택하고 욕망하는 주체로 재탄생한다. 이들의 위반적이고도 능동적인 주체성은 가부장적 질서 속에서 죄인이 될 수밖에 없는, 불가능한 순수성에서 비롯된 여성의 타자성이라는 원죄의식을 극복하고 새로운 삶을 가능하게 하는 새로운 여성성과 이브의 재의미화를 보여준다.

이브와 같은 여성 인물들의 자매애는 애정의 삼각관계에서 도덕적 선악을 상징하거나 누구 하나는 파멸할 수밖에 없는 경쟁관계에서 완전히 벗어나 있다. 이인화는 강하영에게 타자화된 여성성의 자각과 극복을 위해 경험을 전승하며, 반대로 하영은 현운석의 만남과 이별의 과정에서 이

29 이브 세지윅은 『Between Men』(1985)에서 르네 지라르의 모방이론의 삼각관계가 사실상 경쟁하는 두 남성 사이의 욕망이며, 여성은 그들의 욕망을 매개하는 대상에 불과한 것으로 이어짐을 강조한다. 그러한 삼각관계의 결과는 여성을 배제한 남성들의 동성사회적인 유대이다.(임옥희, 「가족로망스: 외디푸스화와 욕망의 삼각형」, 『페미니즘과 정신분석』, 여이연, 2013, 29쪽.)
레비-스트로스 역시 『친족의 기본 구조』에서 족외혼이라는 여성 교환의 결혼제도가 부계혈족의 근간이라고 분석하며, 그로부터 남성동성사회적인 유대에 함축된 남성동성애적 무의식과 근친상간 금기, 그리고 이성애를 연결한다. 주디스 버틀러는 이러한 남근로고스 중심적 경제가 작동하는 방식인 수행성에 주목하며 불완전한 반복의 차연과 패러디로부터 기존의 법과 질서를 전유하고 전복할 수 있음을 주장한다.(주디스 버틀러, 앞의 책, 159-163쪽.)

인화와 맺는 관계를 통해 이인화가 아내로서의 권리를 포기하려던 죄의식에서 벗어나 행동하게 만든다. 또한 하영은 현운석의 순결에 대한 집착을 무너트림으로써 이인화-현운석 부부의 관계를 변화시킨다. 삼각관계로 인해 서로 적이 되기보다는 오히려 관계 맺고 성장해나가는 두 여성은 자매애적 공동체를 형성한다. 지속적으로 상반된 성격의 여성들로 강조되었으며, 서로 다른 사랑을 경험하고 다른 삶의 방식을 선택하였던 하영과 주애 또한 자신의 치부를 밝혀가면서까지 서로를 위하는 우정과 사랑하는 여성들이라는 공통된 경험을 기반으로 자매애로 발전한다. 그렇게 세 여성들은 '순결-사랑-연애-결혼-모성'을 연결하는 낭만적 사랑의 질서와 폭력적인 도덕체계를 위반하는 부적격한 연인들의 공동체를 형성하며 자매애를 통해 서로의 사랑의 증인들이자 지속되는 수난 속 의지처가 되어준다. 이처럼 민족, 국가, 이념, 도덕을 모두 위반하는 이적(利敵) 행위를 감수하면서 각자의 결단과 연대로 사랑과 공동체를 형성하고 연대하는 여성 인물들은 『불타는 신전』의 서사적 위반성과 함께 휴머니즘적 실존주의가 강조하는 "인간의 공동체를 창조할 가능성"[30]을 보여주며, 살아있음을 확인하기 위해 수난을 견뎌내며 사랑을 향해 나아가는 여성 청년들의 욕망을 상기시킨다.

4. 실패한 혁명과 영원을 향한 나선형의 투지

『불타는 신전』은 새로운 공동체의 성공적인 구성과 여성동성사회의 가능성, 가부장적 질서의 전복의 가능성을 품고 있으나 이는 이상적인 결말까지 이어지지는 않는다. 오히려 『불타는 신전』은 실존적 자각의 크로

30 장 폴 사르트르, 앞의 책, 47쪽.

노토프를 전쟁이라는 시대적 배경을 통해 구성했던 것처럼 혁명이라는 거시적인 사건을 통해 제도 바깥으로 탈주할 수는 없는 존재론적 조건의 한계를 분명하게 일깨운다. 하영은 단독자로서의 고독과 운명이 혼자만의 것이라는 전제를 자각함으로써 실존을 확인하였음에도 불구하고, 그는 사랑을 통해 공동체적 연대의 가능성을 발견했다. 그러나 존재들 사이의 유대가 가능하듯이 법이 상징하는 세계의 질서와 그 질서 속에서 맺어진 다른 관계들 또한 삶에서 끊어낼 수 없는 것이다. 그 단절은 오로지 죽음만으로 가능하다. 전후의 부조리한 질서에 대한 다른 결단인 연인들의 공동체가 경계를 교란하더라도 경계 바깥일 수는 없다는 불안감은, 남성 인물들의 혁명과 그 실패를 통해 현실이 된다.

세 여성은 여성이라는 이유로 현운석, 독고욱, 한세민이 주도하는 남성들의 혁명에서 배제되었다. 그럼에도 여성들은 실패한 쿠데타의 주동자, 반역자가 되어버린 연인들의 고통을 법과 도덕 앞에서는 "더할 수 없이 죄많은 여인들"(下, 326)인 자신들의 죄로 인한 벌처럼 공유하는 사랑과 연대를 통해 공적인 영역과 자기 삶을 간접적으로나마 연결시킨다. 그 속에서 여성들의 공동체는 더욱 견고해지기도 한다. 사랑하는 남성의 혁명이 결국 자신들과 무관할 수 없다는 "생명과 생명의 진동(震動)"(下, 290) 속에서 여성들은 "오래 전부터 그렇게 살기 위하여 살아온 여인처럼", "모든 것을 이미 각오한 의연함"(下, 329)으로 구속된 혁명가-연인들을 위한 행동을 함께 해나가기 때문이다. 그러나 결국 혁명의 실패는 현대령, 독고욱의 죽음과 주애의 자살로 이어져 부적격한 연인들의 공동체를 와해시킨다.

그 절망 속에서도 하영은 여전히 자신의 존재를 포기하지 않으며 "살 수 있는 권리"(下, 335)를 역설한다. 하영과 주애의 상반된 선택은 한세민의 생사가 결정되지 않았기 때문이기도 하지만, 그것만으로 설명되지 않는 삶 자체에 대한 하영의 강한 의지와 투쟁심에서 비롯된 차이이기도 하다.[31] 하영은 살아있음의 증거인 사랑이 죽음에 굴복하지 않을 것을 스스로의 생명을 통해 증명하려 한다. 생명을 앗아가는 죽음의 운명에 바로 그 생명으로 맞선다는 역설적인 투쟁은 하이데거가 개인이 고유한 개별성과 삶의 실존적 의미를 획득하기 위해 공동체를 위한 희생이 아니라 "죽음으로의 선구"라는 실존적 결단을 강조한 것[32]과 겹쳐진다. 이러한 투쟁 방식은 하영이 실존적 자각을 이루었던 나선형의 크로노토프에서부터 이미 예견된 것이다. 모든 운명의 시초였던 토막, 폭격과 총탄, 폭력을 피해 무작정 벌판을 내달렸던 순간 이후 반복된 수난들은 삶과 사회질서에 대한 무수한 회의와 저항을 통한 성장을 내포하면서도 다시금 피할 수 없는 운명과 수난에 맞닥뜨릴 수밖에 없는 나선형의 여성 성장 플롯을 상기시킨다.[33] 나선형의 이미지는 하영이 '거지광인'에게 쫓기던 막다른 나선계단과 청운동집의 층계, 배기정의 푸른집으로 향하는 나선형의 언덕길 등으로 반복되기도 하였다. 그 공간들은 하영에게 생과 사의 경계이기도 하지만 살아있으면 마주할 수밖에 없는 '타자로서의 운명과의 만남'과 '그 운명과의 단절로서의 죽음' 사이의 경계에 더 가깝다. 소설 전반에

31 "하영은 눈을 감지 않았다. (지켜 보리라. 이것이 내게 주어진 형벌이라면 피하지 않으리라! 아니, 나는 나의 사람을 이렇게라도 끝끝내 내것으로 하리라! 우리들의 이어진 마음을 시새운 어느 신(神)이 있었다 해도 나의 눈을 감기지는 못하리라.)"(下, 341)

32 진은영은 "죽음으로의 선구"라는 실존적 결단이 공동체에 봉헌되는 것이 아니라 개인의 고유한 죽음으로서의 '탈공동체적 실존'을 의미하는 것으로 해석하며, 이를 죽음과 공동체에 대한 니체의 사유와 연결하고 있다. 이러한 연결은 정연희의 『불타는 신전』을 독해하는 데 있어서도 유의미할 수 있는데, '주사위를 던지라'는 하영의 내면의 광기어린 외침은 니체의 주사위 놀이에 담긴 우연과 필연 사이의 삶과 생명에 대한 긍정을 상기시키기 때문이다.(진은영, 앞의 글, 15-18쪽.)

33 여성의 성장 서사는 나선형의 구조로 해석되곤 한다. 동일한 지점으로 돌아오는 원의 구조나 진보하는 직선의 구조와 달리 나선형의 구조는 유사한 움직임을 보이지만 매번 다른 장소로 이동한다는 특징을 갖는다. 앞으로 나아가는 듯하지만 다시 반대로 돌아가는 나선적 성장 구조의 이중성은 여성 성장구조의 특수성이면서 동시에 한계로 인식된다.(김미현, 『한국여성소설과 페미니즘』, 신구문화사, 1996, 378-379쪽.)

서 하영은 그 경계에서 수동적으로 운명이 결정되기를 기다리는 '유예'의 시간을 견디지 못하며, 설령 그것이 폭력 혹은 죽음으로 이어질지라도 스스로를 내던지는 결단과 '주사위를 던지는' 실존적 선택을 욕망하는 인물이었다.[34]

> 그 여자는 그 여자의 어두운 운명이 시작되던 그 적치하(赤治下)의 그날 밤을 잠깐 상기했다. 그때, 낯선 사나이의 폭력을 피하여 결사적으로 달아날 때 하늘에는 미쳐버린 만월(滿月)같은 조명탄이 이글거리고 있었고 등 뒤를 쫓는 것은 총탄. 그 여자는 그것을 피하여 필사적으로 달렸었다. 그러나 지금은, 앞으로 겨누어진 총구(銃口)를 향하여 달린다. 가슴을 꿰뚫어 그 심장에 구원(久遠)의 불길을 불붙이기 위해서…….(下, 340)

타오르는 불꽃이 상징하는 생명을 걸고 죽음 혹은 타자화라는 양자택일에 맞서는 하영의 실존적 투쟁은 고통과 절망 가운데 나선형으로 반복되었지만, 하영은 결코 투쟁을 그만두지 않는 불복종의 자세를 고수하며 새로운 관계 맺기를 시도해왔다. 긴 고통의 시간을 뚫고서 만난 연인의 생사를 확인하러 가는 길에서 하영은 모든 것이 시작된 밤을 떠올린다. 그로부터 유지해온 이 목숨을 결코 포기할 수 없다는 명확한 삶의 의지를 확인하는 것이다. 도망치지 않고 총구에 심장을 내놓겠다는 구절은 일견

34 "문득 광기(狂氣)가 솟구친다. (주사위를 던져라, 주사위를!) 난간 아래는 아찔하다. (나는 지금 무사할 것이고, 다시는 배 기정을 만나는 일이 없을 것이다!)"(上, 194)/ "어떤 무서운 결말이나 속박이라도 그 뱃속의 생명만큼 그를 위협하는 것은 다시 없을 것 같은 생각이 들었다. 그러니까 그 짧은 유예의 시간이 끝없이 지루하고 지겹다. 긴장으로 굳어진 그 자세를 문득 허물어뜨리고 싶은 충동이 인다. (…) 너는 배 기정을 사랑하지 않는다! 결코 사랑하지 않는다! 너의 죄악이 그 뱃속에 있지 않느냐 뱃속에……./그 뱃속의 생명은 너의 무엇이냐? 사랑이냐? 사랑이냐? 주사위를 던져라! 주사위를! 운명을 판가름해줄 주사위를 굴려라!"(上, 198-199)

주애와 같이 연인을 따라 자살할 것을 암시하는 듯하지만, 하영이 심장에 불붙이고자 하는 불꽃은 부조리한 삶과 단절되는 죽음이라는 '구원(救援)'이 아니라 아득하고 무궁한 '구원(久遠)' 즉 과거로부터 미래로 지속되는 영원의 불길이다. "구원(久遠)의 불길"은 '생명을 앗아가는 죽음에게 생명으로 맞서겠다'는 역설적인 항거방식을 상징한다. 그러한 투지와 영원의 지향은 나선형으로 반복되는 출구 없는 여성 수난의 플롯을 역사적이고 사회적인 의미를 담은 플롯으로 확장시킨다.

> 땅 위에 엎드린 하영의 자세는 거역이 아니다. 지금까지 이어온 그 어느 것도—./무변대한 하늘. 놀은 불 붙는다. 하늘이 어떻게 타는가를 보여주듯이. 그 앞에 엎드린 것은 어질고 순한 땅. 죽음 속에서 그 무변대한 하늘은 있고, 그 하늘은 무엇으로도 닫혀지지 않는 목숨. 하영은 그 하늘의 숨결을 이어받을 듯이, 땅 위에 얼굴을 묻은 채 다시 한번 커다랗게 숨을 들이켰다.(下, 345)

> 흙벽으로 막힌 네모진 공간. 그것을 어둠이 꽉 메우고 있다. 들판 한 가운데에 잇는 토막(土幕) 속이다./그 안에서 사나이는 쫓고 여자는 쫓긴다. 잡으려는 속도, 잡히지 않으려는 몸짓도 어둠 속에서 허위적거릴 뿐 눈에 보이는 것은 없다./여자는 땅 위로 쓰러졌다. 순간, 그는 흙냄새를 맡았다. 쓰러진 채로 흙 위에다 뺨을 문질렀다./부드럽다./그는 흙냄새를 길게 들이 쉬었다. 그것은 가슴 깊은 곳에까지 스며들어 생명을 맑게 만들어주는 것 같다. 그러나 다음 순간 그는 머리를 번쩍 들었다. 솟구치듯 몸을 일으켰다.(上, 7)

『불타는 신전』은 하늘과 땅, 그 사이에 내던져진 인간으로서의 하영이 타자화된 "죄 많은 손"(下, 297)이 아니라 "고뇌(苦惱)의 손"으로 땅을 짚고 엎드려 오래도록 이어져온 "구원(久遠)의 생명"을 들이마시는 호흡으로 마무리된다(下, 345). 그리고 이 내던져진 존재의 호흡은 다시 소설의 도입부로 돌아간다. 모든 운명과 수난이 시작된 바로 그 무덤 같은 토막에서 쓰러진 채 흙냄새를 맡고 호흡하는 여성. 그 여성은 살아남기 위해 솟구치듯 몸을 일으켜 모든 것을 파괴하는 폭격이 쏟아지는 전장 속 벌판으로 달려 나간다. 한 여성이 죽음과 타자성을 극복하고 사랑하고 살아가기 위한 긴 여정을 다시 그 시발점으로 되돌려놓는 서사구조는 전쟁과 실패한 혁명 사이의 시간을 되풀이하는 독특한 플롯을 형성한다.

이러한 결말과 도입부의 연결은 익숙한 여성 수난의 플롯을 전쟁의 폭력성 · 부정의(不正義) · 억압적 질서에 대한 끝없는 투쟁을 약속하는 순환의 플롯으로, 그러나 비동일적인 운동성을 갖는 나선형의 플롯으로 전복시킨다. 나선형의 순환 구조는 원의 순환 구조와 달리 계속해서 새로운 지점으로 이동한다. 직선적인 방향만이 진보라고 생각하는 근대성에서 탈피할 때, 그러한 이동성은 일종의 전진으로 해석되고 비동일적 반복을 통한 가능성과 잠재성을 가질 수 있다. 또한 하영이 여성성에 구속되지 않는 한 인간으로서 전쟁과 혁명, 그리고 사랑의 기표를 연결하는 불타는 생명력의 담지자이자 투쟁의 주체로서 삶을 지속한다는 점에서 『불타는 신전』의 플롯은 잠재성을 함축한 나선형의 플롯으로 해석되어야 한다.

5. 나가며

『불타는 신전』은 주인공 강하영을 둘러싼 젊은 남녀들의 내면과 복잡한 관계를 서사의 동력으로 삼고 있으며, 전쟁이라는 배경은 모든 가치와 질서가 무너지는 실존적 위기 상황을 인물들에게 제공한다. 정연희는 등단작 「파류상」에서부터 초기단편들에서 한국전쟁을 기존의 질서와 가치를 무너트리고 죽음을 직면시킴으로써 인간의 실존을 자각하게 하는 시대적 배경으로 재현해왔다. 특히 초기단편들에서 남성 청년들은 주로 탈영병이거나 무기력하게 분열과 불안에 시달리는 지식인으로 등장하며 무의미 속에서 존재론적 질문을 던지는 실존적 탐색을 특징으로 한다. 마찬가지로 정연희가 1950년대에 그려낸 여성 청년들 또한 주로 여대생으로 등장하며, 전후의 혼란 속에서 젠더적이고 경제적인 계층적 문제를 통찰하고 불복종과 홀로서기를 시도함으로써 복합적인 타자성에 저항하는 존재들로 그려진다.[35]

1950년대 정연희 소설과 마찬가지로 『불타는 신전』에서도 전후사회의 청년에 대한 형상화 방식에는 젠더에 따른 차이가 존재한다. 전쟁은 남성 청년들에게는 전장에 내몰리거나 자유를 포기하고 은신해야 하는 박탈의 상황을 야기하며, 주체성과 이념적 회의를 일으킴으로써 주체성의 위기를 가져온다. 반면 여성 청년들에게 전쟁은 기존의 질서가 무너지는 가운데 전쟁의 폭력뿐만 아니라 불안정한 남성성에서 비롯되는 폭력까지 이중의 폭력에 노출되는 경험이며, 그에 따라 전쟁은 타자성을 자각하는 계기가 된다. 그럼에도 『불타는 신전』은 여성의 타자화를 통한 남성의 주체화, 순수한 민족성의 회복과 같은 가부장적인 근대국가 이데올로기로 포섭되는 대신 타자성을 목도하고 이상에서 벗어난 여성성과 기존의 주체성 구조를 위협받으면서 재구성되는 남성성의 만남 속에서 민족, 국가, 이념에서 벗어난 새로운 형태의 연인들의 공동체를 구성해나간다. 『불타는 신전』은 전쟁과 전후의 담론 속에서 타자화된 여성을 실존적 자아로 불러냄으로써 일체의 관념적 질서에 맞서는 주체를 그려내고 있으며, 그 과정에서 재신성화보다는 탈신성화를 감행하는 능동적이고 위반적인 여

35 「나선계단」, 「어느 하늘 밑」, 「조약돌」의 주인공은 위태로운 존재론적 조건 속에 타자성에 저항하는 여대생이다. 1950년대 담론장에서 미성숙하고 경계적인 섹슈얼리티로 재현된 여대생 표상을 전유하는 텍스트로 정연희의 1950년대 단편들을 다룬 연구로는 표유진, 앞의 글, 21-41쪽 참고.

성들의 수난사를 실존적인 투쟁의 서사로 전유하고 있다.

그러나 『불타는 신전』은 1965년에 연재된 작품인 만큼 1950년대 정연희 소설의 실존문학적 성격의 연장선상에만 읽혀질 것이 아니라, 1960년대의 시대적 담론 속에서 '혁명'이 갖는 의미와 함께 사유될 필요가 있다. 1960년대 문학에서 4.19혁명이 갖는 의미를 상기할 때, 『불타는 신전』의 결말을 결정짓는 중대한 사건인 혁명의 실패는 4.19혁명을 연상시킨다. 작품 속에서 혁명의 배경은 1950년대 중반이지만 자유와 민주주의를 향한 청년들의 신념과 의지는 4.19혁명의 이념과 상통한다. 하영의 실존적 투쟁의 크로노토프가 전쟁과 혁명 사이에서 나선형으로 반복됨은 1960년대라는 창작 시점을 고려할 때 한국전쟁과 4.19혁명 사이의 국가재건기로서의 1950년대 중 · 후반의 시대적 역동성과 잠재성[36]을 다시 불러내고, 그로부터 다시 혁명의 가능성을 사유하고자 하는 문학적 시도로도 해석될 수 있다.

결론적으로 『불타는 신전』은 정연희의 1950년대 소설의 실존주의적 성격과 1960년대 소설의 여성주의적 성격이 맞닿는 작품이며, 1960년대 중반의 시점에서 전쟁과 혁명이라는 역사적 사건을 사랑이라는 대중문학적 소재를 통해 여성이라는 타자의 관점으로 재사유하는 텍스트로서 문학사적인 가치를 갖는다. 또한 전쟁과 혁명이라는 중대한 문제와 실존주

36 1950년대를 한국전쟁과 4.19혁명 사이에 위치한 방향성 없는 혼란과 미결정성으로 해석하는 관점에서 벗어나 식민지배와 전쟁으로 기존 질서가 무너진 가운데 질서를 새롭게 수립하고자 하는 욕망들의 역동적인 경합의 시대로 재조명하는 사회학적이고 역사학적인 연구들이 제출되어왔다.(홍석률, 「크게 본 1950년대: 종결되지 못한 분단과 전쟁, 그리고 난민의 삶」, 『한국현대 생활문화사 1950년』, 창비, 2016, 19쪽.) 정연희의 1950년대 소설들은 불안정한 존재들과 타자들의 욕망을 재사유하고 조명하면서 사회와 삶의 부조리를 탐구한다는 점에서 1950년대의 역동적인 시대성을 담아내고 있다. 그런 점에서 『불타는 신전』이 한국전쟁과 4.19혁명, 혹은 한국전쟁과 4.19혁명 이후 1960년대 중반의 억압적 현실 사이의 혼란한 시기를 실존주의적 관점에서 잠재성과 가능성의 시기로 경험하고 재현했다는 해석은 가능해보인다.

의적 주제를 담은 『불타는 신전』이 신문연재소설이라는 소위 '통속문학'으로 저평가된 대중문학에 속해있다는 사실은 통속성이나 선정성으로 일축되었던 대중문학을 재조명하여 구체적인 텍스트들과 작가, 그리고 작가의 젠더에 따른 다양성을 밝혀낼 필요성을 제기한다. 『불타는 신전』을 비롯한 대중문학들, 특히 남성 중심적인 본격문학에서 소외되어 1960년대 대중장편소설의 작가로 전향한 여성 작가들의 소설에 주목하는 작업은 기존 한국문학사의 고질적인 이분법과 배타성에 대해 성찰하고 여성 문학사를 포함한 새로운 문학사의 수립을 시도하는 데 있어 하나의 가능한 출발선이 될 것이다.

● 참고문헌

1. 기본 자료

정연희, 『불타는 신전』, 『조선일보』, 1965.1.1.~1965.11.21.

______, 『불타는 신전 上』, 대운당, 1979.

______, 『불타는 신전 下』, 대운당, 1979.

2. 논문 및 단행본

강지윤, 「원한과 내면—탈식민 주체와 젠더 역학의 불안들」, 『상허학보』 50, 상허학회, 2017, 9-45쪽.

권명아, 「여성 수난사 이야기, 민족국가 만들기와 여성성의 동원」, 『여성문학연구』 7, 한국여성문학학회, 2002, 105-134쪽.

권미진, 「한국 현대소설에 나타난 생태의식 연구: 오정희 · 정연희 · 정찬 · 한승원 소설을 중심으로」, 강원대학교 석사학위논문, 2010.

권보드래, 「실존, 자유부인, 프래그머티즘」, 『한국문학연구』 35, 동국대학교 한국문학연구소, 2008, 101-147쪽.

권영민, 『한국문학사』 2, 민음사, 1994.

김미현, 「金裕貞 小說의 카니발적 構造 硏究」, 이화여자대학교 석사학위논문, 1989.

______, 『한국여성소설과 페미니즘』, 신구문화사, 1996.

김복자, 「헤겔의 변증법적 관점에서 본 이브에 대한 재해석」, 『문학과종교』 6(1), 한국문학과종교학회, 2001 121-138쪽.

김윤식 · 정호웅, 『한국소설사』, 문학동네, 2010.

김현, 「허무주의와 그 극복」, 『사상계』 16(2), 1968, 사상계사, 297-309쪽.

김현주, 「'아프레 걸'의 주체화 방식과 멜로드라마적 상상력의 구조: 정연희의 『목마른 나무들』을 중심으로」, 『한국문예비평연구』 제21호, 한국현대문예비평학회, 2006, 315-335쪽.

서정철, 『인문학과 소설 텍스트의 해석』, 민음사, 2002.

송인화, 「1960년대 연애 서사와 여성 주체—정연희 「석녀」를 중심으로」, 『한국문예비

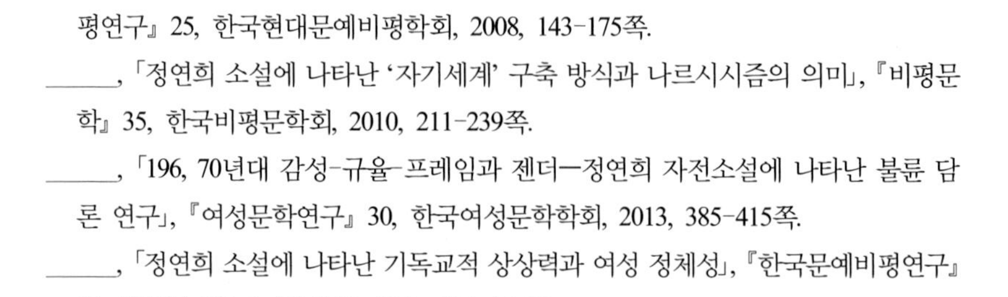

평연구』 25, 한국현대문예비평학회, 2008, 143-175쪽.

______, 「정연희 소설에 나타난 '자기세계' 구축 방식과 나르시시즘의 의미」, 『비평문학』 35, 한국비평문학회, 2010, 211-239쪽.

______, 「196, 70년대 감성-규율-프레임과 젠더—정연희 자전소설에 나타난 불륜 담론 연구」, 『여성문학연구』 30, 한국여성문학학회, 2013, 385-415쪽.

______, 「정연희 소설에 나타난 기독교적 상상력과 여성 정체성」, 『한국문예비평연구』 31, 한국현대문예비평학회, 2010, 151-181쪽.

______, 「정연희 소설의 죄의식 연구」, 『문학과종교』 17(2), 한국문학과종교학회, 2012, 105-126쪽.

______, 「정연희 소설에 나타난 기독교 윤리성 연구」, 『문학과종교』 19(3), 한국문학과종교학회, 2014, 63-86쪽.

______, 「저항에서 생명으로, 자연을 통한 화해와 치유—정연희 소설의 생태의식」, 『문학과 환경』 18(3), 문학과환경학회, 2019, 155-189쪽.

연남경, 「1950년대 문단과 '정연희'라는 위치—전후 지식인 담론과 실존주의 수용의 맥락에서」, 『구보학보』 27, 2021, 89-121쪽.

이상진, 「존재의 근원에 대한 여성적 투시—정연희론」, 『페미니즘과 소설비평—현대편』, 한길사, 1997, 343-387쪽.

이은기, 「욕정의 대상에서 인류의 조상으로—14~5세기 이탈리에서의 이브인식의 변화」, 『미술사연구』 18, 미술사연구회, 2004, 203-228쪽.

임옥희, 「가족로망스: 외디푸스화와 욕망의 삼각형」, 『페미니즘과 정신분석』, 여이연, 2013, 19-33쪽.

정보람, 「1950년대 신세대작가의 정치성 연구」, 이화여자대학교 박사학위논문, 2015.

진선영, 「한국 대중연애서사의 이데올로기와 미학」, 이화여자대학교 박사학위논문, 2011.

진은영, 「니체와 문학적 공동체」, 『니체연구』 20, 한국니체학회, 2011, 7-37쪽.

천이두, 「에고의 구도적 대현실적 자세—정연희론」, 『현대한국문학전집』 13, 신구문화사, 1965, 472-476쪽.

최미진, 「정연희 소설에 나타난 여성 주체의 자리매김 방식 연구」, 『현대문학이론연구』 11, 현대문학이론학회, 1999, 395-417쪽.

______, 「1960년대 대중소설의 서사전략 연구—정연희의 장편소설을 중심으로」, 『한국문학논집』 25, 한국문학회, 1999, 77-96쪽.

표유진, 「1950년대 소설의 여성 표상 전유와 몸 연구—정연희, 한말숙, 강신재를 중심으로」, 이화여자대학교 석사학위논문, 2021.
홍석률, 「크게 본 1950년대: 종결되지 못한 분단과 전쟁, 그리고 난민의 삶」, 『한국현대 생활문화사 1950년』, 창비, 2016, 11-32쪽.
마르틴 하이데거, 『존재와 시간』, 이기상 옮김, 까치, 1998.
미하엘 바흐친, 『장편소설과 민중언어』, 전승희 옮김, 창작과비평사, 1998.
__________, 도스또예프스끼 창작론(도스또예프스끼 시학의 제(諸)문제)』, 김근식 옮김, 『중앙대학교출판부, 2003.
장 폴 사르트르, 『실존주의는 휴머니즘이다』, 방곤 옮김, 문예출판사, 1993.
주디스 버틀러, 『젠더트러블』, 문학동네, 조현준 옮김, 2008.
피터 브룩스, 『멜로드라마적 상상력』, 이승희 · 이혜령 · 최승연 옮김, 소명출판, 2013.

3. 기타 자료

「여성 심리의 심층을 파헤치고 싶어요…」, 『조선일보』, 1964.12.22.

15장

'창부'의 사랑과 불온한 욕망의 정치학

— 최희숙의 『창부의 이력서』(1965)를 중심으로

이지연

1. 들어가며: '여대생 작가'의 대중소설과 문학사의 공백

한국 문학사에서 최희숙(崔姬淑, 1938~2001)의 이름을 찾아내는 것은 결코 쉬운 일이 아니다. 1959년 『슬픔은 강물처럼』이 출간된 이후 '한국의 사강'이라는 수식어와 함께 일약 스타가 되었던 그는[1] 소설의 대중적 인기와 인지도에도 불구하고 오랫동안 문단과 연구자들의 외면을 받아 왔다. 주지하는 바와 같이 지금까지 1960년대 한국 문학사에서 1960년대 문학의 상징처럼 여겨져 온 것은 소위 '4 · 19 세대'로 일컬어지는 '젊은-남성-엘리트' 작가들의 작품이었고, 여성 작가들은 '여류'로 유표화되는 한

1 이화여대 국문과 3학년에 재학 중이던 최희숙은 신태양사 편집장이었던 유주현의 기획으로 『슬픔은 강물처럼』(1959)을 출간하게 된다. 프랑소와즈 사강의 『슬픔이여 안녕』(1955)을 연상시키는 제목의 이 소설은 작가 최희숙의 실제 일기를 모티프로 한 것으로, 당시에는 거의 작가의 실제 사생활로 읽히곤 했다. 1960년 개봉한 영화의 광고 문구가 "전편에 넘쳐흐르는 애증의 갈등 한국의 '싸강' 현대 여대생 최희숙의 이색적인 애정수기 영화!"(『경향신문』, 1960.10.7.)인 것을 보아도 그러한 사정을 짐작할 수 있다. (조은정, 「1960년대 여대생 작가의 글쓰기와 대중성」, 『여성문학연구』 24, 한국여성문학학회, 2010, 93-96쪽 참조.)

편 '본격문학' 장의 외부에서 대중문학이라는 기표와 긴밀히 접속하게 된다. 여기에는 1960년대에 이르러 폭발적으로 성장한 저널리즘 시장과 신문·잡지 연재소설의 상품화 현상이 뒷받침되어 있었다고 하겠는데,[2] 이에 대한 문단의 반응이 '진정한' 문학의 가치범주를 남성 작가들의 단편소설로 한정하는 경향으로 수렴되면서 장편 연재소설의 주된 작자층이었던 '여류'들은 문학사의 비주류 영역으로 밀려났기 때문이다.[3] 1950년대 활발히 제출되었던 여성 작가들의 내면적 언어가 1960년대 '개인-사회'라는 문학적 구조의 공고화와 더불어 퇴조하였다는 강지윤(2017)[4]의 논의와 1950~60년대 남성 중심의 비평적 계보에서 오이디푸스적 세대교체의 흔적을 짚어내는 연남경(2019)[5]의 연구성과를 떠올려 볼 때, 이 시기 여성

---

2 이미 1950년대부터 저널리즘의 상업주의 기조는 이전 시기보다 확대되고 있었다. 신문사들이 일간지를 통해 치열하게 경합을 벌이는 한편 다양한 잡지들이 경쟁적으로 출판되면서, 장편 연재소설은 그러한 매체들의 주력 상품으로 급부상하게 된다. 신문의 경우만 보더라도 연재소설은 독자 확보 전략에서 무시할 수 없는 존재였다. 『경향신문』의 독자여론조사를 보면, 1950년대에서 1960년대 말까지 신문소설에 대한 독자들의 관심은 상당히 높았으며 그 정도가 꾸준히 유지된다. 데이터로서 여러 문제점을 감안하더라도 당시 신문소설 선호도가 꽤 높았고 그 증감의 폭 또한 크지 않았다는 사실을 확인할 수 있는 대목이다. (이봉범, 「8·15 해방 후 신문의 문화적 기능과 신문소설-식민유산의 해체와 전환을 중심으로」, 『한국문학연구』 42, 동국대학교 한국문학연구소, 2012, 324-326쪽.)

3 1963년 이미 신문연재소설은 여성 작가들이 "거의 반수를 차지하다시피 하고 있"다는 곽종원의 진단이나(곽종원, 「광복 18년과 한국의 여류들 문단(1)」, 『조선일보』, 1963.8.14.) "신문소설은 거의 여류가 차지하고 있다"는 1966년 임옥인의 발언(좌담회 「여류작가의 애환」, 『현대문학』 139, 1966.7.) 등은 1960년대 초반 이미 신문소설 영역에서 여성 작가들의 포진이 얼마간 이루어져 있는 상태임을 짐작할 수 있게 한다. 그러나 여성 작가들의 장편 연재소설은 '통속적인' 것으로 치부되며 본격문학의 논의에서 배제되곤 했는데, 이를테면 신문연재소설의 오락성을 비판하며 "휴매니즘을 기조로 한 루폴타쥬 형식의 대하소설을 대망"한다고 밝힌 정태용의 「장편소설대망론」(『동아일보』, 1961.3.29.)이나, 『사상계』의 장편 전재란 신설을 반기면서 "신문의 연재소설"과 구별되는 "참된 장편소설"을 요청하였던 백철의 「장편소설과 단편소설-3월의 작품과 그 화제(上)」(『동아일보』, 1959.3.10.) 등이 그 예라고 할 수 있다.

4 강지윤, 「원한과 내면-탈식민 주체와 젠더 역학의 불안들」, 『상허학보』 50, 상허학회, 2017.

작가들의 장편 소설을 젠더화된 관점이 아닌 다른 시각에서 재고할 필요성은 충분한 것이 사실이다.

물론 1960년대 여성 작가들은 '여성 문학'이라는 별도의 장(場)을 형성하며 입지를 다지려는 노력을 보여주기도 한다. 일례로 1964년 『여원』사는 '한국여류문학상'을 제정하여 여성 문학에 대한 나름의 정전화를 시도하였는데, 동시기 『사상계』의 '동인문학상', 『현대문학』의 '현대문학상'과는 달리 신문·잡지에 연재된 대중적 장편 소설을 그 대상으로 하고 있었다.[6] 남성 중심적 문단의 주변부에서 여성 작가들은 오히려 대중문학과의 접점을 유지하고 그것을 오히려 문학 장 안으로 끌어들임으로써 스스로를 제도화하였던 것이다. 그 가운데 출현한 이른바 '여대생 작가'들은 대중의 폭발적인 반응을 이끌며 당대의 인기작가로 자리 잡았다. "우리나라에서도 이런 나이어린 여류작가가 출현하였음을 크게 기뻐하지 않을 수 없"[7]다는 언론의 찬사와 함께, 1959년 이화여대 3학년이었던 최희숙과 1960년 이화여대 4학년의 신희수, 1964년 고려대 2학년이었던 박계형의 소설들이 잇따라 영화화되며 오랜 시간 베스트셀러 순위를 유지하였던 것이다.[8] 이들의 등장은 그야말로 기록될 만한 대중적 반향을 불러일으켰

5 연남경, 「현대 비평의 수립, 혹은 통설의 탄생」, 『한국문화연구』 36, 이화여자대학교 한국문화연구원, 2019.

6 1965년 박화성과 김남조를 필두로 결성된 '한국여류문학인회'는 『한국여류문학전집』을 발간하여 여성 문학에 대한 '정전화'를 시도하였다. 『한국여류문학전집』이 여성 작가들의 범장르적 계보를 작성하는 데 치중하였다면 '한국여류문학상'은 동시기 『사상계』의 '동인문학상', 『현대문학』의 '현대문학상'과는 다른 지점에서, 소위 대중소설의 발견과 포섭을 통한 탈중심적 속성을 보여주며 『한국여류문학전집』을 상호 보완하는 가운데 여성 문학의 자장을 확장하고 그 범주를 다양화하는 데 기여하였다. (김양선, 「'한국여류문학상'이라는 제도와 1960년대 여성문학의 형성」, 『여성문학연구』 31, 한국여성문학학회, 2014, 140-143쪽 참조.)

7 「신선한 진실과 매력 - 최희숙 저 『슬픔은 강물처럼』」, 『조선일보』, 1959.12.21.

8 최희숙의 『슬픔은 강물처럼』, 신희수의 『아름다운 수의』, 박계형의 『머무르고 싶었던 순간들』은 모두 영화로 만들어졌고, 흥행에 성공하기도 했다. 『머무르고 싶었던 순간

던 일종의 '사건'이었다.

그런데 본고가 짚고 넘어가려는 것은, 당대 여성 작가들의 계보를 재구성하고 나름의 권위를 획득하려 했던 '여성 문학' 영역의 시도에서조차 이 '여대생 작가'들은 논의의 대상이 되지 못했다는 사실이다. 그 이유로는 여대생 작가들이 문단의 직접적인 영향권 밖에서, 즉 신문사의 공모전이나 라디오 방송국의 현상모집을 통해 작가가 되었다는 점을 들 수 있다. 이것은 말하자면, 이 시기 제도권 여성 문학을 이루고 있었던 소위 '부인' 작가들이 일종의 "타협과 배반"[9]을 통해 한국문단의 가부장적 질서 내에 존립해야 했던 반면, 여대생 작가들은 상대적으로 문단의 가부장적 검열로부터 자유로웠다는 특징을 갖고 있었다는 점을 말해주기도 한다.[10] 그래서인지 '여대생 작가'라는 자장 안에서 이들의 작품에 접근한 두 편의 논문, 조은정(2010)과 허윤(2018)의 연구는 주로 초기 소설을 중심으로 여대생 주체의 창작과 텍스트의 향유 양상을 점검하고 있다. 최희숙의 등단작 『슬픔은 강물처럼』은 상품화된 로맨스, 데이트라는 문화적 기호의 전시를 통해 여대생 독자들의 대리체험을 가능하게 했다는 점[11]과 학력자본-경제자본의 불균형으로 인한 당시 여대생들의 불안감을 '수기' 형식으로 전달하여 공감을 얻어냈다는 점[12]에서 논의의 대상이 된다. 이 논문들은 모두 '여대생'의 경험을 녹여낸 '여대생'의 작품으로서 최희숙 소설이 독자와의 커뮤니케이션에 성공한 '대중성'을 갖게 되었다고 봄으로써 유사한 맥락에 놓여 있다.

들』의 경우 출간된 지 근 10년 후인 1975년까지 베스트셀러 목록에 올라왔던 것을 확인할 수 있다. (조은정, 앞의 글, 88-89쪽.)

9 연남경, 앞의 글, 70쪽.

10 조은정, 앞의 글, 91쪽.

11 허윤, 「'여대생' 소설에 나타난 감정의 절대화—최희숙, 박계형, 신희수를 중심으로」, 『역사문제연구』 40, 역사문제연구소, 2018, 176쪽.

12 조은정, 앞의 글, 107, 114-115쪽.

이러한 관점에서 보면, 본고가 중점적으로 다루려는 최희숙의 네 번째 소설 『창부의 이력서』(1965)는 그러한 '대중성'의 획득에 실패한 작품처럼 보일지도 모른다. 이 소설은 1965년 모 신문사에 연재될 예정이었으나 바로 그 대중 독자들의 반대에 부딪혀 연재가 무산된 독특한 이력을 갖고 있기 때문이다. 최희숙이 직접 밝힌 바에 의하면 연재 전 작품의 주제를 소개하는 기사에서 '여자는 모두 창부의 기질을 가졌고, 거기에 놀아나는 사내들은 얼간이'라고 언급했다가 여성 독자층의 공분을 샀다고 한다.[13] 신문사는 이러한 독자들의 반응을 대서특필했고, 소설은 (연재되지 않았는데도) 세간의 화젯거리가 되어 작가 스스로 절(寺)로 피신해야 했을 만큼 거센 반향을 불러일으켰다. 애초에 신문연재소설로 기획되었던 이 소설은 『사랑할 때와 헤어질 때』로 제목이 바뀌어 이듬해 문교출판사에서 단행본으로 출간되었다가, 2013년 아들 김홍중이 손수 타자로 옮겨 재출간하면서 48년 만에 원제를 되찾게 된다.[14] 신문연재를 포기하고 작품을 마무리하면서 최희숙이 밝힌 소회에는 "나는 그들이 문학적 진리의 언어를 이해하기 바라며"[15] 심판대에 선 것 같다는 구절이 있다. 신문이라는 좀 더 대중적인 방법으로 항간에 작품을 선보이고 독자들로 하여금 인정받고자 했던 작가의 아쉬움이 느껴지는 대목이라고 하겠다.

---

13 "나는 이 책의 주제가 '여자는 모두 창부의 기질을 가졌고, 거기에 놀아나는 사내들은 얼간이'라 했다. 이것은 문학적 진리의 의미에서다. 그러나 한국의 현실은 슬프게도 이 문학적 진리를 이해하지 못했다. 나의 이 말 때문에 1965년 1월 10일자로 모 신문에 연재되려다 부녀자들의 아우성에 1회도 실리지 못한 채 사고(社告)로써 중단되어 버렸다." (최희숙, 「작가의 말」(1965.9.), 『창부의 이력서』, 소명출판, 2013, 7쪽.)

14 「소설 '창부의 이력서' 48년만에 원제목 찾았다」, 『동아일보』, 2013.11.11. 본문에서 밝혔듯이『창부의 이력서』가 처음 단행본으로 출간될 당시 제목은 『사랑할 때와 헤어질 때』였고, 발간 연도 역시 집필이 마무리된 이듬해인 1966년이다. 그러나 본고는 이 소설이 애초에 단행본 출간과 무관하게 '창부의 이력서'라는 제목의 신문연재소설로 기획되었다는 점, 그리고 연재가 예정되었던 시기가 1965년이었다는 점에 착안하여 소설의 원제와 발표연도를 논문의 부제와 같이 표기하였다.

15 최희숙, 앞의 책, 8쪽.

따라서 신문연재 불발이라는 사건은 오히려 이 소설이 대중과 가장 가까운 곳에서, 대중 독자들의 목소리에 민감하게 반응하고 또 수용해야 했던 환경에서 작가가 전달하고자 했던 "문학적 진리"를 담아내고 있었음을 방증한다. 박찬효(2020)의 최근 지적처럼 최희숙의 초기 소설들이 "위선과 허영으로 가득 찬 당대 가족 이데올로기의 문제점"에 대한 비판과 고발을 시도하고 있다고 할 때,[16] 『창부의 이력서』는 그중에서도 파격적인 소재와 주제로 당대 질서의 표면적인 안정성을 재현하는 대신 그것을 뒤흔드는 길을 택한다. 그런데 중요한 것은 그러한 모순을 극복하고 새롭게 세워져야 하는 어떤 도덕적 가치를 역설하고 입증하려는 시도가 소설에서 꾸준히 발견된다는 점이다. 그것이야말로 최희숙이 소설의 연재를 반대했던 대중 독자들을 향해 "언젠가 작품이 말해주리라 확신"[17]했던 '진리'의 실체였던바, 피터 브룩스의 말을 빌리면 "탈신성화된 시대"에 근본적인 도덕의 영역을 논증하고 그것을 작동케 하려는 "재신성화를 향한 충동"이 이 소설에도 전제되어 있었던 것으로 보인다.[18]

문제는 대중문학으로서 『창부의 이력서』가 공유하고 있는 그러한 '멜

16 박찬효는 이 글에서 최희숙의 작품세계를 총 3기로 나누고 『창부의 이력서』를 제1기 소설로 분류하고 있다. 그에 따르면 『창부의 이력서』는 첫 작품인 『슬픔은 강물처럼』에서 그려낸 여대생의 자유분방한 연애와 데이트의 서사에서 더 나아가 내용적으로 한층 성장한 측면을 보여준다고 할 수 있다. (박찬효, 「'열정적' 사랑과 '불새'의 글쓰기-최희숙」, 『이화어문논집』 53, 이화어문학회, 2020, 216쪽.)

17 최희숙, 앞의 책, 8쪽.

18 브룩스는 멜로드라마를 "비극적 전망의 상실"에 대한 하나의 "반응"이라고 정의한다. 즉 절대적 진리로서 받아들여지던 전통적인 윤리와 규범이 그 신성성을 잃을 때(탈신성화) 그것이 당연한 삶의 양식으로 '회복되어야 한다'는 메시지가 정치적 관심사로 공유되던 가운데(재신성화) 탄생한 문학적 양식이 바로 멜로드라마이다. 따라서 멜로드라마는 '악'이 초래하는 불안과 그럼에도 궁극적으로 승리하는 도덕(선)의 갈등구조를 명료하게 재현한다. 다만 재신성화를 향한 이러한 충동은 거꾸로 개인적인 언어 이외의 차원에서 신성화를 상상하는 것이 더이상 가능하지 않음을 의미하기도 한다. (피터 브룩스, 『멜로드라마적 상상력』, 이승희 · 이혜령 · 최승연 역, 소명출판, 2013, 46-48쪽.)

로드라마적' 양식이 오랜 기간 '여성성'과 결부되며 근대문화의 자장 속에서 평가 절하되어왔다는 점이다.[19] 1960년대 대중문학의 주된 창작층이었던 한국의 '여류' 소설들이 '비사회성' 또는 '비정치성' 등의 부정적 꼬리표와 쉽게 연결되었던 점을 감안한다면, 최희숙의 소설이 적극적인 재평가의 대상이 되어야 한다는 본고의 주장은 설득력을 가지리라 본다. 남성 지식인들의 주류 계보에서도, 여성 작가들의 대안적 담론장에서도 발화의 자리를 얻지 못했던 '인기작가' 최희숙이 마주해야 했던 것은 선배들의 인정과 격려가 아니라 "순수문학 정통성의 궤도"를 이탈했다는 낙인과 문단의 "거대한 구조적 모순"[20]이었다. 이에 본고에서는 전술한 논의들과 함께 최근 들어 조금씩 제출되고 있는 최희숙 소설을 둘러싼 선행연구[21]들을 이어받아, 『창부의 이력서』가 대중문학 장르로서 갖는 멜로드라마적 특성과 거기에서 나타나는 모순과 균열, 즉 소설 속 여성의 '불온한' 욕망이 1960년대 한국 사회의 불안정성을 돌파하는 가능성의 지점을 함께 살필 것이다. 이를 발판으로 향후 최희숙 소설에 대한 문학사적 재조명이 더욱 풍부하게 이루어질 수 있기를 기대한다.

19 리타 펠스키는 마리 코렐리의 소설을 분석하면서 '멜로드라마적'이라는 수사에 흔히 따라붙는 '감상적', '낭만적'이라는 단어가 부정적이고, 여성적이며, 구식이라는 함의를 갖게 되었다고 말한다. 그에 따르면 여성 작가가 창작한 대중적 텍스트의 과잉된 감정과 비현실성 등은 작가의 성별 문제와 결합하며 '여성화'된 것으로 인식됨과 동시에, 남성 중심적 평단에 의해 경멸 또는 무시되어 왔다. (리타 펠스키, 『근대성의 젠더』, 김영찬 · 심진경 역, 자음과모음, 2010, 214-215쪽.)

20 박정희, 「최희숙의 문학세계」, 『창부의 이력서』, 313쪽.

21 본문에서 살핀 연구들 외에 손혜민(2019)의 박사학위논문에서 최희숙의 『슬픔은 강물처럼』과 단편적이기는 하지만 『부딪치는 육체들』이 함께 다뤄지고 있다. 손혜민은 최희숙의 초기 작품들에서 연애에 대한 과잉된 욕망을 전시하며 '성적 모험'이라는 일종의 퍼포먼스를 보여주는 1960년대 여성 주체의 형상을 발견한다. 이들에게 '육체'는 주체의 내면-자의식의 실체적 근거로 존재한다. 육체를 응시하는 선험적 조건으로서 주체가 아닌, 육체의 내부에 기거하는 주체를 발견할 수 있는 것이 바로 이 지점이라는 것이다. (손혜민, 「연애대중과 소설－1950~60년대 대중소설을 중심으로」, 연세대학교 박사학위논문, 2019, 97-104쪽.)

2. '자유'의 재(再)전유: '아프레걸' 표상의 전복 혹은 초과

『창부의 이력서』의 주된 스토리를 이끌어가는 것은 단연 '지우'와 '안 여사'라는 두 여성 인물이라고 할 수 있다. 이들이 보여주는 말과 행동은 당대의 가부장적 남성 질서를 번번이 이탈하고 그에 도전하는 것으로서 인물 간 관계를 조정하고 소설의 사건을 구성하며, 그런 의미에서 신문연재를 앞두고 작가 최희숙이 언급했던 "창부의 기질"을 가진 '모든 여자'의 프리즘이기도 하다.[22] 창부였던 홀어머니의 딸로 태어나 실제 창부가 되어 자살로 생을 마감한 지우와 남편과 아들이 있는 가정부인이지만 거듭된 외도로 창부라고 불렸던 안 여사가 서로의 거울상인 이유도 여기에 있다. 그녀들은 모두 자신의 의도와는 관계없이 사회적 기준에 따라 '창부'라는 명명을 부여받은 여성들이다. 이러한 호명의 논리는 1950년대, 나아가 1960년대 한국 사회가 만들어냈던 수다한 여성 표상들을 연상시키는바, 그 가운데 가장 대표적인 담론적 명칭인 '아프레걸' 표상을 통과하고 있다고 해도 과언이 아니다.

전후(戰後)파를 가리키는 프랑스어 '아프레 게르(après guerre)'를 여성 명사화한 기표로서 아프레걸은 현대 여성의 육체에 대한 전후 한국 사회의 젠더화된 검열과 통제의 시선을 반영한다.[23] 물질적 사치, 성적 방종과 같은 각종 부정적 가치를 아프레걸로 호명된 여성에게 부과함으로써 가부

22 최희숙, 앞의 책, 7쪽.

23 김은하에 따르면 아프레걸은 구체적으로 "도시에 사는 십대후반이나 이십대의 여대생으로서, 물질적 향락을 위해 돈 많은 중년남자와 연애하고, "보이푸렌드"와 섹스하고도 책임을 묻지 않을 만큼 "쿨"하고, 서양풍으로 한껏 멋을 부린 사치스러운 존재"로 여겨졌다. 그러나 이는 객관적 지시 대상을 결여한 소문 속의 존재였으며, 담론은 점점 과잉화되어 '전쟁미망인', '자유부인(유한 마담)', '유엔 레이디', 독신 여성, 고학력 직장여성 등으로 외연을 확장해 가기도 했다. (김은하, 「전후 국가 근대화와 아프레 걸(전후 여성) 표상의 의미—여성 잡지 『여성계』, 『여원』, 『주부생활』을 대상으로」, 『여성문학연구』 16, 한국여성문학학회, 2006, 191쪽 참조.)

장-남성 중심의 무너진 젠더 질서를 회복하려 했던 것이다. 허윤(2015)이 지적한 바와 같이 해방 이후부터 1980년대에 이르기까지 한국 사회의 '주류'로 호명되었던 군인-청년의 남성성은 이렇듯 여성에 대한 타자화, 혐오의 전략을 수반하는 것이었다.[24] 그런데 『창부의 이력서』의 지우와 안 여사가 떠안고 있는 '창부'라는 명칭은 그러한 여성 혐오의 현장을 보여줌과 동시에 그것을 거부 혹은 돌파하는 여성 욕망의 문제를 제기한다. 이는 그들이 창부가 됨으로써 던지는 '창부'의 존재론적 물음을 예증한다. 작가 최희숙의 말처럼 "여자란 모두 창부의 기질을 가졌"[25]다면, 그러한 '기질'은 대체 무엇이며, 그것은 어째서 '창부'의 것이어야 하는가? 아프레걸로 호명되면서도 아프레걸 담론을 초과하는 여성 인물들의 정치적 가능성을 들여다보아야 하는 이유가 바로 이 질문에 있다.

먼저 지우는 소설에 등장하는 누구보다도 1950년대 문화적 기호였던 '아프레걸' 형상과 닮아 있는 인물이다. 그녀는 젊은 정신과 의사 '서재우'와 돈 많은 유부남 '김민준'과 연애하고, 결혼 제도에 얽매이기를 원하지 않으며, 남자와의 섹스에도 거리낌이 없다. 무엇보다 지우가 방황하는 여대생이라는 사실은 그녀를 당대의 아프레걸 담론과 더욱 깊게 연루시킨다. 1950년대 아프레걸이 지니고 있었던 부정적 속성은 1960년대에 이르면 '여대생'이라는 기표에 집중 투사되었기 때문이다.[26] 여대생은 최희숙의 초기 작품들에서 주인공의 형상으로 흔히 등장하는바, 이들의 공통점은 학교 수업에는 크게 관심이 없고 뚜렷한 목적지 없이 서울의 거리를 쏘다니며 명동의 다방과 음악 감상실을 마치 '집시'처럼 떠돈다는 점이

24 허윤, 「냉전 아시아적 질서와 1950년대 한국의 여성 혐오」, 『역사문제연구』 20, 역사문제연구소, 2016, 109-111쪽.

25 최희숙, 앞의 책, 7쪽.

26 연남경, 「남성 주체의 수치심과 윤리의 행방-이청준 『씌어지지 않은 자서전』의 여성 재현에 주목하여」, 『이화어문논집』 49, 이화어문학회, 2020, 144-145쪽 참조.

다. "그래 거리를 쏘다니자"[27]라고 중얼거리며 명동 거리를 헤매던 『슬픔은 강물처럼』의 '희숙'을 비롯하여 이들의 방황에는 채워지지 않는 삶의 공허함이 자리하고 있다. 지우 역시 아무 목적 없이 거리를 쏘다니며 물건을 훔치고 몇 시간이고 공중변소를 구경하는 등 '도박'과도 같은 일탈적 방황을 계속한다. 지우에게 현실은 그녀를 "하늘의 자유로운 새가 아니라 우리 속에 갇힌 가축"[28]으로 만드는 속박의 공간이다.

> "지우는 불안정을 원하는군."
> 때때로 그는 대화 속에 뛰어들어 친밀감 있게 반말을 하는 걸 잊지 않는다.
> "그런지도 몰라요. 이미 성립된 것엔 흥미가 없으니까요. 어쩌면 나는 삶의 한가운데를 방랑하며 다니고 싶은지도 모르죠. 아무 데도 속해 있지 않다는 건 얼마나 자유스러운가요. 나 자신이 어느 장소를 찾아 정착하게 되면, 나는 또다시 다른 세계를 찾고 싶답니다. 무한한 신비가 있는 곳으로……. 이 모두는 불안정한 거겠죠. 글쎄요. 자유에 대한 정의는 그 한계선을 어디에 두어야 그것이 방종이 아니라고 할 수 있는 건지요." (137-138)

인용문에서 알 수 있듯 지우의 방황은 "아무 데도 속해 있지 않"은 "자유"를 위한 것이다. 한 곳에 정착하지 않고 끊임없이 모험을 떠나고 싶다는 그녀는 자유와 방종을 구분하는 의미론적 경계를 되묻기까지 한다. 주지하듯 아프레걸의 '자유'는 1950년대를 풍미했던 전후 실존주의의 자유 개념을 통속화한 여성적 판본처럼 유통되곤 했는데, 지우가 갈망하는 '자유' 역시 그러한 경향을 따라 읽어낼 수 있다. 애인인 서재우와의 잠자리에서 그녀는 아무런 흥분을 느끼지 못하며, '쾌락'이 배제된 그와의 성적

27 최희숙, 『슬픔은 강물처럼』, 신태양사, 1959, 180쪽.
28 최희숙, 『창부의 이력서』, 소명출판, 2013, 77쪽. 이후 본문의 인용은 괄호 속 쪽수로 표기한다.

관계는 지우의 "차디찬 육체"[29]만을 부각시킬 뿐이다. 그런데 여기에는 지우의 방황을 그저 실존주의적 '자유'를 모방하기 위한 성적 모험으로만 간주할 수 없는 이유 또한 존재한다. 지우가 느끼는 "조여 들어오는 현실의 숨막힘"(138)은 남성적 억압, 즉 가부장적 상징질서의 폭력성과 다분히 긴밀하게 결부되어 있다는 점이 그것이다. 창부였던 어머니를 향해 쏟아진 이웃 사람들의 멸시, 피난길에서 모녀가 강간을 당한 끝에 어머니가 살해당한 기억, 전쟁고아 수용소와 정신병원에서 목격한 극심한 학대는 그녀가 마주한 남성적 '사회'의 폭력성을 보여준다. 그런 폭력적 질서 속에서 그녀는 "도대체 내가 남성에게 무엇을 기대할 수 있느냐"(85)고 자문하지만, 가능한 대답은 "나는 여자가 될 수 없"다는 회의뿐이다. 이 사회에서 그녀는 도저히 그들이 원하는 "여자"가 될 수 없다. 그것은 남성적 폭력에 의해 만들어진 "인간 인형"(116)에 불과하기 때문이다.

문제는 정신병원에서 만난 서재우의 일방적인 사랑 또한 그러한 억압적 규범에 종속되어 있다는 점이다. 서재우는 정신과 의사로서 환자인 그녀를 진료하다가 사랑을 느끼게 되었음을 열렬히 고백한다. 일견 헌신적인 것처럼 보이는 그의 애정에서 지우는 여성을 남성에게 "부속된 존재"(108)로 만들려는 젠더화된 고정관념을 발견하고 '지긋지긋함'을 느낀다. 도시에서의 삶, '여대생'이라는 지위 등 서재우가 그녀의 육체를 취하는 대신 지우에게 지불한 물질적 대가 역시 그녀를 "유희의 창부"(116)로 만들 뿐이다. 방황하는 여대생, 아프레걸의 육체는 이 지점에서 '창부'라는 명명과 결합한다. 그러나 지우가 끝내 더 이상 서재우의 돈을 받지 않고 그의 육체적 '속박'으로부터 벗어나겠다고 결심하는 순간, 즉 "차라리 거리의 창부가 되더라도 나의 정신을 희생시킬 수는 없기 때문이다"(120)

29 권보드래, 「실존, 자유부인, 프래그머티즘: 1950년대의 두 가지 '자유' 개념과 문화」, 『한국문학연구』 35, 동국대학교 한국문학연구소, 2008, 119-123쪽 참조.

라고 되뇌며 서재우의 육체적 '속박'을 거부하는 순간 그녀의 방황은 '정신'이라는 내면적인 문제와 만난다. 바로 이 순간에, 그녀에게 부과된 젠더화된 명명은 일관성을 잃고 흔들리기 시작한다.

'여대생' 지우는 그녀를 "속물로 만들어 보려는"(117) 서재우의 나약한 상품 경제를 거부하고 "영혼"을 바라보기를 선택한다. 별장과 막대한 재산을 주겠다는 서재우의 제안을 거절하고 그와 헤어져야겠다는 강력한 의지를 드러내는 것이다. 이는 그녀가 '아프레걸'이라는 당대의 부정적 호명 기제에 포섭되지 않는 인물임을 보여주는 대목이라고 할 수 있다. 지우는 '창부'가 되지 않겠다고 결심함으로써 육체적 타락과 성적 방종, 물질성 등의 부정적인 속성들과 결별한다. 그렇다면 지우가 찾아 헤맨 '자유'란 실존주의적 자유를 흉내 내기 위한 아프레걸의 성적 모험이 아니라 자신의 육체에 부과된 '창부'라는 명명, 자신들의 속물성을 여성에게 떠맡기려는 남성적 욕망으로부터의 해방을 의미한다. 다시 말해 가부장적 상징질서의 억압으로부터 자유로워지기를 꿈꾸는 지우의 방황은 가장 '아프레걸'다운 지점에서 '아프레걸' 표상을 배반하고 거부하는 주체적 행동으로 읽어낼 수 있다. 그녀가 찾은 해방의 출구가 김민준에게서 발견한 '뜨거움'에 있다는 점 역시 아프레걸의 "차디찬 육체"의 논리를 전복시키는바, 지우는 김민준과의 정신적 사랑을 확인하는 일이야말로 "멈춘 삶이 생동하는 순간"(128)임을 깨달으며 행복을 느낀다. 나아가 그녀는 김민준과의 사랑이 실패로 끝나고 실제로 '창부'의 처지에 내몰린 후에도 자신의 선택을 후회하지 않는다. 억압적 질서로의 회귀를 끝내 거부하는 지우의 '자유'는 "나는 지금도 그를 거부한다. 그리고 결코 후회도 하지 않는다"(246)라는 진술을 통해 최후의 순간까지 살아남는다.

한편 안 여사가 천착하는 '자유'는 아프레걸의 외연이 확장된 형태, '자유부인' 담론을 통해 살펴볼 수 있다. 아프레걸이라는 기표에 부여된 부정적 속성을 공유하면서도 '가정'의 울타리 내부에 속해 있다는 점에서

'자유부인'은 더욱 극심한 단죄의 대상으로 지목되었다. 아프레걸이 태생부터 비정상적이며 가정과 국가 외부에 위치하는 존재였다면, 그 내부에 속한 자유부인은 일종의 "일그러진 정상성"으로 받아들여졌기 때문이다.[30] 1950년대 최고의 인기소설이었던 정비석의 『자유부인』이 보여주듯 여성의 사회 · 경제 활동은 손쉽게 '치맛바람'으로 폄하되었고, 그러한 여성들은 자유의 가치를 왜곡한 탓에 말썽을 일으킨 일탈자로서 인자한 남편의 계도와 용서를 통해 가정으로 복귀해야 했다. 1960년대에 이르면 여성 담론이 빠르게 보수화되는 가운데 자유부인을 비난하는 목소리는 한층 높아진다. "주부를 천직으로 아는 여성의 아름다움"[31]을 부르짖던 담론장에서 '댄스'하다 경찰에 붙잡히는 "바람난 가정주부"의 신문기사가 숱하게 실리는가 하면,[32] 자유의 의미를 오인한 이들의 존재는 '사회악'으로 취급되었다.[33] 말하자면 이 시기 자유부인은 이전 시대의 사회 제반 문제의 원흉일 뿐 아니라 오도된 '자유'의 혐의를 뒤집어쓴 기표였던 셈이다.

그런 상황을 감안한다면, 『창부의 이력서』가 그려내는 안 여사의 '자유'는 그야말로 참작의 여지가 없는 불온한 욕망의 정수를 보여준다고 할 수 있다. 김민준과의 사랑을 위해 그의 집으로 들어온 여대생 지우와 달리 그녀는 정부(情夫)인 '종철'을 집안으로 끌어들여 성관계를 즐긴다. 안

30 따라서 '아프레걸'의 방종과 타락이 한국전쟁의 상흔과 깊게 결부되어 있다면, '자유부인'의 탈선은 전쟁보다는 전후의 '일상'과 더욱 긴밀하게 겹쳐진다. 예외 상황이 아니라 생활의 터전을 위협한다는 점에서 1950년대 한국 사회의 제반 문제를 떠안은 기표로 더욱 적극적으로 활용된 것이다. 자유부인의 '자유'는 아프레걸과 흔히 연결되는 실존주의적 감각조차 얻지 못한 채 단죄의 대상이 되어야 했다. 관련 논의는 권보드래, 위의 글, 123-127쪽 참고.

31 「주부를 천직으로 아는 여성의 아름다움을」, 『조선일보』, 1961.10.31.

32 「춤바람 여인에 경종 형사지법, 남편 눈속인 유부녀만 유죄선고」, 『경향신문』, 1965.5.22.

33 「한국의 부부 현실과 소설 ④ 애칭 아닌 모멸의 대명사 자유부인 제씨!」, 『조선일보』, 1963.5.5.

여사가 지우에게 남편인 김민준을 외롭지 않게 보살펴주라고 부탁하는 이유도 그에게 "덜 미안하고 더 자유스러워"(145)지기 위해서이다. 이렇듯 그녀가 추구하는 자유로움은 그 대상을 가리지 않으며 '성적 방종'과 연결될 여지가 많다는 점에서 아프레걸-여대생의 그것과 더 가까워 보이지만, 육체적 '쾌락'이 자유의 궁극적 목표로 개입함으로써 결정적으로 달라진다. 이는 안 여사가 "젊은 애송이를 사육하며 유희를 즐기는 여자"(260)에 속한다는 점과 관련이 있다. 즉 안 여사는 남편과 아들이 있음에도 거리낌 없이 자신의 섹슈얼리티를 "유희"하며, 쾌락을 위해 물질과 섹슈얼리티를 교환하는 것을 망설이지 않는 인물이다. "육체의 결합이 있기에 인생이 있"(177)다고 여기는 그녀의 유희는 결코 일시적인 '일탈'일 수가 없다.

> "다른 여자도 얻지 않고요?"
>
> "물론이지. 그는 자신의 욕망을 다 채우고 나자 단지 해이解弛해졌다고나 할까. 나는 4년 동안을 기다렸어. 그런데 더는 참을 수 없더군. 정숙한 아내고 뭐고 없었어. 나는 나의 욕구를 억제할 수 없는 육체의 노예가 되어버린 거야."
>
> "……."
>
> "나는 가정교사라는 이름 아래 욕망을 채울 수 있는 남자를 불러들였어. 나는 그의 앞에서 떳떳이 육체의 악마가 되어 희롱해 본 거야. 처음은 반발심이었지."
>
> "아저씨는 가만 계셨어요?"
>
> "가만있더군. 그런 침묵이 나를 노엽게 만들었어. 그러다 보니까 나는 습관이 되었고 정당하다고 느껴지더군."(143)

안 여사는 부부관계에 소홀한 남편에게서 채울 수 없는 욕망을 다른 남자들과의 관계를 통해 해결한다. 그것은 이미 부당하다는 감각조차 찾아볼 수 없는 "습관"이 되었기에 멈추고자 해도 멈출 수 없다. 무한히 질주하는 그녀의 욕망과 성적 유희는 '아프레걸'의 쾌락 없는 방종을 초과할 뿐 아니라 '자유부인'의 정해진 최후—가정으로의 귀환—마저도 배반하는 것으로서, 1960년대 행복한 중산층 가정의 표상이었던 '스위트 홈'의 이상을 끊임없이 무력화한다. 주지하듯 그것은 낭만적 사랑 담론과 가부장 이데올로기가 결합하면서 만들어낸 젠더화된 규율 기제로 작용하며 여성의 성 역할을 '아내'와 '어머니'로 묶어두는 역할을 했다.[34] 이러한 상황에서 여성들에게 허락된 유일한 영역이 '가정주부'의 자리였음을 떠올려볼 때, "외관상으론 순결하고 모범적"(178)인 가정부인인 안 여사가 그 이면에서 "창부의 기질"을 억누르지 못한다는 진술은 결코 공적 담론장에서 가시화될 수 없었던 '부인'의 욕망이라는 문제를 제기한다고 볼 수 있다. 동시에 그것은 그러한 욕망을 검열하고 통제하는 당대 가족질서의 위선을 낱낱이 폭로하며 균열을 낸다.[35] 현모양처의 가면을 쓴 "창부"는 한국 사회의 '내부의 외부'로서 가부장적 상징질서의 안정성을 향해

---

34 1960년대 한국 여성 담론의 핵심이라고 할 수 있는 낭만적 사랑의 이데올로기는 성과 연애, 결혼을 통합하는 방식으로 '가정'이라는 사적 영역을 숭고화했다. '스위트 홈'이라는 행복한 가정의 표상이야말로 1960년대 중산층과 나아가 일반인들의 욕망을 구성하는 핵심적인 내용이었으며, 그것은 자본주의 근대 사회의 일상적 윤리로서 낭만적 사랑을 필수적으로 동반한다. (송인화, 「1960년대 『여원』 연재소설 연구—연애담론의 사회, 문화적 의미를 중심으로」, 『여성문학연구』 19, 한국여성문학학회, 2008, 296-297쪽.)

35 1960년대 중반 일제히 제출된 연애 및 성 담론은 '가정주부'의 자리를 이탈한 여성들에 대해 거센 비난을 퍼부었다. 그러나 그럼에도 불구하고 1960년대의 자유부인은 1950년대의 '아프레걸'을 향한 일시적 모방과 일탈이 아니라, 젠더 불평등에 대한 저항과 여권신장의 차원에서 다르게 이해되기도 하였다. 즉 이들은 1960년대 국가주의적 가부장제 담론의 '정상성'에서 근본적인 균열을 드러내는 문제적 표상으로 자리잡으며 그야말로 '일그러진 정상성'을 반증하곤 했다. (김지영, 「가부장적 개발 내셔널리즘과 낭만적 위선의 균열: 1960년대 『여원』의 연애 담론 연구」, 『여성문학연구』 40, 한국여성문학학회, 2017, 83-85쪽 참조.)

다음과 같이 되묻는 것이다. "모든 여자에게는 과연 창부의 기질이 있는 것일까? 어느 비단결처럼 착한 여인에게도 본능에 열중하는 그 무엇이 있는 것이다."(178)

나아가 그녀를 제어 불가능하고 설명할 수도 없는 존재로 만드는 핵심적인 행위로서 근대적 '소비'를 꼽을 수 있다. 안 여사는 젊은 남자들을 물건 고르듯 '쇼핑'할 뿐만 아니라 값비싼 드레스와 휘황찬란한 보석, 방을 장식한 금과 도자기, 목욕용으로 쓰이는 우유와 각종 화장품, 향수로 대변되는 물질성의 화신이다. 그녀가 근대 소비의 주체로서 보여주는 물질적 욕망은 기존의 위계질서를 충동적이고 무절제한 속성으로 위협한다는 점에서 불온함을 넘어 위험한 것이기도 하다.[36] 소비를 향한 여성의 만족 없는 갈망은 그것을 충족시켜 줄 수 없는 남성의 전통적 권위를 무력화하며 기존 질서의 안정성을 뒤흔들기 때문이다. 안 여사와 남편 김민준의 관계는 좋은 사례라고 할 수 있는데, 지우를 사랑하면서도 가정을 버릴 수 없다고 말하는 김민준의 무력한 모습은 자신이 "한 여자를 행복하게 해 줄 수 없는 폐쇄적인 남자"(170)라는 절망과 좌절감에 기인하는 것이다. 그는 욕구불만에 사로잡힌 아내가 다른 남자와 외도를 거듭하는 것을 알고 있으면서도 오히려 그녀가 "나를 무시하고 마음대로 놀아나길 원"하기까지 한다. 아들 윤호의 반항에는 서슴없이 폭력을 휘두르면서도 안 여사의 관계에서 한없이 무력한 그가 느끼는 것은 "나에게는 아내도 자식도 없"다는 질식에 가까운 고독뿐이다. 이는 여성의 욕망에 압도당해 원래의 자리를 잃고 만 남성의 권위를 제법 뚜렷하게 보여준다.

36 펠스키는 여성과 근대적 소비주의가 결합할 때 가부장제적 가족 구조에 끼치는 전복적이고 잠재적으로 파괴적인 영향에 대하여 언급한다. 그에 따르면 무제한적인 소비에 따른 여성의 쾌락주의적 욕망은 오랜 시간 남성의 권위에 대한 위협으로 간주되며 문제적인 것으로 지탄받아 왔다. 그런데 이러한 여성의 욕망이 궁극적으로 문제시되는 것은 그것이 특정한 대상을 결여한 '유동성'을 갖기 때문이다. (리타 펠스키, 앞의 책, 129-130쪽, 148-150쪽.)

남편이 죽은 뒤에도 안 여사는 겉으로 "정숙한 미망인"(244)의 행세를 하지만, 결코 아들이 있는 가정의 자리로 돌아오지 않는다. 김민준과의 동반자살에 실패한 이후 '창부'가 된 지우가 G다방에서 안 여사를 목격하는 장면은 상당히 파격적이면서도 상징적이다. 그곳에 모인 남자들은 "될수록 깨끗하고 매력적이어야만 손쉽게 팔리고, 주인을 잘 만나면 비싼 값으로 팔릴 수도 있"(259)는 "상품"들로서 부유한 '유부녀'나 '미망인' 여성들의 돈을 받고 섹슈얼리티를 제공한다. 물론 그들이 가정에 속한 여성들이라는 점을 빌미로 사기를 치거나 협박을 통해 돈을 요구하기도 한다는 사실은 남성적 젠더 권력이 이곳에서도 여전히 유지되고 있음을 보여주지만, 남성의 섹슈얼리티를 '소비'하는 '주체'로서 여성의 욕망을 가시화한다는 점에서 일말의 전복성 또한 드러낸다. 요컨대 스스로의 쾌락을 끊임없이 '유희'하는 안 여사는 한국 사회의 남성적 젠더 질서, 가부장 이데올로기와 결합한 가족질서가 배태하고 있는 불안정성을 정확히 조준하고 있다. 그것은 1950년대 잠시 일탈의 형식으로 돌출했던 '자유'의 흔적을 포기하지 않은 자유부인의 형상이 갖는 정치적 가능성으로도 읽어낼 수 있을 것이다.

3. 멜로드라마의 균열: 죽음충동의 윤리와 여성 공동체의 가능성

앞서 살펴본 것처럼 1960년대 '현모양처'에 부합하지 않는 여성들은 손쉽게 사회악으로 규정되었다. 그 어느 때보다 여성의 '정조'에 대한 우려와 검열의 목소리가 담론장의 최전선을 장식했던 상황에서, 『창부의 이력서』가 보여주는 '아프레걸-여대생' 또는 '아프레걸-자유부인'이라는 표상들은 그녀들을 "창부"화하는 가부장적 호명의 논리를 폭로하며 또한 그 내면에 존재하는 균열을 드러내 보이기도 한다. 그리고 그 기저에는 통제되지 않기에 불온한 여성 욕망의 문제가 있다. 그것은 이 소설의 여성 인물들로 하여금 호명된 자신들의 이름을 재현하는 대신 위반의 방식으로 재연(再演)하도록 만든다. 문제는 소설의 말미에서 그들이 일제히 '죽음'으로써 최후를 맞이하며 마치 악(惡)의 서사적 축출, 멜로드라마적 단죄와 처벌의 결말을 떠올리게 한다는 것이다. 김민준과의 동반자살 시도에 홀로 실패한 지우는 실제로 '콜걸'이 되어 스스로 목숨을 끊고, 안여사의 최후는 즐겨 타던 말에서 떨어져 사고사했다는 소식으로 짤막하게 처리된다. 상술하였듯 "모든 여자에게는 과연 창부의 기질이 있는 것일까?"라는 물음을 상징질서의 근본적 모순을 가리키는 가능성의 잠재태로 읽어내기 위해서는 이들의 죽음 역시 해명할 필요가 있다.

피터 브룩스에 따르면 도덕성의 '재신성화'의 충동을 재현하는 멜로드라마의 양식은 무엇보다 '근대적인' 감성의 산물이다. 프랑스 대혁명 직후에 출현한 그것은 기존의 도덕이 더 이상 힘을 발휘하지 못하는 불안한 상황에서, 그 불안을 (악의 승리로써) 표현하고 또 (선의 궁극적 승리로써) 제거해내는 방식으로 "도덕성에 관한 드라마"[37]를 구성한다. 여기에서 중요한 것은 인격화된 기호로서 선과 악의 선명한 대립이다. 후자는 축출되어야 하고 전자는 옳은 것으로서 찬미되는데, 이때 나타나는 '과잉'된 수사학은 도덕적 감정을 완전하게 표현하기 위한 것으로서 멜로드라마 양식의 근본을 이룬다.[38] 강렬한 사랑의 정념과 육체적 쾌락의 문제를 다소 과장되게, 과잉된 어조로 말하고 있다는 점에서 『창부의 이력서』는 멜로드라마의 수사학적 관습을 따른다고 할 수 있다. 인물들은 폭발하는 사랑의 감정에 못 이겨 눈물을 흘리기도 하고, 정열에 가득 차 사랑을 고백하며, 성행위가 주는 쾌락에 정신없이 탐닉하기도 한다. 그리하여 이 소설이 도

37 피터 브룩스, 앞의 책, 54쪽.
38 위의 책, 84-85쪽.

달하는 도덕적 상상력은 지우가 자살하기 직전 독백하는 다음과 같은 진술에서 엿보이는 듯하다. "나는 찾을 수 없었던 삶의 어떤 질서를 찾은 것이다. 그것은 '생의 방해가 되는 죄악 중에서 가장 나쁜 짓은 간음하는 것이다'이었다."(275)

그러나 앞질러 말하자면, '창부'가 되거나 '창부'로 불리며 죽음에 이르는 지우와 안 여사의 서사적 퇴장은 '악'의 명백한 제거 혹은 '선'의 완전한 승리라고는 말할 수 없는 잔여를 남긴다. 먼저 스스로의 "죄악"을 고백하며 죽음을 맞는 지우의 경우를 보자. 주목할 만한 사실은 '죄'에 대한 지우의 인식이 단순히 유부남과의 사랑이라는 문제가 아니라 유년기의 경험으로부터 촉발되었다는 점이다. 부재하는 아버지와 '창부'인 어머니를 멸시하는 이웃들 틈에서 그녀는 "수치심과 열등의식"(60)으로 어린 시절을 보냈다. 어머니에 대한 연민과 애착은 지우로 하여금 그녀로부터 어머니의 애정을 '빼앗아간' 새아버지(들)를 향해 극심한 증오와 원한을 품게 한다. 새아버지를 죽이기 위해 몰래 칼을 품고 침실에 접근했던 지우는 그와 어머니의 정사를 목격하고, 알 수 없는 호기심에 이끌려 밤마다 그 장면을 지켜본다.

> 그때 나이가 여덟 살이었을 것입니다. 그때만큼 어머니를 경멸한 적은 없습니다. 어머니가 추악한 동물처럼 보였습니다. 어리고 순진한 나는 알지 못할 압박에 짓눌려 외진 그늘 속으로 웅크리기 시작했습니다.
>
> 나는 그 광경을 확인하고 싶은 의욕에서 밤을 기다렸고 다시 이층으로 기어들었습니다. 헐떡이는 숨을 모아 문구멍에 눈을 댔습니다.
>
> 나는 어머니가 한 짓을 나도 하고 싶은 욕구를 느끼기 시작했습니다. 나의 마음이 하얀 백지라면, 그것을 검게 칠하려는 욕망이 일었습니다.(62)

남자와 성행위를 하는 어머니를 목격한 순간 느낀 "경멸"에도 불구하고, 이후의 지우를 사로잡은 강렬한 매혹이다. "어머니가 한 짓을 나도 하고 싶은 욕구"를 느끼는 그녀는 이 시점에서 살부(殺父)의 욕망과 어머니에 대한 동일시의 욕망을 모두 갖게 된다. 한국전쟁의 피난길에서 어머니에게 다시는 새아버지를 얻지 말고 자신과 둘이 살 것을 요구하는 장면에서 지우의 '어머니를 욕망하는 딸'로서의 면모는 더욱 두드러진다. 그러나 지나가던 미군들에게 모녀는 강간을 당하며 어머니는 현장에서 죽는다. '창부'의 사생아라는 사회적 타자화, 새아버지의 폭력, 강간과 어머니의 상실로 기억되는 전쟁의 경험은 모두 그녀가 겪은 남성적 상징질서의 극단적 폭력에 대한 외상적 기억을 구성한다. 그러한 상징계적 질서에 편입될 수 없는 그녀는 "도대체 나 오지우는 무엇이란 말인가?"(64)를 끊임없이 되묻는 히스테리 환자의 전형이다. 중요한 것은 이 히스테리 환자의 억압된 욕망의 실재가 '창부'인 어머니를 향한 불가능한 욕망으로 구성되어 있다는 점이다. 그리고 그것은 아버지로 대변되는 상징계의 질서에 대한 강력한 거부를 동반한다.

요컨대 그녀는 아버지의 법을 거부하고 '어머니의 딸'이 되고자 하지만 거듭되는 상징화의 요구가 그것을 불가능하게 만든다. 첫 번째 자살시도가 실패함으로써 지우는 다시 아버지의 법이 주관하는 현실 세계로 돌아오는데, 그녀가 입원한 정신병원은 젠더화된 폭력이 지배하는 사회의 축소판이다. 지우는 이러한 현실에서 자신이 결코 그들이 원하는 "여자가 될 수 없"(85)음을 확인한다. 그녀를 "인습적이고 소박한……정숙한 아내"(115)로 만들려는 서재우의 일방적인 사랑 역시 정신병원과 같은 구속과 속박만을 제공할 뿐이다. 아버지의 법을 재생산하는 남성적 상징질서의 대변자인 그는 정신과 의사이면서도 지우의 내면에서 날뛰는 죽음 충동을 이해하지 못한다. 지우의 죽음 충동은 '어머니의 딸'이 되려는 그녀의 욕망, 죽은 어머니에 대한 외상적 기억과 깊게 결부되어 있기 때문이다. 그리하여 다른 사람의 무덤가에서 어머니의 죽음을 떠올리며 "신은 나를 엄마처럼 비극으로 내팽개칠 거예요. 어디에고 나는 던져질 거예요” (100)라고 절규하는 지우에 대하여, “왜 그런 말을 하는지 알 수 없었”다고 고백하는 서재우의 편지는 제법 상징적이다. 이 장면이 바로 어머니에 대한 딸의 죄의식을 건드리고 있다는 점에서 그러하다.

앞서 언급한바 지우의 최종적인 죽음은 그녀 자신의 “죄악”과 관련되어 있다. 그런데 모녀 강간과 어머니의 피살로 요약될 수 있는 유년기 전쟁의 경험에서 그녀가 깨달은 것은 “다만, 이 모든 것에서 외면할 수 없는 책임감 같은 것”(66)이다. 그것은 어머니의 몸에 가해진 남성적 폭력의 상흔, 나아가 ‘창부’라는 사회적 낙인의 굴레로부터 그녀를 구출하지 못했다는 지우 자신의 죄책감과 맞닿아 있다. 그러한 죄책감은 삶의 자잘한 순간들에 어머니의 형상을 끊임없이 다시 불러내도록 한다. 어머니는 창부였고, 나는 창부의 사생아이며, 전쟁 중 강간을 당해 어머니가 죽었다는 “어두운 저편에 묻혔던 기억”(118)들의 나열식 서술이 지우가 불안을 느끼는 시점마다 등장하는 것이다. 미상불 ‘어머니’의 형상은 소설 전반에 걸쳐 나타나며 서사를 지배하고 있다고 해도 과언이 아니다. 그것은 어머니에 대한 지우의 근원적 죄의식에 기인하는 것이며, 과거의 고통스러운 기억으로 그녀를 자꾸만 끌어당기는 외상적 실재에 해당한다. 그리고 ‘아버지’의 법에 갇힌 상징계의 지식은 그것의 정체를 결코 알아낼 수 없다.

이렇듯 아버지를 무지에 빠뜨리고 어머니와 분리되지 않음을 선언하는 딸로서[39] 지우가 갖는 죄책감은 해소될 수 없는 히스테리의 동인처럼

---

39 김미현(2020)은 김이설 소설에 나타난 엄마와 딸의 미분리를 통한 모녀의 관계 형성을 여성가족로망스 차원에서 분석하고 있다. 그에 따르면 프로이트의 가족로망스와 달리 여성가족로망스에서는 ‘어머니-딸’의 미분리 관계가 절대적 긍정이나 부정으로 연결되지 않는다. 전오이디푸스기로 퇴행하면서 낭만화하거나, 오이디푸스기를 통과하기 위해 도구화되거나, 오이디푸스기 진입 이후 사라지는 존재가 지속적으로 소환되면서 논의의 핵심을 차지하는 것이 여성가족로망스의 어머니이다. (김미현, 「여성가

보인다. 그러나 그러한 죄책감의 너머에 지우의 세 번째 자살시도가 놓여 있다는 점이 이 소설의 파격성을 만들어낸다. 우선 지우가 김민준과 함께 기획했던 두 번째 자살시도를 살펴보자. 서재우를 떠나기로 결심한 지우는 그의 숙부인 김민준에게 강렬한 매혹을 느낀다. 그가 "내 생활에는 아무것도 없습니다"(130)라고 자신의 불안과 공허를 털어놓는 순간 지우는 둘의 사이를 연결하는 "완전히 상통할 수 있는 가느다란 선"(131)을 발견하고 견딜 수 없이 이끌리는 것이다. 이때 두 사람의 관계에서 지우는 사랑하는 주체이며 민준은 사랑받는 대상으로 설정되어 있는데, 이는 서재우와의 연애가 그녀를 일방적으로 사랑받는 '대상'으로 만들었던 점과 구분된다. 다시 말해 지우는 민준 내부에 존재하는 (자신의 것과 유사한) 공허함을 발견하고 그를 욕망하는 주체가 된다. 이것은 사랑의 논리에서 작동하는 '충동'의 문제를 보여준다. 타자에 대한 주체의 욕망을 계속해서 작동시키는 것은 타자의 향유이며, 그가 향유하는 충동이야말로 최종 심급에서 주체를 매혹하는 핵심적인 무엇이라는 것을 말이다.[40]

따라서 지우에게 민준이 그토록 매혹적이었던 이유는 그의 내부에 존재하는 죽음 충동 때문이라고 할 수 있다. 지우는 사회적 시선과 세간의 평가에 지나치게 신경을 쓰는 민준이 상징질서의 "완벽한 벽"(215)을 뚫고 아버지의 법으로부터 해방되기를, 그렇게 함으로써 그녀 자신과 완전히 "하나라는 것"(187)을 확인하기를 원한다. 히스테리 환자인 지우는 사랑받는 대상과의 완벽한 합일을 통해 외상을 메울 수 있으리라는 환상을 지니고 있기 때문이다.[41] 사랑의 환상은 동반자살의 계획으로 이어지지

족로망스의 교차성 연구－김이설 소설을 중심으로」, 『한국언어문학』 112, 한국언어문학회, 2020, 150-155쪽.) 본고에서는 여성가족로망스 이론을 본격적으로 적용하는 대신 어머니와 딸의 관계와 자매애의 확장이라는 개념을 빌려 와 소설에 나타나는 '창부'인 어머니 형상을 독해하는 데 도움을 받았다.

40 레나타 살레클, 『사랑과 증오의 도착들』, 이성민 역, 도서출판b, 2003, 88-89쪽.

41 히스테리 환자는 타자가 그녀에 대한 지식을 가지고 있다는(타자가 그녀의 대상 a에

만, 결정적인 순간 민준은 지우보다 먼저 수면제를 삼킴으로써 "아름다운 죽음"(232) 즉 '진정한' 사랑의 완성에 대한 그녀의 기대를 배반한다. 그리하여 폭로된 사랑의 불가능성은 남자와 여자의 성적 관계의 불가능성 자체를 예증하는바, 뒤집어 말하면 민준과의 '합일'은 지우가 아버지법이 주관하는 상징질서와 단절하고 '어머니의 딸'이 되기 위해 적절한 방식이 아님이 드러난다. 이렇게 두 번째 자살시도에도 실패한 지우는 다시 현실로 돌아온다. 이제 그녀가 마주쳐야 하는 것은 정신병원의 가학과 학대가 아니라 안 여사의 저주이다.

> "왜 내가 너를 살렸는지, 왜 죽도록 내버려두지 않았는지 이제 알겠니? 내 남편을 죽인 너를 살려 놓고 흡혈귀처럼 너를 말려 죽이고 싶었어. 대가를 치를 수 있게 해 줘야지. (…) 밤마다 나는 너의 영혼을 괴롭힐 거야. 쫓아다니면서……. 기억해, 나의 독은 너를 그냥 놔두지 않을 거다."
>
> "……."
>
> "넌 애비가 누구인지도 모르는 창녀의 자식이지. 네 어미는 깜둥이에게 강간당하고 너도 그랬지. 흐흐, 집안에 저주가 흐르네. 넌 나의 증오와 함께 네 어미처럼 될 것이다."
>
> (…)
>
> 그녀는 이런 말을 너무도 잔잔하게 말하고 있다. 그런데 이상하다. 그녀의 욕이 어떤 달콤한 위안보다도 내 마음을 가라앉게 해 주었다. 그러고 보니 나에게도 살아야 할 이유가 있었던 것이다. 그것은 그녀의 저주를 받아

대한 진리를 알고 있다는) 믿음을 통해 성적 관계의 불가능성을 극복하려 한다. 그리하여 자신에게 전체성을 제공해줄 수 있는 타자, 결함이 없다고 믿는 그 타자—사랑받는 대상—를 향해 다음과 같은 물음을 끊임없이 건네야 한다. "나는 너에게 무엇인가? 당신은 나를 사랑하는가?" 그러나 타자는 그러한 물음에 대한 답을 제공하지 않으며, 의문은 끝없이 계속된다. 이는 사랑의 불가능성을 부인하려는 필사적 시도들이다. (위의 책, 46쪽.)

> 주는 것이었다.(244-245)

안 여사는 지우를 향해 "네 어미처럼 될 것"이라는 예언에 가까운 저주를 한다. 그러나 이상한 점은 지우 본인이 그녀의 이 말을 "달콤한 위안"보다도 더 편안하게 느낀다는 것이다. 여기에서 안 여사가 지우의 유사-어머니라는 점을 언급할 필요가 있는데, 그녀는 '창부'인 어머니이자 지우의 강력한 이끌림과 동일시 욕망의 대상으로서 유사-어머니의 자리에 놓인다. 지우는 유년시절 새아버지와 어머니의 정사를 훔쳐보았던 것처럼 "알지 못할 호기심"(175)으로 안 여사와 정부 종철의 정사 장면을 관음하며, "나의 천사"(72)로 묘사되는 친어머니와 같이 병원에서 깨어난 그녀가 목격한 안 여사의 모습은 "천사처럼 황홀"(243)하여 감격의 눈물을 흘리게까지 한다. 친어머니가 상처 입은 천사라면 유사-어머니인 안 여사는 악마의 얼굴을 한 천사인 셈이다. '어머니처럼' 살게 될 것이라는 안 여사의 저주는 지우가 이제껏 반복해 왔던 히스테리적 질문들-'나는 누구인가? 나는 왜 아버지가 없는가?'-에 대해 일정 부분 대답을 제공한다. 지우는 실제로 창부가 됨으로써 그녀의 저주대로 어머니처럼, 나아가 어머니의 삶을 살게 되기 때문이다. 스스로 자신의 어머니가 됨으로써 지우는 '어머니의 딸'의 어머니, 즉 '딸의 어머니'가 된다. 나아가 이것은 과거에 구출하지 못한 어머니를 현실 세계에 되살려냄으로써 죄의식을 해소하고, 계속해서 자신을 따라다니던 외상적 실재로서 죽은 어머니의 형상과 조우하는 방법이기도 하다.

그리하여 지우는 비로소 세 번째 자살시도에 도달한다.

> 이튿날 나는 윤호로부터 안 여사가 말에 떨어져 어제 숨지고 말았다는 소식을 들었다. 그 순간 그 야릇한 우연에 놀랄 수밖에 없었다. 윤호의 담담한 목소리를 들으며 나는 이미 나의 갈 길을 결정하고 있었다.

나의 이름은 창녀…….

그러나 나는 하늘을 우러러보면서 미소지었다. 나는 찾을 수 없었던 삶의 어떤 질서를 찾은 것이다.

그것은 '생의 방해가 되는 죄악 중에서 가장 나쁜 짓은 간음하는 것이다'이었다.

나는 그 많은 방황 끝에 이제야말로 영원 속의 나를 발견한 것이다.(275)

이 마지막 시도에서 그녀는 비로소 죽음 충동의 극단을 향유할 수 있게 된다. "나의 이름은 창녀"라고 되뇌며 미소짓는 지우의 모습은 아버지를 거부하고 '창부'인 어머니와의 관계를 지속하겠다는 선언에 다름 아니다. 이 지점에서 그녀는 그녀를 둘러싼 남성적 상징질서, 아버지의 법이라는 대타자의 욕망에 종속되기를 거부하고 스스로 '(타자의 욕망을) 욕망하는 주체'이기를 멈춘다. 그러나 전적으로 죽음 충동을 취하는 이 히스테리의 너머에서 또 다른 '순수한 주체'의 차원이 나타난다. 그 주체는 대타자에 의해 강요된 선택의 극한에서, 그것과 단절하고 실재와 대면하려는 위험천만한 자율적 행위를 감행하는 윤리적 주체이다.[42] 어머니라는 외상적 실재와 직면하여 스스로 '창녀'임을 받아들이고 상징적 법의 병리적인 구속으로부터 벗어나는 자유. 지우의 죽음은 바로 그러한 '자유'로운 주체성의 획득이라는 함의를 담고 있다. 마지막으로 자살을 결심한 지우는 "구더기"가 "아름다운 나비"(276)로 변해 하늘로 날아오르는 환각을 본다. 소설은 악(惡)의 도덕적 소거 대신 새로운 윤리적 주체성의 탄생을 지우의 죽음이라는 장면을 통해 포착하고 있는 것이다.

오디세우스를 유혹하는 데 실패한 사이렌 자매의 자살은 그들이 스스

42 김용규, 「지젝의 대타자와 실재계의 윤리」, 『비평과이론』 9, 한국비평이론학회, 2004, 109쪽.

로의 향유를 결코 타협하지 않았음을 증명한다. 그들은 상징계적 질서로 들어서기를 거절하면서 그저 자신들의 목소리를 침묵시키고 마는, "상징적 거세를 받아들이지 않는 주체화의 전형적인 사례"[43]를 보여준다. 그렇다면 죽음 충동의 자기충족적 향유를 끝까지 포기하지 않은 채 아버지의 법을 거부하는 지우의 세 번째 자살시도와 죽음 역시 상징화가 아닌 다른 방식의 주체화로, 다름 아닌 '어머니의 딸'이라는 '여성적 주체'화로 읽힐 필요가 있을 것이다. 지우가 세 번째 자살을 결심하는 위의 인용문으로 돌아가 보자. 자신의 이름이 '창녀'임을 받아들인 지우는 "생의 방해가 되는 죄악 중에서 가장 나쁜 짓은 간음"이라는 "삶의 어떤 질서"를 새삼스럽게 발견한다. 그것은 서술자인 지우의 입을 통해 직접 발화되는 것이 아니라 간접 인용문의 형태로 '그것은 ~ 이었다'라는 문장 속에 안겨 있다. 이 장면이야말로 그동안 그녀를 분열된 주체로, 히스테리 환자로, '창부'로 만든 아버지의 법의 실체가 아닌가? '어머니의 딸'인 그녀에게 아버지의 금지, "죄악"을 규정하는 문장은 언제나 인용되어야 한다. 아버지의 언어로 상징화된 "죄악"은 '여성적 주체'에 의해 직접 쓰인 문장일 수 없다. "이제야말로 영원 속의 나를 발견한 것이다"라는 진술은 삶의 '인용된' 질서를 확인한 지우가 그것과의 영원한 단절을 선언한 뒤 충실한 향유의 세계로 들어섰음을 뜻한다.

따라서 지우의 장례식은 마치 수녀들의 행진처럼 "숭고하고 신비롭기까지 한"(277) 것으로 묘사된다. 이 지점에서 지우의 죽음은 안 여사를 용서하고 난 이후라는 점을 언급할 필요가 있겠다. 창부 생활을 계속하던 지우는 안 여사의 아들인 윤호가 건 전화를 받는 꿈을 꾼다. 전화 속 윤호는 울면서 집을 다 불태울 것이니 그녀에게 빨리 와달라고 말한다. 지우가 목격한 광경은 윤호가 군중 앞에서 "창녀 아닌 창녀"(272)가 된 안 여

43 레나타 살레클, 앞의 책, 124쪽.

사의 "육체의 욕망"을 폭로하는 장면이다. 그런데 그것을 참지 못한 안 여사의 과오가 개인의 문제가 아니라 사회의 문제로 확장될 때, 즉 '기성세대'에 대한 고발로 이어지고 있다는 점은 의미심장하다.

> "나는 나의 어머니를 여러분에게 고발했습니다. 아니 나는 사회를 고발한 것입니다. 우리는 아무렇게나 삶을 살아가는 게 아닙니다. 황금만이 전부가 아닙니다. 우리가 진실로 살아가길 원합니다. 열심히 살아야 합니다. 오늘날 어떻습니까? 위선과 허위와 음모투성이 아닙니까? 기성세대들은 우리에게 이런 것만 가르쳐 주고 있습니다. 그렇게 살아가지 않기를 우리에게 매질로서 말리지만 당신들은 그것을 가르치고 있는 것입니다."
>
> 주위는 쥐 죽은 듯 고요하다. 어떤 위대한 웅변가의 연설이 이와 같을 수 있을까? 너무나 조용하다.
>
> "당신들 기성세대부터 세탁하는 겁니다. 위선을 벗어부치고 진실하게 발가벗으며 살아가야 합니다. 그럼 우리 젊은 세대들은 당신들의 혁명을 따라갈 겁니다. 우리의 땅에 빛이 뿌려지는 겁니다."
>
> "……."
>
> "여러분! 이제야말로 나는 나의 어머니를 용서할 수 있을 것 같습니다. 여러분도 나의 어머니를 용서해 주십시오."(273-274)

연설이 끝나고 눈물을 흘리는 윤호의 모습은 지우에게 '성스럽게' 보인다. 즉 '간음하지 말라'는 신성한 교훈은 쾌락을 탐닉한 여성의 욕망 그 자체를 죄악시하는 것이 아니라, 그러한 위험한 욕망을 품고도 겉으로는 안정적인 양 행세하는 위선과 기만을 고발하는 데 바쳐진다. 그것은 "썩어가는 사회"(273)의 과오이므로 안 여사 개인은 결코 징벌의 대상이 될 수 없다. 그리하여 지우는 무의식 속에서 윤호의 입을 빌려 그녀의 유사-어머니를 용서한다. "이제야말로 나는 나의 어머니를 용서할 수 있을 것

같습니다"라는 진술에서 지우는 '창부'인 어머니를 둔 윤호에게 자신을 투사하여 스스로의 유사-어머니, 악마의 얼굴을 한 천사의 존재마저 용서하기에 이르는 것이다. 줄곧 그녀를 '구더기' 취급하던 윤호가 꿈에서는 지우를 "누나"(269)라고 부르고 있다는 점은 적어도 지우의 내면에서 안 여사가 여전히 유사-어머니로 여겨지고 있다는 점을 확인시켜준다. 이로써 어머니의 딸에 의해 간접 인용되었던 '간음'의 죄악은 타락한 어머니의 죄목으로도 유지되지 못한다. 가부장제의 적인 '창부'로서 사회악으로 취급되어 온 여성들은 죄인으로서 단두대에 올려지지 않는다. 선악의 대립과 악의 축출로 완성되는 멜로드라마의 도덕적 상상력은 여기에서 균열을 맞이하며, 용서와 화해를 바탕으로 어머니와 딸을 중심으로 한 여성적 공동체의 가능성을 내다보게 된다.

이러한 가능성은 기실 '콜걸'로 전락한 지우가 함께 생활하는 친구들과의 관계에서 돌출되는 것이기도 하다. 대부분이 남자에게 버림받았거나 가난하다는 이유로 콜걸이 된 그녀들 사이에서 지우는 이전의 삶에서도 겪어본 적 없는 "쑥스러우면서도 눈물겨운 진실"(251)을 발견한다. 번 돈을 스스로가 다 쓰는 것이 아니라 이 생활에서 벗어나려는 다른 친구를 돕고, 술을 많이 마시면 몸이 상한다며 위로를 건네는 이들의 연대의식은 콜걸들의 아지트로 여겨지는 스탠드바의 바깥 세계, 그녀들을 "세상에서 천대받는 걸레들"(250)로 호명하는 가부장적 상징질서에서는 불가능한 것이다. 주지하듯 여성 혐오의 전략은 혐오의 대상이 된 여성들을 고립시키며, 더욱 엄격한 자기검열을 지시하여 여성들 사이의 연대나 공감을 불가능하게 만든다.[44] 그렇다면 사회로부터 "천대받는 걸레들"인 이 '창부'들이 주고받는 연대의 가능성은 역으로 그들을 타자화함으로써 '깨끗한' 외관을 유지하고자 하는 상징질서의 불안정함을 가리킨다고 할 수 있다.

44 허윤(2015), 앞의 글, 87쪽.

'더러운' 창녀라는 젠더화된 호명의 역설은 이 지점에서 틈새를 내보이며 동요한다. 그리고 연대의 가능성은 "수녀의 행진보다 더"(277) 우수에 넘치는 이 창부들의 행렬을 지켜보는 또 다른 여성의 존재를 가리키기도 한다.

4. 나가며: '이력서'를 다시 쓰는 어머니의 딸들

이 소설의 액자식 구성은 지우의 노트 내용으로 이루어진 '속 이야기'와 그것을 읽고 독자들에게 전달하는 '나(민경아)'의 '겉 이야기'로 이루어져 있다.[45] 지우의 노트를 읽고 그 내용을 독자에게 전달하는 1인칭 서술자이자 가장 바깥쪽 서사의 초점 인물로서 경아의 '관점'은 중요하게 다뤄질 필요가 있다. 지우의 이야기 혹은 실제 삶을 재구성하여 텍스트 위로 담론화하는 것은 바로 그녀의 눈과 입이기 때문이다. 소설 도입부에서, 지우와 대학 동창인 경아는 약혼자와 함께 나이트클럽에 들렀다가 혼자 바(bar)에 앉아 있는 지우를 발견하고 다가가 말을 건다. 경아는 홀로 술에 취해 있는 지우가 우울해 보인다는 걱정을 하며 자신의 집으로 함께 가자고 제안하지만 거절당한다. 자리로 돌아온 그녀에게 약혼자는 며칠째 이곳에서 혼자 술을 마시지만 불행하지 않다는 지우가 "괴상한 여

45 제라르 즈네뜨, 『서사담론』, 권택영 역, 교보문고, 1992, 218쪽. 즈네뜨는 서술의 차원에 따라 이야기 구조의 단계를 '겉 이야기', '속 이야기', '두 겹 속 이야기'로 분류한다. 초점화자, 즉 초점 인물의 '관점'에 대한 즈네뜨의 문제 제기는 기존의 시점 이론을 초점화 이론으로 전유하면서 '누가 보는가?'와 '누가 말하는가?'라는 두 가지 질문을 명백히 분리함으로써 초점 인물의 관점과 서술자의 음성에 대한 별도의 논의를 가능하게 했다. 다만 본고에서 '겉 이야기'의 경아와 '속 이야기'의 지우는 모두 초점 인물이자 서술자가 일치하는 형상을 보여주고 있으므로, 초점 인물의 '관점' 이외 서술자의 음성(voice) 문제는 별도로 다루지 않았다.

자"(16)라고 말하고, 경아는 그의 말에 묘한 반발심을 느끼며 입을 다문다. 클럽에서 나온 경아는 집에 바래다주겠다는 약혼자를 억지로 돌려보낸 뒤 혼자 밤거리를 걷는다. 걷는 동안에도 경아의 머릿속에는 온통 지우에 대한 생각만이 가득하다. 그만큼 지우는 "나에게 중요했"(17)던 친구이기 때문이다.

안 여사에게 지우가 강렬한 매혹과 호기심을 느꼈던 것처럼, 지우에 대한 경아의 첫인상도 그와 크게 다르지 않다. 대학 시절 지우의 화려한 외모와 옷차림, 발랄한 모습에 이끌린 경아는 사사건건 그녀와 자신을 비교하며 스스로의 가난과 볼품없음에 비참함을 느끼기까지 한다. 그럼에도 거리를 쏘다니며 방황을 거듭하는 지우는 경아에게 도무지 종잡을 수 없는 존재이자 "대단한 관심"(54)의 대상이다. 이러한 경아의 호기심은 그녀로 하여금 지우의 '노트'를 읽게 만든다. 중요한 것은 노트에 적힌 지우의 불행한 유년기, '수치심'과 '열등감'의 기록을 모두 읽고서도 경아가 그녀의 삶을 "광채로 빛나는 너의 생"(103)으로 요약하고 있다는 점이다. 이는 몇 년 후 나이트클럽에서 만난 지우의 고통을 '도저히 이해할 수 없다'고 말하면서도 끊임없이 그녀와의 기억을 끌어내려는 경아의 태도와 연결지어 생각해 볼 수 있다. 지우를 바라보는 경아의 시선은 그녀를 '악'으로 단죄하려는 심판자의 그것에 해당하지 않는다. 오히려 경아는 지우의 적극적인 독자이자 기억과 애도의 주체이다. 그녀는 지우의 '이력서'를 읽고 그것을 "실로 별꽃처럼 아름답고 찬란"(277)한 이야기로 다시 쓰며, 지우의 몸에 부과된 '창부'라는 호명으로부터 폭력적 젠더화의 껍질을 벗겨내고 그 안에서 숭고함을 발견한다.

그런데 한편으로 경아가 지우의 독자이자 서술자라면 지우는 안 여사의 '이력서'를 읽는 독자이자 서술자이다. 지우는 김민준과 안 여사의 집에 가정교사로 입주한 지 얼마 되지 않아 불현듯 안 여사에 대한 소설을 쓰고 싶다는 의욕을 느낀다. 이때 안 여사가 대변할 "한 여자의 이야기"

(162)는 지우에게 인간의 "순수한 본질"과 관련된 어떤 것이다. 즉 지우의 눈으로 포착되는 안 여사는 "비열함"이라는 악마의 얼굴을 하고 있음에도 그 본질은 순수한 존재임이 암시된다. 이는 안 여사를 처음 만난 자리에서 사는 게 재미있느냐고 묻자 돌아온 "살고 싶어요"(134)라는 그녀의 대답에 대해 지우가 보이는 반응과도 연결된다. 살고 싶다는 안 여사의 본능에 공감한다는 듯이 "나 또한 살고 싶다……살고 싶다고 중얼거렸"던 것이다. 안 여사를 향한 지우의 묘한 연민과 동질감, 나아가 강력한 호기심은 그녀에 대한 '소설을 쓰고 싶다'는 욕망을 중심으로 이 소설 텍스트의 핵심을 구성한다. 즉 안 여사의 '이야기'를 재구성함으로써 그녀의 '비열함' 너머에 존재하는 "천사"(243)의 본질을 확인하겠다는 의지, 어머니를 이해하고 나아가 용서하고야 말겠다는 '딸'의 욕망이 이 소설을 결말까지 추동했다고도 할 수 있다.

이러한 여성 공동체의 가능성은 어머니와 딸, 그리고 딸들 간의 수평적 유대를 중심으로 확장된다. 경아와 지우의 경우처럼 혈연가족 안에서의 자매가 아니더라도, 그녀들의 자매애는 남성동성사회의 형제애가 동반하는 젠더 불균형의 문제를 뛰어넘는 힘을 가진다.[46] 본고는 그러한 '여성적 주체'의 형상이 1960년대라는 당대 한국 사회의 담론들과 어떻게 길항하며 정치적 가능성을 갖게 되는지, 그리고 서사 내부에서 '악'으로 단죄되지 않는 죽음충동의 윤리를 통해 멜로드라마적 관습에 균열을 내는지를 차례로 분석하였다. 이는 한국 문학사에서 소외의 영역에 놓여 있었던 '여대생 작가' 최희숙의 대중소설을 적극적으로 독해하려는 시도의 일환이었다. 펠스키의 지적처럼 대중문학은 지배 이데올로기의 재생산 혹은 그에 대한 저항이라는 단일한 차원이 아니라, 기존 규범에 영합하는 듯하면서도 한편으로는 '전위'를 가리키는[47] 다층적이고 복합적인 차원

46 김미현, 앞의 글, 161쪽.

에서 다시 읽힐 필요가 있었기 때문이다.

그 결과는 다음과 같이 요약할 수 있다. 여성들은 '창부'라는 오인과 낙인 가운데서도 끊임없이 서로의 '이력서'를 읽고 그것을 '이야기'로 재구성하며, 가부장적 상징질서에 결락을 내 왔다는 것이다. 이 지점에서 『창부의 이력서』는 "모든 여자는 창부의 기질을 가지고 있다"는 작가의 말과 그에 대한 여성 독자들의 격렬한 반응을 한 번에 설명할 수 있는 메타적인 통로로 작동하게 되는데, 첫째는 '창부'의 속성을 '모든 여자'로 확장함으로써 성녀와 창녀라는 여성 혐오적 분류, 젠더화된 호명의 논리를 무력화한다는 점에서 그러하며, 둘째는 "도대체 '창부'라는 기표는 무엇을 뜻하는가? 무엇을 뜻하기에 그녀들은 그토록 강력히 반발하는가?"라는 질문을 돌려준다는 점에서 그러하다. 소설은 자신이 무력화한 호명의 논리가 기실은 텅 빈 기표에 의존하고 있다는 것을 보여줌으로써 그 질문에 대답한다. 그러한 대답 자체가 1960년대 중반 강력한 '가부장'의 질서로 수렴되고 있었던 한국 사회에서 불온한 것이었음을 떠올려본다면, 이 소설이 갖는 잠재적인 힘은 '어머니와 딸들'이 갖는 불온한 욕망의 정치학에 그 기반을 둔다고 할 수 있다.

47 리타 펠스키, 앞의 책, 256-259쪽.

● 참고문헌

1. 기본 자료

최희숙, 『창부의 이력서』, 소명출판, 2013.

2. 논문 및 단행본

강지윤, 「원한과 내면—탈식민 주체와 젠더 역학의 불안들」, 『상허학보』 50, 상허학회, 2017.

곽종원, 「광복 18년과 한국의 여류들 문단(1)」, 『조선일보』, 1963.8.14.

권보드래, 「실존, 자유부인, 프래그머티즘: 1950년대의 두 가지 '자유' 개념과 문화」, 『한국문학연구』 35, 동국대학교 한국문학연구소, 2008.

권수현, 「삶의 정치로서의 친밀성」, 『한국여성철학』 15, 한국여성철학회, 2011.

김미현, 「여성가족로망스의 교차성 연구—김이설 소설을 중심으로」, 『한국언어문학』 112, 한국언어문학회, 2020.

김양선, 「'한국여류문학상'이라는 제도와 1960년대 여성문학의 형성」, 『여성문학연구』 31, 한국여성문학학회, 2014.

김용규, 「지젝의 대타자와 실재계의 윤리」, 『비평과이론』 9, 한국비평이론학회, 2004.

김은하, 「전후 국가 근대화와 "아프레 걸(전후 여성)" 표상의 의미」, 『여성문학연구』 16, 한국여성문학학회, 2006.

김지영, 「가부장적 개발 내셔널리즘과 낭만적 위선의 균열: 1960년대 『여원』의 연애 담론 연구」, 『여성문학연구』 40, 한국여성문학학회, 2017.

박찬효, 「'열정적' 사랑과 '불새'의 글쓰기—최희숙」, 『이화어문논집』 53, 이화어문학회, 2020,

백 철, 「장편소설과 단편소설—3월의 작품과 그 화제(上)」, 『동아일보』, 1959.3.10.

손혜민, 「연애대중과 소설—1950~60년대 대중소설을 중심으로」, 연세대학교 박사학위 논문, 2019.

송인화, 「1960년대 『여원』 연재소설 연구—연애담론의 사회, 문화적 의미를 중심으로」, 『여성문학연구』 19, 한국여성문학학회, 2008.

연남경, 「현대 비평의 수립, 혹은 통설의 탄생」, 『한국문화연구』 36, 이화여자대학교 한국문화연구원, 2019.
______, 「남성 주체의 수치심과 윤리의 행방—이청준 『씌어지지 않은 자서전』의 여성 재현에 주목하여」, 『이화어문논집』 49, 이화어문학회, 2020.
이봉범, 「8 · 15 해방 후 신문의 문화적 기능과 신문소설—식민유산의 해체와 전환을 중심으로」, 『한국문학연구』 42, 동국대학교 한국문학연구소, 2012.
정태용, 「장편소설대망론」, 『동아일보』, 1961.3.29.
정성훈, 「매체와 코드로서의 사랑, 그리고 사랑 이후의 도시」, 『인간 · 환경 · 미래』 12, 인제대학교 인간환경미래연구원, 2014.
조은정, 「1960년대 여대생 작가의 글쓰기와 대중성」, 『여성문학연구』 24, 한국여성문학학회, 2010.
최희숙, 『슬픔은 강물처럼』, 신태양사, 1959.
허 윤, 「냉전 아시아적 질서와 1950년대 한국의 여성 혐오」, 『역사문제연구』 20, 역사문제연구소, 2016.
______, 「'여대생' 소설에 나타난 감정의 절대화—최희숙, 박계형, 신희수를 중심으로」, 『역사문제연구』 40, 역사문제연구소, 2018.
레나타 살레클, 『사랑과 증오의 도착들』, 이성민 역, 도서출판b, 2003.
리타 펠스키, 『근대성의 젠더』, 김영찬 · 심진경 역, 자음과모음, 2010.
마사 너스바움, 『혐오와 수치심』, 조계원 역, 민음사, 2015.
제라르 즈네뜨, 『서사담론』, 권택영 역, 교보문고, 1992.
피터 브룩스, 『멜로드라마적 상상력』, 이승희 · 이혜령 · 최승연 역, 소명출판, 2013.

3. 기타 자료

「소설 '창부의 이력서' 48년만에 원제목 찾았다」, 『동아일보』, 2013.11.11.
「신선한 진실과 매력—최희숙 저 『슬픔은 강물처럼』」, 『조선일보』, 1959.12.21.
「여류작가의 애환」, 『현대문학』 139, 1966.7.
「주부를 천직으로 아는 여성의 아름다움을」, 『조선일보』, 1961.10.31.
「춤바람 여인에 경종 형사지법, 남편 눈속인 유부녀만 유죄선고」, 『경향신문』, 1965.5.22.
「한국의 부부 현실과 소설 ④ 애칭 아닌 모멸의 대명사 자유부인 제씨!」, 『조선일보』, 1963.5.5.

저자 소개

연남경 이화여자대학교 부교수

강소희 이화여자대학교 박사과정
김예람 서강대학교 박사과정
이지연 이화여자대학교 박사과정
전소연 이화여자대학교 박사과정
표유진 이화여자대학교 박사과정
공라현 이화여자대학교 석사과정
김명신 이화여자대학교 석사과정
신현민 이화여자대학교 석사과정
윤도연 이화여자대학교 석사과정
조민형 이화여자대학교 석사과정

전후 비평 담론과 여성 작가의 재조명

초판 1쇄 인쇄 2021년 11월 22일
초판 1쇄 발행 2021년 11월 30일

지은이 연남경 이지연 표유진 김명신 전소연 공라현 조민형 김예람 강소희 신현민 윤도연
펴낸이 이대현
책임편집 강윤경 | **편집** 이태곤 권분옥 문선희 임애정
디자인 안혜진 최선주 이경진 | **마케팅** 박태훈 안현진
펴낸곳 도서출판 역락 | **등록** 1999년 4월 19일 제303-2002-000014호
주소 서울시 서초구 동광로46길 6-6 문창빌딩 2층(우06589)
전화 02-3409-2060(편집부), 2058(영업부) | **팩스** 02-3409-2059
전자우편 youkrack@hanmail.net | **홈페이지** www.youkrackbooks.com

ISBN 979-11-6742-225-5 94810
979-11-5686-225-3 (세트)

정가는 뒤표지에 있습니다.
파본은 교환해 드립니다.